外国名作家文集　威尔基·柯林斯卷

夫妻关系 上

MAN AND WIFE

［英］威尔基·柯林斯 / 著

潘华凌 / 译

William Wilkie Collins

漓江出版社

·桂林·

作者：
威尔基·柯林斯
（William Wilkie Collins，1824—1889）

19世纪英国维多利亚时代最富盛名的作家之一，英国文学史上第一位侦探小说作家，被誉为"英国侦探小说之父"，是他第一个将短篇侦探小说引向长篇的创作。他一生创作了大量长篇小说，代表作有《月亮宝石》《白衣女人》等。

译者:
潘华凌

　　江西上高人，教授，中国译协专家
会员、理事，多年从事翻译研究、翻译
教学和翻译实践，已在多家出版社出版
文学译作和学术译著近四十部，计近
一千万字，主要译作有《全球时代的欧洲》
《大卫·科波菲尔》《爱玛》《福尔摩
斯探案全集》《人鼠之间》《动物农场》
《1984》《消失的地平线》等。

译　序

中国的普通读者对英国小说家威尔基·柯林斯（Wilkie Collins，1824—1889）可能不很熟悉。英国传记作家凯瑟琳·彼特斯（Catherine Peters）于1991年出版了《故事大王：威尔基·柯林斯传》一书，对柯林斯的家庭背景、人生经历和文学创作进行了全面梳理和系统评介。值得注意的是，本文集中收入的作品（除《夫妻关系》之外）均在这部传记中占据了专章篇幅加以论述。作者在传记的结尾处对传主给出了如下引人注目的评价：

> 柯林斯去世后的许多年里，人们只知道他是《月亮宝石》和《白衣女人》的作者、卓越精彩故事情节的编造者、侦探小说之父。然而，一百年后的今天，他的作品已是身价百倍了。我们通过阅读他的小说，能够窥见维多利亚时代生活表层下的怪异和激情。柯林斯本人曾公开冒犯当时的伦理规范而并不感到羞耻，因此，他所揭示出的有关自己时代的阴暗面，既怪异离奇又令人着迷，这一点在当时的小说林中是无与伦比的。维多利亚时代当然诞生过更加伟大的作家，但威尔基·柯林斯却是独一无二的[①]

---

① Catherine Peters, *The King of Inventors: a Life of Wilkie Collins*, London: Martin Secker & Warburg Limited, 1991, p.434. 另外，中国社会科学院朱虹教授曾发表《威尔基·柯林斯和他的〈白衣女人〉》一文，对柯林斯的文学成就和创作特点进行了详尽的分析和评论，载《英国小说的黄金时代》，朱虹著，北京：中国社会科学出版社，1997年版，第186—202页。

柯林斯是 19 世纪英国维多利亚时代最富盛名的作家之一，因其小说情节复杂曲折，令人惊悚，扣人心弦，引人入胜，赢得了无数读者，他完全可以同查尔斯·狄更斯、威廉·萨克雷等名家齐名。柯林斯生活在英国小说空前繁荣的维多利亚时代，那是一个涌现了狄更斯、萨克雷等文学巨人的时代。他是幸运的，因为他的文学才华得到了发挥，有幸成为狄更斯等人的挚友，写作上更是如虎添翼。但他又是不幸的，当时的著名作家灿若繁星，生活在大作家们耀眼的光环下，以至于他的文学成被遮蔽了。

柯林斯于 1824 年 1 月 8 日出生在伦敦的马里尔波恩。父亲威廉·柯林斯（William John Thomas Collins, 1788—1847）是当时杰出的风景画家和肖像画家，曾为英国皇家艺术院院士。柯林斯童年时期随父亲学习绘画，耳濡目染，深受影响。1835 年，开始入梅达山文法学校学习，但 1836 年始，十二岁的柯林斯只得中断学校的学习，与小自己四岁的弟弟查尔斯一起随父母前往法国和意大利，两国绚丽多姿的山水风光、独具特色的风土人情、悠久厚重的文化传统给年幼的威尔基留下了深刻的印象，他后来认为，自己在欧洲的两年时间里学到了学校里学不到的东西。柯林斯深受欧洲文化的浸染，加上父亲的影响，培养了自己对艺术的执着追求，他把艺术看作是毕生的骄傲与快乐。他喜爱欧洲的音乐与绘画，如意大利文艺复兴时代著名画家拉斐尔的画作，荷兰画家伦勃朗的作品。他喜爱欧洲的音乐，如意大利 19 世纪上半叶三大著名歌剧作曲家罗西尼、多尼采蒂和贝利尼的歌剧作品，奥地利作曲家莫扎特的音乐等。他对艺术的爱好总会自觉不自觉地在作品中加以表现。1838 年，柯林斯返回英国后，在海伯里广场三十九号的科尔寄宿学校继续学习。

1841 年，十七岁的柯林斯被父亲送到伦敦一家茶叶公司当学徒，但他厌倦这个行当，开始暗地里从事写作。后又改学法律，并在伦敦林肯法学协会当律师，其学习法律和从事律师职业的经历为他的小说创作提供了丰富的素材和广阔的空间。他充分利用自己的法律知识，揭露当时许多法律条文的不合理性，特别是那些涉及妇女、非婚生子女或弱智人权益方面的法律。同时，他也在自己的作品中塑造了多位具有鲜明特征的律师形象，而且大都是作者肯定的品德高尚的律师形象，如《白衣女人》中的文森特·吉尔摩律师，《月亮宝石》中的马修·布拉夫律师，《无名无姓》中的彭德利尔律师，《阿玛代尔》中的奥古斯塔斯·佩德吉夫特律师父子，《夫妻关系》中的退休律师帕特里克·伦迪爵士，《法律与夫人》中的普莱摩尔律师。1847 年，父亲老柯林斯去世后，他为父亲写了一部两卷本传记《威廉·柯林斯先生生平回忆录》(*Memoirs of the Life of William Collins, Esq.,R.A.*1848)，作品出版后，读者和评论家反应热烈，好评如潮，这坚定他从事文学创作的决心和信心，一个职业作家从此诞生了。1851 年 3 月，柯林斯结识了当代文豪狄更斯，尽管他们年龄相差了十二岁，但两人因爱好志趣相投，很快成为最亲密的朋友，几乎形影不离，两人甚至合作过一些作品[1]，他们在各自的创作中也是相互影响，相得益彰，所以有研究家指出："创造英国侦探小说并赋予它那些至今保持不变的基本特征的功劳应归功于狄更斯和柯林斯[2]。" T.S. 艾略特（T.S.Eliot, 1888—1965 ）在谈及两个人的关

---

[1] 参见安德鲁·桑德斯：《牛津简明英国文学史》，谷启楠等译，北京：人民文学出版社，2000 年版，第 646 页。另参阅 William M. Clarke, *The Secret Life of Wilkie Collins*, Chicago: Ivan R. Dee, Inc., 1988, p.65—76.

[2] 莫契：《侦探小说发展史》，纽约：1958 年版，第 9 页。转引自朱虹：《市场上的作家——另一个狄更斯》，见《英国小说的黄金时代》，北京：中国社会科学出版社，1997 年版，第 126 页。

系时说："如果不把狄更斯考虑进去，你就无法欣赏柯林斯；而狄更斯 1850 年后的作品如果没有柯林斯的影响，也就不会是今天的这个样子[①]。"

19 世纪 60 年代是柯林斯创作成就如日中天的时期，他的四部重要作品均在这期间问世：《白衣女人》(*The Woman in White*, 1860)，《无名无姓》(*No Name*, 1862)，《阿玛代尔》(*Armadale*, 1866)，《月亮宝石》(*The Moonstone*, 1868)。柯林斯的作品一般都先在狄更斯主编的、当时最风行的《家常话》和《一年四季》以及萨克雷主编的《康希尔》杂志上连载（同一时期也在美国的杂志上连载，如《哈珀周刊》等），然后再出单行本。柯林斯一生创作了大量长篇小说，如《安东尼纳，或罗马的衰亡》(*Antonina: Or The Fall of Rome*, 1850)，《巴兹尔：现代生活故事》(*Basil: A Story of Modern Life*, 1852)，《捉迷藏》(*Hide and Seek*, 1854)，《罗斯妹妹》(*Sister Rose*, 1855)，《红桃皇后》(*Queen of Hearts*, 1859)，《夫妻关系》(*Man and Wife*, 1870)，《可怜的芬奇小姐》(*Poor Miss finch: A Novel*, 1872)，《法律与夫人》(*The Law and the Lady*, 1875)，《两种命运》(*The Two Destinies: A Romance*, 1876)，《一个流氓无赖的一生》(*A Rogue's Life*, 1879)，《落叶》(*The Fallen Leaves*, 1879)，《黑袍》(*The Black Robe*, 1881)，《心脏与科学》(*Heart and Science*, 1883)，《我说不行》(*I Say No*, 1884)，《该隐的遗产》(*The Legacy of Cain*, 1889)，《盲目爱情》(*Blind Love*, 1890)，等等，但《白衣女人》和《月亮宝石》被认为是柯林斯的巅峰之作，享誉世界，现在仍被看成是

[①] 托·斯·艾略特，《〈月亮宝石〉序言》，戴侃译，载《世界文学》，1981 年第 1 期，第 234—241 页。

侦探小说的经典。本文集收入了作者一生中最重要的几部作品。

在 19 世纪的英国小说家中，柯林斯算得上是位超前的人物，其个人的生活中充满了神秘色彩。拉斐尔前派创始人、著名画家约翰·米莱（John Everett Millais, 1829—1896）的儿子于 1899 年撰写的《回忆录》中第一次透露了柯林斯生活中一段很有意思的插曲：19 世纪 50 年代的一天夜晚，柯林斯兄弟二人和米莱用过晚餐后陪同米莱步行回家。他们经过一座花园别墅的高墙时，突然听见一声尖叫，随即看见一个身穿白衣的年轻女子跑出来，停在三位男士面前，然后继续顺着大路往前跑，白衣在月光下一闪一闪。米莱大声发出了"多么美丽的女人啊"的感叹。柯林斯一边说"我得去探个究竟"，一边追了上去，消失在了夜色中。根据《回忆录》和柯林斯的弟弟查尔斯的妻子——狄更斯的女儿——的记载，这位神秘的白衣女人便是卡洛琳·格雷夫斯（Caroline Graves, 1830—1895），那次充满了传奇色彩的相遇后她成了柯林斯的终身伴侣。更加不可思议的是，柯林斯与卡洛琳同居期间，另外还与玛莎·鲁德（Martha Rudd, 1845—1919）组成了一个非正式的家庭，后者为他生了三个孩子[①]。柯林斯的这种人生状态与维多利亚时代的社会语境是无法相融的，因此，一方面，他的公开身份是著名作家，与社会名流频繁交往；另一方面，他分别秘密地与两个情妇过着感情生活。于是，身份认同问题一直与柯林斯如影随形，同时也深刻地影响着他的创作。

《白衣女人》的问世让柯林斯跻身英国文坛知名作家的行列，同

---

① William M. Clarke, *The Secret Life of Wilkie Collins*, Chicago: Ivan R. Dee, Inc., 1988, p.89—122.

时也宣告近代"惊悚小说"的诞生①。《白衣女人》先期在查尔斯·狄更斯主编的《一年四季》（1859.11.26—1860.8.25）上连载，受到了读者的广泛好评，柯林斯也因此"成了家喻户晓的人物"②。一时间，《白衣女人》被誉为整个英国小说文学中最别出心裁、组织最严密、最天衣无缝的布局。有关材料显示，《白衣女人》的另一个来源出自法国一桩掠夺财产公案的记载，1856 年，柯林斯与狄更斯一同游览巴黎时在一个书摊上购得一本梅冉著的《著名案例记实》，其中记载了杜欧夫人的冤案，其中的关键地方都与"白衣女人"的故事相吻合：有人把一个身穿白衣的女人麻醉后关进了疯人院，冠上了别的名字和身份，后来宣布其死亡，旨在侵吞其财产……柯林斯自己直言不讳，说从梅冉记录的案件中得到了启发。简单说起来，《白衣女人》描述的是他人对劳拉·费尔利实施欺骗，同时侦探针对骗局展开调查的故事。青年绘画教师沃尔特·哈特莱特与利默里奇庄园的劳拉·费尔利小姐相爱，但劳拉早有婚约，迫不得已，劳燕分飞。劳拉遵从父亲的遗愿嫁给了未婚夫珀西瓦尔·格莱德爵士。但珀西瓦尔觊觎的是劳拉的巨额财产，后他与福斯科伯爵密谋勾结，施用种种伎俩，加害劳拉，所幸哈特莱特挺身而出，营救了劳拉也粉碎了珀西瓦尔的阴谋。有情人终成眷属。

继《白衣女人》获得了巨大成功之后，1862 年 12 月，柯林斯四部重要小说中的第二部——《无名无姓》在伦敦出版，小说先期分别在英国的《一年四季》（时间为 1862.3.15—1863.1.17）和美国的《哈

①   Lyn Pykett, "Collins and the Sensation Novel", in Jenny Bourne Taylor's *The Cambridge Companion to Wilkie Collins*, Cambridge: Cambridge University Press, 2006, p.50. 值得注意的是，1859 年 4 月 30 日至 11 月 26 日，狄更斯在自己主编的《一年四季》周刊连载了他的著名小说《双城记》，而在随后的一期便开始连载《白衣女人》，并加了编者按。
②   侯维瑞、李维屏:《英国小说史》(上)，南京:译林出版社，2005 年版，第 424 页。

珀周刊》（时间为 1862.3.15—1863.1.24）上连载。并立刻被翻译成了俄文、德文、荷兰文和法文。柯林斯将这部作品题献他的医生和老友弗朗西斯·卡尔·比尔德，以资纪念自己描述小说最后场景的那些日子。柯林斯确定这部小说的书名时颇具戏剧性，"企鹅经典丛书"英文原版提供了以下有关本书书名的背景材料：柯林斯在决定本小说的书名时颇费周折，当时手稿的扉页上仅仅标明了"威尔基·柯林斯的小说"字样，左上角有一句注释："撰写第一页内容时，书名还没有确定。"所以，事情一直拖延到了 1862 年 3 月 15 日小说要连载的前几个星期。1 月 24 日，狄更斯在回复建议书名的请求时，写了二十七个可供选择的建议书名，其中大多数平庸乏味得令人惊讶。2 月 4 日，柯林斯给自己的母亲寄去了一张单子，上面罗列了八个可供选择的书名，但《无名无姓》没有出现在其中。直到 2 月的某个时间才确定这个书名，作者这才在一封信的四分之一篇幅处中加入了"无名无姓"这个书名[1]。《无名无姓》聚焦的是非婚生子女权益问题。

　　1866 年 6 月，柯林斯四部重要小说中的第三部——《阿玛代尔》在伦敦出版，小说先期分别在英国的《康希尔》杂志（时间为 1864.11—1866.6）和美国的《哈珀新月刊杂志》（时间为 1864.12—1866.7）上连载，随后被翻译成了德文、俄文和荷兰文在相关国家出版。《阿玛代尔》是柯林斯所有小说中篇幅最长的一部，他将其题献给约翰·福斯特[2]（John Foster, 1812—1876）以"感谢他创作

① 　Wilkie Collins, *No Name*, London: Penguin Books Ltd. 1994, p. 612.
② 　约翰·福斯特是英国作家、文学评论家和新闻记者。伦敦文坛的著名人物，通过与声名卓著的散文家查尔斯·兰姆（Charles Lamb, 1775—1834）和编辑利·亨特（Leigh Hunt, 1784—1859）等人的友谊，成为当时许多著名作家的顾问、代理人和校订人。他与狄更斯过从甚密，曾创作了《狄更斯传》，尽管书中带有某些个人偏见，偶尔出现有所隐讳和不精确之处，尤其嫉妒狄更斯与柯林斯的亲密友谊，省略了他们文学创作和生活中的一些重要情节，但仍不失为一部了解狄更斯的重要传记。有研究者指出，柯林斯将《阿玛代尔》题献福斯特，旨在向其"伸出橄榄枝"，但后者心胸不够开阔，拒绝接受，从而演绎了英国维多利亚时代文坛上的又一段个人恩怨。

《哥尔德斯密斯传》为文学事业做出了贡献，同时满怀深情地纪念一种友谊，因为它与本人生平中一些最幸福快乐的日子密不可分。"《阿玛代尔》的故事涉及两个姓阿玛代尔的家庭的两代艾伦·阿玛代尔，复杂的故事情节中糅合进了柯林斯热切关注的几个主题，如宿命问题、身份问题、谋杀和侦探行为等。小说中的很多情节都是来自现实中的事件。

1868 年，柯林斯最重要的四部小说中的第四部——《月亮宝石》在英国和美国出版。小说先期分别在英国的《一年四季》和美国的《哈珀周刊》（1868.1.4—1868.8.8）上连载。作品问世后好评如潮，立刻被译成德文、俄文、意大利和法文等，并在柏林（1868）、莫斯科（1868）、米兰（1870）和巴黎（1872）相继出版。1928 年，大诗人 T.S. 艾略特在为"世界经典名著"之一《月亮宝石》作的序言中称该它是"第一部最长和最好的现代英国侦探小说[①]"。《月亮宝石》讲述的是一个由一颗"像鸽鸟蛋那么大的"瑰丽美妙的黄钻石引起的曲折离奇的故事。

1870 年 8 月，柯林斯另一部长篇福的小说《夫妻关系》在美国出版。作品先前分别在英国的《卡斯尔杂志》（1869.11.20—1870.7.30）和美国的《哈珀周刊》（1869.11.11—1870.8.6）上连载。《夫妻关系》是一部强烈针砭时弊的作品，聚焦婚姻法的实施、妇女地位和权益问题，呼吁立法确保已婚妇女拥有财产的权利，同时抨击了国人崇拜体能运动致使道德和体力衰败的风尚。作者将这部

[①] 托·斯·艾略特，《〈月亮宝石〉序言》，戴侃译，载《世界文学》，1981 年第 1 期，第234—241 页。

作品题献给弗里德里克·莱曼先生和夫人①。

1875 年，美国哈珀出版公司出版了本文集中的最后一部小说——《法律与夫人》，作品先期在英国的《图说周刊》（1874.9.26—1875.3.13）和美国的《哈珀周刊》（1874.10.10—1875.3.27）连载。小说当年便被翻译成了荷兰文、德文、法文和俄文，分别在海牙、柏林、巴黎和莫斯科出版。这又是一部涉及法律和婚姻的小说，女主人公瓦莱拉出于对丈夫的挚爱，坚信丈夫是无罪的。她无法忍受苏格兰法庭"证据不足"的结论，义无反顾地要在世人面前还丈夫一个清白。于是，这样一个对法律一无所知的弱女子，向庞大的法律机器宣战了。作者将小说题献给巴黎法兰西喜剧院②的雷尼耶，以"表达对这位伟大演员的仰慕之情和这位真挚朋友的深厚情谊。"

本文集中收录的作品是柯林斯作品的精华，是作者在年富力强阶段倾心打造的，时间跨度为十五年左右，由此可以窥见作者辉煌的文学成就。柯林斯以现实主义作家的情怀和目光关注社会现实问题。他热切关注的法律（尤其是遗产继承法和婚姻法）、妇女的社会地位、过度重视体力训练而忽视保持健康理性的人格、弘扬高尚道德等社会热点问题均在这些作品中得到了生动诠释与表达。他在作品中突出

① 弗雷德里克·莱曼（Frederick Lehmann 1826—1891）是个成功的英国商人，出生于德国汉堡，于 1880 年以自由党成员的身份进入英国下议院。他和夫人妮娜在伯克利广场和海盖特他们的两处寓所接待为数众多的文学和艺术家朋友，其中包括乔治·艾略特、查尔斯·狄更斯、罗伯特·勃朗宁和弗雷德里克·莱顿爵士等。本书作者威尔基·柯林斯与莱曼夫妇更是交谊深厚，这部小说的大部分篇幅是他客居在他们的"林地"寓所时创作的。那是他们坐落在海盖特南森林路的一处乡间静居处。如同他们在小说中的对应人物一样，弗雷德是议会的候选人，妮娜是卓越的钢琴家，而他们的姓氏也和德拉梅恩夫妇的相似。
② 法兰西喜剧院（Theatre Francais）是法国最古老的国家剧院。1680 年 10 月 21 日，奉国王路易十四之命创建，由原莫里哀演员剧团与马莱剧团、勃艮第府剧团合并而成。剧院位于巴黎黎塞留街与圣奥诺雷街拐角处。由于剧院实现了莫里哀生前的意愿，所以法兰西剧院也称莫里哀之家。雷尼耶（Francois-Joseph Regnier, 1807—1885）是威尔基·柯林斯的朋友，1866 至 1867 年，二人合作将柯林斯的另外一部著名小说《阿玛代尔》改编成戏剧搬上法国舞台。

了妇女的权利问题，因为根据当时的法律，妇女一旦结婚，其全部财产都将归丈夫所有，如若死亡，财产将由丈夫全部继承，除非婚约上有专门条款规定，因此，他的作品大都围绕这个问题展开，尤其是《白衣女人》。如前文所述，《夫妻关系》是一部针砭时弊强烈的作品，作者针对英国社会上层阶级不同人群里可以很容易找到的长着干净皮肤和穿着精致外套的"粗人"现象，猛烈抨击妇女财产遭到掠夺和人身遭受到虐待（如赫斯特·德思里奇）的现象，呼吁议会立法，确保已婚妇女拥有财产的权利。作品还猛烈抨击了人们热衷于毫无节制地开展体力训练（如杰弗里·德拉梅恩，四肢发达，道德败坏），以至于英国社会到处充斥和蔓延着野蛮粗鲁的行径。至于《月亮宝石》，作者并没有只把它当成一部侦探小说来写，而是在错综复杂的故事中大胆揭露和批判了复杂的人性、虚伪的宗教、邪恶的侵略等问题。作者惩恶扬善的善恶观在作品中是很明确的。他践行了"弘扬真善美，鞭挞假恶丑"的理念。本文集收入的六部小说中的绝大多数人物都体现了作者的善恶观，唯有《无名无姓》中的"玛格达伦"形象引起人们的争议。作者认为，人在"善"与"恶"的对立冲突下进行的挣扎构成了人生的主要内容，而《无名无姓》正是一部专门描述这种挣扎过程的小说。他在前言中说，"塑造'玛格达伦'这个人物是我的目标。这个人物体现了这种挣扎，尽管她执拗任性，犯了错误，但仍不失为是一个值得同情的人物[1]。"

　　柯林斯小说的另一个显著特点是，将自己在现实生活中经历和熟悉的一些事情有机地嵌入进了作品当中，如前所述，《白衣女人》源于作者个人的经历，其他情况不胜枚举。如作者童年时代随家人

---

[1]　作者为《夫妻关系》写的《前言》。

到意大利等国生活，《夫妻关系》和《法律与夫人》中均有年轻姑娘被送到米兰接受歌剧训练的情节。例如，伦敦西北郊的汉普斯特德，柯林斯童年时曾在此生活（1826—1830），留下了深刻印象，因此，汉普斯特德成为作者多部作品的背景地。《白衣女人》中是男主人公哈特莱特的母亲的居住地，《月亮宝石》中是马修·布拉夫律师的居住地，《阿玛代尔》中是当沃德医生开办疗养院的地方，《夫妻关系》中是万博勒先生的居住地。1857 年，柯林斯和挚友狄更斯曾遇到过一个长相很奇特的医生助理，当时柯林斯脚踝扭伤，狄更斯就找来了那么一个人为他医治，《月亮宝石》中坎迪医生的助手埃兹拉·詹宁斯先生就是根据他塑造的。从 19 世纪 60 年代初起，柯林斯患上了严重的风湿性痛风病，疾病长期困扰着他，后来完全依靠服用"那种效果全能和吉星高照的药品"[①]——鸦片酊来镇痛，结果上了瘾，常常产生幻觉，这种人生的境遇通过詹宁斯这个人物在《月亮宝石》中生动地表现出来了，同时也成为月亮宝石谜案的重要环节。作者吸食鸦片的经历在《阿玛代尔》中有充分的展现，并且他在该作品和《无名无姓》中两次套用柯勒律治的话"生中之死（death-in-life）[②]"。《月亮宝石》中警长卡夫的形象令人难忘。他料事如神，大名鼎鼎，而这一形象并非虚构，而是有现实生活原型的，伦敦市警

---

① 《月亮宝石》中的描述。
② 这个表达典出英国浪漫主义诗人柯勒律治（Samuel Coleridge, 1772—1834）的《古舟子吟》中的"死中之生"（life-in-death）。和柯林斯一样，柯勒律治也服用鸦片酊上了瘾，这种极为可怕的梦魇形象可能是诗人在服用了鸦片酊之后产生的幻觉。关于柯勒律治服用鸦片酊后产生幻觉另有一说，他声称自己未完成的诗篇——《忽必烈汗》得之于梦。他在解释该诗的起源时说，1797 年夏，他在一处偏僻的农舍里休息，沉睡了三个小时。入睡之前，服用了含有鸦片的镇痛剂，而且正在阅读《珀切斯的游记》（*Purchas's Pilgrimage*），其中描写的内容是："忽必烈汗下令在此修筑一座宫殿和一座皇家园林，于是，方圆十英亩都用围墙围了起来。"他沉睡中做梦吟诗，得诗两三百行，醒来时，脑际依然萦绕着那首诗的形象，于是命笔书写，想要凭着记忆把诗歌追记下来，写下了五十余行后，忽然有客人求见，结果灵感中断，记忆消失。五十余行诗句便构成了现在人们所欣赏到的宝贵诗篇。

察局于 1842 年成立了侦探部，该部最初只有两名警长和六名警官。一开始时，只要付钱，私人也可以雇佣他们，故事中提到的那个时候，这支力量尚不太为公众所知，1849 年，逮捕杀人犯曼宁夫妇（the Mannings）时才引起公众注意。柯林斯以办此案的惠彻警长为原型创造了卡夫警长这一人物，作品故事中不少线索，如不见的睡衣、洗衣房的登记册、侦探怀疑受害人家女儿等，都取材于惠彻警长办的另一例谋杀案。虽然狄更斯那本揭露英国司法界罪恶的文学名著《荒凉山庄》（Bleak House）中早已出现了侦探布克特这一角色，但后世侦探小说竞相模仿，都以警长为主角还是在《月亮宝石》问世之后，可见其影响之大。作者在创作《阿玛代尔》中莉迪亚·格威尔特的人生故事（化名沃尔德伦夫人）时糅合了当时两桩轰动一时的案件。一桩案件发生在 1857 年，苏格兰格拉斯哥一位建筑师的女儿玛德琳·史密斯被控用混杂有砷的热巧克力饮料毒杀自己的情人而受审。按照苏格兰"证据不足"这个法律条文（《法律与夫人》中也诠释了这个苏格兰法律条文），她逃脱了严厉的惩罚。另一桩案件发生在 1858 年，医生托马斯·斯梅瑟斯特被控毒杀自己的妻子而受审。医生被判有罪，但指控他的证据很不确凿，审判明显不公正，引起医学、律师界人士和新闻舆论一片哗然。后英国内政大臣出面干预，几经周折，医生以重婚罪受审定罪。据此，柯林斯写书时设计让莉迪亚被控毒杀丈夫，但得到了内政大臣的赦免，最后以更轻的盗窃罪收监定罪。凡此种种，不一而足。

柯林斯的传记作者彼特斯称他是"故事大王"，除了故事本身的内容，作者谙熟读者的心理，善于运用高超的叙事技巧，如《白衣女人》和《月亮宝石》均通过作品中不同人物的第一人称视角来叙述故事。正如作者自己说的："我在这部小说中做了一个实验，该实验（就我所知）迄今尚未有人在小说写作中尝试过。本书的故事通篇由其中的人物来叙述。在由事件构成的条链中，他们处在不同的位置，轮番亮相，直至故事结尾。"这样做"就像法庭上由多个证人陈述犯罪案例一样——两种情形，相同目的，都是通过让那些在事件前后相连的每个阶段与其有密切关系的人，原原本本地述说自己的经历，毫无例外地以最直截了当和最明白易懂的形式展示事实真相，从而廓清一个完整的系列事件的始末[①]。"这样做既展示了故事进展状况，又刻画了叙述者本人的性格特征和其中涉及的人物性格特征。如最为作者本人和广大读者称道的是《月亮宝石》中由克拉克小姐叙述的那一部分，惟妙惟肖，精彩绝伦。此外，作者还在作品中大量使用切合人物地位和性格的书信和日记，最为突出的有《无名无姓》《阿玛代尔》和《白衣女人》。各类人物的书信、哈尔寇姆小姐和格威尔特小姐的日记构成所在作品中的巨大篇幅。这样运用不同体裁叙述神秘莫测、离奇曲折故事的做法让读者犹如行走在一个迷宫之中，每次都好像找到了出口，但是很多时候都发现那只是一个又一个的诱饵，事情的真相远非如此。尽管他的作品包含了大量书信和日记，但是并不显得杂乱无章，而是层次分明地将疑惑一一剖解，拨开疑云，犹如抽丝剥茧，丝丝入扣，让读者最后恍然大悟。读者不至于像阅读一般小说那样枯燥地长驱直入，不至于像某些小说那样让人如陷泥淖，晕头转向，感觉不知所云。相反，柯

---

① 见作者为《白衣女人》出版撰写的《序言》和正文《开场白》部分。这种叙述方式与英国维多利亚时代杰出的诗人罗伯特·布朗宁（Robert Browning, 1812—1889）的《指环与书》中叙述方式有惊人的相似之处。勃朗宁晚年的代表作是长篇叙事诗《指环与书》（*The Ring and the Book*），该诗叙述一个老夫杀死少妻的故事。全诗由十二组戏剧独白组成，每一独白都由主要人物叙述案情，各人的叙述相互矛盾，但最后还是从错综复杂的乱麻中理出了头绪，揭示了这起谋杀案的真相。不过，从作品出版时间上来判断，柯林斯所言属实。

林斯在布篇谋局时，能够全方位地叙述故事，不存一丝纰漏，让故事越发显得真实、生动，让读者产生一种整个故事并非虚构而完全是真实发生过的错觉。

柯林斯的作品不仅故事生动奇特，情节跌宕起伏，而且人物的刻画也极为鲜明，个个都写得栩栩如生，呼之欲出，各具特色，仅仅考察一番《白衣女人》和《月亮宝石》中的各类人物便可见一斑。《白衣女人》中的沃尔特·哈特莱特风度翩翩，感情炽热，为洗刷心上人劳拉的冤屈，披肝沥胆，历尽艰辛，与敌人斗智斗勇，终于使坏人恶有恶报。劳拉·费尔利容貌美丽，性格温柔，心地善良，感情诚挚，虽蒙冤受屈，但终得好报。玛丽安·哈尔寇姆小姐虽相貌平平，但善良仁慈，聪明睿智，既有女性的温柔娴淑，又有男性的坚毅果敢，顾念家人，无私奉献，不愧为"善良的天使"。"白衣女人"安妮·卡瑟里克如梦如幻，嫉恶如仇，知恩图报，却成为恶人行骗的工具。文森特·吉尔摩律师忠于职守，情谊深厚，但面对邪恶亦束手无策。弗里德雷克·费尔利先生性格乖僻，自私自利，冷漠无情，六亲不认。珀西瓦尔·格莱德爵士虽有绅士风度，实则徒有其表，在娶了劳拉之后，便原形毕露，残忍粗暴，刚愎自用，终自取灭亡。福斯科伯爵虽才智超群，多情善感，却心术不正，诡秘莫测，在阴谋骗局中运筹帷幄，步步得逞，但终机关算尽，客死他乡……《月亮宝石》中的卡夫警长思维敏捷，料事如神。茱莉亚·韦林德夫人坚定果断，贵妇派头。蕾切尔·韦林德小姐情真意切，执拗任性。富兰克林·布莱克少爷见多识广，敢于担当。戈弗雷·埃布尔怀特少爷虚情假意，灵魂肮脏。加布里埃尔·贝特里奇管家固执迂腐，真心护主。女仆罗莎娜·斯皮尔曼其貌不扬，痴迷盲目。女仆佩内洛普·贝特里奇心地善良，爱憎分明。德鲁茜拉·克莱克小姐伪善矫情，性格怪异。马修·布拉夫律师德高望重，忠于职守。托马斯·坎迪医生性格外向，口无遮掩。坎迪医生的助手埃兹拉·詹宁斯先生悲天悯人，命运多舛。大旅行家默士韦特先生浪迹天涯，闻名遐迩。西格雷夫警官愚昧昏庸，一事无成。布拉夫律师的跟班小机灵"醋栗"聪明伶俐，胆大心细，等等。全都充分显示了作者刻画人物形象的功力。

柯林斯不仅是编造和叙述故事的大师，也是语言大师，用词精当，极富表现力，反映了他深厚的艺术造诣。他在描写人物肖像时，运用了绘画的技巧，把人物描绘得栩栩如生，惟妙惟肖，幽默诙谐，如《无名无姓》中对玛格达伦外貌的描述极富代表性：

造物主变幻莫测，不可思议，其中有一点在科学上还无法解释。从外貌上看来，万斯通先生的小女儿完全不像父亲或母亲。她的头发怎么回事？眼睛怎么回事？随着她渐渐长成大姑娘，连她的父母都反问自己这些问题，但他们困惑茫然，给不出答案。她的头发属于纯淡棕色调的那种，没混杂进亚麻色，或黄色，或红色——这种色泽更容易从鸟的羽毛上看到，而不是从人的头上。头发柔软而浓密，有规律的褶皱从她的低前额处呈波浪状向下——但是，审美观各有不同，有些人觉得，这种头发由于完全缺少光泽，清一色的纯淡颜色，显而易见，因此看上去显得单调而又缺乏生气。眉毛和睫毛的颜色稍稍比头发的要深一点，好像是专为那些紫蓝色的眼睛制作的，浑然天成，如若配上白皙的肤色，那可就魅力无限了。但是，这儿的实际情况是，脸部令人惊诧地不予合作，希望落空了。眼睛本应该是深色的，但却偏偏是淡淡的颜色，稀奇古怪，极不协调。眼睛接近暗淡的灰色，虽然本身无迷人之处可言，但是，要表露思维最细微的差异，情感最轻微的变化，激情最深切的困扰，这种眼睛却有罕见的补偿优势，细致而又清晰的表露，任何深色眼睛都是无法比拟的。她脸部的上半部分如此古怪离奇地自相抵触，而下半部分拿人们公认的和谐协调的标准来衡量，也不见得不是南辕北辙。她的嘴唇真正具有女性娇美的形状，脸颊圆润光滑，透着青春的妩媚——但对于一个她这个年龄的姑娘而言，嘴巴过于宽大结实，腮帮子过于方正厚重。她的肤色具有她的头发所具有的单一色调的特点——整个都像奶油般呈现柔和光滑的暖色调，除了偶尔身体上的特别用劲，或者突然情绪上的焦虑不安，脸颊上不改变半点颜色。整个五官相貌——特征上形成了强烈的反差，很不可思议——因其不同寻常的多变性，显得格外引人注目。那双大大的、令人震惊的淡灰色眼睛几乎就不曾有过消停的时候，瞬息万变的脸上，不同的表情一个连着一个，变化的速度之快，令人头晕目眩。所以，在这场竞赛当中，假如有人要对其做一番从容不迫的分析，那是会被远远抛到后面的。姑娘从头至脚浑身都洋溢着青春的活力。她的身材——比姐姐的要更高，比一般女性也要更高，充满了性感、蛇形般柔美的曲线，轻盈敏捷，嬉戏顽皮，优美动人，其举手投足都表现出一只小猫咪的动作，当然并不显得不自然——她的身材已经发育成熟了，任何人看了都不可能会认为她只有十八岁。她像一个二十岁或更大年龄的姑娘那样身体发育成熟了——而且凭借她无以伦比的健康体魄，那是自然而然、不可阻挡地发育成熟的。

作者对人物心理活动的描写也是鞭辟入里、入木三分，如《月亮宝石》中描写克拉克小姐接受了富兰克林的要求，叙述其所见所闻的一段：

在这样一个隐居处——一个被罗马天主教汹涌澎湃的汪洋大海包围下的帕特莫斯孤岛——我终于收到了一封寄自英国的书信。我发现自己这个微不足道的人突然被富兰克林·布莱克先生记起来了。我的这位富有的亲戚——但愿我还可以说也是精神上富有的亲戚！——写信来，甚至毫不饰掩，说有事求我。他一时心血来潮，又扯起了月亮宝石那桩肮脏可悲的丑事。要我帮助他，把我客居在伦敦我韦林德表姨府上时亲眼所见的情况叙述出来。提出要给我报酬——一副有钱人特有的薄情寡义的嘴脸。我又要揭开时间刚刚使之愈合的伤口，又要找回极度痛苦的回忆——这样做了过后，我得接受布莱克先生的一纸支票，这个报酬无异于在我身上划一道新伤口。我天生意志薄弱。经历了一番剧烈的斗争之后，基督徒的谦卑战胜了可耻的傲慢，克己忘我的精神令我接受下了那张支票。……本叙述中的某些内容可能对主要涉及其中的人物不够奉承，布莱克先生很容易将其压下不公之于众。他出钱买了我时间，但他即便用他的全部财富也买不去我的良知。

尽管如此，长期以来，人们对于柯林斯这样一位维多利亚时代的重要作家并没有给予应有的实事求是的评价，没有像对待查尔斯·狄更斯、安东尼·特罗洛普、乔治·艾略特、威廉·萨克雷、勃朗特姐妹、托马斯·哈代等那样，把他当严肃小说家看待，尽管他是狄更斯的挚友和合作者，但他只享受到了"通俗小说家"或"侦探小说家"的称号，其作品也被列入"消遣作品"之列，不能登大雅之堂。柯林斯在中国的境遇也同样如此，最明显的例证就是，各种英国文学史书大都对他或一字不提，或只是一笔带过[①]，对其作品的译介也数量极少，在读者的心目中，他连二流作家都算不上。这不能不说是令人遗憾的事。

最后，我有必要简要介绍一下这套文集的翻译情况。假如从我1998年动笔翻译《白衣女人》的时间算起，时间跨度已达二十多年了。2003年，译稿完成后，我联系上了当时在漓江出版社任责任编辑的沈东子先生，翻译过爱米莉·勃朗特《呼啸山庄》等作品的东子先生听了我的介绍后表示愿意出版译稿，书稿的清样都出来了，但后因其他原因未能如愿。于是，书稿束之高阁了几年。时至2008年秋天，我并没有因为《白衣女人》的出版受阻而灰心丧气，而是对柯林斯越发"牵肠挂肚"，"痴心不改"地想要翻译他更多作品，于是选中了本文集中的其他五部（当时，除了《白衣女人》和《月亮宝石》，其他作品国内均无译本）。其间，某家出版社出版了《法律

---

① 只有少数叙述英国文学通史或小说史的著作用很短的篇幅讨论柯林斯的生平和作品，如侯维瑞、李维屏著《英国小说史》（二卷本，译林出版社，2005），刘文荣著《19世纪英国小说史》（中国社会科学出版社，2002），蒋承勇等著《英国小说发展史》（浙江大学出版社，2006），梁实秋著《英国文学史》（三卷本，新星出版社，2011），常耀信主编《英国文学通史》（三卷本，南开大学出版社，2011）。

与夫人》，但不是这个书名），准备"孤注一掷"（如若译稿无缘出版，权当做翻译练习好啦，聊以自慰），于是从翻译《月亮宝石》开始，翻译工作次第展开，而且比先前投入的时间更多。世界上的事情讲究机缘，文学翻译作品的出版也如此。2015年的一天，沈东子先生突然发来短信，问我手上有些什么译稿，因为之前我已经出版了包括《白衣女人》和《月亮宝石》在内的其他几百万字翻译书稿，我便告诉他关于翻译柯林斯的情况。他当即表示要推出《柯林斯文集》（暂定六部），并且很快便签订了出版协议。

　　翻译一套几百万字的作品，译者首先面临的是作品中涉及的人名、地名和历史事件名等专用名词的翻译，要力求做到标准、规范，前后统一，体现权威性。我在翻译中的主要策略有：一是约定俗成，沿袭已经固定了的译法，如 Halcombe——哈尔寇姆，Norfolk——诺福克郡，Charing Cross——查令十字，等等。二是使用权威工具书，主要包括：陆谷孙先生主编的《英汉大词典》（上、下，共 4206 页，上海译文出版社），新华通讯社译名室主编的《世界人名翻译大辞典》（上、下，共 3929 页，中国对外翻译出版公司），周定国主编的《世界地名翻译大辞典》（共 1281 页，中国对外翻译出版公司），《简明不列颠百科全书》（汉译本，共十一卷，每卷一千页左右，中国大百科全书出版社），等等。三是对于不包括在前面两类范围之内的专用名词，则通过网络检索工具进行处理。柯林斯的作品问世已经超过一百五十年了，作者本人家学渊源，文学艺术造诣深厚，体现在作品中的历史文化知识丰富多彩，为了准确全面将这些英国维多利亚时代的小说介绍给当今的中国读者，译者决定采用"深度翻译"（Thick Translation）策略，对其中多方面的内容给予较为详细的注释，以便拓展和延伸文本的空间。文集注释的文字超过十万字。

　　柯林斯的文集能够与读者见面，需要感谢很多人。我要感谢对我始终不弃的沈东子先生，虽未曾谋面，但身为出版家、作家和翻译家的他给予了我无私的支持和厚爱。感谢为本文集出版付出了艰辛劳动的谢青芸编辑和其他编辑。感谢中国社会科学院外国文学研究所的朱虹先生，曾经李美辉博士多方努力，联系上了当时远在美国波士顿讲学的朱先生，先生慷慨大度，允许我用她《威尔基·柯林斯和他的〈白衣女人〉》（我翻译《白衣女人》的动因源自阅读了朱先生的文章）一文作为《白衣女人》湖南人民出版社 2010 年版（蒙钟伦荣先生鼎力相助）的《代译序》。感谢我在不同阶段和不同学校求学期间精心培养了我的恩师们，正是他们传道、授业和解惑，让"半路出家"学习英语的我能够利用英语为社会略尽绵力。感谢旅居英国的易运香女士，她曾多次购买柯林斯的传记和研究图书赠送给我。感谢李昆和 Alex 夫妇，他们热忱友好，无论置身何地，都会耐心细致地帮助我解决诸多翻译中的疑难。我曾把作品中的一些内容作为教材用于我工作的宜春学院外国语学院的青年教师，多届翻译、英语（师范）、商务英语本科专业学生，江西工程学院外语外贸学院的青年教师、多届商务英语本科专业学生以及我兼职的南昌大学多届翻译专业硕士研究生的课堂，感谢他们讨论中向我提出了富有见地的看法和建议，让我有机会改进了一些译文，纠正了个别误译。感谢我的历届学生们，我在与他们亦师亦友的交往中，教学相长，收获了与他们共同进步的美好回忆。感谢我所在学校的多任领导和外语学院广大同事，他们对我的肯定、鼓励和包容是我前进的动力。感谢几十年来在我翻译道路上给予过我帮助的许许多多朋友们（恕不一一点名）。还要感谢我的家人，是他们的理解和支持，承担起了全部家务，让我能够在工作之余心无旁骛，专事译事。尽管如此，译本中不妥甚至谬误之处在所难免，敬祈广大读者批评指正。

潘华凌

2018 年仲春

2021 年初夏修改

于宜春丽景山庄听松斋

我不可以用这样的风格写作吗?

同样用这样的方式,而又不偏离

我的目标,你的好处?为何不可以这样做呢?

乌黑的云朵带来雨水,而灿烂的云朵什么也不带来。

——摘自约翰·班扬[①]:《替自己的书辩解》

---

① 约翰·班扬(John Bunyan,1628—1688)英国著名作家、布道家。出生于英格兰东部区域贝德福德郡的贝德福德。青年时期曾被征入革命的议会军,后在故乡从事传教活动。1660年,斯图亚特王朝复辟,当局借口未经许可而传教,两次把他逮捕入狱,分别监禁十二年和六个月。班扬在狱中写就《天路历程》,内容讲述基督徒及其妻子先后寻找天国的经历,语言简洁平易,被誉为"英国文学中最著名的寓言"。本书的注释均由译者提供,其中部分条目参考了本书英文原版末尾处提供的内容,特此致谢。

谨以本书献给

弗雷德里克·莱曼先生和夫人[1]

① 本书题献的对象弗雷德里克·莱曼（Frederick Lehmann 1826—1891）是个成功的英国商人，出生于德国汉堡，于1880年以自由党成员的身份进入英国下议院。他和夫人妮娜在伯克利广场和海盖特的两处寓所接待为数众多的文学和艺术家朋友，其中包括乔治·艾略特（George Elliot，1819—1880，即Mary Ann Evens）、查尔斯·狄更斯（Charles Dickens,1812—1870）、罗伯特·勃朗宁（Robert Browning,1812—1889）和弗雷德里克·莱顿爵士（Sir Frederick Leighton, 1830—1896）等。本书作者威尔基·柯林斯与莱曼夫妇更是交谊深厚，这部小说的大部分篇幅是他客居在他们的"林地"寓所时创作的。那是他们坐落在海盖特南森林路的一处乡间静居处。凯瑟琳·彼得斯（Catherine Peters）指出，朱利叶斯·德拉梅恩和他的夫人两个人物形成了"对弗雷德和妮娜的得体赞誉"（《故事大王：威尔基·柯林斯传》）。如同他们在小说中的对应人物一样，弗雷德是议会的候选人，妮娜是卓越的钢琴家，而他们的姓氏也和德拉梅恩夫妇相似。

目录

故事背景地之二　　克雷格弗尼旅馆

故事背景地之三　　伦敦

故事背景地之四　　温迪盖茨宅邸

故事背景地之十四　波特兰广场街

故事背景地之十五　霍尔切斯特府邸

故事背景地之十六　盐田

前 言

本书奉献给读者的这个故事有一方面不同于作者先前创作的故事。本故事以事实为基础。长期以来，我们中有人遭受到虐待凌辱而暴行未被制止。因此，故事旨在激励人们努力提供帮助，加速革除此类现象。

至于联合王国婚姻法目前令人感到羞耻的状况，不存在任何争议。皇家委员会受命调查婚姻法实施情况。该委员会的报告为我创作这部小说提供了坚实的基础①。参考这些高级的权威资料可能很有必要，因为这样可以让读者们确信，我并没有将他们引入歧途。有关资料收录在本书附录中②。我只需要补充的是，我在创作这部小说时，针对"赫斯特·德思里奇"故事中暴露的残酷虐待行为，议会正积极行动起来，采取法律上的补救办法。最终，呈现出一种前景：英国有望立法，以便保证已婚妇女有拥有自己财产的权利，持有自

---

① 本书第二十一章中，作者借帕特里克爵士之口表示："1865 年 3 月，女王任命一个委员会展开对联合王国婚姻实施情况的调查。该委员会的调查报告在伦敦出版了，任何人只要愿意支付两到三个先令均可以看到。调查的结果之一显示，高级权威人士对于苏格兰婚姻法的一个重要问题，持有完全相反的看法。委员会的委员们在宣布这个事实时补充说，哪种看法正确，这个问题还有争议，根本没有做出法律上的决断。纵观整份报告，处处呈现权威们的不同看法。苏格兰云遮雾罩，关于文明生活最重要的契约，充满了疑惑和不确定性。改进苏格兰的婚姻法，即便不存在别的什么理由，那么，以上事实也提供了充分的理由。一部不确定的婚姻法可谓民族的大灾难。"毫无疑问，皇家委员会对婚姻法实施状况的调查报告启发了作者要创作这部小说。
② 本书英文原版提供了两个相关附录资料，译本省略了。

己收益的权利①。除此之外，据我所知，议会并没有做出什么努力，以便净化业已存在于《大不列颠及爱尔兰婚姻法》中的腐败堕落现象。皇家委员会的委员们以确切无疑的声音呼吁国家出面干预——迄今为止，并没有说服议会做出任何答复。

至于本书陈述的另外一个社会问题——目前人们狂热追求肌肉运动影响英国新一代人身体和品行的问题——我并不对自己进行掩饰，我踏入了微妙的领域，而针对我在这个问题上的写作，有些人会表露出强烈的不满。

尽管我在此没有皇家委员会可以依仗，但我认为，自己面对的仍然是显而易见而且可以提供得出的事实。近些年来，我们痴迷于培养肌肉，对于这种狂热导致的身体上的结果，显而易见本书表达的观点正是医学界普遍持有的观点——以高级权威斯基②先生为首。而（假如医学上的证据受到质疑，被认为那只是基于理论的证据），同样明摆着的事实是，英国各地的父亲们有亲身经历，当他们谈及自己儿子的病情时，实际上可以证实医生们提出的观点。人们深受这种"我们的民族怪癖"之害——受害者们终身残疾。

至于品行方面的结果，英国最近毫无节制地发展体育，英国人的某些阶层中间最近广泛蔓延着粗鲁野蛮的行径，我认为这两者之

---

① 这种"前景"在本前言写就之后几个星期便成了现实，因为议会于1870年8月9日通过了《已婚妇女财产法案》。法案给予了已婚妇女对自己财产更大的控制权。不过，直到1882年第二个《法案》通过时，已婚妇女才真正享有与单身妇女拥有财产的同等权利。
② 斯基（Frederic Skey，1798—1872）是位卓越的外科医生，曾就严厉的体育训练所带来的负面作用问题在《泰晤士报》上发表了一系列书信。

间存在某种关联。我的这种看法或许正确，或许不正确。但是，粗鲁野蛮的行径确实存在，这一点能够否认得了吗？更有甚者，近年来这样的情况在我们中间呈现出惊人的比例，这一点同样能够否认得了吗？我们已经没有了廉耻，对残暴的恶行习以为常，见怪不怪了，因此，我们还把它们看成是我们社会体系中的必要成分，同时，我们把我们中间的野蛮之辈列为人口中有代表性的一部分，冠以一个新近创造出的名称——"粗人"。成百上千的其他作家用浮夸的语言把公众的注意力吸引到了龌龊的"粗人"身上。假如当代的作家们控制在这个范围之内，他们倒是可以获得自己读者的支持。但是，他们也算是够勇敢的，竟然关注起经过洗涤的身穿细纹布衣服的"粗人"来了——因此，他们必须要坚持防着读者，因为他们并没有注意到这种变化，或者即便注意到了，也宁可视而不见。

英国社会中上层阶级里，透过不同阶层的人群，可以很容易找到长着干净皮肤和穿着精致外套的"粗人"。只需要列举极少数几个例子便可。不久前，医疗阶层的"粗人"们参加一场公共娱乐活动后返回时，破坏房屋财产，毁灭街灯，惊扰一处伦敦郊区的体面居民，并以此来消遣取乐。军人阶层的"粗人"们（在某些军团）——还是在不久前——犯下种种暴行，结果迫使骑兵卫队当局出面干预。最近一天，商人阶层的"粗人"们对一位声名卓著的外国银行家进行围攻、推搡，并且将其暴力驱逐出了股票交易所。那位银行家原本是由交易所资格最老和最体面的成员中的一位领着前来参观的。1869年校庆时，大学阶层（牛津大学）的"粗人"们大声嚷嚷着把执行副校长、各学院的院长和前来祝贺的客人们轰到了门外——随后冲进了基督教会学院图书室，烧毁了里面珍藏的人物胸像和经书。明摆着的事实是，其中的涉事者大都是体育运动的赞助人，有些是体育运动中的英雄人物。这难道不是塑造"杰弗里·德拉梅恩"这个人物的素材吗？关于帕特尼"公鸡与酒瓶"酒店运动员之家聚会时出现的场面，难道是我完全凭着想象力捏造出来的吗？文明社会呼吁复兴高尚美德，而且发现人类的愚昧行为已经密集度很高了，需要有所行动。为了人类文明的利益，难道不需要反对我们中间野蛮行为的复苏吗？

　　我在结束这篇前言之前，稍等片刻，返回到"艺术"问题上。我希望本书的读者发现，故事的目标永远是故事本身不可或缺的一部分。这样一部作品中，成功的首要条件是，事实与虚构决不可以彼此分离。我付出了艰辛的劳动来实现这个目标。我相信，自己的艰辛劳苦没有白费。

威·柯

1870 年 6 月

主要人物表

安妮·西尔韦斯特——故事女主人公，备受杰弗里·德拉梅恩伤害

布兰奇·伦迪——安妮·西尔韦斯特的朋友，二人亲如姐妹

帕特里克·伦迪爵士——退休律师，伦迪府上的一家之主

阿诺尔德·布林克沃斯——德拉梅恩的朋友，布兰奇·伦迪的配偶

杰弗里·德拉梅恩——邪恶之徒，背叛与安妮·西尔韦斯特的婚约

茱莉亚·伦迪夫人——布兰奇·伦迪的继母，为人傲慢

毕晓普里格斯——克雷格弗尼旅馆的侍者

朱利叶斯·德拉梅恩——杰弗里·德拉梅恩的兄长

赫斯特·德思里奇——伦迪夫人的厨娘，哑巴，行为怪异

格莱纳姆夫人——富有的寡妇，一心想要嫁给杰弗里·德拉梅恩

霍尔切斯特勋爵——杰弗里·德拉梅恩的父亲

佩里——杰弗里·德拉梅恩的教练

引子：爱尔兰式的婚姻

第一部分：汉普斯特德①的别墅

一

三十多年前，一个夏日的早晨。一艘东印度公司②的客轮即将从格雷夫森德③扬帆起航，驶向孟买。船舱里，有两个姑娘在伤心痛哭。

她们同龄——都是十八岁。自从童年时代开始，她们都是在同一所学校读书，是亲密无间的知心朋友。此时此刻，她们第一次别离——说不定，今生今世就此别离了。

她们其中一个叫布兰奇，另一个叫安妮。

两个姑娘都是贫穷父母的孩子，都一直是学校里有学生身份的实习教师，都命中注定要自食其力。从个人身份上来说，同时也从社会地位上来说，以上是她们两个人之间仅有的相似点。

布兰奇相貌平平，天资一般——如此而已。安妮则美貌惊艳，天资非凡。布兰奇的父母属于正派体面人，一心想着无论付出什么

① 汉普斯特德（Hampstead）是伦敦西北部的一片区域，距离查令十字六公里左右，是一片很著名的区域，柯林斯童年时代曾在此居住，这个地点在他的多部小说中出现，其好友查尔斯·狄更斯也常常把它作为自己小说的背景地。

② 英国东印度公司（British East India Company）创立于1600年，由一群有影响力的商人组成。商人们于1600年12月31日获得英格兰女王伊丽莎白一世授予的皇家特许状，给予其对东印度开展贸易的专利特许。随着时间的推移，东印度公司从一个商业贸易企业演变成了印度的实际主宰者，英国政府对印度的统治正是通过该公司实行的。但印度起义之后，英国政府于1858年8月正式宣布取消东印度公司，开始直接统治印度至1947年。

③ 格雷夫森德（Gravesend）是英国东南部港市，位于伦敦东部的泰晤士河畔，有"伦敦港大门"之称。

代价，也要确保自己的孩子未来幸福美满。安妮的父母则冷酷无情，品性恶劣。凡是涉及自己女儿的事情，他们唯一的心思便是要把赌注压在她的美貌上，让其种种才能转换成利益。

两个姑娘正开始着人生的历程，但其境况大相径庭。布兰奇正要前往印度，去一位法官家里担任家庭教师——置于法官夫人的管理之下。安妮必须要在家里等待时机，以低下的成本，被送往米兰。她将在那素不相识的人们中间接受表演和歌唱艺术方面的训练——然后返回英国，登上歌唱的舞台给家里挣钱。

两个姑娘一起坐在驶向印度的客轮的船舱里，紧紧拥抱，伤心痛哭。以上便是她们的前景。她们低声细语，彼此说着临别的话——尽管姑娘之间的交谈容易显得夸张而又冲动——言辞恳切，发自内心。

"布兰奇！你可能会在印度结婚嫁人，但你一定要说服你的丈夫携你返回英国来啊。"

"安妮！你可能会厌恶舞台表演，到时可一定要到印度来啊。"

"无论在英国，或不在英国，结婚，或未婚，我们一定会见面，亲爱的——哪怕要过去许多年也罢——我们之间一定会保留着昔日的爱，一定还是互帮互助的朋友，一定还是相互信赖的姐妹，今生今世如此！对此发誓吧，布兰奇！"

"我对此发誓，安妮！"

"你要全心全意！"

"我会全心全意！"

船帆迎风展开，客轮开始在水中移动了。有必要诉诸船长的权威，两个姑娘才能彼此分离。船长出面干预了，态度和蔼而又坚定。

"好啦，亲爱的，"他说着，一条胳膊搂着安妮，"你不会在意我吧？

我自己也有女儿呢。"安妮把头伏在船长的肩上。他双手扶着她上了旁边的登岸小船。五分钟过后，客轮起航了。小船划到了浮码头边——两个姑娘彼此朝着对方投去了未来漫长岁月中的最后一瞥。

这一幕发生在 1831 年的夏天。

二

二十四年后——1855 年夏天——汉普斯特德有一幢配有家具的别墅等待出租。

打算出租别墅的一家人仍然住在里面。下面这一幕开始的那天傍晚，餐桌边坐着一位夫人和两位先生。夫人到了四十二岁的成熟年龄。她风韵犹存，仍然美貌惊艳。她丈夫比她年轻，此时正坐在餐桌边她的正对面，沉默不语，态度拘谨，没有看自己夫人一眼，甚至连偶尔瞥一眼都没有。丈夫姓万博勒。那第三位是个客人。客人姓肯德鲁。

晚餐结束了。水果和葡萄酒被摆上了餐桌。万博勒先生沉默不语，把酒瓶推向肯德鲁先生。女主人则扭过头看了看伺候的仆人，并且说："叫孩子们进来吧。"

房门打开了，进来了一个十二岁的女孩，一只手牵着一个五岁的女孩。两个姑娘都身穿白色衣裙，系着相同的淡蓝色腰带，显得很可爱。但是，她们之间没有那种属于一家人的相似外表。年龄大的那个身体虚弱，弱不禁风，长着一张苍白敏感的面孔。年龄小的那个皮肤白皙红润，圆圆的红脸颊，明亮漂亮的眼睛——一副快乐健康、美丽迷人的小模样。

肯德鲁先生用探询的目光看着年龄小的。

"这个小姑娘，"他说，"我完全不认识啊。"

"过去整整一年，您若不是个完全的陌生人，"万博勒夫人说，"您绝不会有这样的表白啊。这是小布兰奇——我最亲密的朋友的独生女。和布兰奇的妈妈最后分别时，我们是学校里的两个贫穷的女生，正开始自己谋生来着。我的朋友去了印度——很晚才在那儿结婚嫁人。她的丈夫，那位著名的印度官员托马斯·伦迪爵士——您可能听说过他吧？对啊，'富有的托马斯爵士'，正如您称呼他的。伦迪夫人现在正在返回英国的途中，这是她出国后首次回国——我害怕说那是多少年前了。我昨天等着她，今天等着她——她随时都可能到达。当年，在那艘把她送到印度去的船上，我们相互承诺要见面的——那美妙的昔日时光里，我们把那称作'誓约'。我们最后真的见了面后，想想看，我们会发现彼此变化有多大啊。"

"在此期间，"肯德鲁先生说，"您朋友似乎先把自己年幼的女儿送到了您这儿，对吧？旅途遥远，如此年幼的一个游客吃不消啊。"

"那是一年前医生们开出的处方，"万博勒夫人接话说，"他们嘱咐说，布兰奇的身体需要适应英国的气候。当时，托马斯爵士生病了，夫人不能抛下他不管。她只好把孩子送到英国——除了我这儿，她能够把孩子送到谁的手上去呢？看看她现在，说说看，英国的气候是否适合她呢？肯德鲁先生，我们两位母亲看来真正要以我们孩子的身份再次生活了。我有个独生女儿，我朋友也有个独生女儿。我女儿是小安妮——和我的名字一样。我朋友的女儿是小布兰奇——和她的名字一样。还有，更加令人欣喜的是，两个姑娘彼此同样喜爱对方——如同我们昔日在学校时彼此喜爱对方一样。人们常常会有关于世仇的说法，莫非也有世爱的说法吗？"

客人没有来得及回话，其注意力便被一家之主给吸引过去了。

"肯德鲁，"万博勒先生说，"你已经滋生起了足够的家庭情感了，来杯葡萄酒如何啊？"

他说这话的语气和态度中透出未加掩饰的蔑视。万博勒夫人脸色通红。她等待着，控制住了瞬间的愤怒情绪。当她再次开口对丈夫说话时，很显然，她希望给予他安慰，与他和解。

"亲爱的，恐怕你今晚身体不舒服吧？"

"等两个孩子吃过饭后，我会感觉舒服一些的。"

两个姑娘在削水果皮，小的继续进行，大的停下来了，看了看自己的母亲。万博勒夫人示意布兰奇过来到她跟前，指了指朝着院落敞开的落地窗。

"你愿意到花园里去吃水果吗，布兰奇？"

"假如安妮陪我一块儿去，"布兰奇说，"可以呀。"

安妮立刻站起身，两个姑娘随即手牵着手到室外的花园去了。她们刚一离开，肯德鲁先生便机智地挑起了一个新话题。他提起了别墅出租的事情。

"损失了花园，对于两位小姑娘来说，那可是伤心的损失啊，"他说，"你们放弃这么一处美丽惬意的地方，看起来确实是一大遗憾。"

"搬离这处住所并不是最大的牺牲，"万博勒夫人回答说，"约翰若认为汉普斯特德距离伦敦城区太过遥远，我们当然必须得搬家啊。我唯一要抱怨受不了的就是别墅出租的事情所带来的痛苦。"

万博勒先生看着餐桌对面的夫人，样子要多难看有多难看。

"你打算如何处理这件事情呢？"他问了一声。

万博勒夫人试图用微笑来消除这种夫妻间的分歧。

"亲爱的约翰啊，"她说着，语气温和，"你忘记了，你在经商处理业务时，我整天都待在这儿，没有办法，只得面对那些上门来看房子的人。那都是些什么人啊！"她面对着肯德鲁先生，接着说："他们对每一样东西都信不过，从门口的刮板，到房顶的烟囱。他们时时刻刻都跑进来看，提出形形色色的问题，态度粗鲁——还没有等我做出回答，他们的言谈举止便明明白白地告诉你，他们不相信你的回答。有个无赖女人说：'您觉得下水道畅通吗'——还没有等我回答说畅通，便满腹狐疑，嗤之以鼻。有个混蛋男人问：'您确认这房子建筑得牢固吗，夫人？'——还没有等我做出回答，便拉直了两条腿在地板上蹦跳了起来。没有人相信我们的沙砾土地面，我们的朝南方位。没有人想要我们增建的部分。他们听说了约翰的自流井后，那表情看起来好像从来都没有喝过水似的。还有，他们若碰巧路过我的家禽院子，他们对新鲜蛋的趣味，会立刻消失殆尽！"

肯德鲁先生哈哈大笑起来。"我生平经历过这一切，"他说，"想要租房子的人与有房子要出租的人是天敌。很不可思议——对吧，万博勒？"

万博勒先生态度依旧，仍然固执郁闷，充满着对抗情绪，如同对待他夫人一样对待他朋友。

"我可以说，"他回应道，"我刚才并没有在听。"

他这次的说话语气几乎显得粗暴。万博勒夫人看着自己丈夫，表露出未加掩饰的惊诧和痛苦。

"约翰！"她说，"你这是怎么啦？心里痛苦难受吗？"

"我认为吧，一个人可能会感到忧虑和揪心，但不一定真正感到痛苦。"

"听见你说感到忧虑，我很难过。是生意上面的事情吗？"

"是啊——生意上面的。"

"请教一下肯德鲁先生吧。"

"我正等待着请教他呢。"

万博勒夫人立刻站起身。"你们若想要咖啡，"她说，"摇铃吧，亲爱的。"她经过丈夫身边时，停住了脚步，把一只手轻柔地放在他的额头上。"我多么希望能够抚平这皱纹啊！"她轻声细语地说。万博勒先生不耐烦地摇了摇头。万博勒夫人转身朝着门口走时，叹息了一声。她还没有走出房间时，丈夫便冲着她喊了一声。

"记住，不要来打搅我们！"

"我会尽力做到的，约翰。"她看着肯德鲁先生，一边让门开着可以出去，同时，努力恢复了她先前轻松的语气，"不过，不要忘记了我们的'天敌'啊！即便傍晚这个时候，也会有人想要上门来看房子的。"

两位先生单独留下来喝酒。他们两个人的体形外貌形成了鲜明的反差。万博勒先生身材高大，皮肤黝黑——是个风流倜傥、英俊潇洒的人。人们可以从他的面部看出一种能量，但表象之下透着天生的虚情假意，这一点只有独具慧眼的观察者才能看透。肯德鲁先生身材矮小，皮肤白皙——行动迟缓，举止笨拙，但当有什么事情激发起了他的情感时除外。假如人们盯着他的脸部看，面前呈现的是一个其貌不扬并且拘谨缄默的小个子男人。独具慧眼的观察者透过表象进行洞察，看到的是一个本质优秀的人，具有稳固的正直真诚的品质基础。

万博勒先生挑起了话头。

"假如你哪天结婚娶妻，"他说，"千万别像我一样傻乎乎的啊，肯德鲁。绝对不要娶从事舞台表演的女人做夫人。"

"我若能够娶到像你夫人这样的女人，"对方回答说，"我明天就会把她从舞台上领回家去。一个美丽迷人的女人，一个聪明智慧的女人，一个品性无可挑剔的女人，一个真心诚意爱着你的女人。我的天啊！你还想要什么呢？"

"我想要的东西多着呢。我想要一个门第高贵和气质优雅的女人——这样的女人能够张罗全英国一流的社交活动，能够替她丈夫开辟道路，使他在世界上占有一席之地。"

"世界上的一席之地！"肯德鲁先生大声说，"这儿就有这样的一个人，他的父亲留给他五十万英镑现金——还连带一个附加条件，可以在英国最大的商行之一坐上接替他父亲头把交椅的位置。他还在此谈什么地位，仿佛他是在自己的商行里担任低级职员似的！你已经得到了这样的位置了，你雄心勃勃，除了已经得到的，到底还想要得到什么呢？"

万博勒先生喝完了一杯酒，目不转睛，盯着自己朋友的脸看。

"我的理想是，"他说，"进入英国议会，最后拥有贵族勋衔①——

---

① 英国封爵起源于 14 世纪中叶，始创于 1350 年的嘉德勋衔，是迄今为止英国历史最悠久、地位最高的勋位。英国勋衔可以分三大类：一是皇族勋位，赐予皇族或最高级的贵族。二是贵族勋位，赐予一般贵族。三是功绩勋位，赐予有重大贡献的人士。皇族与贵族的勋衔共分为五个等级，其名称及其相对的女性称谓是：公爵、侯爵、伯爵、子爵、男爵，而男爵之下还有从男爵，是世袭爵位中最低级者。

进程之中，我已经没有了别的任何障碍，只差地位高贵的夫人。"

肯德鲁先生举起一只手，以示警示。"别这样说话，"他说，"你若是开玩笑，我可是看不出这是个玩笑。你若是说真格的，你让我听到后不禁产生了怀疑，尽管我宁可没有这种怀疑。我们还是换个话题吧。"

"不！我们干脆把话说开了。你怀疑什么啊？"

"我怀疑，你厌倦了你夫人。"

"她四十二岁，而我三十五岁。我和她结婚已经十三年了。这些情况你很清楚——你只是怀疑我厌倦她了。天啊，你真是天真！你还有什么别的要说吗？"

"你若硬要我说，那我就以一位老朋友的身份不予掩饰地说了，你没有公平地对待她。你父亲离世后，你停办了国外实业，回到英国了。那之后，时间已经过去了将近两年。除了我本人，还有一两个昔日的朋友之外，你没有把自己的夫人介绍给别的任何人认识。你新近拥有的地位替你进入一流社交圈铺平了道路。你从不携夫人一同前往。你出门在外时，人家还以为你是个单身汉。我有理由知道，在不止一个社交季里，你在那些新认识的人中间，人家实际上认定你就是单身汉。原谅我说话直率，说出了自己的心里话——我怎么想的就怎么说。你把自己的夫人掩埋在这儿，好像觉得她拿不出手似的，这样做不地道啊。"

"我确实觉得她拿不出手。"

"万博勒！"

"等一等！你不可以由着自己的性子来，亲爱的伙计啊。实际情况怎么样呢？十三年前，我爱上了一位容貌美丽的公众歌星，并且娶了她。我父亲对我怒不可遏，我只好和她一同到国外去生活。到了国外，没有问题了。我父亲弥留之际原谅了我，我又只好领着她回国。回国后，问题来了。我面临着宏伟的职业生涯，但我发现，与自己紧密相连的是这样一个女人，其亲属——你很清楚——处于底层中的底层。这个女人毫无高雅的风度可言，或者，除了她的保育室和厨房，她的钢琴和书籍，她毫无其他志趣。这样的夫人能够为我在社交圈立足助上一臂之力吗？前面的道路上充满了社会障碍和政治障碍，这样的夫人能够替我铺平道路，进入上议院吗？上帝啊！倘若有那么一个女人需要'掩埋'起来，正如你所说的，那个女人就该是我的夫人。再说了，我不可能把她掩埋在这儿，掩埋在这幢我即将要离开的别墅里。她已经养成了一种可恶的习惯了，走到哪儿都喜欢交朋结友。倘若再让她在这个区域里长期待下去，周围定会有一个朋友圈了。朋友们会记住她是著名的歌剧演员，朋友们会看见她那坑蒙拐骗的无赖父亲——只要我一转身离开，就喝得醉醺醺地来到家门口，向她借钱！我告诉你吧，我的前程已经被我的婚姻给毁了。你在我面前谈我夫人的美德，毫无作用。尽管她具备了种种美德，但她却是套在我脖子上的一个沉重负担。我若不是个天生的白痴，那我就会等一等，娶一个对我有所帮助的女人为妻，一个有高贵门第的女人——"

肯德鲁先生触碰了一下主人的胳膊，突然打断了他的话。

"说关键的一点吧，"他说，"就是一个像简·帕内尔夫人那样的女人。"

万博勒先生怔了一下。面对着自己朋友的眼睛，他第一次眼睛朝下看。

"关于简夫人，你知道些什么情况吗？"万博勒问了一声。

"一无所知，因为我不在简夫人的世界内活动——但我确实有时会上歌剧院去。昨晚，我看见你和她在她的包厢里。我旁边座位上的人说的话，我全部都听见了。人家在公开地说你，说你是简夫人青睐的男士，是从其他男士中挑选出来的。想想看，假如你夫人听见人家这样说，结果如何？你错了，万博勒——无论从哪一点上来看，你都错了。你令我感到震惊，令我感到难受，令我感到失望。我从来没有要寻求这种解释——但现在解释来了，面对它，我不会退缩不前的。再想一想你的行为吧，再想一想你对我说过的话吧——否则你就不要再把我当朋友啦。不！我现在不想再谈论这件事情。我们双方都不冷静——我们最后可以说，话还是不说白了的好。再说一次，我们改变话题吧。你在信中对我说，你想要我今天来这儿，因为有一件重要事情你要征求我的看法。是什么事情呢？"

问题提出后出现了一阵沉默。万博勒先生显露出尴尬的神色。他又给自己斟了一杯酒，一口喝干了杯中酒后才做出回答。

"关于我夫人的事情，听了你刚才说话的口气之后，"他说，"还真不那么容易告诉你我需要什么呢。"

肯德鲁先生表情很惊诧。

"事情与万博勒夫人有关吗？"他问了一声。

"是啊。"

"她知道吗？"

"不知道。"

"你是出于对她的考虑才保密的吗？"

"是啊。"

"我有权利对此发表意见吗？"

"作为老朋友，你有权利。"

"这么说来，为何不坦诚地告诉我那是什么事情呢？"

万博勒先生再次显得尴尬。

"由第三个人说出来，"他回答说，"会更加方便一些。我一直在等待着那第三个人呢。他熟悉全部事实——与我相比，由他说出口更加理想些。"

"那个人是谁呢？"

"我的朋友德拉梅恩。"

"你的律师吗？"

"是啊——是德拉梅恩·霍克，德拉梅恩商行的小股东。你认识他吗？"

"我认识他，他夫人的娘家人是我的朋友。我不喜欢他。"

"你今天情绪不对啊！假如还有什么人要崭露头角的话，德拉梅恩就是一个。他前程远大，而且有足够的勇气去追求自己的目标。他打算脱离那家商行，到律师界去试一试身手。大家都说，他是个干大事业的人。你对他有什么不好的看法呢？"

"我没有任何不好的看法，我们有时候遇到一些人，不喜欢，但说不上为什么。我说不上为什么，但就是不喜欢德拉梅恩先生。"

"不管你感觉如何，但你今晚必须得忍受他。他马上就要到这儿了。"

说话间，德拉梅恩先生到了。仆人开了门，通报了一声——"德拉梅恩先生到了。"

三

从外表上来说，这位即将要步入律师界去一试身手、崭露头角的初级律师看起来倒像是一位即将要取得成功的人。他面容冷峻光亮，灰色眼睛透着警觉的目光，嘴唇单薄而坚毅。这一切清楚直白地表明："我定要干出一番大事业，而你们若想要挡住我的去路，我一定会勇往直前，让你们付出代价。"德拉梅恩先生习惯对所有人表现得彬彬有礼——但是，面对自己的挚友，从未听见他说过一句不必要的话。不过，一个能力非凡的人，一个名誉毫无瑕疵的人（从世俗规范上来说）——不是一个能够亲密地牵手同行的人。您不可能从他手上借到钱——但是，您可以把巨额的金银财宝托付给他。如若涉及私密和个人的不便之处时，您可得犹豫一番，然后再决定是否请他帮忙。而如若涉及众所周知和可摆上桌面的麻烦事，您尽可以说，这可是我要寻求帮忙的人啊。他一定会勇往直前——谁也不可能看着他，怀疑这一点——一定会勇往直前。

"肯德鲁是我的老朋友，"万博勒先生说，他的话是对着律师说的，"您想要对我说什么话，可以在他面前说。喝点酒如何啊？"

"不啦，谢谢。"

"您带来了什么消息吗？"

"带来了。"

"您把那两位出庭律师的书面看法带来了吗？"

"没有。"

"为何不带来呢？"

"因为那种东西毫无必要。假如事实陈述得准确无误，关于法律，不存在半点疑问。"

德拉梅恩先生给出了这个回答后，从衣服口袋里掏出了一张写了字的纸，在自己前面的桌子上摊开。

"这是什么啊？"万博勒先生问。

"与您的婚姻有关的情况。"

肯德鲁先生怔了一下，对于先前未加注意的情况，第一次表露出了兴趣。德拉梅恩先生看了他一会儿，然后接着说。

"这个情况，"他接着说，"按照您最初陈述，然后由我们的主任职员整理出来了。"

万博勒先生的脾气又开始上来了。

"我们现在要这个东西干什么啊？"他问，"您已经进行了一系列调查，证明我的陈述准确无误——是这样吗？"

"是的。"

"您已经发现，我是对的？"

"我已经发现，您是对的——假如情况属实。我希望能够确认，您和那位职员之间没有出现什么误会。这是一件很重要的事情。我要负责提出看法，因为我的看法可能会导致严重的后果。我想要让自己确认，我提出的看法有充分的根据。我有些问题要问您，请不要不耐烦，不会占用很长时间。"

他看着那份文稿，提出了第一个问题。

"十三年前，您是在爱尔兰的茵奇马洛克结婚的对吧，万博勒先生？”

“对啊。”

“您的夫人——当时叫安妮·西尔韦斯特——是个罗马天主教徒对吧？”

“对啊。”

“她的父亲和母亲也是天主教徒对吧？”

“对啊。”

“您的父亲和母亲是新教徒？您在英国国教会接受洗礼和成长起来的吧？”

“说得对啊！”

“安妮·西尔韦斯特小姐对于嫁给您这件事情，感觉到并且表露出了强烈的厌恶之意，因为您和她属于不同的宗教团体，对吧？”

“她是这样。”

“您同意像她一样成为一个天主教徒，从而消除她的厌恶感是吧？”

“这是让她安心的最便捷方式——对于我而言，无所谓。”

“您正式被罗马天主教会接纳了吗？”

“我经历了全部仪式。”

“在国外还是在国内呢？”

“在国外。”

“那是在你们结婚日期前多久？”

“结婚前六个星期。”

德拉梅恩先生持续看着自己手上的文字稿，特别注意拿刚才这个回答与先前给那位主任职员的回答做比较。

“不错。”他说，继续提问。

"替你们主持婚礼的神父是个叫安布罗斯·雷德曼的人——一个新近任命履行神职的年轻人吗？"

"是的。"

"他询问了你们两个人是否都是天主教徒？"

"询问了。"

"他还询问了别的情况吗？"

"没有。"

"他没有问，你们找他主持婚礼之前一年以上的时间里，是不是天主教徒，这一点您确认吗？"

"我确认。"

"他一定忘记了履行这一部分职责——或者由于只是个新手，可能根本不知道这一点。您或者您夫人都没有告诉他这一点吗？"

"我和夫人都不知道必须要告诉他。"

德拉梅恩先生把文字稿折了起来，放回到衣服口袋里。

"那行，"他说，"每个细节都清楚了。"

万博勒先生黝黑的肤色慢慢地变得苍白了起来。他目光狡黠地瞥了肯德鲁先生一眼，然后又扭头看着别处。

"行啊，"他对着律师说，"现在听您的看法啦。法律上怎么说？"

"法律，"德拉梅恩先生说，"毫无疑问，或者说无可争辩，您和安妮·西尔韦斯特小姐的婚姻属于完全无效的婚姻。"

肯德鲁先生怔了一下，站起身。

"您这话是什么意思？"他问，语气很严厉。

崭露头角的初级律师抬起了眉头，显得既彬彬有礼又神情惊讶。如若肯德鲁先生想要了解情况，那他为何以这样的方式提问呢？"关于这件事情，您希望我用法律来解释吗？"

"确实如此。"

德拉梅恩先生原原本本地陈述了有关法律，认为这是英国司法的耻辱，也是英国民族的耻辱。

"根据乔治二世①时期的爱尔兰法律，"他说，"由天主教神父主持的婚礼，假如结婚双方是新教徒，或者一方是天主教徒，另一方在结婚前十二个月内一直是新教徒，那么，这样的婚姻一律无效。而根据同一君主统治时期的另外两个法律条款，神父主持这样的婚礼被认定为犯了重罪。在爱尔兰，其他宗教派别的牧师不受该法的约束。但是，涉及天主教神父身份时，该法仍然有效。"

"我们生活在今天这样的时代，这样的情况竟然还会出现啊！"肯德鲁先生激动地大声说。

德拉梅恩先生微笑着。他已经成熟老练，对于我们生活的这个时代，不再抱有习惯上的种种幻想了。

"我们还可以列举其他例证来说明，爱尔兰婚姻法本身具有一些怪异离奇之处，"德拉梅恩先生接着说，"正如我刚才说的那样，堂区神父、长老教会②牧师和不信奉国教的新教牧师可以合法主持的婚礼，但由天主教神父主持时，那就意味着犯了重罪。（根据另外的法律）假如堂区牧师主持了天主教神父合法主持的婚礼，那也意味着犯了重罪。（而再根据另外的法律）英国国教会牧师可以合法主持的婚礼，假如长老会牧师和不信奉国教的新教牧师主持了，那也意

---

① 乔治二世（George II of Great Britain，1683—1760）是英国国王，1727年，乔治一世驾崩后继位，称乔治二世。
② 长老教会（Presbyterian church）也称归正宗。归正宗是新教主要宗派之一，以加尔文（Jean Calvin 1509—1564）的宗教思想为依据。长老会一般存在于英国先前的殖民地，如美国、加拿大、澳洲、新西兰、印度等。

味着犯了重罪。一种怪异离奇的现象啊。国外人可能会认为，这是一种令人触目惊心的现象，但在这个国家，我们似乎对此毫不在意。回到目前这件事情上来，结果是这样的：万博勒先生是位单身男子，万博勒夫人是位单身女子。他们的孩子是非婚生的，那个叫安布罗斯·雷德曼的牧师一定会受到审判，并且会因为给他们主持了婚礼而作为重罪犯受到惩罚。"

"一部臭名昭著的法律啊！"肯德鲁先生说。

"但它是法律啊。"德拉梅恩先生回答说，作为给他的满意回答。

至此，这个家庭的主人一字不漏地听进去了。他端坐着，双唇紧闭，两眼盯着桌子，思索着。

肯德鲁先生转身对着他，打破了沉默。

"我可否理解为，"他问，"你想要征求我的看法的就是这件事情？"

"对啊。"

"你打算告诉我，你事先预见了有这样一次会面，还有会面导致的结果，因此，关于你该采取什么步骤的事情，你心里还觉得有疑虑对吧？我实际上可以理解为，关于是否该纠正这个严重的错误，让这个上帝名义上的夫人成为你法律意义上的妻子，你还犹豫迟疑着？"

"假如你愿意这样看问题，"万博勒先生说，"假如你不考虑——"

"我需要一个直截了当的回答——'是，或否。'"

"那你就听我说好啦！我寻思着，任何人都有权利为自己做出解释吧？"

肯德鲁先生做出了表示厌恶的动作，从而制止住了他。

"我用不着你费心劳神为自己做出解释，"他说，"我选择离开这幢宅邸。你给我上了一课啊，老兄，我对此不会忘记的。我发现，一个人认识另外一个人可能打从他们小时候就开始了，长期以来，看到的可能只有其虚假的一面。我竟然一直是你的朋友，真为此感到羞耻啊。从此刻开始，你我便是路人啦。"

他说完这话后走出了房间。

"此人的性子真是出奇火暴，"德拉梅恩先生评价说，"承蒙您允许，我觉得我要改变主意了，要喝上一杯葡萄酒。"

万博勒先生站起身，没有回答，在房间里转了一圈，显得不耐烦。虽说他是个无赖——但在意识上，即便不在行动上——此时此刻——他还是因为失去了这个自己在世界上交情最久的朋友而感到痛苦。

"这是件棘手的事情，德拉梅恩，"他说，"你建议我该怎么办呢？"

德拉梅恩先生摇了摇头，抿了一口红葡萄酒。

"我不会给你建议的，"他回答说，"关于你的事情，我只负责原原本本解释法律，除此之外，不承担任何责任。"

万博勒先生又在餐桌边坐了下来，寻思着要做出选择，是摆脱婚姻的约束，宣示自己的自由，还是不这样做。迄今为止，他先前并没有花费很长时间来思量这件事情。要不是他居住在欧洲大陆，毫无疑问，他的婚姻缺陷问题可能早就暴露出来了。实际情况是，当年夏天，他碰巧与德拉梅恩先生有过一次交谈，这才发现了这个问题。

律师沉默不语坐了片刻，一边抿着红葡萄酒，这位丈夫也沉默不语地坐着，一边想着自己的心事。一位男仆[①]进入了餐室，现场局面这才有了变化。

---

① 维多利亚时代的英国，一般富裕人家才能雇得起男仆，因为男仆的薪水要高于女仆，而且雇佣男仆的主人需要纳税。

万博勒先生抬头看着男仆，突然火冒三丈。

"你来这儿要干什么啊？"

对方是个很有教养的英国仆人。换句话说，是个"机器人"，一旦上好了弦，那就会忠实履行职责，毫无变通的余地。他有话要转达——而且把话转达了。

"门口有位夫人，先生，她想要看看这幢别墅。"

"已经傍晚时分了，不安排看。"

"机器人"带来了一个口信——而且把口信转达了。

"那位夫人要我替她表达歉意，先生。我必须得告诉您，她时间很紧迫。这是住房中介列的名单上的最后一处住宅——她的车夫到了人生地不熟的地方很容易迷路。"

"住口！对那位夫人说见她的鬼去！"

德拉梅恩先生出面说话——一方面为了他的委托人，一方面出于礼貌。

"我觉得，这幢别墅要尽快出租，您很看重这一点对吧？"他说。

"我当然很看重！"

"由于瞬间的恼怒——结果失去与租户接触的机会，这样做明智吗？"

"明智也好，不明智也罢，受到陌生人的打搅就是一件讨厌至极的事。"

"那就悉听尊便吧，我不想干预了。我只是想说，我作为您的客人，如若您要考虑我的方便，我看这事一点都不讨厌。"

仆人毫不通融，一直等待着。万博勒先生很不耐烦，做出了让步。

"很好，叫她进来吧。记住啦！她若到这儿来，只能看看这个房间，然后出去。如果她要问这问那，她必须得找中介去。"

德拉梅恩再次出面说话——这一次，他为了这幢宅邸的女主人。

"您做出决定之前，"他提议说，"难道不应该征求一下万博勒夫人的看法吗？"

"你的女主人在哪儿呢？"

"花园，或者围场，先生，我不确定在哪一处。"

"我们不可能派人到院落里的每一处地方去寻找她。告诉室内女仆——把那位女士领进来。"

男仆告辞了。德拉梅恩先生自斟了第二杯葡萄酒。

"上等的红葡萄酒啊，"他说，"这酒你是直接从波尔多弄来的吗？"

没有反应。万博勒先生再度陷入了沉思，心里纠结着，是让自己摆脱婚姻的束缚，还是不这样做。他的一个胳膊肘支撑在桌子上。他拼命地咬着指甲，从牙齿缝里轻声地挤出一句话："我该怎么办呢？"

外面的过道上传来了丝绸衣裙柔和的窸窣声。房门打开了——那位想要看别墅的夫人出现在了餐室里。

四

夫人身材高挑，气质优雅，衣着漂亮，是质朴与华丽的完美结合。轻薄的夏日面纱挡住了其面部。她掀起了面纱，对于自己打搅了两位先生品葡萄酒的雅兴，表达了歉意，显示出一个有崇高素养的女人所具有的毫不做作的自如与优雅。

"这样冒昧闯入，请接受我的道歉。我不好意思打搅你们，看一下这个房间就够了。"

至此，她的话全是对着德拉梅恩先生说的，因为他正好处在距离她更近的位置。她环顾房间时，目光落在万博勒先生身上。她怔了一下——惊诧不已，激动地大声喊了起来。"您！"她说，"天啊！谁会想到在这儿遇到您啊？"

万博勒先生站立着，呆若木鸡。

"简夫人！"他激动地大声说，"这可能吗？"

他说话的当儿，几乎没有怎么看着她。他显得心虚，目光移到了对着花园开的落地窗。此情此景十分难堪——假如他夫人发现了简夫人，或者简夫人发现了他夫人，情形同样难堪。此时，草坪上没有看见任何人。还有时间——只要有机会——他还有时间打发客人离开宅邸。客人对事实真相毫不知情，她主动朝他伸出了自己的一只手。

"我第一次相信催眠术了，"她说，"这是受吸引力感应作用的一个例证啊，万博勒先生。我有位患病的朋友想在汉普斯特德租一处带家具的宅邸。我负责替她寻找，而我选定外出寻找的日子正好是您与朋友共进晚餐的日子。我掌握的清单上就剩这最后一处宅邸了——而在这幢宅邸里，我却遇上了您。真是不可思议啊！"她转身对着德拉梅恩先生。"我猜想着，我这是在对别墅的主人说话吧？"未等两位先生中的任何一位开口说话，她便注意到了室外的花园。"多美的院落啊！我看见了花园里的一位夫人了吗？但愿她不是因为我而出去的啊。"她回头看了看，询问万博勒先生："是您朋友的夫人吗？"她问了一声——但这一次，她在等待着回答。

以万博勒先生的处境，他可能给出怎样的回答呢？

万博勒夫人置身花园，大家不仅看得见她，而且还能够听见她说话。她在对室外仆人中的一位吩咐时，其说话的语气和态度清楚地表明，她是这儿的女主人。假如他说"她不是我朋友的夫人"呢？出于女性的好奇，她必然会提出以下一个问题："她是谁呢？"假如他编造一种解释呢？解释需要耗费时间——而这段时间内，他夫人有机会发现简夫人。万博勒先生屏息静气，片刻之内便考虑到了这些情况，于是采取最快捷和最大胆的方式摆脱困境。他点了点头，给出了无声的肯定回答。这一招很高明，把万博勒夫人推给了德拉梅恩先生，又不让德拉梅恩先生有机会听见。

但律师的目光通常都敏锐警觉——这位律师看见了他的动作。

面对对方对自己的无礼行为，德拉梅恩先生自然感到很惊愕，但他瞬间控制住了自己的情绪。他确凿无疑地得出了结论：这里面有情况，对方企图（只是一时间没有得到许可罢了）让他卷入其中。德拉梅恩移步向前，决定当着自己委托人的面揭穿他。

他还没有来得及开口说话，口若悬河的简夫人便打断了他。

"我可以提一个问题吗？这一面是朝南吗？当然是啦——我应当根据太阳的方位看出来，这一面是朝南。我估计，一楼就只有这些和另外两个房间吧？这儿很安静吗？当然很安静啊！一处迷人的宅邸呢。与我看过的其他地方相比，这儿可能更加符合我朋友的要求。您能够把优先租用权给我留到明天吗？"她说到这儿停住了，喘了口气，德拉梅恩先生这才有机会对她说话。

"我恳请夫人阁下原谅，"他开口说，"我确实不能——"

万博勒先生——紧贴着律师身边走过，边走边小声对他说话——没有等他继续往下说，便制止住了他。

"看在上帝的分上，不要揭穿我！我夫人过来了！"

与此同时，简夫人（仍然以为德拉梅恩先生是这家的主人）回到了租房的话题上。

"您看起来有点迟疑。"她说。"您需要推荐人吗？"她微笑着，流露出讥讽的神情，请求她朋友出面帮忙，"万博勒先生！"

万博勒先生蹑手蹑脚，一步步接近落地窗——不管可能出现什么情况，一心想着要把自己的夫人挡在室外——既没有理会简夫人，也没有听见她说话。简夫人跟随在他身后，用自己的阳伞轻轻触碰了一下他的肩膀。

这时，万博勒夫人出现在接近落地窗的花园一侧。

"我打搅你们了吗？"她目不转睛地看了一会儿简夫人后，问自己丈夫，"看起来，这位夫人是你的老朋友嘛。"针对那把女式阳伞说的话，带着揶揄，瞬间可能充满妒意。

简夫人丝毫不显得窘迫。她与自己心仪的男士亲切交往时，具备了双重优势——地位优越，年轻寡妇。她朝万博勒夫人点了点头，尽显她所属阶层的女人所具有的高雅和礼貌姿态。

"我猜想，这是这家的女主人吧？"她说着，笑容很优雅。

万博勒夫人也点了点头，但态度冷淡——先进入房间——然后回答说："是的。"

简夫人转身对着万博勒先生。

"给我介绍一下吧！"她说，无奈只能遵循中产阶级的礼数。

万博勒先生遵从了这个要求，没有看一眼自己夫人，也没有提及自己夫人的名字。

"简·帕内尔夫人，"他说，以最快的速度完成了介绍环节，"我送您到马车边去，"他补充着说，主动伸出一条胳膊，"我会注意的，您拥有对这幢别墅的优先租用权。您尽可以放心，这包在我身上。"

不！简夫人无论到何处，都习惯于在自己的身后留下良好的印象。在男女两性面前显露自己的魅力（尽管方式很不相同），这是她的一个习惯。在英国，上层阶级的社交经验是一种广受欢迎的经验。简夫人不愿告辞，一定要等到融化了这家女主人的坚冰才罢休。

"我在这种不方便的时刻上门，"她对万博勒夫人说，"一定要再次表达歉意。看起来，我的闯入严重打搅到了两位先生。万博勒先生看起来想要置我于千里之外。而您丈夫——"她停住了，瞥了一眼德拉梅恩先生。"对不起，我说话这么随便，我还不知道您丈夫的尊姓大名呢。"

万博勒夫人惊愕不已，话都说不出来，她的眼睛随简夫人的眼睛看的方向看过去——目光停留在律师身上，她面前的律师完全是个陌生人。

德拉梅恩先生锲而不舍，等待自己有机会说话。他又等来了机会——而且这次抓住不放。

"我请求您原谅，"他说，"这其中有个误会，但不是我造成的。我不是这位夫人的丈夫。"

这次轮到简夫人感到惊愕了。她眼睛看着律师。无济于事啊！德拉梅恩先生表明清楚了自己的身份——德拉梅恩先生拒绝进一步干预。他沉默不语，在房间另一端的一把椅子上坐了下来。简夫人对着万博勒先生说话。

"不管可能出现的是什么误会，"她说，"您要对此事负责。您确切告诉了我，这位夫人是您朋友的妻子。"

"什么啊！！！"万博勒夫人大声说——声音高亢，语气严厉，满腹狐疑。

了不起的简夫人恭谦礼让，犹如用一块薄薄的面纱把与生俱来的傲气给掩盖起来了。而她与生俱来的傲气此时则开始显露了。

"您若需要，我说话的声音可以更大些，"她说，"万博勒先生告诉了我，您是这位先生的夫人。"

万博勒先生情绪激动，小声对自己夫人说话，话是从牙齿缝里挤出来的。

"整个事情就是一场误会，返回到花园去吧！"

万博勒夫人看到自己丈夫的脸上又是激动又是惊恐的表情。这时候，她愤怒的情绪暂时消失了，充满着恐惧感。

"你如何看待我！"她说，"你如何对我说话！"

他只是重复了一声："到花园去吧！"

律师几分钟之前发现的情况，简夫人也开始看出来了——汉普斯特德的这幢别墅里，情况有点不对劲。这个家庭中的女主人处于不正常的地位。外表上看起来，由于这幢别墅属于万博勒先生的朋友，那么，万博勒先生的朋友必须（尽管他刚才矢口否认）要对此负一定的责任。很自然，由于简夫人得出了这么一个错误的结论，一时间，她把目光集中在万博勒夫人身上，征询的目光中透出隐约的轻蔑神情。面对如此态度，世界上再温顺的女人都会有情绪。这其中蕴含着的侮辱刺中了万博勒夫人敏感天性中的痛处。她再次转身对着自己丈夫——这一次，她毫不退缩。

"这个女人是谁？"她问。

面对紧急情况，简夫人能够应对自如。她用高尚的品性把自己包裹了起来，一方面没有丝毫做作掩饰，另一方面没有丝毫妥协让步。她现在表现出来的就是这样一种态度。

"万博勒先生，"她说，"您刚才主动提出要送我到马车旁边去。我现在开始明白了，我最好立刻接受您的盛情。请把您的胳膊伸给我吧。"

"等一等！"万博勒夫人说，"尊贵的夫人的表情是轻蔑的表情，尊贵的夫人的言辞听起来只能做一种解释。我在毫不知情的情况下卷入某个我不理解的可耻骗局中。但是，这一点我确切地知道——我不容许有人在我自己的家里对我进行侮辱。听了您刚才说过的话之后，我不允许我丈夫的胳膊伸向您。"

她的丈夫！

简夫人看了看万博勒先生——看了看她爱着的万博勒先生，因为她真心诚意地相信，他是个单身汉。至此，她对他的怀疑仅仅是想要极力掩饰自己朋友的弱点，绝对没有往更坏处想。她降下了透着高雅气质的说话声调，失去了透着高雅气质的态度。她感受到了自己受到的伤害（假如确有其事），感受到了自己因妒忌心引起的剧烈疼痛（假如这个女人是他的夫人）。她有了这些感受之后，便显露出了自己本来的面目，撕掉了所有的伪装，脸颊上挂着愠色，眼睛里闪烁着愤怒的火光。

"假如您能够把真实情况告诉我，先生，"简夫人说，态度倨傲，"那请行行好，现在就说出来吧。您说自己是个单身汉，而且怀着种种抱负，难道您是以虚假的面目出现在世人面前——以虚假的面目出现在我的面前？这位夫人是您的妻子吗？"

"你听见她说的话了吗？你看见她的神情态度了吗？"万博勒夫

人大声说，现在轮到她提醒丈夫注意了。她突然从他的跟前退缩了回去，浑身颤抖着。"他迟疑了！"她用微弱的声音自言自语地说，"天啊！他犹豫迟疑了！"

简夫人重复了一声自己的问题，语气严厉。

"这位夫人是您的妻子吗？"

他显露出了自己流氓恶棍的胆大妄为，说出了至关紧要的话。

"不是！"

万博勒夫人踉踉跄跄向后退。她一把抓住了落地窗边的白色窗帘，这才没有倒下去，但窗帘布给扯破了。她看了看自己丈夫，手上紧紧抓着扯破的窗帘布。她在问自己："是我疯了吗，还是他疯了？"

简夫人深呼吸了一下，如释重负。他没有结婚娶妻！他只是个行为不够检点的单身汉而已。一个行为不检点的单身汉确实够糟糕的——但还是可以改邪归正的。她可以对他进行严厉的斥责，可以用毫不让步的条件坚持不懈地对他进行改造。她还可以对他予以宽恕，并且嫁给他。面对如此情形，简夫人运用完美的处事方式，抱着必须有的态度。目前，她要给予严厉的斥责，但对于未来，并不排除希望。

"我有了一个发现，深感痛苦，"她对万博勒先生说，态度很严肃，"有待于您能否说服我把它给忘了！再见吧。"

她说着这句告别的话时回头看了一眼，惹得万博勒夫人情绪狂躁。她一跃身子跑向前，不让简夫人离开房间。

"不行！"她说，"您先不要走！"

万博勒先生上前干预。他夫人瞪了他一眼，样子很难看，然后态度轻蔑地转过身。"这个人说谎了！"她说，"为了对我自己公正起见，我必须要坚持证明这一点！"她摇响了身边桌子上的一个铃，仆人进来了。"给我把放隔壁房间里的我的书写文具箱①拿出来。"她等待着——背对着自己的丈夫，眼睛盯着简夫人看。她软弱无助，孤独无援，站立在自己婚后生活的废墟上，无视丈夫的背叛、律师的冷漠、情敌的轻蔑。如此紧要的时刻，她的美貌重新熠熠生辉，闪烁着昔日的荣耀。这个了不起的女人在舞台上模仿痛苦的场景时曾经令千万观众屏息静气。她此时满怀着痛苦伫立着，比以往任何时候都显得更加了不起，令看着她的三个人屏息静气，直到她再次开口说话。

仆人拿着书写文具箱进来了。她取出一份文件，交给了简夫人。

"我结婚嫁人之前，"万博勒夫人说，"是个舞台上的歌唱演员。舞台上表演的女人容易招致流言蜚语，因此，人们怀疑我的婚姻。我替自己准备了您手上的这份文件，其本身便可以说明问题。即便在上流社会，夫人，人们也都是会尊重这个的！"

简夫人仔细看着文件，是一份结婚证明书。她脸色煞白，示意万博勒先生。"您在欺骗我吗？"她问了一声。

万博勒先生回头朝房间远处的角落看，律师坐在那儿，不动声色，静观事态发展。"帮我个忙，过来一下吧。"他说。

德拉梅恩先生站起身，回应了这个请求。万博勒先生对着简夫人说话。

"我恳请您问问我的律师，他可没有兴趣欺骗您啊。"

"我只需要陈述事实对吧？"德拉梅恩先生问，"我拒绝涉及更多事情。"

---

① 指一种打开盖子即成书写板的书写文具箱，便于随身携带。

"我不要求您涉及更多事情。"

万博勒夫人全神贯注，倾听着他们之间的一问一答，然后向前移了一步，沉默不语。她先前怒火满腔，凭着极大勇气抑制住了愤怒，但在意识到自己始料未及的事情要发生时，这种勇气消减了。一种无名的恐惧感在心里涌动着，悄然爬上了发根。

简夫人把结婚证明书递给了律师。

"用最简单的话说，先生，"她说，很不耐烦，"这是什么？"

"用最简单的话说，夫人，"德拉梅恩回答说，"这是废纸。"

"他没有结婚吗？"

"他没有结婚。"

简夫人迟疑了片刻，然后转身看着万博勒夫人，对方沉默不语，站立在她的一侧。简夫人看着，怔了一下，惊恐不安，向后退着。"送我离开！"她大声喊着，面对着那张正对着自己的狰狞面孔，她退缩着要离开，目不转睛，眼睛里闪烁着痛苦的光芒。"送我离开吧！这个女人非杀了我不可啊！"

万博勒先生把一条胳膊伸向她，领着她朝门口走去。他这样做时，房间里一片寂静。一步一步，妻子的目光跟随着他们，用同样可怕的目光盯着，直到房门关上，把他们挡在了外面。律师与眼前这位遭抛弃的女人单独待着，缄口不言，把无用的结婚证明放在桌上。她把目光从他身上移开，转到了结婚证明书上——倒在他跟前的地上，没有用哭声提示他，没有努力支撑她自己，她失去了知觉。

他把她从地上扶起来，安顿在沙发上——等待着，看看万博勒先生是否会回来。他看着眼前这张美丽的面孔——依旧美丽，即便处在昏厥之中也罢——承认事实对她而言很残酷。是啊！崭露头角的律师自己无能为力，但他承认，事实对她很残酷。

不过，法律认定这样有道理。这件事情不存在任何疑问。法律认定这样有理。

室外传来嘚嘚的马蹄声，还有马车轮的辘辘声。简夫人的马车驶离了此地。那位丈夫会回来吗？（看看习惯是个什么东西啊！即便德拉梅恩先生也机械地认为他是那位丈夫——面对法律！面对事实！）

不，时间分分秒秒过去了，没有见到丈夫返回的影子。

如若要在家里制造一桩丑闻那是不明智的。（就他个人单独要承担的责任而言）让仆人看到会发生的情况是不可取的。依旧如此，她躺着失去了知觉。傍晚时习习的凉风从敞开的窗口吹进来，吹动了她帽檐上的轻飘带，吹动了她凌乱的一缕缕头发，然后头发搭到了脖子根上。依旧如此，她躺着——这位先前爱着他的妻子，他孩子的母亲——她躺着。

德拉梅恩先生伸出一只手准备摇铃，招呼人过来帮忙。

与此同时，夏季傍晚的宁静再一次被打破了。他的手悬在铃的上方，室外的喧闹声越来越近了。再次传来嘚嘚的马蹄声和辘辘的车轮声。前行着——急速地前行着——在宅邸边停住了。

是简夫人返回来了吗？

是那位丈夫返回来了吗？

门铃大声响了起来——别墅的门被迅速地打开了——过道上传来女人衣裙的窸窣声。房门开了，是女人的身影——一个人。不是简夫人，是个陌生女人——比简夫人年龄要大，大好多岁。或许过去是个相貌平平的女人，但现在算得上漂亮了，因为她的脸上洋溢着热切而又幸福的光彩。

她看到了沙发上躺着的人，大叫了一声跑了过去——确认的叫声和惊恐的叫声融合在一起。她双膝跪了下来——把那个一动不动的头抱在自己胸口，用充满了姐妹之情的吻，亲吻着那冰冷苍白的脸颊。

"噢，亲爱的！"她说，"我们就是这样重逢的吗？"

是啊！自从那艘客轮的船舱里一别，过去了这么些岁月，两个当年学校时的朋友就是这样重逢的。

第二部分：时光流逝

五

本书的引子部分从往昔推到了现在，最后叙述到的时间是1855年的夏天，中间过去了十二年——讲述汉普斯特德那幢别墅的悲剧里的相关人物谁活着，谁死了，谁成功了，谁失败了——这个任务完成之后，把读者留在本书故事的开始处：1868年的春天。

本记录始于一桩婚礼——万博勒先生和简·帕内尔夫人的婚礼。

那是个令人难忘的日子，万博勒先生的律师告诉他，他是个自由人。三个月之后，他拥有了梦寐以求的夫人，可以坐在餐桌的首席，他的社会地位得到了提升——大不列颠的立法机构担当了他背叛行为的卑微仆人，成为他罪行的体面帮凶。

他进入了议会。他举行了六次本季度最盛大的宴会（多亏有了他夫人），举办了两次参加人员最密集的舞会。他在下议院做了一次成功的开场演讲。他捐资在一个贫穷的区域建造一座教堂。他写了一篇文章给一家季刊，引起了人们的注意。他发现、斥责、纠正了一笔公共救济金管理中的严重滥用行为。秋季议会休会①期间，他在自己乡间的宅邸接待了来客中的一位王室成员（还是多亏有了他的夫人）。以上就是他成为简夫人的丈夫第一年间取得的成就，也是他走向贵族勋爵途中的进程。

命运之神还给她被宠坏的孩子帮了个忙——也是命运之神的馈赠。只要万博勒先生抛弃的那个女人活着，他昔日的生活中就存在一个污点。第一年年底，死神带走了那个女人——那个污点被抹去了。

她凭着罕见的耐性、令人钦佩的勇气，直面了给她造成的无情伤害。万博勒先生应当承认，他用极为严谨得当的行为击碎了她的心。他（通过律师）主动提出，愿意给她和她的孩子一笔可观的钱财，但立刻被拒绝了。她拒绝接受他的钱——拒绝使用他的姓氏。她使用自己婚前少女时代的姓氏——她曾在自己从事的艺术领域中让那个姓氏熠熠生辉——母女二人在社会上沉沦之后，那些愿意问候她们的人都用这个姓氏称呼。

丈夫抛弃了她之后，她义无反顾，坚决采取这样一种态度，其中并没有半点矫情的意思。西尔韦斯特夫人（现在人们这样称呼她）充满了感激之情，为了她自己，也为了西尔韦斯特小姐，接受了那

---

① 英国议会（又称威斯敏斯特议会）是英国的最高立法机关，是英国政治的中心舞台。政府从议会中产生，并对其负责。议会由上院（House of Lords，或称为贵族院），下院（House of Commons，或称为平民院）和国王共同组成，行使国家的最高立法权。英国议会创建于13世纪。议会每年有两个会期，第一会期从3月末开始，到8月初结束，第二会期从10月底开始，到12月圣诞节前结束，其他时间称为休会期。

位亲密老友的帮助。她身处苦难境地时，那位老友与她重逢了，并且自始至终对她忠贞不贰。母女二人一直与伦迪夫人生活在一起，后来，母亲的身体强健起来了，能够实施她给未来制定的生活计划，能够以一位歌唱教师的身份自食其力。几个月之后，表面上看起来，她身体痊愈了，人也恢复正常了。她稳步朝前走着，所到之处都赢得了同情、信任和尊敬——但是，突然间，正当她要开始新的生活时，她却倒下了。没有任何人知道其中的缘由。医生们对此也莫衷一是。从科学上说，并不存在直接导致她死亡的原因。假如按照伦迪夫人的说法，丈夫抛弃她的那一天，她遭受了致命的打击，但这只不过是一种比喻而已——任何理智的人都不会赞同这个说法的。唯一可以确认的则是事实——人们可以对此做出解释。尽管有了科学（这一点作用不大），尽管有了她自己的勇气（这一点作用很大），这个女人还是从自己的岗位上倒下了，死亡了。

她生病的后阶段，她的意识开始不正常了。她学生时代的老朋友坐在床边，听着她说话，她觉得自己好像又回到了当年客轮的船舱里。可怜的人找到了那种说话的语气——几乎是那种音容笑貌——已经失去了这么多年——那是过去说话的语气，当时两个姑娘走上了各不相同的人生之路。她说："我们定会相见的，亲爱的，我们相互之间保留着昔日的爱意。"她说这话几乎就像是过了一生一世。到达人生尽头之前，她的意识恢复正常了。她语气温和，恳请医生和护士离开房间，令他们惊讶不已。医生和护士离开后，她看着伦迪夫人，那情形就犹如从梦中醒来。

"布兰奇！"她说，"你要照顾好我的孩子！"

"你离开后，安妮，她将是我的孩子！"

弥留之际的女人停顿了下来，思忖了片刻。她突然一阵颤抖。

"保守秘密！"她说，"我替我的孩子担忧。"

"担忧？我对你做出了承诺之后吗？"

她态度郑重其事地，重复了刚才说过的话。"我替我的孩子担忧。"

"为什么呢？"

"我的安妮是第二个我——不是吗？"

"是啊。"

"她像我喜欢你一样喜欢你的孩子是吧？"

"是啊。"

"人们不用她父亲的姓氏称呼她，而是用我的姓氏称呼。人们像称呼我一样称呼她为安妮·西尔韦斯特是吧，她最后的结局会像我的一样吗？"

她提出这问题时，气喘吁吁，声音沉重，说明死亡已经临近了。活着的女人听到这话后感觉寒冷彻骨。

"可别这样想啊！"她大声说着，惊恐万状，"看在上帝的分上，可别这样想啊！"

安妮·西尔韦斯特的眼睛里再次透出了狂乱的目光。她双手示意着，显得软弱而又不耐烦。伦迪夫人屈身面对她，听见她低声说："扶我起来吧！"

她躺在朋友的怀里，向上看着朋友的脸庞，再次焦躁不安地替自己的孩子担惊受怕起来了。

"不要让她长大后变成我的样子。她必须做个家庭教师——一定要自食其力。不要让她去从事表演！不要让她去唱歌！不要让她走上舞台！"她停住了——说话的声音突然恢复了甜美的音色——露出了淡淡的微笑——她用少女时代的说话方式，说着昔日少女时代说过的话："对此发誓吧，布兰奇！"

伦迪夫人亲吻了她，做出了回答，如同当年她们在客轮上分别时回答过的一样："我对此发誓，安妮！"

安妮的头垂下了，再也没有抬起来过。生命的最后一丝亮光在蒙眬的眼睛里闪现，然后便熄灭。随后的片刻里，她双唇动了动。伦迪夫人把耳朵凑近，听见她用同样可怕的话重复着那同一个问题："她现在是安妮·西尔韦斯特——和我一样，她最后的结局会像我的一样吗？"

<h1 style="text-align:center">六</h1>

五年过去了——当年坐在汉普斯特德别墅餐桌边的那三个男人的生活，以其改变了的状态，开始展示时间和变化的进程。

肯德鲁先生，德拉梅恩先生，万博勒先生，过去了五年之后，让我们按照这个顺序依次对他们的生活重新领略一番吧。

那位丈夫的朋友如何评价那位丈夫的背叛行为，前面已经叙述过了。但他对那位遭到抛弃的妻子的去世有何感受，却还有待叙述。传闻往往会揭示男人们的内心，而且乐于将其外化，展示给公众。一直有传闻说，肯德鲁先生的生活中有一个秘密。那个秘密便是他对那位已经嫁给他朋友的漂亮女人怀以一种无望的情感。那个女人健在时，他没有给过任何人暗示，也没有向她做过只言片语的表白。

因此，人们无法证明确有其事。她离开人世后，传闻再起，传得比任何时候都更加有鼻子有眼，而且提醒人们注意此人的表现，作为否认他本人的证据。

他出席了葬礼——尽管他非亲非故。人们用草皮盖在她的坟头上，他却从草皮上采撷了几片草叶——他当时以为，没有人看到他。他从自己所属的俱乐部消失了，旅行去了，又回来了。他承认，自己厌恶了英国。他在某一个殖民地申请了一个职位，而且获得了那个职位。人们可以据此得出什么结论呢？当他如痴如醉的目标不复存在的时候，他对自己平常的生活方式失去了兴趣，这难道不是显而易见的事情吗？情况或许是这样的——人们不大可能对真相进行猜测，从而准确做出判断。无论如何，有一点是肯定的，即他离开了英国，没有再返回来。有传闻说，又一个人失踪了。需要补充说明的是，关于一个万里挑一的人，传闻有且仅有一次，那消息可能是真的。

接下来是德拉梅恩先生。

崭露头角的初级律师因他自己的要求而停止了经商——成了一家律师学院①的学生。三年时间里，人们对他的情况一无所知，但他刻苦攻读，遵守承诺。后来他从事了律师职业，他昔日商行的股东们知道，他们可以信赖他——于是把事务委托给了他。他在法庭干了两年，后来又在法庭外谋得一个职位。有一桩著名案件涉及一个名门望族的荣誉，还有一大宗产业的所有权。他担任该案的助理律师，但到了案件临审前夕，主理律师却病倒了。他替被告方做了辩

---

① 14世纪后，英国律师学院逐步兴起，形成了后来著名的伦敦四大律师学院，即林肯律师学院（Linconln's Inn，1422年）、中殿律师学院（The Middle Temple，1501年）、内殿律师学院（The Inner Temple，1440年）和格雷律师学院（Gray's Inn，1569年），四大律师学院互不隶属。柯林斯和狄更斯的作品中经常会描写四大律师学院的情况。

护，而且赢了官司。被告方说："我能够替您做点什么呢？"德拉梅恩先生回答说："把我安排进议会。"作为拥有土地的绅士，被告方只需要提出必要的要求——看看吧，德拉梅恩先生进入了议会！

在下院，这位新晋议员与万博勒先生再度相遇。

他们坐在相同的席位上，代表的是同一政党。德拉梅恩先生注意到，万博勒先生显得老气、疲惫、苍白。他向一位消息灵通人士问了几个问题，那人摇了摇头。万博勒先生很富有，背景强硬（因为他夫人）。从任何层面上说，万博勒先生是个完美的人。但是——无人喜欢他。头一年里，他表现得很出色——但到此为止了。毋庸置疑，他很聪明——但他在议会的形象不好。他举办盛大的娱乐活动——但他在社交圈里不受人欢迎。他所属的政党尊敬他——但当他们要给予他人什么东西的时候，便会忽略掉他。假如要实话实说，他是个容易生气的人，其实，别人也拿他没有办法——相反，一切情况都对他有利——他没有交朋结友。他是个不受欢迎的人。无论在国内还是在国外，他都是个不受欢迎的人。

七

从那位遭到抛弃的妻子入土为安那天算起，已经过了五年。现在是 1866 年。

当年某一天，各家报纸登出了两则特别新闻——一则关于荣升勋爵的新闻，一则关于自杀的新闻。

德拉梅恩先生在律师职业上一帆风顺，但在议会中更加一帆风顺。他成了下院中备受人们瞩目的人物之一。说话清楚明白，有理有据，谦逊得体——而且从来不显得累赘冗长。他能够控制住下院的气氛——其中能力更加高强的人对此感到"厌烦"。他所属的那个政党的领袖们公开声称："我们必须要为德拉梅恩做点什么。"领袖们提供了机会，而且他们也遵守了自己的承诺。他们的副检察长向上升了一级，他们便安排德拉梅恩坐上了他的位置。律师界老资格的律师们表示强烈反对。内阁回应说："我们需要在下院有一位众人可以倾听的人物——而我们物色到他了。"报纸支持这次新的任命。结果引起了巨大争论——新任命的副检察长证明了内阁和报纸的态度是正确的。他的对手们用嘲讽的口气说："一两年后，他将会是大法官①啦！"家庭圈内，他的朋友们会开善意的玩笑，结论是相同的。他们提醒他的两个儿子——朱利叶斯和杰弗里（当时在上大学），交朋结友要谨慎，因为他们很快可能成为勋爵的儿子。实际上，情况已经开始显露端倪了。德拉梅恩先生一直在上升，一直上升到了仅次于检察总长的位置。大概在同一时间——真是应了"一事成功百事顺"这句谚语——一位无儿无女的亲戚去世了，留给了他一笔财富。1866 年夏天，一位首席法官的位置空出来了。内阁先前有过一次任命，但普遍不得人心。他们愿意充实检察总长的位置——于是，对德拉梅恩先生做出了明智的任命。他宁愿留在下院——因此拒绝接受该职位。内阁拒绝接受"不"的回答。他们私下里推心置腹地说："授予勋爵，您会接受吧？"德拉梅恩先生与夫人商量了来

① （英国）大法官（Lord Chancellor）是英国政府内一个高级和重要的官位。其任命由首相提出，再由君主委任。在英国 1707 年成为联合王国之前，此职位曾分别由"英格兰大法官"（Chancellor of England）和"苏格兰大法官"（Lord Chancellor of Scotland）执掌。

着——连带勋爵接受了那个职位。《伦敦公报》①向世人通报，他是霍尔切斯特府邸的霍尔切斯特男爵。这个家庭的朋友们搓一搓手说："我们怎么对你们说的？我们这两位年轻朋友，朱利叶斯和杰弗里，是勋爵的儿子！"

而整个这段时期，万博勒先生上哪儿去了呢？原地不动，他待在我们五年前离开他的地方。

他仍然很富有，甚至比过去更加富有。他一如既往，拥有良好的社会关系。他一如既往，雄心勃勃。不过，他止步于此了。他待在下院一动不动，待在社交圈里一动不动。没有人喜欢他，他没有结交新朋友。一切都是老套的故事——只有以下不同：这个不受人待见的人更加不受人待见了，他原本灰白的头发更加灰白了，急躁的脾气比以往任何时候都更加令人无法忍受。他夫人在宅邸里有自己的卧室，他有他自己的——而极受信任的仆人们小心翼翼，绝不能让他们在楼梯上碰面。他们没有生育孩子。他们只在盛大的宴会和舞会上见到对方。人们在他们的餐桌边进餐，在他们的地板上跳舞——事后交换信息，说枯燥乏味透了。一步一步，曾经是万博勒先生律师的那个人荣升了，直到贵族阶层接受了他，地位已经登峰造极——而万博勒先生处在阶梯的更低层，向上看着，注意着这一点。与您我相比，他不可能有更多机会爬到上院（尽管他很富有，尽管他拥有良好的社会关系）。

此人的职业生涯到达了尽头。新晋勋爵受封消息公布那天，此

---

① 《伦敦公报》（*London Gazetee*）是英国第一家真正的报纸，是英国第一种单页纸式的、刊载新闻的、定期出版的印刷品，于 1665 年 11 月 16 日由著名报人麦迪曼（H.Muddman）创刊于牛津，作为迁都于此的英国政府机关报，始称《牛津公报》（*Oxford Gazetee*）。第二十四期后又随英国政府迁回伦敦，改为《伦敦公报》，出版至今，每周四期，是世界上最古老的报纸之一。

人的生命也随之走到了尽头。

他把报纸放到一旁，没有说什么——随后出门去了。伦敦的西北面，通向汉普斯特德的人行道附近，绿色的田野还在。马车行至此地时，他下了车。他独自一人朝着那个他与遭到他残酷伤害过的女人曾经共同居住的别墅走去。别墅的周围已经建起了新的房舍——昔日的花园有一部分已经出卖了，上面有了建筑。他迟疑了片刻，然后走向门口，拉响了门铃。他把自己的名片递给了仆人。仆人的主人知道这个姓氏——是个拥有巨额财富的人的姓氏，是个议会议员的姓氏。他态度谦恭有礼，询问是什么好运让他荣幸遇上贵客临门。万博勒先生给出了回答，言简意赅："我曾经居住在此，与此地尚有未了的情缘，但我没有必要以此让您烦恼伤神。我有个不情之请，您一定会觉得这个要求很奇怪，您能够体谅包容吗？您若不反对，我若没有打搅到什么人——我想要再看一看餐厅。"

富人的"奇怪要求"往往属于"特许保密通信^①"的性质——出于这个再充分不过的理由，他们提出的要求肯定不是涉及金钱方面的。万博勒先生被领进了餐厅。别墅的主人心里暗暗琢磨着，眼睛密切注视着他。

他径直走向地毯的一个特定的点，离朝花园敞开的落地窗不远，几乎正对着房门。他伫立在那个点上，沉默不语，头垂在胸口——思索着。他永远离开这个房间的那天——他是在这儿最后看见她的吗？是啊，是在这儿。大约一分钟光景过后，他振作了一下

---

① 特许保密通信（privileged communications）通常指律师与当事人之间或夫妻之间的通信。

自己——但神情恍惚，心不在焉。他说这是个很精致的所在，表达了谢意，回看了一下之后，房门才被关上，然后他离开了。他在下马车的地方再次上了马车。他驱车前往新的霍尔切斯特勋爵的府邸，给他留下了一张名片，然后回家了。回到家里后，他的秘书提醒他十分钟后有个约会。他向秘书表达了谢意，仍然和感谢那幢别墅的主人时一样，神情恍惚，心不在焉——然后进入更衣室。他先前约定好要见面的人已经来了——秘书打发其贴身男仆上楼敲门。没有反应，试了试门锁，发现里面反锁了。他们强行打开房门——看见他躺在沙发上。他们凑近一看——发现他自杀身亡了。

八

引子部分在接近尾声时转向两位姑娘——用少量文字，叙述了安妮和布兰奇如何度过那些年的光阴。

伦迪夫人很好地践行了自己先前对朋友许下的庄严承诺。安妮一直受到关顾，避免了受到任何诱惑，去期望从事母亲曾经从事过的职业。她接受了当一名教师所需的训练，但凡通过付出金钱能够获得的技艺和优势都具备了。安妮在伦迪夫人的家里，在伦迪夫人的孩子身上，进行了自己作为家庭教师最初也是唯一的尝试。两位姑娘之间的年龄相差七岁，随着时间的流逝，她们之间的爱似乎随着年龄的增长而加深，给上述的尝试提供了便利。对于小布兰奇而言，安妮·西尔韦斯特亦师亦友，她们保持着这种双重关系。安妮在平静安宁的家庭氛围中度过了自己的少女时代，过得平安、幸福而平凡。谁会想到拿她少女时代的生活与她母亲的生活进行更加完整的比较对照呢？——"她最后的结局会像我的一样吗？"她母亲临终前心里纠结着这个可怕的问题。除了认为那是临终的错觉，谁还能将其看成是别的什么吗？

但是，在现在关注的那些年间，这个宁静的家庭，发生了两件至关重要的事情。1858 年，托马斯·伦迪爵士回来了，家里因此增添了生气。1865 年，托马斯·伦迪爵士在夫人的陪同下又返回印度去了，家庭因此而解散。

先前一段时间，伦迪夫人健康每况愈下。多个医生经过诊断后一致认为，他们的病人若想要恢复丧失的体力，有必要换一换环境，经历一次海上行程——正好那个时候，托马斯·伦迪爵士需要重返印度。因为夫人，他同意推迟返回，陪同她进行海上行程。唯一需要克服的困难就是得把布兰奇和安妮留在英国。

他们就这个问题请教过医生。医生说，布兰奇处在人生的关键时期，他们不能允许她随母亲到印度去。与此同时，至爱亲属们都到场了，他们热切地同意给布兰奇和她的家庭教师提供家庭住所——托马斯爵士则已经安排好了，准备带着夫人回去待一年半时间，或者最多两年。伦迪夫人自然不愿意留下两个姑娘。但面对方方面面的阻力，她不得不改变了主意。她同意与孩子们分别——内心里暗自感到压抑，暗自对未来感到怀疑。

最后时刻，她把安妮·西尔韦斯特拉到一边，旁人听不见的地方。安妮当时已经是个二十二岁的大人了，布兰奇则是个十五岁的少女。

"亲爱的，"她直截了当地说，"我不能对托马斯爵士说的话，而且也不敢对布兰奇说的话，必须得对你说。我怀着一颗忐忑不安的心离开。我心里其实很清楚，自己不可能活着返回英国了。而我一旦离开了人世，我相信，丈夫一定会再婚的。多年前，你母亲在弥留之际时，放心不下的就是你的未来。我现在放心不下的是布兰奇的未来。我向我故去的亲密朋友承诺，你对我来说如同我自己的孩子——她这才安心了。我离开之前，让我安心吧，安妮。不管未来的岁月里发生什么事情——答应我，永远像现在这样，是布兰奇的姐姐。"

她伸出了一只手，这是最后一次。安妮·西尔韦斯特满怀深情地亲吻了那只手，做出了承诺。

九

从那时算起两个月后，压在伦迪夫人心头的预感之一应验了。她在旅途中亡故了，葬于大海。

又过了一年，第二个预感得到了证实。托马斯·伦迪爵士再婚了。临近 1866 年年底，他携第二任夫人回到了英国。

如同往昔，这个新家庭里的生活过得平静安宁。托马斯爵士没有忘记同时也尊重，第一任夫人对安妮寄予的信任。面对这个问题，第二任夫人受托马斯爵士的影响明智地实施自己的行为，对于新家庭中的事情，保持过去的状态。1867 年伊始，布兰奇和安妮之间的关系情同姐妹，心心相印。未来的前景再理想不过了。

　　此时，与十二年前汉普斯特德别墅那场悲剧有关的人物，有三位已经去世了，一位已经自我放逐到了国外。如今健在的就只有安妮和布兰奇——她们当时是孩子，还有那位崭露头角的初级律师——他当时发现了那桩爱尔兰式婚姻中的纰漏——即曾经的德拉梅恩先生，现在的霍尔切斯特勋爵。

故事背景地之一　花园凉亭

第一章　两只猫头鹰

1868 年春天，不列颠北方的一个郡，生活着两只"德高望重"的白色猫头鹰。

两只猫头鹰落户在一座圮废荒弃的花园凉亭里。凉亭坐落在佩思郡[①]一处乡间宅邸周围的院落里。那处乡间宅邸名叫温迪盖茨[②]。

经过了精心选择，温迪盖茨坐落在了该郡的这个区域里。这儿的入口处是一片肥沃的低地，远处是山峦地带。宅邸的设计布局彰显了智慧，装饰豪华。马厩配备有理想的通风设备，面积宽敞。周围的花园和院落配给亲王都合适。

刚开始时，温迪盖茨拥有如此优势，然而到头来，却走向了穷途末路。因宅邸和土地展开的诉讼灾祸降临了。十多年时间里，围绕这座宅邸展开的无穷无尽的官司缠绕得越来越紧了，于是，宅邸与世隔绝，无人居住了，甚至都无法接近。宅邸关门闭户，花园杂草丛生，荒芜萧疏。凉亭上爬满了藤蔓植物，给堵得严严实实。有了藤蔓植物便有了夜间鸟类的出没。

多年来，两只猫头鹰在这处不动产上安居乐业，从未受到任何

---

① 佩思郡（Perthshire）是苏格兰地区中部的一个郡，距爱丁堡和格拉斯哥北部仅一个小时车程。以秀美的丘陵地貌、清澈的河流和悠久的历史文化而闻名遐迩，是苏格兰地区最具吸引力的旅游胜地之一。

② 柯林斯的小说中有一个很有趣的现象，宅邸（府邸、别墅、庄园）的名称与其所在村镇的名称一致，具体所指要根据具体语境而定，如《无名无姓》中的峡谷－渡鸦别墅，圣克鲁克斯宅邸，《阿玛代尔》中的索普－安布罗斯庄园等。

惊扰。通过所有现存权利中最原始的权利——获取权利，它们获得了这处不动产。整个白天期间，它们蹲坐着，平静而庄严，双目紧闭，周围是常青藤，置身凉爽而又黑暗的环境中。随着暮色降临，它们动作柔和，振作自己，开始了生计活动。两只猫头鹰厮守着，聪明睿智，默默无语。它们悄无声息，顺着一条条宁静的小路飞翔，寻觅着食物。有时候，它们会像塞特猎犬①似的搜索一片田地，瞬间向下扑向一只对它们毫不防备的田鼠。有时候——如幽灵一般，掠过黑黝黝的水面——它们会到湖面上换一换口味，会像逮着田鼠一样，叼到一条鲈鱼。对于它们大容量的消化系统而言，无论是耗子还是昆虫，它们都同样消受得了。它们的生活中会有那么一些时刻——值得自豪的时刻。它们会显得很聪明，从鸟窝里抓住一只小鸟。体型巨大的鸟类会感觉到处处都超越体型小巧的鸟类。每当这样的时刻，这种优越感就会温暖它们的体内的冷血，促使它们兴致勃勃地在寂静的夜晚继续寻觅。

因此，多年来，两只猫头鹰白天睡眠着，享受着幸福快乐，夜幕降临之后，便出去寻觅自己的美餐。它们与藤蔓植物一起占据着这座花园凉亭。结果是，藤蔓植物成了花园凉亭的一个构件了；结果是，两只猫头鹰成了这一构件的监护者了。有一些家养的猫头鹰，它们尽管有理性，但在这一方面——还有从鸟窝里抓住体型更小的鸟类方面——与野生的出奇地相像。

花园凉亭的这个构造一直持续到了1868年的春天——此时，新奇的邪恶脚步踏进了那儿，两只猫头鹰长期拥有的特权第一次受到

---

① 塞特猎犬（setter）是一种用来猎鸟的犬，由中世纪的西班牙长毛猎犬培育而成，一共有三个种类，即英格兰塞特猎犬、戈登塞特猎犬和爱尔兰塞特猎犬。

了来自外面世界的力量的冲击。

两个没有长羽毛的生命体未经邀请便出现在了花园凉亭的入口处——察看了一番作为凉亭构件的藤蔓植物，而且还说"这些东西得扯下来"——顶着令人很不舒服的中午光线，他们环顾了一番四周，接着说"那个必须要派上用场"——随即离开了——到了远处，还听得见他们一致决定："这事明天就办妥。"

而两只猫头鹰说："这些年来，我们占据着这座花园凉亭，我们给它带来荣耀了吗？中午很不舒服的光线终于要照射到我们身上了吗？上帝啊，这个构件要遭到摧毁啦！"

猫头鹰通过了一个表达这个意思的决定——它们的同类往往就是这样行事的。然后，它们再次闭上了眼睛，心里面感觉到，它们已经做到仁至义尽了。

当天夜晚，它们在朝着田野飞行的途中沮丧地注意到了宅邸的一个窗口亮着灯光。那灯光是什么意思啊？

首先，灯光意味着，官司终于打完了。其次，灯光意味着，等着钱用的温迪盖茨宅邸主人已经决定，房产要出租了。再次，灯光意味着，主人已经物色到了房产的租户，室内室外即将要进行一番修缮了。两只猫头鹰在黑暗中振翅，顺着小路飞行时发出了尖叫。当夜，它们对着一只田鼠展开攻击——结果田鼠逃窜了。

翌日早晨，两只猫头鹰——本来在凉亭构件的保护之下很快就睡着了的——被周围没有长羽毛的生命体的声音给惊醒了。它们睁开受到保护的眼睛，看到捣毁藤蔓植物的工具。一会儿这个方向，一会儿另一个方向，那些工具让白天令人讨厌的光线照射进了花园凉亭。但是，猫头鹰面对这个场面保持平静。它们竖起羽毛，大声说:"决不投降!"没有长羽毛的生命体兴致勃勃,不停地忙碌着,并且回答:"改造!"藤蔓植物被扯下来了,一会儿这边,一会儿那边。讨厌的白日光线照射了进来,越来越亮堂了。猫头鹰没有充足的时间通过新的决定了——也就是说"我们一定要坚守住构件"——突然间,外面的一缕太阳光线照射进了它们的眼睛,令它们仓促地飞到了最近的阴暗处。它们蹲坐在那儿眨着眼睛,爬满花园凉亭的茂盛藤蔓被清除干净了,腐朽的梁木被更换上了新的,整个昏暗肮脏的所在被清除干净了,空气流通,光线明亮。世人见过后便说:"啊,我们办得到!"——猫头鹰闭上了眼睛,虔诚地回忆着那黑暗的情景,回答:"上帝啊,构件遭到摧毁啦!"

第二章　宾客盈门

谁负责改造花园凉亭的?

温迪盖茨的新住户负责的。

而新住户又是谁呢?

好啦,来看看吧。

1868 年春天,阴暗的花园凉亭是一对猫头鹰的栖息处。同年秋天,花园凉亭成了充满生气的一群小姐先生的集聚点,他们举行草坪聚会——全是温迪盖茨宅邸的客人。

那场面——从聚会开始——令人赏心悦目,光线明亮,景致美丽,充满动感。

花园凉亭内,女士们身穿夏装,犹如蝴蝶般光鲜亮丽。周围是身穿单色调现代服装的男士们。有了男士们昏暗色调的衬托，女士们越发显得熠熠生辉。花园凉亭外——透过三道拱形的开口看过去——一片清凉绿色的草坪延伸到远处，抵达花圃和灌木丛。更远处，透过树林的缺口，看到一幢雄伟壮观的石头建筑，那是视线的尽头。建筑前面的喷泉在阳光下喷发着。

他们有一半人在哈哈笑着，所有人在交谈着——开心愉快的嗡嗡声达到了最响亮的程度。爽朗响亮的欢笑声上升到了最高的音量——突然，有个主导的声音响了起来，清晰而尖细，盖过了所有声音，呼唤着大家立刻安静下来。瞬间过后，一位年轻小姐走进了凉亭前面的空地，犹如一位指挥的将军审视着前面的军团一般，审视着聚集在一起的客人。

小姐年纪很轻，模样可爱，体型丰满，皮肤白皙。她虽处在显眼的位置，但丝毫不显得窘迫。她的衣着引领着时尚。一顶像奶酪盘一样的帽子歪戴在额头。淡棕色的头发梳成了一个完全充了气的气球形状，高高耸立在头上。胸前垂着一串瀑布状的珠子。两只耳朵上挂着一对搪瓷的金龟（惟妙惟肖，犹如活金龟一般）。紧束着的衣裙呈天蓝色，显得光彩夺目。她穿着条纹袜的双踝轻快地移动着。她脚上穿的鞋子属于"华托式①"的那种。她鞋后跟的高度令男士们看后会颤抖，并且问他们自己（像是在注视一位不那么可爱的女士时）："这位迷人的小姐能够伸直自己的双膝吗？"

这位亮相在大庭广众面前的年轻小姐便是布兰奇·伦迪小姐——

---

① 华托式（Watteau）指法国画家华托（Jean Antoine Watteau，1684—1721）作品中的女子服饰式样，独具风格，形成了固定的式样，如有女式礼服从领口到下摆有宽裥的不束腰的华托背（Watteau back），有方领和皱裥短袖的华托式谨慎胸衣（Watteau bodice），有装饰花的宽边低顶的华托帽（Watteau hat）等。华托的作品多与戏剧题材有关，画作富于抒情性，具有现实主义倾向，作品主要有油画《发舟西苔岛》《哲尔桑古董店》《丑角纪勒》等。

即引子部分向读者们介绍的那位曾经肤色红润的小布兰奇。目前的年龄：十八岁；地位：优越；金钱：有保障；脾气：急躁；性情：多样化。总之，她是个现代的孩子——有我们生活在其中的这个时代的优点，也有我们生活在其中的这个时代的不足——但她本质上真诚真实，情感丰富。

"好啦，朋友们，"布兰奇小姐大声说，"请大家安静！我们玩槌球游戏要挑边啦。工作！工作！工作！"

话音刚落，客人中的另外一位女士出现在了显著的位置。她脸上流露出温和的责备之情，用善意反对的语气回应了刚才说话的那位小姐。

另外这位女士身材高挑，体态结实，三十五岁。她展示在大众面前的是，严酷且带鹰钩的鼻子，倔强且直挺的下颚，秀美的黑头发和眼睛，素雅高贵的淡黄褐色服饰，举手投足透着一种慵懒的优雅，初看上去充满了魅力，但看久了，会让人觉得有一种难以表达的单调和乏味。这位便是第二任伦迪夫人，现在是已故托马斯·伦迪爵士的遗孀（只度过了四个月婚姻生活）。换句话说，她是布兰奇的继母，租下温迪盖茨宅邸和土地的那个令人羡慕的人物。

"亲爱的，"伦迪夫人说，"话是用来传情达意的，即便话出自一位年轻小姐之口也罢。你把槌球游戏称为'工作'吗？"

"您肯定不至于称之为'娱乐'吧？"花园凉亭边传来一个严肃而又讥讽的声音。

几排客人在刚才说话的人面前分开了。现代气派的人群中间，出现了一位老派绅士。

绅士的举止态度优雅适中，彬彬有礼，显得与众不同，如今这一代的人对此感到陌生。绅士的服饰包含了一条折了多重的白色颈巾、一件紧扣着纽扣的蓝色燕尾服，一条紫花布长裤配有绑腿，现代人会觉得很滑稽。绅士说话时轻松流畅，娓娓道来——彰显了一种独立的思维习惯，展示了一种炉火纯青的讽刺的能力——现代人会感到惧怕和厌恶。至于身形外表，他身材瘦小而结实，满头银发，黑眼睛闪烁着光芒，一种冷嘲式的幽默鲜明地挂在嘴角的两边。他的下半身有些残疾，即人们说的"畸形足"。但是，如同他开心快乐地承载着自己的年岁一样，他开心快乐地承载着自己的跛足。社交圈里都知道，他喜欢使用他的象牙色手杖，一个鼻烟壶巧妙地嵌在了手杖顶部的球内——社交圈里都害怕他表达对现代习俗的仇视，因为他的这种态度一年四季都会表露出来，而且力量强大，总会朝着最薄弱部位发起攻击，显露出同样致命的杀伤力。这位便是帕特里克·伦迪爵士——已故从男爵托马斯爵士的弟弟。托马斯爵士去世后，他是爵位和财产的继承人。

布兰奇小姐毫不理会继母的责备，或者自己叔叔的评价——她指了指一张桌子，击球木槌和球准备好了摆放在桌上，然后她让客人们注意起了当前的事情。

"我带领一个队，女士们，先生们，"她接着说，"伦迪夫人带领另一个队。我们轮着挑选队员。妈妈比我有年龄优势，因此，妈妈先挑选吧。"

伦迪夫人看了一眼继女——这个眼神可以理解为"我若办得到的话，小姐，一定会打发你回到婴儿室去！"——伦迪夫人转过身，扫视了一番客人。她该首先挑选谁，显然事先已经决定好了。

"我挑选西尔韦斯特小姐。"她说——对这个姓氏特别加重了语气。

听见选择后，众人又一次分开了。对我们而言（因为我们知道她），现在出现的是安妮。在第一次见到她的陌生人看来，她是位风华正茂的小姐——一位衣着朴素的小姐，一身白色，未加点缀——只见她缓步上前，站立在女主人面前。

一部分草坪上的男士——数量不小的一部分——是由特地介绍他们的朋友领着过来的。安妮出现的瞬间，那些男士中的每一位都突然关注起了这位首先被挑选的小姐。

"这是个魅力十足的女人，"府上的陌生人中有一位对着府上朋友中的一位低声说着，"她是谁啊？"

那位朋友低声做了回答。

"伦迪小姐的家庭教师——情况如此。"

这一问一答进行着的当儿，伦迪夫人和西尔韦斯特小姐面对面站立在客人的面前。

那位陌生人看了看两个女人，又低声说了起来。

"夫人与家庭女教师之间有点不对劲呢。"他说。

那位朋友也看了看，用加重的语气回答说：

"很显然！"

同性旁观者眼中，有些女人对男人的影响是个深不可测的谜团。这个家庭女教师便是属于那些女人中的一个。她遗传到了她那命运多舛的母亲的魅力——但没有遗传到母亲的美貌。如若根据那些带插图的赠阅本和书画刻印作品店橱窗设定的标准来判断，那么，判词必定是这样的："她脸部五官没有一处是理想的。"假如从她处于平静的状态看，安妮·西尔韦斯特小姐的外表相貌其实毫无不同凡响之处。她身材中等，与大多数女人无异。头发和肌肤的色泽不浅也不深，而是属于令人厌烦的中性，恰好介于两者之间。比这更加糟糕的是，她的脸部还有明显的瑕疵，这点毋庸置疑。嘴部的一角有一种神经性的挛缩，因此，嘴唇动起来时，会向上拉起，造成两边不对称。同一侧的那只眼睛处于一种神经性的不稳定状态，差一点就落下斜视眼的缺陷了。不过，尽管有这些无可争辩的缺点，但是，总有那么一些女人，她们能够赢得男人的心，而且家庭在她们的管理之下实现了安宁。而这里的这个便是其中之一——可惜这种女人少之又少。她移步前行——举手投足间，透出某种无法形容的魅力，惹得阁下您回头看着，中断您与朋友的交谈，沉默不语，注视着她行走的样子。她坐在您旁边，与您交谈——您会看到，某种敏感的东西逐渐转化成那个嘴角处的挛缩，继而转化成那只柔和灰色眼睛里神经性的不稳定状态。到头来，缺陷反而转化成了美——吸引着您的注意力——她若不经意间触碰了您一下，您会有一种触电的感觉。您若与她共看一本书，感觉到她的气息拂到了您的脸上，您会心跳加剧。毫无疑问，只有当您是一位男士时，这一切才会发生。您若用一位女性的眼光去看她，那就会是另一种结果。情况若是如此，您就会转身对着离您最近的女性朋友，怀着替男士们毫不掩饰的惋惜态度说："男士们能够从她身上看到什么呢？"

宅邸女主人的目光和家庭女教师的目光相遇了，双方都明显不信任对方。很少有人看不出来，对于那个陌生人和那个朋友看出来了的情况也同样如此——这外表下面郁积着某种情绪。西尔韦斯特小姐先开口说话。

"谢谢您，伦迪夫人，"她说，"我还是不参与吧。"

伦迪夫人显得极度惊讶，惊讶的态度超出了良好修养的界限了。

"噢，真的吗？"她接话说，语气很尖锐，"我们大家既然聚集在此，目的都是来玩的，这样未免显得有点不可思议吧。是哪儿不舒服吗，西尔韦斯特小姐？

西尔韦斯特小姐略显苍白的脸上泛起了红晕。但是，她尽到了一个女人和家庭教师的责任。她这一次妥协了——因此保留了面子。

"没什么，"她回答说，"我早上有点不舒服。但是，您若有这个愿望，我还是玩吧。"

"我确实有这个愿望啊。"伦迪夫人回答说。

西尔韦斯特小姐转向了一侧，对着一个进入花园凉亭的入口。她等待着游戏开始，留意着草坪那边的情况，明显看出她内心不平静，这一点从她白色衣裙前胸的一起一伏可以看出来。

下面轮到布兰奇挑选选手了。

她对于该选谁，刚开始时有点举棋不定。她随后朝着客人们看，从前几排中捕捉到了一位绅士的目光。那位绅士和帕特里克爵士并排站立——属于我们现代派的典型代表，如同帕特里克爵士属于过去老派的典型代表一样。

那位现代派绅士青春年少，脸色红润，身材高大，体格健壮。撒克逊式的鬈发从前额中间部位开始朝两边分开，一直延伸到了头顶，直至红润的颈背正中间结束。他的五官相貌属于人类五官相貌中最规准的，同时也属于人们最不熟悉的那种。他表情镇定，无动于衷，令人看了惊叹不已。透过他单薄夏装的上衣袖口，可以看见他健壮的手臂肌肉。他胸部宽阔，侧面很薄，腿部坚实——简单说起来，他是个不同寻常的人，浑身上下达到了身体发育的最高程度。

这便是杰弗里·德拉梅恩先生——人们通常称呼其为"阁下"[①]。他不止在一个方面当得起这一殊荣。首先，他很荣耀，因为他是那位昔日崭露头角的初级律师，如今成了霍尔切斯特勋爵的人的儿子（次子）。其次，他很荣耀，因为他赢得了现代英国教育体制所能给予大众的最高荣誉称号——他在一次大学划船比赛[②]中划尾桨。除此之外，没有任何人看见过他阅读除了报纸之外的任何读物。没有任何人知道他赌博时输过——这位卓越的英国年轻人的形象便暂时完整了。

布兰奇自然把目光停留在了他的身上，自然喊着挑选他作为她这个队的队员。

"我选德拉梅恩先生。"她说。

布兰奇嘴里说出这个名字时，西尔韦斯特小姐的脸上褪去了红晕，随即脸色煞白了起来。她动身要离开花园凉亭——突然又停住了——一只手扶着旁边带皮的粗木座位。她身后有位绅士看着那只手，发现手紧握着，动作很突然，很猛烈，戴在手上的手套都开裂了。绅士心里记住了这一幕，然后在自己的记录本中称西尔韦斯特小姐有"非同寻常的性情"。

同时，真是不可思议的巧合，德拉梅恩先生的行为和先前西尔

---

① "阁下"（the honourable）为贵族称谓，关于英国的贵族等级，参见本书《引子》部分的注释。
② 此处作者虽没有明说，但考虑到杰弗里·德拉梅恩先生的身份，人们不禁会联想到英国牛津大学和剑桥大学的划船比赛。该赛事始于两位叫查尔斯的人。牛津大学的查尔斯·华兹华斯 [Charles Wordsworth, 1806—1892, 即英国"湖畔派"桂冠诗人威廉·华兹华斯（William Wordsworth, 1770—1850）的侄子] 与剑桥大学的查尔斯·梅里韦尔（Charles Merivale, 1808—1893, 此人亦出身名门）于1829年春展开的竞争。自1856年起，划船比赛成为两校一年一度必争的传统体育竞技项目。每年3月和4月之交，选择一个周末，在泰晤士河上长达七公里的赛程内，牛津和剑桥两队选手在河上角逐，两岸观众呐喊助威。一百多年来，两校的划船比赛除了两次世界大战期间中断之外，不曾取消过一次，赢得了"世界上为期最久的体育竞赛项目"的殊荣。该赛事已经演化成了英国国民引以为荣的大众文化活动。

韦斯特小姐的行为一模一样。他也企图逃避马上要开始的游戏。

"非常感谢您，"他说，"您能够照顾我一下，另选他人吗？我不善于玩这种游戏呢。"

假如在五十年前，这样回答一位女士，那会被人认为简慢无礼，不可原谅。但按照现在的社交礼仪，人们会认可这一点，觉得坦诚直率，快乐有趣。众人哈哈大笑起来，布兰奇则生气上火了。

"德拉梅恩先生，我们就不能来一些肌肉活动不那么剧烈的活动好让您开心一下吗？"她问了一声，语气很尖锐。"您非得去划船或者跳高吗？您若有心情，就让心情放松一下。相反，您已经有了发达的肌肉了，为何不让其松弛一下呢？"

伦迪小姐机敏睿智，话语尖刻。但她说的话犹如在鸭子背上泼水，对杰弗里·德拉梅恩先生毫无作用。

"您请便吧，"他说，态度冷淡，但情绪很好，"别生气，我来这儿和女士们待在一起——她们不让我抽烟，但我很想抽。因此，我想溜开一会儿，抽烟去。好啦！我会来玩游戏的。"

"噢，当然可以抽烟啦！"布兰奇回应着说，"我挑选别人啦，不挑选您啊！"

尊贵的年轻绅士露出了未加掩饰的轻松感。执拗任性的年轻小姐背对着他，看着凉亭另一侧的客人。

"我该挑选谁呢？"她自言自语。

有个皮肤黝黑的年轻人——脸上晒成了吉卜赛人的棕褐色，表情和态度让人联想到一种颠沛流离的生活，说不定熟悉大海——走上前来，态度显得羞涩，说话轻声细语。

"选我吧！"

布兰奇兴致勃勃，脸上绽放出了迷人的笑容。从表面上判断，黝黑的年轻人在她的心目中有一定的地位，尤其他自己心里更是觉得如此。

"您！"她说，显露着媚态，"您一个小时后要离开我们呢！"

他壮着胆子走近了一步。"后天，"他申辩着说，"我便回来了呀。"

"您球技很差啊！"

"我可以改进的——您若教我。"

"您可以吗？这么说来，我就教您吧！"她脸色红润，光彩亮丽，转身朝着继母。"我选阿诺尔德·布林克沃斯先生。"她说。

这个姓氏名不见经传，情况似乎有点异样了，因此，产生了一点影响——这次不是对西尔韦斯特小姐，而是对帕特里克爵士。他看了看布林克沃斯先生，心里突然来了兴趣和好奇。假如此时此刻宅邸的女主人没有占据他的注意力，他显然会和黝黑的年轻人说话。

不过，轮到伦迪夫人挑选她那个队的第二位队员了。她叔子是个举足轻重的人物，她有意要与家族的头面人物相融合。于是，她挑选了帕特里克爵士，所有客人见此都感到惊讶。

"妈妈！"布兰奇大声喊着，"亏您想得出啊？帕特里克爵士不会玩槌球的。他那个时代的人不玩槌球的。"

帕特里克爵士但凡遇见有年轻一代的人拿"他那个时代"来说三道四，一定会还以颜色，数落对方一番。

"我那个时代，亲爱的，"他对侄女说，"人们参加这样的社交聚会时，总是会展示一些令人赏心悦目的才艺。而在你们的时代，你们就会摆弄这一套。这儿，"老绅士评价着，拿起自己身边桌上的一个击球槌，"就是现代社会成功的资格之一啊。还有这儿，"他接着说，拿起一个槌球，"是另一个资格。很好，真是活到老学到老啊。我参加吧！我参加！"

伦迪夫人（天生不受讥讽的影响）优雅地微笑着。

"我知道帕特里克爵士会参与的，"她说，"以便让我开心。"

帕特里克爵士点了点头，态度显得讥讽又谦恭。

"伦迪夫人，"他回答说，"您是把我当作一本书来读的啊。"令在场年龄在四十岁以下的人惊诧不已的是，他说这些话时把手按在胸前，以示强调，然后引用两句诗。"我可以用德莱顿①的诗来表达。"殷勤的老绅士补充说，

"我虽已年迈，不适宜于女士之爱，
但我把美的力量牢记在心。"

伦迪夫人露出了未加掩饰的惊愕表情。德拉梅恩先生向前走了一步。他当场给予了干预——看那架势，他感觉自己是个紧急招来履行公共职责的人。

"德莱顿根本没有这样说，"他评价说，"这一点我可以保证。"

帕特里克爵士借助于他的象牙色手杖，像在轮子上似的转过身，目不转睛地盯着德拉梅恩先生的脸看。

"难道您比我更加熟悉德莱顿吗，先生？"他问了一声。

德拉梅恩先生用谦逊的语气回答说："我应该说，是这么回事。

---

① 约翰·德莱顿（John Dryden，1631—1700）是英国诗人、剧作家和文学批评家。一生为贵族写作，为君王和复辟王朝歌功颂德，被封为"桂冠诗人"。主要作品有《时髦的婚礼》(1672)，《一切都为了爱情》(1678)等。他还是英国古典主义时期重要的批评家和戏剧家，为英国古典主义戏剧的诞生和发展做出了杰出的贡献。

我和他一起参加过三次划船比赛，我们是在一起训练的。"

帕特里克爵士回头看了看，露出了胜利的微笑，但显得很别扭。

"那就让我来告诉您吧，先生，"他说，"与您在一起接受训练的那个人将近两百年前就已经去世了。"

德拉梅恩先生真正感到了不知所措，询问在场的广大客人。

"这位老绅士是什么意思啊？"他问，"我现在说的是汤姆·德莱顿。大学里人人都知道他。"

"我现在说的是，"帕特里克爵士回应说，"诗人约翰·德莱顿。很显然，大学里并非人人都知道他。"

德拉梅恩先生回答时热情洋溢，态度认真，看着令人愉快。

"我用自己的名誉担保，以前根本就没有听说过他！别生气，爵士，我没有生你的气。"他微笑着，掏出了自己的欧石楠根烟斗。"有火吗？"他问了一声，态度要多友好有多友好。

帕特里克爵士回答了，说话毫无热情。

"我不抽烟，先生。"

德拉梅恩先生看了看他，没有丝毫生气的意思。

"您不抽烟！"他重复了一声，"我寻思着您是如何度过业余时间的啊！"

帕特里克爵士结束了交谈。

"先生，"他说，欠了欠身，"您尽管寻思去。"

这场小小的冲突进行时，伦迪夫人和她的继女已经组织安排好了槌球游戏。客人们分成了队员和观众，开始向着草坪走去。帕特里克爵士拦住了正要离开的侄女——还有那位离她很近的黝黑青年。

"让布林克沃斯先生和我待一会儿，"他说，"我有话想要对他说。"

布兰奇立刻下了命令，布林克沃斯先生要和帕特里克爵士待着，直到她需要他参加游戏。布林克沃斯先生不明就里——但还是遵命行事。

这一权威行动实施期间，花园凉亭另一侧发生了情况。西尔韦斯特小姐利用大家向着草坪移动形成的混乱局面，突然靠近了德拉梅恩先生。

"十分钟后，"她轻声说，"花园凉亭便空无一人了，我们在此地见面吧。"

德拉梅恩先生怔了一下，悄悄地看了看自己周围的客人。

"您觉得这样安全吗？"他轻声回答说。

家庭女教师敏感的嘴唇颤抖着——怀着恐惧，还是愤怒，说不清是哪一种。

"这么说定了！"她回答——随即离开了他。

德拉梅恩先生看着她的背影时，紧锁着浓眉——随后离开凉亭。宅邸后面的玫瑰园这会儿很寂静，他掏出烟斗，藏身在玫瑰花丛中。嘴里立刻吞云吐雾起来。对于他的烟斗而言——他通常是最和蔼可亲的主人，但当他要心急火燎地使用这个忠实的仆人时，这是他内心不安的确切表现。

第三章　种种发现

但是，有两个人现在留在花园凉亭——阿诺尔德·布林克沃斯和帕特里克·伦迪爵士。

"布林克沃斯先生，"老绅士说，"此前，我没有机会和您说话，而（我听说了，您今天准备离开我们）我后面可能找不到机会。您父亲是我最亲密的朋友之一——那就让我也成为您的朋友吧。"

他伸出了一只手，并且通报了自己的姓名。阿诺尔德立刻便认出来了。"噢，帕特里克爵士！"他热情洋溢地说，"我已故的父亲当年如若听了您的劝告——"

"他会在赌得倾家荡产之前三思而行。他有可能还生活在我们中间，而不至于流落国外，客死异乡，"帕特里克爵士把对方开了个头的话说完了，"事情已经过去啦！我们说点别的吧。前几天，伦迪夫人写信给我，谈到了您。她告诉我说，您姑母去世了，让您去继承她在苏格兰的遗产。这事是真的吗？——真的？我由衷地向您表示祝贺啊。您为何不去接受您的宅邸和地产，而到这儿来了呢？噢，离此地只有二十三英里路程，您准备等下乘火车去处理这事？这就对啦。还有——什么，什么啊？——后天返回，您为何必须要返回呢？我猜，这儿有什么特别吸引您的东西吧？但愿是正当的吸引啊。您很年轻——面临各种各样的诱惑。您的思想上有了坚实理智的基础了吗？假如有，那也不是从您父亲那儿遗传来的。当年，他摧毁了自己孩子们的前程时，您还只是个孩子。从那时到现在，您是如何生活过来的？您姑母的遗嘱是让您一辈子做个悠闲逍遥的人，您在干什么来着？"

这是个很尖锐的问题。阿诺尔德回答了这个问题，没有丝毫犹豫，说话时流露出毫无做作的谦逊和淳朴，因此，立刻赢得了帕特里克爵士的好感。

"父亲因输光了家产而毁了人生时，爵士，"他说，"我在伊顿公学①上学。我不得不离开学校，自谋生路去——从那时到现在，我一路披荆斩棘走过来了。说得直白一点，我出海当水手了——在一艘商船上。"

"说得更加直白一点，您像个勇敢的小伙面对逆境，于是迎来了好运降临，"帕特里克爵士接话说，"伸出您的手吧——我对您有好感。您不像当下这个时代里另外的那些年轻人。我将称呼你'阿诺尔德'，但你一定不要礼尚往来，称呼我'帕特里克'②，记住——我年纪够大的，不能这样称呼。对啦，你在这儿的进展如何啊？我嫂嫂是个怎样的女人呢？这是一幢怎样的宅邸呢？"

阿诺尔德突然哈哈大笑了起来。

"您向我提出的问题很不可思议啊，"他说，"听您这么说，爵士，仿佛您倒是这儿的陌生人似的！"

帕特里克爵士触碰了一下他象牙色手杖球柄上的弹簧，于是弹起来了一个镀金的盖子，露出了藏在里面的一个鼻烟壶。他嗅了一下，由于某个掠过心头的想法而讥讽地咯咯笑了起来。不过，他认为，自己没有必要把这个想法告诉这位年轻朋友。

"我这样说话仿佛我倒是这儿的陌生人对吧？"他接着说，"我事实上是个陌生人。我和伦迪夫人之间保持通信联系，言辞友好，但我们各过各的，相互之间能不见面尽量不见。我的人生经历，"兴致勃勃的老人接着说，坦诚直率，令人愉悦，把阿诺尔德和他本人

---

① 伊顿公学（College）是英国最著名的贵族学校，坐落在距离伦敦二十英里的温莎小镇。学校历史悠久，由亨利六世创办于1440年。伊顿公学以"精英摇篮""绅士文化"闻名于世，学生成绩优异，是英国王室成员、政界经济界精英的培训之地。这里曾营造就了二十位英国首相，培养出了诗人雪莱、经济学家凯恩斯等精英人物，也是如今剑桥公爵威廉王子和哈里王子的母校。
② 一般亲属、长辈对晚辈或说话随意的（同辈）朋友之间才会这样称呼，而帕特里克爵士和阿诺尔德·布林克沃斯先生是不同辈分的人。

之间的年龄和地位差异全都给扯平了，"与你的并非完全不同，尽管我年龄大到都可以当你的祖父了。我兄长再婚时，我（作为一位旧派的苏格兰老律师）以我自己的方式谋生。他的两任夫人都没有生育一个儿子，兄长去世后，我的地位提升了，恰如你的情况一样。（我由衷感到懊悔的是）我现在是从男爵。对啊，我由衷感到懊悔！我根本没有想到，一切责任竟然会全部落到我的肩上。我成了一家之主，成了我侄女的监护人，不得不在这样一次草坪聚会上亮相——而且（这事我们两个人之间说说就是），我处在一个完全不适宜的环境里，在这些客人当中我没有遇见一张熟悉的面孔。你认识这儿什么人吗？"

"我在温迪盖茨镇上有个朋友，"阿诺尔德说，"他和您一样，是今天上午来这儿的，是杰弗里·德拉梅恩。"

他给出这个回答时，西尔韦斯特小姐出现在花园凉亭的入口处。她看到凉亭有人占据后，脸上掠过不悦的表情。她趁着没人注意离开了，返回到了槌球游戏现场。

帕特里克爵士看着自己昔日朋友的儿子，对这个年轻人第一次流露出了失望的表情。

"我对你的择友行为感到很惊讶啊。"他说。

阿诺尔德单纯把这句话看成是请求他提供信息。

"我恳请您原谅，爵士——这件事情没有什么好惊讶的。"他回应说。"我们过去在伊顿公学时是同学。后来，我遇到了杰弗里，他驾着帆船航海，我则在我的商船上。杰弗里救了我的命，帕特里克爵士，"他补充着说，说话的声音提高了，眼睛里闪烁着光芒，充满了对朋友诚挚的钦佩之情。"假如没有他，我会在一次船只失事中淹死。这难道不是他成为我朋友的充分理由吗？"

"事情完全取决于你如何看待自己生命的价值。"帕特里克爵士说。

"我看待自己生命的价值？"阿诺尔德重复了一声，"我当然把自己的生命的价值看得很高啦。"

"如此说来，德拉梅恩先生做了你需要感恩戴德的事情。"

"他的恩情我是无法偿还得了的！"

"你总有一天会心悦诚服地偿还他的恩情的——我若还算了解人性的话。"帕特里克爵士说。

他说这话时语气加重了，表明坚信不疑。他们还没有来得及开口说话——德拉梅恩先生便出现在了花园凉亭的入口（情况完全和西尔韦斯特小姐出现时一样）。他也趁着没人注意离开了——也像西尔韦斯特小姐一样。不过，相似的情况到此为止。杰弗里阁下发现凉亭有人占据后，他脸上的表情明确无误地说明，他心里感到如释重负。

这时候，阿诺尔德从帕特里克爵士说的话和说话的语气中做出了正确的推断。他迫不及待地担当起了替自己朋友辩护的责任。

"您说话挺尖锐的，爵士，"他评价着说，"杰弗里做了什么事冒犯您啦？"

"他擅自存在，这便是他做出的事情，"帕特里克爵士反驳着说，"别瞪着眼睛看！我这是在泛泛而谈。你朋友是当代英国年轻人的楷模。我不喜欢这个楷模。依我看，夸耀他是国民的精英毫无意义，因为他五大三粗，身体强悍，喝掺杂的啤酒，一年四季洗冷水浴。在英国，就现在，人们夸大其词，过度赞美肉体。一个英国人竟然会与野蛮残忍的人一道认同这一点。事情已经酿成了不良的后果啦！我们比以往任何时候都更加乐意践行我们国民习惯中粗鲁的东西，容忍国民行为中暴力和残忍的东西。阅读一下那些通俗读物，参加一下那些大众娱乐活动——我们难道不会发现，从本质上来说，那些东西全部都缺乏对优雅文明生活方式的尊重，反而越来越崇尚原始英国人的气概？"

阿诺尔德倾听着，表情茫然，惊愕不已。帕特里克爵士心中郁积着对社会的不满情绪，过去一段时间以来，没有发泄的途径。阿诺尔德在不知不觉中成了爵士发泄这种情绪的途径了。"您谈到这个问题时，显得很激动啊，爵士！"阿诺尔德激动地大声说，抑制不住惊愕之情。

帕特里克爵士立刻平静了下来，但年轻人脸上真正的惊愕之情却无法抑制。

"激动起来，"帕特里克爵士说，"几乎如同我在观看划船比赛时欢呼喝彩或者为了一本赌金簿而争吵的情形一样呢——呃？啊，我年轻时，我们可没有这么容易激动啊！我们换个话题吧。我对你朋友德拉梅恩先生并不存有半点偏见。当今人们盛行的说法是，"帕特里克爵士大声说，再次绕了回去，"理所当然，身体健康的人同时也是心理健康的人。当今人们的这个说法正确与否，时间将会证明。——因此，实际上，你匆匆赶去看了看自己的地产后，便会返回到伦迪夫人的宅邸来对吧？我重申一遍，像你这样一位有产业的绅士，这是一种非同寻常的做法啊。这儿有什么吸引力呢——呃？"

阿诺尔德还没有来得及回答，布兰奇便在草坪上喊他。他脸红了，迫不及待要转身离开。帕特里克爵士点了点头，一副完全了然于心的神态。"噢！"他说，"那就是吸引力，对吧？"

阿诺尔德因长期生活在海上，所以不熟悉岸上为人处世的方式。他没有领会这句玩笑话，而是显得不知所措。他黝黑的脸颊涨得更加通红了。"我并没有这样说啊。"他回答说，显得有点不高兴。

帕特里克爵士举起两根苍白的、布满皱纹的老人手指，心情爽朗，轻轻碰了碰年轻水手的脸颊。

"不，你说了，"他说，"用红色字母写着呢。"

象牙色手杖球形柄上的那个小镀金盖弹起来了——老绅士这么干脆利索地回应了之后，嗅了一口鼻烟犒劳自己。恰在此时，布兰奇出现在了现场。

"布林克沃斯先生，"她说，"我马上要找您。叔叔！轮着您上场啦。"

"天哪！"帕特里克爵士大声说，"我忘记了游戏的事了。"他环顾了一番四周，看见击球槌和球还放在桌子上。"代替交谈的现代品哪儿去了？噢，在这儿呢！"他把球从自己前面滚出去，滚到草坪上了，然后像夹着一把雨伞似的把击球槌夹在腋下。"有人第一个发现，人类生活是件郑重其事的事情，但遭到世人的误解。"他匆忙跑出去时，自言自语说。"这个人是谁呢？是我啊，一只脚跨进了坟墓的人。眼前这个时刻，我面前摆着的最严重的问题是——我是否该穿过那些槌球游戏中的拱门呢？"

阿诺尔德和布兰奇两个人单独待着。

造物主赐予了女人种种特权，其中，最令人羡慕的特权莫过于，她们看着自己心爱的男人时，总会展示自己最美的相貌。布兰奇等到叔叔离开后，目光便转到了阿诺尔德身上。这时候，连膨胀起来的发髻和歪戴着的帽子那样奇丑无比的时尚缺陷都摧毁不了洋溢在脸上的那种青春、美丽和温柔组成的三重魅力。阿诺尔德看着她——突然想起来了，因为他先前根本不记得，他要搭乘下一趟火车离开，留下她待在不止一位与自己同龄的爱慕她的男士参加的社交活动中。整整两个星期的时间里，他与布兰奇待在同一个屋檐下。这个经历证明，她是世界上最有魅力的姑娘。假如他把这个感受告诉她，她说不定不会生他的气呢。他心里决定了，在如此幸运的时刻，一定要把这种感受告诉她。

但是，谁会擅自去度量思想与行动之间隔着的深渊呢？阿诺尔德怀着前所未有的决心，一定要把心里的感受表达出来。他说了什么话呢？遗憾啊，人类的意志有多么薄弱啊！他什么也没有说，只是沉默不语。

"您看起来很不自然啊，布林克沃斯先生，"布兰奇说，"帕特里克爵士对您说什么来着？我叔叔对谁说话都尖锐风趣。他对您说话尖锐风趣了吗？"

阿诺尔德开始看到了自己的目标。尽管有遥不可及的距离——但他终究还是看到了。

"帕特里克爵士是个可怕的老人啊，"他回答说，"您进来的前一刻，他看过我的表情后便发现了我的一个秘密。"他说到这儿停了下来——鼓起勇气——不顾一切，勇往直前——直奔主题。"我不知道，"他直截了当问，"您是否像您叔叔？"

布兰奇立刻明白了他的意思。假如有时间供她支配，她一定可以轻松地搞定他，并且以精准的步骤引导他到达心中的目标。但是，两分钟之后，甚至更短，该轮到阿诺尔德上场了。"他要向我表白了，"布兰奇心里想着，"他只有一分钟用来表白。他一定会这样做的。"

"什么啊？"她激动地大声说，"您难道觉得，发现事物的天赋会在一个家族里代代相传吗？"

阿诺尔德猛然跳跃了一下。

"我倒是希望情况如此啊。"他说。

布兰奇一脸惊诧的样子。

"怎么啦？"她问了一声。

"您若能够从我脸上看得出帕特里克爵士看出的东西，那该——"

他只需要说完这句话，事情便圆满了。但是，温柔的情感偏偏遇上了阻力，正是在这样一个不恰当的时刻，阿诺尔德突然感到了一阵羞怯。他突然停下来了，态度要多尴尬有多尴尬。

布兰奇听到了草坪上击球槌击打槌球的声音，还有客人们看见帕特里克爵士笨拙出错的动作而哈哈大笑的声音。珍贵的几秒钟悄然过去了。阿诺尔德如此没有理智地害怕布兰奇，她真可以朝着他的两边脸扇耳光。

"嗯？"她说，显得不耐烦，"我若真正朝着您的脸上看，我应该看到什么呢？"

阿诺尔德再次猛然跳跃了一下，回答说：

"您会看到，我需要一点鼓励。"

"由我吗？"

"是的——您若愿意。"

布兰奇扭过头看了看身后，花园凉亭耸立在一个山丘上，顺着台阶进入。此地可以听得见下面草坪上玩游戏的人说话的声音，但看不见人。任何人都可能随时突然出现。布兰奇倾听着，没有听见拾级而上的声音——只有一片静谧，然后传来一阵击球声，紧接着是掌声。帕特里克爵士是个有特权的人物，大多数情况下，大家允许他重试，两次努力后，他成功了。这表明还有几秒钟的暂缓时间。布兰奇转身看了看阿诺尔德。

"想一想你已经受到的鼓励吧，"她轻声细语地说——但立刻又补充说，怀着根深蒂固的女性自我保护意识，"不过有限度啊！"

阿诺尔德最后一次猛然跳跃了一下——这次直接跳到底了。

"想一想你已经被人爱着，"他脱口而出，"没有半点限度呢。"

一切都过去了——话已经说出口了——他牵着她的手。又一次，毫无节制的柔情比先前更加强烈了。布兰奇渴望听到的表白刚刚从她爱着的人嘴里说出，她便抗拒了起来！她挣扎着抽出自己的手。她表面上请求阿诺尔德松开她。

阿诺尔德反而握得更紧了。

"尝试着喜欢我一点点吧！"他恳求着说，"我很喜欢你啊！"

如此这般的求爱方式，谁能够抵御得了呢？——请记住啊！当您本人暗暗地喜欢上了他时，当您肯定另一时刻就会受到打扰时！布兰奇停止了挣扎，抬头看着她的水手，露出了微笑。

"你是在商船上学会这种求爱方式的吧？"她问了一声，一副俏皮的样子。

阿诺尔德仍然郑重其事地憧憬自己的前景。

"我若惹你生气了，"他说，"那我就返回商船上去。"

布兰奇再次给予了他鼓励。

"布林克沃斯先生，生气可是一种不良情感啊，"她回答说，故作郑重其事，"一位以正确得体的方式培养起来的年轻小姐是不会有不良情感的。"

草坪那边突然传来了游戏手们的叫喊声——喊着"布林克沃斯先生"。布兰奇拼命推着他走。阿诺尔德一动不动。

"说点鼓励我的话，我才走，"他恳求着说，"一个字足够，比如，是。"

布兰奇摇了摇头。她此时已经控制住他了，不禁想要戏弄他一番。

"不大可能啊，"她接话说，"你若想要更多鼓励，那你得对我叔叔说去。"

"我离开这幢宅邸前，"阿诺尔德回应，"会对他说的。"

又有人在喊"布林克沃斯先生"。布兰奇再次拼命推着他走。

"走吧！"她说，"记住你要去穿过拱门呢！"

她双手搭在他的肩膀上——她的脸靠近他——她简直魅力无限。阿诺尔德搂住了她的腰，亲吻了她。不必告诉他要穿过拱门了，他肯定已经穿过了呀。布兰奇默默无语。阿诺尔德在求爱艺术中的这最后一招让她激动得喘不过气来。她还没有来得及镇静下来，便清清楚楚地听见了一阵走近的脚步声。阿诺尔德最后紧紧地搂了她一下——然后跑开了。

她瘫坐在最近的一把椅子上，心里充满了一阵甜蜜而又混乱的感觉，她闭上了双眼。

登上花园凉亭的脚步声越来越近了。布兰奇睁开眼睛——看见了安妮·西尔韦斯特，独自一人站立着，看着她。她一跃身子站起来，情绪激动，用双臂搂住她的脖子。

"你不知道发生了什么情况，"她轻声细语地说，"向我贺喜吧，亲爱的。他已经表白了，他终身属于我了！"

这个拥抱和这说话的语气表达了多少年来的全部姐妹间的爱意和信任。此时此刻，她们彼此心心相印——看起来——昔日里，她们母亲的心也不能比她们贴得更近啊。不过，假如布兰奇此刻抬头看看安妮的脸，她就一定看得出来，安妮的心思远离了自己小小的爱情故事。

"你知道是谁吗？"她等待了一阵后接着说。

"布林克沃斯先生吗？"

"当然，还会是别人吗？"

"而你确实感到快乐吗，亲爱的？"

"快乐？"布兰奇重复了一声，"听好啦！这事严格控制在我们两个人之间。我都高兴得无法自制啦。我爱他！我爱他！我爱他！"她大声说，重复着这三个字时，像孩子一样充满了快乐。但得到的回应是一声深深的叹息。布兰奇立刻盯着安妮的脸看。"怎么啦？"她问了一声，声音和态度立刻变了。

"没什么。"

布兰奇观察得很清楚，不可能这样视而不见。

"这其中有要紧的事儿，"她说，"是钱吗？"思忖了片刻后，她补充说："要支付账单吗？我有大量的钱啊，安妮。你想要多少我都借给你。"

"不，不，亲爱的！"

布兰奇向后退缩，感到有点委屈。安妮与她保持一定的距离，在布兰奇与她相处的经历中，这是第一次。

"我告诉了你心里所有的秘密，"布兰奇说，"你为何要对我保守着秘密呢？你知道吗，过去一段时间以来，你看起来焦虑不安，没精打采。莫非你不喜欢布林克沃斯先生？不是。你确实喜欢他，那么，是因为我要结婚了吗？我相信是的！你认为我们会分开，你这个傻瓜，好像我离开了你过得下去似的！当然，我与阿诺尔德结婚后，你必须要与我们在一起生活啊。这一点我们之间已经达成了默契，对吧？"

突然安妮离开布兰奇，动作粗鲁地朝着台阶走去。

"有人来了，"她说，"看吧！"

来者是阿诺尔德。该轮到布兰奇上场了——阿诺尔德自告奋勇来叫她。

布兰奇的注意力——在其他场合很容易分散——一直放在安妮身上。

"你很异常啊，"她说，"我必须要知道其中的原因。等到今天晚上——到时你去我房间，把情况告诉我，别这样一副表情！你得告诉我。同时还要你亲吻一下呢！"

布兰奇和阿诺尔德照面了，看到他的片刻，恢复了兴高采烈的样子。

"嗯，你穿过那些拱门了吗？"

"别想着那些拱门。我已经在帕特里克爵士那儿破冰了。"

"什么，当着所有人的面？！"

"当然不是。我约了他在这儿说呢。"

他们笑着走下台阶，参加游戏去了。

安妮·西尔韦斯特独自一人待着。她缓步朝着凉亭里侧光线更暗的地方走去。一面镶嵌在一个雕花木框内的镜子固定在一面侧墙上。她停了下来，对着镜子看了看——看着自己在镜子里面的形象，颤抖了起来。

"布兰奇都从我的脸上看出了我现在的状况，"她说，"难道那个时间已经来临了吗？"

她从镜子边转身，朝着一侧走去。她突然绝望地大叫了一声，猛然举起双臂，重重地撑着墙壁，脑袋靠在手臂上，背朝着光亮的一面站着。同一时刻，出现了一个男子的身影——不声不响地站立在凉亭入口的阳光里。该男子正是杰弗里·德拉梅恩。

第四章　男女二人

杰弗里向前走了几步，随即停下了。安妮全神贯注想着自己的事，没有听见他走近的声音，所以一动不动。

"遵照你的意思，我来了，"他说着，一副闷闷不乐的样子，"但是，你可得注意啦，这样是不安全的。"

安妮听见他的说话声后，转过身对着他。当她从凉亭的后部缓步向前走时，形象看起来像她母亲，而其他时候是看不出来的。此时，她脸上的表情有了变化。如同昔日里做母亲的看着抛弃自己的那个男人一样，她的女儿看着杰弗里·德拉梅恩——神情同样是可怕的镇定，同样是可怕的蔑视。

"嗯？"他问了一声，"你有什么话要对我说吗？"

"德拉梅恩先生，"她回答说，"您是这个世界上幸运的人之一。您是个贵族的儿子，是个帅气的人，在大学里很受欢迎。您住着英国最豪华的宅邸。除此之外，您还是别的什么吗，您同样也是个懦夫和无赖吗？"

他怔了一下——张开嘴正要说话——抑制住了自己——神色不安，努力用笑来消除尴尬。"好啦！"他说，"捺住性子吧。"

她心里抑制住的情绪开始要爆发出来了。

"捺住性子？"她重复了一声，"你们男人是不是都希望我控制住自己的情绪？您的记性得是什么样子的啊！您难道忘记了那个时候吗？我曾经傻乎乎地以为您喜欢我，而且还疯狂地相信，您会信守诺言的。"

他坚持不懈，努力一笑了之。"'疯狂'一词用得有点过啊，西尔韦斯特小姐！"

"'疯狂'是个恰如其分的词！我回顾自己癫狂痴迷的状态——但解释不清楚。我无法理解我自己。您身上有什么东西，"她问，语气中充满了蔑视和惊讶，"吸引了一个像我这样的女人呢？"

即便面对这种语气的措辞，他不倦怠的好性情也丝毫不受影响。他双手插在衣服口袋里，说："我可以肯定，我不知道。"

她转身离开了他。她并没有因为听到这个直率生硬的回答而愤怒。这个回答迫使着她，严酷地迫使着她记住，自己目前处于这样的境地，不能责怪任何人，要怪只能怪自己。但她并不想让他看出，想起这一点，她有多么难过——如此而已。这是一个很悲伤很悲伤的故事，但是故事必须得讲述出来。她母亲活着时，她是一个最温柔最可爱的孩子。后来，承蒙她母亲朋友的关照，她度过了少女时代，没有受到半点伤害，十分开心快乐——沉睡着的情感好像会永远沉睡下去！她一路生活下来，进入了风华正茂的女人时代——后来，正当她人生的财宝处于最丰盈的时候，在一个至关重要的时刻，她把财宝扔给了这个此刻站立在她面前的男人。

她就没有责任吗？不，并非完全没有责任。

她除了看见此刻情形下的他之外，还看见过别的情形下的他。她看见过他，河上划船比赛的英雄，考验力量与技巧时——激发起了整个英国人的热情啊，他可是第一位。她看见过他，一个民族兴趣的中心目标，公众崇拜和称赞的偶像。多家报纸上赞美其肌肉的那双手臂是他的。在作为英国的骄傲而受到千万人欢呼喝彩的英雄当中，他名列第一。一位处于热情高涨状态中的女子见证了力量之神身体的完美。那个拥有完美形象的男人注意到了她，经人介绍认识了她，发现她正合自己的品位，于是舍弃其他人选中了她。此时，假如能够指望她冷静地问一声自己，这一切（在道德和心理意识上）有何价值呢，这样做合乎情理吗，公正吗？不，人性毕竟是人性，这个女人并非完全没有责任。

她没有因此而受苦受难便逃脱了吗？

看看她，只看她站立在那儿的样子，因为知道了自己的秘密而备受煎熬——她把这个讨厌的秘密一直瞒着那个天真无邪的姑娘，而自己正是怀着姐姐之爱爱着她呢。看看她，只见她因为面对无法用语言表达的屈辱而躬下身子。她已经看见了他的内在——现在，为时已晚。她给予他货真价实的评价——现在，她的声誉处于他的控制之下。问她这样一个问题：说有那么一个人，他可以对您说出这个人已经对您说过的话，他可以对待您如这个人现在对待您一样，那么，此人身上有什么东西值得您爱呢？您这么聪明，这么有教养，这么优雅——天哪，您能够从他身上看见什么呢？问她这个问题，她却给不出答案。她甚至都不会提醒您，他曾经也是男性美的楷模——当他和其他队员一起，坐在船上他自己的座位上时，您挥舞着手帕，直到不能挥舞了，后面那次跨栏比赛中，当他跃过最后一个栏，以极小的差距险胜比赛时，您的心都跳得好像要蹦出胸膛了。她怀着苦涩的悔恨，甚至都不会用这个来作为替自己辩护的理由。这其中难道看不到有弥补痛苦的东西吗？面对这样的一个人物，您的同情心难道要退缩了吗？人生之旅，路途艰险，荆棘丛生，但通向更加纯洁的境界，更加高尚的生活。善良而又品性高洁的朋友们，跟随着她踏上那段旅途吧。你们的同胞犯了罪但已经悔悟了——你们为此而拥有耶稣基督的权威。她是你们的同胞，可以变得纯洁，可以变得高贵。一种存在于天使中间的快乐——噢，我人世间的兄弟姐妹们，我难道不是已经替你们把一只手放在一个合适的伴侣身上了吗？

　　花园凉亭里出现了片刻沉默。隔着这段距离，可以清晰地听见草坪聚会处传来欢乐的喧闹声。室外，有嗡嗡的说话声，姑娘们的大笑声，击球槌击打球发出的声音。室内，没有别的什么人，只有一个强忍着悲伤、屈辱和痛苦的泪水的女人——还有一个厌倦了她的男人。

　　她振作了自己。她是她母亲的女儿，闪烁着母亲的精神之光。她的人生有赖于这次见面关涉的问题。没有父亲或者兄长做自己的后盾，假如她失去了这一次最后恳求他的机会，那便毫无意义了。她迅速抹去了泪水——有足够的时间哭泣，女人的一生中很容易找到哭泣的时间——再次开口对他说话，语气比先前更加柔和。

"你在你哥哥府上一待就是三个星期，杰弗里，离这儿还不到十英里呢。你不曾骑马过来看过我一次。若非我写信给你坚持要你过来，你恐怕今天都不会来。我难道该被这样对待吗？"

她停顿了下来，对方没有回答。

"你听见我说话了吗？"她问了一声，迈步向前，说话的音调更高了。

他仍然沉默不语。他简慢蔑视的态度谁都忍受不了。看她脸上的表情像是又要开始情绪激动了。他先前面对过这种情形，做到了不动声色。他在玫瑰园里等待时，关于这次会面，心里倒是觉得有点紧张——而现在站立着面对她时，却完全镇定自若了。他很平静，记起来了，自己没有把烟斗放进盒子里——他很平静，趁着别的事情还没有发生之前，要纠正这件小事情。他从一个口袋里掏出盒子，从另外一个里掏出烟斗。

"接着说吧，"他态度平静地说，"我听着呢。"

她一手打过去，把烟斗从他手上打掉了。她若有那个力量，这一手准会把他打倒在凉亭的地上。

"你用这样的方式利用我，怎么会这么大胆啊？"她情绪激动，脱口而出，"你的行为令人不齿，看你如何为此辩解吧！"

他并不打算为此辩解。他确实感到焦虑不安，看着落在地上的烟斗。上面镶嵌着上等的琥珀嘴头呢——花费了他十个先令。"我先把我的烟斗捡起来吧。"他说。他仔细地看着这件宝贝，然后把它放回盒子里。这时候，他的脸上洋溢着高兴的神情——看上去比以往更加帅气了。"没事，"他自言自语说，"她没有把它摔烂。"当他再次看着她时，他的表情态度轻松优雅到了极致——这种优雅的风度伴随着静止状态的高雅力量。"我提醒你，凭着自己的常识想一想，"他说，态度十分理智，"欺辱我会带来什么好处呢？你不想他们在草坪上都听见你说的话对吧？你们女人都是相似的，再怎么灌输也不能把一点审慎的意识灌输进你们的脑袋，试试看人们如何能够做到。"

他等待着，期待她做出回答。她也在继续等待着，迫使他继续说下去。

"听好啦，"他说，"没有必要争吵，你知道的。我不想违背自己的承诺——但是，我能够怎么办？我不是长子，我需要的每一分钱都要依赖我父亲，而我与他的关系已经很僵了。你自己难道不明白吗？你是位女士，这一切我都知道。但是，你只是个家庭教师。等待我父亲为我提供生活费用是我要关心的，也是你要关心的。简要说起来——我若现在就娶你，我就是个被毁掉的男人。"

这次她有反应了。

"你这个无赖！你若不娶我，我不就是个被毁掉的女人了吗？"

"你什么意思？"

"你知道我什么意思，别这样看着我好吧？"

"面对一个当着我的面称呼我为无赖的女人，你能够指望我怎么看她呢？"

她突然改变了说话的语气。人性中野蛮的成分——让怀疑这种成分存在的现代乐观主义者看看任何一个没有教养的男人（不管多么强健有力），女人（不管容颜多么美丽），或者孩子（不管年纪多么小）——开始隐隐约约地在他的眼睛里呈现，开始隐隐约约地在他的声音里发出。他以这样的方式看着她，应该因此受到指责吗？不应该啊！在中学或者大学，他的人生接受训练，以便柔化和减少他身上的野蛮成分，训练过程中有什么呢？与他的祖先（没有中学或者大学）五百年前接受训练的情形大体上差不多。

很显然，他们中有一位必须得做出让步。女人处于劣势——女人树立了妥协的榜样。

"别对我苛刻，"她恳求着说，"我并不是存心要对你苛刻的。我控制不了自己的脾气。你知道我的脾气的。对不起，我忘记自己是谁了。杰弗里！我的整个前途都掌握在你的手上。你会公正地对待我吗？"

她走得更近了，一只手放在他的手臂上，含有劝说的意思。

"你就不想对我说句话吗，不回答，连看一眼都不行？"她又等待了片刻。她身上出现了明显的变化。她慢慢地转身离开凉亭。"对不起，打搅您了，德拉梅恩先生。我不会再缠住您了。"

他看着她。她的说话声音里有一种音调是他先前从未听到过的。她的眼睛里有一种亮光是他先前从未看见过的。突然间，动作猛烈，他伸出一只手拦住了她。

"你要去哪儿呢？"他问了一声。

她回答说，不动声色地看着他的脸："许多可怜的女人在我前面去了的地方，离开这个世界。"

他拉着她离自己更近了，眼睛牢牢地盯着她看。甚至凭着他的智力发现了，自己已经迫使她走投无路了，她确实会说话算话的。

"你的意思是要毁灭自己吗？"他问了一声。

"是啊，我的意思就是，我要毁灭掉自己。"

他放下她的手臂。"天哪，她真的说话算数呢！"

他心里确信这一点，便用脚把凉亭里的一把椅子推到她的跟前，并且示意她坐下。"坐吧！"他说，态度显得粗鲁。她吓着他了——
而像他这样的一种男人是极少会感到害怕的。但当恐惧真的到来时，
怀着愤怒而又不信任的态度，他们是感受得到的。他们说话粗声大
气，态度蛮横，本能地抗拒恐惧。"坐下吧！"他重复了一声。她遵
从了。"你就不想对我说句话吗？"他问，大声嚷嚷着。不！她坐着
一动不动，根本不考虑如何收场——女人一旦铁了心，也只有女人
可能是这样的。他在凉亭里转了一圈，然后又返回来了，用一只手
愤怒地击打她坐着的椅子的横杠。"你想要什么？"

"你知道我想要什么。"

他又转了一圈。这样做不为别的，就是为了由他来做出让步——
或者冒着风险，会发生点什么情况，结果可能导致某种尴尬的丑闻，
并且最后传到他父亲的耳朵里。

"听好啦，安妮，"他突然开口说，"我有件事情要提出来。"

她抬头看着他。

"秘密结婚，你觉得如何啊？"

她没有提出一个问题，没有表示任何反对意见——她回答了他
的问题，说话和他本人说话一样直言不讳。

"我同意秘密结婚。"

他立刻开始敷衍起来了。

"我承认，我不知道该如何做出安排——"

她打断了他的话。

"我知道！"

"什么啊！"他大声喊了出来，满腹狐疑，"你自己就已经这么
想了，对吧？"

"对啊。"

"而且已经计划好了？"

"而且已经计划好了。"

"你为何先前不告诉我呢？"

她做出了回答，态度显得很高傲，坚持说应该尊重女人——对于处在她这种地位的女人而言，更应该得到他的加倍尊重。

"因为你应该照顾我，先生，先把话说出来。"

"很好，我先说出来了。你可以等待一段时间吗？"

"一天都等不了！"

语气很坚决，毫不含糊，她决心已定。

"哪有这么着急啊？"

"你有眼睛吗？"她问了一声，情绪很激动。"你有耳朵吗，你看见伦迪夫人是怎么看我的吗？你听见伦迪夫人是怎么说我的吗？我被那个女人怀疑着呢！我蒙羞受辱被扫地出门可能只是几个小时的事情。"她头垂在胸前，两只手紧握着放在膝上，不停地拧着。"还有，噢，布兰奇！"她冲着他呻吟着，眼睛里再次噙满了泪水，这一次泪水掉落下来了，无法抑制住。"尊重我的布兰奇！爱我的布兰奇！布兰奇，就在此地告诉我说，等她结婚嫁人了，我要和她一块儿过！"她一跃从坐着的椅子上站立起来——泪水突然干了，强烈的绝望情绪再次平息下来了，脸色煞白。"让我走吧！与等待着我的生活比较起来，死亡算得了什么啊？"她用蔑视的眼光把他从头到脚打量了一番。她说话的音调提到了最高，语气十分坚决。"是啊，你若处在我的地位，连你都会有勇气去死的！"

杰弗里转身朝草坪方向瞥了一眼。

"嘘！"他说，"他们会听见你说话的！"

"让他们听见好啦！当我听不见他们说话的时候，那又有什么关系呢？"

他用强大的力量按着她靠坐在椅子上。再过片刻，他们一定会透过游戏过程中的喧闹声和大笑声听见她说话的。

"你想要什么就说出来吧，"他接着说，"我照办就是了，只是要合乎情理，但我今天不能娶你。"

"你能！"

"你都胡说些什么啊！宅邸和院落里全是客人呢，不可能！"

"可能！从我们来到这座宅邸开始，我就一直在考虑这件事情。我有话要对你说，你听还是不听呢？"

"小声点！"

"你听还是不听呢？"

"有人来啦！"

"你听还是不听呢？"

"你魔鬼附体了，这么执拗任性！听吧！"

他嘴里总算是挤出了这个答案。不过，这毕竟也还是她想要听到的答案——因为答案开启了希望之门。他答应听她说话的瞬间，她的内心突然警觉了起来，一定要避免被人发现，因为第三者可能闲逛到凉亭来。她抬起一只手示意安静，听一听草坪那边的动静。

他们没再听见击球槌击打槌球时发出的闷声。槌球游戏停止了。

过了一会儿，她听见有人在喊她的名字。又过了一会儿——有个熟悉的声音在说："我知道她在哪儿，我去叫她吧。"

她转身对着杰弗里，指了指凉亭的后面。

"该轮到我上场了，"她说，"布兰奇这就会来叫我的。你在这儿等着——我去台阶顶端拦住她。"

她立刻出去了。这是个命运攸关的时刻，一旦被人发现，那便意味着，女人蒙受道德上的重大损毁，男人蒙受金钱上的重大损失。至于与自己父亲的关系的问题，杰弗里并没有言过其实。霍尔切斯特勋爵两次替他支付了债务——但从那以后拒绝和他见面。他父亲严格奉行合规得体的原则，他若再次违背父亲的原则——那他不仅会被逐出家门，而且还会被在遗嘱上除名。他寻找着撤退的途径，以免走入口处而被人发现。后侧的墙壁处开了一道门——花园凉亭一旦要举行野餐会或茶会，这道门就供仆人进出。门是朝外开着的——已经上了锁。凭着他的力量，很容易清除障碍。他用肩膀顶着门。门被撞开的瞬间，他感觉到一只手放在了他的手臂上。身后只有安妮一个人。

"过一会儿，你可能需要走这道门。"她说，看着撞开的门，毫不显得惊讶。"你现在不需要从这儿走了。另外有个人会代替我上场——我已经告诉布兰奇了，说我不舒服。坐下吧。我保证有五分钟的暂缓时间——我必须充分利用好。到时候，甚至更短时间里，伦迪夫人就会起疑心，跑到这儿来——看看我到底情况如何。目前，关上门如何？"

她自己坐了下来，指了一下另外一把椅子，他坐了下来——眼睛看着关好的门。

"直奔主题吧！"他说，显得不耐烦，"怎么回事？"

"你今天可以秘密娶我，"她回答说，"听着——我来告诉你如何进行！"

第五章　结婚计划

她抓住了他的一只手，开始施展她具备的全部劝说艺术。

"杰弗里，我先提个问题，然后再把要说的话说出来。伦迪夫人邀请你待在温迪盖茨宅邸，你是接受她的邀请呢，还是傍晚返回你哥哥的宅邸去？"

"我傍晚不能回去了——他们安排了一位客人住在我的房间里。我只得待在此地。我哥哥有意这样安排的。我手头拮据时，哥哥帮助过我——后来就欺压我。他派我来这儿，履行对家族的责任。有人必须对伦迪夫人表现得彬彬有礼——我便是要做出牺牲的人。"

听到最后这句话后，她打断了他。"你用不着做出牺牲，"她说，"去向伦迪夫人表示歉意，说你必须回去。"

"为什么呢？"

"因为我们两个人今天必须要离开此地。"

这个提议遇到了双重阻力。他若离开伦迪夫人的宅邸，便不能得到哥哥的宽容，无法开口问他要钱了。他若与安妮一起离开了，世人的眼睛会看到他们，人们的议论可能传到他父亲的耳朵里。

"假如我们一同离开，"他说，"我得向自己的前程说再见，你也得向你的前程说再见。"

"我并不是说我们要一同离开，"她解释说，"我们分别离开——我先走。"

"假如众人发现你不在，他们便会发出呼喊捉拿的声音①。"

"槌球游戏结束后有场舞会。我不跳舞——他们不会发现我不在场。我有时间也有机会回到自己的房间去。我会在房间里给伦迪夫人留下一封信，还有一封——"她说话的声音颤抖了片刻——"还有一封留给布兰奇。别打断我！如同考虑到了其他一切一样，我考虑到了这一点。假如说，我的表白现在还不是事实，几个小时之后，那就见分晓了。我会在信上说，我秘密结婚了，突然应召去见我丈夫。这幢宅邸里会出现一桩丑闻，这一点我知道。但是，我一旦置身于我丈夫的保护之下，他们也就没有理由派人去捉拿我了。对你个人而言，你不必担心被人发现——事情做起来再安全和再容易不过了。保持常态，等我离开后，你在此等待一个小时，然后，跟随我去。"

"跟随你去？"杰弗里插话说，"去哪儿？"

她把椅子拖得距离他更近一点，然后对着他的耳朵低声说了下面的话。

"去一家偏僻的山区小旅馆——离这儿四英里路程。"

"一家小旅馆！"

"为何不呢？"

"旅馆是个公共场所啊。"

她自然显得不耐烦起来——但她控制住了自己，和先前一样，继续态度平静地说话。

"我说的那个地方是本区域内最偏僻的去处。你用不着担心那

---

① 此处原文为 a hue and cry，旧时英国法律准许追捕者大声呼唤，听见呼喊声者有义务参加追捕。

儿会有人盯你的梢。正因为如此，我才选择了那儿。那儿远离铁路，远离大路。旅馆由一个正派体面的苏格兰女人经营着——"

"经营旅馆的正派体面的苏格兰女人，"杰弗里打断了她的话，"不喜欢独自旅行的年轻小姐。老板娘不会接纳你。"

这是个瞄准了目标的反对理由——但没有击中目标。一个一门心思要替自己筹划婚姻的女人能够独自面对全世界的反对，而且能够把他们全部驳倒。

"我已经做好了应对一切的准备，"她说，"当然也做好了应对这一点的准备。我会对老板娘说，我在进行结婚旅行，并且说，我丈夫正在附近的山里步行着看风景呢——"

"她肯定会相信这一点的！"杰弗里说。

"她肯定不会相信这一点的，你就是这个意思。管她呢！你只需要抛头露面，找你的夫人——因此，我的故事便得到了证实！一旦只有我独自一人出现在她面前，她便可能是世界上疑心最大的人。从你找到我开始，你便打消了她的一切疑虑。属于我的任务就由我来完成吧，因为我要完成的任务很艰难。你会完成属于你的任务吗？"

他不可能说"不"，因为她已经先发制人，挫败了他的打算。他改变了立场，但说什么都可以，就是不能说"会"！

"我寻思着，你知道我们该如何结婚吧？"他问，"我能够说的是——我不知道。"

"你知道！"她反驳着说，"你知道，我们现在是在苏格兰。你知道，在此地，婚姻问题上，既不讲究什么形式、仪式，也不存在什么延误。通过我向你提出的计划，我笃定我会被旅馆接纳的。而你事后来找我，事情很容易，也很自然。其他的一切都在我们自己的掌控之中。在苏格兰，假如一个男人和一个女人有了要结婚的愿望，只需要宣布结婚就行——事情便办成了。旅馆老板娘受到了欺骗，事后，她若对此表示愤怒，那就悉听尊便。尽管她受了委屈，但我们达到了自己的目的——而且，更有甚者，你无须面对任何风险，我们同样可以达到自己的目的。"

"不要把这件事情全部都压到我的肩上，"杰弗里接话说，"你们女人干什么事情都轻率鲁莽。宣布我们结婚了，随后我们还得分开——否则我们怎么守得住秘密呢？"

"毫无疑问啊。你当然要回你哥哥的宅邸去，仿佛什么事情都没有发生一样。"

"那你怎么办呢？"

"我要去伦敦。"

"你去伦敦干什么呢？"

"我考虑好了一切，不是告诉你了吗？我到了伦敦后，去找我母亲当年的一些朋友——即她担任歌唱演员时的朋友。人人都对我说，我嗓音好——只要训练一下便可以。我这就训练嗓子去！我可以去音乐会演唱，以此谋生，而且生活得很体面。我在学习期间有了积蓄，够养活自己的——我母亲的朋友念着她的旧情也会助我一臂之力。"

就这样，在她勾勒出这种新生活时，她不知不觉中在自己身上重复着母亲过去经历过的生活。在此，孩子选择了母亲作为歌唱演员的职业（尽管竭尽全力阻止也罢）。在此，（尽管有着别的动机，面对别的情形），母亲在爱尔兰举行的非正规的婚礼正要被女儿在苏格兰用非正规的婚礼仿效！还是在此，更加令人感到不可思议的是，应该对这件事情负责任的男人竟然是——那个人的儿子，因为正是那个人发现了那桩爱尔兰式的婚礼中存在的瑕疵，并且给其丈夫指点了迷津，由此，她母亲遭到了抛弃！"我的安妮是另一个我。人们不用她父亲的姓氏称呼她——而是用我的姓氏称呼。人们像称呼我一样称呼她为安妮·西尔韦斯特。她最后的结局会像我的一样吗？"这话的答案——母亲弥留之际嘴里颤抖着说出的最后的话——很快就出来了。经过了这么多年的境遇变化，未来临近了——安妮·西尔韦斯特伫立在未来的边缘上。

"嗯？"她接着说，"你反对完了吗？你可以给我一个最后的答案吗？"

不！她嘴里说出这话时，他有了另外一个反对的理由。

"假如旅馆的人碰巧认识我呢？"他说，"假如通过这种途径把事情传到我父亲的耳朵里了呢？"

"假如你把我给逼死了呢？"她反驳说，猛然站起身，"那样的话，你父亲会知道真相——我发誓！"

他也站起身，从她身边退缩了回去。她对他紧追不舍。与此同时，草坪上传来一阵鼓掌声。显然有人使出了一个精彩的招数，于是决定了游戏的胜负。现在很难保证，布兰奇不会再回来。游戏很可能已经结束，伦迪夫人闲着没事了。安妮没有浪费片刻时间，让这次会面进入到紧要关头。

"杰弗里·德拉梅恩先生，"她说，"您提议来一场秘密婚礼——我同意了。您是否准备好按照您自己的条件和我结婚呢？"

"给我一分钟想一想！"

"不需要片刻，来个干脆的，是还是否？"

他不能说是——即便到了此刻也罢。但是，他表达了大致相同的意思。他粗声粗气地问："旅馆在哪儿呢？"

她用自己的一条胳膊搂着他的，语速很快，低声说：

"横过右边通向火车站的路。顺着荒原上的一条小路和牧羊场的小路向上走。然后，你看到的第一幢房舍就是那家旅馆，听明白了吗？"

他点了点头，面孔板着，眉头紧锁，再次从衣服口袋里掏出了烟斗。

"现在别管这个了，"他说着，目光与她的相遇，"我心里很乱。男人心里很乱时，必须要吸烟。——那地方叫什么名字来着？"

"克雷格弗尼。"

"我到那门口找谁呢？"

"找你夫人啊。"

"假如你到了那儿之后，他们想要知道你的姓名呢？"

"我若必须要提供自己的名字，我就得称自己为西尔韦斯特夫人，而非小姐。但是，我会尽最大努力不说出任何名字来的。而你也要尽力避免出错，只是找我——你的夫人。——还有什么别的事情想要知道的吗？"

"还有。"

"那就赶紧说出来！是什么呢？"

"我怎么才知道你已经离开了这儿呢？"

"我从这儿离开你半个小时之后，你若没有听到我的动静，你便可以肯定，我已离开了。嘘！"

他们听得清台阶下面两个人交谈的声音——伦迪夫人的声音，还有帕特里克爵士的。安妮指了指凉亭后墙处的那扇门。杰弗里从门口离开后，她刚刚重新把门关上——这时候，伦迪夫人和帕特里克爵士就出现在了台阶顶端。

第六章　求婚者

伦迪夫人意味深长地指了指那扇门，然后对着帕特里克爵士耳语了起来。

"注意！"她说，"西尔韦斯特小姐刚才打发走了什么人。"

帕特里克爵士故意朝着错误的方向看，而且（尽可能显得彬彬有礼）观察了一番——什么也没有发现。

伦迪夫人走近凉亭。她脸部的每一道皱纹里都清晰地写着她对这位家庭教师的猜疑和怨恨。她怀疑家庭教师并没有生病，她说话的每一个音里都透出一种不信任感。

"西尔韦斯特小姐，我能够问一声，您的病好些了吗？"

"还不见好转呢，伦迪夫人。"

"对不起，您说什么？"

"我说还不见好转呢。"

"您好像能够站立起来啊。我这个人一旦生了病，那可没有这么幸运。我必须得躺下才行。"

"我要向您学习，伦迪夫人。您若能够宽宏大量原谅我，我这就要离开您了，到我自己的房间里去躺下。"

她不能说更多话了。她刚才与杰弗里会面后，现在感到精疲力竭了。她忍受了那个男人粗鲁冷漠的态度，没有了精神来对抗这个女人小肚鸡肠的怨恨。再过一会儿，她一直抑制着的难以控制的痛苦定会化作泪水爆发出来。她没有等到知道自己是否得到了原谅，没有停下来再听一句话，便离开了花园凉亭。

伦迪夫人气度不凡的黑眼睛睁到了最大限度，闪烁着耀眼的光芒。她求助于帕特里克爵士，后者轻松地用他的象牙色手杖支撑着，朝外张望着草坪上的情况，一副德高望重而又不明就里的样子。

"帕特里克爵士，我已经告诉了您西尔韦斯特小姐的行为举止了，我是否可以问一声，您是否觉得那种行为反常呢？"

老绅士按了一下手杖球柄上的弹簧，用老派人那种彬彬有礼的态度回答。

"我认为，您的那位魅力四射的同性表现出的行为没有什么是反常的，伦迪夫人。"

他欠了欠身，嗅了一口鼻烟。他的手轻松地挥了一下，抖掉了粘在食指和拇指上的鼻烟颗粒，再次回头看着草坪上的人群，比先前更加专注于他那些年轻朋友的游戏。

伦迪夫人坚守着自己的阵地，显然打定主意要迫使叔子发表严肃认真的看法。她还没有来得及再次开口说话，阿诺尔德和布兰奇一同出现在台阶的底下。"什么时候开始跳舞啊？"帕特里克爵士问了一声，一边向前去迎接他们，看样子，他很想尽快结束这个话题。

"我正想着为这件事情问妈妈呢，"布兰奇回答说，"她在室内与安妮待在一起吗，安妮好些了吗？"

伦迪夫人立刻便出现了，主动承担了回答这个问题的责任。

"西尔韦斯特小姐回她的房间去了。西尔韦斯特小姐坚持说自己生病了。——您注意到了吗，帕特里克爵士，那些没有教养的人一旦生病了，他们是不是几乎都会表现得粗鲁？”

布兰奇欢快的脸突然涨得通红。“您认为安妮是个没有教养的人，伦迪夫人，那您在看法上是孤立的。我叔叔不会同意您的看法，我可以肯定。”

帕特里克爵士对第一场方阵舞①的兴趣让人看了挺费解。“一定要告诉我，亲爱的，什么时候准备开始跳舞呢？”

“越快越好，”伦迪夫人插话说，“趁着布兰奇还没有就西尔韦斯特小姐这个话题再次和我争吵起来之前开始吧。”

布兰奇看了看叔叔。“开始吧！开始吧！不要浪费时间啦！”热情洋溢的帕特里克爵士大声喊着，一边用手杖指着宅邸。“当然啦，叔叔！一切都按照您的愿望来！”布兰奇临别给了继母这么一击之后，随即离开了。阿诺尔德一直等待在台阶下面，此时神情恳切，看着帕特里克爵士。他要乘火车到自己新近继承的庄园地产处去，还有不到一个小时，火车就要开了——而他还没有以布兰奇的求婚者的身份亮相在她的监护人面前呢！帕特里克爵士对于压在自己肩上的所有家事全都漠不关心——爱的人也好，恨的人也罢，全都没有关系——完全动摇不了他。他站立着，用手杖支撑着，嘴里哼着一支古老的苏格兰曲调。而伦迪夫人却决意不离开他，直到自己亲眼看见他看到了那位家庭教师，并且亲自对家庭教师做出了判断为止。伦迪夫人回到刚才一直关心着的事情上——尽管帕特里克爵士在台阶顶端哼着曲调，阿诺尔德等待在台阶下面。（她的对手们曾说：“怪不得已故的托马斯爵士婚后几个月便去世了啊！”噢，天哪，我们的对手们的看法有时候是正确的！）

---

① 方阵舞（quadrille）也叫夸德里尔舞，由四对男女组成，盛行于19世纪。

"我必须再次提醒您，帕特里克爵士，我有很重要的理由怀疑，西尔韦斯特小姐是不是合适于陪伴布兰奇。我的那位家庭教师心里有事。她私下里一阵阵哭泣。本该睡觉时，她却从床上爬起来，在房间里兜着圈。她亲自去邮寄自己的信件——还有，她最近在我面前，态度格外简慢无礼。这其中有问题。我必须要就此事采取一定的措施——您作为一家之主，我应该征得您的首肯，事情才算是做得妥帖。"

"您若高兴，可以把我看成是放弃自己职责的人，伦迪夫人。"

"帕特里克爵士！我恳请您留意，我说话的态度是认真的——所以，我指望着听到一个严肃的回应。"

"好夫人啊！要求我做点别的事情吧，我听候您的吩咐，但自从我放弃了苏格兰的律师职业以来，便没有准备'严肃的回应'来着。人到了我这个年龄，"帕特里克爵士补充说，聪明机智地把话题转向了笼统的表述，"没有什么是严肃的——当然，除了消化不良之外。我引用那位哲学家的话来说：'生活对于那些思索的人而言是部喜剧，而对于那些感受的人而言是部悲剧。①'"他握住了自己兄嫂的一只手，亲吻了一下。"亲爱的伦迪夫人啊！为何要感受呢？"

伦迪夫人在自己的人生历程中从来就没有"感受"过，但她这次似乎执拗地铁了心要感受了。她被惹得生气了——而且明显地表现出来了。

---

① 霍勒斯·沃尔浦尔（Horace Walpole，1717—1797）出身显赫，其父是英国第一任首相（1721—1742）、第一任奥福德伯爵——罗伯特·沃尔浦尔。他于 1779 年继承第四任奥福德伯爵的爵位。他其实不是严格意义上的哲学家，而是作家，他的《奥特朗托堡》（1764）是英国第一部集神秘、惊悚和超自然元素于一体的哥特式小说。他一生写下了四千多封书信，从中可以概观当时社会政治情况和风尚情趣等，其中警句迭出，许多语句被后世人看作是英语语言中最杰出的文字。此处帕特里克爵士的引文略有出入，其原文为"世界对于那些思索的人而言是部喜剧，而对于那些感受的人而言是部悲剧。"此语出自作者 1776 年8 月 16 日致奥索里伯爵夫人的信。

"帕特里克爵士，假如下次您被要求对西尔韦斯特小姐的行为举止做出判断，"她说，"除非我完全弄错了，否则您会发现，自己不得不认为那不是什么开玩笑的事情。"她说完这话后便离开了花园凉亭——最后留下布兰奇的监护人一个人待着，这样反而有利于阿诺尔德。

天赐良机。客人们全部都稳稳当当地进入宅邸的室内了——不必担心会有人来打搅。阿诺尔德自己亮相了。帕特里克爵士（完全没有因为伦迪夫人临别时说的话而受到影响）在凉亭里坐了下来，没有注意到自己的年轻朋友在场，而且根据自己对女性的深入观察，他给自己提出了一个问题。"世界上如果有两个女人相互吵闹拌嘴，"老绅士心里想着，"会有不想把一个男人拖入其中的吗？假如她们有这个能耐，那就把我拖入其中吧！"

阿诺尔德向前迈了一步，态度谦逊，自我报告了起来。"但愿我没有碍事吧，帕特里克爵士？"

"碍事？当然没有！天哪，小伙子看起来多么严肃啊！你接下来打算把我当成一家之主来恳求我吧？"

这正是阿诺尔德接下来打算做的事情！不过，显而易见，若他当即承认了，帕特里克爵士（出于某种令人难以领会的原因）便会拒绝听他说。他谨小慎微，回答说："我曾请求被允许私下里请教您，爵士，您热情友好地说，等我离开温迪盖茨之前，您会给我机会对吧？"

"啊！啊！毫无疑问，我记起来了。我们当时两个人都在忙着玩槌球那件严肃的事情——而我们两个人玩槌球时，谁更加笨手笨脚，还很难说得准呢。好啦，现在机会来了。我在这儿，拥有世俗的经验，正听候你的吩咐呢。我只想提醒你一点，不要把我当成'一家之主'来恳求我！我的辞呈已经给到了伦迪夫人的手上呢。"

他仍然和平常一样，半玩笑半认真。揶揄打趣的神态抽搐着呈现在嘴角。阿诺尔德不知道该如何在帕特里克爵士面前说起关于他侄女的事情，因为自己一旦说了，那么，一方面，等于提醒了对方要履行家庭责任；另一方面，他自己会成为靶子，任由帕特里克爵士凭着机智讽刺挖苦。面对如此困境，他从一开始便犯了个错误。他犹豫迟疑起来了。

"你别着急，"帕特里克爵士说，"集中思想。我可以等待，我可以等待！"

阿诺尔德集中了思想——结果犯了第二个错误。他决定，从一开始，要谨小慎微，摸索着前行。如此情形之下（而且他现在要面对的是这样一个人物），这说不定是他所能做出的最草率的决定呢——无异于耗子企图制胜猫啊。

"您一直都热情友好，爵士，向我传授您的人生经验，我受益匪浅，"他开口说，"我想要获得忠告。"

"你若想要听，那就坐下来如何？"帕特里克爵士提议说。"椅子上坐吧。"他敏锐的目光落到阿诺尔德身上，露出阴险而又快乐的表情。"想要听我的忠告吗？"他心里想着，"这个年轻骗子才不想要听那玩意儿呢——他想要的是我侄女儿呢。"

阿诺尔德在帕特里克爵士的眼皮底下坐了下来，心里很有把握地觉得，自己在站起身之前，注定要在帕特里克爵士的舌头下吃一番苦头。

"我只是个年轻人，"他接着说，很不自然地在椅子上移动着身子，"我才刚刚开始一种新的生活——"

"这把椅子有什么问题吗？"帕特里克爵士问了一声，"舒适惬意地开始你新的生活，要不就换把椅子吧。"

"这把椅子没有任何问题，爵士，您能否？——"

"既然如此，我接着说这把椅子的事情如何？当然啦！"

"我说的是，您能否给我忠告？"

"好小伙子啊！我正等着给你忠告呢。（我可以肯定地说，这把椅子出了问题。既然如此，为何要这样固执己见？为何不换一把呢？）"

"请您不要把注意力放在这把椅子上，帕特里克爵士——我在您面前都不知所措了。我想要——总之——说不定，这是个很奇特的问题——"

"我一定要等听到了问题之后才能说得准，"帕特里克爵士说，"不过，你若有这个愿望，为了走走形式，我们会认同它的。比如我们可以说，这是个很奇特的问题。或者，如若对你有所帮助，我们还可以把意思表达得更加强烈一些。比如我们可以说，自世界初始，这是一个人向另外一个人提出的最非同寻常的问题。"

"情况是下面这样的！"阿诺尔德脱口说出，不顾一切，"我想要结婚！"

"这不是个问题，"帕特里克爵士反驳着说，"这是个决断。你说，你想要结婚。而我要说，就这么办！这就完事了。"

阿诺尔德感觉头晕脑胀起来。"至于结婚的事情，您能给我点忠告吗，爵士？"他问了一声，一副可怜兮兮的样子，"我想要表达的就是这个意思。"

"噢，这是本次会面的目的对吧？我能否对你结婚的事情给出忠告，呢？"

此时，猫已经逮住耗子了，于是抬起了爪子，让倒霉的小东西再喘口气。

帕特里克爵士没有半点不耐烦的表示，本来此时已经会显得很不耐烦了。突然间，他开心快乐，推心置腹，前所未有。他触碰了一下自己手杖上的球状柄，嗅了一口鼻烟，兴趣盎然，舒心惬意。

"我能对你结婚的事情给出忠告吗？"帕特里克爵士重复了一声。"对于这个问题，阿诺尔德，有两种方式供我们选择。我们可以简明扼要表述，也可以具体详尽表达。我倾向于简明扼要表达，你说呢？"

"照您说的办呗，帕特里克爵士。"

"很好。我可以先问一个关于你过去的生活经历的问题吗？"

"当然可以！"

"又要说一声很好！你当初在商船上当差时，有过在岸上购买日常用品的经历吗？"

阿诺尔德目不转睛看着对方。假如这个问题与他们涉及的事情之间存在什么关联，那么，在他看来，那是一种难以理解的关联。他毫不掩饰自己云里雾里的神态，回答说——

"经历可多啦，爵士。"

"我这就要说到正题上了，"帕特里克爵士接着说，"不要感到震惊。我这就要说到正题上了。你走进杂货店购买粗糖时，对自己要购买的粗糖有何想法？"

"想法？"阿诺尔德重复了一声，"嗯，我觉得它就是粗糖，毫无疑问！"

"结婚也是一样的！"帕特里克爵士说，"能够尝试这个实验并且有机会获得成功的人不多，而你是其中一位。"

这个突如其来的回答简直让阿诺尔德惊讶得透不过气来。他德高望重的朋友说话言简意赅，简单的话语中包含有令人震惊的东西。阿诺尔德越发目不转睛盯着对方看。

"你不明白我的意思吗？"帕特里克爵士问了一声。

"我不明白粗糖与这件事情有何关联，爵士。"

"你不明白这个？"

"一点都不明白！"

"那行，我来说给你听吧，"帕特里克爵士说，一边跷起了二郎腿，舒舒服服摆出了一副要畅谈一番的架势，"你进入茶室，购买你需要的粗糖。你之所以要购买它，原因便是，它是粗糖。但是，它实际上却不是什么诸如此类的东西。它是一种掺了杂质的混合物①，做得像粗糖罢了。面对如此拙劣的事实，你闭上了眼睛，视而不见，把掺了假的粗糖拌着各种食物咽下。如此一来，你便和你买来的粗糖联系在一起了。你现在明白我的意思了吗？"

是啊，还是云里雾里的，阿诺尔德现在明白了。

"很好啊，"帕特里克爵士接着说，"你进入婚姻商店，娶到了一个妻子。你之所以娶她，条件是——我们不妨这样说吧——她有美丽的黄头发，有光洁细腻的肌肤。她的体态丰满完美，高挑的身材与丰满的体态相得益彰。你领着她回家了，结果发现，又是那粗糖的老故事翻新。你的夫人是个掺了假的冒牌货色。她美丽的黄头发是——染色的。她光洁细腻的肌肤是——涂了珍珠粉的。她丰满

---

① 此处典出英国维多利亚时代的一桩食物掺假的丑闻，事件导致了大量民众死亡，其中主要是穷苦阶层的民众。英国桂冠诗人阿尔弗雷德·丁尼生（Alfred Lord Tennyson, 1809—1892）在其诗作《毛黛》（Maud, 1855）中提到了这一丑恶事件。为了应对这种贪赃枉法的行径，英国政府采取了相应措施，于1860年通过了《食物和药品法案》。

完美的体态是肥肉撑起来的。她的身高有三英寸是——鞋匠做的后跟垫起来的。闭上你的眼睛，如同咽下你买来的掺了假的粗糖一样，咽下你掺了假的夫人——还有，我再告诉你，能够尝试这个婚姻实验并且有机会获得成功的人不多，而你是其中一位。"

帕特里克爵士说完放下了二郎腿，目不转睛盯着阿诺尔德看。阿诺尔德最后终于正确领会了功课的内容。他放弃了想要智胜帕特里克爵士的无望企图，而且——顺其自然——急忙直接提到了帕特里克爵士的侄女。

"对于一些年轻小姐而言，爵士，这个情况十分贴切，"他说，"但我认识了一位小姐，而且与您的关系很近，她可与您刚才说的那些其他人沾不上边儿。"

话这才触及了正题呢。帕特里克爵士自己也触及了正题，尽显他奇特幽默的态度，以此表明他赞同阿诺尔德直率坦诚的态度。

"那位小姐是我侄女儿吧？"他询问了一声。

"正是，帕特里克爵士。"

"我是否可以问一声，你怎么知道我侄女儿不像其他女人那样掺了假呢？"

阿诺尔德义愤填膺——愤怒之情冲破了束缚住他舌头的最后绳索——脱口说出了三个字，那可相当于王国每一座图书馆里藏着的三卷书籍的容量啊。

"我爱她。"

帕特里克爵士坐着，背靠在椅子上，舒适惬意，伸直了两条腿。

"这是我生平听到的最令人信服的回答。"他说。

"我是真心诚意的！"阿诺尔德大声说。此时，除了一点，其他一切都不顾了。"考验我吧,爵士,考验我吧!"

"噢,很好!考验起来很容易啊。"他看着阿诺尔德,抑制不住欢快喜悦的心情,快乐在眼睛里尽情地闪烁着,在嘴角处热烈地抽搐着。"我侄女儿拥有漂亮的肤色,你相信她的肤色吗?"

"我们头顶着一片美丽的天空,"阿诺尔德回答说,"我相信天空。"

"是吗?"帕特里克爵士反驳着说,"很显然,你从来都没有遇见过大暴雨。我侄女儿长着一头浓密的秀发,你坚信头发全部是长在她头顶上的吗?"

"我敢断言,任何女人的头上都长不出那样的秀发!"

"亲爱的阿诺尔德,你大大低估了头发交易中已经存在的资源啊!看看店铺橱窗里面的那些陈列吧。你下次去伦敦时,请看看店铺橱窗里面的陈列。同时,你认为我侄女儿的身材怎么样?"

"噢,得了吧!那还有什么值得怀疑的!男人但凡脸上长了眼睛都可以看出,那可是世界上最美丽可爱的身材啊。"

帕特里克爵士声音柔和地笑了起来,又跷起了二郎腿。

"好小子啊!谁说不是呢!世界上最可爱的身材往往是世界上最司空见惯的东西。根据粗略的估计,草坪上有四十位女士。她们中的每一位都拥有美丽的身材。价格各不相同,显得特别性感的那种,你可以断言,那是巴黎货色。嘿,看你瞪大眼睛的样子!我问你,你看我侄女儿的身材时,我说的是——那身材多大程度上来源于造物主,多大程度上来源于店铺?我不知道,听好啦!你说呢?"

"我保证,她身材的每一英寸都是。"

"来源于店铺?"

"来源于造物主!"

帕特里克爵士站起身——他幽默诙谐的心情终于平静下来了。

"假如我有个儿子，"他心里想着，"那个儿子就该出海当水手去！"他抓住阿诺尔德的一条胳膊，作为消除阿诺尔德内心悬念的第一步。"假如我能够对待什么事情严肃认真的话，"他接着说，"那是该要严肃认真对待你了。我相信，你的爱情是发自内心的。我知道的关于你的情况全都对你有利——你的出身和地位毋庸置疑。你若得到了布兰奇的同意，那就等于得到了我的同意啦。"阿诺尔德企图要表达自己的感激之情。帕特里克爵士拒绝听他的，自己接着说："将来一定要记住，你若下次想要什么我能够给你的东西，直截了当提出来便可。你下次可一定不要弄得我云里雾里——我也会承诺，不把你弄得云里雾里。好啦，那就这么说定啦。我们现在来谈谈关于你去巡视你的庄园地产的事情吧。阿诺尔德少爷，财产既意味着权利，也意味着义务。假如关于财产的义务得不到履行，那么，很快便会有权利之争。我对你有了新的关切了。我想要看到，你履行好自己的义务。你已经决定今天离开温迪盖茨，怎么个去法已经安排妥当了吗？"

"安排妥当了，帕特里克爵士。蒙伦迪夫人好心，她叫了一辆轻便马车送我去火车站。然后我搭乘下一趟火车去。"

"你准备什么时候出发呢？"

阿诺尔德看了看自己的怀表。"一刻钟过后吧。"

"很好，记住你出发的时间。等一等！我和你交谈结束后，你有大量时间和布兰奇说话呢。我觉得，你好像不是那么火急火燎地想要去巡视你的庄园地产。"

"我并不火急火燎要离开布兰奇，爵士——这才是其中真正的原因呢。"

"别管布兰奇。布兰奇不是事务。两者都以字母'B'开头——这是他们仅有的关联①。我可是听说了，你拥有苏格兰这片区域里最豪华的庄园宅邸之一。你准备在庄园大宅邸里逗留多长时间呢？"

"我已经做好了安排。我告诉您了，爵士，后天便返回温迪盖茨。"

"什么啊！这儿的一位男士拥有一座官殿，那儿正等着迎接他呢，他却只准备在那儿待短短一天时间！"

"我根本不准备在大宅邸里逗留，帕特里克爵士——我准备和管家待在一起②。我只需要出席明天替我的租户举行的餐会就行了——事情一结束，那就没有任何事情能够阻止我回到这儿来了。管家在上封信中这样对我说了。"

"噢，如若管家这样告诉了你，那当然没有什么好说的了。"

"别反对我回到这儿来啊！请别反对，帕特里克爵士！等我娶了布兰奇，她要和我一起住进新宅邸时，我承诺住到那儿去。您若不反对，我这就去告诉她，那儿的一切属于我，也属于她。"

"悠着点！悠着点！听你说话的语气，仿佛你已经与她结了婚似的！"

"和已经结了婚差不多呢，爵士！现在哪里还有什么困难阻挠吗？"

他提出这个问题时，有个第三者正从凉亭的侧面走过来，其影子落在台阶顶端有阳光的敞开处。片刻过后，随着影子而来的是真人了——是个身穿号服的马夫。此人明显不熟悉此地。他看见凉亭里有两位绅士时，怔了一下，触碰了一下自己的帽子。

"有什么事吗？"帕特里克爵士问。

---

① 此处原文"布兰奇"为 Blanche，"事务"为 Business，故有此说。
② 庄园的管家一般不会住在大宅邸里，而是住庄园内的一幢小别墅里。

"请您原谅，先生，我是我们家主人打发来的——"

"你们家主人是谁啊？"

"是德拉梅恩先生阁下，先生。"

"你是指杰弗里·德拉梅恩先生吗？"阿诺尔德问。

"不是，先生，是杰弗里先生的哥哥——朱利叶斯先生。我从宅邸一路骑马过来，先生，替主人给杰弗里先生送信来了呢。"

"你没能找到他吗？"

"他们告诉我说，我在这儿附近可以找到他，先生。但是，我人生地不熟的，不能准确知道该到哪儿去找。"他停住了，从衣服口袋掏出一张名片。"我们家主人说了，事情很重要，我必须立刻把信送到。你们若知道杰弗里先生在哪儿，先生们，请麻烦你们告诉一声好吗？"

阿诺尔德转身对着帕特里克爵士。"我没有看见他，您呢？"

"从我来到这凉亭后，"帕特里克爵士回答说，"我便闻到他的气味了。空气中弥漫着一种难闻的烟草味——让人想到（这种联想令我心里很难受）你的朋友德拉梅恩先生。"

阿诺尔德哈哈笑了起来，然后走出了凉亭。

"假如您所说的没有错，帕特里克爵士，我们立刻便可以找到他。"他回头看了看，大声喊了起来，"杰弗里！"

玫瑰园里有个声音回应着，"哎！"

"有人找你，到这儿来吧！"

杰弗里出现了，信步走着，一副固执任性的样子，嘴里叼着烟斗，两只手插在衣服口袋里。

"谁找我啊？"

"一个马夫——您哥哥派来的。"

听见这个回答后，慵懒倦怠的运动员仿佛触了电似的震了一下。杰弗里步伐急促，匆忙赶到了凉亭。马夫还没有来得及开口说话，杰弗里便冲着对方说话了。他脸上充满了恐惧和沮丧的神色，激动地大声说——

"天哪！'捕鼠者'又故态复萌啦！"

帕特里克爵士和阿诺尔德面面相觑，神情茫然，震惊不已。

"那可是我哥哥马厩里最精良的一匹马呢！"杰弗里大声说，一边解释着，同时提醒他们注意一下，"我给马车夫留了书面嘱咐。我算了它三天的药剂量。我给它抽血。"杰弗里说，说话时情绪激动，所以结结巴巴。"昨天晚上，我亲自给它抽了血。"

"请原谅，少爷——"马夫开口说。

"请我原谅有何用？你们是一群该死的大草包！你的马在哪儿呢？我这就骑马回去，打断马车夫的每一根骨头！你的马在哪儿呢？"

"您听我说，少爷，我来不是为了'捕鼠者'。'捕鼠者'好好的呢。"

"'捕鼠者'好好的，那是什么情况呢？"

"是个信息，少爷。"

"关于什么的？"

"关于我们勋爵爷的。"

"噢，关于我父亲的？"他掏出了手帕，擦了擦自己的额头，深深喘了口气，如释重负。"我还以为是为了'捕鼠者'呢，"他说着，一边看着阿诺尔德，露出了微笑。他把烟斗放进嘴里，重新点燃了快要熄灭的烟斗。"嗯？"烟斗可以吸时，他继续说，说话的声音又镇定下来了，"我父亲出了什么事情？"

"他们从伦敦发来了电报，少爷，传来了关于我们家勋爵爷的坏消息。"

马夫拿出了主人的名片。

杰弗里看着名片上的以下文字（是他哥哥的笔迹）：

> 我只有片刻时间在名片上草草写下文字。我们的父亲病情严重——已经派人去找他的律师了。你和我一起乘坐下一趟火车去伦敦。我们枢纽站见。

现场三个人全部默默无语，看着杰弗里。他没有对其中任何一个人说一句话，看了看自己的怀表。安妮告诉他，要求他等待半个小时，若期间他没有听到关于她的什么消息，那说明她已经离开了。半个小时的时间已经过去了——他没有得到任何关于那方面的消息。逃离宅邸的行动已经安全完成了。此刻，安妮·西尔韦斯特在前往山区旅馆的途中了。

第七章　人情债

阿诺尔德首先打破了沉默。"你父亲的病情很严重吗？"他问了一声。杰弗里把名片递给他，作为回答。

他们在讨论'捕鼠者'故态复萌的问题时，帕特里克爵士独自站立着，脸上露着嘲讽的神态，仔细端详着现代英国青年人的举止态度和行为习惯。现在他靠过去了，加入到了他们的交谈中。伦迪夫人本人一定认可了，此时此刻，他说话和行动已经是一家之主的样子了。

"我估计德拉梅恩先生的父亲病情很严重，我猜测得对吗？"他问了一声，话是对着阿诺尔德说的。

"病情很严重，在伦敦呢，"阿诺尔德回答说，"杰弗里必须和我一起离开温迪盖茨宅邸。我乘坐的火车在枢纽站与他哥哥乘坐的火车相会，我会在从这儿算起的第二个车站离开他。"

"你不是说了伦迪夫人会叫一辆轻便马车送你去火车站吗？"

"没错。"

"假如仆人驾车，你们一共有三个人——三个人坐不下啊。"

"我们最好要求换别的马车。"阿诺尔德说。

帕特里克爵士看了看自己的怀表，没有时间更换马车。他转身对着杰弗里。

"您会驾车吗，杰弗里？"

杰弗里还是屏声静气，缄口不言，点了点头，权当回答。

帕特里克爵士并没有在意对方回答时不合礼仪的态度，继续说下去。

"这样一来，您可以把轻便马车留给车站站长照管。我告诉仆人，他不用驾车了。"

"我来吧，不用麻烦您，帕特里克爵士。"阿诺尔德说。

帕特里克爵士给了个手势谢绝了。他丝毫不减彬彬有礼的态度，再次转身对着杰弗里。"面对如此令人悲痛的情形，能够让您快速离开，这是礼貌待客的义务啊，德拉梅恩先生。伦迪夫人正在忙着招呼她的那些客人呢。我亲自来负责，保证不会延误您到达火车站的时间。"他点头致意，离开了花园凉亭。

他们两人单独待着时，阿诺尔德对他的朋友表达了同情。

"出了这个情况，我很遗憾啊，杰弗里。我希望并且相信，你能够准时赶到伦敦去。"

他停住了。杰弗里表情上有了异样——疑惑和迷茫，恼怒和犹豫，各种表情混合在一起，很不可思议——这样的表情不能看成是听到了这个新的消息后引起的自然反应。他脸上的表情不停地变幻着，烦躁地咬着自己的指甲，看着阿诺尔德，仿佛想要开口说话——然后又看着别处，沉默不语。

"除了你父亲生病了这件坏消息，难道还有别的什么烦心事吗，杰弗里？"阿诺尔德问了一声。

"我自己乱成一团了。"对方回答说。

"我可以帮你什么忙吗？"

杰弗里没有直接回答，而是抬起他的一只强壮大手，态度友好，击打在阿诺尔德的肩膀上，弄得他从头到脚摇晃起来。阿诺尔德稳住了自己，等待着——心里想着，不知道接下来会发生什么事情。

"我说啊，老伙计？"杰弗里说。

"呃？"

"你还记得那条船在里斯本底朝天倾覆的情形吗？"

阿诺尔德怔了一下。他若想起了与自己父亲的老友第一次在这花园凉亭里会面时的情形，他或许还记得帕特里克爵士预言过，他迟早会心悦诚服地偿还自己欠朋友的债，因为这位朋友曾经救过自己的命。实际情况是，他的记忆跳到了那艘船失事的时间。他充满了强烈的感激之情，内心天真单纯。听到自己朋友这句带有责备性的问话后——因为他不应该受到如此责备——他几乎感到愤愤不平。

"你当时拽着我向岸边游去，拯救了我的性命，"他大声说，情绪强烈，"你以为我会忘掉吗？"

杰弗里壮起了胆子，朝着自己心中的目标向前接近了一步。

"好人有好报，"他说，"对吧？"

阿诺尔德抓住他的手。"尽管告诉我好吗？"他热切地接话说——"尽管告诉我，我能够做什么好吗？"

"你今天打算去看你的新庄园——对吧？"

"对啊。"

"你可以推迟到明天去吗？"

"假如发生了什么很严重的事情——当然可以啊！"

杰弗里转过身看着凉亭的入口，确认没有其他人。

"你认识这儿的那位家庭女教师，对吧？"他说，声音很小。

"西尔韦斯特小姐吗？"

"不错。我和西尔韦斯特小姐遇到了一点小小的困难。除了你，我不能请其他任何人帮我的忙。"

"你知道，我会帮助你的，是什么事情呢？"

"这事难以启齿，不过没有关系——反正你也不是圣人对吧？你当然会保守秘密的对吧？听好啦！我行事像个十恶不赦的傻瓜。我把那个姑娘拖入了困境之中——"

阿诺尔德向后退缩，突然明白了他的意思。

"天哪，杰弗里！你的意思不是——"

"我是那个意思。等一等——这还不是最糟糕的事情。她已经离开本宅邸了。"

"离开了宅邸？"

"长久离开，她不可能再回来了。"

"为何不回来呢？"

"因为她已经给自己的女主人写了信。该死的女人做这样的事情从来都不会留有后路。她留下了一封信说，她已经秘密结婚了，离开宅邸找她丈夫去了。她的丈夫是——我。我还没有和她结婚呢，你明白吗？我只是承诺了要娶她。她已经悄悄地先离开了，去一个离此地四英里的地方。我们已经说好了，我这就随她去，今天下午和她秘密结婚。而现在，这件事情已经不可能办到了。她在旅馆里盼望着我到达的同时，我却随着快速前行的火车赶往伦敦。有人必须得前去告诉她发生的情况——否则，她会乱来一气，整个事情便就暴露了。我不放心把这件事情交给这儿的任何人。除非你能够助我一臂之力，老伙计啊，否则，我便完蛋了。"

阿诺尔德抬起双手，神情沮丧。"这可是我有生以来听到过的最可怕的情形啊，杰弗里！"

杰弗里完全赞同他的判断。"此事足以把一个人击垮，"他说，"是吧，我想拿什么东西换啤酒喝。"他拿出自己从不离身的烟斗，纯粹出于习惯。"带了火柴吗？"他问。

阿诺尔德满脑子的心事，所以没有理会这个问题。

"我希望，你不会认为，我不重视你父亲的病情，"他说，态度很认真，"不过，我觉得——我必须要说出来——我觉得，你首先应该考虑那位可怜的姑娘才是啊。"

杰弗里看着他，实在惊愕不已。

"我首先要考虑的？你认为，我要去冒被取消遗产继承权的风险吗？即便面对的是最卓越的女人，那也不值得啊！

阿诺尔德对他朋友的钦佩之情是属于积累多年有牢固基础的那种，是对一个会划船、拳击、格斗、跳高——最重要的是会游泳——的男人的钦佩之情，在当代英国，极少有人具备这等武艺。但是，听到这个回答后，他的信念动摇了。只是这个时刻——对阿诺尔德来说，很不幸，只是这个时刻。

"你最清楚了，"他回答说，态度有点冷淡，"我能够做什么呢？"

杰弗里抓住他的一条胳膊——正如抓住所有东西一样，尽管动作粗鲁，但是，显得亲切，充满信任。

"去吧，像个好朋友的样子——告诉她发生的情况。我们从这儿出发，恰如两个人一起去火车站一样。我驾着轻便马车到小路让你下车。过后，你可以继续乘傍晚的火车去你自己那个地方。这样也不会造成什么不便，反而为一位老朋友做成了一件善事，还不会有被人发现的危险。我来驾车，请记住！老伙计，没有仆人跟着我们，注意我们的行踪，然后嚼舌根子去。"

此时，连阿诺尔德都隐约看出，自己很可能要心悦诚服地还人情债了——正如帕特里克爵士先前说过的那样。

"我该对她说什么呢？"他问了一声，"我义不容辞，一定要尽自己的一切能力来帮助你——我会这样做的。但是，我说什么呢？"

这是个自然要问到的问题，但回答起来可不容易。如若面对需要用上体力肌肉的情形，一个男人该如何行动，没有任何人比杰弗里·德拉梅恩知道得更加清楚，但是，面对需要用上社交技巧的情形时，一个男人该如何行动，谁都比他知道得更加清楚。

"说？"他重复了一声，"听好啦！说我有点心烦意乱——情况就是这样的。还有——等一等——告诉她待在那儿不动，等着我写信给她。"

阿诺尔德犹豫迟疑着。尽管他绝对不具备那种低于一般标准而又有限的见识，即所谓的人情世故，但是，他凭着天生敏锐的心智便可以意识到，他朋友要求他置身的处境十分困难。他把这件事情看得清清楚楚，像一个年龄是他双倍的人用凭着谨慎积累起来的社交经验看待这件事情一样。

"你不可以现在给她写封信吗，杰弗里？"他问。

"这样做有何用呢？"

"考虑一下，你就会明白啦。你把一个令人觉得十分尴尬的秘密托付给了我。我可能会出错——我过去从未碰到过这样的事情——但是，让我作为你的信使出现在那位小姐面前，她似乎会觉得自己蒙受了莫大耻辱。我若跑去当着她的面告诉她：'我知道了你们不想让世人知道的秘密。'她会受得了吗？"

"瞎说！"杰弗里说，"女人的承受力远比你想象的要大啊。我真希望你听过她是如何对我颐指气使的。好朋友啊，你并不了解女人呢。对付女人的最大秘诀就是抓住她的后颈背，如同你抓住一只猫似的——"

"我不能面对她——除非你帮助我首先把这件事情透露给她。我不会以牺牲为代价来替你效劳的。不过——真该死！——考虑一下，杰弗里，你把我置于其中的困境了。我几乎算是个陌生人，我还没有来得及开口说话——不知道西尔韦斯特小姐会如何对待我。"

后面这话倒是触及了问题实际的一面。杰弗里听到了这个实事求是的看法后，立刻领悟到了，也明白了。

"她脾气火暴，"他说，"这一点毋庸置疑。我或许还是应该写一封信为好。我们还有时间到宅邸里面去吗？"

"没有了。宅邸里全是人——我们没有一分钟的空闲时间。立刻写吧，在这儿写，我有笔。"

"我该写什么东西在上面呢？"

"什么东西都可以——在你哥哥的名片上。"

杰弗里接过阿诺尔德递给他的笔，看了看那张名片。他哥哥写的文字已经占满了，没有了空白处。他在自己衣服口袋里摸索着，掏出了一封信——此信便是他们见面时安妮提到过的那封。她写此信坚持要他到温迪盖茨宅邸来参加这次草坪聚会。

"可以写在这上面。"他说，"这是安妮自己写给我的信。第四页信纸上有空白。我若写了，"他补充说，突然转向阿诺尔德，"你答应把信给她吗？伸出手来一言为定吧！"

他伸出了那只在里斯本港口救过阿诺尔德性命的手——回忆到当时的情形时，他得到了阿诺尔德的承诺。

"很好啊，老朋友。我们乘坐马车前行时，我来告诉你如何找到那处地方。啊，对啦，还有件事情很重要。我想到，最好提一下这件事情。"

"是什么事情呢？"

"你到了旅馆后一定不要说出自己的真实姓名，寻找她时也一定不要说出她的真实姓名。"

"我找谁去呢？"

"这事情有点儿麻烦。她是以一位已婚女人的身份去那儿的，以免他们挑剔苛求，把她——"

"我明白，接着说吧。"

"她已经做好了计划，打算告诉那儿的人（一切都替我们两个人安排得井井有条了，你知道的），她等着她丈夫前来与她会面。假如我能够抽得开身，我便要到那旅馆门口去打听'我夫人'。你是代替我去的——"

"我必须在那门口打听'我夫人'——否则会让西尔韦斯特小姐陷于难堪的境地对吧？"

"你不反对吧？"

"我不反对啊！我才不在乎对旅馆的人说什么呢。我担心的是与西尔韦斯特小姐会面。"

"这个我会替你澄清的——用不着担心。"

他立刻走向桌子边，匆匆忙忙写了几行字——然后停下来了，思索着。"这样可以吗？"他自言自语，"不行，我最好说些痴情的傻话，以便让她平静下来。"他又思索了起来——增加了一行——随即把手搁在桌子上，兴高采烈地咂了一下嘴。"事情这样便成了！你自己看看吧，阿诺尔德——写得还不赖吧。"

阿诺尔德看着上面的简短文字，似乎并不像他朋友那样得意。

"写得过于简短了些。"他说。

"我有时间写更多话吗？"

"或许没有。但是，要让西尔韦斯特小姐自己看明白了，你没有时间写更多话。火车过半小时就要开了，写上时间。"

"噢，那行！还可以写上日期。"

他刚补充上了必要的词，还有日期，把修改过的信交给阿诺尔德——帕特里克爵士就返回来了，告知他们轻便马车在等着。

"好啦！"他说，"你们不能再耽搁片刻了！"

杰弗里站起身。阿诺尔德犹豫迟疑着。

"我一定要见一见布兰奇！"他恳求着说，"我不能不向她告个别便离开她啊。她在哪儿呢？"

帕特里克爵士指了指台阶处，微笑着。布兰奇从宅邸一路跟踪他过来的。阿诺尔德立刻跑出去迎她。

"要走啦？"她说着，神情有点伤感。

"我过两天就回来了，"阿诺尔德轻声细语地说，"一切顺利！帕特里克爵士同意了。"

布兰奇牢牢抓住阿诺尔德的一条胳膊。她似乎不喜欢这种当着其他人的面匆匆忙忙告别的方式。

"你们快要赶不上火车啦！"帕特里克爵士大声说。

杰弗里抓住了阿诺尔德的胳膊，即布兰奇抓住的那条胳膊，扯开了他——实际上是扯开的。布兰奇义愤填膺，还没有来得及用言辞表达，两个人便已经消失在灌木丛中了，不见了踪影，所以，她的话只有冲着自己叔叔说。

"那个粗野的人为什么和阿诺尔德·布林克沃斯先生一起走啊？"她问了一声。

"德拉梅恩先生的父亲生病了，他这是要赶到伦敦去，"帕特里克爵士回答说，"你不喜欢他吗？"

"我恨他！"

帕特里克爵士思忖了片刻。

"她是个十八岁的少女，"他心里想着，"而我是个七十岁的老人了。不可思议的是，无论面对何事，我们的看法竟然一致。更加不可思议的是，我们竟然同样厌恶德拉梅恩先生。"

他振作了精神，再次看着布兰奇。她坐在桌子边，用一只手撑着头。心不在焉，神情沮丧——想着阿诺尔德，不过，尽管摆在他们面前的未来很平坦，但她还是不能开心愉快地想着。

"怎么啦，布兰奇！布兰奇！"帕特里克爵士大声说，"人家还会以为他出海周游世界去了。你这个傻孩子，他后天就回来了！"

"我真希望他不是和那个人一起去的！"布兰奇说，"我真希望他不和那个人做朋友！"

"是啊！是啊！那个人确实够粗鲁的，我承认。别管啦！他会在第二个站离开那个人的。陪同我回舞厅去吧。跳舞去，亲爱的——跳舞去！"

"不，"布兰奇回答说，"我没有兴致跳舞。我要上楼去，和安妮聊一聊这件事情。"

"你做不成这件事情了呢！"第三个声音突然加入了他们的交谈。

叔叔侄女二人抬头看了看，看到伦迪夫人出现在凉亭台阶顶端。

"我不允许你在我面前再提到那个女人的名字，"夫人接着说，"帕特里克爵士！我提醒过您（您若还记得），家庭教师的事情可不是什么可以轻易对待的事情。我最大的担心应验了，西尔韦斯特小姐已经离开了宅邸！"

第八章　丑闻

下午，时间尚早，参加伦迪夫人草坪聚会的客人们便开始在各个角落议论开了，大家普遍相信，"有什么事情不对劲"。

跳舞过程中，布兰奇从自己的舞伴身边莫名其妙地消失了。伦迪夫人也莫名其妙地把自己的客人扔到了一边。布兰奇没有回来，伦迪夫人倒是回来了，脸上强装出微笑，一副心事很重的样子。她承认说，自己身体不是很舒服。对于布兰奇的离去，她也用同样的理由搪塞过去了——还有早些时候，她也是用同样的理由解释西尔韦斯特小姐为何离开槌球游戏现场。男士们当中有位机敏睿智者声称，这事让他想起了一个表达拒绝的动词。"我身体不是很舒服，你身体不是很舒服，她身体不是很舒服"——如此等等。帕特里克爵士也是如此！想想好热闹的帕特里克爵士孤单寂寞的样子——独自一人在萧疏寂寞的花园一角来回踱着步。还有仆人们，事情都传到仆人们的耳朵里了！他们竟然像自己的主人一样在角落里窃窃私语地议论起来了。室内女仆时不时地出现在与其不相干的地方。楼层的房门开关得砰然作响，衣裙被抹来抹去。有什么事情不对劲——根据这个来判断，有什么事情不对劲！"我们最好离开，亲爱的，叫辆马车来吧。"——"路易莎，宝贝儿，不跳了，你爸爸要走了。"——"再见啊，伦迪夫人！"——"呃！多谢啦！"——"很对不起亲爱的布兰奇！"——"噢，太迷人啦！"暴风雨到来之前，大家尽说些社交场上乏味无聊、莫名其妙的话，然后彬彬有礼地离开了。

帕特里克爵士一直在寂静的花园等待着。这正是他一直在等着的最终结果呢。

面对落到自己肩上的责任，帕特里克爵士义不容辞。伦迪夫人表示，她已经下定了决心，一定要追查到安妮藏匿的地点，查明（纯粹出于对女人贞洁的考虑）她是否真的已经结婚了。布兰奇（由于一天的兴奋已经精疲力竭了）听说了这件事情后，歇斯底里、寻死觅活地大哭着。等到平静下来了之后，关于安妮逃离宅邸的事情，表达了她自己的看法——安妮绝不可能把自己结婚的事情瞒着她。在温迪盖茨宅邸，如若事情像安妮设法努力的那样平稳顺畅——她绝不可能像这样给布兰奇写上一封礼节性的告别信。安妮遇上可怕的麻烦了——布兰奇下定决心（如同伦迪夫人下定了决心一样）要弄明白她的去向，要跟随去，帮助她。

帕特里克爵士已经很清楚了（两位女士都已经分别把自己心里的想法告诉了他），一方是自己的兄嫂，另一方是自己的侄女儿，她们可能同样——如若没有适当加以遏制——会不顾一切，采取不明智的行动，导致很不想看到的结果。当天下午在温迪盖茨宅邸，迫切需要一个男人施展权威——而帕特里克爵士欣然认可，他就是那个男人。

"关于独身生活，有很多人表示赞成，也有很多人表示反对，"老绅士心里想着，他在那条僻静的花园小道上来回走着，时不时地按动象牙色手杖顶部的球状柄，间隔的时间比平常更加短，"不过，我觉得，这一点是肯定的。一个人若是乐意，他已婚的朋友们不能阻止他过独身的生活。但是，他们能够，而且一定会注意得到，他不可能享受这种生活！"

帕特里克爵士的贴身男仆来了，打断了他的沉思。他先前嘱咐仆人前去了解宅邸里事情进展的情况，再回来告知他。

"他们全部离开了，帕特里克爵士。"男仆说。

"这是件舒心的事儿，邓肯。除了仍然待在府上的那些之外，我们现在没有客人需要招呼了对吧？"

"没有了，帕特里克爵士。"

"他们全是绅士，对吧？"

"对啊，帕特里克爵士。"

"这又是件舒心的事儿，邓肯。很好，我先去见伦迪夫人。"

一个女人若一门心思要去寻找自己仇视的另外一个女人的过失弱点时，她的坚定意志还有其他什么形式的人类毅力能与之相比吗？特定情况下，您可以动摇岩石，但是，这儿可是一位身穿裙服的纤纤女子啊——一旦有只蜘蛛落在其脖子上都会尖叫的女子，一旦您吃了洋葱后接近她都会浑身颤抖的女子。正如上面所说的，特定情况下，您动摇得了她吗？您动摇不了！

但凡发生了有人失踪的案件，警方都会出面追查，方式方法详尽透彻，令人钦佩。帕特里克爵士发现，夫人正在进行询问调查，方式方法和警方实施的如出一辙。谁是最后看见失踪者的证人，谁是最后看见安妮·西尔韦斯特的仆人，调查询问从男仆开始，上至管家，下至马厩帮手。随后是女仆，从得意扬扬的厨娘开始，一直到在花园除草的小女孩。帕特里克爵士见到伦迪夫人时，她已经一路盘问到跑腿的了。

"亲爱的夫人啊！原谅我再次提醒您，这是个自由的国家，西尔韦斯特小姐离开了宅邸之后，您没有任何权力对她的行为展开调查。"

伦迪夫人抬头看着天花板，一副坚贞不屈的姿态。她看起来像一位大义凛然的烈士。此时此刻，您若看到了夫人阁下的尊容，您也会说："真是一位大义凛然的烈士啊。"

"不对，帕特里克爵士！作为一位女基督徒，我可不这样看待这件事情。那个不幸的人一直居住在我的屋檐下，那个不幸的人一直是布兰奇的伴儿。我负有责任——一定程度上说，我负有道义上的责任。我很愿意像您一样能够对这件事情甩手不管。但是，不行啊！我必须得到确认，她已经结婚了。为了合规得体，为了我良心上得到安宁——在我今晚能够躺下，头枕着枕头之前，帕特里克爵士，在我今晚躺下头枕着枕头之前！"

"一句话，伦迪夫人——"

"不！"夫人重复着，哀怜而温婉，"我可以说，从世俗的观点来看，您的看法是对的，但我不能接受世俗的观点。世俗的观点让我受到伤害。"她神态极为威严，转身对着跑腿的男仆。"乔纳森，你若说了谎，你知道自己要去哪儿吗？"

乔纳森慵懒倦怠。乔纳森脸上长了丘疹。乔纳森身体肥胖——但是，乔纳森很传统。他回答说，他知道，而且他还提到了那个地方。

帕特里克爵士发现，此时此刻，他如若再提出反对意见，那不仅无济于事，而且结果还会更加糟糕。他明智地决定，等待，然后再进行干预，直到伦迪夫人自己折腾得精疲力竭了，调查询问也该结束了。与此同时，看着夫人目前的性情，万一她对安妮的调查不幸成功了，那也不可能提防得了可能会发生的事情——于是，他决定采取措施，随后的二十个小时内，为了大家的利益，劝离宅邸里所有的客人。

"我只想问您一个问题，伦迪夫人，"他接着说，"出了这样的事情，仍然待在这儿的男士们的处境不会很舒服。您若先前同意，让这件事情不引起大家注意就过去了，我们本来是会处理得很圆满的。情况已然这样了，假如免除掉您招待客人的责任，您难道不觉得这样做对于每一个人都更加方便吗？”

“作为一家之主吗？”伦迪夫人说，语气很坚定。

“作为一家之主。”帕特里克爵士回答说。

“我充满了感激之情，接受这个提议。”伦迪夫人说。

“我恳求您不要再提这事。”帕特里克爵士接话说。

他离开了房间，留下乔纳森接受询问。他和他兄长——已故的托马斯爵士选择了迥然相异的人生道路。打从少年时代开始，他们之间很少见面。帕特里克爵士的思绪——一离开伦迪夫人后仿佛回到那个时代。他心情激动，满怀深情，思念起了自己的兄长。他摇了摇头，低声叹息了一声，很是伤感。“可怜的汤姆啊！”他关上房门离开了他兄长的未亡人之后，语气温和地自言自语，“可怜的汤姆啊！”

他横过厅堂后，拦住了首先遇到的仆人，询问关于布兰奇的情况。布兰奇小姐情绪安定，待在楼上，与贴身女仆一起关在自己卧室的内室里。“情绪安定？”帕特里克爵士心里想着，“这是个不好的征兆，我要听到有关侄女儿的更多情况。”

帕特里克爵士等待这件事情有结果之前，随即需要处理的一件事情便是找到那些客人。他凭着准确可靠的感觉到达了台球室，在那儿找到了客人们，只见他们聚集在一起，神情严肃，正不知道该怎么办呢。帕特里克爵士只用了两分钟时间，便让他们心情轻松起来了。

“明天外出狩猎一天，你们觉得如何啊？”他问了一声。

在场的每一位男士——无论是否喜爱运动——都说可以。

“你们可以从宅邸出发，”帕特里克爵士接着说，“或者可以从温迪盖茨地产上一幢供狩猎季节里居住的别墅出发——别墅在荒野地另一侧的树林里。天气看起来会持续良好（对于苏格兰而言），马厩里有大量马匹。瞒着你们也无济于事，先生们，我兄嫂的家庭里出了一件意外事情。无论你们选择林中别墅还是本宅邸，你们同样都是伦迪夫人的客人。随后的二十四小时（我们暂且这么说）——哪处合适？"

每个人——无论是否有风湿病[1]的——都回答说小别墅！

"很好，"帕特里克爵士接着说，"已经安排妥帖了，今天傍晚骑马到供狩猎季节里居住的别墅去，明天早晨要做的第一件事便是感受一番那边荒野地的环境。我要处理这边的事情，假如抽得开身，我定会很高兴陪同大家一起过去，尽我所能替大家效劳。假如抽不开身，那就请允许伦迪夫人的管家代替我去给大家提供方便啦。"

客人们一致赞同了这种安排。帕特里克爵士留下他们继续玩台球，自己出门到马厩那边做必要的吩咐去了。

与此同时，布兰奇待在宅邸的楼上，情绪安定，显得反常——而伦迪夫人仍然持续不断地在楼下展开调查。她从乔纳森（室内男仆最末一个）开始到马车夫（室外男仆第一位），一路刨根问底下来，一个接着一个，一直询问到最底层的小马倌。夫人没有从室内外大小男仆嘴里询问到一丁点情况，然后她退回到了女仆那边。她拉响

---

[1] 作者威尔基·柯林斯曾患有严重的风湿病，一度甚至靠吸食鸦片酊止痛。1863 年夏天，他因风湿性痛风到坐落在德国黑森林地带的维尔德巴德温泉小镇疗养。（作者在另一部小说《阿玛代尔》中有详尽的描述。）作者在 1871 年 5 月《月亮宝石》再版序言中叙述了受风湿病困扰的情景："那时候，本书尚在英国和美国连载，完成的量也还不超过三分之一，我先前从未遭受过的人生中最大的苦难和最严重的疾病同时向我袭来。母亲在乡间的小屋里处于弥留之际，我却在伦敦卧病在床——由于受到痛风病的折磨，四肢动弹不得。在这双重灾难的重压之下，我心中仍然铭记着对公众应当负有的责任……在悲伤的间隙，在病痛偶尔缓和的片刻，我躺在病床上口述写下《月亮宝石》，该部分后来证明写得最成功，给公众带来了乐趣——即'克拉克小姐的叙述'那部分。"

了铃，招呼厨娘——赫斯特·德思里奇。

一个外貌很不同寻常的人进入了房间。

她上了年纪，态度平静。她干净整洁，有条不紊。她体面持重，令人注目。她朴素的白色帽子下面露出了灰白的头发，洁净而平滑。她眼睛深陷在眼窝里，目光径直看着任何对着她说话的人——第一眼看上去，这是个稳重且值得信赖的女人。仔细审视，这还是个尘封着极大的昔日苦难的女人。从她表情下隐藏着的充满了坚韧的目光中——从她态度上永不消失的沉静中——您感觉到了这一点，而非看到了这一点。她的人生故事充满了悲伤——就人们已知的情况而论。自从伦迪夫人嫁给托马斯爵士那时起，她便开始伺候伦迪夫人了。她的个人情况（据她所在教区的牧师介绍）显示，她曾经嫁给了一个积习难改的酒鬼，丈夫在世时，忍受了难以形容的痛苦。她已经是个寡妇了，雇佣她会有诸多不便。她丈夫过去常常虐待她，有一次，他打了她，导致了她出现很明显的精神方面的问题。她持续多日卧床不起，没有知觉，后来醒过来了，但完全失去了语言能力。除了这个障碍之外，她有时候举止态度也很怪异。她愿意接受任何职位，条件是，可以享受一个人睡一个房间的特权。不过，从问题的另一方面来说，作为与此相抵的一个条件，她遇事从容不迫，为人处事严格诚实，是英国最佳的厨师之一。考虑到后面这个优点，已故的托马斯爵士决定试用她一下——结果发现，在赫斯特·德思里奇执掌他的厨房之前，他生平从未享受过如此美味的饮食。因此，爵士去世之后，她仍然留下来伺候他的遗孀。伦迪夫人不是很喜欢她。厨娘身上表露出了一种令人不快的疑心症，这一点托马斯爵士曾经忽略掉了——但对美味饮食感觉不是那么至关重要的人则不会看不出，这是她的一个很严重的缺点。医生对她的症状进行过诊治，发现其中有某些生理上的异常。他们据此怀疑，出于某种唯有这个女人自己才清楚的原因，她假装出失语的状态。她固执己见，完全拒绝学习聋哑语言——理由是，她的情况并非与聋哑相连（因为她事实上能够利用自己的听觉），大家想出了种种计策，引诱她上当受骗，开口说话——但未能奏效。大家想方设法，诱导她回答关于她的昔日的生活状况——她丈夫健在时——的问题，但她拒不回答。每过一段时间，她似乎会心血来潮，冒出怪异的想法，想要离开宅邸出去度假。假如她提出的要求得不到允许，她便会消极怠工。假如她面对被解雇的威胁，她会不动声色，点头示意，等于说："给我个话，我立刻离开。"反反复复，再自然不过了，伦迪夫人曾决定，不再留下这样一个仆人。不过，她根本没有让自己的决定付诸实施过。一个厨艺精湛的厨娘，从不要求支付额外报酬，从不允许浪费，从不与其他仆人吵架拌嘴，从不喝强度超过茶水的饮料，可以托付巨额黄金——如此厨娘，人们很难物色到另外一个来取而代之。我们生活在人世凡尘，如同伦迪夫人需要容忍她的厨娘一样，需要容忍许多人和许多事。实际情况是，这个女人一直生活在被解雇的边缘——不过，迄今为止，她仍然占据着她的职位，提出要休假时便可以休假（说句公道话，这样的情况并不常见），一个人享受着单间卧室，睡觉时房门一直锁着（府上的人去哪儿，她也可以去哪儿）。

赫斯特·德思里奇缓步走向伦迪夫人坐的桌子边。她身子的侧面挂着一块石板和一支铅笔，凡是不能通过手势或者摇头点头来回答的问题，她就使用石板来做出回答。她拿起石板和铅笔，态度冷峻而顺从，等待着女主人开始提问。

伦迪夫人以询问其他所有仆人的常规问题开始。

"你知道西尔韦斯特小姐离开宅邸的事情了吗？"

厨娘点头表示肯定。

"你知道她什么时间离开的吗？"

厨娘再次点头表示肯定。这是伦迪问这个问题时第一次得到的肯定回答。她神情热切，紧接着提出了后面的问题。

"从她离开宅邸后，你见过她吗？"

厨娘第三次做出了肯定的表示。

"在哪儿呢？"

赫斯特·德思里奇缓慢地在石板上写了起来，字体很特别，刚劲挺拔，属于她这个年龄阶段的女人特有的字体。文字如下——

"通向火车站的路上。靠近丘夫人的农庄。"

"你去丘夫人的农庄干什么？"

赫斯特·德思里奇写着："去给厨房采购点鸡蛋，我自己也顺便去享受一下新鲜空气。"

"西尔韦斯特小姐看见你了吗？"

对方摇了摇头表示否定。

"她拐进了通向火车站的路吗？"

对方再次摇了摇头表示否定。

"她继续向前朝着荒原走了？"

回答是肯定的。

"她到达荒原后干什么了？"

赫斯特·德思里奇写着："她踏上了一条通向克雷格弗尼村的小路。"

伦迪夫人站起身，情绪激动。在克雷格弗尼村，一个陌生人可去之处只有一个地方。"旅馆！"夫人激动地大声说，"她到旅馆去了！"

赫斯特·德思里奇不动声色地等待着。伦迪夫人用下面的话问了最后一个预防性的问题。

"你把你看到的情况告诉了别的什么人了吗？"

对方给出的是肯定回答。伦迪夫人没有预料到这一点，她认为赫斯特·德思里奇一定是误解她的意思了。

"你的意思是说，关于你刚才所说的情况，你已经告诉给别人了？"

对方还是给出了肯定回答。

"是个像我刚才问你一般的人吗？"

对方第三次给出了肯定回答。

"是谁呢？"

赫斯特·德思里奇在石板上写着："布兰奇小姐。"

伦迪夫人后退了一步。由于知道了这个情况，她的身子踉跄了一下，因为看起来，布兰奇像她本人一样，态度坚定，一定要追踪到安妮·西尔韦斯特。她继女对自己的计划一直缄口不言，私下里却采取行动——她继女可能是块麻烦的绊脚石啊。面对安妮离开宅邸的方式，伦迪夫人怒不可遏。她是个无法消除报复心理的女人，因此一定要下决心弄清楚，那位家庭教师的秘密背后到底隐藏着什么危及他人的东西，然后以适当的方式（当然是出于至高无上的责任感）在自己的朋友圈内公之于众。但是，要这样做——正如大家肯定预料得到的，布兰奇采取行动，与自己对着干，而且公开维护西尔韦斯特小姐的利益——一定会在家庭中酿成不良后果。关于这一点，伦迪夫人并没有做好如何应对的思想准备。她首先要做的事情便是告诉布兰奇，有人已经知道了她的行为，不允许她从中搅和。

伦迪夫人第二次拉响了铃——因此，依据家法，她宣布说，自己需要贴身女仆的伺候。她紧接着转身向着厨娘——后者仍然在等待吩咐，态度冷峻而平静，一只手拿着石板。

"你做错事啦，"夫人说，语气严厉，"我是你的女主人，你应该回答你的女主人才是——"

赫斯特·德思里奇点了点头，神情冷漠，认可迄今为止已定下的规矩。

这次点头是个干扰。伦迪夫人对此不高兴。

"但是，布兰奇小姐不是你的女主人，"她接着说，语气严厉，"关于对西尔韦斯特小姐的询问，你回答了布兰奇小姐，该受到严重的责罚才是。"

赫斯特·德思里奇完全不动声色，用两句生硬的话在石板上写出了自己的理由——

"我没有得到不予回答的吩咐。除了我自己的秘密之外，我不保守任何人的秘密。"

有了这一回答之后，是否要解雇厨娘的问题得到解决了——过去几个月来，该问题一直悬而未决。

"你真是个厚颜无耻的女人，我忍受你已经够长时间了——我不再忍受你了。等一个月的时间到了，你走人吧！"

伦迪夫人说了这话，等于解雇了赫斯特·德思里奇。

厨娘阴沉而平静的表情没有丝毫变化。她再次点了点头，对刚才宣布的对她的责罚表示认可——把石板放在了一旁——转过身——离开了房间。这个女人仍然在世上生活着，仍然在世上干着活儿，然而，就全部人类活力而言，她仿佛装进棺材用螺钉拧紧了，埋进了坟墓，完完全全在人世间销声匿迹了。

赫斯特离开房间后，伦迪夫人的贴身女仆进来了。

"上楼找布兰奇小姐去，"她的女主人说，"说我要她来这儿。等一等！"她停住了，思索起来。布兰奇可能会抵制继母对她的干预。有必要将此事告诉她的有更高威信的监护人。"你知道帕特里克爵士在哪儿吗？"伦迪夫人问了一声。

"我听邓肯说，夫人，帕特里克爵士在马厩那边呢。"

"差遣邓肯捎个口信，说我问候帕特里克爵士——我想要立刻见到他。"

* * * * * *

前往狩猎别墅的准备工作刚刚结束。接下来需要落实的事情是，帕特里克爵士是否能够陪同众人前往——这时，男仆出现了，带来了其女主人的口信。

"容我一刻钟时间好吗，诸位先生？"帕特里克爵士问了一声。"其间，我要确认，自己能否陪同诸位前往。"

当然，客人们决定等待。他们中的年轻人自然利用这个闲暇时间打赌。是帕特里克爵士战胜这次家庭危机呢，还是家庭危机战胜帕特里克爵士？二对一，家庭危机会获胜。

一刻钟时间刚好结束时，帕特里克爵士回来了。年轻人没有经验，把赌注压在家庭危机上，结果表明，他们盲目相信了危机。帕特里克爵士获胜了。

"事情解决了，平息了，先生们。我能够陪同大家一起前往，"他说，"前往别墅的路有两条可供选择。一条——距离更远——经过克雷格弗尼村的旅馆。我不得不请求你们随我走那条路啦。你们向着别墅继续前行的当儿，我必须要落在你们后面一点，因为我要找到下榻在旅馆的一个人说句话。"

他已经平息了伦迪夫人的情绪——甚至也平息了布兰奇的情绪。不过，很显然，条件是，他要代替她们到克雷格弗尼村去，亲自面见西尔韦斯特小姐。他没有做更多解释，便纵身上了马，领着大伙儿出发了。狩猎的队伍离开了温迪盖茨宅邸。

故事背景地之二　克雷格弗尼旅馆

第九章　安妮

"请您允许我再提醒您一次，小姐，本旅馆已经客满了——就剩这间起居室，还有那边那间与它配套的卧室了。"

克雷格弗尼旅馆老板娘因奇贝尔太太如此这般对安妮·西尔韦斯特说。后者站在客厅里，手上拿着钱包，在请求被允许住进这两间房间之前，主动提出支付房钱。

此时正值下午，与杰弗里·德拉梅恩出发前往伦敦的时间相当。同时，大概这个时间，阿诺尔德·布林克沃斯横过了荒原，正在登上通向旅馆的第一片高地。

因奇贝尔太太身材高大，体形瘦削，神情严肃，态度冷漠。因奇贝尔太太不可爱的头发紧贴着头向后梳理着，形成结实细小的黄色发卷，如同因奇贝尔太太坚定的长老派信仰一般。因奇贝尔太太粗壮的骨骼显露无遗，毫不隐蔽，毫不妥协。总之，一个野蛮而又体面的女人，耀武扬威，经营着这样一家野蛮而又体面的旅馆。

因奇贝尔太太不受任何竞争势力的干扰。她规定自己的价格，制定自己的规矩。您若不满意她开出的价格，同时违背了她制定的规矩，那就悉听尊便，请您离开。换句话说，您自我放逐去吧，在荒凉的苏格兰高地上，成为一个无家可归的流浪者。一些简陋的房舍集中在一起，形成了克雷格弗尼村。克雷格弗尼周围地区，一边是山，另一边是荒原，方圆数英里内，拿着罗盘仪测一测，没有一个公共落脚处。在苏格兰这样的一处地区，除了无可奈何的英格兰旅游者之外，任何闲逛漫游者都不愿意要求陌生人提供食物和住宿。而且，除了因奇贝尔太太之外，谁也不会出售食物和提供住宿。在世界上开旅馆的人中，根本找不到比她更加独立自主的人。那些很常见的既文明又恐怖的事情——即令人不愉快地刊登在各家报纸上的恐怖事情——往往会引起轰动，而这位旅馆女王是绝对不知晓的。您生气上火，威胁说要把账单送去报刊，登载出来。您要采取什么措施随您的便，因奇贝尔太太并不反对。"呃，嘿！只要您首先支付了账单，您爱把账单送到哪儿就送到哪儿去好啦。会黑我门楣的报纸根本就不存在。您的房间里放着《旧约圣经》和《新约圣经》，咖啡室的桌子上放着《佩思郡的自然历史》——您若觉得读物不够，您甚至可以回南方去，到那儿去拿些别的读物来。"

这便是安妮·西尔韦斯特独自一人出现在其中的旅馆，没有其他行李，只有手上提着的一个小包。因奇贝尔太太便是那个不乐意接待她的女人，而她却天真地希望通过展示自己的钱包来消除对方犹豫的心理。

"说出您房间的价格吧，"她说，"我愿意先付房钱。"

女王陛下连看都不看一眼自己臣民扁平的小钱包。

"情况是这么回事，小姐，"她回答说，"我若没有权利把本旅馆最后两个房间让给您，当然也就没有权利收您的房钱啊。克雷格弗尼旅馆是座家庭旅馆——拥有自身良好的经营声誉。年轻小姐，您独自一人旅行太过惹眼了。"

这种时候，安妮本来会语气尖锐地予以回击的，但她迫于目前的处境，只能忍气吞声，耐着点性子。

"我已经告诉您了，"她说，"我丈夫正在来这儿与我会合的途中呢。"她倦怠乏力，叹息着，一边重复着自己已经编造好的故事——由于根本无法站立，于是在附近一把椅子上坐了下来。

因奇贝尔太太看着她，目光中充满了同情与关注。假如她看着一条因为走路过多脚支撑不住而倒在旅馆门口的流浪狗，她流露出的目光也就是这个样子的。

"是啊！是啊！那就这样吧。等待一会儿，您休息休息。这个我们不收费——我们看看，您丈夫是否来了。我只会把房间让给他，小姐，而不是让给您。因此，再见吧。"旅馆女王宣布了最后的意愿，便离开了。

安妮没有回答。她看着旅馆老板娘离开房间——然后不再拼命控制自己了。置身于她的处境，怀疑是双重的侮辱。她的眼睛里噙满了屈辱的热泪，心口的疼痛折磨着她，可怜的人啊——毫不留情地折磨着她。

她听见房间里响起了一个轻柔的声音，怔了一下，于是，抬头看了看，发现房间的角落里有一个男人，正在掸掉家具上的灰尘，显然是旅馆的侍者。她到达后，正是他领着她进入客厅的。不过，他待在房间里很安静，她随后便再没有理会他，直到此刻。

他是个上了年纪的人——一只眼睛模糊且失明了，另一只眼睛含泪且滑稽。他头已秃顶，双脚患着痛风症。他的鼻子可引人注目啦，算得上是苏格兰这一片区域里最大的鼻子，最红的鼻子。他轻松的微笑中神秘莫测地透着岁月留下的温和与智慧。他在与这个邪恶的世界不断接触的过程中，举止态度显示了两个极端的完美结合——刚好触及独立性的奴性，同时也刚好触及奴性的独立性——

这种境界除了苏格兰人，世界上没有任何人可以企及。异常的天生鲁莽秉性，令人开心的玩笑，但从来不会让人感觉不舒服。无法估量的精明狡猾，伪装掩饰，通常处在怪异的偏见和冷面幽默的双重伪装之下。凡此种种，全是这位老者人品个性赖以建立的坚实的心理基础。面对任何计量的威士忌酒，他都不曾喝得酩酊大醉。听到无论多么急促的铃声，他都不曾加快行动步伐。这便是克雷格弗尼旅馆的侍者头领。远远近近的人们都知道，他是"毕晓普里格斯领班，因奇贝尔太太的得力助手"。

"您在这儿干什么呢？"安妮问了一声，语气严厉。

毕晓普里格斯先生转过身，他那双患着痛风症的脚支撑着身子。他动作轻柔，灰尘掸子在空中挥舞着，眼睛看着安妮，流露出温和而充满父爱的微笑。

"啊！我正在掸掉家具上的灰尘呢，把房间替您整理得像模像样。"

"替我？您听见老板娘对我说的话了吗？"

毕晓普里格斯先生向前走，态度中充满了信任感，用一根很不稳定的食指指着安妮仍然拿在手上的钱包。

"您根本用不着担心老板娘！"克雷格弗尼旅馆的智者头领说。"您的钱包已经替您说话啦，小姐，收起钱包吧！"毕晓普里格斯先生大声说，用灰尘掸子把诱惑从自己身边挥走了。"把钱包放进您的衣服口袋里！只要世界依旧，我在任何地方都认可这一点——钱包里有了钱，女人便有了优势。"

安妮的忍耐性已经经受住了更加严峻的考验，但现在听了这话后，失去控制了。

"您用如此随意的态度对我说话，这是什么意思啊？"她问，态度愤怒，再次站起身来。

毕晓普里格斯先生将灰尘掸子夹在腋下，然后开始向安妮保证说，他认同老板娘对自己地位的看法，但不认同老板娘苛刻的原则。"没有任何人，"他谦逊地说，"像我本人一样，用宽容的态度看待人的弱点。我年龄够大了，都可以做您的父亲了，而且也愿意做您的父亲——我难道不应该对您随意吗？好啦！好啦！吃点东西吧，小姐。不管是否有丈夫，您的肚子总得吃东西不是。有鱼还有禽肉——或许，您要一个烧羊头，因为套餐里面有这一样，如何？"

摆脱他的途径只有一条。"随便您点什么吧，"安妮说，"然后离开房间行吗？"毕晓普里格斯先生高度赞同这句话的前半部分，但后半部分却完全忽略不计了。

"啊，啊——您尽管把您要做的小事情交到我的手上好啦，这是您最明智的做法。您若需要一个体面负责任的人给您提出忠告，请毕晓普里格斯领班（也就是我）便可以啦。请您再坐下吧——请您坐下。别坐扶手椅。好啦！好啦！您知道的，您丈夫就要来了，他肯定需要扶手椅的！"说完这句合乎时宜的打趣话之后，古董似的毕晓普里格斯眨了眨眼睛，离开了。

安妮看了看自己的怀表。根据她的推算，离杰弗里抵达旅馆的时间不久了——杰弗里如若按照约定的时间离开了温迪盖茨宅邸。再耐心点——老板娘的怀疑心便打消了，这一次的严峻考验也该结束了。

她不能与他在别的什么地方会面，非要到这么一家野蛮的旅馆，置身野蛮人中间吗？

不能啊。到了温迪盖茨宅邸门外，整个苏格兰她都没有一个朋友能够出面帮助她。除了旅馆，没有任何别的地方可以供她支配——这家旅馆坐落在偏僻幽静处，伦迪夫人的任何朋友都不可能光顾此处。对此，她只能心存感激。无论面临着什么风险，她因为心中怀有的目标，都有理由去冒那个风险。她的全部未来取决于杰弗里能否让她成为一个诚实的女人。不是她与他共同的未来——那样的未来，没有希望；那样的未来，她的人生就被浪费掉了。而是她与布兰奇共同的未来——她现在不期待任何东西了，只期待她与布兰奇共同的未来。

她神情越来越沮丧，又流泪了。他若来了，看到她哭泣，只会令他生气上火。她试图环顾四周，以此来分散自己的注意力。

房间里没有多少东西可看。克雷格弗尼旅馆是用优质石料建起来的，坚不可摧，除此之外与一般的二流英国旅馆并不存在其他不同。旅馆通常都配有滑溜的黑沙发——当您需要休息时，给您提供方便。旅馆通常都配有格外光亮的扶手椅，特地制作用来考验人们的脊椎忍耐性。墙上通常都糊了墙纸，其式样通常是用来令您眼睛酸痛、头脑眩晕的。墙壁上通常都挂有雕版画，人们凝视起来从不会感到厌倦。皇帝肖像画挂在最显荣耀的位置。人类第二伟大的人物——惠灵顿公爵①——置于第二显耀的位置。人类第三伟大的人物——议会中的当地议员——放置在第三显耀的位置。还有一幅狩猎场面图置于黑暗之中。有一扇门正对着从过道进入的那扇，通向卧室。侧面有一扇窗户，对着外面旅馆前面的空地，由此可以看见广袤的克雷格弗尼荒原从旅馆所在的高地向下朝着远处延伸。

---

① 惠灵顿公爵（Duke of Wellington，1769—1852），英国著名军事家、统帅、政治家。19世纪欧洲历史上最主要的政治家之一。曾在1815年滑铁卢之战中指挥英、普联军击败拿破仑而闻名，有"铁公爵"之称。1828年，后历任首相、外交大臣等，并长期任陆军总司令。曾反对《改革法案》（1831—1832），镇压1848年的宪章运动。

安妮感到绝望，目光从房间里的陈设转到窗外风景。半个小时之内，天气变得更加糟糕了。乌云密布，遮天蔽日。室外景观上的光线变得昏暗和沉闷起来。安妮的注意力如同刚才从房间里的陈设转开一样，现在从窗口转开了。她正要做无望的努力，躺到沙发上放松一下疲惫的四肢——突然，耳畔传来了过道的人说话的声音和走动的脚步声。

其中有杰弗里的声音吗？没有。

陌生人会进来吗？

旅馆老板娘先前拒绝让她享用这两个房间——陌生人很有可能是来看房的。不知道他们是谁呢。一时性急，她冲向卧室——把自己反锁在里面。

通向过道的门打开了。阿诺尔德·布林克沃斯——由毕晓普里格斯先生领着——进入了客厅。

"这里没有人！"阿诺尔德大声说着，情绪激动，一边环顾着四周，"她去哪儿了呢？"

毕晓普里格斯先生指了指卧室的门。"啊！您的好夫人一定在卧室里面，毫无疑问呢！"

阿诺尔德怔了一下，他和杰弗里在温迪盖茨宅邸讨论过这个问题，他要冒充安妮的丈夫在旅馆介绍自己，当时并没有觉得很困难。但是，要把这个谎言付诸实施，其行动，至少可以说，刚开始有点别扭。在此，旅馆的侍者把西尔韦斯特小姐称作"好夫人"，随后便会让（再自然和合适不过了）那位"好夫人"的丈夫敲她卧室的房门，告诉她，他已经到了。绝望之中，阿诺尔德一时间不知如何是好，于是要求见老板娘——因为他到达旅馆后还没有看见她呢。

"老板娘在她自己的房间里算旅馆的账目来着，"毕晓普里格斯先生回答说，"她过一会儿就来——令人厌烦的女人！不管您是什么人，从事什么职业，凡是有关旅馆业务上的事情，她都会往自己身上揽。"他抛开了关于旅馆老板娘这个话题，给自己找了个借口。"我已经询问过那位夫人是否需要点些什么，先生，"他小声说着，"相信我好啦！相信我好啦！"

该如何把自己到来的这件事情告诉安妮，这是个很大的困难，阿诺尔德把全部注意力都集中在这个上面。

"我怎样才能把她叫出来呢？"他心里思忖着，一脸困惑，看着那扇通向卧室的门。

阿诺尔德说话的声音很大，以便让侍者听得清他说话。面对对方困惑的表情，毕晓普里格斯先生立刻在脸上做出了反应。对于新婚宴尔正在进行蜜月旅行的夫妇的举止态度和行为习惯，这位克雷格弗尼旅馆的侍者头领可是有丰富经验的。他已经给无数个新娘和新郎当过第二个父亲（当然享获了极大的经济利益）。他了解形形色色的新婚夫妇：有些夫妇极力要表现出仿佛他们结婚已经许多年了；有些夫妇毫不掩饰，愿意倾听他们周围有能力的权威人士的忠告；有些夫妇在旁人面前忸怩作态，喋喋不休；有些夫妇在类似的情形下表现得局促不安，沉默寡言；有些夫妇不知道该干什么好；有些夫妇希望蜜月旅行赶快过去；有些夫妇若事先不小心翼翼地敲门通报，绝不允许别人进入打搅；有些夫妇在享受着"天堂之乐"期间能吃能喝，另外一些却不能吃不能喝。但是，在毕晓普里格斯先生本人丰富多彩的经历中，像这样新郎无可奈何地伫立在房门的一侧，而新娘却锁在房门的另一侧，可是他见过的婚姻关系中出现的新情况呢。

"您怎样才能把她叫出来啊？"他重复了一声。"我来告诉您怎么办吧，"他拖着一双痛风的脚以最快的速度向前，敲了敲卧室的门，"啊，尊敬的夫人！他本人就出现在这儿呢。行行好，看在我们的面上！难道您要把您丈夫拒之门外吗？"

恳切的请求没有得到回应，他们听见房门里侧门锁转动的声音。毕晓普里格斯先生用他那只好使的眼睛朝阿诺尔德眨了眨，同时会意地把一根食指放在自己硕大的鼻子上。"我得赶在她投入到您的怀抱之前离开！好好抓住机会啊，我进来之前一定会先敲门的！"

他让阿诺尔德独自一人待在房间里。卧室的门慢慢打开，一次打开几英寸。他听得见安妮说话的声音，只听见她在门后说话时，小心翼翼。

"是你吗，杰弗里？"

阿诺尔德开始心跳加速，预料中见面的场面就在眼前。他不知道该说什么，也不知道该干什么——沉默不语。

安妮提高嗓门，重复了刚才的问话。

"是你吗？"

他若不给出回答，她很可能会受到惊吓。没有办法了，该来的就来吧。阿诺尔德轻声细语回答说——

"是的。"

房门猛然打开了。安妮·西尔韦斯特出现在门口，面对着他。

"布林克沃斯先生！！！"她大声说着，情绪激动，伫立着，呆若木鸡。

他们两个人都沉默不语。又过了一会儿，安妮向前朝着客厅走了一步，不可避免地要问下一个问题，表情瞬间由惊愕变成了疑惑。

"您来这儿干什么呢？"

阿诺尔德此时此刻出现在此地，杰弗里的信可能是唯一一站得住脚的理由。

"我有一封信要给您。"他说着——一边把信递给她。

她立刻警觉了起来。正如阿诺尔德先前说过的，他们两个人相互之间和陌生人差不多。她预感到杰弗里可能背叛了，她感到一阵恶心，觉得透心地凉。她拒绝接过信。

"我等待着的不是信，"她说，"谁告诉您我在这儿的？"她提出这个问题时，语气中不仅充满了疑惑，而且还充满了蔑视。面对这种神态，男人不那么容易忍受。阿诺尔德首先必须要控制住自己的情绪，然后才能怀着体谅她的心情，对问题做出回答。"我的行踪受人监视了吗？"她接着说，怒气越来越盛，"而您就是那位监视者吗？"

"您认识我的时间并不是很长，西尔韦斯特小姐，"阿诺尔德回答说，态度平静，"但是，凭着对我的了解，您不应该说这样的话。我是杰弗里派来的信使。"

她正要效仿他，用教名称呼杰弗里。但是，她没有等这个名字说出口便克制住了自己。

"您是指德拉梅恩先生吗？"她问了一声，语气冷淡。

"对啊。"

"德拉梅恩先生凭什么给我写来这封信呢？"

她下定决心，不认可任何情况——她执拗任性，一定要与他保持一定的距离。按照预测的情况，阿诺尔德凭着直觉采取了一个有丰富经历的人会采取的行动——他当即便勇敢地和她短兵相接。

"西尔韦斯特小姐！用不着拐弯抹角了。您若不接过这封信，那就是要逼着我把话说出来。我到这儿来是要办一件令人很不舒服的差事。我开始打心眼里后悔自己答应了这事。"

她的脸上迅速掠过痛苦的表情。她开始——隐隐约约地开始——明白他的意思了。他犹豫迟疑起来，他凭着自己慷慨宽容的秉性不忍心伤害她。

"接着说吧。"她说，显得吃力。

"请忍住不要生我的气，西尔韦斯特小姐。我和杰弗里是老朋友。杰弗里知道，他可以信赖我——"

"信赖您？"她打断对方的话说，"打住！"

阿诺尔德等待着。她接着说，自言自语——而不是对着他。

"我待在另外那个房间时，我问了，是不是杰弗里。而这个人代替他回答了。"她一跃身子向前，惊恐不安，大声叫喊了出来。

"他已经告诉了您——"

"看在上帝的分上，看看他的信吧！"

她猛然把阿诺尔德再次递信过来的手推回去。"您不看着我！他已经告诉您了！"

"看看他的信吧，"阿诺尔德说着，态度坚决，"即便您不想公平对待我，您也要公平对待他啊！"

这种情形令人感到十分痛苦，难以忍受。这时候，阿诺尔德看着她，眼睛里充满了一个男人坚毅的神色——这时候，他对她说话，声音里充满了一个男人坚毅的特质。她接过了信。

"对不起，先生，"她说，语气和态度上突然表露出一种屈辱感，令人见了后感到难以形容的震惊，感到难以形容的惋惜。"我终于明白自己的处境了。我是个被双重辜负了的女人。请您原谅我刚才对您说过的话，因为我觉得自己有权要求得到您的尊重。您或许会给予我怜悯吧？我不能有更多的要求了。"

阿诺尔德缄口不言。面对如此自暴自弃的行为，言词无济于事。世界上的任何人——即便杰弗里也罢——此刻都一定会对她表达同情的。

她第一次看了看信。她从错误的一边拆开了信。"我自己的信！"她自言自语说，"但却在另外一个人的手上！"

"看看信的最后一页吧。"阿诺尔德说。

她翻到最后一页，看着用铅笔匆匆写就的文字。"流氓！流氓！流氓！"她把这个词一连说了三遍，把信纸揉在手掌中，扔到了房间的另一端。瞬间过后，她满腔的怒火熄灭了。她有气无力，动作迟缓，把一只手伸向离得最近的一把椅子，然后坐了下来，背对着阿诺尔德。"他已经抛弃了我！"——她就只说了这么一句话。沉默的气氛下，这话说得音量很低，很平静——这是在无比绝望的情绪状态下说出来的话。

"您错了！"阿诺尔德大声说，情绪激动，"确实，您确实错了！不存在什么借口——这是事实。有关他父亲的消息传到时，我当时在现场。"

她根本没有理睬他，也没有动弹一下，只是重复着那句话。

"他已经抛弃了我！"

"别这样看问题！"阿诺尔德恳求着说——"请别这样！听您这样说挺可怕的。事实如此。我可以肯定，他并没有抛弃您。"她没有回话，没有迹象表明，她听进去了他的话。她端坐着，让人联想到了石头。如此时刻，他不可能去把旅馆老板娘叫来。阿诺尔德陷入了绝望之中，不知道还能够用别的什么办法让她振作精神，只好拉一把椅子到她身边，怯生生地轻轻拍了拍她的肩膀。"好啦！"他用单纯、孩子气的口吻说，"高兴一点吧！"

她慢慢转过头看着他，表情阴沉而惊讶。

"您不是说他告诉了您一切情况吗？"她问了一声。

"是的。"

"您不会瞧不起像我这样的女人吧？"

面对这个可怕的问题，阿诺尔德想到了那个对他而言永远神圣的女人——想到了他从其怀中吮吸到生命中不可或缺的营养的女人。

"一个男人能够想到自己的母亲——同时又瞧不起女人，"他说，"世界上有这样的男人吗？"

听到这个回答后，她释放出了自己身上抑制住的痛苦。她朝着他伸出了一只手——轻声细语地对他表达了谢意，最后流出了释怀的泪水。

阿诺尔德站起身，深感绝望，转身朝着窗口走去。"我的用意是好的，"他说，"然而，我却令她感到痛苦！"

安妮听见了他说的话，努力克制着自己。"不，"她回答说，"您让我感到了慰藉，不要在意我哭泣——我哭出来了会更加好受些。"她转过头看着他，充满了感激之情。"我不会令您感到痛苦的，布林克沃斯先生。我应该感谢您才是——我也确实要感谢您。回来吧，否则，我会觉得您在生我的气呢。"阿诺尔德回到了她身边。她再次向他伸出了一只手。"一个人不能立刻理解他人，"她直截了当地说。"我先前觉得，您和其他人是一样的——我直到今天才知道，您多么善良又美好。您是步行到这儿的吗？"她突然补充说，设法改变话题。"您累着了吧？我在这家旅馆没有受到友好的接待——但是，我可以肯定，旅馆里有什么，我都可以提供给您。"

阿诺尔德不可能不对她表示同情——不可能不对她表示关切。他随后开口说话时，诚挚地想要帮助她的这个愿望表露得有点过于坦率了。"我所需要的，西尔韦斯特小姐，是尽我所能向您提供帮助，"他说，"我能够做点什么让您在这儿过得更加舒适一些吗？您要下榻在这个地方，对吧？杰弗里希望这样。"

她浑身颤抖着，朝着别处看。"是的！是的！"她急忙回答说。

"明天，或者后天，"阿诺尔德接着说，"您便可以收到杰弗里的信。我知道，他打算好了要写信的。"

"看在上帝的分上，不要再说他了！"她大声说，"我看着您的脸，您觉得如何？"她脸颊通红起来，眼睛看着他，瞬间显得坚毅沉稳。"注意啦！我是他的夫人，如若凭着承诺，我能够成为他的夫人！他用神圣的言辞向我表达了承诺！"她克制住了自己，态度显得不耐烦，"我说什么啦？事情到了这个地步，您能够享受到什么利益？我们别说这件事情吧！我有别的事情要对您说。我们回过头说说我在此遇到的麻烦吧。您进来时看见老板娘了吗？"

"没有，我只看见了侍者。"

"因为我是独自一人到这儿来的，关于让我入住这两个房间的事情，老板娘设置了荒唐透顶的障碍啊。"

"她现在不会再设置什么障碍了，"阿诺尔德说，"我已经处理好了。"

"您！"

阿诺尔德微笑着。经历了发生过的一切之后，当他看到自己在旅馆的地位的诙谐滑稽一面时，心里有说不出的欣慰感。

"当然啦，"他回答说，"我打听今天下午独自一人到达这儿的那位女士时——"

"是嘛？"

"为了您着想，我被告知，以我夫人的身份打听她。"

安妮看着她——既感到惊讶，也感到震惊。

"作为您夫人的身份，打听我？"她重复了一声。

"是啊。我做错了，对吧？根据我对情况的判断，别无选择。杰弗里告诉我说，您已经和他说好了，您以一位已婚女士的身份出现在此地，其丈夫马上就会来与她会合。"

"我说这话时，心里想着的是他。但我根本没有想到您啊。"

"事情再自然不过了。不过，面对这家旅馆里的人，结果还是一样的，对不对？"

"我不明白您的话。"

"我设法再解释清楚一些。杰弗里说了，您在这儿的地位取决于我是否以您丈夫的身份在门口打听您（假如他来了，他也会是这样打听您的）。"

"他没有权利这样说！"

"没有权利？您告诉了我关于旅馆老板娘的情况后，他若不那样说，想想可能会发生什么情况吧！关于这一类事情，我本人并没有什么经验。不过——请允许我问一句——假如按我现在的年龄来到这儿，以一位朋友的身份来找您，那样难道不会显得有点尴尬吗？您想过没有，那样一来，老板娘可能会对您入住房间的事情设置额外的障碍，对吧？"

毋庸置疑，老板娘会拒绝让出房间来的。同样显而易见的是，对于阿诺尔德对旅馆的人实施的欺骗行为，安妮出于对自己利益的考虑，也会认为很有必要。她不应受到指责——因为她显然不可能预见得到杰弗里前往伦敦这样的事情。不过，她心里还是感到不安，觉得自己负有责任——对于随后可能会发生的事情，心里有一种隐隐的惧怕。她坐着，情绪不安，在膝上扭着自己的手帕，没有给出任何回答。

"不要以为，我反对这个小小计策，"阿诺尔德接着说，"我这是在帮我老朋友的忙，帮很快便要成为他夫人的女士的忙。"

安妮突然站起身，提出了一个出人意料的问题，让他感到惊愕。

"布林克沃斯先生，"她说，"原谅我，我要对您说一些不礼貌的事情了。您打算什么时候离开呢？"

阿诺尔德哈哈大笑起来。

"等到我确认了，自己不再帮得上您什么忙的时候。"他回答说。

"请不要再考虑我的事情啦！"

"看您现在所处的状况！我还有谁可以考虑的呢？"

安妮态度真挚地把自己的一只手放在他的胳膊上。

"布兰奇！"

"布兰奇？"阿诺尔德重复了一声，完全不明白她的意思。

"是的，布兰奇。今天上午，我离开温迪盖茨宅邸前，她抽出时间告诉了我你们之间的事情。我知道，您已经向她求婚了。我知道，您已经打算娶她了。"

听她这么一说，阿诺尔德喜在心头。他本来就不愿意离开她，现在绝对下定决心要和她待在一起。

"即便这样，不要指望我会离开！"他说，"来吧，再坐下来，那我们就来聊一聊布兰奇吧。"

安妮做了个手势，不耐烦地拒绝了。阿诺尔德对这个新话题过于感兴趣了，所以没有注意到这个手势。

"关于她的习惯和志趣，您知道得很清楚，"他接着说，"还有她喜欢什么，讨厌什么。我对您说说她，这件事情至关重要。等到我们成为夫妻后，布兰奇可以样样按照自己的方式来做事。这就是我对男人全部义务的看法——当然是等到男人结了婚之后。您还站着呢！我给您搬把椅子来。"

让他感到失望——若在其他情况下，那是不可能的——那样显得很残酷。但是，对于事情的后果，安妮心里充满了一种隐隐的担忧。此事非同小可。阿诺尔德答应到旅馆来，这无意之中是冒了风险的。对于这种风险，安妮并没有清晰的概念（而为了对杰弗里表示公平，有必要补充说明的是，他对这种风险也没有清晰的概念）。由于缺乏必要的警示，没有适当的预防措施和约束机制，苏格兰的婚姻法直到今天还是引诱未婚男女上当受骗的陷阱。对于这种令人不齿的现象，他们两个人都没有足够的认识（极少人有足够的认识）。不过，尽管杰弗里的见识还不能看到超出目前面临的紧急情况之外的结果，而安妮凭着更加聪明的才智却知道，在一个提供了可以秘密结婚的便利的国家里——针对她自己的情况，她先前提出要充分利用这个便利——假如一个男人像阿诺尔德这样行事，那就不可避免会有导致极度窘迫状况的危险。由于有了这样一个动机驱使着她，她便决定拒绝在提供给她的椅子上落座，否则必然要谈起已经提出的话题。

"关于布兰奇的事情，我们不管有什么情况要聊，布林克沃斯先生，都一定得在某个更加合适的时间聊。我请求您还是离开我的好。"

"离开您！"

"对啊，留下我一个人孤单寂寞，对我最好，让我悲痛惋惜，这也是我活该的。谢谢您，再见吧。"

阿诺尔德并不想掩饰自己失望和惊讶的表情。

"我若一定得离开，那我便一定会离开，"他说，"但是，您为何要这么匆匆忙忙呢？"

"我不想您在这家旅馆的人面前再次把我称作是您的夫人。"

"因为这个吗，您到底害怕什么呢？"

她并不能完全认识到自己害怕什么，更加不能用言辞来加以表达。她火急火燎，为了要编造出某个理由，以便可以说服他离开，便提起了那个有关布兰奇的话题，可就在片刻之前，她自己还拒绝谈起呢。

"我之所以害怕，有两个理由，"她说，"一个不能说，另一个可以说。假如布兰奇听说了您的所作所为怎么办呢？您在这儿待的时间越长——您见到的人越多——她听说这事的可能性便越大。"

"即便她听说了那又如何呢？"阿诺尔德问，以他自己直截了当的方式，"您觉得她会因为我帮助了您而生气吗？"

"对啊，"安妮接话说，语气很明确，"假如她嫉妒我的话！"

阿诺尔德对布兰奇的无限信任溢于言表，没有半点妥协的意思，用了三个字——

"不可能！"

尽管安妮焦虑不安，痛苦不堪，但她的脸上还是掠过一丝淡淡的微笑。

"布林克沃斯先生，帕特里克爵士会告诉您，但凡涉及女人的事情，没有什么是不可能的。"她放弃了片刻略显轻松的语气，和先前一样严肃认真地继续说了起来："您不能设身处地站在布兰奇的位置考虑——我能。我再一次恳求您离开。我不喜欢您以这种方式到这儿来！我一点儿都不喜欢！"

她伸出手来要告别。同一时刻，房间的门边传来了响亮的敲门声。

安妮瘫坐在旁边的一把椅子上，发出了一声微弱的惊叫声。阿诺尔德完全不动声色，处在自己的位置上一动不动，问她有什么好害怕的，并且用两个字应了门。

"请进！"

第十章　毕晓普里格斯先生

门口传来一阵阵敲门声——敲门声比先前的更加响亮。

"耳朵聋了吗？"阿诺尔德大声嚷嚷了起来。

房门缓慢打开，每次只开一点点。毕晓普里格斯先生出现在门口，一副神秘兮兮的样子，一条胳膊上搭着用餐的桌布，后面站着他的副手，用一个托盘端着"餐桌上的装饰"（克雷格弗尼旅馆的人就是这样叫的）。

"你们还等待什么呢？"阿诺尔德问了一声，"我对你们说了'进来'。"

"而我告诉过了您，"毕晓普里格斯先生回答说，"我不敲门是不会进来的。啊，哎呀！"他打发走了自己的副手，用自己古董似的双手铺好桌布，然后接着说："年轻的新婚夫妇单独在一块儿的时候如何打发时光，您以为我生活在这座旅馆里一无所知吗？先敲两声门——然后十分费力地把门打开——这是您替他们考虑至少应该要做的，对吧？您现在觉得怎么样，我来替您和您夫人整理地方？"

安妮表露出不加掩饰的厌恶态度，走到了窗户旁边。阿诺尔德发现，毕晓普里格斯先生无法招架得住。他开玩笑地回答说——

"我估计啊，一个在桌子的上首，一个在桌子的下端。"

"一个在上首，一个在下端？"毕晓普里格斯先生重复了一声，高声大气，充满鄙视，"真见鬼了！你们的两把椅子要尽可能挨得近一些。好啦！好啦！——天知道要敲多少次门，我难道没有发现她们吗？坐在她们丈夫的膝盖上用餐，像个孩子似的，用叉子一端喂丈夫，促进他们的食欲。啊！"克雷格弗尼旅馆的这位贤哲叹息着说。"这样的婚后享乐时间短暂啊，而且很快乐！一个月时间供你们卿卿我我，而在其余的日子里，心里纳闷着，自己曾经真是傻瓜一个，希望着事情再来一遍。现在来一瓶雪利酒①如何啊？随后喝上一杯，有助于您的消化。"

阿诺尔德点了点头——然后，遵从安妮的示意，走到窗户边她的身旁。毕晓普里格斯先生聚精会神，在他们身后看着——注意到，他们在轻声细语地交谈着——而且赞同这一招，作为新婚夫妇下榻在旅馆时，当着指定伺候他们的第三者的面，践行另一个既定习俗的表现。

---

① 雪利酒（Sherry）是一种由产自西班牙南部安达卢西亚赫雷斯地区的白葡萄酿制的烈性葡萄酒。这种酒在英国很普遍。

"啊！啊！"他说着，扭过头看着阿诺尔德，"到您亲爱的身边去！到您亲爱的身边去吧！那就把这件人生中重大的事情交给我来办吧。您有《圣经》的权威作保障。一个男人应该离开他的父亲和母亲（我就是您的父亲），黏着他的夫人①。可不是嘛！'黏着'是个意味很强的词——说到'黏着'时，就不是这么回事啦！他摇了一下脑袋，若有所思，走向放置在一个角落里的一张墙边桌，准备切面包。

当他拿起刀来时，他那只独眼看到，桌子和墙壁之间落着一团揉皱的纸。那是杰弗里写来的信，安妮看后一气之下扔到了那儿的——随后，她或者阿诺尔德便再也没有想过这事了。

"那边是什么啊？"毕晓普里格斯先生低着嗓子唠叨了一声，"我亲手打扫过了，房间里怎么还会有垃圾啊！"

他捡起纸团，展开了一部分。"啊！这儿写着什么，这儿是用墨水写的，这儿又是用铅笔写的，这是谁的东西啊？"他小心翼翼，回过头朝着阿诺尔德和安妮看。他们仍然在轻声细语地交谈着，两个人都是背朝着他站的，看着窗户外面。"这个啊，完全给忘记了吧？"毕晓普里格斯先生心里想着，"假如一个傻瓜现在发现了这个，他会干什么呢？一个傻瓜会用它来点燃烟斗，然后心里会纳闷，若是先看一看上面的内容，是不是会做得更加漂亮一些呢？聪明人在类似情况下会怎么做呢？"——他把信放进了自己的衣服口袋，这实际上等于做出了回答。这东西可能值得收藏，也可能不值得。等到有了适合的机会，私下里看上五分钟，事情就有决断了。"我准备

---

① 典出《圣经·旧约·创世纪》，上面说："神使他沉睡，他就睡了。神就用那人身上取出的肋骨造了一个女人，领她到那人跟前。那人说：'这是我骨中的骨，肉中的肉，可以称她为女人，因为她是从男人身上取出来的。'因此，人要离开父母，与妻子结合，二人成为一体。"

把吃的端进来！"他冲着阿诺尔德大声说，"还有，您可记住啦，到时我的两只手上都端着盘子，不可能敲门啊，真是可惜啊，我的两只脚都痛风。"如此这般友好地提醒一番后，毕晓普里格斯先生往厨房走去了。

阿诺尔德继续与安妮说着话，他们的对话说明，他们站在窗户边时，还在讨论着他离开旅馆的问题。

"您看，我们没有办法了，"他说，"侍者去拿吃的去了，我若离开，留下我的'夫人'一个人用餐，旅馆里的人会怎么想呢？"

目前，他们显然有必要保持体面，所以没有什么更多的话可说了。阿诺尔德处理事情时一直都极其轻率鲁莽——不过，这一次，他倒是做对了！安妮觉得这个决断是强加给她的，所以感到很生气，于是开始表露出了不耐烦的情绪。她把阿诺尔德留在窗户边，自己猛然冲向沙发边。"一件祸事似乎与我如影随形了，"她心里想着，感到很痛苦，"这件事情的结局将是可悲的——对此事我负有责任！"

与此同时，毕晓普里格斯先生发现厨房里的餐食已经准备好了，正等着他呢。他没有立刻把东西用盘子端着送到客厅去，而是悄然端到他自己的备膳室，然后关上门。

"你就躺到这儿吧，我的朋友，等到我有了空闲再说——我到时再来看你。"他说着，一边小心翼翼，把那封信放进了抽屉里。"我现在来关心一下客厅里那对恋人的餐食如何啊？"他接着说，一边把注意力集中在了餐盘上，"我必须要留意一下厨娘履行职责的情况——那些人自己无法做出判断。"他揭起一个盖子，用叉子在盘子里随意挑了一点儿。"啊！啊！肉片做得不赖啊！"他揭起另外一个盖子，摇了摇头，表情严肃，态度迟疑。"这是生肉。我过去做过生肉，弄得有个人吃了肠胃胀气！"他重新盖上盖子，继续品尝下一道菜。"这是鱼吗？那女人油炸鲑鱼干什么？下次煮着吃就行，你这个混蛋，加点盐和一调羹醋就成啊。"他把雪利酒瓶的瓶塞拧出来了，倒出了一点酒，"雪利酒吗？"他说，语气中充满了深深的感触，把酒瓶子举起来对着灯光。"我怎么知道这不过只是有瓶塞味的酒呢？我一定得品一品、尝一尝。作为一个诚实的人，不品了品、尝了尝，我良心上会过不去的。"但他立刻又释怀了——在很大程度上。酒瓶子空掉了一些，而且空掉不少呢。毕晓普里格斯先生郑重其事地用水灌满了。"啊！这个酒的年龄只增加了十岁。那对恋人不会因此怎么样——我本人倒是喝惯了雪利酒，更加识货。祈求上帝保佑啊！"说完了这句祈求的话之后，他重新端起盘子，决定让那对恋人用餐了。

毕晓普里格斯先生不在场时，客厅里的交谈（停顿了片刻后）又重新开始了。安妮的内心过度焦虑不安，很难长时间待在一个地方，于是再次从坐着的沙发上站立起来，回到窗口阿诺尔德的身边。

"您的那些朋友在伦迪夫人府上，他们会认为您此刻在何处呢？"她问了一声，问得很突然。

"他们会认为我，"阿诺尔德回答说，"正在和我的租户们见面呢，正在接受我的庄园地产呢。"

"您打算今晚如何去接收您的庄园地产呢？"

"我想还是乘坐火车去吧。——啊，对啦，用过晚餐后，我以什么借口离开呢？过不了多久，旅馆老板娘会来这儿的。而我独自一人到火车站去，留下'我夫人'，她会怎么说呢？"

"布林克沃斯先生！这个玩笑——假如这是个玩笑——一点都不

好笑！”

“对不起。”阿诺尔德说。

“您可以把您的借口留给我，”安妮接着说，“您是乘上行车呢，还是乘下行车？”

“乘上行车。”

房门突然打开了。毕晓普里格斯先生端着餐食出现在门口。安妮紧张不安，急忙从阿诺尔德身边走开。毕晓普里格斯先生把盘子放置在桌子上时，那只有用的眼睛用责备的目光跟踪着她。

“我提醒过你们两个人，我这次完全不可能敲门的。别责怪我，年轻的夫人——别责怪我啊！”

“你坐哪儿呢？”阿诺尔德问了一声，以此来分散安妮的注意力，不把心思放在毕晓普里格斯先生的放肆言行上。

“哪儿都可以！”她回答说，显得不耐烦，抓过一把椅子，放在了餐桌的尾部。

毕晓普里格斯先生彬彬有礼，但态度很坚决，把椅子挪回了原处。

“天哪！您这是干什么啊？您这样坐得距离您丈夫远远的，有悖度蜜月的习俗和惯例呢！”

他朝着桌子边挨得很近的两把椅子中的一把挥动着他那条充满了说服力的餐巾。阿诺尔德再次出面干预，以免安妮再次爆发出不耐烦的情绪。

“这有什么关系呢？”他说，“她爱怎样就怎样吧。”

“你尽可能快地应付过去吧，”她回应着说，“我不能，也不会再忍受下去了。”

他们在自己的位置上坐下，毕晓普里格斯先生站在他们身后，成了个有混合型身份的人物——既是男管家，又是守护天使。

"这是鲑鱼！"毕晓普里格斯先生大声说着，用一个炫耀的动作揭开了盖子，"半个小时前，鱼还在水中游曳着呢，现在却躺在这儿了，油炸了放在盘子里。给你们展示了一种人类生命的象征啊！你们两个人可以抽出点闲暇时间来，思索一下这个问题。"

阿诺尔德拿起调羹，给安妮挑了一些鲑鱼。毕晓普里格斯先生啪的一声把盖子盖上了，脸上露出了虔诚而又惊恐的表情。

"难道就没有人吃饭前谢恩祷告的吗？"他问了一声。

"好啦！好啦！"阿诺尔德说，"这鱼都要凉了。"

毕晓普里格斯先生一副虔诚的姿态，闭起了那只有用的眼睛，用盖子严严实实地盖住了鱼。"你们将会接收到什么啊？你们两个人可以真诚地感恩啊！"他睁开了那只有用的眼睛，再次揭开了盖子，"我现在内心坦然了。开始吧！开始吧！"

"打发他走吧！"安妮说，"行为放肆，简直令人无法忍受。"

"您不必在此伺候了。"阿诺尔德说。

"啊！但我要在这儿伺候着呢，"毕晓普里格斯先生表示反对说，"你们很快就需要我来替你们更换盘子了，我离开怎么成啊？"他思忖了片刻（心里面在想着自己过往的经验），他心里已经很清楚了，知道阿诺尔德为何要打发自己离开。"让她坐到您的膝上吧，"他小声对着阿诺尔德的耳朵说，"尽可能快一点！您一旦愿意了——"他对着安妮补充说："就用叉子喂他吧！我会想别的什么事情的，比如看着外面的风景。"他眨了眨眼睛——走向窗户边。

"好啦！好啦！"阿诺尔德对安妮说，"这一切也有喜剧的一面啊。看看我怎么应对吧。"

毕晓普里格斯先生从窗户边返回了，通报说旅馆这一带天气变得恶劣起来了。

"天哪！"他说，"你们还来得正是时候啊。要是冒着暴风雨来到旅馆，那可够你们受的呢。"

安妮怔了一下，扭过头看着他。"有暴风雨啦！"她激动地大声问。

"啊，你们安安稳稳再次住下来了——你们不必担心暴风雨。峡谷里乌云密布了，"他补充着说，一边指向窗外，"乌云在一边涌上来，而风则从另外一边刮过来。夫人啊，您看看那个，暴风雨酝酿着呢！"

门口又响起了敲门声。正如阿诺尔德预料的那样，旅馆老板娘出现在了现场。

"我正要来看看呢，先生，"因奇贝尔太太说，话只对着阿诺尔德一个人说，"看看您的要求是否得到了满足。"

"噢？您就是老板娘吗？很好啊，太太——很好。"

因奇贝尔太太之所以来这个房间，是因为心里有她自己的动机，于是不需要什么前奏便来了。

"您要原谅我，先生，"她接着说，"您到达时，我不在现场，否则我当时便会向您提出现在必须要向您提出的问题。我是不是可以理解成，您替您自己还有这位夫人——您的夫人——租用了这两个房间对吧？"

安妮抬起头想要说话。阿诺尔德在桌子底下按住她的手，以示警示，她这才没有开口说话。

"当然，"他说，"我替我自己和这位夫人——我的夫人——租下了这两个房间。"

安妮再次想要开口说话。

"这位绅士——"她开口说。

阿诺尔德再次制止住了她。

"这位绅士？"因奇贝尔太太重复了一声，睁大眼睛盯着，很吃惊，"我是个很纯粹的女人，夫人——这是您的丈夫吗？"

阿诺尔德第三次触碰到安妮的手，给予警示。因奇贝尔太太的眼睛直盯着她看，目光中透着无情的追问。假如安妮对自己的矛盾说法进行解释，那不可避免会让阿诺尔德（他在替自己做出了这么大的牺牲之后）陷入丑闻——这个丑闻定会在本区域内传开的，而且定会传到布兰奇的耳朵里。她脸色煞白，浑身发冷，眼睛一动不动地盯着桌子上看，接受了旅馆老板娘含蓄的纠正，轻声地重复那几个字："我丈夫。"

因奇贝尔太太吸了口气，如释重负，显露出了正义感，等待着听安妮接下来怎么说。阿诺尔德周到体贴，前来解围，把那女人请出了房间。

"没有关系，"他对安妮说，"我知道是怎么一回事，这事让我来处理吧。每当有暴风雨来临时，我太太，她一直会有这种表现，"他接着说，话是对着老板娘说的，"不，谢谢您——我知道如何应付她。我们若需要您的帮助，我们会打发人来叫您的。"

"悉听尊便，先生。"因奇贝尔太太回答说。她转过身，（不情愿地）用生硬的礼节对安妮表示歉意。"别生气，夫人！您该记得，您是独自一人来到这儿的。本旅馆在管理上有自己的好名声。"她再一次证明了"本旅馆"的无辜之后，这才依依不舍地走到门口，离开了房间。

"我感到头晕目眩，"安妮小声说，"给我点水吧。"

桌子上没有水。阿诺尔德吩咐毕晓普里格斯先生去取——老板娘留在房间的这段时间里，他一直待在后面，被动等待（是个谨慎专注的模范）。

"布林克沃斯先生！"房间里只有他们两个人时，安妮说，"您的行为轻率鲁莽，不可饶恕。那个女人提出的问题简慢无礼。您为何要回答呢？您为何要强迫我？"

她停住了，无法完成这句话。阿诺尔德对她耐心细致，周到体贴，坚持要她喝杯水——然后替自己做出解释——这一点他从一开始就表现出来了。

"一场暴风雨就要来了，而您没有一处可以遮风躲雨的地方，"他说，"我为何没有叫人在您面前把旅馆的门关上？不，不，西尔韦斯特小姐！您心里有顾忌，我并不贸然责怪您——但是，面对老板娘那样的女人，顾忌完全没有必要。对于杰弗里而言，我要对您的安全负责。杰弗里希望我在这儿找到您。我们换个话题吧。水那么长时间还没有取来。再喝一杯酒吧。不喝？那行——'这杯为了布兰奇的健康'（他自己喝了点酒），这是我生平喝到的最淡的雪利酒。"他坐下来喝酒的当儿，毕晓普里格斯先生端着水返回了。阿诺尔德用揶揄的口吻对他说话。"啊？您终于取来了水啊？您用水勾兑雪利酒了吧？"

毕晓普里格斯先生停步在房间的中央，听到对方对酒的攻击言辞，吓坏了。

"您就是这样评价苏格兰最古老的雪利酒的吗？"他问了一声，语气严厉，"这个世界都怎么啦？我对新一代的人真是捉摸不透啊。

上帝用这种上等的西班牙佳酿①恩惠每一个人，怎么偏偏就没有恩惠到他们身上呢！"

"您拿水来了吗？"

"我拿水来了——而且还不止水呢。我还给您带来了外面的消息。有一队骑着马的绅士刚刚打从这儿经过，奔赴离这儿一英里远的狩猎季居住的别墅。"

"啊——这事与我有什么关系呢？"

"顺便说一声！其中有一位在旅馆门口勒住了缰绳，打听说是否有位女士独自一人到这儿来了。那位女士就是您的夫人，像六便士的硬币一样确凿无疑。我寻思着啊，"毕晓普里格斯先生说，一边走到窗口，"这就是您与这件事情的关系。"

阿诺尔德看了看安妮。

"您料定是什么人呢？"

"是杰弗里吗？"

"不可能。杰弗里正在前往伦敦的途中呢。"

"不管怎么说，他在那儿呢，"毕晓普里格斯先生伫立在窗口，接着说，"他从马上跳了下来。朝这边过来了。上帝保佑啊！"他激动地大声说，怔了一下，表情惊愕，"我看见什么啦？真是见鬼啊，是帕特里克爵士本人呢！"

阿诺尔德一跃站了起来。

"您是说帕特里克·伦迪爵士吗？"

安妮跑向窗口。

---

① 这里的雪利酒确实由苏格兰酿制。但雪利酒最初是由西班牙语"Jerez"的音译而来的。这种酒的西班牙名字应该是"赫雷斯"酒。与许多欧洲名酒的命名规律一样，此酒也以产地命名。赫雷斯是西班牙南部海岸的一座小镇，附近富含石灰质的土壤，适于种植作为雪利酒原料的名为"帕洛米诺"的白葡萄品种。

"是帕特里克爵士！"她说，"趁着他还没有进来，您藏起来吧！"

"我藏起来？"

"如若他看到您与我在一起，他会怎么想呢？"

他是布兰奇的监护人——而他相信，此时此刻，阿诺尔德正在巡视他的庄园地产来着。他会怎么想，此事不难预见。阿诺尔德转身对着毕晓普里格斯先生，寻求帮助。

"我能够去哪儿呢？"

毕晓普里格斯先生指了指卧室的门。

"您可以去哪儿？这是婚房啊！"

"不可能！"

毕晓普里格斯先生用唯一的音调打了一声绵长的响哨，表达了极度的惊愕。

"喔，您就是这样说婚房的啊？"

"给我另外找个地方吧。——我会酬谢您的。"

"啊，我有个备膳间！那地方可以，门在过道的末端。"

阿诺尔德匆忙出去了。毕晓普里格斯先生——心里显然产生了这样的印象，即眼前的事情是个私奔行为，其中牵涉到了监护人帕特里克爵士——一副热情友好、推心置腹的态度，他对着安妮开口了。

"天哪，夫人！欺骗帕特里克爵士可做得不好啊——如若您确实这样做了。您必须要知道，我曾经在恩姆布洛他的律师事务所当过小职员——"

因奇贝尔太太呼唤侍者领班的声音在吧台处尖锐而又急切地响了起来。毕晓普里格斯先生不见了。安妮待着，无可奈何地伫立在窗口。到了这个时候，很显然，温迪盖茨宅邸的人已经发现了她所藏匿的这个地方。需要弄清的疑惑是，帕特里克爵士是作为朋友还是作为敌人来到旅馆，自己若去见他，这样做是否明智。

第十一章　帕特里克爵士

安妮还没有来得及决定该怎么办，上述疑惑就已经有了定论。她仍然伫立在窗口——客厅的门突然打开了，帕特里克爵士出现在门口，毕晓普里格斯先生低眉顺眼地领着他进入。

"热烈欢迎您啊，帕特里克爵士。啊，见到您真是高兴啊。"

帕特里克爵士转过身，看着毕晓普里格斯先生——其神态如同看着一只讨厌的虫子，他把它赶出窗外了，结果又飞回来黏上他。

"什么啊，你这个无赖！你终于还是踏踏实实找了份差事干啦？"

毕晓普里格斯先生兴高采烈，搓着自己的双手，接受着他的主人的数落，心悦诚服。

"您永远是正确的，帕特里克爵士！什么叫踏踏实实找了份差事干啊？天哪，爵爷啊，您穿得可真是气派呢！"

帕特里克做了个手势，示意毕晓普里格斯先生退下，然后朝着安妮走过去。

"我冒昧闯入打搅，小姐，恐怕在您眼中成了十恶不赦的人了，"他说，"当我把自己的动机告诉了您之后，但愿能够得到您的谅解，如何？"

他说话时疑虑重重，彬彬有礼。他对安妮的情况所知甚少。他只是在很少的场合与她见过面，如同其他男士一样，觉得她毫不矫饰，态度温和，气质优雅，引人注目——如此而已。不过，如此情况下，假如他属于目前这一代人中的一员，他也会深陷当今英国积重难返的恶习之一——即面临社交的迫切需要时，喜欢（模仿舞台上的表演）"装腔作势"。一个处于帕特里克爵士地位上的现代人会装腔作势地表露出（所谓的）具有骑士风度的姿态，会用一种老套的感同身受的腔调对安妮说话，而这种情感对于一个陌生人来说，实际上是不可能感受得到的。帕特里克爵士毫无此类矫情的表现。他那个时代常见的恶习之一是把我们更加出彩的一面隐藏起来——从总体上说，与惯常炫耀我们更加出彩的一面相反——这已成了这个时代社交领域里公开的或者隐秘的常规方式了，比较起来，这是一个危险性小得多的民族过失。如此场合，与实际怀有的同情心比较起来，帕特里克爵士表露出——假如情况确实如此——更少的同情心。他平常对所有女性都会彬彬有礼，现在也和平常一样，对安妮彬彬有礼——如此而已。

"我神情恍惚，爵士，不知道您怎么到这儿来了。旅馆的侍者告诉我说，有一群绅士刚才从旅馆旁边经过，您是其中之一。其他人都已经走了——只有您例外。"安妮说了这番提防的话，开始与眼前这位不受欢迎的客人交谈起来。

帕特里克爵士认可了这个事实，但没有流露出半点尴尬的神色。

"侍者说得很对，"他说，"我是那群人中的一个。我有意叫他们不要管我，继续朝着别墅前进。我已经承认了这一点，能够有望得到您的首肯，对我的来意解释一下吗？"

由于爵士来自温迪盖茨宅邸，安妮必然会对他产生疑心，只用简略和客套的言辞做了回答，态度还和先前一样很冷淡。

"假如您乐意，那就尽可能简略地解释一下吧，帕特里克爵士。"

帕特里克爵士躬身致意。他丝毫没有显露出不高兴的意思——甚至反而（假如可以表白而又不至于在公众心目中有失自己的身份）暗暗感到高兴。他心里意识到，自己满怀着一片真诚来到旅馆，既是为了温迪盖茨宅邸那两位女士着想，也是为了安妮着想，因此，发现自己与眼前这个他到此是为了她好的女人保持一定的距离，他心里感到愉快起来。其实，他面临着强烈的诱惑，想要按照自己奇特的看法来处理这件差事。他神情严肃，掏出了自己的怀表，看了片刻时间，然后再次开口说话。

"我要说一件您感兴趣的事情，"他说，"我要传递两个口信，但愿您不会拒绝接受。用一分钟时间讲述那件事情，再用两分钟时间转述口信。此次总共占用您的时间是——三分钟。"

他替安妮搬来了一把椅子，然后等待着，等待她示意，允许他替自己搬来第二把椅子。

"我们先说那件事情吧，"他接着说，"您到达此地这件事在温迪盖茨宅邸并不是秘密。有个女仆看见了您踏上通向克雷格弗尼村的小路。大家自然可以据此推断，您到旅馆来了。您知道，这一点可能至关重要——因此，我便冒昧地提起此事。"他看了看怀表。"事情叙述完了。时间是一分钟。"

首先，他激起了她的好奇心。"那个女仆看见了我？"她问了一声，情绪很激动。

帕特里克爵士（手里拿着怀表）对于他们见面过程中可能出现的无关紧要的询问不予回答，以免拖延了会面时间。

"对不起，"他接话说，"我承诺了只占用三分钟的。没有功夫讨论那个女仆的事情。——承蒙您的首肯，我接着转达口信吧。"

安妮沉默不语。帕特里克爵士接着说。

"第一个口信：'伦迪夫人问候她继女昔日的家庭教师——本来要用其婚后的姓称呼的，但她不知道。伦迪夫人很遗憾地说，作为一家之主的帕特里克爵士威胁着要回爱丁堡去，除非她答应她寻找昔日家庭教师的行动听从他的指挥。因此，伦迪夫人放弃亲自前往克雷格弗尼旅馆——以便表明自己的看法和进行查询的企图。她把表达自己看法的责任托付给了帕特里克爵士，她自己保留以后有适当的机会进行查询的权利。通过她叔子的这个中间环节，她恳请告知昔日的家庭教师，她们之间的一切交往就此结束。将来如有需要，她拒绝担任推荐人。'——口信内容准确无误。关于您突然离开宅邸，伦迪夫人对此的看法已经表达过了。时间是两分钟。"

安妮满脸通红，当即表露出了愤怒的情绪。

"关于伦迪夫人口信中包含的简慢无礼的态度，我倒是预料到了的，"她说，"我只是对帕特里克爵士转达口信这件事情感到惊讶。"

"帕特里克爵士这就会表明他这样做的动机，"不改初衷的老绅士接话说，"第二个口信：'布兰奇表达最深切的爱，很想认识安妮的丈夫，知道安妮婚后的姓氏。为了安妮，感到难以形容的揪心焦虑和惊恐害怕。坚决要求立刻收到安妮的音信。渴望——她还从来没有因为任何事情如此渴望过——动用她的轻便马车，以最快的速度驶向旅馆。面对无法抵抗的压力，她在自己监护人的权威面前让步了。她的情感由帕特里克爵士代为表达，后者是个天生的暴君，根本不在乎伤透别人的心。帕特里克爵士代表自己说话的同时，把他兄嫂的看法和他侄女儿的看法一起带给他现在有幸面对着说话的小姐——他格外小心谨慎，不敢强行要求其信任。他要提醒这位小姐，不管他多么强硬地施展自己的影响力，但他在温迪盖茨宅邸的影响不可能会永远持续。请求她考虑一下，他兄嫂的看法和他侄女儿的看法两者对立，两者是否会导致众人不愿意看到的家庭后果。如此情形之下，让她自己选择她认为最理想的方式方法。'——第二个口信的内容转述完毕，时间用了三分钟。暴风雨就要来了。骑马从这儿到狩猎地别墅需要一刻钟。小姐，再见。"

他躬身致意时身子躬得比先前更低——没有再多说一句话便悄然离开了房间。

安妮的第一反应（有足够充分的理由可以原谅，可怜的小姐）是愤怒。

"谢谢您，帕特里克爵士！"她说，关上房间门时流露出了痛苦的表情，"若要对一个没有朋友的女人表达社交性的同情，这是再有趣不过的表达方式啊！"

短暂的愠怒情绪瞬间消失了。安妮凭着个人的才智和良好的意识，显示出了更加真实的一面。

由于帕特里克爵士突然离开，安妮意识到，帕特里克爵士体贴周到，决心不让自己具体谈及现在旅馆所面临的处境。他态度友好，给了她一个提示，她可以帮助他在温迪盖茨宅邸保持平静。至于她是否提供这种帮助，他善解人意，让她自己来定夺。她立刻走到房间里的墙边桌旁，上面放着书写工具，坐了下来，给布兰奇写信。

"对于伦迪夫人，我无能为力，"她心里想着，"但是，对于布兰奇，我比任何人都有更大的影响力——我可以避免她们两个人之间出现帕特里克爵士害怕看到的冲突。"

她开始写信了。"最最亲爱的布兰奇，我已经见到了帕特里克爵士。他向我转述了你的口信。关于我的情况，我会尽快让你放下心来的。但是，在我说到别的事情之前，我要恳求你，作为你能够帮你的姐姐兼朋友的一个最大的忙，不要因为我的事情与伦迪夫人发生争执，不要轻率鲁莽地行动——亲爱的，轻率鲁莽无济于事——跑到这儿来。"她停住了，眼前的信纸似乎旋转起来了。"亲爱的心肝啊！"她心里想着，"谁能够预见得到，我竟然没有想到见上你一面啊？"她叹息了一声，把笔放在墨水里蘸一下——接着再继续写信。

黄昏邻近，暮色四合。阵风越来越弱了，刮过寂寥的荒原。遥远广袤的大自然表面很快被笼罩在一片宁静之中，这表明，暴风雨来临。

第十二章　阿诺尔德

这期间，阿诺尔德待在侍者领班的备膳间里，房门紧闭着——对于自己不得不要面对的处境，他心里暗暗感到不满起来。

至于躲藏起来回避另外一个人，而且那个人还是男的，这是他有生以来的第一次。处于目前的境况，他感觉自尊心不可避免地受到了伤害——他两次走到门口，决定勇敢面对帕特里克爵士，但是，两次都放弃了，因为他考虑到了安妮。对他而言，他若要在布兰奇的监护人面前说清楚自己的情况，那便必然会暴露这个不幸女人的情况，而自己对此有责任替她保密。"我祈求上帝，自己没有来这儿该有多好啊！"——在他坚定不移地坐在备餐桌上等待帕特里克爵士离开后获得自由时，发出了这样无谓的感叹。

过了一段时间——但时间并非如他先前预料的那样漫长——由于毕晓普里格斯父亲的出现，他孤单寂寞的处境有了生气。

"啊！"阿诺尔德大声说，一边从坐着的备餐桌上跳了下来，"危险解除了吗？"

有时候，毕晓普里格斯先生会突然感觉到听东西很困难，而且出乎意料。此刻便属于那种时候。

"您觉得这个备膳间如何啊？"他问了一声，根本没有在意阿诺尔德提出的问题，"很温馨很私密吧？您可以说，这是荒野中的一个帕特莫斯岛①！"

他开始用自己那只有用的眼睛看着阿诺尔德的脸庞，然后目光慢慢下移，盯着阿诺尔德的马甲口袋，不动声色，但却充满了期待。

"我心里有数啦！"阿诺尔德说，"因为占用这座帕特莫斯岛，我承诺了要付钱给您的——呃，这个给您！"

毕晓普里格斯先生把钱装进了衣服口袋里，露出沮丧的笑容，充满同情地摇了摇头。换了别的侍者，他们是会表达谢意的，但克雷格弗尼旅馆的这位贤哲却报以简简单单的几句话。毕晓普里格斯先生在很多事情上表现得令人钦佩，尤其善于提炼格言。这一次，他根据自己得到的赏钱提炼出了一条格言。

"我在这儿——正如您说的。上帝保佑我们！每当有个女人跟在您的后面时，处处事事都需要钱啊。这种想法会令人感觉不舒

---

① 帕特莫斯岛（Patmos）是希腊爱琴海多德卡尼斯群岛中最北和最小的岛屿。传说圣约翰被罗马人流放至此，在小岛的山洞里得到天启，写下了《启天录》等圣书，小岛由此闻名于世。

服——面对女人，您若是舍不得花钱，那是成不了任何事情的。您的那位年轻的夫人，我认为，您从一开始便必须为她花钱来着。您向她求婚时，我敢保证，您慷慨大方地花了钱。礼物和纪念品啊，鲜花啊，首饰啊，还有各种各样的小饰品啊。这一切都意味着要花钱呢！"

"去您的那些看法吧！帕特里克爵士离开旅馆了吗？"

毕晓普里格斯先生滔滔不绝，表达着自己的种种见解，无论如何都收不住尾。他仍然一如既往，源源不断，平和缓慢，娓娓道来！

"现在，您和她结了婚。她需要帽子、睡衣和内衣什么的——她又需要饰带、花边、裙饰，还有服饰。这又是一笔挺大的开销呢！"

"要您停止发表您的高见需要什么费用呀，毕晓普里格斯先生？"

"第三，也是最后一点，随着时间的流逝，假如您不能顺着她——假如你们两个人之间脾气不合——一句话，假如您想要分开一段时间，对啦，兄弟啊！您把她的手放进您的口袋里掏钱，以这样的方式便达成了友好的和解啦。或者，有可能，她对您提出起诉，同时把她的手放进您的口袋里掏钱，结果在此对您产生的是敌视。您指出一个女人给我看看——我便会指给您看不远处的某个男人，他的背上背负着的费用可比他预料的要多呢。"阿诺尔德的耐性到了极限——他转身对着房门。毕晓普里格斯先生同样轻快敏捷，提起他们目前正涉及的事情。"对啦，先生！帕特里克爵士不在会客室了，那位小姐一个人待在那儿等着您呢。"

过了一会儿，阿诺尔德回到了会客室。

"怎么样？"他问了一声，神态焦虑，"怎么回事？他带来的是伦迪夫人宅邸的坏消息吗？"

安妮把刚刚给布兰奇写的信密封了起来，并且写上姓名地址。"不，"她回答说，"没有您感兴趣的东西。"

"帕特里克爵士要干什么？"

"他只是来给我提个醒。温迪盖茨宅邸的人已经发现我在这儿了。"

"这是件很棘手的事情，对吧？"

"一点都不。我能够圆满地处理好。我没有什么可害怕的。用不着考虑我的事情——您考虑您自己吧。"

"我没有引起他们的怀疑，对吧？"

"谢天谢地——没有！不过，您若待在这儿，那可就说不准会发生什么情况了。立刻拉响铃，向侍者打听一下火车来往的情况。"

黄昏的这个时刻，天空异常昏暗。阿诺尔德对此感到震惊，于是走到了窗口。天开始下雨了——而且下得很大。荒原上的风景很快消失在迷雾和黑暗之中了。

"旅行的好天气啊！"他说。

"火车站的情况！"安妮激动地大声说，很不耐烦，"已经晚了，了解一下火车站的情况！"

阿诺尔德走到壁炉架旁，拉响了铃。他的目光正好落在挂着的火车时刻表上。

"这儿是我需要的信息，"他对着安妮说，"看看我如何才能找到，'下行的'——'上行的'——'上午的'——'下午的'，什么玩意儿，全部乱成了一团了！我觉得他们是故意弄成这样的。"

安妮到了壁炉架边他的跟前。

"我看得懂火车时刻表——我来帮助您吧。您说您要乘坐的是上行火车对吧？"

"不错。"

"您要下车的那个车站叫什么名字？"

阿诺尔德告诉了她。她用手指顺着复杂的铁路网络和数字——突然停止了——再看了看以便确认——从火车时刻表跟前转过身，一脸失望的表情。当天最后一趟火车已经在一个小时前开走了。

在这个发现后是一阵沉默。一道闪电掠过窗口，一阵低沉的雷声迎来了暴风雨。

"我该这么办呢？"阿诺尔德问了一声。

面对暴风雨，安妮毫不迟疑地回答说："您必须得弄辆马车，驾车走。"

"驾车走？他们告诉我，从火车站到我要去的地方，有二十三英里远——还不包括从旅馆到火车站的距离呢。"

"这个距离有什么关系呢？布林克沃斯先生，您不可能待在这儿啊！"

又是一道闪电掠过窗口，隆隆的雷声响得更近了。安妮下定决心要打发阿诺尔德离开，连他这样脾气温和的人都有点按捺不住了。他坐了下来，一副打定了主意绝不离开旅馆的姿态。

"您听到这个了吗？"他问了一声，当时隆隆雷声刚刚响过，再次听见雨点沉重地拍打在窗户上，"假如我叫来了一匹马，您认为，面对这样的天气，他们会允许我使用吗？再说了，即便他们允许我使用，您认为在荒原上迎着这样的天气能前行吗？不，不，西尔韦斯特小姐，给事情造成了不便，我感到很遗憾。但是，火车已经开走了，夜幕降临，暴风雨来了。我别无选择，只能待在这儿啦！"

安妮仍然坚持自己的看法——但态度不如先前那样坚决了。"您已经把情况告诉了旅馆老板娘，"她说，"这样一来，想一想有多么尴尬啊。您若待在旅馆直到明天早晨才离开——我们的处境会无比尴尬啊！"

"就因为这一点吗？"阿诺尔德回答说。

安妮抬起头看着他，动作迅速，表情愤怒。不！他没有意识到自己说了什么可能冒犯她的话。他凭着自己粗犷而充满男子气概的意识，无意之中冲破了他的这位同伴全部小女子的精明和矜持。他实际上是根据表面价值来看待这种处境的，如此而已。"尴尬在哪儿呢？"他问了一声，一边指着那扇卧室的门，"那是您的卧室，已经替您准备好了。这个房间里有沙发，是替我准备的。假如您看到了我在海上时睡觉的地方——！"

她不讲礼数了，打断了他的话。他在海上时睡觉的地方无关紧要。他们现在要考虑的问题是，他今晚睡在什么地方。

"假如您一定要留下来，"她接话说，"您可不可以到旅馆的别处去弄一个房间呢？"

但是，她目前精神紧张，与他交流时，本来还有最后一个错误没有犯——但天真的阿诺尔德却犯了这个错误。"旅馆的别处？"他重复了一声，语气诙谐，"老板娘会感到很震惊。毕晓普里格斯先生也绝不会答应这样做！"

安妮站起身，在地板上跺了一脚，显得很不耐烦。"别开玩笑了！"她激动地大声说，"这不是什么好笑的事情。"她在房间里踱着步，情绪激动。"我不喜欢！我不喜欢！"

阿诺尔德看着她的背影，目不转睛，很惊讶，像个孩子。

"您很不高兴，因为什么呢？"他问了一声，"是因为暴风雨吗？"

安妮再次靠坐在沙发上。"不错，"她说，态度简慢，"是因为暴风雨。"

阿诺尔德绝佳的性情立刻又活跃起来。

"我们可不可以点上蜡烛，"他提议说，"然后将这恶劣的天气关在室外？"她很气恼，在沙发上转了个身，没有回答。"我承诺，明天一早就离开！"他接着说，"设法放宽心——别生我的气。好啦！好啦！这样的夜晚，即便是条狗，您也不会把它赶走啊，西尔韦斯特小姐！"

他无法抗拒。即便世界上最敏感的女人也不可能指责他，说他对自己缺乏最起码的体恤和尊重。他缺乏策略，可怜的年轻人——但是，他在海上过着颠沛流离的生活，谁能够指望他学会那种一直是表面化的（有时候还是很危险的）才艺呢？安妮看到他诚实恳求的面容后，恢复了自己比先前更加温柔更加亲切的态度。她为自己气恼的态度表达了歉意，优雅的姿态令他着迷。"我们还要度过一个温馨的傍晚呢！"阿诺尔德由衷地大声说——然后拉响了铃。

荒野中的那个帕特莫斯岛——本来叫侍者领班的备膳间，铃挂在其门外面。毕晓普里格斯先生（正在自己僻静的住处享受着片刻的清闲）刚刚勾兑了一杯温热爽口的酒——不列颠北方语言中称之为"香甜热酒"，正要举杯凑向嘴边，突然，阿诺尔德在召唤他，要他放下自己勾兑的格洛格酒①。

"停止你的尖叫吧！"毕晓普里格斯先生透过门对着门铃大声嚷嚷着，"响起来比女人还要烦人！"

铃——像女人似的——持续响着。毕晓普里格斯先生同样固执

---

① 格洛格酒（grog）用白兰地、朗姆酒或威士忌兑水而成。

任性，继续喝他的香甜热酒。

"啊！啊！你即便把你心脏响得跳出来也罢——但是，你不能让一个苏格兰人放下他的酒杯。他们的晚餐有可能进入尾声了，正需要什么呢。好端端的晚餐刚一开始，帕特里克爵士便出现了，像个魔鬼似的，把肉片给糟蹋了！"铃声第三次响了起来。"啊！啊！响够了吧！我要对待那边那位年轻绅士比对待胃肠更好一点——在这响铃声中，已经显示了一种丢人现眼的急迫感，想要满足他的欲望！他对酒一无所知啊。"毕晓普里格斯先生补充说，心里面仍然在想着阿诺尔德发现了雪利酒兑水的事情，感到很不舒服。

闪电加速了，耀眼的亮光照亮了会客室，很可怕。轰隆隆的雷声在荒原黑压压的峡谷里响起，声音越来越近。阿诺尔德刚要举起手第四次拉响铃——突然，门口传来了必要的敲门声，说声"请进"已经无济于事了。毕晓普里格斯不可更改的法律规定，必须要敲第二次门。有暴风雨也好，没有暴风雨也罢，第二次敲门声传来了——随后，贤哲出现了，手上端着那一盘他没有尝过的肉片。

"蜡烛！"阿诺尔德说。

毕晓普里格斯先生把肉片（英格兰的语言称之为"碎肉"）放在桌上，又点亮了壁炉架上的蜡烛。他转过脸，由于刚喝过香甜热酒，鼻子上火辣辣、红彤彤的。他等待着进一步的吩咐，然后才能返回去喝他的第二杯酒。安妮拒绝回到餐桌边。阿诺尔德吩咐毕晓普里格斯先生关上百叶窗，然后独自坐下来用餐。

"肉片看起来油腻腻，闻起来也是油腻腻的，"他对安妮说，一边用调羹翻动着肉片，"我吃饭用不了十分钟。您来点茶如何？"

安妮再次拒绝了。

阿诺尔德再次试图与她交流。"我们干点什么度过傍晚时间呢？"

"悉听尊便。"她回答说，一副顺从的样子。

阿诺尔德突然心里一亮，有了主意。

"我有主意了！"他激动地大声说，"我们可以像大海上船舱里的乘客一样消磨时间。"他扭过头看了看毕晓普里格斯先生。"侍者！拿一盒扑克牌来。"

"您需要什么啊？"毕晓普里格斯问了一声，怀疑自己没有听清楚。

"一盒扑克牌。"阿诺尔德重复了一声。

"扑克牌？"毕晓普里格斯先生附和了一声，"一盒扑克牌？魔鬼自身颜色中的魔鬼象征：红色和黑色！我不能执行您的吩咐啊。为了您自己的灵魂着想，我不能做这个事。您是如何长到这么大的啊，您难道还没有醒悟过来，认识到用扑克牌赌博是一件可怕的罪孽吗？"

"随便您怎么说，"阿诺尔德回应着说，"等我离开时——发现自己竟然做了一件给一位侍者付费的可怕蠢事时，您便会发现我醒悟了。"

"这意思是说，您坚持要玩扑克牌吗？"毕晓普里格斯先生问，表情和态度突然显露出充满世俗的焦虑感。

"是的——我坚持要玩扑克牌。"

"我虽声明反对玩扑克牌——但我并没有对您说，我若愿意，手不能沾扑克牌。我这个地方的人是怎么说的来着啊？'情势所迫，只好如此。'而您那个地方的人是怎么说的来着？'魔鬼在后撵，不干也得干。'"有了这样一个违背自己原则的绝佳理由，毕晓普里格斯先生冲出房间取扑克牌去了。

备膳间的备餐桌抽屉里装着各种各样的小东西——其中有一盒扑克牌。侍者领班在寻找扑克牌时，小心谨慎的手触碰到一小沓打皱的信纸。他拿了出来，发现原来是他几个小时前在会客室捡到的那些。

"啊！啊！我还是趁着自己心思还在这上面时看一看吧，"毕晓普里格斯先生说，"扑克牌可以叫别人送到会客室去啊。"

他立刻派他的副手把扑克牌送到阿诺尔德手上，然后关上备膳间的门，小心翼翼，铺平了打皱的信纸，上面有两封信的内容。他把信纸铺平了之后，剪掉了蜡烛芯，开始看用墨水写的信，即前三张信纸的内容。

信的内容如下：

杰弗里·德拉梅恩，我心里怀着希望等待，你会骑马从你哥哥的府上过来，来看看我——而我的等待却毫无结果。你对待我的行为本身就是一种残酷的行为。我忍受不下去了。你把这样一位信赖你的可怜女人逼到绝望的境地之前——想一想吧！为了你自己着想，想一想。你用了神圣的言辞向我承诺娶我的。我拥有了你的承诺。我没有更多的要求，只坚持要实现你发誓我应该成为的样子——我应该成为的样子，即在上帝的眼中，成为你结婚的妻子。伦迪夫人 14 日会在这儿举行一次草坪聚会。我知道，你受到了邀请。我期待你接受她的邀请。我若见不到你，对于可能会发生的情况，我不负责任。我已经打定了主意，不再忍受这种悬而未决的状态了。噢，我想起了过去！忠诚——公正——对待你的爱妻吧。

安妮·西尔韦斯特

1868 年 8 月 12 日

于温迪盖茨宅邸

毕晓普里格斯先生停顿了下来。到此为止，他对信件的评价够简单的。"那位小姐（用墨水）写给那位绅士的激烈言辞！"他的目光移向了第四页信纸上的第二封信，愤世嫉俗地补充说，"那位绅士（用铅笔）写给那位女士的有点冷淡的言辞！这个世道，天哪！自亚当时代以来，世道就是如此！"

第二封信的内容如下：

　　亲爱的安妮，刚才应召前往伦敦我父亲身边。他们发来电报说，他情况不佳。停留在你现在待的地方，我会写信给你的。相信送信人。我以人格保证，我会信守诺言的。爱你的丈夫。

杰弗里·德拉梅恩

8 月 14 日下午四点

于温迪盖茨宅邸

　　时间仓促，火车四点三十就要开出了。

信到此就结束了！

"会客室里的人是谁啊？他们其中一个是'西尔韦斯特'？另一

个是'德拉梅恩'？"毕晓普里格斯思忖着，一边缓慢地再把信折成原先的形状，"哎呀，天哪！解释一下，这可能是什么意思呢？"

他给自己勾兑了第二杯香甜热酒，这有助于思索，然后坐下来品酒，信件在痛风的手指间摆弄着翻转着。他弄清楚会客室里面那位小姐和先生之间的关系不容易，两封信都在他的手上。他们本人可能是写信的人——或者他们可能只是写信人的朋友而已。谁来决断呢？

假如是第一种情况，那么，小姐的目的似乎已经达到了，因为两个人已经确切无疑宣称有夫妻关系了，在他本人面前，同时也在旅馆老板娘面前。假如是第二种情况，书信这么粗心大意地扔到一旁，尽管陌生人知道情况相反，但可能证明，情况将来非同小可。毕晓普里格斯先生按照第二种观点行动——他过去在帕特里克爵士的律师事务所担任过小职员。他有了这种经历之后，成了个生意人——拿出了笔和墨水，在信的背后简短地记述了发现信件的情况，标明了日期。"我得好好地保存这份文字材料，"他心里想着，"谁知道哪一天不会用这个东西来赚取报酬呢？啊！啊！对于一个像我一样纯洁的小伙子而言，说不定值上一张五英镑的钞票呢！"

毕晓普里格斯先生这样舒心惬意地思考了一番之后，从抽屉里面的角落拿出了一个磨损的锡皮钱盒，把偷来的信件锁了起来，等待时机。

随着黄昏时间的流逝，暴风雨越来越大了。

会客室里，情况一直在发生变化，现在又呈现出一种新的状况。

阿诺尔德已经用餐完毕，嘱咐人撤走了餐具。他接着把墙边桌拖到安妮躺着的沙发边——洗了洗那盒扑克牌——现在，他要使出浑身解数，说服她与自己尝试玩一局埃卡泰牌戏①，以此来分散她的注意力，不专注于暴风雨的喧闹声。十足的枯燥乏味之中，她放弃了就此事展开争辩，然后慵懒倦怠地从沙发上起来，说愿意玩一玩。

"情况糟糕得不能再糟糕了，"阿诺尔德替她发牌时，她心里绝望地想着，"我把自己的痛苦强加到这个心地善良的年轻人身上，这是再好不过的证明了！"

两个不那么理想的牌手或许不大可能走在一块儿玩牌的。安妮总是走神儿。安妮的同伴很有可能是欧洲能力最差的玩牌手。

安妮把王牌朝上——第九张方块。阿诺尔德看了看自己手上——并且"提议"了。安妮拒绝换牌。阿诺尔德好心情丝毫不减，宣称说，他现在已经清晰地看到自己的路径了，会输了这一局，然后，打出了自己的第一张牌——王后！

安妮把它同王配合，忘记了叫王。她打出第十张王牌！

阿诺尔德无意中发现了自己手上的第八张王牌。"多可惜啊！"他打出牌时，说了一句，"嘿！您没有表明王啊！我来替您表明吧。这样您得了两张——不，是三张。我说了，我会输掉这一局的。凭我这样的技术，别指望有什么建树了，对吧？我输掉了所有牌，把王牌输掉了。轮到您打了。"

安妮看着自己手上的牌。与此同时，闪电透过关不严实的百叶窗照进了房间，巨大的雷声在旅馆的上空响了起来，震动了建筑的基础。某个女顾客发出了歇斯底里的尖叫声，有条狗也发出狂吠声，

---

① 埃卡泰牌戏（ecarte）是一种由两个人对玩的三十二张牌戏，可以在入局前调牌，以垫牌为特色。

声音是从上一层传来的。安妮的神经承受不住了。她把牌扔在桌上，一跃身子站了起来。

"我不能再玩了，"她说，"原谅我——我受不了了。我头很难受，心里闷得慌！"

她又开始在房间里踱起步来。由于暴风雨对她神经的影响加剧了，她和阿诺尔德身不由己地进入了这样一种虚假的关系中，她最初对这种关系的朦胧的不信任感已经得到了强化，发展到了对他们目前的状态感到极度恐惧的程度，这种状态令人忍受不了了。他们正在冒着风险呢，这是再有力不过的证明啊！他们像已婚的人一样一块儿吃饭——而此刻，他们又关起门来待在一块儿，像夫妻一样度过黄昏！

"噢，布林克沃斯先生！"她恳求着说，"想一想——看在布兰奇的分上，想一想吧——这种情况就没有办法解决了吗？"

阿诺尔德态度平静地把散落的扑克牌收集起来。

"又提到布兰奇吗？"他说，态度镇定得令人恼火，"面对这样的暴风雨，不知道她有什么感受啊？"

安妮处在情绪激动的状态，这种回答简直会令她疯狂。她转身离开阿诺尔德，跑向门边。

"我不在乎！"她大声说，态度很疯狂，"我不想让这种骗局持续下去。我要做自己先前应该做的事情。不管是什么样的结果，我都要把实情告诉老板娘！"

她打开了房门——正要迈步进入过道——突然停住了，猛然怔了一下。在这样可怕的天气里，她真真切切地听见旅馆外面的车道上传来了马车轮子发出的声音。这可能吗？

是啊！其他人也听到了声音。毕晓普里格斯先生一瘸一拐经过过道，走向旅馆门口，神态惊讶，大声用苏格兰语说话。安妮关上了会客室的门，转身向着阿诺尔德——他惊讶地站立起来了。

　　"游客?！"她情绪激动地大声说，"这个时候了！"

　　"而且是在这样的天气里。"阿诺尔德补充说。

　　"会是杰弗里吗？"她问了一声——又陷入了先前那种毫无结果的幻想之中，幻想着他可能还思念着她，回来了。

　　阿诺尔德摇了摇头。"不是杰弗里。不是杰弗里——那会是别的什么人呢！"

　　因奇贝尔太太突然出现在了门口——她帽子上的饰带飘逸着，眼睛注视着，骨骼显得比先前更见暴突了。

　　"啊，夫人！"她冲着安妮说，"您认为是谁驾车从温迪盖茨宅邸赶过来看您来了，而且遭遇了暴风雨？"

　　安妮无言以对。阿诺尔德问了——"是谁呢？"

　　"是谁?"因奇贝尔太太重复了一声，"正是那位美丽的年轻小姐——布兰奇小姐本人啊！"

　　安妮发出了一声无法抑制的惊恐叫声。老板娘把这种叫声归咎于闪电，因为在这同一时刻，闪电再次照进了房间里。

　　"啊，小姐！您会发现布兰奇小姐胆量更加大一些，不至于见到一道闪电就尖叫起来，她在门口呢！美丽的姑娘啊！"因奇贝尔太太大声说，然后毕恭毕敬地退回到了过道上。

　　他们听见了布兰奇的声音，叫着安妮。

　　安妮一把抓住阿诺尔德的手，用力拧着。"走！"她低声说。紧接着，她跑到壁炉架边，把两支蜡烛吹灭了。

黑暗中又一道闪电划过，映照出站立在门口的布兰奇的身影。

第十三章　布兰奇

面对这种紧急情况，因奇贝尔太太是头一位采取行动的人。她召唤负责整理房间的女服务员点起蜡烛，同时，因为服务员没有关好房间的门，又严厉地斥责了她一番。"你这个不负责任的东西做不好一件事情！"老板娘大声嚷嚷着，"风把蜡烛都给吹灭了。"

女服务员声称说（绝对是事实），房门一直是关着的。假如布兰奇没有把因奇贝尔太太的注意力转移到自己身上，接下来可能会出现一场令人难堪的争执。灯光下，她看见布兰奇全身湿透，双臂搂着安妮的脖子。因奇贝尔太太的注意力转到了年轻小姐身上，认为她迫切需要换掉身上的湿衣裙。于是，安妮在不受注意的情况下，有机会回头看一眼。阿诺尔德在蜡烛拿进房间之前已经溜之大吉了。

与此同时，布兰奇的注意力集中在自己滴水的衣裙上。

"天哪！我身上每一处都在滴水啊。安妮啊，你看我把你一身都弄得像我一样湿透了！能不能借给我一些干衣服？因奇贝尔太太，您有经验，这该怎么办呢？我该采取哪种方式呢？在我的衣服烘干期间，是睡觉去呢，还是到您那儿借衣服——尽管我的个头还不到您的肩膀？"

因奇贝尔太太立刻跑出去，取她衣柜里最好的衣服去了。房门刚一关上，布兰奇便扭过头来看看房间。她既然已经获得了宣示爱的权利，接下来，自然而然要自己的好奇心得到满足。

"黑暗中，有人从我身边走过去了，"她低声说，"是你丈夫吗？我渴望被介绍认识他啊。噢，亲爱的，你婚后的姓氏是什么啊？"

安妮态度冷淡地回答说："稍等片刻，我还不能说这件事情。"

"你生病了吗？"布兰奇问了一声。

"我有点紧张。"

"你和我叔叔之间发生了什么不愉快的事情吗？你已经见到他了，对吧？"

"对啊。"

"他把我的口信转述给你了吗？"

"他向我转述了你的口信。——布兰奇！你向他承诺了要待在温迪盖茨宅邸的。看在上帝分上，你今晚为何又到这儿来了呢？"

"假如你有一半像我爱你一样爱我，"布兰奇回答说，"你就不会提出这样的问题了。我竭尽全力想要遵守承诺——但是，我无法做到。我叔叔定下规矩时，一切都好好的——伦迪夫人怒气冲冲，几条狗狂吠着，门关得砰砰响，如此种种。我因为激动而无法平静。但是，等到我叔叔离开后，极度灰暗、静谧和下雨的黄昏来临了，一切都归于平静，令人无法忍受。整座宅邸——没有了你——犹如一座坟墓。我若有阿诺尔德在身边，那倒还是可以过得挺顺心的。然而，我孤单一人。想想那是一种什么样的情形啊！身边没有一个人是可以说话的。我心里一直在想着，你可能会发生任何可怕的不测。我走进你空空荡荡的房间，看着你的东西。这样一来，事情便有了决断，亲爱的！我冲向楼下——冲动之下，失去控制了，完完全全失去控制了，谁也阻拦不了。我能够怎么办呢？我问任何理性的人：我能够怎么办？我跑向马厩，找到了雅克布。冲动——完全是冲动！我说：'准备那辆轻便马车——我一定要驾车出行——即便天下着雨，我也毫不在乎——你与我一块儿去。'话全部是一口气说的，全都是因为冲动！雅克布表现得像个天使。他说：'那好哇，小姐。'我完完全全能够确认，只要我提出要求，雅克布可以为我去死。他当时喝了热的格罗格酒，以免执行我的吩咐时着凉感冒了。他两分钟便把那辆轻便马车驾到外面了，我们接着启程出发。亲爱的，伦迪夫人躺在自己的卧室里——服用了过多的嗅盐。我恨她。雨越下越大了，我不在乎，雅克布不在乎，小马驹不在乎。他们都受到了我冲动情绪的感染——尤其是小马驹。一路上雷声不断，后来，我们远离温迪盖茨宅邸，临近克雷格弗尼村了——更不要说你在这样一个地方，而不是在另外一个。荒原上的闪电挺吓人的。我若使用的是别的马，准会被吓死的。小马驹甩了甩自己可爱的小脑袋，冲过荒原。小马驹要饮啤酒，饲料里面掺些啤酒——我明确吩咐了。等到马驹完成了使命，我们要借个灯笼，进入马厩，然后亲吻它。同时，亲爱的，我到这儿了，在暴风雨中湿透了——一点儿关系也没有。我坚定不移，一定要清楚地知道你的情况——这才关系重大呢，这事在我今晚休息之前必须而且一定要做到。"

她说话时，使劲把安妮转向烛光。

她看到安妮面容时，说话声调变了。

"我知道的，"她说，"假如没有出现什么情况——你绝不可能把自己一生最令人关注的事情对我保密，你绝不可能给我留下一封像你留在自己房间里那样的冷漠客套的信。我当时是这样说的：现在知道了！你丈夫为何迫使你瞬间便离开温迪盖茨宅邸呢？他为何趁着黑暗溜出房间，好像害怕被人看见似的？安妮！安妮！你出了什么事啦？你为何以这种方式接待我？"

关键时刻，因奇贝尔太太再次出现，拿来了她衣柜里最好的衣服。安妮对这个打断行为欢欣鼓舞。她端起蜡烛，立刻领着布兰奇走向卧室。

"你先把湿衣裙换掉吧，"她说，"然后我们再聊。"

安妮示意因奇贝尔太太不要打搅她替布兰奇安排的事情，自己便赶紧进了会客室，并随手替布兰奇关上了卧室门。卧室的门刚关上才一分钟光景，会客室外便传来了轻轻的敲门声。令她感到无限欣慰的是，她发现自己面对的是谨慎持重的毕晓普里格斯先生。

"您要干什么？"她问。

毕晓普里格斯先生的眼睛眨了一下，其目光表明，他的事情很私密。毕晓普里格斯先生的一只手挥动了一下，他喘气时呼出了酒精的味道。他动作缓慢地掏出一张小纸条，上面写有几行字。

"我认为，这是一段情书，"他解释说，态度诙谐，"是个爱您的人写的。啊！您很宝贝他，但他是个可怕的背叛者。小姐，卧室里的那位无疑就是因为您而遭到抛弃的情人吧？我全明白了——您糊弄不了我——我年轻时候一直是个意志薄弱的人。哎呀！他安全了，好好的，就是那位背叛者。我负责安排好他，让他舒服——我不仅是您的父亲，也是他的父亲。相信毕晓普里格斯好啦——当天性纯洁者需要有人在背上轻轻拍一下时，那就放心地让毕晓普里格斯来拍吧。"

这位贤哲说着这些令人感觉舒心的话时，安妮正看着书写在纸上的几行文字。签名是阿诺尔德。内容如下：

我在旅馆的吸烟间，是否一定要待在这儿，取决于您的说法。我相信，布兰奇是不会嫉妒的。针对我出现在旅馆这种情形，如果我知道该如何解释清楚，而又不至于辜负您和杰弗里对我的信任，我是一刻都不会离开她的。事情真是令我气恼啊！同时，我也不想让您置于比现在更加艰难的处境。首先想想您自己吧。我让您来做出决定。您只需要说，等待，通过带信人——我就会明白，我要待在自己现在待的地方，直到再次收到您的信息。

　　安妮抬起头，目光离开了纸上的文字。

　　"请他等待吧，"她说，"我会再送去信息的。"

　　"附上许多爱和亲吻，"毕晓普里格斯先生提议说，作为对这个信息的必要补充，"啊！对于一个有我这样的经验的人来说，这事再容易不过啦。您不可能有比您使唤的纯洁的仆人——塞缪尔·毕晓普里格斯——更加理想的中间人了。我完完全全理解你们两个人。"他把食指放在自己火辣辣的鼻子上，然后离开了。

　　安妮不允许自己有片刻犹豫，打开了卧室门——决心说明事实真相，以免除阿诺尔德做出新的牺牲。

　　"是你吗？"布兰奇问了一声。

　　听见她的声音后，安妮怔了一下向后退，心里怀着内疚。"我过一会儿到你这儿来。"她回答说，然后把卧室门再次关上了。

　　不！不能这样做。布兰奇无关紧要的问题——或者，也可能是看到了布兰奇的表情后——激发了安妮内心警惕的直觉，致使她正要开口说出实情时又沉默了下来。最后片刻，她感受到了事态的铁链残酷无情地把她拴在了这个可恨、可耻的骗局上。关于杰弗里和她自己，她能够向布兰奇说明实情吗？还有，假如她不说出实情，她能够解释清楚阿诺尔德秘密到克雷格弗尼旅馆来与她会面的行为吗？对一个天真无邪的姑娘做一番充满羞耻的解释，从而产生一种严重动摇阿诺尔德在布兰奇心目中地位的风险，在这家旅馆酿出一桩丑闻，其他人也会跟着她一起被牵连到耻辱之中——假如她由着自己开始的性子来，只要说出"阿诺尔德在这儿"这几个字，以上则是她说出来要付出的代价。

这件事情无须再考虑了。面对目前这种惨状，不管可能付出什么代价——倘若将来骗局被戳穿了，无论结局如何——布兰奇一定不能知道事实真相。阿诺尔德必须藏匿起来，直到她离开。

安妮第二次打开了卧室的门——走了进去。

盥洗间里面的活动已经停止下来了。布兰奇在与因奇贝尔太太推心置腹地交谈着，她在热切地询问老板娘关于她朋友那位"隐形丈夫"的情况——她正好在说："一定要告诉我！他长得怎么样！"

准确观察的能力是一种非同寻常的能力，但是它极少与同样非凡地准确描述观察到一件事情或者一个人的天赋相关联，即便在确实存在这种能力的地方也罢。因此，安妮担心因奇贝尔太太一旦有时间回答布兰奇的问题会导致不好的结果，但这种担心很可能是多余的。不过，不管正确与否，她感受到，由于惊恐不安，她必须急忙采取措施，立刻打发老板娘离开。"我们不能再长时间耽搁您的事情了，"她对因奇贝尔太太说，"伦迪小姐需要什么，我来帮助她就行了。"

布兰奇在一个方向被阻拦住，无法向前，所以，她的好奇心调转了，试着朝另外一个方向。她大胆地对着安妮说。

"我一定要知道一些有关他的情况，"她说，"他是不是在陌生人面前显得腼腆？我听见你与他在门的另一侧悄声说话来着。你是不是充满了妒忌心呢，安妮？你是不是担心我穿着这样的衣服会迷住他呢？"

布兰奇身穿因奇贝尔太太最好的衣服——一件古雅的高腰丝绸外套，深绿色，胸前用别针别住了，后面拖得很长——一条很短的橘黄色披肩搭在双肩上，头上的一条毛巾扎成帽子式样，用于弄干头发。她看上去立刻成了个最怪异和最可爱的反常人，简直见所未见。"看在上帝的分上，"她说，一副欢快的样子，"千万不要告诉你丈夫，说我穿了因奇贝尔太太的衣服啊！阿诺尔德若此时能够看到我该有多好啊！"她补充着说。"那样的话，我想突然出现，不吭一声提醒他我现在这副模样！我简直在这个世界上别无所求啦！"

她对着镜子里面看了看，注意到了她身后安妮的表情后，怔了一下。

"这是怎么啦？"她问了一声，"你的表情吓着我啦。"

她们之间的误解在所难免，延长由此带来的痛苦无济于事。唯一的办法是，此时此刻，对所有进一步的询问都缄口不言。安妮虽然强烈地意识到了这一点，但她对布兰奇怀有天生的忠诚，因此，她不忍心当面欺骗她。"我可以写成信，"她心里想着，"我说不出口，因为阿诺尔德·布林克沃斯与她在同一个屋檐下呢！"写出来？她在重新考虑这一点时，心里突然有了个主意。她打开卧室的门，返回会客室。

"又走了！"布兰奇激动地大声说，心神不宁，环顾了一番空荡荡的卧室，"安妮！这其中有什么很奇怪的事情啊，我既不能也不会再忍受你的沉默啦。这些年来，我们生活在一起，形同姐妹，而你心里有事却不能对我推心置腹，这样不公平，不厚道啊！"

安妮叹息着，深感痛苦，吻了吻她的前额。"你会知道我能够告诉你的一切——我敢于告诉你的一切的，"她说，语气很温柔，"别责备我。这样伤我伤得比你想象的还要严重。"

她转身走向墙边桌，手上拿着一封信回来。"看看这个吧，"她说着，把信交给了布兰奇。

布兰奇在信封上看到了自己的名字，是安妮的笔迹。

"这是什么意思啊？"她问了一声。

"帕特里克爵士离开之后，我给你写了一封信，"安妮回答说，"我本来预料，你明天可以收到我的信，这样就能及时阻止你的任何小的轻率鲁莽行为，因为你可能心情焦虑，从而表现得不冷静。我能够对你说的话都在里面了，免除了我开口说话的痛苦。看看信吧，布兰奇。"

布兰奇手上仍然举着信，没有拆开。

"你给我写的一封信！我们两人待在一块儿时，而且只有我们两个人待在同一个房间！这比客套还要更加糟糕啊，安妮！这看起来好像我们之间吵过架了。为何开口对我说会令你感到痛苦呢？"

安妮的眼睛看着地面。她再次指了指信。

布兰奇开启了封口。

她迅速略过了开头部分的文字，注意力集中在了第二段。

而现在，亲爱的，我要解释自己真实的处境，把我今后的计划全部告诉你，你尽可以消除我给你带来的惊讶和痛苦。最亲爱的布兰奇！我们之间心心相印，不要认为我对我们之间的情感不忠实——不要认为我心里对你有了什么变化——只要相信，我是个不幸的女人，处境所迫，我违背了自己的心愿，对关于自己的事情缄口不言。甚至对你这样一位我爱着的妹妹也三缄其口——你可是我在这个世界上最亲的人呀！我对你敞开心扉的时候可能会到来的。噢，到时会带来多大的好处啊！到时会感到多轻松啊！目前，我必须保持沉默。目前，我们必须分开。上帝知道，我写这封信要付出多大的代价。我想着已经逝去的昔日温馨的时光。我牢记着，你母亲在弥留之际最后深情地看着我时，我如何向她承诺，一定要把你当作妹妹对待——你母亲是天上给我母亲派来的天使啊！所有这一切此刻都涌上了我的心头，让我肝肠寸断。但是，情况必须如此！我的布兰奇啊，目前，情况必须如此！我会时常给你写信的——亲爱的，我会想着你的，日日夜夜，直到幸福美好的未来把我们重新连在一起。愿上帝保佑你啊，亲爱的！也愿上帝助我一臂之力！

　　布兰奇默默无语地横过会客室来到安妮坐着的沙发边，站立了片刻，看着她。她坐了下来，头靠在安妮的肩膀上。她充满了悲痛，态度平静，把信放进了胸前——握住安妮的手，亲吻了一下。

　　"我所有的问题都有了答案，亲爱的。我等待着你的那个时刻。"

　　安妮哭了起来。

* * * * * *

雨仍然在下着，但暴风正在慢慢停止。

布兰奇离开沙发，走向窗户边，打开百叶窗看着外面的夜空。她突然返回安妮身边。

"我看见灯光，"她说——"是一辆驶出荒原黑暗的马车上的灯光。温迪盖茨宅邸派人找我来了。进到卧室去，伦迪夫人很可能亲自出马了。"

两个人之间平常的关系完全逆转了。安妮在布兰奇的控制下像个孩子。她站起身离开了。

布兰奇一个人待着，把信从胸口拿出来，趁着等待马车的间隙，把信再看了一遍。

她刚才坐在沙发上安妮的身边时，心里暗暗地下定了决心。她看了第二遍信后，坚定了自己的决心——将来，这个决心注定要导致比她所能预见到的更加严重的后果。帕特里克爵士是她熟悉的人，其谨慎的行事风格和丰富的经验是她完全可以信赖的。为了安妮着想，她决定对自己的叔叔推心置腹，把发生在旅馆的情况全部告诉他。"我首先要让他原谅我，"布兰奇心里想着，"然后再看看，我把关于安妮的事情告诉了他之后，他的想法是否与我的一样。"

马车在旅馆门口停下来了。因奇贝尔太太把人领进来了——不是伦迪夫人，而是伦迪夫人的贴身女仆。

女仆简单地叙述了温迪盖茨宅邸发生的情况。事实上，伦迪夫人准确判断了布兰奇突然乘轻便马车离开的事情，并且吩咐备好马车，决心亲自追踪继女。但是，由于白天情绪激动，心情焦虑，她受不了了。每当她过度恼怒之后，总会感到头晕目眩，这次如是。她尽管心急火燎地（理由还不止一个）要亲自到旅馆去，但趁着帕特里克爵士不在的时候，还是把追踪布兰奇的使命托付给了自己的贴身女仆。女仆年轻，头脑清醒，她完全信得过。女仆——看到这样的天气状况——想得很周到，随身带了个盒子，里面装着一套替换的衣服。女仆毕恭毕敬地把衣服递给布兰奇之后，还补充说了，女主人授予了她充分的权力，如若必要，可以继续到狩猎地别墅去，把事情交给帕特里克爵士。这样说过之后，她让小姐自己来拿主意，目前情况下，她是否回到温迪盖茨宅邸去。

布兰奇从女仆手上接过装了衣服的盒子后，回到卧室安妮身边，穿好衣服，准备驱车回家。

"我要回去听好一顿数落了，"她说，"但是，在我与伦迪夫人的相处中，听一顿数落并不是什么新鲜的事情。我对此并没有什么感到不安的，安妮——我倒是替你感到不安啊。有一件事我可不可以确定——你目前会待在这儿吗？"

旅馆里可能发生的最糟糕的事情已经发生了。假如离开这个杰弗里承诺给安妮写信的地方——现在什么也没有收到——一切都可能泡汤。安妮回答说，她目前会待在旅馆。

"你会答应给我写信吗？"

"是的。"

"如若有什么我可以帮你做的事情——？"

"没有什么事情，亲爱的。"

"可能有什么事情啊。你若想要见我，我们可以在温迪盖茨宅邸见面，不让别人看见。午餐时间去——绕过灌木丛——从图书室的窗口进入。你像我一样清楚，那个时间图书室里是没有任何人的。别说不可能——你不知道可能会发生什么事情。我每天都会等上十分钟，看看是否有机会见到你。那就这么说定了——而且说定了你要写信。我走之前，亲爱的，还有什么别的事情要替未来考虑的吗？"

安妮听到这些话之后，突然抖落了心头沉重的压抑感。她把布兰奇搂在怀里，拼命地把她贴近自己的胸口。"将来，你还会像现在这样永远与我贴心吗？"她问了一声，显得很突然，"还是将来有一天你会恨我？"她亲吻了一下，逃避了回答——把布兰奇推向门口。"在过去的岁月中，我们在一块儿度过幸福快乐的时光，"她说，一边挥手告别，"感谢上帝，我们能够这样！其他事情不要去想了。"

她一把推开了卧室的门，朝着待在会客室里的女仆喊。"伦迪小姐等着你呢。"布兰奇紧握了一下她的手，离开了她。

安妮在卧室里等了一阵，听着马车离开旅馆门口发出的声音。慢慢地，马蹄的嘚嘚声，马车轮子的辘辘声，越来越弱了。当声音最后消失在寂静之中时，她伫立了片刻，思索着——然后，突然振作了精神，急忙进入会客室，拉响了铃。

"我若一个人待在这儿，"她自言自语地说，"我会疯狂的。"

毕晓普里格斯先生前来应铃，与她面对面站着。这时候，连他都觉得需要平静平静了。

"我有话想要对他说，叫他立刻到这儿来吧。"

毕晓普里格斯明白了她的意思，告辞了。

阿诺尔德进来了。

"她走啦？"他一开口便这样问了一声。

"她走了，当您再次见到她时，她不会怀疑您的。我什么情况都没有告诉她。别问我其中的理由！"

"我不想问您。"

"您想要生我的气就生吧！"

"我不想生您的气。"

他说话时的语气，外表神态，像是换了个人似的。他态度平静，坐在桌子边，用一只手支撑着头——就这么坐着，沉默不语。安妮完全惊呆了。她靠近了一点，心里充满好奇，眼睛看着他。倘若让一个女人的心情保持恒定的状态，她肯定会感觉到一个男人举止态度上发生的变化所带来的影响，而这种变化她是没有思想准备的——尤其当这个男人关心她时。其原因无法在她变化不定的心情中找到答案。答案更加有可能存在于其卓越的自我克制中，这是一种最了不起的品质——而且可以说，这属于女人的品质——是女人最常见的品质之一。慢慢地，安妮的脸上再现了温柔的女性魅力，显得温柔，悲伤。女人天生的高贵秉性，回应了男人无意之中对其发出的呼唤。她触碰了一下阿诺尔德的肩膀。

"关于这件事情，真是难为您啦，"她说，"一切都怪我。设法原谅我吧，布林克沃斯先生。我发自内心地表示遗憾。我由衷地希望能够对您表示安慰！"

"谢谢您，西尔韦斯特小姐。我躲避布兰奇，仿佛我害怕她似的，这不是一种很舒服的感受——我想，因为这件事情，我生平头一次开始思考。没有关系，现在一切都过去了。我能够替您做点什么吗？"

"今晚您提议做什么？"

"我一直提议要做的事情——履行杰弗里交给我的使命。我已经承诺他了，一定要看到您在这儿克服了一切困难，替您提供安全，直到他回来。我只能保持今夜露面，待在会客室里，以此确保使命完成。我希望，我们下次见面时，是在令人开心的情境之下。我应该永远开心地认为，自己能够帮上您一点忙。同时，很有可能明天一早您还没有起床我便离开了。"

安妮伸出手来与他告别。该做的事情全部都已经做了。提醒和劝告的时间已经过去了。

"您结交的朋友不是个忘恩负义的女人，"她说，"布林克沃斯先生，我会证明这一点的，这样的时候会到来的。"

"我也希望不是，西尔韦斯特小姐。晚安，祝您好运！"

她走进了自己的房间。阿诺尔德锁上了会客室的门，然后伸展着四肢躺在沙发上过夜。

＊ ＊ ＊ ＊ ＊ ＊

暴风雨过后的早晨，阳光明媚，空气清新。

阿诺尔德正如自己承诺的，安妮还没有从卧室出来，便已经离开了。旅馆的人都知道，由于有很重要的事情，他突然应召到南方去了。毕晓普里格斯先生得到了一笔可观的酬劳。因奇贝尔太太得到通知，房间要租用一个星期。

事情进展的情况表面上看起来，全部回归到了一种平静的状态，除了某一点。阿诺尔德正在前往自己庄园的途中。布兰奇在温迪盖茨宅邸平平安安的。安妮未来一个星期在旅馆的住处已经有了保障。目前唯一的疑惑便是关于杰弗里的行踪。此事仍然情况不明，完全取决于伦敦那个生死问题的答案——即霍尔切斯特勋爵的健康问题。就问题本身而言，问题的两方面都够令人感到痛苦的。假如勋爵阁下活着——杰弗里便会没事返回，并且在苏格兰秘密娶她为妻。假如勋爵阁下去世了——杰弗里也会来找她的，并且在伦敦公开娶她为妻。但是，杰弗里靠得住吗？

安妮出门到了旅馆前面的露台，早晨凉爽的微风持续吹拂着。天空中高高飘浮着大片云彩，连成长长的一串，时而遮蔽着太阳，时而露出了太阳。黄色的光亮和紫色的阴影在荒原辽阔的褐色表面相互追逐着——甚至如同希望与恐惧相互之间在安妮的心头追逐一样，沉思着未来可能在她身上发生的事情。

她转身离开，厌倦了询问难以探测的未来，返回了旅馆。

她穿过厅堂时，看了看时钟。已经过了从佩思郡开往伦敦的火车到站的时间了。此时此刻，杰弗里和他哥哥正在前往霍尔切斯特勋爵的府邸。

故事背景地之三　伦敦

第十四章　写信人杰弗里

　　霍尔切斯特勋爵的仆人们——由男管家领头——一直在等待着朱利叶斯·德拉梅恩先生从苏格兰过来。看到兄弟二人同时出现，整个府邸的人惊讶不已。朱利叶斯询问了管家所有问题，杰弗里站在一旁，其间只是个听者而已。

　　"我父亲还好吗？"

　　"我很高兴地说，勋爵阁下令医生们都感到惊讶，少爷。他昨晚奇迹般地恢复过来了。假如情况像现在这样再持续四十八小时，爵爷痊愈是肯定的。"

　　"他患的是什么疾病呢？"

　　"一种瘫痪性中风，少爷。夫人阁下向远在苏格兰的您发电报时，会诊的医生们都已经放弃勋爵阁下了。"

　　"我母亲在家吗？"

　　"夫人阁下在家等候着您呢，少爷。"

　　管家在人称代词上特别加重了语气。朱利叶斯转身面向弟弟。霍尔切斯特勋爵身体好转了，此时此刻，杰弗里的处境很尴尬。毫无疑问，他被禁止踏进府邸大门。他违抗这一条禁令的唯一理由有赖于，假定自己的父亲实际上已经处在弥留之际了。从目前的情况来看，霍尔切斯特勋爵的命令是完全有效的。厅堂里的下等仆人们（要负责执行这道命令，因为他们很珍惜自己的位置）的目光从杰弗里先生转移到管家。管家的目光从杰弗里先生转到朱利叶斯先生。朱利叶斯看着自己的弟弟。一阵令人感到尴尬的停顿。次子的地位犹如府上的一只凶猛野兽的地位——他是个被排除在外的人。您若知道是怎么回事，那就决不会让自己冒险。

杰弗里开口说话，问题得到了解决。

"打开门，你们哪个人，"他对着几位男仆说，"我要走了。"

"等一等，"他哥哥插话说，"母亲大人如若知道你到了这儿，却没有见她一面便走了，她会伤心失望的。情况非同寻常啊，杰弗里。随我一块儿上楼去吧——这件事情由我一个人来承担。"

"我若自己能够承担这事，那就蒙上帝恩典啦！"杰弗里回答说，"打开门！"

"不管怎么说，在此等待吧，"朱利叶斯恳求着说，"等到我给你带来口信。"

"你把口信送到内格尔旅馆去吧。我在内格尔旅馆感觉很自在——而在这儿却不自在。"

这时候，厅堂里出现了一条小梗犬，打断了他们的讨论。梗犬看到陌生人后狂吠起来。医生们叮咛嘱咐，宅邸里一定要保持绝对安静，仆人们一起努力想要抓住梗犬，让它平静下来，结果梗犬发出的声音更大了。杰弗里用他自己决断的方式让这个问题得到了解决。当梗犬经过他身边时，他猛然转过身，用笨重的靴子踢了它一脚。小东西当场倒下，可怜兮兮地哀叫着。"我们夫人的宠物犬！"管家大声说，情绪很激动，"您踢断它的肋骨了，少爷。"

"我打断了它的狂吠，你的意思是，"杰弗里回应了一句，"该死的肋骨！"他转身向着哥哥。"这样解决问题了，"他说，态度诙谐，

"我最好还是把见亲爱的妈妈的机会留待以后吧。再见,朱利叶斯。你知道在哪儿可以找到我。走啦,吃饭去。我们会在内格尔旅馆给你一块牛排的,让你成为一个堂堂男子汉。"

他出门了。身材高大的男仆们怀着真诚的敬意看着勋爵阁下的次子。他们在基督教拳击员动员协会①年度纪念活动的公开场合看见过他,戴着拳套。他能够在三分钟之内把厅堂里最高大的人揍得奄奄一息。他一把推开门时,看门人躬身致意。在场所有人的兴趣和注意力全部都集中在杰弗里身上。朱利叶斯上楼见母亲去了,丝毫没有引起大家的注意。

时间是八月,街道上空空荡荡的。当天,伦敦刮着一股令人感觉极不舒服的风——一股闷热的东风。当出租马车把杰弗里从他父亲家门口送到旅馆去时,连他都似乎感受到了天气的影响。他取下了帽子,解开了马甲的纽扣,点燃了他从不离身的烟斗,吸烟的间隙,从牙齿缝里挤出骂骂咧咧的抱怨声。难道只是因为闷热的风他才发出抱怨吗?还是因为他的内心感到焦虑,让天气影响得更加雪上加霜?他心里有揪心烦恼的事情,其名字便是——安妮。

当时的实际情况便是如此,他要采取何种方式来处理好与那个不幸的女人之间的事情,她还在苏格兰的旅馆里等待着他的音信呢?

写信?还是不写?对于杰弗里来说,这是个问题②。

---

① 基督教拳击员动员协会(Christian-Pugilistic-Association)是作者杜撰出的一个机构名称。作者在另外一部名著《月亮宝石》中描写到戈弗雷·埃布尔怀特先生时,说他主持了某某协会的工作,如限制贫穷妇女外出的"母亲协会",拯救失足贫穷妇女的"教养协会",让贫穷妇女去干贫穷男人的活儿,而叫贫穷男人自己去找别的活儿的"刚强协会",等等。
② 此语原文为"To write, or not to write? That was the question, with Geoffrey",套用了英国文艺复兴时期伟大的剧作家威廉·莎士比亚的著名悲剧《哈姆雷特》中的一句台词:"生存还是毁灭?这是个问题。"(To be, or not to be, that is the question.)。

关于给待在旅馆的安妮写信的问题，最初的困难已经有了对策了。她已经决定——杰弗里与她会合之前，她必须要通报自己的姓名——称自己为西尔韦斯特夫人，而不是西尔韦斯特小姐。假如有一封致"西尔韦斯特夫人"的信，信有把握送到她手上，不会造成什么不便。疑虑不在此，和平常一样，疑虑存在于两种选择之间。哪种选择更加明智呢？——通过当天的邮班告诉安妮，一定要过了四十八个小时之后，才能确定他父亲是否已经恢复了？还是等到那个时间过去，然后视事情的结果而定？他在出租马车上考虑了这两种选择，最后决定，明智的做法是，如实报告目前的情况，以便暂时安抚一下安妮。

　　他到达旅馆后，坐下来开始写信——迟疑——把写的信撕了——又迟疑着——又开始写——再次迟疑——再次把写的信撕了——站起身——只得向自己承认，他今生今世都无法确定哪种选择万无一失——写信还是等待。

　　面对此困难，他凭着健康的身体意识到，要采取一些有利于健康的措施，以便放松一下心情。"我脑子稀里糊涂的，"杰弗里说，"去浴室洗个澡看看。"

　　他的这个澡洗得很复杂，经过了许多个房间，做出了许多种姿势，享用了许多种功能。他蒸得身上冒热气，一头扎进水池，浑身感到燥热。他站立在一个水龙头下，让瀑布一样的冷水淋在自己头上。他时而仰卧着，时而俯卧着。澡堂里技艺熟练的技师们毕恭毕敬，从头到脚，用手关节在他身上又是击打，又是按摩。经过澡堂里的所有步骤后，他出来了，油光闪亮，神清气爽，肤色红润，英俊帅气。他回到了旅馆，拿起纸笔写信——感受到无法忍受的犹豫心情再次袭来，洗都洗不掉！这一次，他把它全都怪罪到安妮头上。

"那个该死的女人会把我给毁了，"杰弗里骂了一声，一边拿起帽子，"我要去尝试一下哑铃运动。"

脑袋昏沉时，这种新的健身方法①可以起到提神的作用。杰弗里于是到了一家酒店。他在体育运动区域提出这个要求时，那位职业田径手接待了他，此人很荣幸能训练他。

"来个单间，进行哑铃运动！"杰弗里大声说，"挑你们这儿最沉的。"

他脱下了自己上身的衣服，开始锻炼，双手各抓住一个沉重的哑铃，上下前后挥舞着，做着各种做得出来的动作，直到最后，他强健的肌肉似乎要从光亮的皮肤表面爆出来了。慢慢地，他身上健旺的气势被激发出来了。激烈的运动令这个强壮的男人兴奋不已。那位田径手和他的儿子对杰弗里赞美有加。他处于绝对亢奋状态，作为回应，兴致勃勃，电闪雷鸣——念咒语似的痛骂着，怒气冲天。

"笔，墨，还有纸！"他放下哑铃后，大声吼着，"我已经决定了，要写信，了却这件事情！"他立刻坐下来写信。他实际上把信都写完了，过一会儿便可以把信寄出去——然而，就在那短暂的时间内，疯狂的迟疑感再次向他袭来。他又打开信封，又看了一遍信，又把信撕毁了。"我精神错乱了，"杰弗里大声说，他那双蓝色的大眼睛目光迷茫，恶狠狠地盯着训练他的人看。"骂人啦！发怒啦！叫人去把克劳奇找来。"

克劳奇（他凭着男人的气概，在英国闻名遐迩，广受崇敬）是

---

① 哑铃健身法并不完全是新的，因为《牛津英语词典》上把它界定为始于18世纪，只是当时的人们痴迷于这项锻炼身体的活动，赋予了其新的时尚。

位退役的职业拳击手。他拿着第三剂也是最后一剂清醒头脑的良药出现了，这是杰弗里·德拉梅恩阁下熟知的——即用手提袋装着的两双拳击手套。

绅士和职业拳击手戴上了手套，以拳击手防御的标准姿势相互面对面站立着。"别闹着玩儿，听好啦！"杰弗里大吼着，"伙计啊，你像再次返回到了拳击台一样打吧，奉命取胜。"真正的拳击意味着什么，拳击手即便使用这种塞满填充物的手套，这种表面上看起来不会造成伤害的武器，而会给予对方怎样沉重的打击，了不起且令人敬畏的克劳奇对此比谁都更加清楚。他假装着，而且只能假装着，迎合他赞助人的要求。杰弗里击倒了他，作为对他温良恭谨让行为的回报。了不起而且令人敬畏的职业拳击手站了起来，不动声色，镇定自若。"打得漂亮啊，阁下！"他说，"现在用另一只手试试看。"杰弗里可没有像对手那样控制着自己的脾气。他给克劳奇常常青肿的眼眶造成了持久的破坏后，扬言要立刻撤资，停止资助和支持的行动，除非文雅谦让的拳击手当即使出浑身解数击打他。这位百战百胜的英雄想到这个可怕的前景后不寒而栗。"我可是要养家糊口的啊，"克劳奇说，"您若是愿意这样，阁下——那就来吧！"杰弗里随后被击倒，房子都震动了。少顷，他重新站立了起来——甚至还不感到满足。"别这样朝着身上打！"他怒吼着，"冲着我的头部击打。电闪雷鸣！怒气冲天！把我击打得失去知觉吧！冲着我的头部击打！"服帖顺从的克劳奇冲着头部击打。两个人你来我往挥拳击打。看架势准会把文明世界中的任何成员击打得不省人事——说不定还会要了性命呢。职业拳击手戴着手套的拳头时而击打在其赞助人钢铁般的头骨的一侧，时而击打在另一侧，嘭嘭地一拳接着一拳，令人听后感到恐怖——到最后，连杰弗里本人都觉得招架不住了。"谢谢你啊，克劳奇，"他说，第一次彬彬有礼地冲着对方说，"这样问题解决啦，我现在感觉舒服了，头脑清醒了。"他摇晃了三四次脑袋，像一匹马似的，由一位职业管理人用力擦着。他喝下了大量麦芽酒，犹如施用了魔法似的，恢复了良好的心情。"需要笔墨吗，阁下？"负责训练他的田径手询问了一句。"我不需要！"杰弗里回答，"我头脑浑浑噩噩的状态现在已经消除了。让笔墨见鬼去吧！我要去看望一下我们的一些伙伴，然后看戏去。"他离开了酒店，心情愉悦，头脑冷静。由于克劳奇使用拳击手套后产生的刺激作用，杰弗里受到了激励，最终，他处于迟钝状态的才智受到了震动，进入了良好的工作状态。要给安妮写信吗？不到万不得已，除了傻瓜，谁会给那样一个女人写信啊？等待看看，随后的四十八小时可能会带来什么转机——到时候，事态的发展会做出决断，是该给她写信，还是抛弃她。您若是能够看清楚的话，事情其实很简单。幸亏有了克劳奇，他确实看清楚了事态——于是，他就这样离开了，怀着愉悦的心情，与"我们的伙伴们"去用餐，晚上再看戏去。

第十五章　婚姻市场上的杰弗里

四十八小时过去了——其间，兄弟二人没有见面交流过。

朱利叶斯留在父亲的府上。他把关于霍尔切斯特勋爵身体情况的书面简报送达自己弟弟下榻的旅馆。第一份简报上说："父亲身体好转。医生满意。"第二份简报的语气更坚定："父亲身体出现喜色，医生很是乐观。"第三份简报最为详尽:"我拟一小时后去探视父亲。医生负责他恢复健康的事宜。事情有赖于我尽力替你说好话。你待在旅馆等待我进一步的消息。"

杰弗里看着第三份简报时,脸沉了下来。他再次要了可恶的书写文具。现在看来,毫无疑问,他必须要写信与安妮联系了。由于霍尔切斯特勋爵身体恢复了,杰弗里回到了他在温迪盖茨宅邸时面临的那种严峻境地。安妮可能会悲观绝望,做出孤注一掷的事情。这样会把杰弗里卷入一次公共丑闻之中,从而把他给毁了。就他寄希望于从父亲那儿继承到遗产这个事情而言,防止安妮这样做是他应该采取的稳妥办法。他的信总共写了下面寥寥数言——

亲爱的安妮,我刚刚得到消息,我父亲病情好转。你待在原地。我还会给你写信的。

杰弗里把这封简短的信邮寄出去了,然后点起烟斗,等待霍尔切斯特勋爵和他的长子会面的结果。

朱利叶斯发现,父亲外表上出现了惊人的变化,不过,神志完全清醒。儿子的手紧握着他的手时,他无法做出回应——在没有人帮助的情况下,连在床上翻身都做不到——老律师严峻的目光仍然一如既往地敏锐。老律师严厉的内心仍然一如既往地清晰。他远大的抱负是要看到朱利叶斯进入议会。当时,朱利叶斯正迎合了他父亲的迫切愿望,主动提出参加议会选举。儿子到达他床边还不到两分钟,霍尔切斯特勋爵便迫不及待地谈起了政治。

"我很感动啊,朱利叶斯,你前来道贺。我这种人不是那么容易被收拾的。(看看布鲁厄姆和林德赫斯特①吧!)你还不能进入上议院。你要从下议院开始——完全如我希望的那样。你在那个选区的前景如何?准确地告诉我你的状况,我会尽可能助你一臂之力的。"

"很显然,父亲,您身体还没有得到充分的恢复,还不能具体谈论事情吧?"

"我身体已经恢复得够好了。我需要思考目前关注的事情,因为我的思绪开始回到过去的日子里,开始想起已经忘却了的事情。"他苍白的脸上突然挛缩了一下。他眼睛盯着自己的儿子看,冷不防地又提出了一个问题。"朱利叶斯!"他接着说,"有位年轻女子名叫安妮·西尔韦斯特,你听说过她吗?"

朱利叶斯给出了否定的回答。他和他夫人先前与伦迪夫人交换过名片,而且还婉言谢绝了夫人发出的草坪聚会的邀请。除了布兰奇,他们对温迪盖茨府上家庭成员的情况一无所知。

"把这个名字记在备忘录吧,"霍尔切斯特勋爵接着说,"安妮·西尔韦斯特。她父母双亡了。我先前认识她父亲。她母亲备受虐待。那是一件很糟糕的事情。我现在又想起了那件事情,这是许多年以来第一次。那姑娘若是还活着,而且有了人生的阅历,她有可能还记得我们家族的姓氏。朱利叶斯,假如她需要帮助,而且请求你帮助,那就帮帮她吧。"他的脸上再次出现了痛苦的挛缩。他顺着自己的思绪重新回到了汉普斯特德别墅的那个令人难忘的夏日黄昏了吗?他再次看见那个遭到抛弃的女人昏倒在他的跟前了吗?"关于

---

① 布鲁厄姆爵士(Henry Peter Brougham,1778—1868)是英国律师和政治家,担任了主持上议院的大法官一职,享年九十岁。林德赫斯特爵士(John Lyndhurst,1772—1863)是英国律师和政治家,也升任了主持上议院的大法官,享年九十一岁。

你参选的事情？"他问了一声，显得不耐烦，"我不能让自己的心绪无所事事，得想点事情才是啊。"

朱利叶斯陈述了自己的状况，尽可能直截了当，简明扼要。父亲发现，陈述无懈可击——只是儿子不能亲临选举现场。他责备霍尔切斯特夫人，不该把朱利叶斯召唤到伦敦来。他感到生气的是，在儿子应该对自己的选民发表演说的时候，却出现在了自己床边。"这样多有不便啊，朱利叶斯！"他说着，态度粗鲁，"你自己看到这一点了吗？"

朱利叶斯事先与母亲安排好了，要抓住一切机会，主动冒险提及杰弗里，于是确认"看到了这一点"，而他父亲对此却毫无准备。机会摆在他面前，他立刻便抓住了。

"这对我不会有什么不便的，父亲，"他回答说，"对我弟弟也不会有什么不便。为了您，杰弗里忧心忡忡。杰弗里和我一块儿到伦敦来了。"

霍尔切斯特勋爵看着自己的长子，一副严肃而揶揄的表情，惊讶不已。

"我不是已经告诉过你了吗？"他接话说，"我虽然生病了，但心理没有因此受到影响。杰弗里替我着急？忧心忡忡是一种文明的情感。处于他那种野蛮状态的人是不可能有这样的情感的。"

"我弟弟不是个野蛮人啊，父亲。"

"他肚子通常是吃得饱饱的，外面罩着衣衫，没有暴露红赭色和橄榄油色的皮肤。如此说来，毫无疑问，你弟弟是文明的。但其他所有方面，你弟弟就是个野蛮人。"

"我明白您说话的意思，父亲。但是，关于杰弗里的生活方式，还是得解释一下。他培养起了自己的勇气和力量，而勇气和力量无疑是良好的品质对吧？"

"勇气和力量就其本身来说，属于卓越的品质。你若是想要知道具体是怎么回事，那就敦促杰弗里写一个体面的英语句子试试看——看看他的勇气是否就此便消失了。把书给他，要求他去念个学位——尽管他身强体壮，但看到书会恶心。你希望我见你弟弟。说什么我都不会见他，除非他的生活方式来个完全彻底的改变。我唯一的希望就是他的生活方式现在能改变。唯一的可能是，来自某个明事理的女人的影响——拥有出身和财富的优势，如此优势甚至都会令野蛮人肃然起敬——可能对杰弗里产生作用。他若想要回到这个府上，让他首先体体面面地与人交往，带个儿媳到我面前来替他求情——那是个我和他母亲都尊重接纳的儿媳。出现了那样的事情，我才会开始对杰弗里有些许信心。那样的情况出现之前，往后你与我交谈时不要再提到你弟弟的事情了。——回到你参加选举的话题上吧。你回去之前，我要给你些忠告。你最好是今晚回去。扶我坐起来靠着枕头。我昂着头说话更加便利些。"

他儿子扶着他坐起来靠着枕头，再次请求他宽恕自己。

无济于事啊！眼前这个人曾经披荆斩棘，一路前行，从一个普通的政治人物跻身高位，鹤立鸡群。所以，任何劝告都动摇不了他钢铁般的决心。他躺在病榻上，无可奈何，形容枯槁，从鬼门关被抢救了回来。他曾经凭着清晰的判断力获得了所有世俗的回报，现在则锲而不舍地把这个东西灌输到自己儿子的心里。充满泥泞沼泽的政治征途上，需要有种种线索和措施，但凡能够引导朱利叶斯迈步向前，做到安全稳妥、娴熟老练的，霍尔切斯特勋爵没有忽略一条线索，没有忘却一个措施。又过了一个小时，无法通融的老人这才闭上了疲惫的双眼，同意进食，让自己平静下来歇息。他疲惫不堪，最后说的话勉强可以听见，但仍然在替党派伎俩和政治博弈唱赞歌。"那是一种崇高伟大的职业生涯啊！朱利叶斯，我思念着下议院，因为我不思念别的任何东西！"

朱利叶斯可以自由地想自己的心事，可以自由地支配自己的行动，于是，离开霍尔切斯特勋爵的病榻旁之后，径直前往霍尔切斯特夫人的内室。

"关于杰弗里的事情，你父亲说了什么吗？"他刚一进入房间，母亲开口便这样问了一句。

霍尔切斯特夫人的脸上愁云密布。"我知道，"她说，一副失望的表情，"他最后的机会是去攻读个学位。毫无希望啊，亲爱的。确实毫无希望啊！如若不是像这样严峻的事情，而是某件有赖于我出面的事情——"

"确实有赖于您出面呢，"朱利叶斯打断了母亲的话，"亲爱的母亲！——您会相信吗？——杰弗里最后的机会是（两个字）：结婚！"

"噢，朱利叶斯！这事太妙啦，简直不像是真实的啊！"

朱利叶斯重复了父亲亲口说的话。霍尔切斯特夫人倾听着儿子说话，看起来仿佛年轻了二十岁。儿子说完之后，母亲摇响了铃。

"无论谁上门来，"她对仆人说，"就说我不在家里。"她转身对着朱利叶斯——亲吻了他——她在沙发上让出自己身边的一处地方。"杰弗里该抓住这个机会啊，"她欣喜地说——"这事我来负责！我心里面想着三位女子。她们中任何一位都和他般配。坐下来，亲爱的，我们来仔细思量一下，看看三位当中哪位最有可能吸引杰弗里，同时也符合你父亲挑选儿媳妇的标准。等到我们定下来了，不要指望着写信，而是亲自跑一趟，到旅馆去见杰弗里。"

母亲和儿子仔细地商量——无意之中播撒了未来可怕收成的种子。

第十六章　公众人物杰弗里

时间已经到了午后，替杰弗里挑选未来夫人的工作这才宣告结束，杰弗里的哥哥到内格尔旅馆去商谈婚姻问题时开场要说的话这才构思得够妥帖。

"一定要听到了他的承诺后你才离开他。"儿子出发去执行使命时，霍尔切斯特夫人最后嘱咐说。

"假如杰弗里没有欣然接受我将要向他提出的条件，"儿子这样回答，"我该赞同父亲的态度，此事毫无希望。而且我会像父亲一样，最终放弃杰弗里。"

对于朱利叶斯而言，这话算是说得很重。霍尔切斯特勋爵的长子性情内敛平和，不那么容易激动。若论性格方面的大相径庭，没有任何两个人比得上这两兄弟。令人沮丧的是，还得认同这是一位"尾桨划手①"的血缘至亲——但是，为了尊重事实，大家必须得承认，朱利叶斯陶冶了自己的心智。这位退化的不列颠人能够消化书本——却消化不了啤酒。他能够学会多种语言——却无法学会划船。他熟练地掌握了演奏乐器的艺术，践行这种国外传来的恶习——却学不到英国人一眼识良驹的优点。他一路生活过来（天知道是如何

---

① 尾桨划手：在此指头脑简单四肢发达的人，即杰弗里。

过来的），没有二头肌，也没有赌金簿。他在英国的社交场合公开承认，自己认为一群猎犬的狂吠并不是世界上最悦耳的音乐。他能够到国外去，去观赏某一座山，迄今尚未有人登上过山的巅峰——而他本人登上山巅时，并不会立刻感到作为一位英国人的荣耀。这样的人可能而且一定存在于欧洲大陆那些低下的种族中间。我们要感谢上帝啊，先生，英国不曾有过，而且将来也不可能有供他们生存的合适地方！

朱利叶斯到达了内格尔旅馆，发现厅堂里没有任何人可以询问，便到坐在吧台窗口后面的一位年轻小姐跟前去问。年轻小姐在看着晚报上什么有趣的东西，正全神贯注着，根本就没有听见他说话。朱利叶斯走进了咖啡间。

男侍者待在他该待的那个角落里全神贯注地看着另外一份报纸。三位先生分别坐在不同的桌子边，全神贯注地看着第三份、第四份和第五份报纸。他们清一色都在看报纸，根本没留意有陌生人进入。朱利叶斯打听了杰弗里·德拉梅恩先生的情况，从而惊动了侍者。侍者听见有人说出这个响亮的名字后，怔了一下抬头看看。

"您是德拉梅恩先生的哥哥吗，先生？"

"是的。"

坐在桌子边的三位绅士怔了一下抬起头来看看。杰弗里英名的光彩落在、反射在了他哥哥的身上，让他成为一个公众人物。

"您可以在帕特尼①的'公鸡与酒瓶'酒店，"侍者说着，态度紧张，情绪激动，"找到杰弗里先生，先生。"

"我笃定会在这儿找到他的，因为我与他约定好了在这儿的旅

---

① 帕特尼（Putney）是伦敦西南郊区的一个区域，距离查令十字八英里左右。

馆见面。"

侍者睁大眼睛看着朱利叶斯，表情茫然，惊诧不已。"您没有听到消息吗，先生？"

"没有。"

"天哪！"侍者激动地喊了起来——然后拿出三份报纸。

"怎么回事？"朱利叶斯问了一声。

"怎么回事？"侍者重复了一声，声音很空洞，"这是发生在我有生之年最可怕的事情。富尔汉姆跑步赛毫无指望了啊，先生，廷克勒已经伤了元气了①。"

三位绅士郑重其事地跌坐在三把椅子上，齐声重复了这个可怕的消息：廷克勒已经伤了元气了。

某人若是面对一场震惊全国的大灾难，而且还不知道灾难的具体情况，那么，他的明智做法是三缄其口，自己在心里琢磨事情的原委，而非求助于别人。朱利叶斯从侍者手上接过报纸，坐了下来，（尽可能）搞清楚两点：第一，"廷克勒"是否指某个人。第二，当您描述某个人"伤了元气了"时，您具体指的是什么形式的人类灾祸。

他轻而易举便可以找到那则新闻。报纸上用大号字印着呢。随后，一栏是一个人对事实的陈述——接着，另一栏是另外一个人对事实的陈述。报纸编辑承诺，后面出版的报纸中还会展示更加详尽和更多人的陈述。面对一个俯卧在国家赌金簿上的民族，英国报界庄严欢呼，雷鸣般地呐喊出了廷克勒伤了元气的消息。

假如去除渲染夸张的成分，事实其实够少的，也够简单的。一

---

① 此处指运动员因训练过度而竞技状态不佳。

个北方的著名运动协会向一个南方的著名运动协会发起挑战。他们拟展开常规体育竞技项目比赛——诸如跑步、跳跃、投掷链球、扔板球，等等——而整个竞赛将以双方最佳选手之间的较量宣告结束，项目是远距离和高难度跑步竞赛。数不胜数的人在赌金簿上押了廷克勒获胜。而廷克勒由于高强度训练，突然感觉肺部吃不消了！英国人眼看着要见证一次辉煌的跑步竞赛成就，而且（更加重要的是）要见证一次巨额金钱输赢的场面，但这一切突然被撤销了。"南方"可能无法从其联合力量中推举出第二位能够与"北方"分庭抗礼的选手。纵观整个体育运动界，唯有一个可能可以代替廷克勒的。如此情形之下，他是否同意出场还有待商榷。此人的名字是——朱利叶斯惊恐地看到了——杰弗里·德拉梅恩。

咖啡间里弥漫着沉寂的气氛。朱利叶斯放下手上的报纸，环顾了一番四周。

侍者在他待着的角落里手拿着铅笔和赌金簿正忙碌着。那三位绅士在三张桌子边手拿着铅笔和赌金簿正忙碌着。

"试试看，想办法说服他啊，先生！"德拉梅恩的哥哥正要起身离开房间时，侍者说，一副可怜兮兮的样子。

朱利叶斯叫了一辆马车，吩咐车夫（此人手上拿着铅笔和赌金簿忙碌着）前往帕特尼的"公鸡与酒瓶"酒店。听说要去那儿，车夫喜上眉梢，像换了个人似的。不必催促他，他也催马扬鞭，以最快的速度驾着车呢。

马车到达目的地时，只见一片全民激动的浪潮，一浪盖过一浪。人们的嘴里都在异口同声地喊着廷克勒的名字。一个民族的心都悬着（主要在酒店），不知道是否有可能推出另外一个人代替廷克勒。

酒店前的场面到达高潮，蔚为壮观。面对这场全国性的灾难，连那个伦敦恶棍无赖都战战兢兢、态度平静；连那位身穿着围裙不受管束的人——此人一向在人群中兜售坚果和果脯——都一声不吭，在定点做着生意，而且他发现，处在这样的时刻，实际上极少有人有心思嗑坚果（可以说，此情此景给国家带来了荣誉）。大量警察到了现场，对人们默默地表达同情，真是令人看了之后动容。朱利叶斯刚一到达酒店的门口便通报了自己的姓名——于是迎来了一片欢呼声。他的哥哥！噢，天哪，他的哥哥啊！人们围着他。人们与他握手。人们在他头上祈求赐福。警察把朱利叶斯解救了出来，安安稳稳地让他置身酒店门口特别留出的安全地带，这时候，他窒息得差不多去了半条命。当他从台阶上方进入酒店时，人们爆发出了一阵震耳欲聋的喧闹。远处有个声音高喊着："你们自己请注意点！"有个没戴帽子大吼着的人，猛然闯了下来，穿过聚集在台阶上的人群。"好哇！好哇！他答应干啦！他已经报名参加竞赛啦！"成百上千的人加入到了呼喊中。外围的人们爆发出了一阵欢欣鼓舞的大吼。一大串报纸的记者跑出旅馆，情绪疯狂，冲进一辆辆马车，以便让新闻见报。酒店老板小心翼翼，用一只手扶着朱利叶斯的胳膊上楼。他激动得手都颤抖着。"他的哥哥，先生们！他的哥哥！"人们听到这个充满了魔力的喊声后，立刻让出了一条通道。人们听到了这个充满了魔力的喊声后，议事室紧闭着的房门一下开了。朱利叶斯置身于自己家乡的运动员中间，他们正在像议会开会似的聚集在一起。还需要对他们做一番描述吗？对杰弗里的描述适用于他们所有人。从这一方面看起来，英国人的男子气和肌肉如同英国的羊毛和羊肉，一群运动员中间的差异性和一群羊中间的差异性差不多。

朱利叶斯环顾四周，看到房间里处处是一样的人、一样的服装。他们有着同样的身体，同样的力量，同样的声调，同样的品位，同样的习惯，同样的谈吐，同样的追求。喧嚣声震耳欲聋。人们热情洋溢，对于一位不明就里的陌生人而言，这种情形让人看见了立刻会觉得荒谬可笑，惊心动魄。有人大胆无畏，把杰弗里连同他坐着的椅子一块儿抬起放到了桌子上，以便让整个房间里的人都能够看见。他们在他周围引吭高歌。他们在他周围手舞足蹈。他们在他周围欢呼雀跃。充满感激之情的大个子们眼含着泪水，用伤感的充满了爱意的言辞冲着他喝彩致意。"亲爱的老伙计啊！""荣光闪耀、崇高伟大、光彩夺目、美丽辉煌的兄弟啊！"他们拥抱他。他们轻轻地拍着他的背。他们紧握着他的双手。他们用手指戳和用拳头击打他的肌肉。他们拥抱着那两条崇高伟大的腿，因为两条腿将要去跑这场荣光闪耀的竞赛了。房间的另一端，那儿的人无法接近这位英雄，人们的热情演变成了力量的壮举、破坏的行动。"赫拉克勒斯①第一"用自己的胳膊肘开辟出了一片空间，躺下了——而"赫拉克勒斯第二"面对面把他拉了起来。"赫拉克勒斯第三"从壁炉架上操起拨火棍，在自己的胳膊把拨火棍敲断了。"赫拉克勒斯第四"拿起钳子如法炮制，用自己的脖子把钳子击打散架了。他们接下来似乎要捣毁家具，推倒房屋了——突然，杰弗里的目光偶然落在了朱利叶斯身上。杰弗里尖声呼喊自己的哥哥，情绪疯狂的大众突然平静了下来，注意力集中了。然后，人们的热情转向了一个新的方向，对着他的哥哥欢呼喝彩起来！一、二、三——把他哥哥抬到我们肩膀上！四、

---

① 赫拉克勒斯（Hercules，一译海格力斯，罗马神话中称为赫丘利）是希腊神话中的大力士。主神宙斯乔装成底比斯王安菲特律翁的模样，诱奸其妻阿尔克墨涅，后她生下大力神赫拉克勒斯。赫拉克勒斯力大无比，以完成了十二项英雄业绩闻名于世。

五、六——把他哥哥举过我们头顶，传到房间的另一端去！看吧，伙计们——看吧！英雄已经抓住了他的衣领子了！英雄已经把他举到桌子上了！英雄因为自己的胜利而浑身发热，兴高采烈地欢迎这位可怜的小个头，连珠炮儿似的骂骂咧咧。"电闪雷鸣！怒气冲天！情况现在怎么样啦，朱利叶斯？情况现在怎么样啦？"

朱利叶斯缓过气来了，整了整自己的外套。态度平静的小个子肌肉的发达程度刚刚够从书架上拿起一部词典，训练得刚刚足够拉小提琴。刚才由于众人给他来了这么一番粗犷的欢迎举动，他给吓着了。关于这一点，他似乎只感觉到了一种十足轻蔑的情绪，而不是别的什么。

"你没有被吓着吧？"杰弗里说，"我们的伙伴们是一群粗鲁的人——但他们没有坏心思啊。"

"我没有被吓着，"朱利叶斯回答，"我只是感到很惊奇——当英国的中学和大学培养出了这样一批流氓恶棍时，英国的中学和大学还能够持续多长时间。"

"注意你都在说些什么啊，朱利叶斯！他们若是听见，会把你从窗口送出去的。"

"他们若是这样做了，杰弗里，那只是证明了我对他们的看法。"

这儿的人群只是看见了但没有听见兄弟二人之间的对话。针对即将到来的赛跑，他们的情绪焦躁起来了。众多声音吼了起来，提议杰弗里说出来，是不是出了什么问题了。杰弗里让在场的人群平静下来之后，再次转身向着自己哥哥，问他到这儿来到底想要干什么，语气态度一点都不温和。

"我想要先告诉你一些情况，然后再返回苏格兰去，"朱利叶斯回答，"父亲愿意给你最后一次机会。你若是不抓住这次机会，不仅是他的大门，连我的大门也会向你紧闭着。"

假如从某一点上来说，目前这个时代的年轻人一旦遇到关乎他们切身利益的紧急情况，他们的表现最明显的莫过于讲究实际，令人钦佩的自我控制。面对自己哥哥说话的语气，杰弗里并没有流露出厌恨情绪，而是立刻从自己站立着的光荣台上下来，没有任何挣扎，任由那双代替掌握着他命运的手握着——除此之外，那双手还代替掌握着钱袋。五分钟过后，关于杰弗里参加即将到来的体育竞赛的事情，有了必要的保证之后，众人散去了——兄弟二人在酒店的一个私密房间里待着。

"怎么回事，说吧！"杰弗里说，"别耽搁很长时间。"

"不会超过五分钟，"朱利叶斯说，"我今晚乘邮政列车返回，这期间有很多事情要处理。简明扼要说起来，情况是这样的：如果你确定安心下来过日子，父亲同意再见你——他已经同意了。母亲已经发现，你可以在什么地方物色到一位夫人。出身、美貌和金钱供你选择。接受这些东西——你便恢复了霍尔切斯特勋爵儿子的地位了。拒绝这些东西——那你就自毁前程去吧。"

杰弗里听到从家里传来的消息时态度显得不那么令人舒心。他没有做出回答，而是显得很愤怒，用拳头击打桌子，内心在诅咒着某个不在场而又没有说出姓名的女人。

"你可能已经缔结了某种有辱门第的婚姻关系，但我不会对此加以干预的，"朱利叶斯接着说，"我只是实事求是地把事情摆在你面前，让你自己做出决断。刚才谈及的那位女士先前叫纽温登小姐——是英国最古老家族之一的后裔。她现在叫格莱纳姆夫人——

是姓格莱纳姆的那位了不起的铁器制造商的年轻寡妇（而且是个无儿无女的寡妇）。出身和财富——她两者兼备。她一年的纯收入是一万英镑。你若是有幸能够说服她嫁给你，父亲能够而且一定会让这个数额扩大到一万五千英镑。母亲保证她的个人品质没有问题。我夫人在我们伦敦的府上遇见过她。我听说，她现在正在苏格兰与一些朋友待在一块儿。等我返回苏格兰之后，我会留心，给她送去请柬，邀请她下次到我府上来做客。当然，你是否够运气，能够给她留下良好的印象，这事还得等着瞧。与此同时，你若有意想要试一试，你就得遵循着父亲的每一个要求去做。"

杰弗里显得很不耐烦，决不考虑这个问题。

"她若看不上一位马上要参加在富尔汉姆举行的跑步赛的男人，"他说，"那么，像她一样优秀的女人有的是，人家可是会看得上！这没有什么困难的。操这个心！"

"我再告诉你一遍，你的困难与我无关，"朱利叶斯接着说，"利用今天剩下的时间考虑一下我刚才告诉过你的事情。假如你决定接受这个提议，那今晚在火车站和我会面，我就该期待你能证明自己认真去做这件事。我们一块儿踏上返回苏格兰的行程。你将去完成自己对伦迪夫人府上中断了的拜访（此事很重要，关涉我的利益。你应该对本郡她那种地位的人表达应有的敬意）。我夫人会与格莱纳姆夫人联系好，做出必要的安排，等待你回到我们府上去。我没有更多话要说了，也没有必要一直待在这儿。你若是今晚与我在火车站会面，我和你兄嫂一定会尽我们最大的努力帮助你的。你若是独自一人返回苏格兰去，可别费心劳神跟着来——我与你没有关系了。"他与自己弟弟握了握手，出门了。

杰弗里独自一人待着，点燃了烟斗，打发人去找来酒店老板。

"给我订一条船。我要逆水在河上划船两个小时。拿些毛巾进来，我可能要游泳。"

酒店老板接受了吩咐，又对自己声名显赫的客人提醒了一番。

"您可别在酒店前面露面啊，阁下！您若让人们看见了您，他们会激动不已，连警察都无法保证秩序的维持。"

"好吧，我走后面出去。"

他在房间里来回走了一遍。他先要克服什么样的困难然后才能享受到他哥哥给他提供的光辉前景呢？体育竞赛吗？不是！组委会承诺可以按照他的心愿推迟竞赛的日子——以他的身体条件，一个月的训练时间足够了。关于尝试一下自己的运气与格莱纳姆夫人交往的事情，他个人有什么不乐意的想法吗？他没有。任何女人都可以——只要他父亲满意，金钱有保障，那就行了。他面临的真正的障碍是那个他已经毁掉的女人。安妮！唯一难以克服的困难就是该如何摆平安妮。

"等到逆水划了船之后，"他自言自语地说，"我们再来看看情况如何！"

酒店老板和警察巡官悄然把他从后门送出，等候在前面的民众毫不知情。他划着长桨，刚劲有力，轻松自如，动作漂亮。他划船离开仡立在岸边的两个人时，他们对他洋溢着钦佩之情。

"这就是我称之为英国的骄傲和精华的人啊！"巡官说，"在他身上押赌注的事情开始了吗？"

"六比四的条件，"酒店老板说——"但无人下注。"

朱利叶斯当晚很早就去了火车站。他母亲心急火燎。"杰弗里若是迟到了，"她说，"可别让他在你的榜样中找到借口啊。"

朱利叶斯下了马车后看到的第一个人便是杰弗里——他在购票，手提箱由守卫看管着。

故事背景地之四　温迪盖茨宅邸

第十七章　目标附近

　　温迪盖茨府上的图书室是整座宅邸最大和最气派的房间。当今，人们通常把图书资料分为两个大类。这两大类图书占据着图书室常用的位置。靠着四周墙壁放置的书架上，摆放着人们普遍敬重的书籍——却不阅读。放置在地板上的桌子，摆放着人们普遍阅读的书籍——却不敬重。第一类书籍中，有古代先贤们的著作，有更加现代的作家们的历史著作、人物传记和随笔文集——即严肃文学，人们普遍敬重这类书籍，偶尔阅读。第二类书籍中，有我们当代的小说——即轻松文学，人们普遍阅读这类书籍，偶尔敬重。如同在别处一样，在温迪盖茨宅邸，我们相信，历史著作是高雅文学，因为对于权威们来说，它表现得很真实（对此，我们所知甚少）——而虚构的故事属于粗俗文学，因为对于自然而言，它企图表现得很真实（对此，我们所知更少）。如同在别处一样，在温迪盖茨宅邸，假如我们被公开发现翻阅我们的历史著作，我们便一直都或多或少对自己感到满意。而假如我们被公开发现如饥似渴地阅读我们的虚构小说，便会或多或少对自己感到羞愧。图书室最初在建筑上的设计有一个很特别的地方，它滋长了这种普遍而又奇特的人类愚蠢行为。一方面，房间的主体空间处摆放着一排豪华舒适的扶手椅，吸引着严肃文学的读者在培养一种美德的行动中，展示自己的形象。另一方面，一面墙壁边，有一排温馨舒适的小隐秘处，用帘子挡着，每个位置都隔了一段距离。这使得轻松文学的读者沉溺于一种堕落行为时能够把自己掩饰起来。至于其他方面，这处宽敞宁静所在的所有次要辅助设施丰富多彩，经过精心选择，完全能够满足人们的心愿。透过一扇扇落地窗，明亮的光线倾泻进室内，严肃文学和轻松文学，伟大的作家和无名的小辈，同样都沐浴着天堂之光，被照耀得一片通亮。

伦迪夫人府上的花园聚会已经开到第四天了——通常情况下，离午餐铃响起还有一个小时多一点。

温迪盖茨宅邸的客人们大多在花园里欣赏着上午的阳光，因为过去数日里，一直雾气重重，阴雨连绵。两位绅士（算是普遍情况的例外）单独待在图书室内。人们可能会认为，两位绅士最不可能有什么正当理由在一处充满了文学氛围的幽静所在彼此会面。一位是阿诺尔德·布林克沃斯，另一位是杰弗里·德拉梅恩。

他们当天上午一块儿到达温迪盖茨宅邸。杰弗里乘前一天夜间的火车与哥哥一同从伦敦过来。当天一大早，阿诺尔德——他的府上高朋满座，像他这种地位的人必定要遵循种种待客礼仪，如若没有了礼数客套，定会得罪众多体面人士，因此，他给耽搁了，未能按照预定的时间离开庄园宅邸——在离自己宅邸最近的火车站搭乘上行的火车，回到伦迪夫人的宅邸，因为他先前陪同朋友离开了这。

阿诺尔德与布兰奇简短寒暄了一会后，来到了图书室这处安全隐秘的所在，与杰弗里见面，继续谈他们先前没有谈完的关于安妮的话题。他先详细讲述了发生在克雷格弗尼旅馆的情况，现在自然而然要听杰弗里要讲述的情况。令阿诺尔德倍感震惊的是，杰弗里态度冷漠，转身要离开图书室，没有说一句话。

阿诺尔德不顾礼数，拦住了他。

"别这么着急离开，杰弗里，"他说，"我既关心你的福祉，也关心西尔韦斯特小姐的。你现在已经返回苏格兰了，下一步有什么打算呢？"

杰弗里若要实话实说，他就必须按照以下内容来陈述自己的情况。

他去和哥哥会面，踏上返程的旅途时，必须下决心抛弃安妮。但是，他仅此而已，并没有进一步的行动。他并不知道，自己该如何抛弃那个信赖自己的女人，而又不至于让自己的卑怯行为暴露在光天化日之下。旅途中，他突然有了一种朦胧的想法，用一桩无效的婚姻立刻安抚和欺骗安妮。他询问自己，在一个以婚姻法宽松著称的郡，是否容易设置这样一个陷阱——假如一个男人只是知道如何设置的话。他想到了，很有可能，他哥哥生活在苏格兰，见多识广。他如若施用伎俩，哥哥有可能在不知不觉中对他说出自己想要了解的情况。他尝试了一个实验，泛泛而谈，把话题转到苏格兰的婚姻问题上。朱利叶斯没有研究过这个问题。朱利叶斯对这个问题一无所知——实验至此结束。作为如今遇到的挫折所带来的必然结果，他现在置身于苏格兰，绝对没有任何东西可作为自己摆脱困境的途径，有的只是一连串预想不到的事件，并且由于自己决心娶格莱纳姆夫人为妻而火上浇油。当他面对阿诺尔德的问题，问他打算怎么办时，他的处境便是如此，这便是他回答的内容。

"情况正常，"他回答，脸不改色，"不存在任何差错。"

"听到你说看清楚了自己的路径，我真高兴，"阿诺尔德接话说，"假如我处在你的位置上，定会稀里糊涂。仅仅在几天前，我都在纳闷着，你是否会停止与帕特里克爵士商量来着。换了是我，一定会停止。"

杰弗里看了他一眼，目光严厉。

"与帕特里克爵士商量？"他重复了一声，"你为何会这样做呢？"

"我真不知道该如何着手娶她为妻，"阿诺尔德回答说，"而且——由于在苏格兰——我该去请求帕特里克爵士（当然，不会提及名字），因为他对此肯定很熟悉。"

"假如我并非如你所认为的，看清楚了自己的路径，"杰弗里说，"你会建议我——？"

"去找帕特里克爵士商量吗？当然会啦！他生平从事着苏格兰法律的工作。你难道不知道这一点吗？"

"不知道。"

"那就听我的建议好啦——去找他商量。你不必说出名字。你可以说，是替一位朋友咨询的。"

这是个新办法，也是个很好的办法。杰弗里充满着渴望的神情，朝着门口看。他迫不及待想要立刻让帕特里克爵士在不知情的情况下成为自己的同谋。他再次试图离开图书室，但再次未能如愿。阿诺尔德还要提出更多不受欢迎的问题，还要给出更多未经请求的建议。

"关于与西尔韦斯特小姐见面的事情，你是怎么安排的？"他接着问，"你不能以她丈夫的身份到旅馆去。我已经防备了这一点。你准备到别的什么地方去见她呢？她独自一人，一定等待得厌烦了，可怜的姑娘啊。你能够把事情安排妥当了，今天就去见她吗？"

阿诺尔德说话的当儿，杰弗里目不转睛地盯着他看了一会儿。对方话刚一说完，杰弗里便爆发出了一阵哈哈大笑声。心系另外一个人的福祉，满怀着无私的焦虑感，这是一种高雅的情感。他由于接受的是强身健体的教育，所以无法对此感同身受。

"我说啊，老伙计，"他脱口而出，"你看起来对西尔韦斯特小姐有非同寻常的情趣嘛！你不会是与她恋爱着吧——是不是？"

"嘿！嘿！"阿诺尔德说，态度很严肃，"无论她还是我都不应该以这样的方式受到嘲笑。为了你的利益，我已经做出了一次牺牲——她也是如此。"

杰弗里再次神情严肃了起来。阿诺尔德的手上攥着他的秘密。杰弗里无意中凭着自己的经验对阿诺尔德的人品有了判断。"好吧，"他说，及时道歉，做出让步，"我只是开个玩笑啊。"

"等到你娶了她之后，你尽管开玩笑好啦，"阿诺尔德回答说，"在那之前，我心里觉得事情很严肃。"他打住没说了——思索着——态度十分诚恳，一只手搭在杰弗里的胳膊上。"听好啦！"他接着说，"关于我接近旅馆的事情，你可不要对任何人吭声啊！"

"我先前已经承诺要守口如瓶的。你还想要干什么呢？"

"我焦虑不安啊，杰弗里。请记住，布兰奇到达克雷格弗尼旅馆时，我可是在那儿的！可怜的姑娘，她告诉了我已经发生过的一切，言之凿凿，如像我当时远在一百英里之外。我发誓，自己无法朝着她的脸看！她若是知道了真相，她会怎么看我啊？恳请谨慎从事！恳请谨慎从事啊！"

杰弗里开始失去耐性了。

"我们从火车站来这儿的途中，"他说，"对这件事情已经说好了。现在过一遍有什么好处呢？"

"你说得很对，"阿诺尔德说，脾气温和，"实际情况是——我今天上午身体状况不佳。我心情忐忑不安——我不知道为什么。"

"心情？"杰弗里重复了一声，一副蔑视的神情，"是躯体——这就是你的问题。你正当的体重上面差不多像是压了一块石头。让心情见鬼去吧！一个接受健康训练的人不知道自己还有什么心情。转练哑铃吧，穿着厚实的外套跑步登山吧，通过出汗排泄掉，阿诺尔德！通过出汗排泄掉！"

杰弗里给出了这个绝妙的建议后，转身第三次试图离开图书室。当天上午，命运似乎决意要把他困在那个图书室。这一次，一位仆人挡住了去路——仆人拿着一封信，还带了口信。"那位先生等着要回复呢。"

杰弗里看了看信，是他哥哥的笔迹。从他在枢纽站离开朱利叶斯起，已经过去了大概三个小时。朱利叶斯这会儿可能要对他说什么呢？

他拆开了信。朱利叶斯要告知他的是，命运之神已经在眷顾他们了。他刚一回到家里便听说了关于格莱纳姆夫人的消息。他待在伦敦期间，格莱纳姆夫人拜访了他夫人——她应邀前来府邸——而且承诺，本星期早些时候接受邀请。"本星期早些时候，"朱利叶斯在信中写着，"意味着明天。你对伦迪夫人表达歉意，注意不要冒犯了她。就说出于家庭原因——对此，你希望很快便可以有幸告诉她——你必须再次请求她宽容大度——明天过来，帮助我们招待格莱纳姆夫人。"

突然间，杰弗里发现，自己必须凭着自己的决断行动了。这时候，连他都感到震惊不已。安妮知道他哥哥的住处。假如安妮（由于不知道该在别的什么地方可以寻找到他）出现在他哥哥的家里，当着格莱纳姆夫人的面向他提出要求怎么办呢？他吩咐送信的人等待，说他要写封回信。

"克雷格弗尼旅馆送来的？"阿诺尔德问了一声，一边指着自己朋友手上的信。

杰弗里抬头看了一眼，皱眉蹙眼。他正开口用极不友好的言辞回答这句不合时宜提及安妮的话——突然，外面的草坪上传来喊阿诺尔德的声音，声音表明，图书室内要有第三个人了，这提醒了两位绅士，他们的私密交谈该结束了。

第十八章　距离更近

经过其中一扇落地窗，布兰奇步伐轻盈，进入了图书室。

"你在这儿干什么呀？"她问阿诺尔德。

"没干什么。我正要去花园里找你呢。"

"今天上午，花园里让人感觉受不了啊。"她一边说话，一边用自己的手帕扇风，而且注意到杰弗里也在场。有了这个发现后，她露出了掩饰不住的怒气。"等到我结了婚之后吧！"她心里想着，"到时候，德拉梅恩先生如若从与他的朋友相处中获得很大的收获，那么，与我现在对他的判断相比，他将会显得更加聪明一些啊！"

"天气太热了点——呃？"杰弗里说，发现她盯着自己看，以为对方想要他说点什么。

他履行了这个职责后，未等对方做出回答便走开了，手里拿着信，在图书室内的一张书桌边坐了下来。

"谈到当今的年轻男士，帕特里克爵士的看法很正确，"布兰奇说着，一边转身对着阿诺尔德，"这儿便有一位，向我提出问题，却不等人家做出回答。外面的花园里还有三位呢，一个小时过去了，他们别的什么都不谈，单单谈马匹的血统和男人的肌肉。等到我们结了婚以后，阿诺尔德，可别介绍你的任何男性朋友给我，除非等到他们过了五十岁。——午餐前这段时间里，我们该干点什么呢？这儿的树丛，凉快而又宁静。我需要稍稍激动一下——但我完全没有任何事情可以干。你朗读一些诗歌给我听如何？"

"他在这儿时吗？"阿诺尔德问了一声，一边指着体现着诗歌的对应体——即杰弗里，坐在图书室另一端背对着他们。

"呸！"布兰奇说，"这室内只有一头动物。我们用不着在乎他！"

"我说呀，"阿诺尔德情绪激动地说，"你今天上午和帕特里克爵士本人一样尖刻。等到我们结了婚之后，你会怎么说我啊——你会用这种口气说我的朋友吗？"

布兰奇悄然把一只手放到阿诺尔德的一只手上，并且有点意味深长地捏了捏。"我会一直对你好的，"她轻声细语说——目光中蕴含着大量美好的承诺。阿诺尔德回应了那种目光（杰弗里无疑是碍事的！）。他们含情脉脉地对视着（那个体大笨拙的动物为何不到别处去写信啊？）。布兰奇轻声地叹息了一声，无可奈何，坐在其中一把舒适的扶手椅上——再次要求听一些诗歌，说话的声音微微地颤抖着，脸上露出比平常更加亮堂的喜色。

"我该朗读谁的诗歌呢？"阿诺尔德问了一声。

"任何人的都可以，"布兰奇说，"这是我另一个冲动的念头，我渴望欣赏一些诗歌。我不知道该欣赏谁的，也不知道是什么原因。"

阿诺尔德径直走向离自己最近的那个书架，拿下了手触碰到的第一本书——一本精美的四开本，淡棕色的装帧。

"呃？"布兰奇问了一声，"你找到的是什么书？"

阿诺尔德翻开书本，认认真真，一字不漏地念出了书的标题。

"《失乐园》。一部诗歌。作者约翰·弥尔顿①。"

"我从未阅读过弥尔顿的作品，"布兰奇说，"你呢？"

"没有阅读过。"

"我们之间情感相通，这是另一个例证啊！任何受过教育的人都不应该不知道弥尔顿。让我们做受教育的人。那就请开始吧。"

"从头开始吗？"

"当然啦！等一等！你不能坐得距离那么远——你必须得坐在我能够看着你的地方。别人朗读时，我若不看着他们，注意力便会分散。"

阿诺尔德在布兰奇脚边的一个凳子上坐了下来，翻开了《失乐园》的第一卷。他作为素体诗②的朗读者，朗读方法本身很简单。诗歌当中，我们有些人（许多健在的诗人可以证明）寻求的是声音；而我们有些人（极少有健在的诗人可以证明）寻求的是意义。阿诺尔德属于寻求声音的。他每朗读完一行诗都会无一例外地用句号停顿，而且只要能够通过不可避免的词的阻碍，他定会一如既往地持续用

①　约翰·弥尔顿（John Milton, 1608—1674）是英国诗人、政论家，民主斗士，英国文学史上最伟大的六大诗人之一。弥尔顿是清教徒文学作家的典型代表，毕生为资产阶级民主运动而奋斗，代表作《失乐园》与荷马的《荷马史诗》，但丁的《神曲》并称为西方三大史诗。弥尔顿是虔诚的清教徒，渴望用精湛的诗笔讴歌全能的上帝。《失乐园》取材于《圣经》中的创世纪故事——《创世纪》。《创世纪》讲述的都是经典的基督教故事——上帝在六天之内造出世间万物和人，把亚当和夏娃置于伊甸园中。撒旦和他的同伴一起被打入地狱。他偷偷潜入伊甸园，诱惑亚当和夏娃违背上帝的禁令而偷吃禁果。上帝把亚当和夏娃逐出伊甸园，放逐到人间。这是《失乐园》这个标题的内涵所在。《失乐园》叙述的故事总体上遵循了这个底本。史诗歌颂了上帝的恩威，刻画了撒旦的狠毒和堕落以及人类的软弱无知、容易误入歧途的秉性。全诗共包括十二卷，每卷卷首有内容梗概。
②　素体诗（blank verse）是英语格律诗的一种，又称无韵诗。由抑扬格五音步写成，每行用五个长短格音步——十个音节组成，每首行数不拘，不押韵。弥尔顿的《失乐园》便是用素体诗写成的。

句号。他开始朗读——

> 人类有了初次的违命。
>
> 偷尝了禁树上那致命之果。
>
> 结果给世界带来死亡和灾祸。
>
> 失去了乐园直到有更加伟大的人出现。
>
> 让我们重新获得极乐故土。
>
> 唱吧，天堂的缪斯——

"漂亮啊！"布兰奇感叹着说，"看起来真是可惜呀，图书室里一直摆放着弥尔顿的作品，却从来没有被阅读过！我们以后要利用上午的时间来阅读弥尔顿，阿诺尔德。作品似乎很长，但我们两个人都还年轻，我们可以活着把他的作品阅读完。——你知道吗，亲爱的，我现在又看着你了，你重返温迪盖茨宅邸，似乎情绪不是很高昂啊。"

"是吗？我也解释不清楚。"

"我能够解释！是与我感情相通，因为我也情绪不佳。"

"你！"

"对啊。我看到了克雷格弗尼旅馆的情况后，越来越替安妮忧心起来。我今天早上告诉了你情况后，可以肯定，你一定明白这一点对吧？"

阿诺尔德猛然快速地把目光从布兰奇身上回到弥尔顿的作品上。布兰奇重提发生在克雷格弗尼旅馆的事情，等于再次谴责了他在旅馆的行为。他指了指杰弗里，试图让她安静下来。

"不要忘记了，"他轻声细语说，"除了我们，这房间里还有别人呢。"

布兰奇耸了耸肩膀，一副蔑视的态度。

"他有什么关系啊？"她问了一声，"关于安妮的情况，他知道什么？他在乎什么？"

要把布兰奇从这个敏感的话题上转移开，另外的机会只有一个。阿诺尔德不顾一切地接着朗读诗行，从他停止的地方向前跳了两行，和先前的情况相比，更加突出声音，更少突出意义——

> 初始时天和地如何。
>
> 生自混沌之中或许锡安山①——

听见"锡安山"时，布兰奇再次打断了他。

"一定要等待一下，阿诺尔德！我不能如此这般地把弥尔顿塞入喉咙管。此外，我还有话要说呢。关于安妮的事情，我请教过我叔叔，我对你说过这个情况了吗？我觉得我没有对你说过。我给他看了安妮的信。我于是问：'您觉得如何呢？'他花费了一点时间（而且要吸大量鼻烟）然后才说出自己的想法。他确定要开口说时，他便对我说，他怀疑安妮的丈夫是个很不正常的人，说不定这种看法是很正确的。首先，他躲着我（恰如我认为的），这事很令人怀疑。其次，我一开始进入房间，便出现了蜡烛突然熄灭的事情。我以为（因奇贝尔太太也认为），蜡烛是风吹灭的。帕特里克爵士怀疑，蜡

---

① 锡安山（Sion 或 Zion）是基督教《圣经》中出现的众山之一。锡安山虽说是山，但又不是具体的高山。没有确切的地理坐标，可能是类似土丘的高原地带。《圣经》中常常以"锡安"来代指圣城耶路撒冷，因为那是大卫王的城，是以色列人铭记千秋的圣山。"锡安"在希伯来语中的原意是神圣的安详之地，是神赐平安之所。

烛熄灭的事情是那个可恶的人本人所为，以便我进入房间时看不见他。我坚信，帕特里克爵士的判断是正确的。你的看法呢？"

"我看我们最好还是继续吧，"阿诺尔德说，低着头看书，"我们好像都要把弥尔顿给忘记了。"

"你怎么会担心弥尔顿的事情啊！刚才朗读的那一点不如别的有趣。《失乐园》有爱情的描述吗？"

"我们若继续阅读下去，说不定可以看到一些呢。"

"这样挺好的。继续吧。动作利索一点啊！"

阿诺尔德动作很利索，结果忘记了先前停下的地方。他没有往前面朗读，而是向后。他再次朗读着——

　　　　初始时天和地如何。
　　　　生自混沌之中或许锡安山——

"这句你前面朗读过了。"布兰奇说。

"我认为没有朗读。"

"我肯定你朗读过了。你说出'锡安山'时，我记得自己立刻想到了基督教循道宗①信徒。你若没有说出'锡安山'，我不可能会想到循道宗信徒。这一点是合情合理的。"

"我试一试下面一页吧，"阿诺尔德说，"我先前不可能朗读过这个——因为我还没有翻页呢。"

布兰奇身子后仰在椅子上，无可奈何，猛然把手帕盖到自己的

---

① 循道宗：又称卫斯理宗。其是基督教新教七大宗派之一，是遵奉英国18世纪神学家约翰·卫斯理宗教思想的各教会团体之统称。

脸上。"有苍蝇，"她解释说，"我想要睡觉了。试试下一页吧。噢，天哪，试试下一页吧！"

阿诺尔德继续朗读——

> 首先说说，你看得见天堂里的一切。
> 也看得见地狱里的一切。先说说什么原因。
> 让我们伟大的祖先移居到了那幸福之邦里——

布兰奇突然又掀掉手帕，直接在椅子上坐直了身子。"别朗读了，"她大声说，"我忍受不了啦。罢了，阿诺尔德——罢了！"

"怎么回事啊？"

"'那个福之邦'，"布兰奇说，"'那幸福之邦'指什么？当然是指婚姻啦！而婚姻则让我想到了安妮。我不想再听了。《失乐园》令人很痛苦。罢了。——对啦，我随后向帕特里克爵士提出的一个问题当然是想要知道，他对安妮丈夫的所作所为是怎样看的。在某个方面，那个可恶的人在她面前的行为很不光彩。哪个方面呢？与她的婚姻有关联吗？我叔叔再次思索了起来。他认为此事很有可能。私订终身是很危险的事情（他是这样说的）——尤其在苏格兰。他问我，他们是否是在苏格兰成的亲。我不能告诉他——我只是说，'假如他们是呢？那会怎么样？''情况若是如此，仅仅可能的情况是，'帕特里克爵士说，'西尔韦斯特小姐可能对自己的婚姻产生忐忑不安的感觉。她甚至有理由——或者自己觉得有理由——怀疑是否算得上是一桩婚姻。'"

阿诺尔德怔了一下，转过头看了看杰弗里，只见他仍然坐在书桌边，背对着他们。尽管布兰奇和帕特里克爵士完全误解了安妮在克雷格弗尼旅馆的处境，但他们不知不觉中讨论的这个问题，却恰恰是杰弗里和西尔韦斯特小姐关心的——即苏格兰的婚姻合法性问题。当着布兰奇的面，阿诺尔德不可能告诉杰弗里，即便通过别人传话，他也最好听听帕特里克爵士的意见。说不定这话传到他的耳朵里去了呢？说不定他已经自觉地听到了呢？

（他确实在听。他给哥哥的那封信写了一半，他正在构思那封信时，听见了布兰奇最后说的那句话。他等待着听到更多情况——于是，一动不动，笔在他的手上悬着。）

布兰奇继续说着——由于阿诺尔德坐在她脚边，她心不在焉地用手指卷着又松开他的头发。

"我心里豁然开朗，帕特里克爵士已经发现了真相。我当然这样对他说了。他哈哈大笑了起来，说我一定不要匆忙下结论。我们云里雾里，正猜测着呢。我在旅馆注意到的令人深感痛苦的情况，说不定完全可以有另外一番解释啊。假如我当时没有制止他，他会整个上午都斤斤计较于各种小细节，挺惹人厌烦的。我的看法严格符合逻辑。我说了，我看见了安妮，而他没有看见——这一点关系重大。我说：'那个可怜亲爱的人身上令我迷惑不解和惊恐不安的每一个情况现在都得到解释了。法律必须而且一定会把那个人包括在内啊，叔叔——而我会因此付出代价！'我当时十分认真，相信自己哭泣了。你认为可爱的老头儿干什么啦？他把我拉到他的膝上，亲吻了我。他充满慈爱地说，若我答应不再哭泣了，他目前会接受我的看法，还有——等一等！我接着发出了尖叫的哭声！——一旦我的情绪平静下来了，他会从一个新的角度向我解释这种观点。你可以想象得到，我多么快便擦干了眼泪，半分钟的光景里，我展示出了一副多么平静的姿态啊！'那就让我们理所当然认为吧，'帕特里克爵士说，'正如你和我假设的那样，那个不知名的男人真正想要欺骗安妮。有一点我可以告诉你：很有可能，他在企图欺骗她时，可能（毫无觉察）最终欺骗的是他自己。'"

（杰弗里屏息静气。笔不知不觉中从捏着的手指上掉落了。有了答案啦！他哥哥无法解释清楚的问题，现在终于有了答案啦！）

布兰奇接着说。

"我兴趣盎然，心里对他说的话印象十分深刻，我一个字都没有忘记掉。'我一定不能详细解释苏格兰法律，让你的这颗小脑袋疼痛，'我叔叔说，'我必须简明扼要地来表达。苏格兰允许有些婚姻存在，布兰奇，这叫作非常规婚姻——而且是很不正常的现象。但是，目前这种情况中，这种婚姻有了这么个附带的优点。一个男人在苏格兰要假装结婚——实际上并不结婚，极难办到。从另一方面来说，一个男人在苏格兰要顺其自然地进入婚姻状态，而自己根本毫无意识，极容易办到。'这是他的原话啊，阿诺尔德。等到我们结婚时，决不能在苏格兰！"

（杰弗里红润的脸色变得苍白。假如这种情况属实，他可能让自己陷入他处心积虑为安妮设置的陷阱中！布兰奇继续叙述。他等待着，倾听着。）

"我叔叔问我，至此，我是否明白了他说的意思。犹如中午时分的太阳似的，明明亮亮——当然，我明白了他的意思！'那很好啊——现在集中注意力！'帕特里克爵士说，'假如再次假定我们的猜测正确，西尔韦斯特小姐在没有任何真正原因的情况下，可能让自己遭受极大的不幸。假如克雷格弗尼旅馆那个没有露面的男人实际上有了行动，我并不是说要娶她为妻，而只是假装要让她成为自己的夫人——而假如这种企图在苏格兰实施——可能性十有八九（尽管他可能对此不相信，尽管她也可能对此不相信），他实际上已经娶她为妻了。'这又是我叔叔的原话啊！不需要说，话说出口之后的半个小时，我便把这些话写信给身在克雷格弗尼旅馆的安妮送去了！"

杰弗里呆呆瞪着的眼睛里突然有了光彩。他突然灵光闪现。他头脑里突然有了一个绝妙的主意。他悄然扭过头看了看自己拯救了其性命的那个男人——看了看真诚回报他的那个男人。一种邪恶狡诈的表情悄然略过他的嘴边，同时从目光中显露出来。"阿诺尔德·布林克沃斯在旅馆假装结婚。上帝作证啊！这是我先前从未想到过的摆脱困境的办法啊！"他的心里有了这个想法之后，回到了给朱利叶斯写到一半的信上。有生以来唯一的一次，他情绪热烈，激动不已。有生以来唯一的一次，他感到惊恐害怕——而且是他自己的想法导致的！他写信给朱利叶斯，由于强烈地意识到，必须要争取时间欺骗安妮离开苏格兰，然后才敢于向格莱纳姆夫人求爱。他在信中写了一大堆难以说得通的理由，旨在推迟返回他哥哥的府上去。"不行啊！"他把信重看一遍时，自言自语，"别的什么都可以干——唯独这个不行！"他再次转过头看了看阿诺尔德，边看边把信撕成碎片。

与此同时，布兰奇还没有把话说完。"不行，"阿诺尔德提议到花园里去休息一会儿时，她说，"我还有话要说——这次，你会感兴趣的。"阿诺尔德无可奈何，只好倾听——更加糟糕的是，还要做出回答，假如没有办法的话——以一位毫不知情的陌生人的身份，因为他从未接近过克雷格弗尼旅馆。

"对啦，"布兰奇接着说——"你认为我给安妮的信导致了什么结果呢？"

"我当然不知道。"

"什么结果都没有！"

"真的吗？"

"绝对没有！我知道，她昨天早上收到了那封信。我应该在今日早餐时收到回信才是。"

"说不定她认为没有必要回信呢。"

"她不可能这样认为，因为我知道。此外，我在昨天的信中请求她告诉我（即便是一行文字也罢），关于对她困境的猜测，我和帕特里克爵士是否猜对了。已经过了一天了——但毫无音信！我该得出什么结论呢？"

"我还真是说不准！"

"阿诺尔德，是否存在这样的可能，即我们的猜测终究是不正确的呢？那个男人吹灭蜡烛的下作行为是否超出了我们的发现呢？这种疑惑挺可怕的，我心里断定，过了今天便会受不了。到了明天，我指望着得到你的同情和帮助！"

阿诺尔德的心沉了下来。很显然，他的周围聚集着新的复杂情况。他沉默不语，等待着听最糟糕的情况。布兰奇身子前倾，低声细语对着他说。

"这是个秘密，"她说，"假如书桌边的那个货色除了划船和跑步还能够听进什么情况的话，他便绝不能听这个！今天你们大家伙儿用午餐期间，安妮会悄然过来找我。假如她不过来，而且假如我没有收到她的回信——那么，就必须弄明白她的沉默之谜。这件事情由你去完成！"

"我？"

"别叫苦连天！你若不知道去克雷格弗尼旅馆怎么走，我可以帮助你。至于找到安妮，她是个魅力十足的人——而且你知道，看在我的分上，她会周密细致地接待你。我必须，而且也一定会得到有关她的消息。我不能第二次破坏府上的规矩。帕特里克爵士很支持——但他不会离开。伦迪夫人是个刻薄的对手。仆人们中若有哪一位去接近安妮，便会受到威胁，丢掉职位。除了你，没有别人了。我若今天没有见到安妮，或者收到她的回信，你明天就找她去！"

这个使命交给了这个人，此人先前在旅馆里冒充安妮的丈夫！此人被迫知晓了安妮可悲的秘密！阿诺尔德站起身拿走了弥尔顿的诗作，态度平静，绝望至极。如若关于别的什么秘密，作为最后一招，他可能会谨慎地听取第三个人的意见。但是，一个女人的秘密——一个女人的声誉取决于他保守这个秘密——无论在什么紧迫的情况下，都不可以告诉任何人。"假如杰弗里不能帮助我摆脱这一点，"他心里想着，"那我就别无选择，只能明天离开温迪盖茨宅邸啦！"

阿诺尔德把书放回到书架上的当儿，伦迪夫人从花园进到了图书室。

"你们在这儿干什么来着？"她对着自己的继女说。

"为了增长我的见识，"布兰奇回答说，"我和布林克沃斯先生一直在阅读弥尔顿的作品来着。"

"你能够屈尊——阅读了一个上午的弥尔顿作品之后——帮助我

发下星期举行家宴的请柬吗？"

"您若能够屈尊，伦迪夫人——喂了一个上午的家禽后——我只是阅读了弥尔顿的作品，一定会做到谦恭！"

有了这么一小段女人之间唇枪舌剑的交锋之后，继母和继女撤退到了一张书桌边，一同践行热情待客的美德。

阿诺尔德走到了图书室另一端自己的朋友身边。

杰弗里坐着，两只胳膊肘搁在书桌上，紧握着的拳头顶着两边的脸颊。额头上冒着大颗的汗珠子，周围散落着一堆被撕碎后的信纸碎片。他生平第一次显露出紧张而又敏感的症状——阿诺尔德开口对他说话时，他怔了一下。

"这是怎么啦，杰弗里？"

"写一封回信，我不知道该如何写。"

"西尔韦斯特小姐的来信吗？"阿诺尔德问了一声，压低了嗓门，以便不让房间另一端的两位女士听见。

"不是。"杰弗里回答说，声音更低。

"你听见了布兰奇对我说关于西尔韦斯特小姐的情况了吗？"

"听见了其中一部分。"

"布兰奇说，她若今天没有收到西尔韦斯特小姐的回信，便打算打发我明天去一趟克雷格弗尼旅馆。你听见她这样说了吗？"

"没有听见。"

"那你现在知道了。这就是布兰奇刚才对我说过的话。"

"嗯？"

"呃——一个人能够指望的东西总是有限度的，即便从他最好的朋友那儿也罢。我希望，你不会要求我担任布兰奇的信使。就目前的情况而言，我不能，也不会，回到旅馆去。"

"你已经无法忍受了——呃？"

"我已经给西尔韦斯特小姐造成够多痛苦了——而更多的是欺骗了布兰奇。"

"你说'给西尔韦斯特小姐造成了痛苦'是什么意思啊？"

"我在旅馆的人面前要她冒充我夫人，她可不像你我一样轻松地看待这件事情啊。"

杰弗里心不在焉，拿起来一把裁纸刀。他仍然低着头，开始刮掉自己手下吸墨台最表层的纸。他仍然低着头，突然轻声细语说话，打破了沉默。

"我说啊！"

"嗯？"

"你是如何设法让她冒充你夫人的？"

"我们驱车从火车站来这儿途中——我已经告诉过你了。"

"我当时在想别的事情来着。再给我讲述一遍吧。"

阿诺尔德把旅馆里发生过的事情又对他讲述了一遍。杰弗里倾听着，没有吭声。他神情茫然，让裁纸刀在自己的一根手指上平衡着。他显得不可思议地慵懒倦怠，显得不可思议地沉默不语。

"这件事情已经做过了，而且结束了，"阿诺尔德说，抓住他的肩膀摇晃他，"现在，要依靠你帮助我摆脱这个面对布兰奇的困境了。对于西尔韦斯特小姐的事情今天必须要有个着落。"

"事情会有着落的。"

"会吗？那你在等待什么呢？"

"我在等待做你告诉我做的事情呀。"

"我告诉你做的事情？"

"你不是告诉过我结婚前去请教帕特里克爵士吗？"

"毫无疑问！我是这样说过。"

"对呀——我在等待着有机会见帕特里克爵士。"

"然后呢？"

"然后——"他第一次看着阿诺尔德。"然后，"他说，"你可以认为这事有着落了。"

"这桩婚姻吗？"

他突然又低头看着吸墨台。"不错——这桩婚姻。"

阿诺尔德伸出一只手，表示祝贺。杰弗里根本没有注意到。他把目光又从吸墨台上移开了，朝着附近一个窗户的外面张望。

"我是不是听见外面有说话的声音呢？"他问了一声。

"我相信，我们的朋友全都在花园里呢，"阿诺尔德说，"帕特里克爵士可能在他们中间，我要去看看啦。"

阿诺尔德刚一转身离开，杰弗里便抓起一张信纸。"要赶在我忘记之前啊！"他自言自语地说，在信纸的顶端写下"备忘录"三个字，然后在其下面写下了以下文字——

　　他在门口要求她以他夫人的名义。午餐时，他在旅馆老板娘和侍者面前说："我替我夫人订下这两个房间。"同时，他敦促她说，他是她丈夫。那之后，他停留了整个夜晚。在苏格兰，律师把这种情况称作什么来着？（疑问：这是一桩合法婚姻吗？）

他把纸折起来后，犹豫迟疑了片刻。"不行啊！"他心里想着，

"关于这件事情，不能相信伦迪小姐说的话啊。我一定要询问了帕特里克爵士本人之后心里面才会有底。"

他把写了字的纸放进了衣服口袋里，擦去了额头上的汗。阿诺尔德返回来时——他脸色苍白——他苍白的脸色引人注目。

"不舒服吗，杰弗里？你脸色煞白，犹如灰墙啊！"

"天热的原因。帕特里克爵士在哪儿呢？"

"你自己可以去看！"

阿诺尔德指了指窗口。帕特里克爵士正横过草坪朝着图书室走来，手里拿着一张报纸——温迪盖茨宅邸的宾客们陪同着他。帕特里克爵士面带微笑，没有开口说话。宾客们情绪激动，扯起嗓子大声交谈。很显然，老派人士与新派人士之间发生某种观点上的碰撞。阿诺尔德提醒杰弗里注意草坪上的情况。

"帕特里克爵士身旁围了那么一大群人，你如何向他请教啊？"

"我若揪住帕特里克爵士的后颈，把他带到临近的一个郡去，那就可以向他请教啦！"他一边说一边站起身，诅咒发誓，压低着嗓子强调刚才这话。

帕特里克爵士进入了图书室，宾客们跟随在后面。

第十九章　接近目标

花园里一拨人之所以拥入图书室，看来目的是两个方面的。

帕特里克爵士进入的目的是要放回先前取走的报纸。客人们——总共五人——跟随在爵士后面，目的是一同来向杰弗里·德拉梅恩提出呼吁。这两种明显不相同的动机之间存在某种联系，尽管表面上看不出来，但现在这就要显现了。

五位宾客当中，有两位中年绅士，属于人类家庭中那个大分支中的成员，但界限不是很分明。自然之手在他们身上涂抹上了不引人注目的中性色调。他们吸收了自己所处时代的种种观念，兼收并蓄，内化于己。他们在社会上占据着相同的地位，如同舞台上歌剧合唱队员占据的地位。他们回应着当下人们盛行的情绪。他们给眼前这位独白者时间来喘口气。

其余那三位年龄大概三十岁上下。赛马、体育、抽烟、喝酒、桌球、赌博，他们全都无所不精。而对于太阳底下的其他每一种东西，他们全都一无所知。他们全部出身名门，全部打上了"大学教育"的烙印。从外形上说，人们可以认为他们有点像是杰弗里的翻版——他们可以用一、二、三的数字来加以区分（由于没有其他区分的办法）。

帕特里克爵士把报纸放在桌子上，然后在一把舒适的扶手椅上坐下。由于他在家庭中的地位，他那无法约束的兄嫂立刻惊扰上他了。伦迪夫人打发布兰奇来找他，拿来了一份宴请的宾客名单。"需要得到你叔叔的认可啊，亲爱的，他是一家之主呢。"

帕特里克爵士看着那份名单的当儿，阿诺尔德走向站立在叔叔椅子后面的布兰奇的当儿，"一、二、三"——那两位"合唱队员"候着他们——突然一起走向处在房间另一端的杰弗里，紧接着向高级权威发出了以下呼吁——

"听着，德拉梅恩。我们需要你。这儿的帕特里克爵士常常像暴风肆虐我们，称我们是没有开化的不列颠人。对我们说，我们没有受教育。怀疑我们，他还是试一试我们，看看我们是不是能够读、写和算。他还诅咒说，他看到那些家伙就恶心，他们展示自己的胳膊和大腿，看看哪个家伙的最健壮，谁的胸部肌肉有三条带，谁的没有，诸如此类。说一个男人最不堪的一件事情，是一个男人喜欢一种有利于健康的户外生活，训练划船和跑步，还有其他技能，却不喜欢读书。因此，他一定会犯下名录上的所有罪行，包括杀人在内。并且，看到了你的名字上了报纸，要参加跑步竞赛。当我们问他是否会押注时，他回答说倒是会在大学的另外一场竞赛中押我们喜欢的注，赌你会输——意思是说，老伙计啊，你的学位。卑鄙龌龊，竟然说起学位。"——这是"一号"的看法。"帕特里克爵士品位低劣，竟然去揭人家伤疤，那件事情我们中间从来都没有人提及。"——这是"二号"的看法。"竟然在人家背后嘲笑一个人，这不是英国人的做派"。——这是"三号"的看法。"要求他做出解释，德拉梅恩。你的名字上了报纸了——他不能盛气凌人地对待你啊。"

两位"合唱队"的绅士赞同（心情阴郁悲伤）普遍的看法。"帕特里克爵士的看法肯定很极端吧，史密斯？""我觉得吧，约翰，大家很想要听一听德拉梅恩先生一方的看法。"

杰弗里的目光从自己的一个崇拜者身上转移到另外一个，他脸上的表情令他们感觉很新鲜，举止态度令他们所有人觉得迷惑不解。

"你们自己不能去与帕特里克爵士争辩，"他说，"你们想要我去吗？"

"一、二、三"，还有"合唱队员"齐声回答："是的！"

"我不会去的。"

"一、二、三"，还有"合唱队员"齐声问："为什么啊？"

"因为，"杰弗里回答，"你们大家的看法都是错误的，而帕特里克爵士的看法是正确的。"

从花园里进来的一拨人听到这话后，不仅倍感震惊，而且简直呆若木鸡，动弹不得，一个个哑口无言了。

杰弗里没有再对站立在他旁边的人中的任何一位说一句话，而是径直地朝着帕特里克爵士坐着的扶手椅走过去，面对面对着他说话。众人跟随着，倾听着（尽可能），十分惊讶。

"您会押我学位的注，爵士，"杰弗里说，"赌我会输对吧？您的看法是正确的啊。我拿不到学位。您怀疑我，或者怀疑站立在我身后的这些伙伴们，不如尝试一下，我们是否会正确地读、写和算。您的看法又对了——我们不会。您说，您不知道，像我这样的人，像他们这样的人，为何没有从划船和跑步等开始，最后以犯下名录上的种种罪行告终，包括杀人在内。是啊！这里您的看法或许又对了。谁知道，他生命终结之前，可能会发生什么，或者不会发生什么呢？可能是另外一个人，也可能是我。我怎么知道呢？您怎么知道呢？"他突然转身向着那一拨人，只见他们惊讶不已地站立在他身后。"你们若想要知道我心里是怎么想的——这就是我要明明白白对你们说的。"

这番话本身不仅让人听了感到毫无羞耻，而且似乎透出了说话者感觉这样说话刺激而又愉悦，令听他说话的一圈人感到震惊——包括帕特里克爵士在内——有一种瞬间不寒而栗的感觉。

沉寂之中，第六位宾客出现在草坪上，迈步走进图书室——一位沉默不语、态度坚定、谦逊内敛的老者。他头一天前来温迪盖茨宅邸做客。伦敦内外，人们都熟悉他，因为他是当代一流的外科医生之一。

"在讨论事情吗？"他问了一声，"我妨碍了你们吧？"

"没有讨论什么——我们大家的意见都是一致的，"杰弗里大声说，兴致勃勃地替其他人做出回答，"意见越一致，大家越开心啊，先生！"

外科医生瞥了一眼杰弗里，随即停下脚步，没有朝着房间的内侧走——伫立在窗户边。

"对不起，"帕特里克爵士说，话是对着杰弗里说的，态度严肃而庄重，阿诺尔德凭着自己与爵士交往的经验，觉得这种态度很新鲜，"我们并非意见一致。根据我刚才听到的说法，我不赞同您，德拉梅恩先生，把我与你们的情感表达联系起来。听到你刚才使用的言辞后，我别无选择，只能用我真正想要说的话来应对你们认为我已经说过的话。假如先前在花园里的讨论现在在这个房间当着另一批听众重新开始，那不是我的错——而是你们的。"

他说话时看着阿诺尔德和布兰奇，目光又从他们身上转移到伫立在窗户边的外科医生身上。

外科医生替自己找到了一处据点，他据此可以完完全全与其他宾客分隔开来。他让自己的面部处在阴暗处，仔细地观察着杰弗里的面部，因为后者的面部完全暴露在光亮中，神情专注，假如当时大家没有完全把目光投向帕特里克爵士，那一定都会注视着杰弗里那张脸。

此时此刻，他审视着的可不是一张随和的面孔。

帕特里克爵士在说着话时，杰弗里在窗户附近坐下来了——冥顽不化，无动于衷，面对斥责毫无反应。他迫不及待地想要咨询这位唯一的权威，因为权威能够决定阿诺尔德对安妮的身份问题。他的朋友们不请自到，为了让自己摆脱这种局面，他站在了帕特里克爵士一边——由于他在追求自己目标的过程中性情粗鲁，无力控制住自己，于是废除了自己的目标。如此情形之下，他是灰心丧气了呢，还是只是身不由己，只能耐心等待，直到时机到来——如若单从表面现象来加以判断，不可能说得准确。他坐在那儿，两边嘴角沉重地向下耷拉着，两只眼睛凝视着，透出一种十分淡漠而茫然的神情。这是个预先有了准备的人，固执倔强，波澜不惊，挡住诱惑，决不搅和到即将出现的意见交锋中去。

帕特里克爵士拿起他刚才从花园拿进来的那张报纸，想要再看看外科医生是否会向他走来。

没有！外科医生正在一门心思想着自己的事情。他仍然保持着相同的姿态。他心里先前对于杰弗里的情况很关切，而且迷惑不解，此刻仍然在对此苦思冥想着！"此人，"他心里想着，"从伦敦出发，经历了整整一夜的行程，今天早晨到达此地。我看他脸上的表情，难道说一句平常情况下出现的疲惫便可以对此做出解释吗？不能啊！"

"我们在花园里展开的小范围谈论，"帕特里克爵士接着说，回答了布兰奇把身子向着他探过来时询问的目光，"亲爱的，始于这儿的一段文字。上面报道了德拉梅恩先生将要参加即将在伦敦附近地区举行的跑步竞赛。现在，体育展示的风气在英国十分盛行，但我坚持极少数人的看法。与反对我看法的先生们——我并不怀疑，关于这个问题，他们发自内心地反对——展开的激烈的争论中，我表达意见时可能有点过于强硬。"

"一、二、三"发出了一阵呻吟般的低声抗议，作为对帕特里克爵士先前向他们表达小小敬意的回应。"划船和跑步最终落得进老贝利①和上绞刑架的下场，那又如何呢？您说过这话的，爵士——您知道您说过这话！"

两位"合唱队"的绅士面面相觑，与人们普遍的情绪感同身受。"情况如此，我觉得，你看呢，史密斯？"——"是啊，琼斯，情况确实如此。"

仍然对此置之度外的是杰弗里和外科医生。第一位坐在那儿，态度平静，不动声色，对于进攻和辩护都同样漠然置之。第二位伫立在那儿，一直在观察着——他对此兴趣渐浓，犹如一个开始从头至尾看清楚了自己路径的人。

"听听我的解释吧，先生们，"帕特里克爵士接着说，态度彬彬有礼，一如既往，"请记住，你们生活在一个特别要求践行公平原则的国度。我要请求诸位注意我在花园里说过的话。我先来认可一个事实吧。我承认——对此，再没有理智的人必定会承认——绝大多数情况下，一个人，假如他能够智慧行事，懂得把施用体力和施用脑力结合起来，那他一定更加适合于施用脑力。这两者之间的重要问题是比例和程度的问题——我对当今时代表示不满的是，当今时代没有看清这一点。我觉得，英国的大众似乎不仅觉得，培育肌肉与培育心智同等重要，而且实际上发展到——实践上，即便不是理论上——荒唐和危险的程度，即体力训练第一，智力训练第二。在此，可以举一个例子：相对于你们大学划船竞赛激发起来的热情，我没有发现英国人对其他事物的热情可以如此真挚，如此广泛。还有，

---

① 老贝利（the Old Bailey）是伦敦中央刑事法庭的俗称。

我看到，你们的体育教育成了中学和大学里一件被公开吹捧的事情——我要请求任何不带偏见的见证者告诉我：哪个激发了最广泛的热情，哪个在公众报刊上占据了最显著的位置——是获奖日展示小伙子们在室内运用他们的心智所能取得的成果呢，还是体育竞赛日展示小伙子们在室外运用他们的身体能够取得的成果？你们十分清楚，哪种展示激发了最响亮的欢呼喝彩声，哪种展示占据了报纸的显要位置，而这导致必然出现的结果是，哪种展示授予了当今的英雄最高的社会荣誉。"

"一、二、三"又发出了一阵喃喃的声音："对此，我们没有什么好说的，爵士，您尽管这样想就是。"

史密斯和琼斯再次表达了他们赞同普遍说法的看法。

"很好啊，"帕特里克爵士接着说，"关于公众情感指向的问题，我们大家的看法是一致的。如若这是一种值得尊重和鼓励的情感，那就请告诉我，由此带来的国家利益是什么。这种现代充满了阳刚之气的激情迸发，对于事关人生的严肃问题有什么影响呢？它如何改善普遍民众的品性？我们每个人，相对于昔日为了公众的利益而牺牲我们个人微小的利益，我们现在会更加乐于这样做吗？我们现在处理我们的时代面临的种种严肃社会问题时，会采用格外坚定、直接和明确的方式吗？通过我们的商业道德规范，我们正在变成一个显而易见且不容置疑更加纯洁的民族吗？所有国家里，公众的娱乐活动都会忠实反映公众兴趣品味。这样的活动中是否有一种更加健康和更加高雅的格调呢？关于这些问题，请给我做出确切的回答，但却是需要证据的——那样的话，我便会认可，目前人们对体育活动的狂热情绪是一种新的情绪宣泄方式，比起我们不列颠民族特有的自我炫耀行为和我们不列颠民族特有的粗暴野蛮行为，这种方式更加理想。"

"问题！问题！""一、二、三"一同大声说。

"问题！问题！"史密斯和琼斯怯生生地回应着说。

"这正是问题所在，"帕特里克爵士接话说，"你们承认公众情感的存在。我可是要问一声，这种情感会带来什么好处吗？"

"那它会带来什么坏处呢？""一、二、三"说。

"听听！听听！"史密斯和琼斯说。

"这是个公平的挑战，"帕特里克爵士说，"我一定在这个新的领域内迎战你们。我能够看到，我们民族的风度举止变得越来越粗鲁。我觉得，我们民族品味的恶化趋势蔓延得越来越广泛。对于这些问题，我不会做出回应，加以指出。你们或许可以毫不隐瞒地告诉我，我年岁过高，针对超出我的标准的举止和品味，我无法做出公正的判断。就我们之间现在出现的情况而言，我们仅仅就纯理论上的优点来设法探讨这问题。我坚持认为，在这个问题上，一种实际上让体力训练超乎道德和心智训练之上的公共情感，是一种十分糟糕和危险的情感——它滋长了人身上与生俱来的惰性，不愿意顺从道德和心智培育不可避免要改变这种惰性的要求。我小时候自然而然想要做的事情是哪个？——是想要尝试一下自己能够跳多高呢？还是想要尝试一下自己能够学到多少知识？我年轻时候，哪一点更加容易做到？是教我如何掌握划桨的训练呢？还是教我学会以德报怨，学会如同爱我自己一样爱我的邻居？这两种实验中，这两种训练中，英国的社会应充满热情地鼓励哪一种呢？而事实是，英国社会确确实实在鼓励哪一种呢？"

"您刚才自己说什么来着啊？""一、二、三"说。

"说得好极啦！"史密斯和琼斯说。

"我说了，"帕特里克爵士承认说，"一个人专心于书本强于专心于体育锻炼。而我还是要重申一遍——体育锻炼应控制在强身健体的范围内。但是，公众的情感一旦触及这个问题，立刻便会把体育锻炼提到高于书本的程度——这时候，我说，公众的情感便达到了一种危险的极限。这样一来，体育锻炼便成了年轻人思想上最最重要的事情，成了年轻人最为强烈的兴趣，占据了年轻人最大份额的时间。通过这样一些途径——极个别的例外——久而久之，可以肯定的是，几乎从所有良好的道德和心智方面而言，年轻人一定会成为没有教养的人，或许还可能会成为危险的人。"

对手的阵营中发出大声说话的声音："他终于说到点子上啦！一个人如若过着户外生活，运用上帝赋予他的体力，那他就是个危险的人。有谁听见过这样的说法吗？"

另外那两个人用不同的声调大声回应着："没有啊！谁都没有听见过这样的说法啊！"

"不要尽说一些言不由衷的话啦，先生们，"帕特里克爵士回答说，"农业劳动者过的是户外生活，运用的是上帝赋予他们的体力。商船上的水手也是如此。两类人都属于缺教养的阶层，令人遗憾的缺乏教养的阶层——看一看结果如何！看一看犯罪的图谱吧。你们会发现名录中记录着犯下累累罪行，十分恶毒的——不是出现在城市，因为城里人一般都不过户外生活的，一般情况下，也不运用体力，而是一般相对有教养——不是出现在城市，而是出现在农村地区。至于英国的水手——除了皇家海军逮住并且教化时——问一问布林克沃斯先生，因为他在商船队当过差，户外生活和肌肉训练给予了他什么类型的道德影响。"

"十之八九，"阿诺尔德说，"生活在世界上，会是无所事事和道德败坏的恶棍。"

对方再次发出大喊大叫的声音："我们难道是农业劳动者吗？我们难道是商船上当差的水手吗？"

其他人发出油嘴滑舌的回应声："史密斯！我难道是体力劳动者吗？""琼斯！我难道是水手吗？"

"我们还是不要涉及具体个人吧，先生们，"帕特里克爵士说，"我在说一般的情况。我只有把自己的观点推至极端时才能够应对极端的反对意见。我已经举出农业劳动者和水手的例子来说明自己的观点。假如农业劳动者和水手冒犯了你们，那你们尽管叫他们从舞台上下去好啦！我坚持自己刚才提出的观点。一个人可能出身高贵，生活富足，锦衣玉食——但是，他若是个没有教养的人，那他（尽管有前面那些优势）因此具备特别的潜质，成为一个邪恶的人。别误解了我的意思！我绝对不是说，现在单一对肌肉成就的狂热一定会不可避免地滑向堕落的深渊。对于社会而言，幸运的是，所有特殊的堕落行为首先或多或少一定是特殊的诱惑导致的结果。感谢上帝，我们芸芸众生度过人生，一辈子除了普通的诱惑不会接触到别的。成千上万的年轻绅士热衷于当今广泛喜爱的种种活动。他们一生中也不至于遭遇到更加悲惨的后果，只是情绪和举止粗鲁，令人惋惜地不能感受到那些更加高尚和高雅的影响，而这些要素却能够促使更加文明的人的生活变得更加甜美和纯洁。但是，看一看其他情况吧（可能发生在任何人身上），即特殊诱惑的情况，考验着你们所在的富有阶层和我所在的富有阶层的年轻人。而我要请求德拉梅恩先生赏脸注意听我现在必须要说出的话，因为它涉及我确实说过的话——因为它不同于他貌似认同的而我却没有提出的看法。"

杰弗里一副漠不关心的样子，仍然无动于衷。"接着说吧！"他说——仍然坐着，径直地朝自己面前看着，目光呆滞，没有注意任何目标，没有表露出任何情感。

"举我们现在看到的例子吧，"帕特里克爵士接着说——"举我们现代一位平常年轻绅士的例子，他具有体质训练能够赋予他的每一种优势。让此人受到一种诱惑的考验。为了他自身的利益，这种诱惑不知不觉之中让潜藏在人身上的野蛮秉性发挥作用——即追逐私利和残忍无情的秉性，因为这些是所有犯罪的真正起因。将此人置于并没有对他造成伤害的其他人面前，如此情境要求他做出两种牺牲中的一种：牺牲另外的人，或者牺牲他自己的利益和他自己的欲望。我们不妨说，他眼前人的幸福，或者他眼前人的生命，阻碍了他去实现自己想要实现的目标。他知道，他能够摧毁幸福，或者剥夺生命，而不害怕自己会因此受到什么损失。既然他是这样的人，面对如此情况，采取什么措施阻止他直奔自己的目标呢？通过在这个领域内艰苦卓绝的训练，排除了在其他领域类似的艰苦卓绝的训练，他已经做到了划船中技巧娴熟，跑步中行动敏捷，还具备了在其他体育运动中令人钦佩的能力和韧性——这些体育上的成就可以有助于他克服自己自私自利和残忍无情的品性，从而取得纯粹道德上的胜利吗？这些成就甚至都不能有助于他看清哪些是自私自利，看清哪些是残忍无情。他在划船和跑步中所采取的基本原则（如若你们确认仅仅把这个原则运用到划船和跑步中，这是个没有害处的原则）已经教会了他充分利用另外一个人的优势，即他凭着自己超出别人的体力和超出别人的才智能够想得到的优势。他接受的训练中没有任何东西能够让他残暴的铁石心肠变得柔和，能够让他残暴黑暗的心灵变得明亮。当诱惑经过他身边时，诱惑发现此人毫无防范。我并不在乎他是谁，或者他碰巧在社会阶层中所处的地位有多高——他实际上就是个粗野的人，仅此而已。假如我的幸福妨碍了他——而假如他替自己排除障碍而又不会受到惩罚——他会践踏我的幸福。假如我的幸福是他会遇到的下一个障碍——而假如他替自己排除障碍又不会受到惩罚——他会践踏我的生命。德拉梅恩先生，他并非以受害者的身份来面对无法抵抗的命运或者神秘莫测的机遇，而是以一个播种收获的人的身份。阁下，这就是我们刚开始讨论时我所说的仅为极端的例子。虽说是仅为极端的例子，但同时也是完全有可能的例子——我现在重申一遍。"

对这个问题另一面的辩护者尚未来得及开口回答，杰弗里便突然一改先前无所谓的态度，一跃身子站立了起来。

"等一等！"他大声喊了起来，情绪激动，迫不及待想要替自己做出回答，并紧握着拳头，威胁其他人。

大家都沉默了。

杰弗里转过身，看着帕特里克爵士，仿佛帕特里克爵士本人侮辱了他。

"这个没有点出姓名的人自作自受，接受自己最终的命运，对任何人没有同情怜悯之心，对任何事情都我行我素。这个人是谁啊？"他问了一声，"把他的名字点出来吧！"

"我是在引用一个例证，"帕特里克爵士说，"并不是攻击某个人。"

"你有什么权力？"杰弗里大声问——他的心里突然涌起了一股莫名的愤怒情绪，全然忘记了在帕特里克爵士面前控制自己的情绪所带来的利益——"你有什么权力挑选一个划船手做例证，一个十恶不赦的流氓恶棍——情况很有可能如此，但一个划船手可能是个很优秀的人。啊！你若意识到了这一点，他很可能比处在你的位置上的人还更加优秀呢！"

"假如这样一个例证和其他例证一样可能会发生（我倒是很乐意承认这一点），"帕特里克爵士回答说，"我肯定有权利随自己的心愿挑选例证来说明问题啦。等一等，德拉梅恩先生！这是我最后要说的话——我打算好了要说出来的。我引用这个例证——并非如您错误认为的那样，是个特别堕落的人——而是个平常的人，具有平常人卑劣、残忍和危险的性格，这些是未经改良的人性的主要成分——正如您信仰的宗教告诉您的那样，而且您若认真看看您的那些到处都有的未经教化的同胞兄弟，正如您自己可以亲眼看到的那样。我假定那个受到诱惑考验而走向邪恶的人非同寻常。我要就自己的能力所及表明，他完全彻底地忽略了自己的道德和心智，而这正是目前英国公众情绪中强调身体训练的观点默许鼓励的。这样一来，他便完全受制于自己天性中全部最恶毒的本能。如此情形之下，多么肯定，他一定会一步一步走下去（尽管他是个绅士）——如同流落街头的底层流浪者，面对给他的特殊诱惑，一直走下去——从开始的无知，到最后的犯罪。我举这个例证来说明自己坚持的观点，您若否定我有这个权利，要么你一定否定，把人引向邪恶的特殊诱惑能够伤及一个处于绅士地位的人；要么您一定主张，天性中能够抵挡所有诱惑的绅士，唯有那些全心全意投身体育活动的绅士。这就是我的解释。我在陈述我的例证的过程中，我由衷地敬仰美德和学识，由衷地敬佩我们中的那些年轻人，他们抵挡着残暴习性的恶劣影响。英国未来的希望存在于未来的他们身上。我说完啦。"

杰弗里怒火满腔，正要态度粗暴地表达个人看法，恰在这样一个特定的时刻，他被另外一个人制止住了，此人有话要说，而且坚定地要说出来。

第二十章　触及目标

过去的一小段时间里，外科医生中断了对杰弗里面部的持续观察，全神贯注着眼前这场讨论，那神情态度犹如一个人自愿承担的任务已经完成了一样。当最后那句话从最后那个说话者的嘴里说出来时，外科医生行动十分迅速，技巧十分娴熟，出现在杰弗里和帕特里克爵士之间，杰弗里本人因此感到惊诧不已。

"帕特里克爵士的这一番陈述中还需要补充一些东西才算完整，"外科医生说，"我觉得，我根据自己的职业经验取得的结论，可以对此加以补充。我把自己要说的话说出来之前，我若斗胆提醒德拉梅恩先生要控制住自己的情绪，但愿德拉梅恩先生会原谅我吧。"

"您也打算对我来一番猛烈攻击吗？"杰弗里问了一声。

"我建议您控制住自己的脾气——仅此而已。有些人并没有受到任何特别的伤害，却情绪激动。这样的人大有人在。您却不属于他们其中的一位。"

"您这话是什么意思啊？"

"我觉得，您的身体状况，德拉梅恩先生，并非如您自己可能认为的那样令人满意啊。"

杰弗里转身对着他的几位仰慕者和追随者，发出了一阵充满嘲弄的哈哈大笑声。仰慕者和追随者们一齐随着他哈哈大笑起来。阿诺尔德和布兰奇彼此微笑着。连帕特里克爵士看起来都好像不大相信自己的耳朵。现代的赫拉克勒斯伫立在众目睽睽之下，俨然是一个要进行自我辩护的赫拉克勒斯。而他正对面站着的那个人，杰弗里一拳头便可以要了对方的命。而对方却语气十分严肃告诉他，他并非是个完全健康的人！

"您真是一朵奇葩啊！"杰弗里说，半是玩笑半是气愤，"我怎么啦？"

"我已经承诺了要给您我认为有必要的提醒，但没有承诺要告诉您我认为您怎么了。那可能是一个从现在开始需要考虑一些时间的问题。同时，我想要验证一下我对您的印象。您介意回答一个关于您自己的无关紧要的问题吗？"

"我们先来听听问题吧。"

"帕特里克爵士说话时，我注意到了您的表现情况。您和您周围的这些绅士一样，也很想反驳他的观点。我不明白的是，您缄口不言地坐着，完全让其他人站在您一边说话——直到最后，帕特里克爵士碰巧说到了激怒您的情况。那之前的整个时间里，您心里就没有想到要回应一下吗？"

"我心里想要做出的回应不亚于今天在这儿做出的任何回应。"

"不过，您还没有说出来对吧？"

"对，我没有说出来。"

"说不定，您觉得——尽管您知道，自己的反对意见合情合理也罢——不值得劳神诉诸言辞对吧？总之，您让自己的朋友代替您回应，而不想劳神自己亲自回应对吧？"

杰弗里看着自己的医学顾问，突然产生了好奇，突然感到疑惑。

"我说啊，"他问，"您如何知道我心里的想法呢——而我自己并没有说出来呀？"

"我的职业便是发现人们身体上出现的状况——而为了实现这一点，我有时候必须要发现（我若是办得到）他们心里想些什么。倘若我准确地琢磨透了您心里想着什么，那就用不着强调自己的问题了。您已经对此做出了回答。"

外科医生随即转身面对着帕特里克爵士。

"这个话题有一个方面，"他说，"您尚未涉及。目前，人们狂热追求种种肌肉训练活动，但其中有一个障碍，就其本身而言，与道德障碍一样强烈。您已经表明了种种后果，因为那样的训练可能会影响心灵。而我却能够表明种种后果，因为那样的训练一定会影响身体。"

"您是凭着自己的经验吗？"

"凭着我自己的经验。作为医生，我可以告诉您，年轻人中有一部分，绝不是很小的一部分，现在进行剧烈的体力和耐力测试。他们这样做给身体造成了严重而持久的伤害。公众参加划船竞赛、跑步竞赛，还有其他诸如此类的竞赛。他们只看到了肌肉训练带来的成功结果。家里的父母亲却看到了失败。英国有很多家庭——帕特里克爵士，很多不幸的家庭，数量可不在少数啊——那些家庭里的年轻人，由于目前这种盛行的体育展示给他们的体质造成了过度的压力，结果身体垮了，成了残废，延续自己的余生。"

"您听见了这话吗？"帕特里克爵士说，一边看着杰弗里。

杰弗里心不在焉，点了点头。经过了这一阵后，他愤怒的情绪消退了，又是一副神情淡漠、不动声色的态度。他回到了自己的椅子边——坐了下来，两条腿张开着，傻乎乎地盯着地毯上的图案。"这与我何干呢？"这种心思从头到脚在他身上表露出来了。

外科医生接着说。

"要是公众的情绪保持现在的状态不变，"他说，"关于这种可悲的情形，我看找不到任何可以补救的措施了。一个年轻人若外表看起来很健康，肌肉发达，他便渴望（很自然）像别人一样鹤立鸡群。他所在的大学或者别处专门训练的机构会根据他外表显示的力量招募到他（还很自然）。他们选择了他，正确还是错误，他们无法说得准，一直要等到实践的考验，但大多数情况下，已经造成了不可逆转的伤害。一个人的肌肉力并非他生命力的公正保障，他们中有多少人意识到了这个重要的生理真相？我们所有人的身上具有（正如一位伟大的法国作家①所指出的那样）两种生命——由肌肉构成的外表生命，由心脏、肺部、大脑构成的内部生命，他们中有多少人知晓这个事实？即便他们知道这一点——即便有医生给他们提供帮助——大多数情况下，早期的检查是否一定可以发现此人的生命健康状态经受了肌肉训练对他造成的压力，这一点其实十分值得怀疑。去问一问任何我的同行，他们都会依据他们自己从业经验所得出的结论告诉你们，我一点都没有对这个严重的祸害言过其实，没有夸大它导致的可悲而又危险的

---

① 原书指出，此处所指不明。

后果。我此刻身边有一位病患，是个二十岁的年轻人，其肌肉发达的程度是我先前从未见过的。假如这个年轻人在仿效他周围那些年轻人的榜样之前来咨询我，老实说，我无法断定，说我能够预见到这样的结果。实际情况是，他经历了一定量的肌肉训练之后，建立了一定数量的肌肉业绩之后，有一天，突然晕倒了，令他的家人和朋友震惊不已。他们把我叫去了，我从此开始诊视这个病例。他或许可以生存下去，但永远不可能康复。我不得不对这位二十岁的年轻人采取和对一位八十岁的老人一样的预防措施。他块头够大，肌肉够丰富，可以面对一位画家坐下来当桑普森①式的模特——仅仅就在上个星期，我看见他像个年轻姑娘似的在母亲的怀里晕过去了。"

"姓名呢！"杰弗里的敬慕者们大声说，在没有杰弗里鼓励的情况下，他们仍然在他们那一方抗争着。

"我不习惯提及我病人的姓名，"外科医生回答说，"不过，假如你们坚持要求我举例说明某个人因为体育训练而垮了身体，我倒是可以做到的。"

"那就举出例子来吧，他是谁？"

"你们大家都十分熟悉他。"

"他接受医生的诊疗了吗？"

"还没有啊。"

"他在哪儿呢？"

"那儿！"

停顿一阵，令人喘不过气来的沉默——房间里每个人的眼睛都

---

① 所指不详。

注视着他——外科医生举起一只手，指着杰弗里·德拉梅恩。

　　众人刚从目瞪口呆的状态中解脱出来，随之而来的当然是不相信。

　　这位首先声称"眼见"为"实"的人确实地指出了（不管他本人是否知晓）人类最基本的愚蠢行为之一。最容易接受的证据莫过于除了眼睛看无须其他判断的证据——而且，只要人类延续着，就还是人类最乐意接受的证据。每个人的眼睛都看着杰弗里，面对明显看得见的证据，每个人都做出了判断，即外科医生的说法是错误的。伦迪夫人本人（因宴会邀请客人的事情而心神不宁）为首提出了异议。"德拉梅恩先生身体垮了！"她激动地大声说，请求她杰出的医生客人想想清楚，"事实上，是啊，您预料到了，我们是不可能相信这种说法的！"

　　杰弗里由于成了这个令人震惊的说法的目标，受到刺激，必须采取行动，于是站起身，眼睛直勾勾地看着外科医生的脸庞，目光坚定，态度傲慢。

　　"您说话当真吗？"他问了一声。

　　"当然。"

　　"您当着这些人的面指出我——"

　　"稍等，德拉梅恩先生。我承认，我引导大家把注意力集中在您的身上，这样做可能是错误的。面对您的朋友向我提出的公开挑战，我给予了过于公开的应对，您有权利表达不满。我要表达歉意，自己不该这样做。但是，关于您的身体状况的说法，我一句话都不会收回。"

　　"您坚持认为，我是个身体垮了的人对吧？"

"不错。"

"我真希望您年轻二十岁啊，先生！"

"为什么呢？"

"我会邀请您到那边的草坪上去，让您看看我是不是个身体已经垮了的人。"

伦迪夫人看了一眼自己的叔子。帕特里克爵士立刻介入。

"德拉梅恩先生，"他说，"您是以一位绅士的身份应邀到此的，是一位夫人府上的客人啊。"

"不！不！"外科医生说，兴致勃勃。"德拉梅恩先生正在利用一个很站得住脚的理由呢，帕特里克爵士——真是这么回事啊。我若是年轻二十岁，"他接着说，面对着杰弗里，"而且我确实会跟随您到草坪上去，其结果一点儿都不会影响到我们之间讨论的问题。我并不是说，您以此闻名于世的剧烈身体运动已经破坏了您的肌肉力。运动以怎样特别的方式影响了它，我觉得自己没有必要告诉您。出于普通的人道，我只是给您提个醒而已。您尽可以满足于自己在体育运动领域内已经取得的成功，将来改变一下自己的生活模式。再次请求您原谅，我又公开地这样说，而非私下里——千万不要忘记了我的提醒啊。"

外科医生转身走向房间的另一处。杰弗里彬彬有礼，迫使外科医生重提这个话题。

"稍等片刻，"杰弗里说，"您已经说了您要说的话，现在该轮到我了。我不能像您一样诉诸言辞，但我能够触及要点。而且，天哪，我会吸引您注意！十天或者半个月的时间里，我要参加训练，备战在富尔汉姆举行的跑步竞赛。您说我会垮下来吗？"

"您可能可以度过训练期。"

"我能够度过竞赛期吗？"

"您可能可以度过竞赛期，但您若是度过了——"

"我若是度过了？"

"您永远不可能参加另外一次跑步竞赛了。"

"也不可能参加另外一次划船竞赛吗？"

"不可能。"

"我已经受到了邀请，明年春季参加划船竞赛。我已经说过会参加。您说了这么多是要告诉我，我不能参赛了吗？"

"对啊——说了这么多。"

"确切无疑吗？"

"确切无疑。"

"对您的看法下赌注！"杰弗里大声说，一边从衣服口袋里扯出赌金簿，"我要押您整一百。我身体条件很好，可以参加明年春季的划船竞赛。"

"我并不赌博啊，德拉梅恩先生。"

外科医生给出了这个最终的回答后，转身走向图书室的另一端。同一时刻，伦迪夫人架着布兰奇撤离了，重新回到她邀请客人赴宴这件重要事情上。杰弗里一脸傲气，手上拿着赌金簿，转身对着他的朋友们。英国人的血气上来了。英国人下注的决心成功挑战了全英国从南到北盛行的普通礼仪和法则。这种决心不可等闲视之。

"来吧！"杰弗里大声喊着，"对医生下注吧，你们中的一位！"

帕特里克爵士站起身，表露出毫不掩饰的厌恶情绪，跟随在外科医生后面。受到自己声名显赫的朋友邀请下注的"一、二、三"

朝着他摇晃自己硕大的脑袋，心领神会，而且用一个极富表现力的词齐声回答："胡说八道！"

"你们中的一位，对他下注吧！"杰弗里紧追不舍，冲着站在后面的两位"合唱队"的绅士喊，立刻火冒三丈了起来。两位"合唱队"的绅士一如既往，相互交换看法。"我们不是昨天出生吧，史密斯？""我们即便知道也不会下注吧，琼斯？"

"史密斯！"杰弗里说，突然表现得彬彬有礼，这是个不祥之兆，表明要发生什么不愉快的事情了。

史密斯说："嗯？"——露出微笑。

"琼斯！"

琼斯说："嗯？"——照样露出微笑。

"你们是一对可恨的下流坏子——你们两个人中间就没有一百英镑吗？"

"好啦！好啦！"阿诺尔德说，第一次出面干预，"这种事情好不羞人啊，杰弗里！"

"为什么那"——（别管"那"是指什么！）——"难道他们中就没有下注的人吗？"

"你若是一定要当个傻瓜，"阿诺尔德回应着说，有点恼火了，坚持他的立场，"而且，如若没有别的任何情况能够让你保持安静，那我就来下注吧。"

"对医生押整一百！"杰弗里大声说，"你就没事啦！"

杰弗里渴望实现的崇高目标实现了，情绪恢复到了完全正常的状态。他在赌金簿上记了下来，向史密斯和琼斯赔了不是，感情真挚。"没有冒犯的意思啊，老伙计，握握手吧！"两位"合唱队"的绅士被他弄得像是着了魔似的。"英国的贵族——呃，史密斯？""血统和出身——啊，琼斯！"

杰弗里刚把话说完，阿诺尔德便凭着良心指责了他，不是因为赌博（在英国，谁会因为参与这种赌博活动而感到羞耻呢？），而是因为"对医生下注"。出于对自己朋友的一片好心，他在思考着自己朋友身体衰弱的事情。他心急如焚，向杰弗里保证说，在这个房间里，不可能有任何其他人比他更加衷心地相信外科医生的说法是错误的。"我并不会把下的注撤回，"他说，"但是，亲爱的朋友啊，请理解，我这样做仅仅是为了让你开心啊。"

"去你的这一套吧！"杰弗里回答，目光坚定，认认真真，这是他的性格中最大的优点之一。"下注归下注——去你的多愁善感吧！"他拽着阿诺尔德的胳膊到其他人听不见的地方。"我说啊！"他问了一声，心急火燎，"你觉得，我已经惹得那个老顽固生气了吗？"

"你是指帕特里克爵士吗？"

杰弗里点了点头，然后接着说。

"我还没有把那件小事在他面前提起呢——关于在苏格兰结婚的事情，你知道的。我若是现在在他面前试一试，他冲着我大发雷霆怎么办呢？"他提出这个问题时，目光诡异，朝着房间的另一端看。外科医生正在欣赏一卷画。女士们仍然在忙着记录请柬的事情。帕特里克爵士独自一人在书架旁边，专心致志地看着刚从上面取下的一本书。

"表达一下歉意吧，"阿诺尔德提议说，"帕特里克爵士可能有点生气，心里不好受，但是，他是个公正的人，是个善良的人。说你并不是有意要对他不敬的——那样说就够了。"

"那好吧！"

帕特里克爵士全神贯注于一部威尼斯老版的《十日谈》，突然被人从中世纪的意大利召唤回了现代的英国，召唤者不是别人，正是杰弗里·德拉梅恩。

"您想干什么呢？"他问了一声，神情冷漠。

"我想要表达歉意，"杰弗里说，"就让过去了的事情过去吧——就那么回事。我并不是有意要对您不敬的。'不念旧恶'，一条不错的格言啊，爵士——呃？"

表达得不够得体——但仍不失为一种道歉。连杰弗里请求帕特里克爵士提供帮助和表示谅解，都不会白费了力气。

"别再多说什么了，德拉梅恩先生！"恭谦礼让的老人说，"我可能说话过于尖锐，请接受我的歉意，我们尽管忘记掉其他的吧。"

帕特里克爵士听见了这些主动示好的话后，停顿了片刻，指望着杰弗里让他能够自由自在地重返《十日谈》。令他感到极度震惊的是，杰弗里突然弓着身子面对他，轻声细语地对着他的耳朵说话，"我有话要私下里对您说。"

帕特里克爵士怔了一下向后退，仿佛杰弗里企图要咬他。

"对不起，德拉梅恩先生——您说什么？"

"您能够让我私下里对您说句话吗？"

帕特里克爵士把《十日谈》放了回去，点了点头，态度冷漠，沉默不语。赢得杰弗里·德拉梅恩阁下的信任，这是他最不想做的事情。"这正是道歉的秘密所在啊！"他心里想着，"他想要我干什么呢？"

"是关于我一位朋友的事情，"杰弗里接着说，领着他走向其中一个窗户边。"我朋友正处于尴尬的局面。而我想要征求您的意见。这事完全是私密的,您知道。"他说到这儿完全停顿了下来——眼睛看着,想要知道他的话至此给对方产生了什么印象。

帕特里克爵士无论在言辞上还是在动作上都丝毫没有表露出他迫不及待想要倾听什么话的意思。

"到花园里面去转一转,您不介意吧?"杰弗里问了一声。

帕特里克爵士指了指他的那只跛脚。"我今天上午已经完成了行走的定量了,"他说,"身体残疾,请予谅解啊。"

杰弗里环顾了一番四周,想要寻找一处代替花园的地方,于是,领着他返回图书室内墙开出的一个用帘子挡住的隐秘处。"我们待在这儿够私密的。"他说。

帕特里克爵士做了一番最后的努力,想要回避对方提议的私下见面这件事——这一次的努力毫不掩饰。

"请原谅我,德拉梅恩先生。您确认找我找对了人吗?"

"您在苏格兰当律师,不错吧?"

"不错。"

"而关于苏格兰的婚姻情况,您是很熟悉的——呃?"

帕特里克爵士的举止态度突然起了变化。

"而您要向我咨询的就是关于这方面的事情吗?"他问了一声。

"不是我,是我的朋友。"

"这么说,是您朋友?"

"对,与一个女人陷入了僵局,就在这苏格兰。我朋友是否该娶她为妻?"

"我乐于替您效劳,德拉梅恩先生。"

令杰弗里感到如释重负的是——同时也感到惊讶——面对自己的咨询，帕特里克爵士不仅没有再显露出犹豫迟疑的态度，而且实际上还主动满足他的愿望，领着他走向他们附近的一个隐秘处。老律师头脑反应敏捷，他把杰弗里向他寻求帮助的事情与布兰奇向他寻求帮助的事情联系到了一块儿。据此，他形成了自己的想法。"布兰奇的家庭教师目前的状况，还有德拉梅恩先生的'朋友'目前的状况，我是否从两者间看出了什么联系吗？"帕特里克爵士心里想着，"自己的经验中，比这更加不可思议的极端情况也曾凑到一块儿过。这种情形定会酿出什么结果来的。"

两个属于很奇怪类型的人坐到了一起，隐秘处放着一张小桌子，一人一边坐着。阿诺尔德和其他宾客信步走到草坪上去了。外科医生在看着画册，女士们还在忙着请柬的事情，她们在图书室的远处，专心致志，听不见他们的谈话。两位男士之间会面的事情——表面上看起来微不足道，但就注定要造成的影响而言，那可是非同小可，不仅影响到安妮的前途，而且还影响到阿诺尔德和布兰奇的前途——实际上属于那种关门闭户的会面。

第二十一章　目标之中

"好啦，"帕特里克爵士说，"什么问题？"

"问题是，"杰弗里说，"我朋友是否该娶她为妻？"

"他打算娶她吗？"

"不打算。"

"目前，他是单身汉，她是单身女，对吧？而且两个人都在苏格兰对吧？"

"对。"

"很好。现在请把情况告诉我吧。"

杰弗里犹豫迟疑着。陈述情况的艺术意味着要培养一种罕见的才智——表达思想的才智。谙熟此道者，无人可与帕特里克爵士相媲美。帕特里克爵士从一开始便把杰弗里给弄得云里雾里，因为他坚信不疑，自己的委托人刻意向他隐瞒了什么事情。如此情形之下，爵士唯有使用一种方式可以套出真相，即提出疑问的方式。假如杰弗里从一开始便面对这样的做法，他凭着自己的狡黠，可能会感到震惊的。帕特里克爵士的目的就是要让对方主动引入提问的方式。杰弗里企图陈述情况，把他们卷入了通常混乱的状态，于是引入了提问的方式。帕特里克爵士一直等待着，直到最后对方完全陷入到了没有头绪的叙述之中——这时候，爵士摆出了一副引诱人的样子。

"对于您而言，如若提出一些问题，会不会更加容易办到一些呢？"他询问了杰弗里，一副若无其事的姿态。

"容易多了啊。"

"我挺愿意替您效劳。我们先来弄清楚缘由怎么样？您同意提及名字吗？"

"不同意。"

"地点呢？"

"不同意。"

"日期呢？"

"您想要我说得具体吗？"

"尽可能具体吧。"

"我说今年可以吗？"

"可以啊。您的那位朋友和那位女士——同时在今年——一同在苏格兰旅行吗？"

"不是。"

"是一块儿住在苏格兰吗？"

"不是。"

"那他们当时正在苏格兰干什么呢？"

"对啦——他们在一家旅馆彼此邂逅。"

"噢？他们在一家旅馆彼此邂逅。谁先到那个邂逅地点呢？"

"那位女士。等一等！我们现在触及点上了。"他从衣服口袋里掏出阿诺尔德在克雷格弗尼旅馆行动时的一张书面备忘纸条，上面的内容根据阿诺尔德亲口说的记录下。"我这儿有一张字条，"他接着说，"说不定，您愿意看一看呢。"

帕特里克爵士接过字条——自顾自地快速看了一遍——然后逐句对着杰弗里重念了一遍，运用这个作为进一步提问的文本。

"'他在门口要求她以他夫人的名义，'"帕特里克爵士念着，"意思是指，我估计，旅馆门口吧？那位女士先前在旅馆的人们面前宣称自己是个已婚女子了吗？"

"是的。"

"她在旅馆待了多长时间那位先生才与她会面呢？"

"只有一个小时左右。"

"她说出了自己的姓名了吗？"

"我不能肯定——应该没有说吧。"

"那位先生说出了自己的姓名吗？"

"没有，我肯定，他没有说。"

帕特里克爵士回到了备忘字条上。"'午餐时，他在旅馆老板娘和侍者面前说，我替我夫人订下这几个房间。同时，他敦促她说，他是她丈夫。'——无论是那位女士，还是那位先生，德拉梅恩先生——干这个事情都是闹着玩儿的，对吧？"

"不，他们做这件事情时，态度绝对是认真的。"

"您的意思是说，他们看这件事情时看起来认真，目的是为了欺骗旅馆老板娘和侍者，对吧？"

"对啊。"

"翌日发生了什么事情呢？"

"他离开了。稍等！找了个有事情要办的借口。"

"也就是说，他一直欺骗着旅馆里的人，把那位女士留在那儿，以他夫人的名义，对吧？"

"是这么回事。"

"他返回旅馆了吗？"

"没有。"

"他离开之后，那位女士在旅馆待了多长时间？"

"她待了——嗯，待了几天。"

"而您朋友随后也没有见到过她吗？"

"没有。"

"您的朋友和那位女士是英格兰人还是苏格兰人呢？"

"两位都是英格兰人。"

"他们在旅馆邂逅的时候，在少于二十一天的时间里，他们中有哪位是从他们先前居住的地点到达苏格兰的吗？"

杰弗里犹豫迟疑着。对于安妮而言，回答这个问题毫无困难。草坪聚会之前，伦迪夫人和她的家人住在温迪盖茨宅邸远远超过了三个星期。由于这件事情影响到阿诺尔德，这个问题需要思索一番。杰弗里和阿诺尔德在草坪聚会上见面时，他们之间有个谈话交流。他认真地回忆了一番当时谈话交流的细节后，他想到了，他的朋友提及去爱丁堡剧院看演出的事情，这样便立刻解决了时间的问题。阿诺尔德抵达温迪盖茨宅邸之前，由于与继承遗产的事情相关联的法律问题，必须滞留在爱丁堡。和安妮一样，他们在克雷格弗尼旅馆邂逅之前，肯定在苏格兰，时间超过了三个星期。因此，杰弗里告诉帕特里克爵士，女士和先生二位都在苏格兰待了超过二十一天的时间——紧接着，自己补充提了个问题。

"别让我催您，爵士——不过，您的问题快点问完好吗？"

"再问两个问题，我便没有问题要问了，"帕特里克爵士说，"根据您刚才向我提到的情况，那位女士要求成为您朋友的夫人，我可以这样理解吗？"

杰弗里做了肯定的回答。在这件事情上，获得帕特里克爵士看法最便捷的方式是，回答"是"。换句话来说，代表安妮（以"那位女士"的身份）要求嫁给阿诺尔德（以"他朋友"的身份）。

他心里想着，必须严格坚持歪曲事实真相的原则，但他面对实际情况做出了这个让步，同时也足够狡黠聪慧地看到了，这样做对于实现自己歪曲事实真相的目的至关重要。显而易见，不可能依赖于律师的看法了，除非他的看法完全是根据旅馆实际发生的事实给出的。至此，杰弗里小心谨慎地遵循事实。他决心要坚持到底，遵循事实（只有一点不可避免的偏离，这是他无奈之下不得不做出的）。

"那位女士和先生之间就没有书信来往吗？"帕特里克爵士接着问。

"据我所知，没有，"杰弗里回答，坚定不移地回归到事实上。

"我问完了，德拉梅恩先生。"

"那行，您的看法呢？"

"我提出自己的看法之前，首先必须做一番个人的陈述，请您不要把它看成是法律方面的陈述。您请求我确定——根据您给我提供的事实——依照苏格兰的法律，您的朋友是否应该娶她为妻，对吧？"

杰弗里点了点头。"是这么回事！"他说着，态度热切。

"我的经验是，德拉梅恩先生，在苏格兰，任何时候，任何情况下，一个单身男子都可以与一个单身女子结婚。总之，作为律师从业三十年之后，我不知道，什么情况在苏格兰不属于婚姻。"

"用直截了当的话来说，"杰弗里说，"您的意思是，她已经是他的夫人了对吧？"

尽管他狡黠聪慧，尽管他自我克制，但他说出这话来时，眼睛里还是放着亮光。他说话的语气——尽管过于小心谨慎地提防着，用不属于那种洋溢着胜利喜悦的语气——对于听力灵敏的人而言，还是明确无误地听得出其中透着轻松惬意。

表情和语气都未能逃得过帕特里克爵士的目光。

帕特里克爵士坐下来接受这次会面时，一开始便明显意识到，杰弗里所说的"他的朋友"实际上是在说他本人。不过，如同所有律师一样，他习惯于不相信最初的种种印象，包括他自己在内。至此，他的目的是要解决杰弗里的确切态度和真正动机问题。因此，他设置好了陷阱，而且逮住了猎物。

帕特里克爵士现在心里很清楚——首先，这个咨询他的人极有可能真正说的是另外一个人的事情。其次，他热切地想要弄清楚（属于什么性质，还不能说得准），按照苏格兰的法律，毋庸置疑，"他的朋友"是个已婚男子。他敏锐地洞察到了这一点，即杰弗里向自己隐瞒着的秘密，因此，他放弃了眼前他们坐在一起的这段时间内做进一步试探的希望。接下来要弄明白的一个问题是，那位匿名的"女士"可能是谁。随后要取得的结果是，"那位女士"是否可能是指安妮·西尔韦斯特。面对取得这种结果会有的不可避免的延宕情况，（就帕特里克爵士目前不确定的状况而言）他只能采取直截了当的方式，阐明法律规定。他立刻指出目前面临的婚姻问题——关于婚姻涉及的法律方面的内容，面对这位向他咨询的委托人，毫不隐瞒任何情况。

"不要急于下结论啊，德拉梅恩先生，"他说，"至此，我只是告诉了您我的一般经验所涉及的情况。关于您朋友的特殊情况，我还没有给出我职业上的看法呢。"

杰弗里的脸上再次愁云密布起来。帕特里克爵士小心谨慎，注意到了对方表情上的这个新变化。

"涉及'非正常婚姻'的问题，"他接着说，"苏格兰的法律是对人们常礼和常识的粗暴践踏。我如此这般地对其进行描述，您若是觉得我的话说得过于强硬——我可以提请您看看一位司法权威说过的话。迪斯勋爵①最近用以下言辞在议员席上对苏格兰婚姻做出了判断：'两相情愿便构成了婚姻。不讲究形式或者仪式，无论世俗的还

---

① 迪斯勋爵（Sir George Deas, 1804—1887）是苏格兰法官。

是宗教的。婚前没有预告，婚后没有公布。没有同居，没有书面证书，甚至没有证婚人。对于这种婚姻构成状况而言，对于两个人订立的最重要的契约而言，这些情况是最本质的特征。'这便是一位苏格兰法官对他实施的法律的陈述！我同时要提请您注意，在苏格兰，对于买卖房屋和土地的合同、买卖马匹和犬类的合同，我们制订有完整的法律条款。我们唯一没有订立保护或者预防措施的合同则是把一个男人和一个女人终身结合在一起的合同。至于有权威的父母、幼稚的女子，我们的法律对两个方面都没有明确要求。一个十二岁的女孩和一个十四岁的男孩只要横过英格兰和苏格兰的边境线，然后缔结婚姻——苏格兰法律不会加以干预，要求延期，或者加以限制，也不会要求通报其父母。至于成年男女的婚姻，甚至仅仅是相互愿意，正如您刚才听到的那样，他们便成了夫妻。说相互之间愿意都无须直接加以证明。它通过推断都可以加以证明。还有比这更甚的，不管法律为了其一致性做出什么样的认定，在苏格兰，即便成年男女之间并没有相互表达意愿，即便双方并不知道，从法律上来说，自己被认定是已婚的人了，他们事实上就已经成婚了。——到了这个时候，关于苏格兰的'非正常婚姻'，您是不是足以感到迷惑不解了呢，德拉梅恩先生？我是不是足以说明清楚了，我向您描述这种非正常婚姻时，有理由使用强硬的言辞吗？"

"您刚才说谁是那位'权威'来着？"杰弗里询问了一声，"我不可以去问他吗？"

"您若真去问他，您会发现他已遭到另外一位同样有学问和同样著名的权威的断然否认，"帕特里克爵士回答说，"我不是在开玩笑——我仅仅陈述事实。您听说过'女王委员会'吗？"

"没有。"

"那就听我说吧。1865 年 3 月，女王任命一个委员会展开对联合王国婚姻法实施情况的调查。该委员会的调查报告在伦敦出版了，任何人只要愿意支付两到三个先令均可以看到。调查发现，针对苏格兰婚姻法中的一个重要问题，高级权威人士持有完全对立的看法。委员会的委员们在宣布这个事实时补充说，哪种看法正确，这个问题还有争议，根本没有做出法律上的决断。纵观整份报告，处处呈现权威们的不同看法。苏格兰云遮雾罩，对于文明生活最重要的契约，充满了疑惑和不确定性。改进苏格兰的婚姻法，即便不存在别的什么理由，那么，以上事实也提供了充分的理由。一部不确定的婚姻法可谓民族的大灾难。"

"您能够告诉我，您关于我朋友的情况的看法——对吧？"杰弗里说，仍然固执地揪住自己心中的目标不放。

"当然。我现在已经提醒过您了，一味依赖于我个人的看法是有危险的。我可以问心无愧地发表自己的看法，说这件事情当中不存在确切的婚姻关系，但有可资证明可能建立起了婚姻关系的证据——仅此而已。"

这种看法所表现出的区分度过于细微，杰弗里的心里无法领会。他眉头紧锁，迷惑不解，兴趣索然。

"面对证人，他们说自己是夫妻时，"他激动地大声说，"不算结婚！"

"这是个通常会出现的错误，"帕特里克爵士说，"正如我已经告诉过您的，在苏格兰，要缔结一桩婚姻，证人并非是法定需要的。证人的价值仅仅体现在——比如目前这件事情——将来某个时间要证明一桩有争议的婚姻时有所帮助。"

杰弗里抓住了最后这番话。

"这么说来，那位旅馆老板娘和侍者可以确认那是一桩婚姻，对吧？"他问了一声。

"不错。不过，请别忘了，若您决定去咨询我的同行，他很有可能会告诉您，他们已经结婚了。法律允许通过推测的手段证明男女双方有婚姻的意愿，这种情况允许人们尽情猜测。您的朋友直截了当地指认了某位女士为自己的夫人。那位女士直截了当地指认了您的朋友为她的丈夫。他们以夫妻身份住在他们订下的那几个房间里。他们以夫妻的身份一直待到了翌日早晨。您的朋友离开了，没有向任何人表明实情。那位女士随后以他夫人的身份在旅馆待了数日。而这些情况都是在有效证人的面前出现的。从逻辑上来说——即便不从实际来说——这儿明显可以推测到他们双方有结婚的意愿。不过，我还是要坚持自己的看法。仅为证明一桩婚姻的证据（我说）——如此而已。"

帕特里克爵士还在说话的当儿，杰弗里却自个儿思索起来了。凭借苦苦思索，他思索出了一个决定性的问题。

"您看吧！"他说，一边把他的一只粗大的手放在桌子上，"我要请求您做出解释，爵士！假如我的朋友心里装着另外一位女士呢？"

"是吗？"

"就目前情况而言——您会建议他娶她吗？"

"就目前情况而言——肯定不会！"

杰弗里利索地站起身，结束了这次会面。

"对他和对我而言，"他说，"这就行啦。"

说完，他没有打一声招呼便走回了图书室的主通道。

"我不知道你的朋友是谁，"帕特里克爵士看着他的后背，心里想着，"但是，你若出于真诚和无恶意的心情关心他的婚姻——那我对人性的了解还不如未出生的婴儿！"

杰弗里离开帕特里克爵士后，立刻碰到了一位仆人，正寻找他来着。

"对不起，阁下，"男仆开口说，"德拉梅恩先生阁下派来的车夫——"

"是吗？是今天上午给我送来哥哥的信的那位吗？"

"他要返回呢，阁下——他恐怕不能再等了。"

"过来，我把给他的回复给你。"

他领着男仆走向书桌，再次拿起朱利叶斯的信，漫不经心地快速看着信，目光落在了最后的文字："明天过来，帮助我们招待格莱纳姆夫人。"他停顿了片刻，眼睛盯着这句话看。三个人的幸福——爱他的安妮，帮他忙的阿诺尔德，无心伤害他的布兰奇——取决于引导他翌日行动的决定。有了当天上午发生在阿诺尔德和布兰奇之间的事情后，他若继续待在伦迪夫人的府上，那便是别无选择，只能兑现对安妮的承诺。他若返回到他哥哥的府上去，那便是别无选择，只能凭着她已经是阿诺尔德的夫人这个可耻的借口，抛弃安妮。

他突然把信扔到桌子上，从文具箱里抓起一张信纸。"找格莱纳姆夫人去！"他自言自语地说，用以下一行字回复了哥哥："亲爱的朱利叶斯，明天等着我吧。杰·德。"他书写的当儿，那位无动于衷的男仆站立在一旁，看着他雄浑宽广的前胸，想着那儿该蕴藏着怎样令人倍感荣耀的耐力，来完成那即将到来的跑步竞赛中最后可怕的一英里。

"这个给你吧！"他说——并且把字条递给男仆。

"办妥了吗，杰弗里？"他身后一个亲切的声音问。

他转过身——看到是阿诺尔德，他迫不及待地想要知道杰弗里咨询帕特里克爵士后的结果。

"对，"他说，"办妥了。"

第二十二章　惊恐不安

杰弗里回答阿诺尔德的问题时，态度显得唐突草率。阿诺尔德对此感到有点惊讶。

"帕特里克爵士说了什么令人感到愉快的话吗？"他问了一声。

"帕特里克爵士说的话正是我想要他说的。"

"关于这桩婚事，毫无困难吧？"

"毫无困难。"

"不必担心布兰奇——"

"她不会要求你去克雷格弗尼旅馆——这事我来负责！"他说这话时加重了语气，拿起桌上他哥哥的信，一把抓起帽子，出去了。

他的那些徘徊在草坪上的朋友们热烈招呼他。他从他们身边匆匆走过，他没有接他们的话，都没有扭头朝两边瞥一眼他们。他走到玫瑰园时，停下了脚步，掏出烟斗——然后，突然改变主意，通过另外一条小路折返。白天的这个时间，根本就无法确认玫瑰园只有他独自一人。他有一个强烈的愿望，想要一个人待着，而心里面觉得，此时此刻，自己会断送某个过来对他说话的人的性命。他耷拉着脑袋，紧锁着眉头，顺着那条路走，看看可以通向何处。路通到了一扇边门，进入一块家庭菜园。他到达此地后可以完全免受打扰，菜园没有可以吸引观光者的东西。他继续走向一棵栽在园子中间的胡桃树，树下有一张木凳，周围是一圈草地。他首先环顾了一番四周，然后坐了下来，点燃了烟斗。

"真希望这事了结了啊！"他说。

他坐着，胳膊肘抵着膝盖，一边抽烟一边思考。少顷，他感到烦躁不安，只得又重新站立起来。他站起身，绕着胡桃树下的绿色草皮带走了一圈又一圈，犹如一只关进了笼子里面的猛兽。

这种心灵深处的躁动不安意味着什么呢？那位朋友信任他，帮他的忙，而他却对人家背信弃义，他内心不安，感到悔恨了吗？

他才不会因为悔恨而感到不安呢，和您的目光扫过这个句子时的感受差不多。他只是心急火燎，迫不及待想要看到他安全地抵达目标。

他为何要感到悔恨呢？所有悔恨源自——或多或少直接源自——两种感情的活动，这两种感情都不是自然人身上所固有的。第一种是我们学会尊重我们自己的产物。第二种是我们学会尊重他人的产物。在其最高表现形式中，两种感情得到了提升，直到最后，第一种感情演变成了对上帝的爱，第二种感情演变成了对人类的爱。我已经伤害了您，但这事过后，我又因此感到悔恨。假如我这样作为自己获取了什么，假如您伤害了我但您却不能让我感受到，我为何该要为之而感到悔恨呢？我为之而感到悔恨，因为我的心里产生了一种意识，这种意识告诉我，我已经对我自己犯了过失，对您犯了过失。自然人的本能中是不存在这种意识的。杰弗里·德拉梅恩也没有受到类似情感的侵扰——因为杰弗里·德拉梅恩是个自然人。

他心里突然想到了自己的计划时，其新奇感令他震惊不已——充满了冒险的计划突然自行冒了出来，他感到惊恐不安。他在图书室书桌边流露出来的情感仅仅是他心绪不宁的表露——仅此而已。

最初鲜活的印象已经过去了，他对于那种想法已经很熟悉了，可以很平静地预见其中涉及的困难，还有可能导致的后果。那些东西只是瞬间惊扰了他——因为他很清楚地知道会有那些东西存在的。至于他思虑着要干的事情如何会显得残酷无情和背信弃义——他的内心深处从来都没有想到过这些。他对待自己保护过其生命的那个人的态度犹如对待一条狗的态度。拯救过您或我免遭淹死的"高尚动物"，一定情况下，十分钟之后便会扑向您我的脖子。狗具备的是没有理性的本能，人却具备了精于算计的狡诈。假如您想要说一点微不足道的琐事，"真是稀奇啊！某某时间，我碰巧见到一样什么什么东西，而现如今，它却对我有用呢！"——而您在此便明白了杰弗里对待他朋友的感情状态，因为他当时回忆着往昔或者展望着未来。阿诺尔德在那个关键时刻开口对他说话时，猛烈地激怒了他——就是这么回事。

他同样无动于衷，毫无知觉——同样处于原始自然的心智状态——所以，他不会心有不安，对安妮产生丝毫怜悯之情。"她已经不碍我的事了！"这是他首先想到的。"已经对她做出了安排了，不会对我造成麻烦"——这是他其次想到的。关于她，他丝毫都不会感到不安。他丝毫都不怀疑，她一旦意识到了自己的处境，一旦看清楚了自己将面临两种抉择：或面对自己毁灭的命运，或作为最后的出路向阿诺尔德提出要求，这时候，她一定会对阿诺尔德提出要求的。她理所当然会这样做——因为他若是身处她的处境，也会这样做。

但是，他希望这件事情过去。他绕着胡桃树一圈一圈转时，急盼着危机赶紧到来，而且摆脱危机。赋予我自由去向另外一个女人求婚，然后进行训练，参加跑步竞赛——这是我想要的。他们受到伤害了吗？见他们两个的鬼去吧！我才是受到他们伤害的人呢。他们是我最恶毒的敌手啊！他们碍我的事。

如何才能摆脱掉他们呢？这是困难所在。他当天便打定了主意，摆脱掉他们。他如何开始呢？

他不与阿诺尔德寻衅吵架，事情就这么开始了。以阿诺尔德对待布兰奇的态度，这种行动方式从一开始便会引起丑闻——这个丑闻会有碍于他给格莱纳姆夫人留下良好的印象。那个女人——独自一人，无亲无故：她若企图以此制造丑闻，她的女性身份和社会地位两者都会对她造成不利——那个女人才正是首先要下手的那位。他要立刻彻底与安妮了断——而让阿诺尔德因此难受去，或者应对她，或迟或早，无论哪种情况。

他该如何在当天结束之前告知她真相呢？

到克雷格弗尼旅馆去，当着她的面公开指称她为阿诺尔德·布林克沃斯夫人吗？不行！他在温迪盖茨宅邸面对着她时已经受够了。最便捷的办法是给她写信，尽快找到信使把信送到旅馆去。她事后可能会出现在温迪盖茨宅邸，可能跟随他到达他哥哥的府上，可能向他父亲提出请求。那没有关系啊。他现在掌握了对付她的撒手锏。

"你是个结了婚的女人。"这是个有足够分量的回答，有足够的力量支撑着他否认任何事情。

他在自己心里构思好了信的内容。"像以下这样行文便可以了。"他绕着胡桃树一圈一圈转时，心里想着："你没有见到我，可能会感到很惊讶。事情何以如此，你只能怪你自己啦。我知道了你和他之间在旅馆发生了什么事情。我已经咨询过一位律师。你是阿诺尔德·布林克沃斯夫人了。我祝你快乐，后会无期啦。"这些文字标明：致阿诺尔德·布林克沃斯夫人。他吩咐信使当夜很晚送达信件，不必等待回复。翌日早晨，他做的第一件事情便是去他哥哥的府上——由此，事情了断了！

然而，即便至此，事情的进程中还是存有一道障碍——最后一道令人伤脑筋的障碍。

旅馆那边即便有人知道她的姓名，那也只知道她名叫西尔韦斯特夫人。一封致"阿诺尔德·布林克沃斯夫人"的信可能送不进房门去。或者，即便此事得到了认可，即便信件实际上送到了她的跟前，她也是会拒收的，说信件不是她的。一个拥有更加健全心智的人定会明白，信封上面的姓名无关紧要，或者根本就不是问题，只要收信人看到了里面的内容就行。然而，杰弗里的心绪状态就是如此，往往把鸡毛蒜皮的事情看成是很了不起的大事，结果显得心烦意乱。他固执己见，荒唐地认为，此事至关重要，信的里外内容必须绝对一致。倘若他称她为阿诺尔德·布林克沃斯夫人，他就必须在信封上标明阿诺尔德·布林克沃斯夫人——否则，谁说得准法律会怎么说呢，或者稍有笔误，他会让自己陷入怎样的尴尬境地啊！

他越想这件事情，便越觉得自己在此表现得聪明，他也愈加激动和愤怒。

车到山前必有路。只要他能够看到路，那就一定会有摆脱这个困境的路吗？

他未能看见路。他处理了所有大的困难，面对这个小困难却束手无策了。他突然想到，关于这件事情，他可能思考的时间太长了——因为考虑到，他不习惯长时间思考什么事情。此外，由于他绕着胡桃树一圈一圈转，动作机械，感觉头晕。他恼怒地转过身，背对着树，踏上了另外一条小路，决定思索点别的事情，然后再来思考这个困难，用新的眼光来看它。

他随心所欲，任由自己的思绪驰骋，于是，思绪自然而然地触及了满脑子想着的另一件事情，即跑步竞赛的事情。一个星期后，他必需做好安排。是啊，首先要考虑的是训练的事。

他决定这次要聘请两位教练。一位到苏格兰，到他哥哥的府上开始对他训练。另一位待他返回伦敦后继续训练他，给他制定出新的计划。他心里反复想了与自己对阵的那位可怕对手的表现情况。另外那个人是两位跑步者中速度更快的。赌杰弗里会赢的那是考虑到比赛的距离，还有杰弗里非凡的耐力。他该"故意紧随"那人多远的距离呢？他在什么地段"盯紧那人"算是安全的？距离终点多远估计那人正好精疲力竭了，然后"猛然加速"超过他？——这些是起决定作用的方面。面对如此重大的责任，他需要有个"步行者私人顾问团"集思广益提供帮助。什么样的人他可以信赖呢？他可以信赖甲和乙。他们两位都是权威，两位都忠实可靠。问一声丙如何呢？作为一位权威，无懈可击。作为一个人，很值得怀疑。他想到了关于丙的问题，于是突然停步不前——即便当时，问题都无法解决。没有关系！他总是可以去咨询甲和乙。同时，他把丙扔进地狱之境，因此排除掉了他，试图思考点别的什么事情。别的什么事情呢？格莱纳姆夫人吗？噢，讨厌的女人们！她们中一个和另一个都属于一路货色。她们跑步时全都摇摇摆摆跑鸭步。她们用餐前肚子灌满了不清爽的茶水。这就是男人和女人之间的唯一差别——其他的除了对我们的拙劣模仿便没有什么了。他把女人们扔进了地狱之境，因此排除掉了她们，试图思考点别的什么事情。思考什么呢？这一次要思考点值得思考的东西——思考再装一斗烟。

他掏出了自己的烟丝袋，正当要打开烟袋的时刻，动作突然停顿了下来。

右边远处，一排矮梨树的另一边，他看到了什么目标啦？一个女人——根据衣着判断，显然是个仆人——躬下身子背对着他，在收割着什么，就他隔着这么远的距离能够辨认的程度而言，看起来是牧草。

用一段绳子悬挂在女人一侧的那个东西是什么？一块书写用的石板吗？对啊。她把一块石板悬挂在身子一侧到底干什么用呢？他在寻找什么可以分散自己注意力的东西——而他在此找到了。"任何东西都会对我有所帮助的，"他心里想着，"假如我就她的石板'打趣'她一下呢？"

他冲着梨树那边的女人大喊了一声："喂！"

女人直起了身子，步伐缓慢地朝着他向前走过来——她一边走一边看着他，双眼凹陷，表情忧伤，她便是冷漠而平静的赫斯特·德思里奇。

杰弗里很吃惊。他没有预料到会与这样一个女人用最俗不可耐的人类说辞进行交流（俚语中称之为"打趣"）。

"这块石板干什么用的？"他问了一声——开了口不知道该说点别的什么。

女人抬起一只手指着自己的嘴唇——触碰了一下嘴唇——然后摇了摇头。

"哑巴？"

女人点了点头。

"你是谁？"

女人在石板上写字，越过矮梨树的树梢把石板递给他看。他念着："我是厨娘。"

"啊，厨娘？你生下来就是哑巴吗？"

女人摇了摇头。

"是什么情况把你弄成哑巴的？"

女人在石板上写字："打了一下。"

"谁打了你？"

她摇了摇头。

"你不告诉我吗？"

她再次摇了摇头。

杰弗里向她提问时，她的目光停留在他的脸上，盯着他看，神情冷漠，目光呆滞，毫无变化，形同僵尸。尽管他沉着冷静——通常情况下，面对某种幻想出的情况时，他反应迟钝——但是，哑巴厨娘的目光直射他的内心，令他感到不寒而栗。他感到毛骨悚然，浑身颤抖。他突然想要从她身边跑开。事情足够简单，他只需要说一声再见，然后便可以离开。他确实说了声再见——但身子却没有移动。他把一只手伸进衣服口袋里，给了她一点钱，以便叫她离开。她伸出一只手越过矮梨树接钱——但突然停住了，手臂悬在空中。她脸上死一般沉静的表情中掠过一丝不祥的变化。她紧闭的双唇慢慢张开了。她目光呆滞的眼睛慢慢睁大了。她回避了他的目光，朝着一侧看，顺着他的一个肩膀看过去，怔了一下，表情刻板，眼睛放光——目不转睛的样子像是看到他身后有恐怖的东西。"你究竟在看什么啊？"他问了一声——然后怔了一下突然转过身。他转身后既没有看到有什么人，也没有看到有什么东西。他又转过身对着那个女人。由于某种突如其来的恐惧感，女人离开了他。她匆匆忙忙从他身边离开——尽管上了年纪，但还是跑着离开的——逃离他，仿佛他的形象是恶性传染病菌。

"疯狂啊！"他心里想着——转身朝着相反的方向离开了。

他发现自己（他几乎不知道自己是如何到达此地的）重新回到了胡桃树下。几分钟过后，他恢复了平静——回想起自己心里产生的那种不可思议的印象时，哈哈大笑起来。"我生平第一次感到惊恐不安啊，"他心里想着——"而且是被一个上了年纪的女人给闹的！事情到了这一步，该再次考虑训练的事情了！"

他看了看自己的怀表。上面的宅邸里，已经接近午餐时间了。该如何处理自己给安妮的那封信，他还没有做出决断。他决心当即做出决定。

他的心里再次呈现出了那个女人——那个表情冷漠、目光恐怖的女人——的形象。那个形象阻碍了他做出决定。呸！某个疯狂的女仆，此女可能曾经当过厨娘，现在可能依靠慈善供养着。除此之外，没有什么别的重要情况了。别再想着她啦！别再想着她啦！

他在草地上躺了下来，将自己的心思放在那个重要的问题上。如何以"阿诺尔德·布林克沃斯夫人"的称呼把信送给安妮呢？如何确保她可以收到信呢？

那个上了年纪的哑女又来妨碍他了。

他情绪急躁，闭上了双眼，设法凭着他自己制造出的黑暗把她挡在思绪之外。

那个女人穿过黑暗出现了。他仿佛刚刚对她提了个问题似的，看见她在石板上写着字。她写了什么，他无法辨认出来。事情瞬间便过去了。他猛然站了起来，心里对自己惊诧不已——而在同一时刻，他的脑海中突然闪现了一道亮光，豁然开朗起来。他自己并没有刻意做出什么努力，却看到了克服一直困扰着他的困难的办法。当然是使用两个信封，一个套在里面的信封，不封口，写明"致阿诺尔德·布林克沃斯夫人"的字样，一个外信封，封口，写明"致西尔韦斯特夫人"的字样。这样一来，问题便得到解决啦！毫无疑问，这么一个简单至极的问题困扰着一颗愚笨的脑袋。

他先前为何没有看到这一点呢？无法说得清楚啊。

他现在为何又看到了呢？

他思绪中再次呈现出老哑女的形象——仿佛问题的答案与她有某种关联似的。

他生平第一次对自己感到惊恐不安起来。他心里这种挥之不去的印象，并非因为别的，而是因为一个疯狂的哑女。那位外科医生说到了他的身体会垮掉。莫非这种印象与他所说的身体垮的情况有关系不成？他感到头昏脑涨了吗？是他空腹抽烟过多了呢，还是（经过了一整夜旅行之后）隔了过长时间没有像平常一样喝麦芽酒？

他离开了花园，立刻去验证后面这种解释。如若公众看见他此刻的模样，赌注会一边倒地押他输。他表情憔悴，焦躁不安——而且也有充分的理由。他的神经系统突然对他显露了端倪，先前没有一丁点预兆，而且在说（用无人知晓的语言）："我在这儿呢！"

杰弗里返回到了院落里纯粹起装饰作用的那块区域，遇上了男仆中的一位，他让男仆给一位园丁捎个口信。他立刻去询问管家——目前的紧急情况下，那是唯一一位可以安全地与之商量的权威。

杰弗里被领到了配餐室，然后要求管家备一杯时间最长的陈酿麦芽酒，与之相配的食物是"一块面包和干酪"。

管家目不转睛地看着，这是上层阶级中间表现出来的一种屈尊俯就行为，在他看来，这着实很新鲜。

"午餐马上便准备就绪了，阁下。"

"午餐吃什么呢？"

管家浏览了一番美味佳肴和稀有美酒的清单。

"鬼才会享用你准备的这些劳什子'美味佳肴'呢！"杰弗里说，"给我准备陈酿的麦芽酒，还有我喜爱的大块面包和干酪。"

"您准备在哪儿享用呢，阁下？"

"这儿，毫无疑问！而且越快越好。"

管家做出了必要的吩咐，尽量显露出欣然的态度。他把所需要的简单点心摆放在尊贵的宾客面前，神色茫然。这儿他伺候的餐桌边，坐着一位贵族老爷的公子，而且还是一位公众心目中的明星，吃着面包和干酪，喝着麦芽酒，同时表露出一副狼吞虎咽和毫无做作的姿态！管家壮着胆子，表露出一点恭维和亲切。他微笑着，摸着自己前胸口袋里的赌金簿。"阁下，跑步竞赛的事情，我在您身上下了六英镑的注。""那好哇，老伙计！你定会赢钱的！"先生阁下这么金口玉言地说过后，在对方的背上拍了一下，然后端过自己的平底玻璃杯，要求再斟些麦芽酒。管家斟满冒着泡的酒杯时，三倍地感觉自己是个英国人。啊！别的国家可能会闹革命！别国的贵族可能会倒台！英国的贵族生活在人民的心中，而且永远如此！

"再来一杯吧！"杰弗里说，端过空杯子，"祝你好运啊！"他一口把酒喝干了，对着管家点头示意，走出了房间。

检验成功了吗？他证明了自己的解释是正确的吗？毫无疑问是正确的。空着肚子，不停地抽烟——这些是导致他在菜园时头脑产生怪异感觉的真正原因。那位表情冷漠的哑女犹如一团雾似的消失了。他现在感觉不到什么，只有头脑中舒适的嗡嗡声，浑身透着舒适温暖的感觉，有一种无穷无尽的力量，能够承担可能落在人们肩上的任何责任。杰弗里恢复了常态。

他转身朝着图书室走去，去给安妮写一封信——要首先完成这件事情。那一拨人聚集在图书室里，等待午餐铃响起。所有人都在闲聊着。他若露面了，一些人肯定会把目光集中在他身上。他转过身，没有去露面。要找个平静安宁的地方写信，就只有等到他们用午餐去了，到时再返回到图书室去。同时，他也有机会找到信使送信，不至于引起别人的注意，随后离开，不让人看到，一个人远距离散步去。两三个小时不见面，阿诺尔德必然会受到蒙骗，因为他肯定会理解为，不见了人影儿意味着与安妮见面去了。

他漫无目标，大步走过院落，距离宅邸越来越远。

第二十三章　事已完成

图书室里的交谈——大部分时间漫无目标，空话连篇——但在其中的一个角落里展开的交谈很着要领，帕特里克爵士和布兰奇一同坐在里面。

"叔叔！我一直注视您，有一两分钟了。"

"对于我这个年纪的人而言，布兰奇，这是对我莫大的奉承啊。"

"您知道我看见了什么吗？"

"你看见了一位老绅士，没有用午餐。"

"我看见了一位老绅士，有心事，想什么呢？"

"忍受着痛风啊，亲爱的。"

"这个解释不了！我可不是这么好敷衍的。叔叔，我想要知道——"

"就此打住，布兰奇！一位年轻小姐说'她想要知道'，这表达了一种危险的情绪。夏娃'想要知道'——因此看到了导致的结果。浮士德①'想要知道'——因此交上了损友，这也是必然的结果。"

"您对什么事情感到焦虑不安，"布兰奇锲而不舍，"还有就是，帕特里克爵士，您的举止态度令人不解，之前那会儿。"

"什么时候？"

"您和德拉梅恩先生躲在那个温馨的角落里时。我看见您领着他

---

① 浮士德（Faust）传说中德国中世纪的一位术士，为了获得青春、知识和魔力，将灵魂出卖给了魔鬼，德国文豪歌德曾创作了同名诗剧。

进去——我当时在忙着伦迪夫人布置的讨厌的宴会请柬的工作。"

"噢？你把那称作是工作，呃？女人能够将一门心思放在世界上她必须要做的任何事情上，我不知道是否有这样的女人来着？"

"别管女人这件事啦！您和德拉梅恩先生之间可能会谈什么共同关心的事情呢？为何我看见您眉头不展，您现在同他分开了呢？——您和他私下里会面之前，您的眉头是舒展的。"

帕特里克爵士做出回答之前，心里思忖着是否要告知布兰奇实情。他企图表明杰弗里提到的那位无名女士的身份，但这样做必定要涉及克雷格弗尼旅馆，而且毫无疑问，最后还不得不要点出安妮的名字。如此情形之下，布兰奇十分清楚自己朋友的情况，这一点无疑对他会有所帮助。但凡涉及西尔韦斯特小姐利益的事情时，布兰奇谨慎从事，可以信赖。从另一方面来说，目前情况还不是十分明朗，一定得谨慎从事——而帕特里克爵士觉得，至关重要的是小心谨慎。他决定等待，看看自己先到旅馆去调查一番后有什么结果。

"德拉梅恩先生向我咨询了枯燥的法律问题，事关他的一位朋友的利益，"帕特里克爵士说，"你把自己的好奇心浪费在不值得一位小姐关注的问题上了，亲爱的。"

布兰奇反应敏捷，这样轻描淡写一番是骗不到她的。"您为何不干脆说不告诉我呢？"她接话说，"您和德拉梅恩先生一块儿关起门来谈论法律问题！您事后却因为那个事情走神儿，焦虑不安！我是个很可怜的姑娘啊。"布兰奇说，痛苦地轻轻叹息了一声。"我身上好像有什么事情让我爱着的人敬而远之。我从安妮那儿听不到一句推心置腹的话。我从您这儿也听不到一句推心置腹的话。我十分渴望得到体谅理解，但很难。我觉得自己该去找阿诺尔德了。"

帕特里克爵士握住了自己侄女的一只手。

"稍等片刻，布兰奇。关于西尔韦斯特小姐吗？你今天收到了她的来信了吗？"

"没有。对于她，我更是可怜，无法用语言表达。"

"何不派个人到克雷格弗尼旅馆去一趟，设法弄清楚西尔韦斯特小姐沉默不语的原因呢？那么，你相信有人与你一样感同身受吗？"

布兰奇的脸涨得通红，洋溢着喜悦和惊讶之情。她充满着感激，把帕特里克爵士的手举到自己的嘴唇边。

"噢！"她激动地大声说，"您不会是说您要亲自去做这件事情吧？"

"可以肯定，我是最不应该去做这件事情的人——你断然违背我的嘱咐，去了旅馆，我之所以原谅了你，只是因为你那天自己承诺要做出补偿。作为'一家之主'，由于自己的侄女心急如焚，很不开心，要违背自己的原则行事，这是一件极不理直气壮的事情。不过，你若是能够把你的轻便马车借给我用，我倒是肯定可以独自一人驾车前往克雷格弗尼旅馆。我倒是可能见到西尔韦斯特小姐——你有什么话要说吗？"

"有什么话要说？"布兰奇复述了一遍。她双臂搂着叔叔的脖子，低声细语，对着他的耳朵没完没了地说了一番话，一个人这样对着另外一个人说话是绝无仅有的。帕特里克爵士倾听着，对自己一心想了解的事情的兴趣越发浓厚了。"这个女子一定拥有高雅的素质，"他心里想着，"因为她能够激发起这样的献身精神。"

布兰奇轻声细语对着自己叔叔说话的当儿，图书室门外的厅堂里，伦迪夫人和管家之间——纯粹就家庭事务——进行着另外一次会面。

"很遗憾啊，夫人，赫斯特·德思里奇的毛病又发作了。"

"什么意思？"

"不一会儿之前，她进入菜园时还是好好的。此刻她又显得很怪异，此刻返回了。她想要今天剩下的时间里一个人待着，夫人阁下。她说，她和府上所有仆人同伴一起劳累过度了——而我必须要说，她确实看起来像个身心疲惫、心力交瘁的人。"

"不会是胡说八道吧，罗伯茨？那个女人执拗任性，无所事事，简慢无礼。你知道的，她已经提前一个月提出了辞呈，眼下还在府上呢。她若是存心要在这一个月内不履行自己的职责，那我就会拒绝给她开具品行证明。你若允许赫斯特·德思里奇外出，那今天谁来烧饭呢？"

"不管怎么说，夫人，恐怕今天只有由帮厨女仆来尽力而为了。赫斯特毛病发作时，正如您所说的——执拗任性。"

"假如赫斯特·德思里奇让帮厨女仆烧饭，罗伯茨，那她从今天起就停止替我服务。关于这件事情，我不想听到她再多说什么。她若坚持不听从我的吩咐，我们用过午餐，那就叫她把记账簿拿到图书室里来，放到我的书桌上。午餐过后，我会返回到图书室来——而我若看到了记账簿，我便明白什么意思了。如若情况如此，你便会收到我的吩咐，与她做出了断，打发她走人。拉响午餐铃吧。"

午餐铃响起。宾客们全都朝着餐厅走去，帕特里克爵士在图书室的另一端跟随其后，布兰奇搂着他的一条胳膊。他们到达餐厅门口时，布兰奇停住了脚步，她想要让叔叔一个人进去，请求他谅解。

"我会立刻回来，"她说，"我忘了东西在楼上了。"

帕特里克爵士进入餐厅。餐厅的门是关着的。布兰奇独自一人回到图书室。过去的三天时间里，她时而以这个借口，时而以那个借口，一直试图与克雷格弗尼旅馆取得联系，午餐时间到了之后，在图书室内等待十分钟，等待时机见安妮。目前这是第四次了，真心诚意的姑娘独自一人在宽敞的图书室里坐了下来，等待着，眼睛注视着室外的草坪。

五分钟过去了，没有见到任何人影儿，但可见鸟儿在那草地上齐足跳跃。

又过了不到一分钟，布兰奇敏锐的耳朵听见了女性的衣裙掠过草坪发出的微弱声音。她跑到最近的一个窗口——朝着外面张望——拍着双手，发出了一声快乐的呼喊。只见那个熟悉的身影快速朝着她走来！安妮忠实于她们之间的友情——安妮终于践约了！

布兰奇急忙跑了出去，喜气洋洋地把她拽进图书室。"亲爱的，这样弥补一切了！你用所有途径中最理想的一种回复了我的信——亲爱的你亲自过来了。"

布兰奇把安妮安顿在一把椅子上，掀起她的面纱，明媚的白昼光线下，真真切切地看清楚了她。

在疼爱她的人看来，眼前这个女人完全发生了可怕的变化。她看起来比实际年龄大了好多岁。脸上流露出漠然冷静的神情——一副对任何事情都逆来顺受的态度，表情呆滞，麻木不仁，令人看了后心生怜悯。三天三夜，孤单寂寞，痛苦悲伤。三天三夜，无法休息，心怀悬念。这一切让这个性格敏感的人垮了。这一切让这个人温暖的心结冰了。那种充满了活力的精神不见了——只有那个女人的躯壳生活着，移动着，拙劣地模仿着她昔日的自我。

"噢，安妮！安妮！你可能发生了什么事情呢？你受到惊吓了吗？丝毫不用担心会有谁来打搅我们。他们全部都用午餐去了——仆人们也在用餐。这个房间是属于我们两个人的。亲爱的啊！你看起来这么虚弱，这么奇怪！我去帮你拿点东西来。"

安妮拉着布兰奇低下头，亲吻了她。她笨拙缓慢地完成了这个动作——没有说一句话，没有流一滴泪，没有发出一声叹息。

"你很疲惫——我肯定，你很疲惫。你是走到这儿来的吗？你一定不能再走着回去了——这事我来负责安排好！"

安妮听到这话后振作起了精神。她第一次开口说话了。说话的声调比她本来的要低，语气比她本来的要悲伤——但仍然是她充满了魅力的声音，是她天生和蔼、美丽的声音。这一切似乎让整个损伤的残骸复活了。

"我不回去了，布兰奇。我已经离开了那家旅馆。"

"离开了那家旅馆？和你丈夫吗？"

她回答了第一个问题——没有回答第二个。

"我不可能回去了，"她说，"旅馆不是我待的地方。布兰奇，看起来，我走到哪儿都仿佛有一种灾祸跟随着我。我总是会导致吵架拌嘴和恶劣行径，其实并非有意为之，上帝作证。旅馆那位担任侍者领班的老人一直以他的方式对我很友善，亲爱的——为了这件事情，他和旅馆老板娘恶语相向来着。吵起来了，吵得很厉害，令人震惊，态度粗暴。结果他离开了旅馆。那个女人，即他的女主人，把一切责任都推到了我的身上。她是个很刻薄的女人，自从毕晓普里格斯离开之后，比以往任何时候都更加刻薄。我在旅馆时有封信没有找到——我一定是把它扔到了一旁，我估计，结果把它给忘记了。我只知道，自己记得有这么一封信，但昨晚就是没有找到。我告诉老板娘，但几乎在我的话还没有说完时，她便缠着我吵起来。她问我是否要指责她偷了我的信。她对我说出的话——我都无法复述。我身体不是很好，无法应对那种人。我觉得，最好的办法就是今天上午离开克雷格弗尼旅馆。我希望着，祈求着，自己永远都不再见到克雷格弗尼旅馆。"

安妮讲述自己不开心的经历时，没有表露出任何感情。她讲述完毕之后，显得疲惫不堪，把头向后靠在椅子上。

布兰奇见到她这副模样后眼睛里噙满了泪水。

"我不会提出问题，以免让你受到缠扰，安妮，"她说，态度和蔼，"上楼去吧，到我卧室里去休息一下。你不适合于奔波啊，亲爱的。我会注意，不要任何人靠近我们。"

温迪盖茨宅邸的钟报时两点差一刻。安妮怔了一下，猛然从坐着的椅子上站起身。

"刚才敲响的是什么时间？"安妮问了一声。

布兰奇告诉了她。

"我不能久留，"安妮说，"我到这儿来，目的是要设法弄清楚一个情况。你不会问我问题对吧？不要问了，布兰奇！不要问了，看在往昔的分上。"

布兰奇转身对着一侧，心情沮丧。"亲爱的，我决不会惹你生气的，"她说——抓住安妮的一只手，挡住了开始流到脸颊上的泪珠。

"我想要知道点情况，布兰奇，你愿意告诉我吗？"

"好啊，什么事情？"

"待在这座宅邸里的那些绅士是什么人啊？"

布兰奇再次环顾一番自己四周，突然感到惊恐害怕。她的心里突然感到了一丝隐隐的担忧，担心沉重的压力侵扰下，安妮的心智已经失常了。安妮紧追不舍，不停地问些莫名其妙的问题。

"再看一下他们的名字吧，布兰奇，我有理由希望知道待在这座宅邸里的那些绅士是些什么人。"

布兰奇复述了一遍伦迪夫人邀请来的宾客的名字，把最后到达的宾客留到了最后。

"还有两位是今天早晨到达的，"她继续说，"阿诺尔德·布林克沃斯，还有他那位可恶的朋友——德拉梅恩先生。"

安妮再次把头仰靠在椅子上。她不动声色，没有引起任何人的怀疑，她已经找到发现的路径了。她此次到达温迪盖茨正是为了实现这个目的。他回到苏格兰了——他只是当天早晨才从伦敦过来的。安妮离开克雷格弗尼旅馆之前，他几乎没有足够时间与那儿取得联系——他也是个讨厌写信的人啊！一切情况都对他有利。至此，没有任何理由，没有任何真正确实的理由认为，他已经抛弃了她。已经过去了四天，第一缕希望之光温暖着这个不幸女人的心。在那一缕光线的照耀下，她的心在胸膛里跳动着。突然的情感变化作用下，她虚弱的身躯从头到脚摇晃着。一时间，她的脸涨得通红——然后再次变得煞白。布兰奇心急火燎地注视着她，看出十分有必要立刻给她服用一些提神剂①。

"我去给你拿点葡萄酒来——你若不喝点什么，那会晕倒的，安妮。我一会儿就回来——我一定会小心行事，不会让任何人发现的。"

她把安妮坐着的椅子推到附近的一个敞开着的窗口——图书室

---

① 此处为戏谑语，指酒。

北端的一个窗户——然后跑了出去。

布兰奇刚刚从通向厅堂的门口离开图书室——这时候，杰弗里从南端对着草坪敞开着的落地窗进入。

他一门心思在构思着准备要写的那封信，步伐缓慢地走向最近的一张书桌。安妮听见了脚步声，怔了一下，朝四周看了看。她再次看见了杰弗里感到如释重负，因此，衰落的体力瞬间恢复了过来。她站起身，神情热切地向前走，脸上泛起了一丝红晕。他抬头看了看。两个人面对面伫立着。

"杰弗里！"

他看着她，没有回话——没有向前迈一步。他的眼睛里充满了邪恶的光芒。他的沉默充满了残忍，充满了无声的威胁。他本来已经打定了主意，决不再见她了。她设置陷阱让他见面。他本来打定了主意写信，而现在她却站立在此，迫使他不得不开口说话。她对他的冒犯已经达到极致了。如果说她心存一线最微弱的希望，希望能够在他的心里激起即便转瞬即逝的怜悯，然而这种希望此刻已经被彻底毁灭了。

她未能理解他沉默的完整含义。她编造了种种借口，可怜的人啊，来解释自己为何冒险返回温迪盖茨宅邸——而此时此刻，这个男人的目的是要让她在世界上毫无希望。她竟然还在他面前编造了那些借口。

"请原谅我来了这儿，"她说，"我没有做任何连累你的事情，杰弗里。除了布兰奇，没有任何人知道我在温迪盖茨宅邸。我想方设法打听了关于你的事情，丝毫没有让她怀疑我们之间的秘密。"她打住没有说下去，人开始颤抖起来。相对于刚开始时看到的情况，她从他的脸上看出了更多内容。"我收到了你的信，"她接着说，鼓起正在消沉的勇气，"信写得很短，但我并没有因此抱怨，你不喜欢写信，这一点我知道。但是，你已经承诺了，我会再收到你的信。但我根本没有收到。还有，噢，杰弗里，待在旅馆里真的是很寂寞啊！"

她再次打住不说，把一只手放在桌子上，因此支撑住自己的身子。她悄然感到了一阵眩晕。她企图再往下说，但无济于事——她此刻只能看着他。

"你想要干什么呢？"他问了一声，问话的语气犹如某个人对着一个素昧平生的人提出一个无关紧要的问题。

她的脸上闪烁着最后一线她原有的能量之光，犹如即将熄灭的火苗。

"我经历了发生的事情，身体已经垮了，"她说，"别让我提醒你自己做出的承诺，以此来羞辱我。"

"什么承诺？"

"真不像话，杰弗里！真不像话啊！你承诺娶我为妻。"

"你在那家旅馆干出了那事之后，还要对我提承诺？"

她用一只手让自己倚靠在桌子上，用另一只手按住自己的头。她头晕目眩，无法努力思索问题。她心里徒劳地想着："那家旅馆？我在那家旅馆干了什么啦？"

"我咨询了一位律师，听好啦！我知道自己在说什么。"

她好像没有听见他说的话。她重复着先前说过的话："我在那家旅馆干了什么啦？"——绝望地放弃了。她一边抓牢桌子，一边靠近他，一只手搭在他的胳膊上。

"你拒绝娶我为妻吗？"她问了一声。

他看到可耻的时机到了，于是说出了可耻的话。

"你已经嫁给阿诺尔德·布林克沃斯了。"

她没有哭喊一声来提醒他，没有做出努力的自救，倒在了他的脚边，失去了知觉，同往昔她母亲倒在她父亲脚边时的情形一样。

他从她衣裙的缠绕中摆脱了出来。"事已完结！"他说，眼睛朝下看着躺在地上的她。

当他嘴里说出这话时，一个从宅邸内部发出的声音吓了他一跳。图书室有一扇门没有完全关上。能听得见轻轻的脚步快速走过厅堂。

他转身逃离，如进来时一样，通过图书室南端那扇敞开着的落地窗，离开了。

第二十四章　人已离去

布兰奇进入室内，手里端着一杯葡萄酒——结果看见地板上昏厥的女人。

她跪在安妮身边，扶起她的头，感到很惊慌，但并不觉得奇怪。她根据先前自己对朋友情况的观察，必然知道眼前出现昏厥现象的原因。去拿酒时出现了不可避免的延误——她心里很自然地这样认为——这是造成自己眼前这种结果的唯一原因。

她若不是这么理所当然地追寻事情的因果关系，那她可能会走到窗户边去，看看室外是否出现了什么情况，让安妮受到了惊吓——可能会在杰弗里转过宅邸拐角处之前看见他——因此，由于有了这个发现，可能改变整个事态的轨迹，不仅仅对于她未来的人生，而且也对其他人未来的人生。我们就这样塑造着我们自己的命运，轻率盲目。我们就这样把握着我们可怜的幸福期限，变化无常，任由命运摆布。我们相信，自己是造物主宏伟计划中最高级的产品，这无疑是一种令人感到舒心的错觉。因此，我们不禁产生怀疑，其他星球是否有人居住，因为那些星球没有我们得以呼吸的大气层包围着！

布兰奇施用了自己能够做得到的救护措施，但毫无效果。然后，她惊慌起来。根据表面情况的判断，安妮躺在她的怀里死亡了。布兰奇正要呼救——随后可能会被人发现，那也管不了这么多了——突然，对着厅堂的门再次打开了，赫斯特·德思里奇进入了图书室。

当天剩下的时间里，厨娘若是坚持由着自己支配那段时间，宅邸的女主人已经把选择摆在厨娘面前了。厨娘接受了女主人给出的选择。恰如伦迪夫人希望的那样，厨娘把自己的记账簿拿到了图书室，以此显示执行她意图的决心。正是出现了这种情况，布兰奇发出呼救后才有了回应。赫斯特·德思里奇步伐缓慢，态度谨慎，向前走到年轻姑娘跪着的地方，安妮的头部枕在她怀中——她看着她们两位，表情严峻而淡漠，没有半点人类情感。

"你难道没有看见这个场面吗？"布兰奇大声问，"你是活人还是死人啊？噢，赫斯特，我无法让她醒过来！看看她吧！看看她吧！"

赫斯特·德思里奇看了看她，摇了摇头，再看了看她，思忖了片刻，然后在石板上写上字。她把石板伸到安妮身体边，展示她在石板上写的内容——

"这是谁干的？"

"你这个蠢货！"布兰奇说，"不是任何人干的。"

赫斯特·德思里奇的眼睛坚定地审视着那张憔悴苍白的面孔。面孔在布兰奇的怀里无声地诉说着自己忧伤的故事。赫斯特·德思里奇的思绪坚定地回到了自己那熟悉的婚后生活。她再次转身在石板上书写了起来——再次把书写的内容展示给布兰奇看。

"造成这种结果的是一个男人。让她去吧——上帝会收留她的。"

"你这个令人恐怖的没有心肝的女人！你怎么敢写出这样恶劣至极的话来啊！"布兰奇自然而然地发泄这样一通愤怒情绪后，目光转回到了安妮身上，看到她昏厥后犹如死亡的样子一点没有变化后，吓得失魂落魄，再次恳求这位无动于衷的冷漠女人帮帮忙，只见她目光朝下看着自己。"噢，赫斯特！看在上帝的分上，帮帮我吧！"

厨娘把石板放置在自己的一侧，表情严峻，把头垂下，表明她同意提供帮助。她向着布兰奇示意，松开安妮的衣裙，然后——单膝跪下——给安妮松开衣裙的当儿，让安妮支撑着自己。

赫斯特·德思里奇触碰到她的瞬间，昏厥的女人有了生命的迹象。

她从头到脚有了微微的抖动——眼睑颤抖着——瞬间半睁开着——然后又闭上了。眼睑闭上的当儿，嘴里颤抖着发出一声微弱的叹息。

赫斯特·德思里奇把她的背靠在布兰奇的怀里——思忖了片刻——重新在石板上写字——再次伸出石板，展示书写的文字。

"我触碰她时会战栗。这意味着，我在她的坟上走①。"

布兰奇诚惶诚恐，转过身，避开石板，避开那女人。"你吓着我啦！"她说，"她若是看见了你，你也会吓着她的。我并没有要冒犯你的意思，但是——离开我们吧，请离开我们吧。"

---

① 原文为"I have been walking over her grave."，这是人们无故战栗时的迷信说法。

赫斯特·德思里奇如同接受任何别的事情一样，接受了对自己的逐客令。她点了点头，表明她听懂了意思——最后看了一眼安妮——动作僵硬地躬身向自己年轻的女主人行了个屈膝礼——然后离开了图书室。

一个小时后，管家向她支付了薪水，于是她离开了宅邸。

布兰奇发现自己独自一人时，呼吸更加顺畅了。她现在看见安妮慢慢苏醒了，心里感到轻松了些。

"你听见我说话了吗，亲爱的？"她轻声细语地说，"你能够让我离开你一会儿吗？"

安妮慢慢睁开了眼睛，环顾四周——复苏的生命呈现出痛苦和恐惧的状态，因为当凡人凭着仁慈的力量敢于从死神的怀中将生命唤醒的时候，这种状态标志着人对复苏生命的顽强抗争。

布兰奇把安妮的头枕在旁边的椅子上，朝着那张桌子跑去，因为进房间时她把葡萄酒放在那上面了。

安妮咽下几口酒后，开始感受到了酒的刺激作用。布兰奇坚持要安妮喝干杯子里的酒，严禁提问或者回答问题，直到在葡萄酒的作用下，她完全恢复了过来。

"你今天上午劳累过度了，"她刚一看出可以安全地开口说话，便说，"没有任何人看见你，亲爱的——什么事情都没有发生。你感觉恢复正常了吗？"

安妮试图站立起来，然后离开图书室。布兰奇动作轻柔地把她安顿到椅子上，然后接着说话。

"你根本没有必要起身离开，我们还有一刻钟时间，然后才可能会有人进来打搅我们。我还有话要说，安妮——想要提出一个小小的建议。你愿意听我说吗？"

安妮抓住布兰奇的一只手，充满了感激之情，紧紧地握住那只手，凑向自己的嘴唇边。她没有做出任何别的回答。布兰奇接着说。

"我不会提出任何问题的，亲爱的——我不会企图违背你的意愿把你留在这儿——我甚至不会提醒你我昨天给你写的信。但是，我不会让你走的，安妮，除非在一定程度上说我对你放心了。你若愿意做一件事情，你便消除了我的全部焦虑啦——一件很容易做的事情，看在我的分上，好吗？"

"什么事情，布兰奇？"

安妮提出这个问题，心思离开她面前的话题很遥远。布兰奇过于热切追求实现自己的目的，所以没有留意到安妮对自己说话时心不在焉的语气，完全木然的态度。

"我想要你去咨询我叔叔，"她回答说，"帕特里克爵士对你很关心。帕特里克爵士就在今天都建议我去旅馆看看你。他是世界上最明智、最善良、最可爱的老人——你可以像信赖其他任何人一样信赖他。你能够对我叔叔推心置腹，听从他的建议吗？"

安妮的心思仍然远离这个话题，心不在焉，朝着外面的草坪张望着，没有做出回答。

"好啦！"布兰奇说，"说一个词不至于那么难吧，'是'还是'否'？"

安妮仍然朝着外面的草坪张望——仍然在想着别的什么事情——这时候顺从了，并且说了一声"是"。

布兰奇感到陶醉了。"这事我干得多么漂亮呀！"她心里想着，"我叔叔谈到'说话强硬'，这就是他的意思。"

她躬下身子对着安妮，快乐地轻轻拍了拍她的肩膀。

"这是你生平说过的最为明智的'是'啊，亲爱的。你在这儿等待着——我用午餐去，否则，他们一定会派人来了解我到底怎么回事了。帕特里克爵士在他身边替我留着位子呢。我会想方设法告诉他我想要干什么。而他会想方设法（噢，与聪明人打交道真是有福啊，但他们当中聪明人凤毛麟角！）——他会想方设法赶在其他人之前离开餐桌，不引起任何人的怀疑。你立刻随他离开，到凉亭去（我们整个上午都待在凉亭，现在谁都不会返回到那儿去）——我一旦吃了点午餐，让伦迪夫人放心了，便会随你去。除了我们三个人，谁都不知情。五分钟甚至更短时间，你便可以见到帕特里克爵士。我走啦！我们刻不容缓啊！"

安妮阻止她离开。安妮的注意力此刻集中在她身上。

"什么事？"她问了一声。

"你和阿诺尔德相处得融洽吗，布兰奇？"

"阿诺尔德比以往任何时候都更加讨人喜欢啊，亲爱的。"

"你们结婚的日子定下来了吗？"

"日子从现在开始还远着呢。一直要等到我们秋季结束时回到伦敦以后。让我走吧，安妮！"

"亲吻我一下，布兰奇。"

布兰奇亲吻了她，极力松开她的手，但安妮紧紧抓住，仿佛是个溺水的人——仿佛她的生命取决于松不松手。

"你会永远像现在这样爱我吗，布兰奇？"

"你怎么会这样问我呢？"

"我刚才说了'是'，你也说'是'吧。"

布兰奇说了这个词。安妮的眼睛盯着她的脸看，充满久久渴望的神情——然后，安妮突然放下了她的手。

她跑出了房间——更加激动，更加焦躁，其情形连她自己都不愿意承认。必须要去征求帕特里克爵士的意见，刻不容缓，她的心里从来没有像此刻这样肯定。

布兰奇进入餐厅时，宾客们还安安稳稳地坐在餐桌边。

面对继女缺乏守时的习惯，伦迪夫人用长辈应有的责备语气表达必要的惊讶之情。布兰奇表达了歉意，态度低三下四，堪称典范。她不声不响地溜到了叔叔身边的座位上，享用了递给她的第一道菜肴。帕特里克爵士看着自己的侄女，感觉自己身边坐着的是一位模范的年轻英国小姐——心里不禁惊叹了起来，这是什么意思啊。

一度中断的交谈（谈的是政治和体育的话题——当时，当需要改变一下气氛时，体育和政治变成了谈论的话题）再次在餐桌边继续了起来。以交谈做掩护，接受绅士们殷勤的间隙，布兰奇低声对帕特里克爵士说话。"别惊慌，叔叔！安妮在图书室呢。"（彬彬有礼的史密斯先生递过来一些火腿。布兰奇充满感激，谢绝了。）"请您，请您，请您，到她身边去吧。她等待着见您呢——她遇到了巨大的麻烦啊。"（殷勤有加的琼斯先生提议吃果子馅饼和奶油。布兰奇接受了，深表谢意。）"把她领到凉亭去，我会寻找时机跟随你们去。您若是爱我，那就立刻去设法做，叔叔——否则时间就来不及啦。"

帕特里克爵士尚未来得及小声做出回答，坐在餐桌另一端的伦迪夫人便切开一块含有极为丰富的苏格兰配料的糕饼，公开声称那是她"自己的糕饼"——而且，如此这般，递给她叔子一小块。这一小块糕饼露出李子和果脯，上面盖了一层黄油。据说，帕特里克爵士已年届七十——因此，不用说，他婉言谢绝，不想让自己的胃无端受到伤害。

"我的糕饼啊！"伦迪夫人锲而不舍，用叉子叉着举起那块可怕的糕点，"这难道不会诱惑到您吗？"

帕特里克爵士以恭维自己的兄嫂为幌子，看到了溜出餐厅的路径。他脸上掠过一丝微笑，一只手按在心口。

"一个靠不住的人，"他说，"才会被诱惑，因为他可能抵挡不了诱惑。假如他也是个明智人，他会怎么做呢？"

"会吃一点我的糕饼。"缺乏诗性的伦迪夫人说。

"不！"帕特里克爵士说，用一种无比诚挚的眼神看着自己的兄嫂，"他会逃离诱惑，亲爱的夫人——像我现在一样。"他鞠躬致意，逃离了餐厅，没有引起任何人的怀疑。

伦迪夫人垂下了目光，对于人性的脆弱，表现出了一种具有男性气度的宽容——同时，把帕特里克爵士的敬意在她本人和她的糕饼之间均衡地平分。

帕特里克爵士清楚地知道，自己离席这件事情发生几分钟后，宅邸的夫人一定会起身紧随其后。于是，他拖着一只跛脚，以最快的速度匆匆赶往图书室。他现在独自一人，态度焦虑，表情严峻。他进入了图书室。

那儿没有安妮·西尔韦斯特的踪影。图书室是个静谧无人的所在。

"人已走了！"帕特里克爵士说，"这看起来很糟糕啊。"

他思忖了片刻，进入厅堂，拿起帽子。或许有可能，她担心，自己若是待在图书室，可能被人发现，便独自一人到凉亭那边去了。

假如在凉亭处未能找到她，那么，要想让布兰奇内心平静下来，让帕特里克爵士消除疑虑，就只能到西尔韦斯特小姐先前躲避的地方去寻找了。情况若是如此，那时间就至关重要，那从一开始就要充分利用好弥足珍贵的时间。帕特里克爵士迅速得出了这样的结论后，拉响了与仆人工作间取得联系的铃，召唤自己的贴身男仆——一个决断力和忠诚度都经受了考验的人，年龄和他自己差不多。

"戴上帽子，邓肯，"男仆出现后，他说，"随我一块儿外出。"

第二十五章　紧随其后

主仆二人不声不响，一同出发，走过了院落。他们到达看得见凉亭处的地方时，帕特里克爵士吩咐邓肯原地等待——他自己则继续前行。

其实，他根本毫无必要采取这个预防措施，因为凉亭同图书室一样，空无一人。他走了出来，环顾了一番四周，未见一个人影，于是招呼仆人来到自己的身边。

"返回到马厩去，邓肯，"他说，"就说，伦迪小姐今天要把她的轻便马车借给我一用，立刻准备好，停在马厩的院子里等待。看到的人越少越好。你要随我一块儿走，不带其他任何人。准备好火车时刻表。你身上有钱吗？"

"有呢，帕特里克爵士。"

"我们到这儿的那天——即草坪聚会的那天，你碰巧看见了那位家庭女教师（西尔韦斯特小姐）吗？"

"我看见了，帕特里克爵士。"

"你应该能够再次认得出她吧？"

"我觉得，她是个容貌非常出众的人，帕特里克爵士。毫无疑问，我肯定能够再次认出她来的。"

"你有理由觉得她留意了你吗？"

"她根本没有看过我一眼啊，帕特里克爵士。"

"很好。提包里面放一套替换用的衬衣裤，邓肯——我可能需要乘火车旅行一趟。你在马厩院子里等着我。面对这件事情，每一点都有赖于我的决断力，还有你的决断力。"

"谢谢您，帕特里克爵士。"

邓肯听到了刚才这一句对自己表达赞扬的话后，郑重其事地朝着马厩走去。邓肯的主人则回到了凉亭，在那儿等待，直到布兰奇来找他。

等待期间，帕特里克爵士显得越发不耐烦起来。他时不时地使用装在手杖顶端球形柄处的鼻烟壶，一直焦虑不安地进进出出凉亭。安妮失踪了，此事给进一步的发现造成了一个严重的障碍。面对这个障碍，他束手无策，只能干等着，浪费掉宝贵的时间，等待布兰奇出现。

最后，布兰奇终于出现在凉亭的台阶上，气喘吁吁，态度急切，以最快的速度跑向这个见面地点。

帕特里克爵士体贴周到地走向前，免得她看到不可避免的结果后感到震惊。"布兰奇，"他说，"你要有失望的心理准备啊，亲爱的，这儿只有我一个人呢。"

"您不会说您让她离开了吧？"

"傻孩子啊！我根本就没有见到她呢。"

布兰奇从他身边挤过去，跑进了凉亭。帕特里克爵士紧随其后。她又出来迎他，一脸绝望的神情。"噢，叔叔！我真的是十分可怜她啊！看看她，一点都不可怜我！"

帕特里克爵士双臂抱着自己的侄女，轻轻地拍着伏在自己肩膀上的长着一头秀发的脑袋。

"我们不要草率地对她做出判断，亲爱的。我们不知道她是在什么万不得已的情况下离开的。显而易见，她不可能信任任何人——她只有同意见我，让你离开图书室，免除分别带来的痛苦。平静你的情绪吧，布兰奇。你若愿意助我一臂之力，关于在何处可以找到她这事，我倒是不感到绝望。"

布兰奇抬起头，勇敢地擦干了眼泪。

"即便是我父亲，也不会比您对我更加慈爱啊，"她说，"尽管告诉我，叔叔，我能够干什么？"

"我要原原本本地听到图书室里发生的情况，"帕特里克爵士说，"别忘记了任何细节，亲爱的孩子啊，不管事情多么微不足道。细节对于我们弥足珍贵，现在，分分秒秒时间对我们弥足珍贵。"

布兰奇不折不扣地遵循他的吩咐行事，她叔叔则全神贯注地倾听。等到她讲述完毕后，帕特里克爵士提议离开凉亭。"我已经吩咐备好了你的轻便马车，"他说，"我们去往马厩院子时，我把我建议要做的事情告诉你。"

"让我来替您驾车吧，叔叔！"

"请原谅我，亲爱的，关于这一点，我要说'不'。那样会很容易引起你继母的怀疑——我若到克雷格弗尼旅馆了解情况，最好不要让人看见你和我在一块儿。你若留在这儿，我答应，等我回来后，一定把情况一五一十都告诉你。无论其他人下午有何计划，你都加入他们的行列中去——我不在场，会有人偶尔唠叨一句，但你可以避免除此之外的其他什么情况发生。你会按照我告诉你的去做吗？那就是个好姑娘啦！现在，我要告诉你，我该如何去寻找那个可怜的小姐，你的叙述如何能够帮上我的忙。"

他打住了，心里思忖着是否该开始把自己与杰弗里交谈的情况告诉布兰奇。他再次决定对此否定。最好推迟把这个事情告诉她，等到他此行完成之后再说吧。

"我在心里把你告诉我的情况分成了两个方面，布兰奇，"帕特里克爵士开口说，"一是你亲眼见到的发生在图书室里的情况。一是西尔韦斯特小姐告诉你的发生在旅馆的情况。关于发生在图书室的情况，现在为时已晚，不能了解清楚，发生昏厥的情况正如你说的仅仅是由于疲劳造成——还是你离开房间期间发生了别的情况造成的。"

"我离开图书室期间，可能会发生什么情况呢？"

"我也和你一样，不知道，亲爱的。仅仅是一种可能的情况——这是我注意到的一个情况。接着说我们实际很担心的事情吧，假如说西尔韦斯特小姐身体虚弱，她不可能在没有人帮助的情况下离开温迪盖茨宅邸，到达很远的地方。她很有可能落脚在我们附近的某个村落。或者，她可能遇上从某座农庄出发正驶向车站的路过车辆，请求驾车人让她搭车。或者，她可能在宅邸以南的那些路上一直步行，可能驻足在某处可以住宿的地方。"

"您离开后，叔叔，我会到那些人家里去打听。"

"亲爱的孩子啊，温迪盖茨宅邸方圆一英里内，少说也有上十处人家啊！你若去打听，那得花费你整整一个下午的时间。我不会问你，那段时间里，你独自一人消失不见，伦迪夫人对此会怎么想。我只是提醒你两件事情：一件本质来说应该是尽可能私下里打探的事情，你这样做定会弄得满城风雨。即便你碰巧找到了那户人家，你的调查询问行动也会完全受阻，发现不了任何情况。"

"为什么发现不了呢？"

"我比你更加了解苏格兰的农民，布兰奇。苏格兰农民在才智和自尊意识方面与英格兰的农民很不相同。他们会很礼貌地接待你，因为你是位年轻小姐，但他们同时也会让你看到，他们觉得你利用了你与他们地位之间的差别，私闯民宅。如若西尔韦斯特小姐利用人家热情好客的态度，实言相告，而若对方又积极配合，那么，在没有得到她的许可的情况下，任何力量也不可能促使他们告诉他人，她待在他们的屋檐下。"

"但是，叔叔——假如我们去向什么人打听起不到作用，那我们该如何寻找到她呢？"

"我并不是说，任何人都无法回应我们的询问，亲爱的——我只是说，假如你的朋友把自己托付给农民们保护，他们不会回应我们的询问。寻找到西尔韦斯特小姐的途径是，目光放远一点，超出她目前可能会做什么的范围，看看她打算干什么——我们不妨说今天以后的事情。我们可以认为，我觉得（有了发生过的事情后），一旦她能够离开附近区域，她毫无疑问会离开这个区域吗？至此，你认同我的看法吗？"

"认同！认同！接着说。"

"很好。她是个女人，而且她（至少可以这么说）身体不够强健。她要离开这个区域，只能通过雇佣马车，或者乘坐火车。我建议首先去火车站。凭着你的轻便马车驶过这段距离的速度，尽管我们失去了一些时间，但我还是很有可能和她一样迅速到达那儿——假如她乘坐第一列上行或下行火车离开的话。"

"半个小时后有一趟火车，叔叔。她不可能来得及赶上那一趟。"

"她或许不像我们认为的那样精疲力竭。或者说，她有可能搭别人的车。或者说，她可能不是独自一人。我们怎么知道某个人不会在路上等待着——她丈夫，如若有这么一个人——给她提供帮助呢？不！我应该假设她现在正在前往火车站的路上。我要尽快赶到那儿——"

"您若是发现她在那儿，拦住她好吗？"

"我该怎么做，亲爱的，我一定会凭着自己的决断力从事的。我若发现她在火车站，我一定会采取最佳行动。我若发现她不在火车站，我会叫邓肯留下（他和我一块儿前往）并留心随后的火车，一直守候到今晚最后一趟车。他见过西尔韦斯特小姐——他确认，她没有注意过他。无论她前往北方还是南方，乘早车还是晚车，我已经吩咐过邓肯了，他要一路尾随她去。邓肯完全靠得住。她若乘火车离开，我可以保证，我们将知道她前往何处。"

"您多聪明啊，想到了邓肯！"

"才不是呢，亲爱的，邓肯是我的家务总管——我打算要采取的行动路线，显然是任何人都想得到的行动路线。我们现在来商讨一下行动中最困难的部分。假如她雇用了一辆马车呢？"

"除了在车站，她不可能在别处雇到马车。"

这儿一带有农夫，农夫们有轻便马车，或者双轮马车，或者诸如此类的交通工具。他们极有可能不同意租给她。不过，女人能够克服难倒男人的困难。而这是一个聪明的女人，布兰奇，这个女人（你尽可以肯定）会一门心思阻止你对她寻踪觅迹。我承认，我希望我们有某个可以信得过的人，守在通向火车站方向的岔路口附近。我必须得去另外一个方向，我无法兼顾到这一点。

"阿诺尔德可以去做这件事情！"

帕特里克爵士表情有点疑惑。

"阿诺尔德是个优秀的青年，"他说，"但是，我们信得过他的决断力吗？"

"除了您之外，他是我所知道的最谨慎行事的人，"布兰奇接话说，一副信心满满的样子，"还有，更加重要的是，我已经把安妮的一切情况都告诉了他——只有今天发生的事情除外。我担心，您离开了之后，我一旦觉得孤单寂寞，内心痛苦，恐怕会把这个情况告诉他。阿诺尔德的身上有某种东西——我不知道具体是什么——能够令我感到安慰。此外，您认为我告诉他一个他应该保守的秘密，他会泄露出去吗？您不知道，他对我多么地忠心啊！"

"亲爱的布兰奇啊，我不是他心目中忠贞不贰的对象——我当然不知道啦！这一点上，你是唯一的权威啊。我纠正自己的决定，那我们就尽管差遣阿诺尔德吧。嘱咐他小心谨慎，派他独自一人到岔路口去。另外我们现在只剩下唯一一个地方，我们有可能在那儿寻找到她的踪迹。我负责到克雷格弗尼旅馆去展开必要的调查了解。"

"克雷格弗尼旅馆！叔叔！您忘记了我告诉过您的情况了吗？"

"等一等，亲爱的。西尔韦斯特小姐是自己离开那家旅馆的，我向你保证。但是（假如我们不幸无法通过别的途径寻找到她），西尔韦斯特小姐已经在克雷格弗尼旅馆给我们留下了蛛丝马迹。假如情况碰巧如此，那些蛛丝马迹必须得立刻找到才是啊。你好像并没有明白我的意思吧？我在心里面把涉及的范围过了一遍，速度如同小马驹一样快。我先前心里把你讲述的情况分成了两个方面，我现在已经触及了第二个方面了。西尔韦斯特小姐告诉你在旅馆那边发生了什么事情？"

"她在旅馆丢失了一封信。"

"一点不错。她在旅馆丢失了一封信——这是一件事情。侍者毕晓普里格斯与因奇贝尔太太吵了一架，然后离开了自己的岗位——这是另外一件事情。首先，关于那封信，或确实丢失了，或被人偷走了。面临两种情况，我们若是能够找到那封信，至少有可能可以帮上我们一点忙。其次，关于毕晓普里格斯——"

"毫无疑问，您不打算谈论那位侍者的事情吧？"

"我打算谈的！毕晓普里格斯具有两个重要价值。他是推理链条中的一个重要的节点，还是我的一位老朋友。"

"您的一位朋友！"

"亲爱的，我们生活在一个一位工匠谈及另外一位工匠时称之为‘那位绅士’的日子里。我要与时俱进，感到有必要谈及我的职员时称之为我的朋友。若干年前，毕晓普里格斯受雇成了我律师事务所的职员。要说苏格兰最聪明睿智和最肆无忌惮的老无赖，他可算得上是其中的一位——对于涉及英镑、先令和便士的平常事情，那完全是一五一十掌握——他在追求个人利益时，其中有破坏信誉的行为，往往处在法律边界地带，那可是无耻至极。我雇佣他期间，有过两次极不愉快的发现。我发现，他处心积虑，想要复制我的印章。我有极为充分的理由怀疑，他篡改属于我的两位委托人的一些文书。至此，他倒是没有造成什么实际的祸害。我刻不容缓，不能花费时间去弄清楚对他不利的必要情况。我解雇了他，因为他就是个不可信赖的人，不让他经手信件和文书。"

"我明白啦，叔叔！我明白啦！"

"现在情况已经够清楚了——对吧？假如西尔韦斯特小姐那封丢失的信无关紧要，我倒是倾向于认为，信只是丢失而已，有可能还能找回来。而另一方面，假如其中有什么内容能够给某个掌握了信的人带来些许好处——那么，用当今诅咒时的话来说，我愿意打赌，布兰奇，毕晓普里格斯盗取了那封信！"

"而他离开了那家旅馆，多么遗憾啊！"

"遗憾的是导致了时间上的延误——不会比这更加糟糕。假如我的判断没有出很大的差错，毕晓普里格斯还会返回旅馆去的。那个老无赖（这一点不容否认）是个很风趣的人。他离开我的事务所时，留下了一个很大的空白。克雷格弗尼旅馆的老顾客们（尤其是英格兰人）想念毕晓普里格斯时，你尽可以放心好啦，定会想念旅馆的一个吸引人的地方。因奇贝尔太太可不是那种为了面子不顾自己生意的女人。她和毕晓普里格斯迟早还会走到一块儿来，对此做出补偿。我提出的问题可能产生重要的结果，我向她询问一些问题时，我会把给毕晓普里格斯的一封信交到她手上。我会在信上告诉他，我有事情要他做，里面提供一个地址，他可以写信给我。我会收到他的回信，布兰奇——而假如那封信在他的手上，我便可以拿到信。”

“他告诉您自己拿了信——他若是偷了那封信——难道不会感到害怕吗？”

“问得好，孩子啊。面对别人，他可能会犹豫迟疑。但是，我自有对付他的办法。我知道该如何让他开口对我说。——关于毕晓普里格斯就说这么多了，等待他出现的时候再说吧。关于西尔韦斯特小姐，还有另外一点。我可能要对她的外表进行一番了解。她到这儿来时，穿的什么衣服？请记住，我是个男人——（如若一个英格兰女性的服饰能够用英格兰女性的语言来加以描述）那就用英语告诉我，她穿戴的是什么？”

“她戴了一顶草帽，上面饰有麦仙翁，还有一块白色面纱。麦仙翁装饰在一侧，叔叔，这种情况比较少见，麦仙翁通常是装饰在前面的。她还披了一条淡灰色的披肩，身穿凹凸布料的衣服①——”

“你都用上法语啦！不用多说一句话！一顶草帽配上一块白色面纱，麦仙翁装饰在帽子的一侧。还有一条淡灰色的披肩。一般男人心里想到的也就这么一些，这样就行了。我已经想好了行动的方案，节省了宝贵的时间。到目前为止，一切顺利。我们就谈到这儿吧——换句话说，已经到了马厩院子门口了。你明白我离开之后你要做什么了吧？”

“我必须要打发阿诺尔德到岔路口去。我必须要（尽可能）表现成若无其事的样子。”

“好孩子啊！说得很好！你已经领会了我的意思啦，布兰奇。稀有的才能啊！你可以驾驭将来的家庭王国。阿诺尔德除了是个法律

---

① 原文“piqué”是个法语词，所以才有后文内容。

规定的丈夫，什么都不是。唯有有这样的丈夫才会是彻底幸福的。亲爱的，等我回来之后，我会告诉你一切的。提包准备好了吗，邓肯？很好。火车时刻表呢？很好。你掌握缰绳——我不驾车。我想要思考一下。驾车和想问题两者不能兼顾。一个人把心思放在了他的马匹上，那就降至这个有用的牲口的层次了——这是抵达终点的必要条件，不至于心烦意乱。上帝保佑你，布兰奇！前往火车站，邓肯！前往火车站！"

第二十六章　无影无踪

马车辘辘地驶出了几重院落大门。几条狗狂吠着。帕特里克爵士回头看了看，到达大路拐角处时，挥了挥手。布兰奇独自一人待在院子里。

她徘徊了一阵，轻轻拍了拍狗，一副心不在焉的样子。此时此刻，几条狗特别需要她的怜悯同情——很显然，狗心里也觉得，留在家里很不是滋味。过了一会儿，布兰奇振作起了精神。帕特里克爵士已经把监视岔路口的责任放到了她的肩膀上。在寻找安妮的行动安排妥当之前，她先要处理一些事情。布兰奇离开院子处理事情去了。

她返回宅邸的途中遇见了阿诺尔德，后者受伦迪夫人的差遣前来寻找她。

布兰奇不在场时，下午的活动计划已经落实好了。某个精力过剩的人对着伦迪夫人窃窃私语，说要培养欣赏封建时代古迹的品味，而且坚持要让那种品味在宾客们中间扩展蔓延。她提议组织前往一处群山怀抱中的古代角塔式城堡①游览——远在克雷格弗尼旅馆所在的山峦以西（幸运的是，帕特里克爵士躲过了人们的目光，没有被发现）。宾客中有一部分骑马，有一部分陪同女主人乘坐敞篷马车。伦迪夫人左顾右盼查看脱离队伍的人，必然要说，她成员圈里面有些人不见了踪影。德拉梅恩先生不见了，谁都不知道他在哪儿。帕特里克爵士和布兰奇也步了他的后尘。夫人阁下对此做出了评价，态度有点粗暴，说如若他们全都不讲礼数，那么，温迪盖茨宅邸越尽快成为一座基于禁声系统②的监狱，越会让居住在其中的人适得其所。面对如此情形，阿诺尔德提议，布兰奇最好尽快向"总指挥部"成员表达歉意，并且接受她继母希望她在马车上坐的座位。"我们去参观封建时代的古迹，布兰奇。我们要尽量相互配合。假如你乘坐马车去，那我也一样。"

布兰奇摇了摇头。

"有重要的理由需要我保持体面，"她说，"我乘坐马车去，你绝对不行。"

阿诺尔德自然显得有点惊讶，请求她做出解释。

布兰奇搂着他的胳膊，而且搂得很紧。现在安妮失踪了。对于她来说，阿诺尔德比以往时候都更加重要。此时此刻，她确实渴望听见他亲口说，他有多么喜爱自己。关于这一点，她心里其实已经很确定了，但这没有关系。要求他再说一次（尽管他说这句话已经说五百遍了），这种感觉很美好啊！

---

① 角塔式城堡（baronial castle）属于古代苏格兰的一种建筑。
② 禁声系统（silent system）指监狱中完全禁止犯人之间说话或联系的狱规系统。该系统最早起源于美国，1830 年引入伦敦的两座监狱。查尔斯·狄更斯对这个主题很感兴趣，这可能对威尔基·柯林斯产生了影响。

"假如我无法做出解释呢？"她说，"为了让我高兴，你会留下来吗？"

"为了让你高兴，我愿意做任何事情！"

"你真的像你说的这样爱我吗？"

他们仍然待在马厩院子里，现场唯一的见证者是那些狗。阿诺尔德做出了回答，用的是非言辞的语言——不过，这是整个世界上男女之间使用的最具有表现力的语言。

"这样做不是在履行我的责任，"布兰奇说，一副悔过态度，"但是，噢，阿诺尔德，我真的心急如焚，痛苦难受啊！而知道你不会也离我而去，这是个莫大的安慰！"

说过这一番开场白后，布兰奇告诉了他发生在图书室内的情况。布兰奇讲述的情况在阿诺尔德身上产生了影响，其程度超出了她的预期。连她都没有预料到自己的恋人对自己会表露得如此感同身受。他不仅仅感到惊讶，替她感到难受。他脸上的表情清清楚楚地表明，他真真切切地感到忧心和痛苦。在布兰奇的心目中，他的形象从来没有像此刻这样高大。

"我们该怎么办呢？"他问了一声，"帕特里克爵士提议怎么寻找她？"

关于部署在岔路口密切注视、调查的行动绝对必须在私密的场合进行，布兰奇复述了一遍帕特里克爵士的嘱咐。阿诺尔德（听到了不把自己派遣回克雷格弗尼旅馆后，感到如释重负）表示愿意承担任何要求自己做的事情，而且承诺一定保守秘密，不向任何人泄露。

他们回到了室内，面对着伦迪夫人冷淡的表情。为了让布兰奇接受训诫，夫人阁下复述了先前谈到让温迪盖茨宅邸变成一座监狱时说过的话。阿诺尔德恳请原谅，不去参观古堡。她以十分勉强的礼貌态度接受请求。"噢，您就尽管散步去吧！您可能会遇见您的朋友德拉梅恩先生呢——他似乎也同样有散步的激情，因为他甚至都等不及用完午餐。至于帕特里克爵士——噢？帕特里克爵士已经借了轻便马车？独自一人驾车外出了？——我可以肯定，我给我叔子一小块粗糙的糕饼，并没有存心要冒犯他的意思。别让我冒犯其他人。尽管安排自己下午的时间好啦，布兰奇，丝毫都不要顾及我。看起来无人想要去参观古迹——那些佩思郡最值得一游的封建时代遗存。没有关系啊，布林克沃斯先生——噢，天哪，没有关系啊！我不能强迫自己的宾客对苏格兰的古迹产生好奇。不！不！亲爱的布兰奇！——这不是第一次，也不是最后一次，我独自一人驱车外出。我一点都不介意独自一人来着。'我的内心对于我是个王国'，正如那位诗人①所说。"——伦迪夫人怒发冲冠，高傲自大，对人如此这般地数落着，直到最后尊贵的医生客人过来打圆场，这才平服了女主人竖起的羽毛。外科医生（他其实内心里厌恶参观遗迹）请求前往。布兰奇请求前往。史密斯和琼斯（他们对封建时代的古迹很感兴趣）说，他们宁可坐在后面的尾座②上——也不想错过这次出乎意料的享受。"一、二、三"也受到了感染，自告奋勇地要骑在马背上陪同前往。伦迪夫人的脸上这才再次露出了灿烂的"微笑"（确保笑容连续挂在脸上不变）。她笑容可掬，态度和蔼，发布了指令。

"我们要带上游览指南，"夫人阁下说——目光中表露的意思是，要讲究经济实惠，这种目光只有在非常富有的人当中才看得到——"省

---

① 据原书提供的注释，此处"诗人"指埃德温·戴尔爵士（Sir Edwin Dyer, 1540—1607）。
② 尾座指马车的尾部增加的座位，通常用来放置行李或供仆人坐的。

下一个先令给引导参观古迹的人。"说完，她上楼去装扮自己，准备乘坐马车。她对着穿衣镜看了看，看到一位女士赫然面对着她，男子汉气概十足，风度迷人，才艺超群，头上戴着一顶新式法国帽子！

阿诺尔德见到布兰奇秘密示意后，悄然出去了，奔赴自己的岗位，即通向火车站那条大路与几条路的岔路口。

他的一侧是一片空旷的荒地，石墙和农舍的院门围住了另一侧。阿诺尔德在蓬松的欧石楠植物旁坐下——点燃了一支雪茄烟——企图看透安妮失踪和她逃离这个双重之谜。

他对自己朋友离去这件事情进行了解读，完全如阿诺尔德预料的那样：只能假定，杰弗里与安妮私下里会面去了。西尔韦斯特小姐独自一人出现在温迪盖茨宅邸，心急火燎地想要听到正待在府上那些绅士的名字。如此看来，这似乎指向了那个显而易见的结论：从一定程度上说，两个人很不凑巧地相互错过了见面。但是，她逃离本地可能出于什么动机呢？她是否知道在别的什么地方能够和杰弗里见面？还是已经返回克雷格弗尼旅馆去了？还是突然感到绝望采取行动了？——这些问题必然令阿诺尔德难以做出解答。别无选择，只有等待机会，告知杰弗里发生了什么事情。

半个小时过后，渐渐驶近的车马声——这种声音他第一次听见——吸引了阿诺尔德的注意力。他怔了一下，看到一辆轻便马车从火车站的方向朝着他驶来。这一次，帕特里克爵士不得不亲自驾车——邓肯没有和他在一起。他发现了阿诺尔德后勒住了马匹。

"啊！啊！"老绅士说，"你全都听说了，我没有弄错吧？你知道，这件事情要向每一个人保密，直到进一步通知对吧？很好。从你到这儿开始，发生了什么事情吗？"

"没有。您有什么发现吗，帕特里克爵士？"

"没有，我赶在火车到达之前到了火车站。哪儿都没有见到西尔韦斯特小姐的人影。我让邓肯留下看着——吩咐过了，不要轻举妄动，直到今晚最后一趟火车过去。"

"我觉得，她不会出现在火车站，"阿诺尔德说，"我认为，她返回克雷格弗尼旅馆去了。"

"很有可能啊。我现在正要去克雷格弗尼旅馆，去打听有关她的情况。我不知道我会被滞留多长时间，或者此行会取得什么结果。假如你比我先看到布兰奇，告诉她，我已经嘱咐过了车站站长，让我知道（假如西尔韦斯特小姐确实乘坐火车离开）她购买的是到达什么地方的票。由于这样的安排，我们不必等待邓肯跟踪她到达旅途终点打电报传来消息。——同时，你明白了你在此要做的事情了吧？"

"布兰奇已经把所有情况都解释给我听了。"

"坚守在你的岗位上，充分利用你的视力。你知道，你航行在海上时，已经习惯这个情况了。凉爽的夏日空气中，度过几个小时并不是什么很艰难的事情。我看你沾染上了吸烟这个现代恶习——你满可以做这件事情用来消遣，毫无疑问！盯着这几个路口看。还有，她若是出现在你的视线中，不要试图去拦阻她——你不可以这样做。对着她说话（若无其事地，记住啦），赢得时间，留意一下帮她驾车的那个男人的面容表情，还有马车上面的名号（如果有的话）。做到这一点——那就够了。哼！雪茄烟多污染空气啊！等你到了我这个年龄时，你的胃部会变成怎么个样子啊？"

"我若能够像您一样享用到精美的午餐，帕特里克爵士，那绝不至于生病的。"

"这话倒是提醒了我啊！我在火车站遇到了个熟人。赫斯特·德思里奇已经离开了自己的岗位了，乘火车前往伦敦。我们可以在温迪盖茨宅邸吃饭——但我们现在吃不到了。这次是女主人和厨娘之间吵的最后一架。我把我在伦敦的住址给了赫斯特，告诉她说，她落实好另外的去处就告诉我。一个女人不能说话——一个女人懂得烹饪——这样的女人纯粹属于最理想的状态啊。我只要有办法，那就不会让这样一个无价之宝从这个家族流失。你注意到了午餐时用的贝夏梅尔调味白汁①了吗？啐！一个抽雪茄的年轻人不知道贝夏梅尔调味白汁与融化的黄油之间的差别。再见啦！再见啦！"

他松弛了一下缰绳，马车离开，前往克雷格弗尼旅馆。若论年龄，那匹马已经二十岁了，而驾车的人已经七十岁；若论生气和活力，那当天下午，便是苏格兰两个最年轻的角色一块儿驾着那辆马车。

又一个小时缓慢地过去了，阿诺尔德所在的岔路口上除了寥寥落落的一些步行客、一辆笨重的四轮运货车，还有一辆载着一位老妇人的双轮轻便马车，没有别的车辆经过。他从欧石楠植物旁站起身，由于不活动感到浑身麻木，于是决定改变一下状态，在自己岗位的视域内来回走一走。转身走第二遍时，他正好面对着空旷的荒地。他注意到了另外一位步行客，显然是个男人，出现在空旷的远处。那个人要朝着他走过来吗？

他朝前走了一点点距离。那位陌生人无疑也在朝前走——步履匆匆，现在可以看得很真切，是个男人的身影。又过了几分钟——

---

① 贝夏梅尔调味白汁由法国国王路易十四总管路易斯·德·贝夏梅尔（Louis de Béchamel, 1630—1703）辖下厨师发明，用面粉、奶油、蛋黄、柠檬汁、蘑菇等调制而成。

阿诺尔德感觉自己已经认出了那个身影。又过了一会儿——他已经可以肯定了。那个人表现出来的轻柔灵动活力和风姿，他走过那段距离时显示出的那种敏捷自如的步态，不可能会有错。正是即将到来的跑步竞赛中的英雄。这是杰弗里回温迪盖茨宅邸来了。

阿诺尔德赶忙向前去迎他。杰弗里站着一动不动，用自己的手杖支撑着——让对方走上前来。

"你听说了府上出事情了吗？"阿诺尔德问了一声。

话到了嘴边，他还是本能地打住了，没有问下去。杰弗里一脸蔑视的表情，阿诺尔德对此感到云里雾里。杰弗里看起来像是打定了主意，准备面对任何情况，驳斥任何对他说话的人。

"看来有什么事情让你不开心啊？"阿诺尔德问了一声。

"府上发生了什么事情啦？"杰弗里接话说——扯着嗓子，阴沉着脸。

"西尔韦斯特小姐到了宅邸了。"

"谁看见她呢？"

"除了布兰奇，没有任何人看见。"

"嗯？"

"是啊，她身体很虚弱，生病了——病得很厉害，人都在图书室昏厥了，可怜的姑娘啊。布兰奇服待她醒过来了。"

"然后呢？"

"我们当时都在用午餐。布兰奇离开了图书室，私下里和她叔叔说话来着。等她返回时——西尔韦斯特小姐走了，从此不见了她的踪影。"

"宅邸里吵架了吗？"

"府上没有任何人知道，除了布兰奇——"

"你呢？另外还有多少人？"

"另外还有帕特里克爵士，没有别人了。"

"没有别人了。还有什么情况吗？"

阿诺尔德想起了自己的承诺，要保守秘密，不把此刻正在进行的调查行动告诉任何人。相对于在别的情况下，阿诺尔德此刻看到杰弗里的举止态度后——他下意识地觉得——更加倾向于应该把杰弗里包括在通常要保密的人员范围内。

"没有别的什么情况。"他回答。

杰弗里把自己的手杖深深地插入了松软的沙地里。他看着手杖——然后突然把它拔出来，再看看阿诺尔德。"再见吧！"他说——独自一人继续前行。

阿诺尔德跟了上去，拦住了他。一时间，两个男人面面相觑，相互之间没有说一句话。还是阿诺尔德先开了口。

"你心情不好，杰弗里。什么情况把你弄得这样心神不宁啊？你和西尔韦斯特小姐没有碰面吗？"

对方没有回答。

"你知道西尔韦斯特小姐现在在哪儿吗？"

杰弗里仍然没有回答。表情态度仍然沉默傲慢，一脸怒气。阿诺尔德黝黑的面容开始发紫了。

"你怎么不回答我的问话啊？"阿诺尔德说。

"因为我已经受够了。"

"受够了什么啊？"

"受够了别人替西尔韦斯特小姐担心操劳的事。西尔韦斯特小姐是我的事情——不是你的。"

"说话客气点，杰弗里！可别忘记了，我是被别人搅和到这件事情当中的——不是我自找的。"

"用不着担心我会忘记，你已经因这事责备我够多了。"

"因这事责备你？"

"对呀！莫非我欠你的人情债永远了却不了不成？该死的人情债！我都听得厌烦了。"

阿诺尔德身上有一种锐气——凭着他覆盖上平常性格中淳朴和温和的成分，锐气不容易被激发出来——但是，锐气一旦被激发出来了，那可不那么容易被抑制住。杰弗里最终激发出了他的那种锐气。

"等到你恢复了理智，"他说，"我便会回忆起往昔的时光——并且接受你的道歉。你确确实实恢复理智之前，你尽管自行其是吧。我没有更多的话要对你说了。"

杰弗里咬紧着牙关，走近了一步。阿诺尔德的目光与他的相遇，神色坚定，对他形成挑战——尽管两个人相比，杰弗里是更加强壮的那位——迫使吵架向前推进了一步。杰弗里敬佩和理解的唯一人类美德就是勇气。而此刻他面前正对着勇气——性格较为柔弱的人表现出来的不容置疑的勇气。冷酷无情的无赖被触到了全身唯一的痛处。他转过身——缄口不言，继续向前走了。

阿诺尔德独自一人留下，头垂在胸前。曾经救过他命的朋友——也是他拥有的与自己最早幸福快乐时光记忆中有关联的唯一朋友——粗鲁地羞辱了他，蓄意地离开了他，没有表露出丝毫悔恨。阿诺尔德温柔和蔼的性情——淳朴，忠诚，一旦系于一处便会坚定不移——

受到了严重伤害。他前方空旷的视野里，杰弗里快速行走的身影变得模糊不清，轮廓难辨。他用一只手擦拭双眼，带着孩子气的羞涩感挡住了热泪。这是表明心疼的热泪，这是替流泪者增光的热泪。

他陷入情感的漩涡之中，依旧在挣扎着——突然，几条道路的交汇处，有什么事情发生了。

四条路的指向犹如罗盘仪的四个方位指向一样精准。阿诺尔德由于先前朝着杰弗里过来的方向走，上前迎他，现在置身于朝向东面的路上，离开他最初的观察点——那堵有两三百码①距离的农庄围墙。朝向西面的路在农庄的后面拐了弯，通向临近的那座集镇。朝向南面的路通向火车站。朝向北面的路通向温迪盖茨宅邸。

杰弗里还在离返回温迪盖茨宅邸的拐弯处五十码距离时——阿诺尔德的双眼还噙满泪水时——农庄围墙的门突然打开了。一辆四轮轻便马车从里面驶出来，一个男人驾着车，一个女人坐在他身边。女人是安妮·西尔韦斯特，男人是农庄的业主。

马车没有上通向火车站的路，而是上了西面通向集镇的路。马车朝着那个方向行进，马车上的人必然背对着在他们身后朝前走的杰弗里。他刚刚不经意地注意了一下这辆破旧的马车，然后便转身朝北踏上了通向温迪盖茨宅邸的路。

此时，阿诺尔德内心已经平静下来，扭过头看看。马车已经拐了弯驶上农庄后面的路。他返回——忠实履行自己先前承担的责任——到了围墙前面的观察点。马车此刻成了远处的一个点。片刻过后，马车的那个点消失在视线中。

就这样（用帕特里克爵士的话来说），那个女人克服了难倒男人

---

① 一码等于 0.9144 米。

的困难。就这样，迫切需要人帮助的处境中，安妮·西尔韦斯特赢得了怜悯同情，让她在马车上农庄主身边有了一个位置。农庄主正要驾着车前往集镇办事。就这样，毫厘之间，她逃过了威胁着自己的三重危险——危险来自返回途中的杰弗里，来自置身于观察点上的阿诺尔德，来自在火车站密切注视她出现的那个男仆。

第二十七章　寻踪觅迹

下午的时间慢慢过去。温迪盖茨宅邸的仆人们汇集在院落里呼吸新鲜空气——女主人和宾客们都已经离开了——由于"上流社会人士"中的一位出人意料地回来了，他们一时间感到心神不安。杰弗里·德拉梅恩先生独自一人重新出现在宅邸，径直去了吸烟室，坐在一把扶手椅上，呼唤着再来一杯陈酿麦芽酒，边看报纸，边抽烟。

很快，他看报看累了，陷入了沉思，考虑起自己步行后半段里发生的事情来。

他面临着的前景超出了种种极为乐观的预期，这些预期是他为了这个前景构想出来的。他先前给自己打气鼓劲，去勇敢——有了发生在图书室里的事情后——面对返回宅邸后一次丑闻的爆发。而在此——当他返回之后——没有任何情况需要面对！这儿有三个人（帕特里克爵士、阿诺尔德和布兰奇），他们一定至少知道，安妮陷于某种困境之中。他们小心翼翼，保守着秘密，仿佛觉得，他的种种利益面临危险！还有，更加神奇的呢，安妮本人——根本没有发出半点呼喊着要抓住他的声音——实际上已经逃跑了，没有向任何人吐露半句对他产生不利影响的话!

这到底意味着什么啊!他竭尽全力想要寻找到某种解释,实际上已经解释了布兰奇、她叔叔和阿诺尔德保持沉默的原因。很显然,他们一定联合起来,不让伦迪夫人知道她府上先前逃跑了的家庭教师返回了宅邸的事情。

但是,安妮保持着沉默,他对这其中的秘密完全摸不着头脑。

他根本想不明白,安妮看到自己成了布兰奇婚姻的障碍,由此引起的恐惧足够强烈,令她内心混乱,意识不到自己遭受的冤屈,于是,她义无反顾,不知道还能够采取别的什么办法,只有仓促逃离,决不返回,决不以阿诺尔德夫人的身份让任何人看见自己。"这事完全出乎我的判断,"这是杰弗里最后得出的结论,"假如说对她有利的是三缄其口,那么对我有利的也是三缄其口——此事目前便了结啦!"

他把双脚架在椅子上,远距离散步之后,他要让自己健硕的肌肉得到休息,于是又装了一斗烟丝,自我满足着。他不必担心来自安妮的干扰,再也没有出自阿诺尔德之口的尴尬问题(就他们现在所处的关系而言)。他回首了一下发生在荒地上的争吵,有一种沾沾自喜之感——他给了自己的朋友公正,尽管他们已经有了分歧也罢。"谁会料想到那家伙的身上竟然那么充满了胆量啊!"他擦亮火柴点燃第二斗烟时,心里这样想着。

又一个小时缓慢过去。帕特里克爵士是第二个返回的人。

他若有所思,但一点都不显得沮丧。从表面上来判断,他去了一趟克雷格弗尼旅馆,此行显然不是一无所获。老绅士哼唱着他喜爱的苏格兰小曲——或许显得过于漫不经心——还和平常一样,嗅一下象牙色手杖柄上的鼻烟壶。他仿着图书室的铃哼唱着调子，结果召唤来了一个仆人。

"有人在此找我吗？"

"没有，帕特里克爵士。"

"没有信吗？"

"没有，帕特里克爵士。"

"很好，到楼上我的房间去，帮助我穿上晨衣。"

男仆帮着他穿上了晨衣和拖鞋。

"伦迪小姐在家吗？"

"没有，帕特里克爵士。他们都陪同我们夫人出去郊游了。"

"很好，给我泡一杯咖啡。万一我打盹了，晚餐前半个小时叫醒我。"仆人出去了。帕特里克爵士舒展着身子躺在沙发上。"啊！啊！背部感觉有点伤痛啊，两条腿也觉得有点僵硬。我敢说，那匹马也会和我的感觉一样。我觉得，两者都有年龄的原因对吧？对啊！对啊！对啊！那我们就设法让内心年轻吧。正如蒲柏所说，'其余的是皮革和普鲁涅拉毛葛①。'"他重新哼唱起了苏格兰小曲。仆人端来了咖啡。随后，房间里一片寂静，只有虫子的低鸣和窗户边攀缘植物发出的柔和沙沙声。五分钟左右时间里，帕特里克爵士呷着咖啡，

---

① 典出亚历山大·蒲柏（Alexander Pope，1688—1744）的诗篇《人论》（Essay on Man，1734），原诗为"价值成就了人，人缺少了它，其余的就只是皮革和普鲁涅拉毛葛。"补鞋匠穿的是皮革围裙，牧师穿的是普鲁涅拉毛葛（一种精纺纤维）衣料服装，但是，形成他们之间差别的不是穿在身上的服装，而是内化于心的道德素质。柯林斯在另一部著名小说《阿玛代尔》第四部分第三章也引用了本诗行。蒲柏是18世纪英国最伟大的诗人，启蒙运动时期的古典主义杰出代表。蒲柏出生在一个罗马天主教家庭，由于当时英国法律规定，学校要强制推行英国国教，他没有上过学，从小在家中自学拉丁文、希腊文、法文和意大利文的大量作品。幼年时期患有结核性脊椎炎，导致驼背，身材矮小，五十六岁就去世了。他从十二岁开始发表诗作。十七岁时，经戏剧家威彻利（William Wycherley，1641—1716）引荐，结识了当时伦敦的一些著名的文人学士，并在斯威夫特的鼓励下耗费十三年翻译了古希腊荷马史诗《伊利亚特》和《奥德赛》，成为经典。蒲柏的诗歌代表诗作有《田园诗集》《批评论》《卷发遇劫记》《温莎林》和《愚人记》等。

沉思着——完全没有因最近失望的事情而感到沮丧的形象。又过了五分钟，他睡着了。

一会儿过后——一行人参观了遗迹后返回了。

整个观光队伍全都情绪低落，只有他们的夫人领队是个唯一的例外。史密斯和琼斯闷声不响。唯有伦迪夫人仍然表现出一副兴致勃勃的样子，参观一处处封建时代的古迹。她弄得领着众人参观古迹的那个男子损失了先令①——她对自己的表现感到十分满意。她说话的声音如笛声一般，美妙悦耳，灿烂的"微笑"表露得再恰到好处不过了。"很有意思啊！"夫人阁下说，一边从马车上下来，举止缓慢而优雅，面对着徘徊在宅邸门廊上的杰弗里说话，"您可是蒙受了损失啦，德拉梅恩先生。您下次外出散步时，可要事先对您的女主人招呼一声，那样您可就不至于后悔来着。"布兰奇（看起来非常疲惫和焦虑）一进入室内便询问了仆人关于阿诺尔德和她叔叔的情况。帕特里克爵士在楼上不见人影儿。布林克沃斯先生还没有回来。还差二十分钟就要用晚餐了，温迪盖茨府上的人是坚持要穿全套晚礼服的。然而，布兰奇仍然还徘徊在厅堂里，希望自己上楼前能够看到阿诺尔德。希望实现了。时钟敲响时，他进入了室内。而他也和其他人一样萎靡不振！

"你看到她了吗？"布兰奇问了一声。

"没有，"阿诺尔德回答说，用完全诚实的口气说话，"她不是经过岔路口逃跑的——这一点我保证。"

他们分别更衣去了。晚餐前，一拨人集聚在图书室，布兰奇刚

---

① 一般情况下，导游讲解后，游客要支付小费，但伦迪夫人代替了导游讲解，所以有此说法。

一看到帕特里克爵士进入，便朝着他走过去。

"消息，叔叔！我渴望得到消息。"

"好消息，亲爱的——到此刻为止。"

"您已经找到安妮了吗？"

"不完全如此啊。"

"我在克雷格弗尼旅馆打听到了关于她的消息。"

"我已经在克雷格弗尼旅馆取得了一些重要的发现，布兰奇。嘘！这儿有你继母在呢。等到晚餐过后，我可以告诉你更多情况。到时或许有来自火车站的消息呢。"

除了布兰奇，在场的至少还有两个人，认为晚餐是一件极端乏味的苦差事。

阿诺尔德坐在杰弗里的正对面，两个人之间没有说一句话。他感觉到，自己与昔日的朋友之间的关系发生了令人痛苦的变化。帕特里克爵士面对端到他面前的每一道菜肴时，不禁想念起厨艺精湛的赫斯特·德思里奇来了，说错过了享用那样的晚餐属于他人生中诸多错过的机会之一，而且，如此情形之下，抱怨她兄嫂的乐天习性简直就是显得不人道。布兰奇跟随着伦迪夫人进入了会客室，心急火燎地希望绅士们喝完酒快起身。她继母——筹划着翌日进行一次新的参观古迹的郊游，而且她时不时地谈论着五百年前有角塔式建筑的苏格兰，发现布兰奇对她的话充耳不闻——用揶揄而又强调的语气，对于自己的同性同伴缺乏聪颖明智的事实，长吁短叹。于是，她舒展着自己威严庄重的身躯躺在沙发上，等待着，直到她觉得有价值的听众从会客室鱼贯而入。没过多久——伦迪夫人晚餐后憧憬着翌日要去参观封建时代的古迹风光，心里感到很愉悦，好一幅十分令人舒心的画面——她便闭上了双眼。时不时地，从伦迪夫人的鼻腔涌出一种声音，很深厚，犹如夫人阁下的学识，很规律，犹如夫人阁下的习惯——一种与睡帽和卧室相关联的声音，声音或高或低，同样都是由自然之神这个平衡器唤起——这声音（噢，天哪，什么样的滔天大罪用你的名字扬了名啊！）——这是打鼾的声音。

布兰奇可以随心所欲，自由行动，于是让响着共鸣声的会客室不受惊扰，尽情享受着听得见伦迪夫人声音的歇息。

她进入了图书室，翻阅了一通那些小说。她再次走出图书室，看了看厅堂另一端餐厅的门。那些男士难道要没完没了地谈论他们的政治和喝他们的葡萄酒吗？她上楼去了自己的房间，换了一副耳环，斥责了一番自己的贴身女仆。再次下楼——在厅堂的一个幽暗的角落里有了一个令人震惊的发现。

那儿站立着两位男士，手里拿着帽子，轻声细语地对着管家说话来着。管家离开了他们，走进了餐厅——又出来了，与帕特里克爵士一道——然后对着那两个人说话。"请往这边走。"两位男士走进光亮处。车站站长默多克，还有贴身男仆邓肯！关于安妮的消息！

"噢，叔叔，让我留下吧！"布兰奇恳求着说。

帕特里克爵士犹豫迟疑着。不可能说得准——就此时此刻的情况而言——关于失踪的女人，两个人带来的可能不是令人痛苦的消息。邓肯回来了，由火车站站长陪同着，事情看起来很严重。布兰奇立刻敏锐地领悟到了自己叔叔态度犹豫迟疑的秘密。她脸色变得苍白，抓住他的胳膊。"别打发我离开，"她轻声细语地说，"除了悬念，我什么情况都可以忍受。"

"把情况说出来吧！"帕特里克爵士说，一边握住自己侄女的一只手，"找到她了没有？"

"她乘上行火车离开了，"车站站长说，"而我们知道前往哪儿。"

帕特里克爵士呼吸顺畅了，布兰奇脸色恢复了正常。方式有所不同，两个人都同样深深地松了一口气。

"我吩咐过你了，要跟着她去，"帕特里克爵士对着邓肯说，"你怎么就回来了呢？"

"这事不怪您的仆人，爵士，"车站站长插话说，"那位小姐是在柯坎德鲁上的火车。"

帕特里克爵士怔了一下，看着车站站长。"啊，啊？下一站——集镇。我真是愚不可及啊。我怎么就没有想到这一点呢。"

"我擅自做主把您对那位小姐的外貌描述通过电报发到了柯坎德鲁，帕特里克爵士，以防万一。"

"我承认自己出了错，默多克先生。我们在处理这件事情时，您的脑袋更加敏锐啊。"

"这是那边的回电，爵士。"

帕特里克爵士和布兰奇一块儿看电文。

　　柯坎德鲁。上行火车。下午七时四十分。正如描述的，小姐。没有行李。手上提了个包。行程中独自一人。车票：二等车厢。目的地：爱丁堡。

"爱丁堡！"布兰奇重复了一声，"噢，叔叔！她到了那样的大地方，我们可就找不到她啦！"

"我们会找到她的，亲爱的——你会明白该如何寻找。邓肯，给我备好笔、墨水和信纸。默多克先生，您这就要返回车站去吧，我估计？"

"不错，帕特里克爵士。"

"我给您一份电文，立刻发到爱丁堡去。"

他字斟句酌，草拟了一份电文稿，然后把电文稿发给密得洛西恩①的行政司法长官。

"那位行政司法长官是我的老朋友，"他对着自己的侄女解释说，"而他此时正在爱丁堡。在火车距离终点站还有很长一段距离时，他就可以收到这份关于西尔韦斯特小姐的外貌描述，我提出请求，密切留意她的一切行动，等待进一步的通知。警察完全受他调遣——为此，他可以挑选出最精干的人员。我要求回电。在火车站准备一位特别信使，默多克先生。谢谢您，再见吧。邓肯，你用完晚餐回去吧，让自己好好放松一下。布兰奇，亲爱的，你返回到客厅去，我们立刻会过去喝茶。你今晚上床睡觉之前，便可以知道你的朋友身处何处了。"

他说了这句安慰的话后，回到那些绅士身边去了。过了十分钟，他们全都出现在客厅里，伦迪夫人（坚信自己根本就没有合过眼）重返了五百年前布满角塔式建筑的苏格兰。

布兰奇瞄准了自己的机会，单独逮住了自己的叔叔。

"您现在该要兑现承诺了，"她说，"您在克雷格弗尼旅馆有了一些重要的发现，那是什么呀？"

帕特里克爵士的目光转向在客厅一角的一把扶手椅上打着盹的

---

① 即中洛锡安（Mid Lothian），是苏格兰低地的一片地区，毗邻爱丁堡，历史上纳入爱丁堡地区，由爱丁堡管辖。此地因苏格兰著名小说家瓦尔特·司各特（Walter Scott，1771—1832）创作的小说《密得洛西恩监狱》而闻名于世。

杰弗里。他表露出了某种性情，想要吊一吊侄女儿的胃口。

"有了我们已经取得的发现后，"他说，"你就不可以等一等，亲爱的，直到我们收到了爱丁堡那边的回电再说吗？"

"这正是我不可能做得到的事情啊！回电要等到几个小时之后才能到达。我想要在这期间知道点情况。"

她在正对着杰弗里那个角落的一张沙发上坐下，并且指了指自己身边的空位。

帕特里克爵士先前有过承诺——他别无选择，只能兑现诺言。再次看了一眼杰弗里后，他在自己侄女身边的座位上坐了下来。

第二十八章　返回原处

"嗯？"布兰奇小声说，抓住自己叔叔的一条胳膊，一副推心置腹的样子。

"嗯，"帕特里克爵士说，眼睛里闪烁着揶揄幽默的光芒，照耀在侄女的身上，"我打算做一件轻率鲁莽的事情。我打算把一个郑重其事的托付交到一位十八岁姑娘的手上。"

"那位姑娘的双手会接过托付的，叔叔——尽管她才只有十八岁。"

"我必须要冒这个风险，亲爱的，我接下来要采取的措施中，你对西尔韦斯特小姐十分了解，这一点可能可以帮上我的大忙。我会知道我能够告诉你的一切——但我首先得提醒你。我若要把心里的秘密告诉你，只会让你感到震惊不已。你现在明白了我的意思了吗？"

"明白啦！明白啦！"

"你若无法控制自己的情绪，那你不但将来对于西尔韦斯特小姐无济于事，而且还有阻碍。请记住这一点——现在，做好惊讶的准备吧。晚餐前，我对你说什么来着？"

"您说您在克雷格弗尼旅馆取得一些发现。您发现了什么？"

"我发现，关于西尔韦斯特小姐向你我隐瞒着的信息，有个人知道得十分清楚。那个人就在我们的视线内，那个人就在这儿附近，那个人就在这个房间里！"

他抓起布兰奇的一只手，放在自己的一条胳膊上，意味深长地捏了捏那只手。她看着他，惊讶的叫声悬在嘴边——等待了片刻，眼睛盯着帕特里克爵士的脸看——坚定地挣扎着，让自己平静下来。

"把那个人指出来吧。"她说这话时镇定自若，从而赢得了她叔叔由衷的赞许。布兰奇创造出一个十几岁的姑娘所能创造的奇迹。

"看看吧！"帕特里克爵士说，"然后告诉我你看到的。"

"我看到了房间另一端的伦迪夫人，桌子上面摆放着佩思郡和苏格兰角塔式建筑古迹的地图。我看到了，除了您和我，每个人都充满了感激之情，倾听着她说话来着。"

"每个人吗？"

布兰奇态度认真，环顾了一番房间，注意到正对面那个角落里的杰弗里，此刻正在自己坐着的扶手椅上深睡着。

"叔叔！您不是说——"

"就是那个人。"

"德拉梅恩先生——！"

"德拉梅恩先生知道一切。"

布兰奇动作机械，靠她叔叔的胳膊支撑着身子，看着那个正睡着的人，眼睛仿佛怎么也看不够似的。

"你看见我在图书室与德拉梅恩先生私下里商议，"帕特里克爵士接着说，"我必须得承认，亲爱的，你猜得对，那是个值得怀疑的情况。我之所以直到目前有意让你蒙在鼓里，我现在就解释这样做的理由。"

说过这么几句开场白后，他简略地回顾了当天早些时候发生的事情，然后，做了一番评述，指出了自己心里根据发生的事情得出的结论。他不敢就这件事情惊动自己侄女，直到他确认能够证明自己的结论主体上正确。他现在拿到了证据，这才毫无保留地把自己心里的想法告诉布兰奇。

"必要的解释，亲爱的，"帕特里克爵士接着说，"就这么多了，这些也是人类交流之中必然显得讨厌的东西。你现在和我到达克雷格弗尼旅馆后知道的情况一样了——因此，你可以充分认识到我在旅馆取得的发现的价值了。你已经明白了一切了吗？"

"完全明白！"

"很好。我驱车前往旅馆，而且——看看我，与因奇贝尔太太关在她的私密小客厅里！（我的声誉不确定是否可能会受影响——不过，因奇贝尔太太的本质无可置疑！）这件事情说起来话长啊，布兰奇。我从事律师职业的全部经历中，还从未询问过一位比这更加脾气暴躁、精明狡诈、充满疑心的证人呢。除了律师之外，她可以让任何一位普通人气急败坏。我们在从事自己的职业时脾气可是很神奇的啊。我们是可以随自己的心愿愤怒不已的！总之，亲爱的，因奇贝尔太太是一只母猫，而我却是一只公猫——我最终还是把真相从她嘴里套出来了。你会看到，结果还是很值得的。德拉梅恩先生先前向我讲述过一些发生在一家旅馆的一位小姐和一位先生之间的不可思议的情况。他们当时双方冒充夫妻。西尔韦斯特小姐从这府上失踪的当天，布兰奇，上述情况的每个细节都发生在克雷格弗尼旅馆一位小姐和一位先生之间来着。还有——等一等！——那位先生把她留在旅馆之后，人家坚决要求她说出姓名，那位小姐给出的姓名是'西尔韦斯特夫人'。你认为这件事情是怎么回事呢？"

"认为！我迷惑不解——我理不清头绪。"

"这是个令人震惊的发现啊，亲爱的孩子——这一点不容否认。我稍等片刻，让你平静一下自己的情绪好吗？"

"不！不！继续说下去！那位先生，叔叔？那位先生，叔叔？和安妮在一块儿的那位先生？他是谁？不是德拉梅恩先生吗？"

"不是德拉梅恩先生，"帕特里克爵士说，"我即便证明不了任何别的情况，这一点我还是可以证明的。"

"有什么要证明它的必要呢？德拉梅恩先生草坪聚会那天到伦敦去了。而阿诺尔德——"

"而阿诺尔德陪同着他到了下一个车站。确实如此！但是，阿诺尔德离开了他之后，我怎么知道德拉梅恩先生干了什么呢？我只能根据从因奇贝尔太太那儿获得的证据确认，他没有私下里回到旅馆去。"

"您是如何获得证据的？"

"我要求她描述和西尔韦斯特小姐待在一块儿的那位先生的形象。因奇贝尔太太的描述（尽管你立刻会发现很模糊）完全排除了那个人，"帕特里克爵士说，一边指着仍然在扶手椅睡着的杰弗里，"他不是让西尔韦斯特小姐在克雷格弗尼旅馆冒充自己夫人的那个人。他当时把这件事情当作他朋友的事情讲述给我听时，他讲述的是实情。"

"但是，他的朋友是谁呢？"布兰奇紧追不舍，"这正是我想要知道的。"

"这也是我想要知道的啊。"

"把因奇贝尔太太说的情况原原本本地告诉我吧，叔叔。我从小到大都和安妮生活在一块儿。我一定在什么地方见过那个人。"

"假如你能够根据因奇贝尔太太的描述确认他的身份，"帕特里克爵士回应说，"那你可就比我聪明很多啦。旅馆老板娘描述的那个人的形象是这样的：年轻，中等身材，乌黑头发，乌黑眼睛，黝黑皮肤，脾气温和，说话的样子令人感到舒心。把'年轻'这一点去除——其余特征都与德拉梅恩先生大相径庭！至此，因奇贝尔太太很清楚地引导着我们。但是，我们如何才能把她给出的描述与确切的那个人对应起来呢？说某个人年轻，中等身材，乌黑头发，乌黑眼睛，黝黑皮肤，脾气温和，说话的样子令人感到舒心，这样的人在英国至少也有五十万个吧。这儿的男仆中有一位每一点上都与这个描述相对应。"

"还有阿诺尔德也与之对应啊。"布兰奇说——针对那份恼人的含糊不清的外表描述，举出了一个更加有说服力的例证。

"还有阿诺尔德也与之对应，"帕特里克爵士重复了一声，很赞同她的看法。

他们刚刚才说过这话，阿诺尔德便出现了——朝着帕特里克爵士走来，手里拿着一副纸牌！

这儿——此时此刻，他们两个人猜测着真相，内心毫无半点警觉——这儿伫立着被发现的目标，毫不知情，呈现在无法看见自己的人眼前。该目标是以一个男人的形象出现的，此人在克雷格弗尼旅馆将安妮·西尔韦斯特冒充为自己的夫人！令人唏嘘而又难以捉摸的机缘巧合，残酷无情而又出人意料的事态情势，都不至于比这更加过分。此时此刻，这三个人的脚都踩踏在悬崖峭壁的边缘。其中两位冲着一个奇特的巧合微笑着，剩余那位的头脑中在反复盘算着一副纸牌！

"我们终于讨论完了关于参观古迹的事情啦！"阿诺尔德说，"我们打算玩惠斯特牌戏。帕特里克爵士，您选择一张牌吧？"

"好小伙子啊，对我而言，晚餐后玩牌的时间还太早了。玩第一盘胜局吧，然后给我另一次机会。啊，对了，"他补充说，"有人在柯坎德鲁发现了西尔韦斯特小姐的踪迹。您怎么就一点儿也没有看见她经过啊？"

"她不可能从我所在的那条路经过，帕特里克爵士——否则，我一定会看见她的。"

阿诺尔德用这话替自己开脱了之后，那一群要玩惠斯特牌戏的人叫他到房间的另一端去，他们迫不及待地需要他手上的纸牌。

"他打断我们说话时，我们说什么来着？"帕特里克爵士对布兰奇说。

"关于那个人，叔叔，那个和西尔韦斯特小姐下榻在克雷格弗尼旅馆的人。"

"继续这一方面的调查无济于事啊，亲爱的，和因奇贝尔太太给我们的描述一样帮不上什么忙。"

布兰奇转过头看了看睡着的杰弗里。

"而他知道的！"她说，"看着那个野兽一样的人坐在扶手椅里打着鼾令人愤怒啊，叔叔！"

帕特里克爵士抬起一只手，以示警觉。他们之间还未来得及多说一句话，又因为在此被打断而安静下来了。

玩惠斯特牌戏的有伦迪夫人和那位外科医生，他俩搭档对战史密斯和琼斯。阿诺尔德坐在医生身后，学着玩这种纸牌游戏。"一、二、三"于是自由活动了。他们自然而然地想到台球桌，发现杰弗里正在角落里睡着，便上前去把他从睡梦中惊醒，说了一大堆"台球组"表达抱歉的话。杰弗里醒了过来，揉了揉眼睛，睡眼惺忪地说："好吧。"他站起来时，看了看正对面的角落里坐着的帕特里克爵士和他侄女。布兰奇此时下定决心，一定要努力让自己保持镇定，但她的意志力还是不够坚定，眼睛忍不住要朝着杰弗里看，目光中暴露出自己现在对他怀有的勉强兴趣。他注意到，此刻正看着自己的那位小姐，表情完全是异样的，于是停住了。

"对不起，"杰弗里说，"你是想要对我说什么吗？"

布兰奇的脸涨得通红。她叔叔过来打圆场。

"伦迪小姐和我希望您睡得舒服，德拉梅恩先生，"帕特里克爵士说，语气幽默诙谐，"如此而已。"

"噢？如此而已？"杰弗里说，眼睛仍然看着布兰奇，"还要说声对不起，远距离散步，晚餐吃得老饱。自然而然的结果——打盹了。"

帕特里克爵士目不转睛地看着他。很显然，杰弗里发现自己成了布兰奇特别关注的目标后，确确实实感到迷惑不解。"台球室见你们如何？"他说，态度漫不经心，然后跟随着其他人出了房间——和平常一样，没有等待回话。

"注意自己的言行举止啊，"帕特里克爵士对自己侄女说，"此人比其外表看起来要精明啊。我们若是从一开始就被他提防着，那我们就犯了一个严重的错误。"

"这样的事情不会再发生了，叔叔，"布兰奇说，"想一想他受到安妮的信任，而我却被当成了一个外人！"

"你的意思是说，亲爱的，受到他朋友的信任——而（假如我们只是要避免引起他的怀疑）我们用不着知道，他大概多久会说出某些话或做出某些事，我们据此便可以确定谁是他的那个朋友。"

"但他明天要回他哥哥的府上去啦——他晚餐时这样说过。"

"这样更好啊。他不会当着某位年轻小姐的面看到奇怪的情况啦！从他哥哥的宅邸到这儿很便利。我是他的法律顾问。我凭着经验知道，他还没有完成向我的咨询——因此，他下次会透露更多情况。这便是我们通过德拉梅恩先生看到亮光的情况——假如我们通过别的途径看到。不过，这并非是我们唯一的机会，请你记住好啦。关于毕晓普里格斯和那封丢失的信，我有些情况要告诉你。"

"信找到了吗？"

"没有。我对此心里有底了——我叫人当着我的面寻找来着。那封信是被偷走的，布兰奇。毕晓普里格斯盗走了信。我给他留下了字条，托因奇贝尔太太转交。恰如我告诉过你的那样，旅馆的客人们已经想念那个老无赖了。老板娘够傻的，竟然会对着自己的侍者领班大发雷霆。她现在已经尝到了此事带来的恶果。当然，她把这次吵架的责任全部归咎到西尔韦斯特小姐身上。毕晓普里格斯忽略了旅馆里的每一位客人，却专门伺候西尔韦斯特小姐来着。面对劝告，毕晓普里格斯态度简慢，而西尔韦斯特小姐则支持鼓励他——凡此种种。结果将会是——西尔韦斯特小姐现在已经离开了——不等秋季过完，毕晓普里格斯将会返回克雷格弗尼旅馆。我们顺风顺水扬帆前行，亲爱的——好啦，学习玩惠斯特牌戏吧。"

帕特里克爵士起身要加入玩牌者的行列，但布兰奇拦住了他。

"还有一件事情您还没有告诉我呢，"她说，"不管那个男人可能是谁，安妮已经嫁给他了吗？"

"不管那个男人可能是谁，"帕特里克爵士回应说，"他最好不要企图娶其他任何人。"

做侄女的这样无意地提出了这个问题，做叔叔的这样无意地给出了答案，而布兰奇未来的整个人生的幸福却建立在这个答案的基础上。那个男人！他们多么轻松地提到那个男人啊！在他们的心里，在阿诺尔德的心里——难道就没有任何东西碰巧激发起他们的疑心吗——即阿诺尔德本人就是那个男人？

"您的意思是说她已经结婚了对吧？"布兰奇说。

"我已经说得够清楚不过了。"

"噢！法律！"

"很讨厌，对吧，亲爱的？我可以从职业的角度告诉你，（我认为）她有理由继续往前走，她若要求成为那个男人的夫人。我给出的答案就是这个意思，而在我们知道更多情况之前，我能够说得准的就是这一点。"

"我们什么时候可以知道更多情况呢？我们什么时候可以收到电报呢？"

"也就几个小时吧，好啦，学习玩惠斯特牌戏吧。"

"叔叔，您若不介意，我宁可和阿诺尔德说说话。"

"当然可以啦！不过，不要把我今晚对你说的事情告诉他。他和德拉梅恩先生是老朋友，请记住。他有可能说漏了嘴，告诉了他朋友其不应该知道的情况。对我而言，向一个年轻人的心里灌输这些骗人的伎俩，很悲哀对吧？有位智者曾经说过：'人年纪越大，便会变得越坏。'亲爱的，这位智者心里想着的就是我的形象呢，而且说得完全正确啊。"

他吸了一口鼻烟，以便缓和这番告白引起的痛苦——然后走到惠斯特牌戏桌边等待，等到第一盘结束后给他位置。

第二十九章　继续向前

布兰奇发现，自己的恋人还和平常一样，对自己唯命是从，只是没有平常那样的好心情。他辩解说，自己之所以情绪不佳，是因为在岔路口长时间盯着，疲惫不堪了。但凡存有一线希望，自己能够与杰弗里重归于好，他都不会愿意把当天下午发生的事情告诉布兰奇。随着傍晚的临近，希望变得越来越渺茫了。阿诺尔德有意提议到台球室去看看，和布兰奇一块儿加入游戏的行列，以便让杰弗里有机会说上几句亲切暖心的话，于是他们能够重新成为朋友。杰弗里根本没有开口说话，还是固执任性，无视房间里还有阿诺尔德存在。

牌桌边，惠斯特牌戏还在进行着，没完没了。伦迪夫人、帕特里克爵士和外科医生，全都是瘾头十足的牌手，势均力敌。史密斯和琼斯（轮换着参加玩牌）是惠斯特牌戏的助手，恰如他们是交谈助手一样。两位先生无害和平庸的才能显示了他们在一切人生事务中的进展状态。

时间缓慢逝去，已经进入半夜了。他们在温迪盖茨府邸晚睡晚起。在这幢热情好客宅邸的屋檐下，不会有什么扰人的提示催促着客人回卧室就寝，诸如楼层的墙边桌上摆放着烛台，展示其引人注目的作用。翌日早晨，不会有讨厌的铃声粗鲁地唤醒客人起床，强行要求客人在规定的钟点用早餐。即便不无端地增加由专制政府带来的痛苦，而由时钟支配的生活无疑也会有足够多不可避免的痛苦吧？

时间已经是十二点一刻了。这时候，伦迪夫人一副无精打采的样子，从惠斯特牌戏桌边站起身，并且说，她觉得，必须得有某个人率先垂范，做出榜样睡觉去。帕特里克爵士和史密斯，外科医生和琼斯，他们一致同意玩最后一盘胜局。布兰奇在自己继母的眼皮子底下不见了人影儿。她再次出现在客厅里，而这时候，伦迪夫人安安稳稳地由自己贴身女仆伺候着。没有其他任何人仿效着宅邸女主人，只有阿诺尔德如此。他离开了台球室，心里确认他和杰弗里之间现在一切都已经完了。当晚，连布兰奇的吸引力都不足以强大到让他留下来，他自顾自地回卧室睡觉去了。

时间已经过了一点钟。最后一盘较量已告结束。牌手们已经在牌桌边算清了账。外科医生大步走进台球室，史密斯和琼斯紧随其后——这时候，邓肯终于进来了，手里拿着电报。

秋日的月光，皎洁而宁静。布兰奇的目光先前被吸引到了窗户边。她转过身，趁着叔叔展开电文时，顺着他的肩膀看过去。

布兰奇看到了第一行文字——这便足够了。围绕着那张电文纸建造起来的整整一副希望的脚手架顷刻间倒塌在地。从柯坎德鲁开出的火车正点到达爱丁堡。火车上的每一位乘客都在警察的眼皮底下经过，没有见到符合安妮长相描述的人！

帕特里克爵士指着电文的最后两句话。"查寻事宜已经电告福尔柯克①方面。一旦有了结果，您便会知晓。"

"我们一定要怀着最美好的希望啊，布兰奇。很显然，他们怀疑她在两地之间的某个联轨站下了车，有意要避人耳目。这事毫无办法了，睡觉去吧，孩子啊——睡觉去。"

布兰奇沉默不语，亲吻了叔叔，离开了。那张灿烂年轻的脸上第一次布满了失望的忧伤，这是老人从未见到过的。他在自己的卧室里站起身，忠心耿耿的邓肯伺候他上床睡觉。这时候，他的心里浮现着侄女离开时的表情，挥之不去，倍感痛苦。

"这是件很糟糕的事情啊，邓肯。我不愿意这样对伦迪小姐说——但是，我担心，家庭女教师已经把我们给难住了。"

"看来很有可能，帕特里克爵士。关于这件事情，可怜的小姐似乎肝肠寸断了。"

"你也注意到了这一点——对吧？你知道的，她从小到大一直和西尔韦斯特小姐生活在一起。她们两个人之间情深意切。我替我侄女儿感到焦虑不安啊，邓肯。我担心，这一次的失望会对她造成严重的影响。"

"她还年轻啊，帕特里克爵士。"

"是啊，我的朋友，她年轻，但是，年轻人（谈到他们有何优点时）拥有热心肠。冬天不会悄然进入他们的心里啊，邓肯！他们的感觉敏锐。"

"我觉得，我们有理由希望，爵士，伦迪小姐可能比您认为的更加容易摆脱掉影响。"

"什么理由，请说说看？"

———————————

① 福尔柯克是苏格兰低地中部的一座城镇，坐落在爱丁堡西北部。

"关于这种微妙的事情，爵士，我这种地位的人是不可以随便说的。"

帕特里克爵士突然来了脾气，还和平常一样，既郑重其事又随心所欲。

"这是要咬我吗，你这只老狗？我是你的主人，同时也是你的朋友。若要说我不是，那谁是呢？难道说我有与无辜的同伴保持距离的习惯不成？我鄙视现代自由主义那套陈词滥调——但同样真实的是，我毕生反对英国没有人性的阶级分离。在这一方面，尽管我们可能夸耀我们民族的美德，但我们是文明世界中最缺乏基督教精神的人。"

"对不起，帕特里克爵士——"

"我的天哪！夜晚的这个时候，我竟然谈论起政治来了！这全都怪你，邓肯。我不能舒舒服服地替自己戴上睡帽，一直要等到你替我刷了头发。因为这一点，你利用我的地位向我挑战，这是什么意思啊？我很愿意起来替你刷头发。好啦！好啦！我替我侄女感到焦虑不安——紧张而又烦躁啊，好伙计，情况就是这样的。关于伦迪小姐，你有什么要说的，说出来听听。继续给我刷头发吧，不要做个骗子啦。"

"我正要提醒您呢，帕特里克爵士，伦迪小姐想要让自己的生活转向另一方面。如若西尔韦斯特小姐的这件事情结果很糟糕——而我得承认，事情看起来好像是这么回事——我该催促我们侄女儿赶紧办理婚事，爵士，看看这样做能否安慰一下她。"

邓肯使用着刷子，动作轻柔。帕特里克爵士怔了一下。

"这话说得很合情合理啊，"老绅士说，"邓肯！你真是如同我说的，是个头脑清晰的人。很值得考虑啊，老实人[①]！如若没有更加理想的办法，此事很值得考虑！"

邓肯内心沉稳，头脑清晰，能够提出新的想法，打开自己主人的思路。这已经不是第一次了。但是，他从来没有像现在这样，无心却酿成了大麻烦。他伺候帕特里克爵士上床了，提出了要催促阿诺尔德和布兰奇成婚这个命运攸关的主意。

温迪盖茨宅邸的事态——既然现在安妮明显已经销声匿迹了——变得严峻了起来。阿诺尔德的涉事处境有望被发现的唯一机会是——随着时间的流逝，真相偶然被揭示出来。面临如此境况，帕特里克爵士现在决定——本星期中，假如没有出现什么偶然情况让布兰奇消除焦虑的心态——把婚礼从秋季结束时（一开始时考虑的时间）提前到下个月的前半月。这时候，日期就这么确定下来了，这个变更导致了（就偶然情况发展的自由空间而论）这样一个严重的后果：筹备婚礼的时间由三个月缩短为三个星期。

翌日早晨，布兰奇做了一件轻率的事情，从而让那个早晨变得令人难忘。本来，头一天爱丁堡的电报到达之前，已经存在了诸多发现真相的机会。这样一来，发现的机会又少掉了一个。

她度过了一个不眠之夜，身心焦躁，一个小时接着一个小时，满脑子只想着安妮。日出时分，她再也忍受不了了。她精疲力竭，完全无法控制自己的情绪，只能任凭自己发泄。她起床了，决心不让杰弗里离开宅邸，不至于冒险促使她暴露她自己知道关于安妮的

---

① 此处原文为"truepenny"，意思是"老实人或值得信赖的人"，此词出自莎士比亚悲剧《哈姆雷特》第一幕第五场。

事情。对于帕特里克爵士来说，她如此这般地自作主张，无异于是十足的背叛行为。她知道这样做错了，由衷地为自己做了这件事情而感到羞愧。但是，女人人生中最关键的时刻，恶魔会缠住她们，让她们不由自主地做出轻率鲁莽行为。恶魔这时候缠上了她——而她也这样做了。

夜间，杰弗里做出了安排，准备独自一人早早用早餐，然后步行十英里前往自己哥哥的府邸，打发一位仆人当天晚些时候来取行李。

他戴上了帽子，伫立在厅堂里，在衣服口袋里摸索着自己的另外一半，即烟斗——布兰奇突然从晨室出来，挡在他和宅邸的门之间。

"起床了，很早啊——呃？"杰弗里说，"我要离开去我哥哥的府邸了。"

她没有接话。他更加目不转睛地看着她。姑娘的眼睛试图看懂他的表情，表现出一种完全漠不关心的神色，毫不掩饰。她这样做，不至于让人怀疑她的动机，连杰弗里也不怀疑。他认为她只是想要阻止他出门。

"对我有什么吩咐吗？"他询问了一声。

她这次回答了他。"我要问你点事情。"她说。

他露出了优雅的笑容，随即打开自己的烟丝袋。一夜睡眠之后，他显得神清气爽，精神饱满——显得身体健康，仪表堂堂，心情愉悦。一大早，负责客厅和卧室事务的女仆们偷偷地看了看他，而且心里怀着希望——像苔丝狄蒙娜[1]，不过有差别——希望"上天为她

---

[1] 苔丝狄蒙娜是莎士比亚著名悲剧《奥赛罗》中主人公奥赛罗的妻子。剧中借奥赛罗之口描述：苔丝狄蒙娜认真倾听了奥赛罗的一个个冒险故事后，希望自己没有听那些故事，但又"希望上天为他造下这样一个男子。"

们三个人造下这样一个男子。"

"行啊，"他说，"是什么事情？"

她提出了自己的问题，没有说一句引入的话——有意要让他感到惊讶。

"德拉梅恩先生，"她说，"今天早晨，您知道安妮·西尔韦斯特小姐在哪儿吗？"

她说这话时，他正在替自己的烟斗装烟丝，把一些烟丝掉落到了地板上。他没有在捡起烟丝之前给出回答，而是在之后回答——镇定自若，只用了一个字，不。

"您难道对她的情况一无所知吗？"

他坚定不移地给自己的烟斗装烟丝。

"一无所知。"

"作为一位绅士，以您的名誉担保吗？"

"作为一位绅士，以我的名誉担保。"

他把自己的烟丝袋放进衣服口袋里。他帅气的脸庞如石头一样坚硬，他明亮的蓝眼睛可以抵挡得了整个英国的姑娘集中到一块儿的目光，无法由此看到他的内心。"您问完了吗，伦迪小姐？"他问了一声，突然变成一副戏谑而又礼貌的强调和态度。

布兰奇看出，事情毫无希望了——看出自己由于贸然行事，已经损害到自己的利益了。耳畔响起了帕特里克爵士警告的话语，充满了责备的口气，但现在为时已晚。"我们若从一开始让他提防着，那我们就犯了一个严重的错误。"

别无选择。"对啊，"她说，"我问完了。"

"现在轮到我问了，"杰弗里接话说，"您想要知道西尔韦斯特小姐在哪儿。您为什么问我呢？"

布兰奇尽最大的努力修补自己犯下的错。她像杰弗里对待她一样，让他远离真相。

"我碰巧知道，"她回答说，"昨天，大概在您出去散步的时间，西尔韦斯特小姐离开了她待着的地方。而我觉得，您可能看见了她。"

"噢？是这个原因啊——对吧？"杰弗里说，面带微笑。

对方的微笑刺痛了布兰奇敏感的性情。她最后做出了努力，控制住自己的情绪，最后愤怒的情绪还是占了上风。

"我没有更多话要说了，德拉梅恩先生。"她给出了这个回答后转身背对着他，关上了晨室的门，把他挡在了外面。

杰弗里走下宅邸门口的台阶，点燃了烟斗。这一次，他一点都不糊涂，很清楚刚才发生的事情。他立刻断定，有了自己头一天的行为之后，阿诺尔德已经对他采取了卑鄙的复仇行动，而且把自己去克雷格弗尼旅馆跑那一趟的秘密全部告诉了布兰奇。毫无疑问，这件事情接下来就要传到帕特里克爵士的耳朵里了。随后，帕特里克爵士可能会是头一个向阿诺尔德透露，是自己把他与安妮置于一块儿的。那好吧！等到丑闻暴露出来之后，安妮作为一个已经嫁给了另外一个男子的女人，却要厚颜无耻，招摇撞骗，对他提出婚姻要求，等到要拒绝她的要求时，帕特里克爵士倒不失为一位可作证的理想证人。他悠然自得，对着自己的烟斗吞云吐雾，出发前往自己哥哥的府邸，迈着摇摆而坚定的步伐。

布兰奇独自一人待在晨室。下次等到她咨询了帕特里克爵士后才会知道，她若想要通过杰弗里的口得知事实真相，这个可能从此刻开始她自己已经给关闭了。她显露着一副绝望的神态，在窗户边坐了下来。窗户正对着一小段边街，那儿曾经是安妮在温迪盖茨宅邸最喜爱的散步地点。可怜的姑娘目光呆滞，内心疼痛，看着那处熟悉的地方。她的内心充满了痛苦和悔恨，但为时已晚。她扪心自问，自己是不是把寻找安妮的最后机会已经给摧毁了！

早晨的时间慢慢逝去，她坐在窗户边，百无聊赖，直到最后邮差到了。仆人还没有来得及接过装信的袋子，布兰奇在厅堂里便拿过来了。信袋是否有希望带来关于安妮的消息呢？她清理信件，突然看到了一封给自己的信。信封上盖着柯坎德鲁的邮戳，姓名地址的字迹是安妮的笔迹。

她拆开信，看到了以下文字——

我已经永远离开你了，布兰奇。愿上帝保佑你，眷顾你！上帝让你成为将来一辈子享受幸福的女人！亲爱的，尽管你会觉得我对你很残酷，但我没有任何时候像现在这样，是你情真意切的姐姐。我只能告诉你这一点了——我绝不可能告诉你更多情况——原谅我吧，忘记我吧。从今往后，我们的人生是分离的。

帕特里克爵士大概在往常的时间里下楼用早餐，但没有看见布兰奇，他已经习惯了这个时候看见她在餐桌边等待他。早餐室里空无一人，府上其他成员都已经用过早餐了。帕特里克爵士不喜欢独自一人用餐，于是嘱咐邓肯给布兰奇的贴身女仆带个口信。

女仆准时出现。伦迪小姐不能离开自己的卧室。她给了叔叔一封信，附上她的爱意——请求他看一看那封信。

帕特里克爵士拆开信，看到了安妮写给布兰奇的文字。

　　他等待了片刻，思索着，面对自己刚才看到的内容，显然很痛苦，很焦虑——然后拆开他自己的一些信件，匆忙看看信结尾处的署名。他的那位爱丁堡行政司法长官朋友并没有给他来信，车站也没有发来电报。他夜间本来已经决定了，要等待到本星期末，然后再出面处理布兰奇婚礼的事情。有了早晨的事情之后，他当即决定，一天都不能再等待了。邓肯回到了早餐桌边，给自己的主人斟咖啡。帕特里克爵士再次打发他离开去传口信。

　　"你知道伦迪夫人在哪儿吗，邓肯？"

　　"知道，帕特里克爵士。"

　　"替我问候夫人阁下。如果她没有事情在忙着，我很高兴一小时后与她私下里交谈。"

第三十章　终于放下

　　帕特里克爵士用了一顿糟糕的早餐。他没有见到布兰奇，心里烦躁不安。而他看了安妮·西尔韦斯特的信后又觉得迷惑不解。

　　尽管信的篇幅很短，但他还是看了第二遍、第三遍。假如此信有什么用意，那用意便是，安妮逃离的内在动机是要牺牲自己，成全布兰奇的幸福。为了他侄女着想，她要今生今世与他的侄女分离！这是什么用意呢？根据他在克雷格弗尼旅馆时因奇贝尔太太向他描述的情况，这件事情如何才能与安妮的状况协调一致起来呢？

　　面对这个问题，帕特里克爵士用上了自己全部的聪明才智，用上了自己全部的人生经验，但还是寻觅不到半点答案的影子。

在他仍然在沉思着那封信的当儿，阿诺尔德和外科医生一块儿走进了早餐室。

"您听说了布兰奇的事情了吗？"阿诺尔德问了一声，情绪激动，"她没有危险了，帕特里克爵士——最糟糕的情况现在已经过去了。"

帕特里克爵士还没有来得及开口问他，外科医生便开始插话了。

"布林克沃斯先生由于对那位年轻小姐怀着关切之情，所以有点夸大了事情的状况，"外科医生说，"应伦迪夫人的要求，我去探视过她。我可以向您保证，没有任何理由惊慌。伦迪小姐突然出现了精神紧张症状，用最简单的家庭诊治方法便可以缓解。您唯一需要担心忧虑的是对她的未来做出怎样的安排。她正遭受着心理上的痛苦，这种情况不是由我而是由她的亲友来缓解和消除。她现在一门心思想着那件令人痛心的事情，您若能够让她转移注意力，不总去想着它——不管什么方法都行——那您便做了全部需要做的事情。"他从餐桌上拿起一份报纸，大步走出早餐室，进入了花园，让帕特里克爵士和阿诺尔德单独待在一起。

"你听说这个了吗？"帕特里克爵士问了一声。

"您认为他的看法正确吗？"阿诺尔德问。

"正确？你以为一个人是靠犯错赢得自己声望的吧！你是新生代的成员，阿诺尔德少爷。你们可以睁大眼睛瞪着一位声名卓著的人物，但是，你们对他的声望没有丝毫敬意。假如莎士比亚活过来了，谈论着戏剧写作，那么，头一位坐在他正对面用餐的某个自命不凡的无名之辈会镇定自若，与他发生争执，如同与你我发生争执一样。

崇敬的情怀已经在我们中间死亡，这个时代已经将其埋葬，都没有用一块石碑来标示埋葬的地点。不谈这个了吧！我们回到布兰奇身上。布兰奇满脑子想着痛苦的事情，我估计你能够猜得到吧？西尔韦斯特小姐挫败了我，也挫败了爱丁堡的警察。布兰奇发现，我们昨晚失败了。布兰奇今天早晨收到了这封信。"

他把安妮的信从早餐桌上推了过去。

阿诺尔德看过了信，递回去，没有吭一声。他和杰弗里在荒原上争吵了之后，根据这种新的情况来看待杰弗里的人品，看过信后心里得出的唯一结论是：杰弗里已经抛弃了她。

"嗯？"帕特里克爵士说，"你明白这封信的含义了吗？"

"我明白布兰奇看到这封信时心里面该有多么痛苦。"

阿诺尔德只说了这句话，没有多说别的。很显然，他能够提供的信息中，没有任何一点——即便他先前觉得自己能够自由地给出——在目前情况下，有助于帕特里克爵士寻找到西尔韦斯特小姐的踪迹。令人遗憾的是，他不会受到任何情况的诱惑，以至于打破自己至今保持着的正直体面的沉默。而且——更加令人遗憾的是——假定出现了诱惑的情况，阿诺尔德抵挡诱惑的能力从来都没有像现在这样强大过呢。

迄今为止，阿诺尔德三缄其口，在两个强大动机的基础上——尊重安妮的名誉，不愿意向布兰奇坦白自己在克雷格弗尼旅馆迫不得已对她实施的欺骗行为——现在要加上第三个。泄露杰弗里的秘密是卑鄙可耻的，辜负了他对自己的信任。而杰弗里面对面侮辱了自己之后，如若他证明了自己有负于这种信任，那可就加倍卑鄙可耻了。面对这种低劣的报复行为，那个虚情假意的朋友会毫不犹豫地怀疑是他干的。而阿诺尔德凭着自己的人品绝不可能做出这样的事情来。他的嘴从来都没有像此刻这样有效地密封得毫无缝隙——而这时候，他的整个未来人生依赖于帕特里克爵士发现过去在克雷格弗尼旅馆发生的事情中他所扮演的角色。

"是啊！是啊，"帕特里克爵士接着说，显得不耐烦，"布兰奇的痛苦显而易见的。但是，在此，我侄女显然对那个不幸的女人的失踪负有责任。你能够解释清楚我侄女与这件事情有什么关联吗？"

"我？！布兰奇自己都完全云里雾里。我怎么会知道呢？"

他用这话做出回答时，说的完全是真情实意。在毫不知情的情况下，他们一同待在旅馆。安妮对当时的情形隐隐约约有些疑惑，但是，阿诺尔德的心里并没有过类似的感觉。他并没有去思考那件事情，甚至都没有弄明白是怎么回事。作为一种必然的结果，他的心里现在也丝毫没有怀疑安妮当时行动的动机。

帕特里克爵士把信夹在自己的记事本里，感到绝望，不再试图进一步解读信的含义了。

"在黑暗中摸索得够多了，足够多了，"他说，"有了今天早晨发生在楼上的事情之后，我心里觉得有一点是很清楚的。我们必须要接受西尔韦斯特小姐把我们置于其中的处境。从此刻开始，我将放弃一切追踪她踪迹的行动。"

"毫无疑问，这样做会给布兰奇带来极大的失望吧，帕特里克爵士？"

"这一点我不否认。我们必须要面对这种结果。"

"你若是确认，我们不能有别的什么作为，我觉得，我们必须这样。"

"我不能确认任何诸如此类的事情啊，阿诺尔德少爷！还有两个机会可以让这件事情见到光明，两个机会的前提都是，西尔韦斯特小姐不能做任何让它保持在黑暗之中的事情。"

"这么说来，为何不试一试呢，爵士？西尔韦斯特小姐处在困境之中，扔下她不管似乎很残忍啊。"

"是挺残忍的。但是，我们不能帮助她违背自己的意愿，"帕特里克爵士接话说，"布兰奇经历了今天早晨突然出现的精神紧张症状后，我们不能再冒险让她面对任何进一步的悬念。我考虑过了我侄女儿在整件事情中的利益问题——如果说我现在改变主意，拒绝通过更多实验弄得她焦虑不安，结果（很有可能）导致更多失败，那也还是因为我考虑到她的利益。我并没有别的什么动机。我可能有数量众多的爱好，但立志成为一位警探，让自己出人头地，这一点不在其中。站在警方的立场上看问题，这桩案件肯定不是一桩无法破解的案件。不过，为了布兰奇，我还是把它放下了。我们一定不能鼓励她把心思放在这件令人忧伤的事情上，而是要实施我们的医生朋友建议的方式方法。"

"我们如何才能做到这一点呢？"阿诺尔德问了一声。

帕特里克爵士的脸上开始掠过一丝诡秘而幽默的表情。

"关于未来，她就没有任何东西可以思考的吗？和失去自己的朋友比较起来，那可是更加令人开心愉快的事情呢。"帕特里克爵士反问道，"年轻的绅士啊，你关心医治布兰奇的良方。你可是开出的心理药方中的一味良药呀。你能够猜得出那是什么吗？"

阿诺尔德怔了一下站立起来，开心得变了个人样。

"你可能会介意被别人催促吧？"帕特里克爵士说。

"不介意！只要布兰奇愿意，等到她一下楼来，我便领着她上教堂去！"

"谢谢你啊！"帕特里克爵士说，语气生硬，"阿诺尔德·布林克沃斯先生，但愿你永远会像现在这样心甘情愿，争分夺秒啊！再坐下来吧，别说没用的。很有可能——假如布兰奇愿意（正如你说的），同时，假如我们能够催促律师们——你们可以在三个星期或者一个月之内结婚。"

"这事情与律师们有什么关系呀？"

"好小伙子啊，这可不是小说里面的结婚情节呢！这种事情是最缺乏浪漫情调的。这儿有一位年轻先生和一位年轻小姐，双方都是有钱人，双方的出身和人品都很般配，一位已经成年，另一位完全愿意嫁，并且征得了她的监护人的同意。事情处于这样一种实实在在的状态，其结果如何呢？当然需要律师进行签订财产赠予或转让契约啦！"

"到图书室去吧，帕特里克爵士，我这就把契约的事情给办妥！一张纸和一滴墨水的事情。'我愿意把自己在世界上有幸拥有的每一个法寻都赠予亲爱的布兰奇。'在上面署上名，把一张封缄纸粘在一边，您用一根手指用力挤压封缄纸。'我正式交付此契约，作为本人行动的表示，还有——'完成啦！"

"果然如此吗？你真是个天生的立法者啊。你一口气创立和编纂好了自己的法律体系。摩西－查士丁尼一世－穆罕默德①，向我

① 摩西是犹太教、基督教的重要人物，创立了犹太教，传说《圣经》首五卷为其所制律法。查士丁尼一世（482—565）是拜占庭皇帝（527—565），主持编纂《查士丁尼法典》，征战波斯，征服北非及意大利等地。穆罕默德（570—632）是伊斯兰教的创始人，生于麦加城，自称安拉使者，在麦加城创立伊斯兰教（610），后在麦地那建立神权国家（622），基本上统一了阿拉伯半岛。

伸出你的一条胳膊！你刚才说的话还是有点理智的。'到图书室去吧'——这个建议值得遵从。你除了其他那些数量众多的东西，周围碰巧还有个把律师这样的东西吗？"

"我认识两位律师，一位在伦敦，另一位在爱丁堡。"

"因为我们很着急，那就去找离我们更近的那位吧。那位爱丁堡的律师是谁？皮特街的普林格尔吗？再理想不过的人。过来给他写信。你已经用古罗马人的简约文风，给了我你婚姻财产赠予契约的概要了。我决不能让一位业余律师超过自己。这儿是我的概要！——你对布兰奇公正无私，慷慨大度。布兰奇对你公正无私，慷慨大度。你们结合在一起，对待你们的子女，公正无私，慷慨大度。这是婚姻财产赠予契约的样板！这是你要对皮特街的普林格尔嘱托的话！你能够自个儿做成这件事情吗？不，你当然不能。好啦，思想上不要随便马虎啊！要做到条理清晰，规范有序。你马上就要结婚娶妻了。你对谁陈述，都要加上，我是小姐的监护人。你提供爱丁堡律师的姓名和地址，用最精练的语言，简明扼要地写出你嘱咐的话，把细节内容留给你的法律顾问。你介绍律师们相互认识，提出要求，婚姻财产赠予契约的书面文稿要尽快拟定。你提供你在本宅邸的地址。有这么些方面的内容。你干不了吧，呃？噢，新成长起来的一代啊！噢，我们在这个开明的现代取得的进步啊！好啦！好啦！你可以娶布兰奇为妻，让她享受幸福，生儿育女——孩子全都不知道该如何用英语写字。人们朝着自己的窗户外面张望，看到麻雀无比招人喜爱的样子时，只能用博学的贝韦尔维克[1]的话

---

[1] 此处指荷兰著名医生约翰·范·贝韦尔维克（Johan van Beverwyck, 1594—1647），18 世纪英国小说家劳伦斯·斯特恩（Laurence Sterne, 1713—1768）在其代表作《感伤旅行》（*A Sentimental Journey*）中提到了贝韦尔维克的著作《评亚当的后代》。

来说，'上天对其生灵多么仁慈啊！'拿起笔来吧，我来口授！我来口授！"

帕特里克爵士看了一遍信，对其表示认可，看到信稳稳当当地放进了邮局的信箱。这一切完成了之后，他态度专横，未经他的特别许可，严禁阿诺尔德对他侄女谈到婚姻的事情。"除了得到我和布兰奇的同意，"他说，"还需要获得另外某个人的同意。"

"伦迪夫人吗？"

"伦迪夫人。严格说起来，我是一家之主。但是，我兄嫂是布兰奇的继母，一旦我离开人世，她便是指定的监护人。有事要找她商量，这是她的权利——即便不是法律上的规定，出于礼节也该如此。你愿意这样做吗？"

阿诺尔德的脸沉了下来。他看着帕特里克爵士，沉默不语，神情沮丧。

"什么啊！你甚至都不能对伦迪夫人那样一位十足通融的人说吗？在海上，你可能算得上是一个可以派上大用场的小伙子，但是，在陆地，我可是从来没有见过比你更加无能为力的年轻人呢。到花园去吧，到那些麻雀中间去！有人必须要面对夫人阁下。你若是不去——我必须得去。"

他用拐杖的手柄把阿诺尔德推出了图书室，表情沉默。他此刻独自一人待着，快乐的神情消失了。凭着自己对伦迪夫人个性的了解，他知道，自己计划着要催促布兰奇结婚，企图赢得夫人对此事的认可，承担的可不是一件轻而易举的任务。"我寻思着，"他想起了自己的已故兄长，于是若有所思地说，"我寻思，已故的汤姆该会有办法摆平她吧？我不知道，他会如何处理这件事情呢？她若是个泥水匠的妻子，那她准会是那样一个女人：面对自己丈夫强劲有力和司空见惯的拳头，定会被治理得服服帖帖。但是，汤姆不是泥水匠。我不知道，汤姆该会怎样处理这件事情啊？"帕特里克爵士对这一点冥思苦想了一会儿之后，认为这个问题非人类可以解决，于是抛开不想了。

"这个问题必须要解决，"他最后说，"我自己的天资一定会帮助我解决的。"

他怀着这种顺其自然的心情，离开了图书室，敲响了伦迪夫人内室的房门。

第三十一章　智胜一筹

帕特里克爵士发现，他兄嫂全身心地忙于家庭事务。夫人阁下的信件和人来客往的名单；夫人阁下的家庭账单和分类账目；夫人阁下的日记和备忘录（绯红色仿植鞣山羊皮装帧）；夫人阁下的书写文具箱、信封匣、火柴盒，还有用作点火媒介的蜡扦（全是乌木和银制的）。夫人阁下本人，承担着自己应尽的种种责任，掌管着自己的种种物品，应付种种紧急需要。她身穿得体的晨服，美丽动人。她享受恩赐，天生身心健康。她绝对没有邪恶的秉性，而是充满着正直高尚的品格，令人叹为观止。每一位心智健全的人都会认为，她展示了一幅人类所见识过的最为壮美的形象——这位英国的夫人坐在自己的宝座上，询问天下大众："你们什么时候培育出像我一样的人呢？"

"我恐怕打搅了您，"帕特里克爵士说，"但我是个十足的闲人。我可以过一会儿来探视吗？"

伦迪夫人把一只手放在自己头上，露出了淡淡的微笑。

"这儿有一点点压力啊，帕特里克爵士。请坐下。职责使然，我得认真对待；职责使然，我得小心谨慎；职责使然，我得平易近人。若是一位可怜的身体虚弱的女人，有了职责也枉然，不能指望有更多作为。现在该干什么来着啊？"（夫人阁下翻看着绯红色仿植鞣山羊皮装帧的备忘录。）"我记录在这儿呢，恰当的标题下面，用首字母突显。P——贫穷人。不对。HM——对异教徒的传教活动。不对。VTA——到访的客人。不对。PIP——这儿呢，与帕特里克私下交流①。我省掉了您的头衔，显得随便，您会原谅这个并无恶意的小过失吗？谢谢您！您一直都非常友好仁慈。只要您愿意开始谈，我随时都替您效劳。即便是什么令人感到痛苦的事情，那也不要犹豫迟疑。我有所准备的。"

这么提示了一番之后，夫人阁下靠坐在了椅子上，两条胳膊肘支撑在两边的扶手上，两只手的手指尖相互抵着，仿佛接见一个代表团。"嗯？"她说，表示疑问。帕特里克爵士内心里怀念起自己的已故兄长，深感怜惜，于是开始说出自己的事情。

"我们不能称它是一件痛苦的事情，"他开口说，"我们就把它说成是一件家庭里的烦心事吧，布兰奇——"

伦迪夫人发出了一声微弱的尖叫，一只手遮住眼睛。

"您必须吗？"夫人阁下大声说，用的是动情的劝解语气，"噢，

---

① 此处原文中首字母代替的是：P——the poor, HM——heathen missions, VTA——visitors to arrive, PIP——private interview with Patrick.

帕特里克爵士，您必须吗？"

"对，我必须。"

伦迪夫人美丽动人的眼睛朝上看着那个隐藏在天花板中的人性诉求法庭。那个隐秘的法庭朝下看着伦迪夫人，而且看到了——"职责"二字，用最大号的大写字母宣示着。

"接着说吧，帕特里克爵士。女性座右铭是'自我牺牲'。您不会看出，您令我感到多么痛苦。接着说吧。"

帕特里克爵士接着说，态度令人捉摸不透——没有表露出一丝一毫的同情感或惊讶感。

"我正要说到布兰奇今天早晨突然感到精神紧张的事情，"他说，"我可不可以问一声，您知道她突然精神紧张是缘何而起吗？"

"哎呀！"伦迪夫人激动地说，她的身子突然在椅子上跳跃了一下，突然激发出了声音的力量来加以应对，"唯一一件我不愿意谈起的事情啊！我打算有意要忽略掉的残忍、残忍、残忍的行为！帕特里克爵士发现它了！不知不觉之中——别让我做出不公正的事情——不知不觉之中发现了它啊！"

"发现了什么呢，亲爱的夫人？"

"布兰奇今天早晨在我面前的表现，布兰奇全无心肝的遮掩行为，布兰奇充满抵触的沉默态度。我再说一遍这两句话！——全无心肝的遮掩行为，充满抵触的沉默态度。"

"等一等，请听我说，伦迪夫人——"

"请听我说吧，帕特里克爵士！上天作证，我有多么不愿意说起这件事啊。上天作证，关于这件事情，我嘴里没有吐露过半个字。但是，您现在让我别无选择了。作为这个家里的女主人，作为一位女基督徒，作为您亲爱的兄长的遗孀，作为那位误入歧途的姑娘的母亲，我必须要陈述种种事实。我知道您一片好心。我知道您希望不伤害到我。无济于事啊！我必须陈述种种事实。"

帕特里克爵士点了点头，表示服从。（假如他只是一位泥水匠该有多好啊！假如伦迪夫人不是夫人阁下这副不容置疑的样子，不是两个人当中强势的那位该有多好啊！）

"为了您着想，请允许我放下面纱，"伦迪夫人说，"挡住种种惊恐的表情——怀着不伤害您的最良好的愿望，凭着良心，我不能把这样的表情称作别的什么——因为令人惊恐的事情就发生在楼上。我一听说布兰奇生病了，便到达自己的岗位上。职责使然，我时刻准备着，帕特里克爵士，直到生命终止。尽管整件事情令人震惊，但我还是冷静地应对着自己继女的尖叫和哭泣。她情绪暴躁，满口污言秽语，我对此充耳不闻。作为一位具有女主人身份的英国夫人，我做出了必须要做出的榜样。布兰奇的嘴里冒出（倘若我能够用这个词）一个人的名字，我的家庭成员圈中再没有听到过谁提起此人。只是在我清晰地听到了那个名字的时刻，我才真正感到了惊恐。我对我的贴身女仆说：'霍普金斯，这不是歇斯底里的情绪，这是魔鬼附体啊。快去拿氯仿①来'。"

氯仿用于驱除邪魔，帕特里克爵士对此感到很新鲜。他很吃力地保持着一副庄重的表情。伦迪夫人继续说下去。

"霍普金斯是个很优秀的仆人——但霍普金斯也有一张嘴。她在过道上遇见了我们出类拔萃的医生客人，于是把情况告诉了他。他

---

① 氯仿是一种麻醉药品。

一片好心，来到了房间门口。他是我府上的客人，尊贵的客人，但我要麻烦他施展自己的职业本领，心里感到很不安。此外，我觉得，这件事情应该由牧师来处理，而非医生。不过，霍普金斯多嘴了之后，事情也没有办法了。我请求，我们杰出的朋友帮帮我们的忙，进行——我觉得，用确切的科学术语叫作——预后①。他秉持着纯粹以经验为根据的看法，而对于他这个职业的人而言，我们也只能指望这个。他预后了——我说得对吗？他预后了吗？或者说他诊断了吗？表述准确的习惯至关重要啊，帕特里克爵士！假如误导了您，我心里会很难受的！"

"没有关系的，伦迪夫人！我已经听说了医生的诊断报告了。您用不着费心劳神复述。"

"我用不着费心劳神复述？"伦迪夫人应声说——她一想到自己的话被缩减，便生气冒火了，摆出了自己的尊严，"啊，帕特里克爵士！看您这点天生不耐烦的性格啊！——噢，天哪！一辈子当中，您一定常常会表露出这种性格，而且一定常常会因此而感到懊悔！"

"亲爱的夫人啊！您若希望复述医生的诊断报告，为何不直截了当这样说呢？别让我催促您。不管怎么说，我们先来说说预后的事情吧。"

伦迪夫人满怀同情，摇了摇头，微笑着，流露出天使般悲伤的神情。"我们一些积重难返的小恶习啊！"她说，"我们简直就是成了我们积重难返的小恶习的奴隶啦！在房间里转一下吧——转！"

换了任何普通人都会火冒三丈。但是，法律（正如帕特里克爵

---

① 预后指根据症状对疾病结果进行的预测。

士告诉自己侄女的）具有其自身的脾气。帕特里克爵士没有表露出丝毫生气的态度，而是娴熟地对自己的兄嫂以牙还牙。

"您多么有眼光啊！"他说，"我是很不耐烦。我是很不耐烦。我急不可待地想要知道，布兰奇身体好转之后对您说什么了？"

这位英国夫人即刻冻住了，冻成了一位冰夫人。

"什么都没说！"夫人阁下回答，咬得牙齿剧烈地咯咯作响，仿佛要咬住这句话，不要让它跑掉了。

"什么都没有说！"帕特里克爵士激动地说。

"什么都没有说，"伦迪夫人重复了一声，表情夸张，语气加重，令人害怕，"我亲自用上了所有的办法。我用自己的剪刀剪断了她的饰带。我用冷水把她的头浇了个透湿。我一直和她待在一块儿，直到她精疲力竭。我把她揽到我的怀里，抱在我的胸前。我把房间里的每个人都打发离开。我说：'亲爱的孩子啊，相信我好啦。'我的友好行为——我充满着母爱的友好行为——是被如何对待的呢？我已经告诉您了。全无心肝的遮掩行为，充满抵触的沉默态度。"

帕特里克爵士以牙还牙的行为更进了一步。"她或许害怕说呢。"他说。

"害怕？噢！"伦迪夫人大声说，对自己的听觉产生了怀疑，"您不可能说这样的话吧？我很显然误解了您的意思了。您实际上没有说'害怕'吧？"

"我说了，她或许害怕——"

"停一下！我不能让布兰奇当着我的面说，我没有尽到自己的责任。不，帕特里克爵士！我能够忍受很多东西，但我无法忍受这一点。面对您亲爱的兄长的孩子，我担当了超出一位母亲职责范围的角色。我像一个大姐姐一样对待布兰奇。我殚精竭虑——我说的是殚精竭虑，帕特里克爵士——培育她的才智。我的心里想起了那位诗人①美妙的诗行：'多么愉悦的任务啊，培育幼嫩的心灵，教育年轻人射猎！' 我仁至义尽，要做的事情都已经做了——仅仅在昨天，我在马车内给自己留了座位，前往佩思郡那处封建时代的名胜古迹参观——我乐于奉献，要做的牺牲都已经做了。凡此种种，有了这一切之后，我要求布兰奇相信我时，竟然被告知，我的表现吓着她了。这样的看法未免过于残忍了啊。我有敏感的——过于敏感的天性，亲爱的帕特里克爵士。请原谅，我受伤时会本能地退缩。请原谅，当一位我敬重的人给予我这样的伤痛时，我会感受到伤痛。"

夫人阁下用自己的手帕擦眼睛。任何别的男人此时都会退下阵来，但帕特里克爵士却步步紧逼，风头比先前更盛。

"您误解我啦，"他回答，"我的意思是说，布兰奇害怕告诉您她病症的真正原因。真正的原因是，她替西尔韦斯特小姐担心。"

伦迪夫人再次发出了尖叫——这次是高声大叫——惶恐不安地闭上了眼睛。

"我可以跑出这幢宅邸，"夫人阁下大声说，情绪很疯狂，"我可以飞到天涯海角去——但我不能听到有人提起那个人的名字！不，帕特里克爵士！不要当着我的面！不要在这个房间里！不要在我作为温迪盖茨宅邸女主人的时候！"

---

① 此处指苏格兰诗人詹姆斯·汤姆逊（James Thomson，1700—1748），其主要作品有歌咏自然的无韵诗《四季》、颂歌《统治吧，布里塔尼亚人》等。汤姆逊的《四季》开创了19世纪浪漫主义诗歌的先河。此处的引诗略有误差，原诗为："多么愉悦的任务啊！培育幼嫩的思想，教育年轻人射猎。"

"对不起，我说了您不爱听的事情，伦迪夫人。但是，由于事情的性质，我来这儿不得不要谈及——尽可能轻微——某件事情。这件事情发生在本宅邸，而您却不知道。"

伦迪夫人突然睁开眼睛，一副专心致志的样子。漫不经心的旁观者可能会认为，夫人阁下完全不会有任何低俗的好奇杂念。

"昨天，我们大家用午餐时，温迪盖茨宅邸来了一位客人，"帕特里克爵士接着说，"她——"

伦迪夫人一把抓起绯红色的备忘记录本，制止了自己的叔子，没有让他往下说。夫人阁下的嘴说出接下来的话时，出现了痉挛状态，话好像是时不时地从一个陷阱里蹦出来的。

"我试图——作为一位习惯于自我克制的女人，帕特里克爵士——我试图控制自己的情绪，基于唯一的条件。我不想听到有人提起那个名字。我不想听到有人提起性别。请就说'那个人'。'那个人'，"伦迪夫人接着说，一边打开备忘记录本，拿起笔，"昨天胆大妄为地闯入了我的宅邸？"

帕特里克爵士点头认同。夫人阁下做笔记——运笔猛烈，情绪激烈，写在纸上的字迹很潦草——然后继续询问自己的叔子，把他当作证人。

"'那个人'闯入我宅邸的哪个位置呢？要很小心谨慎啊，帕特里克爵士！我要让自己受到保护，享受平静带来的公正。这是我备忘录上的表述。图书室——我猜您会说对吧？情况就是这样的——图书室。"

"还要补充一点，"帕特里克爵士再次发起攻势，"'那个人'在图书室与布兰奇见了面。"

伦迪夫人的笔突然刺进了纸里，周围溅着几滴墨水。"图书室，"伦迪夫人重复了一声，声音让人想到快要窒息了，"我试图控制自己的情绪，帕特里克爵士！图书室里少了什么东西吗？"

"除了'那个人'本人，什么都没有少啊，伦迪夫人。她——"

"不，帕特里克爵士！我不听这个吧？以我自己是女性的名义，我不听这个！"

"对不起——我忘记了，'她'眼下是个禁止使用的代词。'那个人'给布兰奇写了一封告别信，然后离开了，谁都不知道去了哪儿。这些情况引起的痛苦是今天早晨布兰奇身上出现症状的唯一原因。您若是心里记住这一点——您若是记得自己对西尔韦斯特小姐持有什么看法——您就能够理解，布兰奇为何犹豫迟疑，不愿意把心里的话儿告诉您。"

至此，他等待听到回答。伦迪夫人一门心思要完成自己的备忘录，以至于没有意识到房间里有他存在。

"'马车要在两点钟到达门口，'"伦迪夫人说，一边写着，一边复述备忘录上最后的话，"'要求享受到宁静带来的最接近的公正，把温迪盖茨宅邸不受惊扰的自由置于法律的保护之下。'我恳请您原谅啊！"夫人阁下激动地大声说，再次意识到了有帕特里克爵士在场。"我遗漏掉了什么特别令人痛苦的东西吗？如果遗漏了，请指出来！"

"您没有遗漏掉任何重要的东西，"帕特里克爵士回应说，"我已经把您有权知道的事实都说给您听了。我们现在只需要回到我们的医生朋友关于布兰奇身体情况的报告。我觉得，您会给我面子，告诉我预后情况吧？"

"诊断！"夫人阁下说，满怀恶意，"我当时忘记了——我现在记起来了。预后是完全错误的。"

"我纠正，伦迪夫人，诊断。"

"您已经告诉我，帕特里克爵士，您已经知道了诊断结果。现在无须我再来重复一遍。"

"亲爱的夫人啊，我心急火燎地想要把我知道的情况与您的比较一番，以便改变我的印象。"

"您真的非常亲切友好。您是个博学的人。我只是个可怜无知的女人。您的印象不可能用我的来更改啊。"

"伦迪夫人，我的印象是，我们的朋友建议用心理方法来诊治布兰奇，而非用医学方法。她现在一门心思想着那件痛苦的事情，我们若要转移她的思绪，就得采取所有必要的措施。您认同我的看法吗？"

"我能够冒昧与您争辩吗，帕特里克爵士？我知道，您是一位高雅的讽刺大师。我担心，您的才智会白白浪费在可怜兮兮的我身上。"

（法律保持着其奇妙的脾气！法律运用自身全部的防御性激怒因素形成的反作用力，应对着世上最容易恼羞成怒的女人！）

"我把这话看成是对我的认同啦，伦迪夫人。谢谢您。对啦，现在谈谈实施我们医生朋友建议的方法怎么样？方法看起来很简单啊。我们分散布兰奇的注意力所要做的就是，让布兰奇关注别的某件事情，那件事情与她现在心里全神贯注的事比较起来不那么痛苦。至此，您同意吗？"

"为何把全部责任搁到我的肩膀上呢？"伦迪夫人问了一声。

"出于对您的意见的深切遵从，"帕特里克爵士说，"严格说起来，毫无疑问，任何严重责任都是由我来承担的。我是布兰奇的监护人——"

"谢天谢地！"伦迪夫人大声说，爆发出了一阵虔诚而热烈的情感。

"我听见了一阵虔诚感恩情感的爆发，"帕特里克爵士评价说，"目前情况下，涉及成功处理布兰奇问题的设想，我可以把这看成是您表明——我不妨说——不持什么疑虑，对吧？"

伦迪夫人的脾气又开始爆发出来了——完全如同她叔子预料的那样。

"您必须把这看成，"她说，"表明我坚信，我担当起照管布兰奇的责任时，自己照管的是一个不可救药、无心无肝、冥顽不化、执拗任性的姑娘。"

"您说了'不可救药'吗？"

"我说了'不可救药'。"

"假如情况这般毫无希望，亲爱的夫人——作为布兰奇的监护人，那我应当想办法卸下您对布兰奇照管的责任才是。"

"对于我曾经承担起了的责任，任何人都不可能从我身上卸下！"伦迪夫人反驳说，"即便我死在自己的岗位上，那也不可能！"

"假如卸下您的责任，"帕特里克爵士恳求说，"与您在自己的岗位上承担的责任相一致呢？假如此事与作为女人的座右铭的'自我牺牲'相一致呢？"

"我不明白您说话的意思，帕特里克爵士。行行好，您亲自解释一下吧。"

帕特里克爵士呈现出了一个新的人物形象——一个犹豫迟疑的

人。他瞥了一眼自己的兄嫂，目光中透着敬意和探询，叹息了一声，摇了摇头。

"不！"他说，"这样的要求过分了，即便凭着您承担责任的高标准，这样的要求也是过分了。"

"但凡您以责任名义要求我的事情，没有什么要求是过分的。"

"不！不！让我提醒您一声吧。人性是有其局限的。"

"一位女基督徒的责任感是不存在什么局限的！"

"噢，确实如此啊！"

"帕特里克爵士！我刚才说了这些话之后，您还是坚持不懈地怀疑我，这已经成了一种侮辱啦！"

"不要这样说啊！我来举个例子吧。我们假定，另外一个人未来的利益取决于您说'可以'——而您却凭着自己坚持的理念和看法说'不行'。如果能够表明，纯粹抽象的责任意识涉及牺牲，您能够把自己坚定的信念踩踏在脚下。您真的打算这样告诉我吗？"

"是的！"伦迪夫人大声说，当即登上了她自己美德的显要位置，"是的——不会有片刻犹豫！"

"我纠正，伦迪夫人。您鼓励我继续下去。请允许我问一声（我听了刚才的话之后）——英国医学界最高权威之一给出了建议。为了布兰奇的福祉，遵循医生的建议行事，这是不是您的责任呢？"

夫人阁下认可，这是她的责任。这样的表态说不定有一个驳斥她叔子的好机会呢。

"那很好啊，"帕特里克爵士紧追不舍，"不妨设想一下，布兰奇像大多数别的人一样，有某种幸福的前景可以憧憬，只要我们能够让她看到那种前景——出于我们的道义感，我们难道不应该遵循医生的建议行事，设法让她领略到那种前景吗？"他停了下来，瞥了一眼夫人阁下，目光中透着礼貌而又充满说服力的神情，态度极为天真无邪，等待着回答。

如若伦迪夫人不是全神贯注于——幸亏叔子激起了她的愤怒情绪——与他一点一点地争辩理由，到了这个时候，她一定看出了端倪，为她设置着陷阱呢。实际情况是，她什么都没有看出，只看出有机会贬损布兰奇，有机会驳斥帕特里克爵士。

"如若我继女真有您所描述的什么前景，"她回答说，"我当然应该说'可以'。但是，布兰奇是个内心无法被约束的姑娘。一个内心无法被约束的姑娘是没有什么幸福前景的。"

"对不起，"帕特里克爵士说，"布兰奇有一个幸福的前景。换句话说，布兰奇有一个被人娶为妻子的前景。更有甚者，阿诺尔德·布林克沃斯一旦婚后财产赠予契约办妥了便准备娶她。"

伦迪夫人坐在椅子上怔了一下——脸因为大怒涨得通红——然后张嘴开始说话。帕特里克爵士站起身，没有等她把话说出口，便继续说了下去。

"我请求，伦迪夫人——通过您刚才承认为您的责任加以接受的方式——卸下您所有的对一位不可救药的姑娘继续进行管束的责任。作为布兰奇的监护人，我很荣幸地提议，她的婚礼提前到下个月上半部分的某一天。"

他说过这些话后，关上了替自己兄嫂设置的陷阱——等待着看看其结果如何。

一个充满十足恶意的女人一旦完完全全被激怒了，她会完全不顾别的每一种考虑，不服从于唯一紧迫的需要，只满足自己的邪恶心理。现在，只有唯一的一种方式能够在帕特里克爵士面前反败为胜——伦迪夫人采用了这样的方式。此时此刻，她十分强烈地痛恨着他。她使用自己的武器打击她的叔子，与这种十分有趣的享受比较起来，甚至连她执拗任性耍性子都不能保证给她带来超出平淡状态的满足感。

"亲爱的帕特里克爵士啊！"她说，发出了几声银铃般悦耳的笑声，"您企图设置陷阱，诱惑我表示同意，浪费了大量宝贵的时间，还有大量优雅的言辞，而这期间，您本来只需要要求一下便可。我认为，加速布兰奇婚姻进程的想法很好。我很高兴把照管我继女这样一个人的责任转移到那个不幸的年轻人身上，因为他心甘情愿从我的手上接管她。他发现布兰奇的秉性的程度越低，对于他践行娶她的诺言，我感到满意的程度会越高。请催促一下律师们，帕特里克爵士，您若想要让我感到高兴，那就该提前一个星期，而非推后一个星期。"

夫人阁下站起身，展示其最为优雅的身段，行了个屈膝礼，这无异于无声地展示一种高雅讽刺的喜悦。帕特里克爵士深深地鞠了一躬，面带微笑，予以回应。这等于雄辩地说："我相信这番令人高兴的回答中的每一句话。令人钦佩的女人啊——再见吧！"

家庭成员圈中只有这么一个人，其反对意见可能迫使帕特里克爵士不得不接受时间上延后的事实。就这样，通过巧妙利用其性格中的弱点，帕特里克爵士弄得她缄口不言了。就这样，尽管伦迪夫人有其自身的理由，但她还是被说服同意催促阿诺尔德和布兰奇结婚的计划。

第三十二章　遭受阻碍

挣扎着显露在光天化日之下乃真相的本质属性。帕特里克爵士取得胜利的日子和举行婚礼的日子期间，真相挣扎着冲破笼罩在表面的黑暗，从不止一个方向，显露在人们的视线中。

随着时光的流逝，表面之下，不乏种种混乱的迹象，表明某种隐蔽的影响力在发生着作用。唯一缺乏的是具有预见能力的人，能够准确解读出现在温迪盖茨宅邸的种种迹象。

帕特里克爵士技巧娴熟地应对了自己的兄嫂。此事为加速婚姻的进程铺平了道路。他成就这件事情的当天，新的安排面前出现了一个障碍。引起这个障碍的不是别人，正是布兰奇本人。接近晌午时分，她身体恢复得很好了，能够在自己的小起居室中接待阿诺尔德。他们见面的时间很短暂。一刻钟过后，阿诺尔德出现在帕特里克爵士面前——老绅士正在花园里晒太阳来着——一脸的茫然和绝望。布兰奇发现安妮永远离开了自己，肝肠寸断。这样的时刻，她怒不可遏，断然拒绝考虑自己婚姻的事情。

"请您容我片刻说说这事，帕特里克爵士，好吗？"阿诺尔德说。

帕特里克爵士稍稍转过一点身子，以便让太阳晒着自己的后背。

"我若早知道，我宁愿割断自己的舌头，也不会对结婚的事情言一声。您想得到她有什么表现吗？她号啕大哭起来，责令我离开房间。"

这是个阳光明媚的早晨——凉爽的微风缓和着太阳释放出的热量。鸟儿在鸣唱。花园呈现出其最为绚丽多姿的面貌。帕特里克爵士悠然自得，尽享舒适。人世间种种细小的烦恼忧愁恭敬地与他保持着距离。他态度坚决，决不惹得它们接近半步。

"这样的一个世界，"老绅士说，让太阳更多地晒在自己的后背上，"仁慈的造物主让其充满了绚丽多彩的景致，和谐悦耳的声音，沁人心扉的香气。生活在世界上的人，造物主特别替他们创造出了具有享受这些景致、声音和香气的官能——更不要说还有爱情、餐食和睡眠。同样生活在世界上的人充满仇恨，忍受饥饿，在枕头上辗转反侧，夜不能寐，看不见任何赏心悦目的景致，听不见任何悦耳动听的声音，闻不到任何沁人心扉的香气——痛哭流泪，出言不逊，罹患病痛，憔悴不堪，意气消沉，年老体衰，最后死亡！什么意思啊，阿诺尔德？那一切还要持续多长时间呢？"

布兰奇对要嫁人的好处视而不见，人类对存在于生活中的好处视而不见，关于两者之间的细微联系，尽管在享受着太阳的老资格贤哲无疑很清楚地看到了，但阿诺尔德绝对看不出来。他有意放下帕特里克爵士提出的重大问题，而是重提布兰奇的事情，问该怎么办。

"当你无法熄灭灯火时，你该如何应对呢？"帕特里克爵士问，"你要让它燃烧，直到熄灭。当你无法让一个女人平静下来时，你该如何应对呢？让她发泄怒气，直到平静下来。"

阿诺尔德未能看出蕴含在这个精辟建议中的智慧。"我还以为，您会帮助我妥善处理好与布兰奇的关系，"他说。

"我是在帮助你呀。不要管布兰奇。你下次见到她时，不要再提结婚的事情了。若她提起这事，那就请她原谅，告诉她，你不再纠结这个问题了。我便会在一两个小时过后去见她，我自己也会用完全相同的口吻对她说话。你已经让她知道这个想法了——那就让那个想法在她心里成熟。绝不能滋长她关于西尔韦斯特小姐的痛苦情绪。不要用相反的看法去刺激她的痛苦情绪。不要用贬损她失踪朋友的方式激发起她的痛苦情绪，让其处于防御态势。让时间老人和蔼地推动着她与等待着她的丈夫的距离越来越近——而且，听我一句忠告，等到婚后财产赠予契约办妥当了之后，时间老人会让她一切准备就绪的。"

临近午餐时，帕特里克爵士看到了布兰奇，并且实施他已经确定下来的原则。叔叔离开她之前，她情绪完全平静。过了一会儿，阿诺尔德得到了谅解。又过了一会儿，老绅士凭着敏锐的观察力注意到，他侄女若有所思，非同寻常。他还注意到，她时不时地看看阿诺尔德，表露一种新的兴趣——这种兴趣悄然避开了阿诺尔德的目光。帕特里克爵士上楼更衣，准备用餐了，内心里感到舒适，坚信他面临的困难已经解决了。帕特里克爵士生平从未像这样出错过。

梳洗打扮的事情已经大步推进了。邓肯刚把镜子放置在了光线明亮处。邓肯的主人正处在一日生活中的转折点，因为此刻正要系上他的白色领结，或许呈现绝对完美的状态，或许不能——突然，外面某个不文明的人冒昧地敲响了卧室的门，此人不知道给一位绅士系领结时要遵循的首要原则。主人和仆人都一动不动，屏息静气，直到领结系得妥帖，万无一失。然后，帕特里克爵士这才最后用审视挑剔的目光看着镜子，看到了领结系妥帖了后才再次呼吸顺畅起来。

"风格上显得有点不自然，但是，考虑到被打搅了，还是挺不错的。"

"哪里啊，帕特里克爵士。"

"看看是谁。"

邓肯走向门口，随即返回到主人身边，打搅有了理由，因为电报来了！

帕特里克爵士看着这个并非希望中的信息时怔了一下。"签署一下收条，邓肯，"他说——拆开了信封。是啊！和他预料的一模一样！关于西尔韦斯特小姐的消息，正是在他决定放弃进一步寻找她的企图的当天。电报内容如下——

今天早晨，得到来自福尔柯克的消息。昨晚，与描述相符的小姐在福尔柯克下了火车。乘今天早晨的第一趟火车继续前往格拉斯哥①。等待进一步的吩咐。

"信使要带什么东西回去吗，帕特里克爵士？"

"不要，我必须要考虑自己下一步该怎么办。我若发现有必要，会派人送到火车站去。这儿是关于西尔韦斯特小姐的消息，邓肯，"信使离开后，帕特里克爵士接着说，"已经发现，她去格拉斯哥了。"

"格拉斯哥可是个大地方啊，帕特里克爵士。"

"对，即便他们持续发报，派人监视她（似乎不会这样做），她也可能在格拉斯哥从我们面前逃离。我希望，自己最不可能是那个逃避任何正当责任的人。但是，我承认，关于这份电报，如若能够对宅邸的人保密，我愿意付出一定的代价。它势必引发出那个最为尴尬的问题，过去许多漫长的日子以来，我不得不对该问题做出决

---

① 格拉斯哥是苏格兰最大的城市，英国的第三大城市，坐落在中苏格兰西部的克莱德河河口。

断。帮助我穿上外套。我必须要想一想！我必须要想一想！"

午餐铃响过后，用餐的客人准时集中了，但他们必须得等待一刻钟，女主人这才会下楼来。

伦迪夫人进入图书室后，表达了歉意，告诉她的客人们，两位邻居上门来得特别晚，结果给耽搁了。德拉梅恩先生和夫人回家途中发现，他们距离温迪盖茨宅邸很近，于是赏脸上门来看她，而且留下了请柬，他们将在自己的府邸举行一次花园聚会。

伦迪夫人对自己的新相识心驰神往。他们在请柬中包括了客居在温迪盖茨宅邸的每一个人。他们像老朋友一样令人开心，态度随和。德拉梅恩夫人带来了她的一位客人——格莱纳姆夫人——最诚挚的口信，表示，她记得，已故托马斯爵士健在时，就在伦敦与伦迪夫人相识，而且迫不及待地想要增进友谊。朱利叶斯·德拉梅恩先生对自己的弟弟做了一番妙趣横生的描述。杰弗里派人到伦敦物色教练去了。整个家族的人都在翘首期待着见证他准备参加的跑步竞赛的盛况。女士们由格莱纳姆夫人领头，干劲十足，研究着关于人类跑步这个深奥而又复杂的问题——其中肌肉运用的情况、需要为此做的种种准备、该项目中杰出的英雄人物。男士们整个上午都在忙碌着，在庄园的一处偏僻地，测算出一英里距离，作为杰弗里的训练场地——那儿有一幢空闲别墅，里面将配上必要的设施，供接待杰弗里和教练用。"您将在花园聚会上，"朱利叶斯说，"最后见到我弟弟。从那之后，他要隐居到体育训练的僻静处，而且对生活只有一种兴趣——密切关注自己身上的赘肉消失。"整个午餐期间，伦迪夫人情绪高昂，简直让人受不了，替她新结识的朋友大唱赞歌。另一方面，在人们的记忆中，帕特里克爵士从未像这样沉默寡言过。

他说话很费力，倾听更加费力。电报揣在他的衣服口袋里，回复，还是不回复呢？他任由西尔韦斯特小姐自行其是的决心，坚持，还是不坚持呢？如同餐桌上菜肴一道一道很有秩序和规律地转到他的身边一样，那些问题也是持续不断地萦绕在他的心中。

布兰奇——不想坐在餐桌旁自己的位置上——随后出现在客厅里。

帕特里克爵士与男宾们一块儿进入客厅喝茶，关于电报的事情，心里仍然拿不准该怎么办。他看了一眼布兰奇忧伤的面容，还有布兰奇改变了的态度，心里便有了决定。他若重新努力去寻找西尔韦斯特小姐的踪迹，从而激发起新的希望，但若又一次失去小姐的踪迹，那会出现什么样的结果呢？他只能看着自己的侄女，想要看明白。他并没有找到促使他重新寻找的理由，也没有任何情况诱使他这样做。

基于这一点，帕特里克爵士进行推理——从他自身的观点来看挺合情合理的——然后决定，不给他在爱丁堡的朋友进一步的嘱托。当晚，他提醒邓肯，关于收到电报的事情，要严格保密。他在自己房间里亲手烧毁了电报，以防万一。

翌日，帕特里克爵士起床后，朝着窗外眺望，看到两个年轻人正在进行晨间漫步，一时间，他们正好横过一片绿草如茵的空地，空地把温迪盖茨宅邸两片灌木丛分隔开了。阿诺尔德的一条胳膊搂着布兰奇的腰部。他们推心置腹地畅谈着，两个人脑袋紧挨在一起。"她已经恢复健康了，"两个年轻人消失在第二片灌木丛中看不见了之后，老绅士心里想着，"谢天谢地啊！事情终于顺顺利利展开啦！"

帕特里克爵士卧室里的装饰品中，有一幅风景照，是俯视角度拍摄的高地瀑布。从窗口转身后，他若看着这幅风景照片，他可能会意识到，一条河可能一会儿极为平静地流淌着，另一会儿可能又会水流湍急，汹涌澎湃。他可能会心怀疑虑地回忆起，人类广泛认同，水流的进程很早以前便被比作人生的进程。

外国名作家文集　威尔基·柯林斯卷

夫妻关系 _下

MAN AND WIFE

［英］威尔基·柯林斯 ／著

潘华凌 ／译

William Wilkie Collins

漓江出版社

·桂林·

故事背景地之五　格拉斯哥

第三十三章　安妮在律师们中间

帕特里克爵士收到了两份发自爱丁堡的电报。他收到第二份电报的当天，格拉斯哥城里四位体面的居民感到很震惊，因为他们枯燥单调的日常生活中出现了一个值得关注的目标。

享受到这样有益惊喜的几个人是——绵羊头旅馆的卡内基先生和太太，与法律这个体面行业相关联的"律师"坎普先生和克拉姆先生。

这天时间尚早，有位小姐乘坐着马车从火车站到达了绵羊头旅馆。她的行李有一个黑色箱子，还有手上提着的一个用得破旧的皮革提包。箱子上面标的姓名（正如墨水和纸张的颜色显示的，是最近写在一个新标签上的）从某一点上来看是个很好的姓名，属于苏格兰和英格兰大量女士中的常见姓名——"格雷厄姆夫人"。

格雷厄姆夫人在旅馆的入口处遇见了老板，于是要求对方提供一个卧室，并且要求当时值守的女服务员提供服务。卡内基先生返回到吧台后面的小房间，因为账本放在那儿。和平常相比，他动作更加利索，表情更加愉悦，令他的太太感到惊讶。太太问过后，卡内基先生（他先前用一位旅馆老板的目光瞥了一眼过道上的黑色箱子）报告说，有位格雷厄姆夫人刚刚到达，并且立刻登记了，住在第十七号房间。太太告诉卡内基先生（说话语气和态度显得很粗暴），上述回答不能解释他面对一位素昧平生的陌生人表露出来的兴趣。这时候，卡内基先生说到关键点了，并且承认，格雷厄姆夫人是他很长时间以来见到过的容貌最美丽的女性之一。他还担心，她的身体不好，情况严重。

　　卡内基太太听到这个回答后，瞪大了眼，涨红了脸。她从坐着的椅子上站起身，并说她可以亲自去安排房间的事情，亲自去确认，格雷厄姆夫人是否适合于住在绵羊头旅馆。因此，卡内基先生还和平常的表现一样——他对太太的说法表示认同。

　　卡内基太太离开有一段时间了。她返回后，眼睛看着卡内基先生时，闪烁着凶狠的光芒。她吩咐把茶和一些方便食物送到第十七号房间去。吩咐过之后——没有任何明显不高兴的理由来解释说过的话——她转而对付自己的丈夫，并且说："卡内基先生，你真是个傻瓜。"卡内基先生问："为什么呢，亲爱的？"卡内基太太打了榧子①后说："至于她美丽的容貌！你看见她后就不知道还有哪个是漂亮女人了。"卡内基先生认同太太的说法。

　　他们没有再说什么，直到侍者端着托盘出现在吧台边。卡内基太太没有像平常一样问清事情的原委，首先便挥了挥手拿走托盘，身子突然沉重地坐了下来，然后对自己丈夫说（其间，丈夫没有吭一声）："别对我说关于她身体不好的事情！至于她的身体！问题出在她的内心。"

　　卡内基先生说："是现在吗？"卡内基太太回答："我说'是'时，如果另外一个人说'是吗？'，我会觉得自己受到了侮辱。"卡内基先生认同太太的看法。

　　又过了一阵。卡内基太太加起一份账单上的数目来，表情显露出一种厌恶感。卡内基先生看着她，露出惊叹的表情。卡内基太太

———————————

① 打榧子，指打响指。

突然问他，他一会儿之后有格雷厄姆夫人可以看，为何要浪费自己表情看着她。听到太太这么一说，卡内基先生企图用在这个过渡间歇看着自己的靴子的动作，来了却这件事情。卡内基太太希望知道，经历了二十年的婚姻生活后，自己的丈夫是否认为她值得回答。只要礼貌对待（她不指望更多），她可能会继续接着解释说，格雷厄姆夫人打算外出。她可能还会忍不住提到，她们在楼上见面期间，格雷厄姆夫人向她提出了一个值得注意的事务性问题。实际情况是，卡内基太太三缄其口，看看卡内基先生敢不敢否认，他十足活该。卡内基先生认同太太的看法。

又过了半个小时，格雷厄姆夫人下楼了，叫来了一辆出租马车。卡内基先生待在一个角落里，因为他担心自己不这样做后果会很严重。卡内基太太跟随着他到了那个角落，质问他如何敢做出这样的举止？经历了二十年的婚姻生活后，他敢冒昧地认为，自己的太太吃醋了吗？"去吧，你这个粗野的人，搀扶着格雷厄姆夫人上马车！"

卡内基先生唯命是从。站在马车的窗口，他问夫人去格拉斯哥的什么地方，以便嘱咐车夫去。他听到回答后知道，车夫要送格雷厄姆夫人到律师坎普先生的律师事务所去。假如格雷厄姆夫人对格拉斯哥人生地不熟，又知道坎普先生是卡内基先生的律师，那么，据此似乎可以推断出，格雷厄姆夫人对旅馆老板娘提出的那个值得注意的问题与法律事务有关，与找到一位可信赖的人帮助她处理法律事务有关。

卡内基先生回到了吧台，看到了负责登记、开账单和管理侍者的大女儿。卡内基太太回到自己的房间里去了，理直气壮地表示气愤，因为自己的丈夫当着自己的面做出了搀扶格雷厄姆夫人上马车这样的不齿行为。"这不是什么新鲜事啦，爸爸，"卡内基小姐说，态度十分平静，"当然，妈妈叫您去干那件事情，然后，妈妈又说了，您当着仆人的面侮辱了她。我不知道您怎么就能够忍受得了啊！"卡内基先生看了看自己的靴子，然后回答："我也不知道呢，亲爱的。"卡内基小姐说："您不是去找妈妈对吧？"卡内基先生抬起头回答："我必须去啊，亲爱的。"

坎普先生坐在他个人的办公室里，专心致志地看文件。尽管文件的数量很多，但坎普先生似乎并不认为多。他摇响了铃，吩咐再拿些文件来。

文书拿着一沓新的文件出现了，同时也带来了一个消息。经绵羊头旅馆卡内基太太的推荐，有位夫人希望从专业的角度咨询坎普先生。坎普先生看了看自己放置在桌子上一个小架座上的怀表，计算出了自己面前宝贵的时间。他说："十分钟后领着那位夫人进来。"

十分钟后，夫人出现了。她在替委托人准备的椅子上坐下，掀起了面纱。先前给卡内基先生产生的影响现在再次给坎普先生产生了影响。过去漫长的岁月中，他这是第一次对一位素昧平生的人的外貌产生兴趣。或许是她眼睛中的什么东西，或许是她举止态度上的什么东西。不管那是什么，那种东西柔和地抓住了他。令他自己感到无比惊讶的是，那种东西促使他确切无疑地想要听听她有什么话要说！

夫人说——声音低沉而甜美，因平静的忧伤而受到触动——她的事情与一个法律问题有关（用苏格兰法律来理解的婚姻）。坎普先生掌握了具体事实之后，给出的看法同样关乎她本人心境的平静和一位她很亲近的人的幸福。

她随后继续陈述事实，没有指名道姓：讲述了每一个具体细节，完全按照先后顺序讲述事情进程，那些情况杰弗里·德拉梅恩已经讲述给帕特里克·伦迪爵士听了——唯有以下一点差别：她本人就是那个女人，想要知道，根据苏格兰法律，她现在算是结婚了，还是没有。

他们之间交流了一些问题。坎普先生对此给出的看法不同于帕特里克爵士在温迪盖茨宅邸给出的。他也引用了那位杰出法官——迪斯勋爵——使用过的语言，但他由此做出了自己的推断。"在苏格兰，意愿促成婚姻，"他说，"而且意愿可以通过推论加以证明。根据您刚才向我讲述的情况，我可以很明显地推断出婚姻的意愿。我要说，您是个结了婚的女人。"

律师用上面的话说出的结论对这位夫人产生了令人感到十分痛苦的影响。最后，坎普先生给楼上的夫人送去口信。办公时间，坎普夫人出现在了她丈夫的私人办公室里，她这是生平第一次这样。夫人在坎普夫人的帮助下得到了一定程度的恢复，坎普先生随即说了一句职业上的安慰性的话。他像帕特里克爵士一样承认，苏格兰婚姻法的混乱和不确定性导致了令人反感的众说纷纭，看法不一致。他像帕特里克爵士一样声称，很有可能，另外一位律师给出另外一个结论。"去吧，"他说，给了她一张自己的名片，上面写了一行字，"去找我的同仁，克拉姆律师，就说我邀您去找的。"

夫人充满了感激之情，谢过了坎普先生和夫人，然后去了克拉姆先生的律师事务所。

克拉姆先生是两位律师中年长的那位，也是两位律师中态度更加严厉的那位。不过，这个女人身上的魅力对凡是与其接触的男人都或多或少会产生影响，克拉姆先生也感受到了这种影响。他充满耐性地倾听着，这种情况出现在他身上是很稀有的。他态度和蔼地提出了一个个问题，这个情况也很稀有。他掌握了情况之后——看看吧，他的看法与坎普先生的大相径庭！

"毫无婚姻可言啊，女士，"他肯定地说，"您若是向那个男人提出婚姻要求，会是有利于缔结婚姻的证据。但是，根据我对情况的理解，这恰恰是您不希望做的事情。"

夫人听了这话后，如释重负，几乎难以自制。几分钟的时间里，她无法开口说话。克拉姆先生做了自己从业生涯以来从未做过的事情。他轻轻地拍拍一位委托人的肩膀。更加非同寻常的是，他允许一位委托人浪费他的时间。"等一等，平静一下您自己的情绪。"克拉姆先生说——施行人性法律。夫人平静了自己的情绪。"我必须要问您一些问题，女士。"克拉姆先生说——施行国家法律。夫人点了点头，等待他开始提问。

"至此，我知道，您拒绝向那位绅士提出婚姻要求，"克拉姆先生说，"现在，我想要知道，那位绅士是否可能向您提出婚姻要求呢？"

她用非常肯定的话回答了这个问题。那位绅士甚至都不知道自己所处的境地。还有，他已经订婚了，将要和自己在这个世界上最亲近的朋友结婚。

克拉姆先生睁开眼睛——思索着——然后尽可能谨慎地提出了另外一个问题。

"那位绅士如何进入他现在所处的这种尴尬境地，您若告诉我这个情况，会感到很痛苦吗？"

夫人承认，她要回答这个问题，会感到无法形容的痛苦。

克拉姆先生以一种询问的形式提出了一个建议。

"您把情况讲述给——为了替那位绅士未来的利益着想——某位谨言慎行的人（法律行业的人士最佳），此人不像我这样，对你们两个人而言都不是陌生人。您这样做会感到很痛苦吗？"

夫人表示，她本人愿意为此做出任何牺牲——不管会有多么痛苦——只要对自己的朋友有利。

克拉姆先生思索了更久一点，然后，提出了自己的建议。

"从这件事情目前所处的状态看，"他说，"我只需要告诉您，如此情形之下，要采取的第一个步骤。立刻告诉那位绅士——口头或书面均可——他所处的境况，同时授权给他，把情况告知一位你们二位都熟悉的人，此人能够决定你们接下来该怎么办。我理解到了，您认识这样一位够资格的人士对吧？"

夫人回答，她认识这样一位人士。

克拉姆先生问那位绅士的婚礼日子是否已经定下来了。

夫人回答，上一次，她见到那位绅士的未婚妻时，亲自询问了一下。婚礼拟在秋季末尾择好的某一天举行。

"这是，"克拉姆说，"一件幸运的事情。您还有时间。在此，时间至关重要。小心，不要浪费掉了。"

夫人说，她要返回旅馆去，写信赶夜间的邮班，提醒那位绅士他所在的处境，并且授权给他，把情况告诉一个他们二位都熟悉的能干而且可信赖的人。

她起身准备离开房间，突然感到头晕目眩，疼痛不已。她顿时脸色煞白，不得不向后跌坐在椅子上。克拉姆先生没有夫人，但他有女管家——他主动提出要派人去找女管家。夫人示意不要这样做。她喝了点水，把疼痛压下去了。"对不起，让您受惊吓了，"她说，"没有什么问题——我现在好些了。"克拉姆先生伸出一条胳膊，搀扶着她上马车。她看起来很苍白，很虚弱，他提议派他的女管家陪同她。"不用，乘马车到旅馆只要五分钟。"夫人对他表示了感谢——独自一人返回了。

"那封信！"她独自一人待着时说，"只要我能够活够长时间写那封信就行！"

第三十四章　安妮上了报纸

卡内基太太是个智力低而脾气暴的女人，会动不动生气，大多数情况下，不容易取悦。但是，卡内基太太——正如我们所有人一样，在我们各不相同的程度上——是个具有诸多对立品格的混合体，拥有不止一面的性格，既有她人性的缺点，也有她人性的优点。健全美好情感的种子散落在她性格中的每一个偏僻的角落，只是等待着有施肥的时机，促使那些种子生根发芽。当马车把克拉姆先生的委托人送回旅馆时，时机发挥出了那种有利的影响。疲惫沮丧的女人步伐缓慢地横过厅堂时，其面部的表情激发起了卡内基太太天性中所有最真诚和最美好的成分。那张面孔似乎在用言辞对她说："您要妒忌这个落魄的女人吗？噢，您是妻了和母亲，这儿难道就不能诉诸您平常的女性情怀吗？"

"您恐怕是劳累过度了，夫人，我送点东西到楼上去好吗？"

"送笔、墨水和信纸来吧，"对方回答，"我必须写封信。我必须立刻写信。"

对她进行劝告无济于事。只要首先提供了书写文具，她愿意接受任何建议。卡内基太太把书写文具送了上去，然后亲手调制一份鸡蛋和热酒的混合食物，这是绵羊头旅馆的品牌食物。五分钟左右的时间里，食物准备好了——母亲打发卡内基小姐（当时她手边正在忙其他事情）把东西送上楼。

一会儿过后，楼梯过渡平台处传来一声惊恐的叫喊声。卡内基太太听出是自己女儿的叫喊声，于是急忙跑到客房。

"噢，妈妈！看看她！看看她吧！"

那封信摆放在桌上，已经写好了开头的几行。女人躺在沙发上，牙齿间咬着自己的手帕，痛苦的面容很难看。卡内基太太把她扶起一点点，仔细观察她——随即脸色骤变，打发自己女儿出去，吩咐立刻派个信使去请个医生来。

卡内基太太单独和忍受痛苦的人待着，并且把她扶到了床上。她被安排在床上躺下时，左手无能为力地向下搭在床沿上。卡内基太太怜悯同情的话都到了嘴边，突然又打住没有说——突然抬起那只手，仔细看了一会儿中指。中指上戴着戒指。卡内基太太的面容立刻舒展了，片刻前悬着的表示怜悯同情的话现在顺畅地说出口了。

"可怜的人啊！"值得尊敬的旅馆老板娘说，把表面现象当成理所当然的事情，"您丈夫在哪儿呢，亲爱的？想想看，告诉我。"

医生来了，上楼到病人身边。

时间缓慢过去。卡内基先生和他女儿处理着旅馆里的生意，接到了从楼上传来的口信，情况不妙，非同寻常。口信的内容是一位有丰富经验的护理的姓名和住址——并表达了医生的敬意，恳请卡内基先生帮帮忙，立刻派人去把她请来。

护理找到了，被领着上了楼。

时间持续过去，旅馆的生意持续进行着，卡内基太太出现在吧台后面的客厅时，已是晚上了。旅馆老板娘的表情很严肃，旅馆老板娘的态度很消沉。"病情非常非常严重。"这是她对女儿不停询问的唯一回答。片刻之后，她与丈夫待在一块儿时，她更加详细地转达了楼上的情况。"婴儿分娩时夭折了，"卡内基太太说，说话的语调比平常的更加柔和，"可怜的人啊，根据我的判断，做母亲的生命垂危。"

一会儿过后，医生下楼了。死亡了吗？没有。可能活下去吗？无法说得准。夜间，医生返回了两次。两次返回时，他都只有一个答案。"等待到明天。"

到了翌日，她稍稍恢复了一点。临近下午时，她开始说话了。她看到陌生人出现在自己床边时并没有表露出惊讶：她神情恍惚。她再次不省人事，然后再次醒过来，满口呓语。医生说："这种情况可能要持续几个星期。或者有可能突然死亡。你们得抓紧时间寻找她的亲友。"

（她的亲友！她已经永远离开了自己唯一的朋友！）

他们找来了坎普先生，由他提出建议。他询问的第一件事情就是那封没有写完的信。

信上面留有墨水的污渍，无法辨认的地方不止一处。他们好不容易在信的开头部分辨认出了通信地址，随后便出现了几行只言片语。开始是这样写着的："亲爱的布林克沃斯先生……"然后，一点一点，字迹越来越糟糕。陌生人的眼睛看信，内容是这样的："我难以报答……布兰奇的利益……看在上帝的分上……不要以为我……"后面还有一点点内容，但是，最后几行，没有一个字可以辨认出来。

医生和护理报告说，信上面提到的那些名字也是她神志恍惚说话时嘴里说出的名字。"布林克沃斯先生"和"布兰奇"——她的心里不停地想着那两个人。她提到的与他们有关联的唯一清晰的东西就是那封信。她持续不断地试图把这封没有写完的信送到邮局去，但却绝不可能到达那儿。有时候，邮局在大海的另一边。有时候，邮局在一座无法登顶的高山之巅。有时候，邮局建造在又高又厚的围墙里面。有时候，她接近邮局的瞬间，总会有个人粗暴地拦住她，迫使着她返回，距离邮局几千英里。有一两次，她提起那个幻觉中的人的名字。他们辨认出那个名字叫作"杰弗里"。

无论是她那封极力想要写完的信，还是她嘴里时不时说出的呓语，他们都无法据此找到任何线索来确定她的身份。于是，他们决定，翻查一下她的行李，看一看她到达旅馆时身上穿的衣服。

有充分的证据表明，她的黑色箱子是最近才购买的。打开箱子后，便可以看到里面一家格拉斯哥箱包制造商的地址。衬衣裤也是新的，没有标识①。和衣服放在一块儿的还有店铺的收条单据。他们派了人去找了出售两种商品的商家，询问了情况。商家查看了他们的账本。事实证明，箱子和衬衣裤都是到达旅馆的当天购买的。

随后，他们打开了她的黑色提包。包里面找到了八十到九十英镑英格兰银行发行的纸钞，几件简单的属于梳妆打扮的物件，一些干针线活儿的材料，一张年轻小姐的照片，题有"赠给安妮，布兰

---

① 通常情况下，一个人的衣服会用自己名字的首写字母加以标识，便于区分。

奇赠"字样——但没有书信，没有任何线索可以寻找到照片的主人。随后他们查找了她衣服上的那个口袋，里面有个钱包，一个空的名片夹，一条没有标识的新手帕。

坎普先生摇了摇头。

"一个女人的行李，里面没有书信，"他说，"我心里由此联想到，这是一个存心要保守自己行踪秘密的女人。我怀疑，她怀着这样的目的，已经销毁了自己的信件，清空了自己的名片夹。"卡内基太太仔细查看了所谓的"格雷厄姆夫人"到达旅馆时身上穿的衣裤。她报告的情况证明了律师的看法合乎情理。每一个地方的标记都被销毁了。卡内基太太开始怀疑，她在那位夫人左手中指上看到的戒指是否获得了法律的认可。

只剩下一种可能性，寻找到——或者说设法寻找到——她的亲友。坎普先生草拟了一份告示，拟登载在格拉斯哥的报纸上。假如她的某个家庭成员碰巧看见那些报纸上的内容，那就很有可能前来认领她。若是出现相反的情况，那就无计可施，只能等待她痊愈，或者死亡——把属于她的钱密封起来，存放在旅馆老板的保险箱里。

告示登载出来了。他们随后等待了三天，一无所获。这期间，遭受病痛折磨的女人的病情没有发生任何重要的变化。临近黄昏时，坎普先生前来探视，并且说："我们已经尽了我们最大的努力。没有别的办法，只有等待。"

远在佩思郡，在温迪盖茨宅邸，同一天，那个傍晚见证了欢乐的时刻。布兰奇终于同意了阿诺尔德的请求，而且同意写封信去伦敦，以便定制婚礼礼服。

故事背景地之六　斯旺黑文别墅

第三十五章　未来的种子（首次播种）

　　"没有温迪盖茨宅邸那么大。但是——我们该说温馨吗，琼斯？"

　　"还有舒适，史密斯。我很赞同你的看法。"

　　以上是两位"合唱队"的绅士对朱利叶斯·德拉梅恩在苏格兰的宅邸做出的评判。对于史密斯和琼斯而言，这照例是个合乎情理的评判——就实际情况而言。斯旺黑文①别墅面积不及温迪盖茨宅邸的一半，但是，温迪盖茨宅邸开工建造时，这座别墅已经供人居住了长达两个世纪之久——而且具有年代久远的优势，但没有承袭到劣势。老房子会让人感到更加舒适和适应，如同旧帽子会让人的脑袋感到更加舒适和适应一样。客人离开斯旺黑文别墅时，会有一种离家的感觉。有那么少数一些居所，虽不是我们自己的，但总会令我们魂牵梦绕，这一幢便属于其中之一。起装饰作用的院落在规模和气势上都不如温迪盖茨宅邸的院落。但是，庭园很美丽——不如英格兰的庭院那样精心修整，但也没有那样单调。别墅北面边界处的那个湖以繁殖天鹅著称，属于附近区域内的奇特去处之一。这幢别墅的历史与不止一位苏格兰杰出人物有关。朱利叶斯·德拉梅恩将这段历史书写和诠释，结集成册。但凡到斯旺黑文别墅登门拜访的客人都会无一例外地受赠一本（由私人印刷出版）。二十人当中会有一位阅读它，其余人则会"如痴如醉"，看看那些照片。

-----

① "斯旺黑文"原文为"Swanhaven"，意思是"天鹅的天堂、庇护地"。

那天是 8 月的最后一天。场合是由德拉梅恩先生和夫人举行的花园聚会。

史密斯和琼斯——与温迪盖茨宅邸的其他客人一道，跟随着伦迪夫人的队伍——站立在后面的露台上，旁边是一段通向花园的台阶，他们就这幢别墅的优点交换着看法。他们是客人中的先锋，客人三三两两从接待室出来了，全都一门心思想要赶在一天的娱乐活动开始之前去观赏天鹅。朱利叶斯·德拉梅恩随着第一个小分队出来了，加入了史密斯和琼斯的行列，另外还有一些在途中信步的单身男子，出发前往湖畔。过去了一两分钟——露台上空无一人了。这时候，两位女士——领着客人中的第二个小分队——出现在古老的石头柱廊下，柱廊为别墅这一侧的入口遮风避雨。两位女士中一位是个贤淑内敛、讨人喜爱的娇小个子，衣着朴素。另一位则身材高挑，是漂亮女人中的佼佼者，衣着华丽。第一位是朱利叶斯·德拉梅恩夫人，第二位是伦迪夫人。

"赏心悦目啊！"夫人阁下大声说，察看着宅邸一扇扇古老的装着直棂的窗户，周围爬满了攀缘植物，墙壁上每隔一段便有气势恢宏的石头扶壁突出，每一个扶壁上都有艳丽的小花团绕着基座盛开着。"我真的很难过啊，帕特里克爵士竟然错过了这个机会。"

"我认为您是说，伦迪夫人，帕特里克爵士因为家庭事务应召去了爱丁堡吧？"

"德拉梅恩夫人，我作为那个家庭的一名成员，事务恰恰不是什么令我开心的事情。事务改变了我整个秋季的安排。我继女下星期要结婚了。"

"时间这么临近啊？我可以问一声那位绅士是谁吗？"

"阿诺尔德·布林克沃斯先生。"

"毫无疑问，我与这个姓氏有过交往吧？"

"您或许听说过他呢，德拉梅恩夫人，他是布林克沃斯小姐在苏格兰的财产的继任人。"

"一点不错啊！您今天带布林克沃斯先生到这儿来了吗？"

"我既带来了帕特里克爵士的歉意，也带来了他的歉意。他们两个人前天一同去了爱丁堡。律师们答应了，若能够设法安排一次见面磋商，再过三四天便可以把婚后财产赠予契约拟定好。我相信，还有某个涉及所有权证书①的手续问题。帕特里克爵士认为，最稳妥和最迅速的方式便是领着布林克沃斯先生与他一同前往爱丁堡——今天把事情办妥——然后等到明天我们南行途中与他们会面。"

"你们要在这种宜人的气候中离开温迪盖茨吗？"

"很不情愿啊！实际情况是，德拉梅恩夫人，我受到了我继女的摆布。她叔叔作为监护人拥有这种权威——他施行这种权威的方式便是什么事情都由着她我行我素。在上个星期五，她才同意定下日子——而即便如此，她还要提出一个明确的条件，即婚礼不在苏格兰举行。纯粹执拗任性！不过，我能够干什么呢？帕特里克爵士屈从就范了，布林克沃斯先生屈从就范了。我若是要出席婚礼，那我就得效仿他们。我觉得，自己有责任出席婚礼——理所当然，我做出了自我牺牲。我们明天前往伦敦。"

"伦迪小姐要在一年中的这个时候在伦敦完婚吗？"

"不，我们只是在前往帕特里克爵士在肯特郡②的宅邸时途径伦

---

① 所有权证书（title-deeds）尤其指地契。
② 肯特郡是英格兰的一个郡，位于伦敦东南，与东萨塞克斯郡、萨里郡和伦敦相邻。肯特郡风光秀丽，素有"英格兰的花园"之称。

敦——那处宅邸是他随头衔一块儿得到的。那处宅邸与我亲爱的丈夫最后弥留的时日息息相关。这对我而言是另外一种折磨啊！婚礼将在我蒙受丧亲之痛的场所隆重举行。下星期一，我的旧伤口要被重新揭开了——仅仅就是因为我继女不喜欢温迪盖茨宅邸。"

"这么说来，还有一个星期便是举行婚礼的日子啦？"

"对，一个星期。有仓促匆忙的理由，但我无须说这些来让您费心劳神。我真希望事情赶紧过去，这种心情无法用语言来表达。但是，亲爱的德拉梅恩夫人，我在您面前叨叨这些烦心的家事，多么欠思量啊！您充满了同情心，这是我这样做的唯一理由。别让我耽搁了您招待其他客人。我可以永远徘徊在这样一处温馨美妙的地方。格莱纳姆夫人哪儿去了？"

"我确实不知道。我们出来到达露台上时，我就没有看见她。到湖畔她很可能便会与我们会合的。您想去观赏湖吗，伦迪夫人？"

"我热爱自然美景啊，德拉梅恩夫人——尤其是湖泊！"

"我们还有另外一些东西供您观赏——我们因地制宜，在湖上养殖天鹅。我丈夫已经陪同一些朋友去了。我相信，一旦客人中的其他人——由我妹妹陪同着——参观了别墅后，他们便会指望着我们随同他们去呢。"

"多么了不起的一幢别墅啊，德拉梅恩夫人！每一个角落都与历史有关！隐居在往昔的时光中，我的心里有一种无比的轻松感。等到我远离了这个美妙的所在后，我便要与那些作古了的人们一块儿住进斯旺黑文别墅，领略几个世纪以来的悲欢①。"

正当伦迪夫人用以上这番话宣称自己打算与往昔的人们为伍时，

---

① 此处应指伦迪夫人将要仔细阅读德拉梅恩先生撰写的那部关于斯旺黑文别墅历史的书。

客人中信步参观这座古老宅邸的最后一批出现在柱廊下。花园聚会的最后这批客人中有布兰奇和一位与她同龄的朋友。她们是在斯旺黑文别墅认识的。两个姑娘落在其他客人的后面，手挽着手，推心置腹地交谈着——谈话的主题（想必用不着补充说明吧？）是关于即将到来的婚礼。

"不过啊，最最亲爱的布兰奇，你为何不在温迪盖茨宅邸举行婚礼呢？"

"我厌恶温迪盖茨宅邸，珍妮特。我与那个地方有最为痛苦的联系。别问我那是怎么回事！现在，我一辈子都要努力不去想那些事情。我渴望这是与温迪盖茨宅邸的最后一面。至于在哪儿举行婚礼的事情，我把这件事情列为一个条件，根本不考虑在苏格兰完婚。"

"可怜的苏格兰怎么啦，让你不怀有好感，亲爱的？"

"可怜的苏格兰，珍妮特，是一个人们都不知道他们是否已经结了婚的地方。我从我叔叔那儿听到了有关这方面的情况。我认识某个人，此人是个受害者——一个无辜的受害者——是一桩苏格兰婚姻的受害者。"

"荒唐啊，布兰奇！你想到的是那些私奔的婚配，让苏格兰来对那些不敢承认真相的人们的困难负责！"

"我一点都不荒唐。我在想着我最亲近的朋友。你若是知道——"

"亲爱的！我是苏格兰人啊，别忘记啦！如同在英格兰一样，你也可以在苏格兰完婚呢——我真的必须要坚持这一点呢。"

"我痛恨苏格兰！"

"布兰奇！"

"我有生以来从来没有像在苏格兰这样感到不幸过。我永远也不想再见到它。我决心要在英格兰结婚嫁人——从我小时候居住的那处老宅邸里嫁出去。我叔叔也有这个愿望。他理解我，同情我。"

"这是不是等于说，我不理解你，不同情你呢？我或许还是离开你的好，布兰奇？"

"你若用这样的语气对我说话，或许这样也好呢！"

"我难道在听着有人糟践我的故乡，而我却不说一句维护故乡的话吗？"

"噢！你们这些苏格兰人还真这么对自己的故乡小题大做啊！"

"我们苏格兰人？你自己有苏格兰人血统——这样说话，你应该感到害臊才是啊。我要对你说再见啦！"

"我祝愿你脾气好些！"

一分钟之前，两个年轻姑娘还如同一根茎上并蒂开着的两朵玫瑰。现在，她们分开了，脸颊通红，情绪对抗，言辞刻薄。青年人的热情多么强烈啊！女性间的友谊是多么令人无法形容地脆弱啊！

一大群客人跟随着德拉梅恩夫人前往湖畔。几分钟过后，露台上寂静无声。然后，柱廊下出现了一位绅士，徘徊着走，嘴里咬着一枝花，双手插在衣服口袋里。这便是斯旺黑文别墅最强壮的人——又叫杰弗里·德拉梅恩。

片刻过后，有位夫人出现在他身后，缓慢行走着，不至于被听见。她衣着奢侈华丽，模仿最新和最昂贵的巴黎款式。她胸前的别针是单独一颗晶莹剔透且体积硕大的宝石。她手上拿着的扇子是印度工艺品中最精致的杰作。她看起来是，实际情况也是，一个拥有大量钱财的女人，但是，并非拥有与之相匹配的大量才智。这就是那位大铁器制造商无儿女的年轻遗孀——又叫格莱纳姆夫人。

富有女人忸怩娇嗔，用扇子轻轻地拍打着强壮男人的肩膀。"啊，你这个坏孩子！"她说着，显露出一种略显笨拙的淘气表情和态度，"我可是终于找到你了对吧？"

杰弗里大步走向露台——让那位夫人保持在他身后，以一种完全粗野高傲的态度代替对女性礼貌顺从的态度——然后看了看自己的怀表。

"我说过了，等我独自一人待了半个小时后会来这儿，"他咕哝着说，漫不经心地让那枝花在牙齿间转动着，"我已经待了半个小时了——这就到这儿了。"

"你来这儿是为了见那些客人呢，还是为了见我？"

杰弗里微笑着，态度亲切，又让花在牙齿间转动了一下。"见你，当然是。"

铁器制造商的遗孀抓住他的一条胳膊，抬起头朝上看着他——因为只有年轻女人才敢于抬头朝上看——灼热的夏日阳光照射在她的脸上，熠熠生辉。

若是要简约成真正有用的简明扼要的表达，一般英国人对女性美的看法可以归纳成三个词——年轻、健康和丰腴。至于才智和活力这些更具精神层面的魅力，身体线条细腻、细节上优雅这些更加微妙的吸引力，英国的大多数男人不会去追求，极少去欣赏。否则，我们便不可能解释清楚人们非同寻常的盲目意识，不妨只举一个例子来说明问题，十个到达法国的英国男人中有九个回来后会断言，全国各地进出巴黎的法国女人中，他们没有看到一个是美丽可爱的。我们国家流行的典型美以其身体充分发育的形式展示在每一家店铺里，因为那儿出售着图文并茂的期刊。一个星期又一个星期，一个月又一个月，一年四季，同样充满了肉感脸蛋的姑娘，露着同样愚蠢至极的微笑，没有别的任何表情，以每一种图片的形式出现。渴望知道格莱纳姆夫人是个什么样的女人的人们只需要出门去，驻足在任何书店或者报摊前——他们可以在橱窗里的第一幅插图中看到她，因为上面印有一位年轻女人。格莱纳姆夫人纯粹平庸和纯粹肉感的美中，唯一能够引起一位善于观察和有教养的男士注意的独特之处便是，她音容笑貌和举止态度上奇特的女孩子气质。任何对这个女人说话的陌生人——这个女人二十岁成为人妻，二十四岁成为寡妇——都会认为应该称她为"小姐"而非别的。

"我给你一朵花，你就是这样利用它的吗？"她对杰弗里说，"用牙齿咬嚼着，你这个淘气鬼，仿佛你是一匹马似的！"

"你若说到这个，"杰弗里回应着说，"与其说我是个人，还不如说我是匹马呢。我要参加一次跑步竞赛了——公众纷纷在我身上押注。呵！呵！五比四！"

"五比四！我相信，你心里想着的只有赌博。你这个笨重的家伙，我无法打动你，你难道看不出来我想要像其他客人一样到湖畔去吗？不！你无法甩掉我的胳膊！你必须领着我。"

"做不到这件事情啊。我必须在半个小时后和佩里一块儿返回。"

（佩里是伦敦来的教练。他到达的时间比预期的要早，而且三个小时之前便开始履行职责了。）

"别对我说关于佩里的事情！一个有点低俗的可怜虫。暂时把他打发掉吧。你不这样做？你的意思是说，你是这么个粗鲁的人，竟然宁愿和佩里待着，也不愿意和我待在一块儿吗？"

"赌注是五比四啊，亲爱的。比赛从现在开始还有一个月了。"

"噢！去找你可爱的佩里吧！我恨你。我希望你输掉比赛。待在你的小别墅里。不要返回到这座宅邸来。还有——记住这一点！——别再冒昧地管我叫什么'亲爱的'。"

"还没有冒昧到一半呢，对吧？等一等，等到我跑完了竞赛——到时候，我还要冒昧地娶你呢。"

"你！你若等到我成为你的夫人，那你的年龄将会和玛士撒拉①的差不多。我可以肯定，佩里有个妹妹。你去问问他如何？她正是与你般配的姑娘呢。"

杰弗里让花朵在牙齿间又转了一下，看起来他觉得这个主意值得考虑。

"那好哇，"他说，"只要你开心，怎么样都可以。我会去问问佩里的。"

他转身离开了，他仿佛要立刻去做这件事情。格莱纳姆夫人伸出一只纤纤细手，手上戴着令人销魂的红颜色手套。她把手放在运动员一条强健有力的胳膊上。她轻柔地拧了拧那些铁一样坚硬的肌肉（此乃英格兰人的骄傲和荣耀）。"你多有男子汉气概啊！"她说，"我先前从未遇到过像你这样的男人！"

杰弗里赢得她的力量的全部秘密隐藏在这些话中。

他们一同在斯旺黑文别墅待了十天多一点，这期间，他征服了格莱纳姆夫人。花园聚会前一天——一次佩里允许他享受的闲暇间歇——他发现她独自一人待着，抓住了她的一条胳膊，毫无掩饰地问她愿不愿意嫁给他。男人向女人求爱，十天之内便赢得了她——

---

① 玛士撒拉是基督教《圣经·创世纪》中以诺之子，据传享年九百六十九岁。后人用他来做比喻时表示年龄极大。

从可能性方面来说——不乏这样的例子。但是，女人愿意公开此事，这样的例子还有待发现。铁器制造商的遗孀严格要求对方承诺在她本人允许之前保密。杰弗里承诺在公众面前三缄其口，直到她允许他说，然后，格莱纳姆夫人没有再犹豫迟疑，并且说了"可以"——尽管，据说过去的两年中，她对十多个男人说过"不行"。那些男人与杰弗里相比，除了外貌上的清秀和身体上的体力，无论哪个方面都高出一筹。

任何事情都有理由，这件事情也有理由。

不管现代兼具男女两性特征的理论家如何锲而不舍地否认这一点，但是，从过往的两性历史中可以清楚地看到，这是个真理，即女人天生要在男人身上寻找到自己的主宰。一个不直接依赖于男人的女人，看看她的面容——如同您可以确切地从万里无云的天空中看见太阳一样，您看到一个并不幸福的女人。需要一个主宰，这是她们巨大的未知需要。拥有了一个主宰——尽管她们自己并没有意识到——这是她们人生中唯一可能的圆满。当我们看到一个女人自觉自愿地把自己投入到一个并不值得她这样做的男人怀抱时，一百例中有九十九例，女人这种说不清道不明的牺牲的背后，这是唯一原始的本能。格莱纳姆夫人表现出来的这种说不清道不明的自我缴械投降心智的背后，也是这种唯一的原始本能。

直到年轻的寡妇邂逅杰弗里时，她与世界的接触仅仅只有一种体验——一种担当特许暴君的体验。她与那个男人短短六个月的婚姻生活，她都可以——而且应该——当他的孙女，她只需抬一根手指，对方便会唯命是从。面对执拗任性的年轻夫人的一丁点儿任性行为，年老昏聩的丈夫都会心甘情愿担当奴隶。后来的一段时间里，由于她的出身、美貌和财富，无论她走到哪里，社交界都会给予她三重欢迎。求婚者们相互之间竞争，希冀牵着她的手。她从他们中间发现，自己成了他们同样俯首帖耳仰慕的目标。当她在斯旺黑文别墅邂逅杰弗里·德拉梅恩时，她有生以来第一次遇见了一个有自我意志的男人。

女人要宣示自己的影响力，男人要宣示自己的意志力，双方针锋相对。杰弗里目前忙碌着的事业在这场较量中对他有优势。

杰弗里在返回自己哥哥的宅邸和教练抵达这儿之间的这段日子里，全身心地开展必要的准备工作，接受体育锻炼方面的约束，以便能够参加竞赛。他根据先前的经验知道，他该进行哪些锻炼，他该持续进行多少个小时的锻炼，他该在餐桌上抵挡住什么样的诱惑。一次又一次，格莱纳姆夫人企图引诱他违反自己定下的规矩——一次又一次，她过去从未失败过的对男人施加的影响力现在却失败了。她说的一切，她做的一切，都无法影响这个男人。面对每一次格莱纳姆夫人企图施展的充满魅力的女性专横行为——其他人中的每一位都会俯首帖耳，乖乖就范——杰弗里却不屑一顾。佩里到了，杰弗里这种简慢的态度比以往任何时候都更加无法通融。格莱纳姆夫人充满妒意，仿佛佩里是个女人。她勃然大怒，痛哭流涕，与别的男人打情骂俏，放出话来说要离开宅邸。一切都无济于事！杰弗里从未错过一次与佩里见面的约定。但凡是佩里禁止他吃的或喝的，他从未触碰过，包括她递给他的东西。没有任何人类追求像体育追求这样与女性的影响势不两立。面对她能够为他提供的吃的喝的，但凡属于佩里禁止的，他从不触碰。人类追求的一切事业中，与女人的影响最势不两立的莫过于对体育事业的追求。假如男人让自己的人生岁月在体育训练中度过，他们便会完全让女人遥不可及。杰弗里轻而易举便抵挡住了格莱纳姆夫人。他会漫不经心地侵占她的爱慕，会不经意间强占她的敬仰。她把他当英雄缠住他，把他当野兽离开他。她与他展开斗争，对他屈服顺从。她鄙视他，瞬间后又爱慕他。导致这一切的线索看起来混乱不堪，前后抵触，但它基于一个最简单的事实——格莱纳姆夫人寻找到了自己的主宰。

"领着我到湖畔去，杰弗里。"她说，戴着红色手套的手轻轻地挤压了一下，表示恳求。

杰弗里看了看自己的怀表。"我二十分钟后要与佩里会面。"他说。

"又要说佩里吗？"

"对啊。"

格莱纳姆夫人举起手上的扇子，勃然大怒，狠狠地击打在杰弗里的脸上，把扇子给弄断了。

"看看吧！"她大声喊着，跺了一下脚，"我可怜的扇子给弄断了！你这个怪物，都是因为你！"

杰弗里表情淡漠，看着断了的扇子，把它装进自己的衣服口袋里。"我给伦敦那边写封信，"他说，"给你弄把新的。走吧！亲一下，弥补弥补。"

他朝着两边看了看，确认只有他们两个人——抱起她离开了地面（她体重可不轻啊）——像举起一个婴儿似的把她举了起来——在她的脸颊上狠狠地亲了一口，发出了很大的声音。"表达你亲爱的诚挚的敬意！"他说——然后哈哈大笑起来，再放下她。

"你怎么敢这样做啊！"格莱纳姆大声说，"我若是如此这般地受到侮辱，那可要请求德拉梅恩夫人的保护！我永远都不会原谅你，先生！"她说着气话的当儿，瞟了他一眼，两者完全是矛盾的。片刻之后，她倚靠他的胳膊上——眼睛第一千次看着他，惊讶不已，这在她与男人的交往经历中完全是新鲜的。"你多么粗鲁啊，杰弗里！"她说，语气温柔。他面带微笑，面对这种毫不做作的对他个性中男子汉气概的崇敬，心领神会。她看到了微笑，于是立刻又努力对佩里可恶的至上控制力表示反对。"暂时把他打发掉吧！"夏娃的女儿轻声细语地说，决心要诱惑亚当咬一口苹果，"来吧，杰弗里，亲爱的，这一次别想着佩里。领着我去湖畔吧！"

杰弗里看了看自己的怀表。"我一刻钟后要与佩里会面，"他说。

格莱纳姆夫人以一种新的形式表达自己的愤怒情绪。她号啕大哭了起来。杰弗里端详了她一会儿，睁大了眼睛，感到很惊讶——然后，抓住了她的两条胳膊，摇了摇她。

"看着这儿！"他说，显得不耐烦了，"训练期间，你能够担任我的教练吗？"

"我若能够的话，我愿意！"

"这样无济于事啊！等到参加竞赛的那天，你能够把我训练得身体棒棒的吗？能够？还是不能够？"

"不能够。"

"那就擦干眼泪，让佩里来做这件事情。"

格莱纳姆夫人擦干了眼泪，再次做出了努力。

"我不适合让别人看见，"她说，"我情绪这么激动，不知道该怎么办。到室内去吧，杰弗里——喝杯茶。"

杰弗里摇了摇头。"佩里不允许，"他说，"中午时分喝茶。"

"你这个粗野的人！"格莱纳姆夫人大声说。

"你想要我输掉竞赛吗？"杰弗里反驳了一句。

"对！"

她给出了这个回答后终于离开了他，跑进了宅邸。

杰弗里在露台上转了一圈——思索了片刻——停住了脚步——看了看柱廊，愤怒的寡妇从视线中消失了。"一年一万英镑。"他说，心里想到了自己把婚姻的前景置于险境之中。"收入极为可观呢。"他补充说，一边进入室内，很不情愿地做出让步，去抚慰格莱纳姆夫人。

愤怒的夫人坐在客厅里冷落的沙发上。杰弗里在她身旁坐下。她看都不看他一眼。"别犯傻啦！"杰弗里说，态度充满了说服力。格莱纳姆夫人用手帕挡住自己的眼睛。杰弗里拿开手帕，不讲究礼貌。格莱纳姆夫人站起身准备离开房间。杰弗里用力拦住她。格莱纳姆夫人威胁说要叫来仆人。杰弗里说："那好吧！即便整个府上的人都知道我喜欢你，我也不在乎！"格莱纳姆夫人看了看门口，轻声说："嘘！看在上帝的分上！"杰弗里让她的胳膊挽着自己的，并且说："随我来吧，我有话对你说。"格莱纳姆夫人抽出了胳膊，摇了摇头。杰弗里用自己的胳膊搂着她的腰部，搀扶着她走出了房间，走出宅邸——前往的方向不是露台，而是院落另一边的冷杉园。他们到达冷杉林中后，他停住了脚步，并且在愤怒的夫人面前举起一根指头，以示警示。"你正是我喜欢的那种女人啊，"他说，"世界上还没有哪个男人有我一半爱你呢。你不要再就佩里的事情威胁我。我会告诉你我将如何处理——我会让你看到我来一次斯普林特[①]。"

[①]　此处杰弗里故弄玄虚，原文"Sprint"用了首字母大写，故音译处理，实际上是指"短跑"。

他向后退了一步，硕大的蓝眼睛盯着她看，那神情仿佛在说：
"你是一位具有很高天赋的女人，倘若世界上有这样一位女人的
话！"好奇感立刻在格莱纳姆夫人的种种情感中占据了主导位置。
"什么是斯普林特，杰弗里？"她问了一声。

"一次短跑，检验我的最快速度。除了你，我不会让整个英国其
他任何人看到。现在，我是一只野兽了吗？"

至少是第一百次，格莱纳姆夫人又被征服了。她语气温柔地说：
"噢，杰弗里，你若永远像这样该有多好啊！"她抬起头看着他，
眼睛里洋溢着钦佩的神情。她自觉自愿地再次挽着他的胳膊，紧紧
搂着，充满了爱意。杰弗里预感到了口袋里一年一万英镑的分量。
"你真心爱我吗？"格莱纳姆夫人轻声细语地问。"我不爱！"这位
英雄回答。和平实现了——两个人继续漫步。

他们穿过了冷杉园，到达了一片空旷地，地势起伏不平，形成
了一个个小山丘，一块块低洼地，美丽多姿。最后的山丘处，地势
倾斜着向下延伸，进入一片平整的平原地，远处是一片起防护作用
的树木带——林木中间，有一幢温馨的石头小别墅——那儿有一位
帅气的小个男子，在别墅前面来回走着，两只手放在身后。这片平
原地正是这位英雄人物的训练场。这幢别墅正是这位英雄人物的隐
居处。这个帅气的小个男子正是英雄人物的教练。

假如说格莱纳姆夫人仇视佩里——那么，佩里（从表面上判断）
便不会有爱上格莱纳姆夫人的危险。杰弗里和他的同伴走近时，教
练停下了脚步，眼睛盯着夫人看，默不作声。而夫人却无视此刻有
教练这么一个人存在，甚至在场的还是个大活人。

"时间怎么样？"杰弗里说。

佩里看了看一块精准的秒表，秒表可以用来记录五分之一秒时间——这期间目光一直停留在格莱纳姆夫人身上，以此来回应杰弗里。

"您已经省下了五分钟。"

"让我看看你在哪儿跑。我很想见识一下！"寡妇迫不及待地说，两只手抓住杰弗里的一条胳膊。

杰弗里领着她往回走到一处地方（以一棵小树为标记，上面系了一面小旗），此地离小别墅有一段距离。她在他身边迈着轻盈的步伐，动作隐约显得忽快忽慢，似乎令佩里愤怒到了极点。佩里一直等待着，直到听不见格莱纳姆夫人的说话声——然后，祈求（不妨说）上天在格莱纳姆夫人时髦装饰的头顶来一阵狂风暴雨[1]。

"你待在这儿，"杰弗里说，把她定在小树旁边，"等到我经过你身边时——"他打住没说下去，打量着她，态度友善，怀着一颗男人特有的同情心。"我到底该怎样才能让你明白这个意思呢？"他接着说，"听好啦！当我跑着经过你身边时，那就是（我若是一匹马），你所称之为的全速奔驰。别说话——我还没有做呢。我离开你之后，你要在我身后看着我跑向隔断树木的别墅墙边。待我跑到了墙壁的背后，你看不见我时，你就会知道我跑到了距离这面旗三百码处远。你很幸运啊！佩里今天要测试我长跑。你明白了自己停留在此的意思了吗？很好，那么——我这就去换衣服了。"

"我不能再看见你了吗，杰弗里？"

"我刚才不是告诉你了吗？你要看见我跑步来着。"

"不错——但那之后呢？"

---

[1]　此处指佩里愤怒至极，对格莱纳姆夫人进行诅咒，作者使用括号内"不妨说"三个字弱化了诅咒的内容，显得更加文雅一些。

"那之后，我要用湿海绵擦拭身体，还要按摩——然后在小别墅里休息。"

"你傍晚会和我们在一起吗？"

他点点头，离开了她。

佩里和杰弗里在小别墅门口会面时，佩里的表情无法用语言形容。

"我有个问题要问您，德拉梅恩先生，"教练说，"您需不需要我？"

"我当然需要您啦。"

"我刚到这儿时说什么来着？"佩里接着说，神情严肃，"我说：'我在训练一个人时，不想旁边有人观看。这儿的那些女士、先生可能全都打定主意要来看您呢。我也打定了主意，绝不想有旁观者。除了我，我不想有任何人来安排您训练的时间。我不想让您跑过的每一码福地登上暴纸①。除了我们两个人，我不想任何人知道，您能够做什么，不能够做什么。'——我说过这话吗，德拉梅恩先生？还是没有说过呢？"

"那好吧。"

"我说过这话吗？还是没有说过？"

"当然，您说过的。"

"那么，您就不要把女人领到这儿来。这完完全全违规了。我不允许这样。"

若是任何别的什么人用这种腔调向杰弗里提出劝告，那他一定会有理由为此感到懊悔的。但是，杰弗里本人不敢当着佩里的面发脾气。考虑到即将到来的竞赛，英国一流的教练是不可以等闲视之

---

① 此处佩里本来说的是"报纸"（newspapers），但他故意用"noospapers"这个词，所以译成"暴纸"。

的，哪怕面对的是英国一流的运动员。

"她不会再来了，"杰弗里说，"她两天过后就要离开斯旺黑文别墅。"

"我把自己在世上拥有的每一个先令都投在了您的身上，"佩里接着说，态度变得和蔼了起来，"而我告诉您，我对此颇有感触！我看到您过来时后面跟着个女的，心如刀绞。这是对向他下赌注的人的一种欺骗行为，我这样对自己说——就是这么回事，对向他下赌注的人的一种欺骗行为！"

"别说啦！"杰弗里说，"过来帮助我赢回您的钱。"他一脚踢开了小别墅的门——运动员和教练员从视线中消失了。

格莱纳姆夫人在小旗旁边等待了几分钟之后，看见两个男人从小别墅朝着她走来。杰弗里身穿紧身衣服，轻便而有弹性，适合做出每一个动作，而且用于满足他要进行的训练所要求实现的每一个目的。杰弗里的身体展示出了最佳状态，最闪耀的状态。他的脑袋立在结实而白皙的脖子上，显得又庄重又自如，没有戴帽子。他在馨香四溢的夏日微风中深呼吸时，宽阔的前胸向上隆起。他灵活柔韧的腰部摇摆着。他挺直匀称的双腿步伐轻松灵巧。这一切全都展示出一种身体上男子气概的最高境界。格莱纳姆夫人目不转睛地看着他，默默地流露出钦佩之情。他看起来犹如神话中的一个年轻的神祇——犹如一尊赋予了色彩和生命的雕像。"噢，杰弗里！"他从她身边走过时，她激动地说，语气温柔。他既没有回应，也没有看一眼。他有其他事情要忙，无暇倾听温柔的胡说。他正在集中精力做出努力：他的双唇紧闭着，拳头轻松地握着。佩里站立在自己的位置，表情严肃，一声不吭，手上拿着秒表。杰弗里一直走，走过了旗子，以便有足够的距离起跑，经过标志旗时达到全速。"好啦！"佩里说。片刻过后，他飞速跑过（对于格莱纳姆夫人被激发出来的想象力而言），如同离弦之箭。他的行动堪称完美。他发挥出来的最高速度保持了其力量与稳定的罕见潜在要素。在看着他行进的眼中，他变得越来越小，越来越小，越来越小。他仍然在轻盈快速地跑过场地，仍然在稳定地保持着直线前进。又过了一会儿，跑步者消失在小别墅墙壁的后面，教练把手上的秒表放回到了自己的衣服口袋里。

格莱纳姆夫人心急火燎地想要知道结果，于是忘记了自己对佩里的嫉妒。

"他跑了多长时间啊？"她问了一声。

"您除了想要知道这个，还有很多东西呢。"佩里说。

"德拉梅恩先生会告诉我的，你这个粗鲁的人！"

"这要取决于我是否会告诉他啊，夫人。"

佩里给了这个回答后匆匆返回到了小别墅。

教练在照料他训练的人时，接受训练的人在缓一口气时，双方都没有说一句话。杰弗里接受了仔细认真的按摩，重新穿上了平常的衣服。这时候，佩里从一个角落里拖出一把安乐椅。杰弗里与其说坐在了椅子上，不如说倒在了椅子上。佩里怔了一下，聚精会神地看着他。

"嗯？"杰弗里说，"时间如何？长？短？还是适中？"

"很理想的时间啊。"佩里说。

"多长时间？"

"您说那位夫人什么时候离开，德拉梅恩先生？"

"两天后。"

"很好，阁下。等到那位夫人离开了之后，我再来告诉你'多长时间'。"

杰弗里并不企图坚持佩里立刻给出回答。他露出了淡淡的微笑。不到十分钟过后，他伸出了两条腿，闭上了眼睛。

"打算要睡了吗？"佩里说。

杰弗里吃力地睁开了眼睛。"不。"他说。这个词才刚刚说出口，他的眼睛又闭上了。

"喂！"佩里喊着，注视着他，"我不喜欢看到这样。"

他靠椅子更近了一点。毫无疑问，此人睡着了。

佩里压低着嗓子，吹响一声绵长的口哨。他躬下身子，两个手指轻轻地按在杰弗里的脉搏上。脉搏跳动缓慢，沉重，费力。这是一个精疲力竭的人的脉搏，一点不错。

教练的脸色骤变，在房间里转了一圈。他打开一个小橱，从里面拿出了他上一年的日记。上次他替杰弗里准备的参加跑步竞赛记录项的那些日记涉及了完整的细节。他翻到了关于第一次尝试的报告，三百码距离，全速。时间多了一秒钟，没有这一次的时间理想。但是，随后出现的结果完全不同。以下是佩里亲笔写下的话："脉搏跳动良好。人兴致勃勃。我若是允许的话，他准备再跑一次。"

佩里转过头看着一年后的同一个人——完全精疲力竭了，沉睡在安乐椅上了。

他从小橱里取出笔、墨水和信纸，然后写了两封信——两封信都标上了"私密"字样。第一封写给一位医生，是教练圈里一位了不起的权威。第二封写给佩里本人在伦敦的经纪人。他知道，自己可以信赖此人。信中给了那位经纪人绝密消息，并且嘱咐他，给杰弗里在跑步竞赛中的竞争对手投注，与佩里投注在杰弗里身上的同样数额。"你若自己有钱投注在他身上，"信最后写着，"和我一样做吧，'两面下注'——然后缄口不言。"

"他们中的另外一位竞技状态不佳！"教练说，转过身再次看了看沉睡着的人，"他将输掉比赛。"

第三十六章　未来的种子（第二次播种）

面对那些天鹅，客人们说什么啦？他们说："噢，数量可真是多啊！"——这就是他们说的话，话是那些对水鸟类的自然历史一无所知的人说的。

面对湖泊，他们说什么啦？

有些人说："多么庄严肃穆啊！"有些人说："多么富有浪漫色彩啊！"有些人什么也没有说——只是心里觉得，这是一处阴暗凄凉的风景点。

在此，客人们的普遍情绪从一开始便表露得恰到好处。湖泊隐藏在冷杉林的中心地带，只是处于中间位置。太阳光线落在水面上时，湖水在树林昏暗的阴影下呈现出黑颜色。冷杉园唯一的缺口在湖的另一端。人们能够看得见的活动和生气的迹象唯有天鹅在寂静的湖面上如幽灵般游动的样子。这显得庄严肃穆——正如他们说的。这富有浪漫色彩——正如他们认为的。用数页纸也描述不完啊，因此，那就让描述就此打住吧。

客人们充满着好奇观赏了天鹅的姿态，饱览了湖泊的景致。然后，他们的好奇心转向了湖另一端林木中的缺口处——那儿出现了一个令人震惊的物品，是一块很大的红色帘子，格外醒目。帘子悬挂在两棵最高大的冷杉树之间，挡住了前方的视线。大家请求朱利叶斯·德拉梅恩对此做出解释——他们得到的回答是，有些客人在宅邸周围徘徊，等到他夫人和那些迟到的客人到达后，再揭开秘密。

德拉梅恩夫人和其他掉队的客人出现之后，联合的队伍站立在湖畔，聚集在那块帘子的前面。朱利叶斯·德拉梅恩指着悬在帘子两边的丝质绳索，挑选出了两位小姑娘（他夫人姐姐的孩子），指派她们到绳索边去，叮嘱她们用力拉，看看会出现什么情况。面对着这个秘密，朱利叶斯的两个外甥女迫不及待，孩子的手用力往下拉——帘子从中间部位分开了——面对眼前展示的情景，大家全都大喊了起来，惊讶不已，欣喜不已。

一条两边生长着冷杉树的宽阔林荫道的尽头，一片清凉的绿色空地展现在林园的中间，地面上绿草如茵，仿佛铺着毯子。空地的尽头，地面向上隆起，这儿，更低处的斜坡上，灰色的古老花岗岩石间汩汩冒出一小泓清泉，晶莹清澈。顺着草坪右手边缘处，摆放着一排桌子，铺着洁白无瑕的桌布，桌面上摆放着餐点，等着款待客人。桌子的正对面是个乐队，帘子拉开的瞬间，乐队奏响了和谐的音乐。回过头顺着林荫道看过去，眼睛看到的是远处湖畔的风光，那儿阳光照射在水面上，天鹅平静地游弋在水面上，其羽毛呈现出耀眼的白色。这便是朱利叶斯·德拉梅恩替他的朋友们安排的美妙惊喜。只有在这样的时刻——或者说当霍尔切斯特勋爵的长子和夫人在斯旺黑文别墅朴素的小音乐室演奏奏鸣曲时——他才会真正感到幸福快乐。作为一位有地产的绅士，他的身上肩负着种种责任。他心里会由于有了责任而暗暗地抱怨——犹如面对形式最残酷的巨大社交痛苦一样，面对自己的社会地位所带来的一些至上特权时，他感到备受折磨。

"我们先用餐点，"朱利叶斯说，"然后跳舞。这是安排好了的节目！"

他率先走向桌边，旁边有两位女士——完全不在乎，她们是否置身于当时在场的拥有崇高地位的女士们中间。令伦迪夫人感到惊诧不已的是，他坐了自己走到的第一个位子上，似乎根本不在乎在自己举行的宴会上该坐在什么位置。由于他领了头，客人们也随意坐下，完全不讲究惯例和身份。面对一位很快就要成为新娘的年轻小姐，德拉梅恩夫人产生了特别的兴趣。她握住布兰奇的一条胳膊。另一方面，伦迪夫人绝对紧跟着女主人。三个人坐在一块儿。德拉梅恩夫人竭尽全力鼓励布兰奇说话。布兰奇竭尽全力应对给予她的友好表示。双方不断尝试着，但很别扭。德拉梅恩夫人绝望地放弃了，转向了伦迪夫人——她有充分的理由怀疑，新娘的内心里纠结着什么不高兴的事情。她得出的结论合情合理。布兰奇在露台上冲着自己的朋友发了一小通脾气。布兰奇眼下高兴不起来，情绪低落，那是出于同样的原因。她把心事瞒着自己的叔叔，瞒着阿诺尔德——但是，关于安妮的事情，她仍然一如既往地忧心焦虑，一如既往地痛苦难受。她仍然在观望着（不管帕特里克爵士说什么，做什么），以便抓住机会重新开始寻找自己失踪的朋友。

与此同时，人们兴高采烈，吃着喝着，相互交谈着。乐队演奏着最为欢快的曲调，仆人们不停地给杯子斟满酒水饮料。所有桌子周围，洋溢着欢声笑语，充满了自由自在的氛围。谈话当中，唯有布兰奇身边的继母与德拉梅恩夫人之间的谈话显得不是那么投缘。

伦迪夫人除了别的才能，首要的是发现不开心现象的能力。大家在空地上用餐期间，其余每个人都忽略的情况，她可是注意到了——女主人的叔子不在场，更加非同寻常的是，还有一位实实在在住在府上的夫人也不见踪影。说得更加明白一些，那就是格莱纳姆夫人不见了踪影。

"难道是我弄错啦？"夫人阁下说，一边提起自己的单片眼镜，环顾了一番桌子四周，"毫无疑问，我们中间有一位成员失踪了吧？我没有看见杰弗里·德拉梅恩先生。"

"杰弗里答应了来这儿的，不过，您可能注意到了，他对遵守这一类的承诺可不是那么上心的。他为了训练，什么事情都可以放弃。我们现在也只是十分偶然才能看见他。"

德拉梅恩夫人给了这番回答后，试图变换话题。伦迪夫人提起了自己的单片眼镜，再次环顾了一番桌子四周。

"请原谅，"夫人阁下锲而不舍地说，"不过，是否有可能，我发现了另外一个人也不在场呢？我没有看见格莱纳姆夫人。然而，毫无疑问，她必须在这儿！格莱纳姆夫人可没有在接受训练参加跑步竞赛啊。您看见她了吗？我可没有看见。"

"我们到达外面的露台时，我就没有看见她——随后一直都没有看见她。"

"这件事情是不是很奇怪呢，亲爱的德拉梅恩夫人？"

"伦迪夫人，我们斯旺黑文别墅的客人们完全享有自由，爱干什么干什么。"

德拉梅恩夫人说了这句话后（正如她热切而又徒劳地想象的那样）抛弃了这个话题。但是，即便有了这么明确的提示，伦迪夫人强劲的好奇心还是坚不可摧。很有可能，夫人阁下受到了周围快乐情绪的感染，于是展示出了出人意料的活力储量。内心里拒绝认可这一点，但同样真实的是，这个威严的女人实际上露出的是假笑！

"我们可以让他们两两配对吗？"伦迪夫人说，用一种笨拙的玩笑语气说，看起来令人高兴，"一方是杰弗里·德拉梅恩先生——一位年轻的单身汉。另一方是格莱纳姆夫人——一位年轻的寡妇。年轻的单身汉一方有地位。年轻的寡妇一方有财富。两个人都从同一个喜庆的聚会上同一时间神秘失踪了。哈，德拉梅恩夫人！我来猜测一番，不久后，你们家族也将有婚姻喜事，我猜测错了吗？"

德拉梅恩夫人看起来有一点点生气了。她先前处心积虑，合谋着要撮合杰弗里和格莱纳姆夫人两个人。但是，她并不准备承认，格莱纳姆夫人凭着自己的心智（尽管想方设法隐瞒着，不让人看出来）竟然在十天时间里便让这场计谋成功地暴露在光天化日之下。

"我并不知道您刚才提到的夫人和先生之间的秘密啊。"她回答，态度很冷漠。

笨拙的身躯掌握起动作来很迟缓——但是，一旦掌握了，要抛弃动作也很迟缓。伦迪夫人玩笑戏谑的态度本质上也很笨拙，因此，遵循着同样的规律。她依旧一如既往地兴致勃勃。

"噢，一个多么圆滑的回答啊！"夫人阁下激动地大声说，"不过，尽管如此，我认为，我还是能够理解的。有一只小鸟告诉我，我下个季度可以在伦敦见到杰弗里·德拉梅恩先生。而且，我到时要对格莱纳姆夫人表示祝贺，我对此并不会感到惊讶！"

"您若坚持要让自己的想象力驰骋，伦迪夫人，我可是爱莫能助。我只能请求允许，这个局面应该由我来掌控。"

这一次，连伦迪夫人都明白了，明智的做法是不要再说什么了。她面带微笑，点了点头，心里十分认可自己非同寻常的聪明劲。此时此刻，倘若有人问她，谁是当今英国最聪明的女人，她一定会在心里面审视一番自己——而且会像在镜子里明晰地看到一样，看到温迪盖茨宅邸的伦迪夫人。

从身边的谈话转到杰弗里·德拉梅恩和格莱纳姆夫人身上的时刻开始——还有整个谈话集中在这个话题上的短暂时间内——布兰奇闻到了一股烈性酒的气味。她想象着，酒味是从自己身后和上方随风飘到她身边的。她发现气味越来越浓烈，于是回过头看看是否自己的椅子背后莫名其妙地有某个格洛格酒味的特别散发源。她扭过头的当儿，注意力被一双颤抖着的粗手吸引住了。那双手正递给她一块松鸡馅饼，上面点缀着大量的块菌。

"呃，美丽的小姐！"一个劝说的声音轻轻地对她的耳朵说，"您恰恰在一个食物丰裕的地方忍饥挨饿着。听我的没有错，您拿着的是桌子上最美味的东西——松鸡馅饼，还有块菌。"

布兰奇抬起头看了看。

他竟然是——此人目光和蔼，一副充满了父爱的神态，鼻子硕大——毕晓普里格斯，喝醉了酒，照料着斯旺黑文别墅举行的聚会餐宴上的客人！

布兰奇只是在那个令人难忘的暴风雨之夜与他打过一个照面，她当时令待在旅馆的安妮感到很惊讶。但是，与毕晓普里格斯短暂相处片刻和与一位下等人相处几个小时差不多。布兰奇立刻认出了他，心里立刻想起了那件事，即帕特里克爵士坚信，安妮那封丢失的信一定在他手上握着。她的心里立刻得出了结论，找到了毕晓普里格斯，她便找到了寻找安妮的机会。她灵机一动，应该立刻认识他。但是，坐在她身边的人眼睛都看着她，提醒她接受伺候。她吃了一点点馅饼，眼睛盯着毕晓普里克斯看。这个行事谨慎的人丝毫没有流露出他认识她的迹象，而是毕恭毕敬地点点头，然后继续伺候桌边的其他客人。

"我不知道他身边是否带着那封信啊？"布兰奇心里想着。

他身边不仅带着那封信——更有甚者，他当时实际上在伺机寻找时机，准备把信转换成金钱利益。

住在斯旺黑文别墅里的这个家庭没有雇佣数量众多的仆人。德拉梅恩夫人举行大型聚会时，需要一些额外的帮手，她一方面依赖朋友帮忙，另一部分依赖来自柯坎德鲁大旅馆的侍者。毕晓普里格斯先生（由于没有找到更加理想的职位）当时正好在那家旅馆打杂，于是，被抽出来作为侍者的一员，前来花园聚会帮忙。他刚听到自己当天将为其服务的绅士的名字时，就感觉听起来耳熟。于是，他进行了询问了解，随后，作为额外的准备，便把当初在克雷格弗尼旅馆的客厅里顺手牵羊拿走的信随身带着。

安妮可能不会忘记，自己丢失的信有两封——一封落款是她本人，另一封落款是杰弗里——陌生人看了两封信后，都会联想到他们之间的关系，而这种关系正是他们热切地想要对公众隐瞒的。

毕晓普里格斯先生觉得很有可能——假如他在斯旺黑文别墅仔细观察，认真倾听——他能够拿着自己盗窃来的信做一笔交易。因此，他离开柯坎德鲁时便把信带在身上。他认出了布兰奇，她是当时待在克雷格弗尼旅馆的那位女士的朋友——她是自己或许可以通过那种身份加以利用的人。况且，伦迪夫人和德拉梅恩夫人谈及杰弗里和格莱纳姆夫人的事情时，他听到了她们之间说的每一句话。还有几个小时的时间，客人们才会离开，侍者们才会被遣返。毕晓普里格斯先生坚信，他有机会参与斯旺黑文别墅举行的各种庆祝活动，于是可以找到充分的理由向自己表示祝贺——事情能成。

一些地方，餐桌边欢乐的气氛开始出现消沉的迹象。这时候，下午的时间尚早。

聚会人群中年轻一些的成员——尤其是女士——随着甜点摆上了餐桌，变得焦躁不安起来。一个接着一个，他们充满着渴望，看着空地中间平整充满弹性的草地。一个接着一个，他们心不在焉，用手指和着乐队当时正好在演奏的华尔兹舞曲打节拍。德拉梅恩夫人注意到了这种种现象之后，便率先站起身。她丈夫便给乐队送去了一个口信。又过了十分钟，第一个方阵舞①正在草坪上进行着，观众围了上来观看着，场面蔚为壮观。聚会现场不再需要仆人和侍者伺候，于是，他们离开了现场，自个儿用他们的野外餐去了。

最后一个离开没有人坐着的餐桌边的是年长的毕晓普里格斯。承担伺候工作的男人中，唯独他想方设法，摆出一副充分的伺候客人的架势，但同时心里又巴不得自己去享用食物。他没有匆忙随着其他仆人离开，而是围着餐桌转，表面上是在收拾糕点屑——实际上是在倒掉杯子里的葡萄酒。他在忙着做这些事情的当儿，身后传来的一位小姐的声音吓了他一跳，他急忙转过身，发现面前站着的

---

① 方阵舞（quadrille）又称为夸德里尔舞，由四队舞伴组成。

是伦迪小姐。

"我想要喝点凉水,"布兰奇说,"请帮忙到泉眼处去取点水来。"

她用手指着空地另一端那条汩汩流着泉水的小溪处。

毕晓普里格斯毫无掩饰地显得很震惊。

"看在上帝的分上,小姐,"他激动地大声说,"您难道真的想要喝了凉水让自己的胃感到不舒服吗?——而只要您要求一声,葡萄酒有的是呢!"

布兰奇看了他一眼。毕晓普里格斯弱点的清单上可没有反应迟钝这个项目啊。他端起一个平底玻璃杯——他眨了眨他那只唯一有用的眼睛——朝着小溪边走去。有位小姐想要喝杯泉水,或者有位侍者替她去取水,这情形本来也没有什么不可思议的。没有任何人会感到很奇怪,(加上乐队正在演奏着)也不会有任何人无意中听见他们在泉水边的对话。

"您还记得我吧,那个暴风雨之夜在旅馆?"布兰奇问了一声。

毕晓普里格斯先生有自己的理由(小心谨慎地夹在他的记录本里),不要一开始便刻意主动与布兰奇套近乎。

"我还没有回忆起来呢,小姐。一个男人能够对您这样一位美丽的小姐回答什么呢?"

为了有助于他回忆,布兰奇掏出了自己的钱包。毕晓普里格斯目不转睛地看着眼前的风景。他看着流动着的泉水,那种目光属于一个完全把泉水看成是一种饮料的人的目光。

"你往那边流淌着,"他说,话是对着小溪说的,"汩汩地向前流淌,最后消失在那边的湖泊中!我不知道,你的这种没有变化的状态有什么好的。他们说,你是人类生命的一种类型。我证明这样说是不对的。除非你用火加热了，加上糖变甜了，兑上威士忌更加有劲了，否则你什么都不是。然后，你便是今天的类型——人类的生命（我赞同这一点）便就获得了说你有这种功效的东西啦！"

"自从我到了那家旅馆后，我听说了更多关于你的事情，"布兰奇接着说，"比你认为的还要多。"她打开了自己的钱包，毕晓普里格斯先生变成了一幅专心致志的图画。"有位女士待在克雷格弗尼旅馆，您对她非常非常友好，"她由衷地接着说，"我知道，您失去了在旅馆的职位，因为您全心全意伺候那位女士。她是我最贴心的朋友，毕晓普里格斯先生。我想要谢谢您。我确实要谢谢您。请接受我的这些表示。"

姑娘掏空自己的钱包，把钱交到毕晓普里格斯那双粗大（贪婪）的老手上时，她的目光和说话声音表达了她的全部心声。

文明世界的任何国家，一个年轻姑娘带着一个装得满满的钱包（不管这个年轻姑娘可能有多么富裕），这种情况并不多见——她要么总是需要用钱，要么把钱忘在家里的梳妆台上。布兰奇的钱包里大概装了一个沙弗林①、六七个先令银币。作为一位女继承人的零花钱，这个数目未免显得微不足道。但是，作为给毕晓普里格斯的小费，这个数目还是挺可观的。老无赖一只手把钱放进衣服口袋，另一只手迅速抹掉感激的泪水。其实他并没有流泪。

"将你的粮食撒在水面，"毕晓普里格斯先生大声说，用他的一只眼睛虔诚地向上看着天空，"因为日久必能得到②！真见鬼！真见鬼！我不是说了吗？我第一次见到那位纯洁的女士时，'我感觉像是

---

① 沙弗林是英国旧时面值一英镑的金币。
② 此话出自《圣经·旧约全书》中《传道书》的第十一章首句。

您的父亲'。看到一个男人的善举如何让他在我们这个更加低层的世界显露出来，简直不可思议啊。假如我曾经听到过自己心中自然情感发出的声音。"毕晓普里格斯先生接着说，他的那只眼睛盯着布兰奇看，流露出焦虑不安而又充满期待的神情。"正是那个惹人喜爱的女士最先看着我时，那声音像喇叭一样清澈[1]。难道是她告诉了您她在那家旅馆受到约束时我给予了她一点点帮助吗？"

"是的——她亲口告诉我的。"

"我是否可以斗胆问一声她眼下在哪儿吗？"

"我不知道，毕晓普里格斯先生。关于这件事情，我内心的痛苦难以言表。她离开了——我不知道她到哪儿去了。"

"噢！噢！这真糟糕啊。那个丈夫模样的人头天跟随着她——次日日出时分便离开了——他们两个人一块儿逃跑的吗？"

"我对他的情况一无所知。我从未见过他。您见过他。请告诉我——他什么样子的？"

"啊！他纯粹就是个软蛋。一杯上好的雪利酒都不知道。花钱大手大脚的——您可以这样说他——花钱大手大脚的。"

布兰奇发现，除了这一点，毕晓普里格斯不可能提供有关在旅馆与安妮待在一块儿的那个男人更加清晰的外貌描述。于是，她直奔这次见面的主题。她过于心急火燎，不想把时间浪费在拐弯抹角上，于是立刻将谈话转向那封丢失的信这个微妙而又充满了疑惑的事情上。

"我还有一件别的事情要对您说来着，"她接着说，"我朋友待在旅馆时，丢了一件东西。"

---

[1]　此表达出自威廉·莎士比亚的悲剧《麦克白》第一幕第七场。

毕晓普里格斯心中的疑云滚滚离去。那位女士的朋友知道了那封丢失的信。还有，更加有利的是，那位女士的朋友似乎需要那封信呢！

"啊！啊！"他说，表情显得很淡定，一副漠不关心的样子，"很有可能。自从那位女士下榻以来，从我离开旅馆开始，那儿的管理乱糟糟的。她丢失的可能是什么东西呢？"

"她丢失了一封信。"

毕晓普里格斯的目光中再次流露出焦虑不安而又充满期待的神情。这是个问题——在他看来，这是个很严重的问题——亮出那封信是否会被怀疑为有盗窃行为。

"您说'丢失'，"他问了一声，"您意思是说被盗了吗？"

布兰奇反应敏锐，立刻意识到，关于这个问题，她必须要让他放下心来。

"噢，不是！"她回答，"不是被盗了。只是丢失了。您听说了这事吗？"

"为何我该听说这个事情呢？"他目不转睛地盯着布兰奇看——而且从她的脸上发现了片刻犹豫迟疑。"告诉我这一点吧，年轻小姐，"他接着说，谨慎地接近关键点，"您要打听关于您朋友丢失的信的消息时——是什么原因促使您来找我呢？"

这话具有决定意义。这几乎用不着多说，布兰奇的未来有赖于她如何回答这个问题。

布兰奇若能够掏出钱，她若能够大胆地说："您掌握着那封信，毕晓普里格斯先生。我说话算话，不会多问什么。我为此给您十英镑。"——很有可能，这笔交易可就做成了，这样一来，事情的整个走向也就改变了。但是，她身上没有了钱，斯旺黑文别墅的朋友圈中，没有哪位她可以当即私下里信赖，开口向人家借十英镑，而又不会引起误解。万不得已，布兰奇放弃了一切通过金钱途径来赢得毕晓普里格斯信任的希望。

布兰奇能够看到的实现自己目标的其他唯一途径是，用帕特里克爵士这个名字的影响力来武装自己。若是换了个男人处在她的位置，他准会觉得，冒这个风险纯粹是疯狂至极。但是，布兰奇——她已经有过一次令她感到懊悔的鲁莽行为——以女人特有的风格匆匆忙忙直接开始执行另一次任务。她轻率鲁莽，迫不及待，一心想着要实现自己的目标。早在杰弗里离开温迪盖茨宅邸之前，这种心情促使着她匆忙去质问他。现在，同样还是这种心情促使她轻率鲁莽地用帕特里克爵士精湛老道的手段来对付毕晓普里格斯。她的身上充满了姐妹之爱，以至于她迫不及待想寻找到安妮的踪迹。她的内心在轻声细语地说，冒这险吧！布兰奇于是立刻决定冒险了。

"帕特里克爵士鼓励我来找您。"她说。

毕晓普里格斯张开的一只手——准备一手交出信，一手收赏钱——他听见她说了这话后，立刻又合起来了。

"帕特里克爵士？"他重复了一声，"噢！噢！您已经把这件事情告诉了帕特里克爵士对吧？就是肩膀上扛着个长脑袋的家伙，如若说有这么个人的话！帕特里克爵士可能会怎么说呢？"

布兰奇发现他说话的语气有了变化。布兰奇严格谨慎从事（已经为时过晚了），用提防的言辞回答。

"帕特里克爵士认为，您可能发现了那封信，"她说——"您可能把这件事情给忘记了，直到您离开了旅馆之后。"

毕晓普里格斯回首着自己与过去的雇主相处的切身经历——从而得出了正确的结论：帕特里克爵士认为他与信的失踪有关系，这种看法并非如布兰奇说的那样毫无怀疑。"那个冷酷的老家伙，"他心里想着，"对我的情况再熟悉不过了！"

"嗯？"布兰奇提出疑问，一副很不耐烦的神情，"帕特里克爵士的看法正确吗？"

"正确？"毕晓普里格斯接话说，语气很干脆，"他所认为的离真相远着呢，隔着十万八千里啊。"

"您对那封信毫不知情吗？"

"只是知道一点点啊。当初听说的情况，现在也还是那些。"

布兰奇的心沉了下来。难道她第二次挫败了自己的目标从而先发制人地挫败了帕特里克爵士的计划吗？肯定没有啊！这一次，毫无疑问还有机会，此人可能被说服相信她的叔叔，因为他过于谨小慎微，不会相信她本人这样一个素昧平生的人。现在，唯一明智的做法应该是，铺平道路，以便让帕特里克爵士施展其高出一筹的影响和高出一筹的技巧。她心里怀着这样一个目标，继续交谈着。

"听说帕特里克爵士的猜测错了，我感到很可惜，"她接着说，"我上次见到我朋友时，她心急如焚，想要找回那封信。我希望能够从您这得到什么消息。不管怎么说，无论正确与否，帕特里克爵士有理由希望能够和您见上一面——我也就借此机会告知您这个情况。他在克雷格弗尼旅馆留下了一封信，等着给您呢。"

"假如那封信要等着我返回旅馆去取，我在想着，那封信该要等多长时间啊。"毕晓普里格斯平静地说。

"情况若是如此，"布兰奇说，话说得干脆利索，"您最好给我个地址，好让帕特里克爵士给您写信。我估计，您不希望我说，我在这儿见到过您，还有您拒绝与他通信联系吧？"

"别这么认为啊！"毕晓普里格斯大声说，"假如说有哪一件事情我小心谨慎地保持得完整无缺的话，那正是我对帕特里克爵士的毕恭毕敬。小姐，我会不顾唐突地给您一张小卡片。我现在还居无定所（我的人生多可怜啊！）——但是，帕特里克爵士如若需要我，他可以用那个地址与我通信。"他递给布兰奇一张脏兮兮的小卡片，上面写着爱丁堡一个屠夫的姓名和地址。"塞缪尔·毕晓普里格斯，"他接着说，伶牙俐齿，"由恩布罗考盖特的大卫·道屠夫转交。小姐，我现在暂时待在荒野地帕特摩斯。"

布兰奇接过地址，心里有一种无法形容的轻松感。她若再次占据帕特里克爵士的位置，再次因为这个结果而无法证明自己轻率鲁莽的行动站得住脚，那么，这一次，她至少可以通过开启他叔叔与毕晓普里格斯之间的通信取得一些补偿优势。"您将收到帕特里克爵士的信。"她说——并且友好地点了点头，然后回到了客人们中间。

"我将会收到帕特里克爵士的来信，会吗？"毕晓普里格斯独自一人待着时重复了这一句，"帕特里克爵士若能够在恩布罗考盖特寻觅到塞缪尔·毕晓普里格斯，那他就算创造奇迹啦！"

他因为自己的聪明才智而轻轻笑出了声，然后撤离到了林园中一个僻静处。他在此可以看看那封盗窃来的信，而无须担心会有什么人注意到。结婚的日子到来之前，真相再次挣扎着暴露在光天化日之下——而布兰奇再次无意之中帮助黑暗掩盖着真相不能见天日。

第三十七章　未来的种子（第三次播种）

毕晓普里格斯把安妮给杰弗里的信和杰弗里给安妮的信重新认真地看了一遍，然后舒舒服服地躺在一棵树下，好好想清楚自己目前面对的情况如何。

拿信向布兰奇索要利益这件事情不再在各种可能考虑的措施之列了。至于应对帕特里克爵士的事情，毕晓普里格斯决定，但凡自己能够在别处有谋取一丁点利益的机会，决不出现在爱丁堡的恩布罗考盖特，也不出现在因奇贝尔太太经营的旅馆。如若像他的老东家那样出一个烂便宜的价格，谁也别想从他的手上拿到那封信。"我决不会让自己置于帕特里克爵士的控制之下，"毕晓普里格斯心里想着，"除非我首先从他们其余人那儿获得了利益。"

如若用通俗的语言表达，那就是说，他下定决心，决不与帕特里克爵士取得联系——直到他首先成功地与其他人进行了交涉。那些人同样想要得到那封信，而且更加慷慨地给予盗窃了信的盗贼封口费。

如此情形之下，谁是他要面对的"其他人"呢？

他回忆起了自己无意中听到的伦迪夫人与德拉梅恩夫人之间的交谈，首先发现了一个人，此人立刻会想要拿到属于自己的那封信。杰弗里·德拉梅恩先生很有可能娶一位名叫格莱纳姆夫人的女士为妻。而同样是这位杰弗里·德拉梅恩先生，仅仅在半个月之前与另外一位女士有过婚约性质的通信——那位女士给自己的署名是"安妮·西尔韦斯特"。

不管他在那两个女人中间处于怎样的一种状态，他想要得到那两封信，这一点是明显没有疑问的。同样明显的是，毕晓普里格斯要做的第一件事情，则是想方设法寻找机会面见他。即便见面起不到别的什么作用，起码能够确定一个有待解决的重要问题。毕晓普里格斯在克雷格弗尼旅馆伺候的那位女士很可能就是"安妮·西尔韦斯特"。

毕晓普里格斯站起身，两条粗大的腿支撑着身子，尽可能显得轻快敏捷，摇摇晃晃走开了，去进行一些必要的了解，亲自去——不找负责餐桌的男仆，他们肯定会要求他加入他们的行列——找负责看守空屋子的女仆。

他很容易便打听到了去那幢别墅怎么走。但是，他得到的警告是，杰弗里·德拉梅恩先生的教练不允许任何人看他的受训人训练，他一旦出现在了现场，立刻便会被责令离开。

毕晓普里格斯的心里牢牢记住了这个警告，兜了一圈到达了那片空旷地，以便在小别墅后面树林的掩护下接近别墅的后侧。首先，他需要做的就是见上杰弗里·德拉梅恩先生一面。只要他达到了这个目的，他们要责令他离开，随他们的便。

他仍然在林子的边缘处犹豫迟疑着——突然，他听见一声很大的命令式的呼喊声，喊声是从小别墅前面传来的。"好啦，杰弗里先生！时间到啦！"另一个声音应答着"好吧"——过了一会儿，杰弗里·德拉梅恩出现在空旷地上，走向那个他习惯于用来测定距离的点。

毕晓普里格斯向前走了几步，以便把他要找的人看得更加仔细些。他立刻被目光敏锐的佩里发现了。"喂！"佩里大声喊着，"您到这儿来干什么啊？"毕晓普里格斯开口找了个理由。"你到底是什么人啊？"杰弗里大声吼着。教练凭着自己的经验回答了这个问题。"一个探子，阁下——被派过来记录您跑步时间的。"杰弗里举起刚劲有力的拳头，向前冲了一步。佩里拦着他训练的人。"您不能这样做，阁下，"他说，"此人年龄太大了。用不着担心他会再来——您都已经把他给吓傻了。"这句话说得绝对正确。毕晓普里格斯看到了杰弗里的拳头后惊恐万状，让他恢复了自己青春的活力。他二十年来第一次跑步，直到他到达树林间看不见那幢小别墅时，这才停了下来，想起自己身体不健全，喘口气。

他坐下来休息，以便恢复一下自己——舒心确认，至少在一个方面，他达到了目的。那个怒气冲天的野蛮人眼睛里冒着火光，拳头威胁着要毁灭一切。此人在他眼中完全是个陌生人。换句话说，此人不是在旅馆假冒那位女士丈夫的人。

与此同时，同样可以确认的是，他与那封信中的人有牵连，毕晓普里格斯手上正掌握着信呢。不过，一方面，需要引起他的兴趣，想要得到那封信的兴趣，另一方面，毕晓普里格斯迫切需要考虑自身的安全（尤其是刚才看到了他的拳头之后），这两个方面毫不相容。毕晓普里格斯别无选择，只能和与这件事情密切相关的另外一个人进行商谈（幸运的是，这一次，他面对的是一位性情更加温柔的女性）。该女性实际上可以接近。格莱纳姆夫人住在斯旺黑文别墅。弄清楚另外一个女人先前对杰弗里·德拉梅恩先生有婚姻诉求的问题，直接关乎她的利益。她只有自己拿到那封信才能做到这一点。

"赞美上帝啊，出现了这样的奇迹！"毕晓普里格斯说，一边站起身，"正如他们看到的那样，我已经掌握着两根弦。我把吉利的那一根给了那个女人——我们将试图通过她弹拨出弦声！"

他开始返程，在湖畔的客人们中间去寻找格莱纳姆夫人。

毕晓普里格斯重新出现在自己履责的现场时，舞蹈正跳得活力四射，到达高潮。他不在场时，有个人加入到了客人的队伍中。此人正是他现在最想要接近的目标。

由于长时间不见人影儿，毕晓普里格斯乖巧顺从，接受了仆人领班的训斥。他——小心谨慎，留意观察——忙忙碌碌，一个劲儿地传递冰块和冷饮料。

他如此这般忙碌着的当儿，注意力被两个人吸引住了。这两个人以特别的姿态在客人群众中显得格外与众不同。

第一位是位活泼好动、性情暴躁的老绅士。他在对待自己的年龄这个不容置疑的事实时，坚持认为这是时间老人无端捏造出来的虚假报告。他刻意显得身体十分强健。他的头发、牙齿和肤色是人造青春的辉煌成就。他没有在现场的年轻女性中间忙碌着时——因为他极少这样——总是无一例外地和年轻小伙子在一块儿。他坚持要参加每一次舞蹈。他两次跌倒在草坪上，但他毫不气馁。他接着又与一位年轻女性搭配跳起了华尔兹舞，仿佛什么事情都没有发生。毕晓普里格斯打听了一下，眼前这位兴高采烈的老绅士可能是谁。他发现，此人是位退休的海军军官，平常人们（在他的属下中间）称之为"暴君"。但在社交场合，他正式的称呼是纽温登上校，是英格兰最古老家族之一的最后一位男士。

第二位似乎在空地舞会上占据着显要地位的是一位女士。

在毕晓普里格斯看来，她是美的奇迹。她身上的丝绸衣服、饰边和珠宝首饰，对于一个贫穷的人来说是一笔小的财富。现场的女性中，谁都不像这位充满魅力而又十分有趣的女士一样特别吸引男士们的注意力。她坐着，用一件无与伦比的工艺品（大家认为是一条手帕）当作扇子替自己扇风。工艺品代表了饰带海洋中间的一座麻纱布孤岛。她被一群爱慕者包围着。那些人如同训练有素的狗，只要她稍稍一点头，他们便会忙不迭地跑上跑下。有时候，他们拿来了食物，那是她先前要求的，但等到他们拿来了之后，她又拒绝食用。有时候，他们带来了关于跳舞者们的情况的信息。他们离去时，女士心急火燎地想要知道信息，但等到他们返回时，她又对此毫无兴趣。大家询问她，她为何在用餐时不见人影儿，她回答："我可怜的神经。"这时候，每个人都发出了痛苦的叫喊声。当她迟疑着参加这次聚会是否做得明智时——每个人都说："没有您在场我们该怎么办啊！"毕晓普里格斯打听了一下，这位备受宠爱的女士可能是谁。他发现，她是那位还会跳舞的不服老的老绅士的侄女——或者说得更加明白一些，她不是别人，正是他意向中的顾客格莱纳姆夫人。

有了这一番确认之后，毕晓普里格斯发现自己面对着接下来该怎么办这个问题时，不由得诚惶诚恐起来。

目前情形之下，要开始与格莱纳姆夫人之间的商谈，对于一个处于他这种处境的男人而言，那纯粹是不可能的事情。但是，除了这一点，为了牟取利益，将来即便有可能与那位夫人说上话，那也至少面临着非同寻常的困难。

假定寻找到了把杰弗里的状况透露给她的途径——当她接到了对她的警告时，她会怎么做呢？她很可能会去找两个难以对付的男人中的一位。两个男人都对这件事情感兴趣。有个男人在已经和另外一个女人订了婚的时候，又被指控企图想要娶她为妻。如果她直接去找这个男人——毕晓普里格斯会发现自己将面对那个可怕拳头的主人。他远远地粗略看上一眼那个拳头，都会被吓得魂飞魄散。从另一方面来说，她把自己的利益交给叔叔来负责——毕晓普里格斯只能看着上校，谋划着自己向一个人强加条件。而此人却欠着人生六十多年光阴的一张账单，而且公开拒绝向时间老人偿还债务。

前进的道路上有了这么一些严重的障碍，他该怎么办呢？剩下的唯一选择是在黑暗的掩护下接近格莱纳姆夫人。

毕晓普里格斯得出了这个结论后便决定，从仆人那儿确认，夫人未来的行动如何，得到了消息之后，通过邮寄的方式匿名向她提出警告，让她震惊不已，然后再通过报纸上登载告示的方式要求她给警告做出答复。这样做肯定可以让她感到惶恐不安，同时又确保他自己万无一失！格莱纳姆夫人莫名其妙拦住一个端着几杯柠檬汁经过的仆人时，她做梦都没有想到，这个端着托盘的糟老头子盘算着，要在不出一个星期的时间内，以她"良好的祝愿者"和"真挚的朋友"的双重身份与她通信来着。

临近黄昏，阴影拉长了。湖面变得漆黑了起来。幽灵般游弋在水面的天鹅越来越罕见了。人群中上了年纪的人想着要驱车回家去。年轻人（除了纽温登上校）开始减弱了对舞蹈的兴趣。慢慢地，室内种种舒适温馨吸引人的东西——茶、咖啡，还有温馨房间里面的烛光——重新发挥出了其影响力。客人们离开了林中空地，乐队演奏者们终于可以休息一下手指和肺部了。

伦迪夫人和她领着的一群人首先派人去叫了马车，说了告别的话。翌日，温迪盖茨宅邸的家庭成员要先行撤离，南行的旅程有充分的理由。过了一小时后，唯有那些准备下榻在斯旺黑文别墅的客人留了下来。

客人们离开了，从柯坎德鲁大旅馆雇来的侍者们拿到了工钱后被遣散了。

返程途中，毕晓普里格斯缄口不言，同伴们觉得有点奇怪。"我有自己挂念的事情要考虑啊，"众人纷纷向他讨说法时，这是他给出的唯一回答。"挂念的事情"除了计划其他的方面变更，可以理解为他拟翌日离开柯坎德鲁——一旦需要了解情况，可以去询问他那位在爱丁堡恩布罗考盖特方便找到的朋友。他实际的目的地——瞒着每一个人——是佩思①。据其贴身女仆陈述，富有的寡妇两天后离开斯旺黑文别墅时，考虑前往的地方正是苏格兰这座城市的附近地区。毕晓普里格斯知道，在佩思有不止一处地方他可以暂时找到差事——他决定首先在佩思匿名与格莱纳姆夫人取得联系。

斯旺黑文别墅傍晚剩下的时间在平静的气氛中度过了。

经历了白天的兴奋之后，客人们有了睡意，感到疲乏。格莱纳姆夫人早早便就寝去了。到了十点钟时，宅邸里只有朱利叶斯·德拉梅恩一个人没有就寝。大家都以为，他在自己的书房里根据父亲从伦敦寄来的嘱咐内容，准备一份对选民发表的演讲文稿。他实际上在音乐室忙碌着——因为此时没有任何人会发现他——轻轻地用他那把心爱的小提琴练习着。

教练的小别墅里，当晚发生了一件微不足道的事情，却给佩里的职业日记提供了素材。

---

① 佩思是苏格兰中部城市。

杰弗里在规定的时间里全速行走了规定的距离，经受住了最近的一次考验，没有出现当天早些时候他经历了严峻的跑步实验后任何精疲力竭的症状。佩里倾心尽力地——尽管他私下里采取了两面投注以避免蒙受损失的措施——设法让他训练的人保持良好的状态参加比赛。但他严禁杰弗里傍晚回宅邸去，而且比平常更早便打发他睡觉去了。教练独自一人，查看着他自己写下的规矩，考虑翌日的餐食和训练中要做些什么更改，突然，从他训练的人睡觉的房间里传来一声呻吟声，把他吓了一跳。

他进入卧室，发现杰弗里在枕头上来回转着，脸部扭曲，双手紧握，额头上冒着大颗汗珠子——很显然，他忍受着梦境中恐怖形象带来的紧张和窒息感。

佩里冲着他说话，把他从床上拉起来。

他尖叫一声醒过来。他目光呆滞，惊恐不安，看着自己的教练。他用胡言呓语对着教练说话。"你可怕的眼睛顺着我的肩膀看什么啊？"他大声喊出来，"见你的鬼去，带上你该死的石板！"佩里再次冲着他说话。"您梦见了什么人，德拉梅恩先生。用那块石板干什么啊？"杰弗里神情热切，环顾着房间四周，深深地呼吸了一下，如释重负。"我可以发誓，她顺着矮梨树上方盯着我看，"他说，"好啦，我现在知道自己身处何处了。"佩里（他没有多想什么，只是认为这梦遇到了什么转瞬即逝的让人不理解的现象）给他服用一些加水白兰地，然后放下他睡觉了。他显得很焦虑，不让熄灯。"害怕黑暗吗？"佩里说，哈哈大笑起来。不是，他害怕再次梦见温迪盖茨宅邸的那位哑厨娘。

故事背景地之七　哈姆农庄

第三十八章　婚礼前夜

时间是婚礼的前夜。地点是帕特里克爵士在肯特郡的宅邸。没有出现任何形式的障碍。婚后财产赠予契约已经在两天前签订好了。

除了那位外科医生和三位来自大学的年轻人中的一位（即"一、二、三"）——他要到其他地方办事，温迪盖茨宅邸的那些客人悉数南移准备出席婚礼。除了那些先生，帕特里克爵士邀请的客人中还有些女士——她们全都是家族的亲属，其中三位还被指定担任布兰奇的伴娘。再邀请一两位邻居来出席喜宴[①]——出席婚礼的客人就算是齐全了。

关于帕特里克爵士的宅邸，从建筑上来说，并没有什么不同凡响之处。哈姆农庄既没有温迪盖茨宅邸那种恢宏的气势，也没有斯旺黑文别墅那种美丽迷人的古色古香。这是一座很普通的英国乡间庄园，周围被很普通的英国风景环绕着。您进入农庄后，迎接您的是温馨而单调的氛围。您若凭窗向外眺望，迎接您的还是温馨而单调的景致。

哈姆农庄缺乏生气和多样性，这些并非是由宅邸的客人引起的。人们一段时间过后还记得，这一次婚礼聚会再沉闷不过了。

帕特里克爵士早年与这处宅邸没有什么关系。他公开承认，他在肯特郡的宅邸令他精神上备受折磨，他宁可永远都在村镇上的旅

---

① 喜宴一般在婚礼之后或蜜月旅行出发之前举行。

馆里开个房间。他周围的人和环境并没有让他受到鼓舞，从而努力保持惯有的活力。伦迪夫人置身于自己丈夫托马斯爵士最后生病和去世时的场景，怀着一片忠贞，明显掩饰着的外表下，不断地表露出对已故丈夫的怀念之情。如此情形都考验着帕特里克爵士本人努力克制着的脾气。布兰奇心里担心着安妮，仍然显得神情沮丧。她没有心思快乐地回首一番自己少女时代最后难忘的日子。阿诺尔德做出了牺牲——伦迪夫人提出了特别的规定——严禁新郎婚前有非分之想，没有与新娘睡在同一幢住宅里。他发现自己被无情排除在帕特里克爵士热情待客的氛围之外，每晚都被打发到旅馆的一个房间里去睡觉。他无可奈何，接受了自己要孤单寂寞独处的现实，这严重影响了他平常乐天的习性。至于那些女士，她们中年长一些的始终不停地抱怨伦迪夫人。年轻一些的却一个劲儿郑重其事地思索和比较起她们的婚礼服装来了。那两个来自大学的年轻绅士在创造了玩台球奇迹的间歇，创造了哈欠连天的奇迹。史密斯绝望地说："在这幢宅邸里根本做不出令人开心的事情来啊，琼斯。"而琼斯则叹息着，态度和蔼地表示认同他的看法。

星期日傍晚——这是婚礼前的傍晚——实际情况是，枯燥乏味的氛围达到了登峰造极的程度。

不过，盎格鲁—撒克逊人①，在面对这种情况时，盛行着根深蒂固的反基督教情绪。他们认为，人们在工作日可能沉溺于种种活动中，有两件事情若发生在星期日也是无伤大雅的。一是因宗教问题展开辩

---

① 盎格鲁—撒克逊人通常是指公元 5 世纪至公元 11 世纪之间生活在不列颠东部和南部地区的民族。他们在语言和种族上很相近。他们使用的语言非常接近日耳曼方言，被历史学家比德认为是三个强大的日耳曼部族——源自日德兰半岛的盎格鲁人和朱特人以及来自后来称作下萨克森地区的撒克逊人的后裔。这个称谓后来用于指称英国人或移居到美国的英国人的后裔。

论而发生争吵没有过错。二是看宗教书籍时打瞌睡没有过错。

哈姆农庄的女士们按照这种方法践行着当晚虔诚的宗教习俗。年长的女士们在安息日辩论中争吵了起来，年轻的女士们阅读安息日书籍时打起了瞌睡。至于那些男士，不用说，年轻的不打哈欠时便在抽烟，不抽烟时便在打哈欠。帕特里克爵士待在书房里，整理昔日的信件，查看昔日的账目。宅邸里的每个人都感受到了种种毫无意义的社交禁令带来的压抑感——而那种种社交禁令却是他们强加在自己身上的。不过，假如有人直截了当地提出问题：您知道，这是您自己制造的暴政。您知道，您并不真正信奉这种暴政，您知道，您并不真正喜欢这种暴政，但您为何要屈服顺从呢？这时候，每个人都会觉得丢了脸面。文明世界里最自由的人只能是那些不敢直面这种问题的自由人。

黄昏后的时间在这种缓慢的节奏中逝去。翘首盼望在床上遗忘一切的时候越来越近了。阿诺尔德沉默不语，心里最后过了一遍自己被放逐到旅馆的日常情景——这时候，他意识到帕特里克爵士在向他示意。他站起身，跟随着主人进入空无一人的餐室。帕特里克爵士小心翼翼地关上了门。这是什么意思啊？

这意思是说——就阿诺尔德而言——将要进行一次私下里的交谈，打破哈姆农庄安息日漫长黄昏后单调乏味的气氛。

"你成为一个已婚男人之前，阿诺尔德，"老绅士开口说，"我有话要对你说。昨天在斯旺黑文别墅用餐时，你还记得关于舞会的交谈吗？"

"记得。"

"你还记得那个话题摆到桌面上时伦迪夫人说了什么吗？"

"她告诉了我，我不能相信的事情，即杰弗里·德拉梅恩打算娶格莱纳姆夫人为妻。"

"一点不错！我注意到，你听了我兄嫂说的之后，好像感到很震惊。你当时表示，一定是表面现象误导了她。从你的表情和说话语气可以看出，你好像充满了强烈的愤怒情绪。我得出这样的结论错了吗？"

"没有，帕特里克爵士。您的看法是正确的。"

"你不会不愿意告诉我你为何感到愤怒吧？"

阿诺尔德犹豫迟疑着。

"你可能并不知道，我可以从这件事情中感受到什么乐趣吧？"

阿诺尔德还像平常那样坦陈直率，承认是这么回事。

"这样的话，"帕特里克爵士接话说，"我最好还是立刻接着说目前的事情吧——至于我即将要说的事情与我刚才提出的问题之间有何关联，还是留给你自己去想。等到你想明白了，然后你决定是否回答我，完全按照你自己认为正确地办。亲爱的孩子啊，我想要对你说的是——西尔韦斯特小姐。"

阿诺尔德怔了一下。帕特里克爵士凝神看了他片刻，然后接着说。

"我侄女有她脾气方面的不是，也有她判断方面的弱点，"他说，"但是，她有一种能够起到弥补作用的品格（除了许多别的品格），这种品格应该会——我也相信将会——让你们婚后享受到幸福。用盛行的话来说，布兰奇无比忠实可靠。一旦成了她的朋友，那就永远是她的朋友。你明白我要说的话了吗？关于这件事情，她什么都没有说，阿诺尔德——但是，她决心要和安妮·西尔韦斯特小姐重逢，对此，她丝毫都没有做出让步。明天之后，你必须得做出决断的问题之一就是，你夫人试图要与她失踪的朋友取得联系，你是否赞同她这样做。"

阿诺尔德做出了回答，没有丝毫保留。

"我由衷地替布兰奇失去了她的朋友感到难过啊，帕特里克爵士。假如我的夫人想方设法要把西尔韦斯特小姐找回来，我会完全赞同她的做法的——只要我能够帮得上忙，我一定会倾心尽力提供帮助的。"

这些话堪称肺腑之言。显而易见，这些话源自他的内心。

"我认为你错了，"帕特里克爵士说，"我也替西尔韦斯特小姐感到难过。但是，我坚信，如若没有十分严峻的理由，她是不会离开布兰奇的。我相信，假如你鼓励你的夫人去寻找她失踪的朋友，你便是鼓励她付出毫无希望的努力。不过，那是你的事情，不是我的。寻找西尔韦斯特小姐的踪迹，你希望我给你提供一些我可能能够提供的便利吗？"

"您若能够从一开始帮助我们克服种种障碍，那就是帮了布兰奇的大忙，也是帮了我的大忙啊。"

"很好。一天上午，我们在温迪盖茨宅邸谈到了西尔韦斯特小姐，想必你还记得我当时对你说过的话吧？"

"您说了，您决定由着她自己去。"

"是这么回事啊！我说了这话的当天晚上，我得到了信息，有人追踪到了西尔韦斯特小姐的踪迹，到了格拉斯哥。还有另外两种寻找到她的机会（猜测的成分多一些），只是受到考验，需要说服两个人（两个都是难以对付的人）说出他们知道的情况。这两个人当中有一个是——一个名叫毕晓普里格斯的人，先前在克雷格弗尼旅馆担任侍者。"

阿诺尔德怔了一下，脸色变了。帕特里克爵士（默默地注意了他）陈述了关于安妮丢失了那封信的情况，还有他心里得出了结论，信在毕晓普里格斯的手上。

"我必须要补充说明的是，"他接着说，"不幸的是，布兰奇在斯旺黑文别墅找到了与毕晓普里格斯说话的机会。当她和伦迪夫人与我们在爱丁堡会合时，她私下里给我看了毕晓普里格斯给她的一张卡片。他在那上面写下了可以收到信的地址——我们动身前往伦敦前，布兰奇恳求我试一试那个联系人。我去了那个地方。完全如我所预料的一样，介绍我去找的那个人多年没有毕晓普里格斯的音信，所以对他目前的行踪一无所知。布兰奇先前已经引起了他的警觉。你若将来与他照面了——不要对你夫人说什么，与我取得联系。关于毕晓普里格斯就说这么多吧——现在说说另外一个人。"

"他是谁呢？"

"你的朋友杰弗里·德拉梅恩先生。"

阿诺尔德一跃身子站立起来，惊讶之情无法控制。

"我似乎吓着你了。"帕特里克爵士说。

阿诺尔德重新坐了下来，没有说什么，等待着接下来的话。

"我有理由知道，"帕特里克爵士说，"西尔韦斯特小姐目前遇到的是什么样的麻烦，德拉梅恩先生一清二楚。他与那些麻烦有什么样的关联，他是如何获得信息的，这些情况我还没有了解清楚。我的发现始于同时也结束于这样一个简单的事实：他掌握了信息。"

"我可以问一个问题吗，帕特里克爵士？"

"什么问题？"

"关于杰弗里·德拉梅恩的事情，您是怎么发现的呢？"

"要告诉你怎么发现的，"帕特里克爵士回答，"那得需要很长时间啊——况且，对于实现我们的目标而言，你也没有必要知道。我仅仅凭着自己目前承担的义务需要告诉你——这严格属于私下里的事情，请记住啊！——对于德拉梅恩先生而言，西尔韦斯特小姐的秘密算不上什么秘密。我们还是回到我们刚进入这个房间时我向你提出的问题上来吧。现在，你明白了这个问题与我一直说的情况之间的关联了吗？"

阿诺尔德未能很快看清这种关联。他心里一直在思索着帕特里克爵士的发现。他几乎没有想到，自己之所以能够逃脱不被人发现，正是得益于因奇贝尔太太对他不完整的外貌描述。所以，他一直感到很纳闷，他竟然始终没有被人怀疑，而杰弗里的情况却（至少一部分）已经暴露出来了，这是怎么一回事呢？

"我要问你，"帕特里克爵士接着说，试图提醒他，"为何刚一说到你朋友可能娶格莱纳姆夫人为妻，你便义愤填膺。你面对着要给出答案时，却犹豫迟疑。你还犹豫迟疑吗？"

"给出答案不是件容易的事情啊，帕特里克爵士。"

"那我们就换一种方式来表达。我认为，你说出了这件事情后的反应说明你知道了一些德拉梅恩先生私密的事情，而我们其他人却不知晓。——这个结论正确吗？"

"很正确。"

"你所知道的德拉梅恩先生与你所知道的西尔韦斯特小姐之间有什么关联吗？"

倘若阿诺尔德觉得自己可以自由自在地回答这个问题，那么，帕特里克爵士便会心生怀疑。爵士一定会锲而不舍，迫使阿诺尔德离开宅邸前一五一十将掌握的情况讲述出来。

时间已经接近半夜了。当真相最后挣扎着要暴露出来时，婚礼日的第一个时辰已经临近。麻烦和恐怖的黑色幽灵此时此刻正在他们两个人的身边等待着。阿诺尔德再次犹豫迟疑着——痛苦地犹豫迟疑着。帕特里克爵士停下来等待他给出答案。厅堂里的时钟敲响，十二点差一刻。

"我不能告诉您！"阿诺尔德说。

"这是个秘密吗？"

"对啊。"

"以你的名誉做了担保吗？"

"以我的名誉做了双重担保。"

"你这话是什么意思？"

"我的意思是，杰弗里告诉了我他的秘密之后，我和他吵了架。既然如此，我有了双重的义务保守他的秘密。"

"导致你们吵架的原因也是个秘密吗？"

"是啊。"

帕特里克爵士一直盯着阿诺尔德的脸看。

"我从一开始便对德拉梅恩先生有一种无法克服的不信任感，"他说，"回答我下面这个问题。你是否有理由认为——自从我们在温迪盖茨宅邸的凉亭里谈到你的朋友以来——我对你朋友的看法毕竟还是正确的吧？"

"他令我很失望，"阿诺尔德回答，"我话只能说到这儿了。"

"你还涉世未深，"帕特里克爵士接着说，"而你刚才承认，你有理由怀疑你朋友的经历。你替你的朋友向我保密，你确认自己这样做很明智吗？你确认自己将来不会为今晚的做法感到后悔吗？”他说后面这句话时明显用了强调的语气。“想想吧，阿诺尔德，”他补充说，态度和善，“给出答案前好好想想。”

“我感觉自己有义务替他保守秘密，”阿诺尔德说，“怎么想也改变不了这一点啊。”

帕特里克爵士站起身，交谈结束了。

“那就再没有什么好说的了。”说完这句话后，他向阿诺尔德伸出了一只手，热情洋溢地握着手，向他道了晚安。

阿诺尔德走到了外面的厅堂，发现布兰奇独自一人待着，正在看着晴雨表。

“晴雨表上标明天气晴好啊，亲爱的，”他轻声细语地说，“最后一次说一声，晚安！”

他把她揽到了怀里，亲吻了她。他松开手的当儿，布兰奇往他的手里塞了一张字条。

“等你到了旅馆独自一人待着时，”她轻声细语地说，“再看字条吧。”

他们在自己婚礼日的前夜分别了。

第三十九章　婚礼当天

晴雨表上标明的好天气应验了。太阳照耀着布兰奇的婚礼。

上午九点钟，当天要进行的第一道程序开始了，基本上是偷偷摸摸进行的。新娘和新郎举行婚礼之前，巧妙地摆脱了合法权威的种种束缚，擅自私下里在哈姆农庄的暖房见面。

"你看过我的信了吗，阿诺尔德？"

"我来这儿就是为了回信的，布兰奇。但是，你为何不告诉我呢？为何要写信呢？"

"因为我推迟告诉你已经很长时间了。因为我不知道你可能会如何接受它。还有五十个别的理由。别去管了！我已经坦诚告白了。现在，我的任何一个秘密同时也都是你的秘密了。你还有时间说'不'，阿诺尔德——假如你觉得，我心里除了你，应该没有属于任何人的空间。我叔叔告诉我，我拒绝放弃安妮，这样做显得执拗任性，而且错误。你若赞同他的看法，亲爱的，趁着你还没有让我成为你的夫人，那就说出来吧。"

"我应该把昨天晚上对帕特里克爵士说过的话告诉你吗？"

"关于这个问题吗？"

"对啊。你十分妥帖的信中所做的告白正是我离开前帕特里克爵士在餐厅里对我说到的事情。他告诉我，你一门心思想要寻找到西尔韦斯特小姐。他问我，我们结婚之后，我打算怎么办。"

"而你说——"

阿诺尔德重复了他对帕特里克爵士的回答，加上热烈的情绪修饰，适合于紧急情况下的独特言辞。布兰奇高兴不已，接连用两个有失体统的动作来表达高兴的心情。她张开双臂搂着阿诺尔德的脖子，实际上亲吻了他，时间却是在国家和教会认可她做出这样的举动的三个小时之前。我们尽管可以对此感到震惊——但我们不要责备她。这是自主婚姻制度的后果啊。

"现在，"阿诺尔德说，"该轮着我诉诸笔墨了。我和你一样，结婚前需要写一封信来着。只不过我们之间有区别——我需要你助我一臂之力。"

"你要给谁写信呢？"

"给我在爱丁堡的律师。我若现在不写，那就没有时间了。我们今天下午要动身前往瑞士——不是吗？"

"是啊。"

"很好。我想要在我们出发前让你放松心情，亲爱的。你难道不想知道——我们不在国内期间——寻觅西尔韦斯特小姐行踪的合适人选吗？帕特里克爵士已经告诉了我人们追寻到了她行踪的最后一处地方——我的律师会物色合适的人去寻找。过来帮助我用合适的语言表达，整个事情就安排妥当了。"

"噢，阿诺尔德！你这样做，我怎么爱你都难以回报啊！"

"我们将看到，布兰奇——到了瑞士之后。"

他们冒冒失失，手挽着手，闯入帕特里克爵士自己的书房——他们很清楚，上午的这个时候，书房的天地完全属于他们。他们使用帕特里克爵士的笔和帕特里克爵士的信纸写出了一封嘱托信，费尽心思地重新开启了调查行动，而对于这个行动，帕特里克爵士凭着自己高人一筹的智慧却认为不应该开展。要立刻采取措施（从格拉斯哥开始）寻找安妮，律师需要付出精力和金钱。报告调查结果的信要寄给阿诺尔德，装在给哈姆农庄帕特里克爵士的信封里。他们写完信时，已经到了上午十点钟了。布兰奇离开了阿诺尔德，前去打扮自己，穿上新娘的盛装——当然是另一个有失体统的行为之后，更多自主婚姻的后果啊。

接下来的一些程序是公开展示的——严格遵循这类场合的惯例进行。

村镇上的美女们①在通向教堂门口的路上撒满了鲜花（同一天便送来了账单）。村镇上的青年小伙们敲响了喜庆钟②（不过拿到了钱后当天傍晚便喝醉了）。新郎一直在教堂里等待时，有一段得体合法的停顿。新娘被领着走向圣坛时，所有在场的女性观众得体而毫不怜悯地盯着看。牧师首先要看看结婚证明——这意味着官方的警示。而教堂执事首先要看看新郎——这意味着官方要收取费用。所有女士似乎都各得其所，而所有男士似乎都不得其所。

随后，婚礼仪式开始了。正确地理解起来，这是所有尘世间的仪式中最最确凿无疑的——两个对彼此的性格几乎一无所知的人，被这个仪式束缚在一起，冒着风险，尝试着两个人在一起生活，直到死亡把他们分开。这个仪式等于说——实际上，即便不是在言语上——趁着黑暗跳跃吧：我们认可了它，但我们不能替它上保险！

仪式继续进行着——没有丝毫阻碍来影响其效果。没有受到任何意外被打断。没有出现任何不祥的失误③。

牧师说完了最后那段话，合上了《圣经》④。他们在结婚登记册上签上了自己的名字。丈夫接受了祝贺，夫人接受了拥抱。他们返

---

① 此处作者在原文中使用了一个古希腊和古罗马神话中的词"nymphs"，指居于山林水泽的仙女，后诗人们用这个词指"美女"。
② 喜庆钟指教堂里遇到喜庆的事情时会被敲响的钟。
③ 这种神圣的场合出现的任何失误，人们都有可能会视之为不祥之兆，如本文集作者的另一部小说《法律与夫人》一开始便描写了这样一个失误细节，男女主人公的婚礼结束时，按规定需要履行最后一道程序，即在结婚登记簿上签字。女主人公一时手足无措，加上没有得到任何提示，签了自己婚后的姓氏而非婚前的。女主人公的姨妈斯塔克韦瑟夫人当即表示，这是个不祥之兆。
④ 根据《法律与夫人》开头部分的描述，主持婚礼的牧师在婚礼结束时会说出《圣经·新约·彼得前书》第三章中那段人们耳熟能详的话："因为古时仰赖神的圣洁妇人正是以此为妆饰，顺服自己的丈夫，就如撒拉听从亚伯拉罕，称他为主。你们若行善，不因恐吓而害怕，便是撒拉的女儿了。"

回宅邸，脚下有了更多鲜花。喜宴仓促进行着，婚礼致辞的人数削减了。新婚夫妇若要赶上潮汐列车①，那就得争分夺秒。

又过了一个小时，马车载着他们飞速离开，驶向火车站——客人们伫立在宅邸的台阶上欢呼着向他们告别。青春年华，幸福快乐，彼此相亲相爱，稳稳当当地超乎一切卑微的生活烦恼之上，他们面临着一个多么美好的未来啊！他们凭着家族的认可和教会的祝福结婚了——然而，谁会想到，他们的爱情正值春天时，那个让希望破灭的问题突然降临到了他们身上：你们是夫妻吗？

第四十章　真相终现

婚礼的两天过后——9月9日，星期三——伦迪夫人的管家把在温迪盖茨宅邸收到的一批信件转寄到了哈姆农庄。

除了一封，所有信件要么是写给帕特里克爵士的，要么是写给他兄嫂的。那封信上面标明"佩思郡，温迪盖茨宅邸，伦迪夫人转，阿诺尔德·布林克沃斯先生收"字样——信封特别用封缄密封着。

帕特里克爵士（信是寄给他的）注意到上面的邮戳是"格拉斯哥"后，满腹狐疑，看着信封上的笔迹。他不熟悉这个笔迹——但很显然是个女人的笔迹。伦迪夫人坐在桌子边正对着他。他不经意地说，"给阿诺尔德的一封信"——把信推到对面的她的跟前。夫人阁下拿起信，看了一眼笔迹便扔下，仿佛信烧着了她的手指似的。

"又是那个人！"伦迪夫人激动地大声说，"那个人肆无忌惮，

———————————

① 潮汐列车指火车要通过轮渡过英吉利海峡，轮渡的班次要根据潮汐的涨落而定。

给阿诺尔德·布林克沃斯写的信，竟然寄到我府上来了！"

"西尔韦斯特小姐吗？"帕特里克爵士问了一声。

"不是，"夫人阁下说，牙齿咬得咯咯响，"那个人写信要我转交，以此来侮辱我。但是，我的嘴里不能说出那个人的名字。即便在您的宅邸也罢，帕特里克爵士，即便为了取悦于您也罢。"

帕特里克爵士等于得到了确定的答案。发生了这一切之后——有了她给布兰奇的告别信之后——西尔韦斯特小姐这是主动给布兰奇的丈夫写信呢！至少说起来，此事无法解释。他拿回信，再看了看。伦迪夫人的管家是个办事很有条理的人。他把在温迪盖茨宅邸收到的每一封信都注明了邮寄的日期。给阿诺尔德的那封信是星期一寄出的，即9月7日——阿诺尔德举行婚礼的日子。

这是什么意思啊？

若要去查究，纯粹浪费时间。帕特里克爵士站起身，把信锁进了他身后写字台的一个抽屉里。伦迪夫人出面干预（出于道德规范）。

"帕特里克爵士！"

"嗯？"

"您难道不认为您有义务拆开这封信吗？"

"亲爱的夫人啊！您怎么会这样想呢？"

世界上最具男子汉气度的女人当场准备好了答案。

"我在想，"伦迪夫人说，"阿诺尔德的幸福。"

帕特里克爵士微笑着。我们往往会在体面伪装的掩护下彰显我们自身的重要性，或者满足我们自己干涉我们邻居事务的爱好。在这一长串体面伪装的清单上，从道德上关怀别人的幸福处于首要的位置，实至名归地居于第一。

"再过一两天，我们大家都可能收到阿诺尔德的来信，"帕特里克爵士说，一边把信锁进了抽屉，"一旦我知道了信寄往哪儿给他，他便会收到信。"

他们翌日便有了新娘和新郎的消息。

他们在信中报告说，他们享受着无上的幸福，只要他们生活在一块儿，根本不在乎住在哪儿。除了爱情的问题，每一个问题都留给他们那位能干的导游去处理。那个明智而又可信的人断定，9月里，任何有头脑的人都不会考虑居住在巴黎。他已经做出了安排，他们拟10日出发去巴登①——前往瑞士的途中。因此，接到后续通知之前，信件可以寄往那个地方。如果导游喜欢巴登，他们便可能会在那儿待上一段时间。如果导游喜爱登山，那他们就会一路前行至瑞士。同时，没有任何事情是关乎阿诺尔德而不关乎布兰奇的——也没有任何事情是关乎布兰奇而不关乎阿诺尔德的。

帕特里克爵士把安妮·西尔韦斯特写给阿诺尔德的信变更地址寄到巴登的雷斯坦特邮局。当天早晨收到的另外一封信（信是以法律文书的格式给阿诺尔德的，上面盖的邮戳是爱丁堡）也在同一时间以同样的方式转寄了。

两天过后，客人们离开了哈姆农庄。伦迪夫人返回温迪盖茨宅邸去了。其他人各奔东西。帕特里克爵士留下再待一个星期，也考虑返回苏格兰去——现在他成为一个困在自己乡间宅邸的孤独的囚徒。面对一大堆有待处理的事情，他的管家单枪匹马不可能处理得了。帕特里克爵士此时留下来待在自己于肯特郡的宅邸里，对一位

---

① 巴登（Baden）是一个历史地名，位于德国西南部的施瓦本，属于今天巴登-符腾堡州的一部分。

不喜欢猎山鹬的人而言，这样一段经历挺难熬的。帕特里克爵士有事干，有书看，度过了白天时间。傍晚，附近教区的那位教区长骑马过来用晚餐，和主人一同玩那种高尚而又过时的皮克牌戏①。他们安排好，轮换着日子到各自的府上见面。教区长是个令人敬佩的玩牌手。帕特里克爵士虽说天生是个长老会教友，但他发自内心祝福英国国教会。

又过了三天时间。哈姆农庄需要处理的事情开始接近尾声了。帕特里克爵士返回苏格兰的行程越来越近了。两位皮克牌牌友商定，翌日夜晚在教区长的府上玩最后一次。但是（让我们舒心地回忆这件事情吧），教会和国家中我们的上层人士如同我们中间最卑微、最贫穷者一样，完全受命运的摆布。从男爵和教区长之间最后那场皮克牌戏根本就没有玩成。

第四天下午，帕特里克爵士骑马回来，发现有封阿诺尔德的来信等着他拆封，信是当天第二趟邮班送达的。

假如仅仅从外表判断，这是一封非同寻常而又令人费解的信——或许也是一封非同寻常而又十分有趣的信。有些人，朋友是绝不可能指望收到他们的长信的，阿诺尔德则属于有些人中的一位。然而，他寄来的这封信却是平常信件厚度和分量的三倍——因此，很显然，就信息量而言，也会是非同寻常地重要。信封的顶端标有"急件"字样。而信封的一侧（也用了下划线表示重要）标了"私

---

① 皮克牌戏（piquet）是纸牌牌戏的一种，通常供两人玩，另有供三人或四人玩的变种。用三十二张牌，按牌面大小排列，依次为 A、K、Q、J、10、9、8 和 7，每家发给十二张牌，每次发两张或三张，余下八张作底牌，面朝下排牌。手中无人像牌者报白牌，记十分。然后，各家出牌后从底牌中补牌，补牌结束后，各家分别按牌点、顺子和长套三种组合。比较自己手中的牌，分别记分，每家只能以一组得分。叫牌结束后，各家出牌，从非发牌人开始，每家出牌后，他家如同花色牌即应跟同花色牌。出同花色牌面最大者赢。此种玩法无王牌。

密"这个不祥的词。

"但愿没有什么问题吧？"帕特里克爵士心里想着。

他拆开了信封。

里面的两份附件掉落到了桌子上。他对着附件看了片刻，是那两封他转寄到巴登的信。第三封信握在他手上，占据了两页信纸的篇幅，这才是阿诺尔德本人写来的。帕特里克爵士首先看了阿诺尔德的来信。信上标明寄出地是巴登，内容如下——

　　亲爱的帕特里克爵士，您若有可能的办法，千万不要惊慌啊。我处境狼狈极了。

帕特里克爵士的目光从信上移开，抬头看了片刻。假如说一个年轻人在信上标明了"巴登"，而且声称自己"处境狼狈极了"，以此来表明情况——这样的情况该做出什么样的解释呢？帕特里克爵士得出了不可避免的结论：阿诺尔德一直在赌博。

他摇了摇头，继续看信。

　　虽然事情令人震惊，但我必须得说，事情不怪我——也不怪她，可怜的人啊。

帕特里克爵士再次停顿了下来。"她？"布兰奇也在赌博吗？只需要下面一句话报告说，导游也被那种无法满足的赌博激情吸引过去了，这幅图画就完整了。帕特里克爵士继续往下看。

我肯定，您不可能想得到，我会知道法律。而至于可怜的西尔韦斯特小姐——

"西尔韦斯特小姐？"西尔韦斯特小姐与这事有何相干啊？里面提到"法律"，这是什么意思呢？

帕特里克爵士看信至此，站立起来。看到出现了西尔韦斯特小姐的名字，联系前面的文字，他心里隐隐地产生了一丝疑惑。他没有明确地预感到将要出现的情况。他的心里有了某种无法形容的因素，让他紧张了起来，让他突然感觉到自己似乎年老体衰。情况没有进一步发展下去。他不得不坐了下来，不得不等待片刻，然后继续看信。

以下是信的内容——

而至于可怜的西尔韦斯特小姐，尽管正如她提醒我的那样，她感觉到了某些担忧——然而，由于她也不是律师，她不可能预见到，事情该如何处理。我几乎不知道该如何用最佳方式来把情况告诉给您。我本人不可能也不会相信这事。不过，即便情况千真万确，我可以肯定，您一定能够替我们寻找到摆脱困境的办法。为了纠正事态，我不会再坚持什么，西尔韦斯特小姐（通过她的信，您将看到）也不会再坚持什么。当然，我没有对亲爱的布兰奇露一点口风。她挺开心愉快的，没有起任何疑心。亲爱的帕特里克爵士，我这样写恐怕很糟糕啊，但意图是要让您有个思想准备，从一开始把事情往好里看。不过，我必须要说出真相——我要说的是苏格兰法律的耻辱。简单说来，情况就是这样的。杰弗里·德拉梅恩是个比您认为的更大的恶棍。那天夜晚，您和我在哈姆农庄进行私下里的交谈，我当时一直缄口不言，现在深感痛苦，懊悔不已（正如事情结果所证明的）。您会认为，我把两件事情混到一块儿了。但是，我没有。请记住关于杰弗里的这个情况，然后把这个与我接下来要说的事情拼合起来。这还不是最糟糕的。西尔韦斯特小姐的信（附在信中）告诉了我这件可怕的事情。您必须知道，温迪盖茨宅邸举行草坪聚会的当天，我作为杰弗里的信使悄悄去找了她。是啊——情况何以会那样发生，只有上帝知道——但是，有理由担心——我已经娶她为妻了，而8月里，在克雷格弗尼旅馆时，我本人对此毫不知情。

信从帕特里克爵士的手里掉落了。面对突如其来的打击，他瘫坐在椅子上，一时间目瞪口呆。

他重新回过神来，站立起来，不知所措。他在房间里转了一圈，停住了脚步，鼓起了勇气，使出了全身力气让自己镇定。他捡起信，重看了一遍最后那句话。他脸涨得通红。他正要任由自己无谓地冲着阿诺尔德发怒——这时候，他的理智在最后时刻制止住了他。"这个家族中，一个傻瓜已经足够了，"他说，"在这个十分严峻的时刻，为了布兰奇，我要做的事情就是保持头脑清醒。"

他再次等待着，确保自己平静下来——再次转向那封信，看看写信人在做出解释和说明理由时，写了些什么。

阿诺尔德有很多话要说——缺点是不知道该如何表达。难以确定的是，哪种特征最为显著——是完全缺乏谋篇布局，还是完全毫无保留。没有开头，没有中间，没有结尾，他讲述了自己与安妮·西尔韦斯特的困境有致命关系的全部过程，从杰弗里·德拉梅恩打发他到克雷格弗尼旅馆去的那个难忘的日子一直讲述到帕特里克爵士在哈姆农庄竭尽全力让他开口说话却毫无效果的那个同样难忘的夜晚。

信的结尾部分是这样说的——

我承认，我在替杰弗里·德拉梅恩保守秘密时表现得像个傻瓜——正如事情最终结果证明的那样。但是，我如何泄露他的秘密而不会连累到西尔韦斯特小姐呢？看看她写的信，您就会看到，她说了什么话，她是如何宽容大度地替我开脱的。说她对不起，她未能更加谨慎一些，这无济于事。我已经惹下了麻烦了。我不会再坚持什么——正如我前面说过的那样——以便摆脱它。只是告诉我，首先该采取什么措施。只要不把我与布兰奇分开，我一定会照办的。等待收到您的回信，亲爱的帕特里克爵士，我一直是您操心困惑的人。

阿诺尔德·布林克沃斯

帕特里克爵士把信折了起来，看了看放在桌子上的两份附件。他伸手拿起安妮的信时，目光严峻，眉头紧锁。但阿诺尔德那位在爱丁堡的代理律师的信放得距离他更近。他碰巧首先拿起了这一封。

信的篇幅够短的，表达很清晰，引得他先看一遍然后再放下。

律师在信中报告说，他已经在格拉斯哥进行了必要的调查了解，取得了如下的结果。他们查到了安妮在绵羊头旅馆的踪迹。她因病躺下，完全无能为力，直到 9 月初。那儿的人在格拉斯哥的报纸上刊登了告示，但毫无结果。9 月 5 日，她的身体恢复得挺好了，能够离开旅馆。当天，有人在火车站看见了她——从那儿开始，她再次销声匿迹了。因此，律师停止了寻找行动，现在，等待委托人进一步的嘱托。

此信并非毫无效果，因为它鼓励了帕特里克爵士暂缓对安妮做出仓促草率的判断，而置于他目前处境中的任何人都一定会形成那样的判断的。她的疾病赢得了一定的同情。她无亲无故的处境——报纸的告示表达得很清楚，令人感到悲伤——要求对所犯的错做出善意的解释，如果有什么错的话。帕特里克爵士神情严肃，但并没有表现得愤怒，拆开了她的信——此信给他侄女的婚姻投下了疑惑的阴影。

第四十一章　自我牺牲

安妮·西尔韦斯特在信中这样写着——

亲爱的布林克沃斯先生——将近三个星期之前，我在此地企图给您写信。我正要着手写信时，突然病倒。从那时到现在，我一直卧病在床，无能为力——正如他们告诉我的，我处在死亡的边缘。昨天，还有前天，我感觉身体够硬朗了，可以穿衣服，能够起床待一会儿。今天，我又朝着好的方面迈进了一步，能够握笔，控制自己的思绪。我把这种好转的身体状况首先用在了写这些文字上面。

我要让（就我所知）您感到惊讶——或许会让您感到惊慌。此事无法避免，对您对我都是如此：事情必须进行。

我考虑了用什么最佳的方式表述我不得不说的话，发现这是再好不过的方式了。我必须请求您回忆一个日子。对此，我们两个人都有倍感痛苦的理由感到懊悔——那天，杰弗里·德拉梅恩差遣您到克雷格弗尼旅馆来见我。

您可能不记得了——不幸的是，您当时并没有留下什么印象——当时，我不止一次，对于您在旅馆的人面前冒称我是您夫人的做法，感到十分厌恶，而且表达了这种十分厌恶的情绪。为了获得许可，下榻在旅馆，您必须得这样做——我知道这一点，但我仍然排斥这种做法。我不可能抵触您，那样做必然会让您承担痛苦的后果，必然冒着导致丑闻的危险，因为此事有可能传到布兰奇的耳朵里。我也知道这一点，但我仍然受到良心的责备。那是一种朦胧的感觉，但我没有清楚地意识到您置身其中的实际危险——否则，无论最终的结果如何，我都会说出来的。我只是怀着人们通常称之为的所谓预感，感觉您行事不够谨慎——仅此而已。我凭着自己对母亲的爱，对母亲身后名誉的珍惜——我坚信上帝的慈悲——实际情况就是如此。

您翌日早晨离开了旅馆。我们从此没有再见过面。

您离开后的几天里，我独自一人待着，心里感到越来越焦虑不安，难以忍受。我悄然去了温迪盖茨宅邸，与布兰奇见了面。

她离开了我们见面的房间几分钟。那个间歇，我看到了杰弗里·德拉梅恩，那是他离开伦迪夫人举行的草坪聚会后第一次露面。他像对待一位素昧平生的人一样对待我。他告诉我，他已经发现了在旅馆我们之间发生的事情。他说，他听从了一位律师的意见。噢，布林克沃斯先生！我如何才能把这个事情告诉您啊？我接下来如何在信上重复他对我说过的话啊？话必须要说出来。尽管听起来很残酷，但必须要说出来。他当着我的面拒绝娶我为妻。他说，我已经结婚了。他说，我是您的夫人。

您现在已经知道了，我为何告诉您，我们一块儿待在克雷格弗尼旅馆时，我的感受。您若往坏里想我，对我说刻薄的话，我没有权利责备您。我是无辜的——但那仍然是我的错。

我脑袋眩晕，傻乎乎的，尽管克制着，但泪水还是涌出了眼眶。我只能暂停下来，休息一会儿。

我现在一直坐在窗户边，注视着街上过往的人群。他们全都是陌生人。但是，不知怎么回事，他们的形象似乎停留在了我的心中。这座偌大城市里的嗡嗡之声让我振作了精神，有助于我继续写下去。

我不敢书写那个背叛了我们两个人的男人。尽管我蒙羞受辱，精疲力竭，但我身上仍然有某种让自己高出于他的东西。即便他此时此刻跑来表达悔恨之意，给予我所有地位和财富，还有我在人世间想要得到的东西，我宁可让自己保持现在这种状态，也不会愿意做他的夫人。

我来说说您吧。看在布兰奇的分上，我来说说我自己吧。

毫无疑问，我应该在温迪盖茨宅邸等待见你一面，并且把已经发生的情况立刻告诉您。但是，我身体虚弱，生病了，同时我听到了情况受到了沉重的打击，晕过去了。等我醒过来后，我想到您和布兰奇时，深感惶恐，我简直要发疯了。我当时心里只有一个想法——那就是逃跑，藏匿起来。

我在来到这儿的途中，内心里越来越清晰起来。我到达这儿之后，做了我希望同时也相信自己能够做的最好的事情。我咨询了两位律师。关于我们是否已经成婚的事情，根据苏格兰的法律来对此类事情做出决断——他们的看法彼此相异。第一位律师说"成婚了"。第二位律师说"没有成婚"——但是，他建议我立刻写信告知您的处境。我当天便试图写信，但正如您知道的，病倒了。

谢天谢地，已经造成的延误无关紧要。我在温迪盖茨宅邸时问了布兰奇，你们准备什么时候完婚——而她告诉我，要等到秋天结束时才会完婚。现在才9月5日。您面前还有大量时间。看在我们所有人的分上，好好利用这段时间吧。

您应该干什么呢？

立刻去找帕特里克·伦迪爵士，给他看这封信。遵循他的建议——不管建议会如何影响到我。为了您和布兰奇的利益，我若是犹豫不决，不能勇敢地面对现在可能暴露的情形，那么，面对您善意友好的举动，我会显得不仗义，我对布兰奇怀有的爱，也会显得虚情假意。在这件事情当中，您表现出了慷慨大度，体贴周到，善意友好。您保守着我令人不齿的秘密——我很肯定这一点——以一位高尚的男人所具有的忠诚，因为他肩负着保持一位女士的名誉的责任。亲爱的布林克沃斯先生，我满怀着至诚之心，解除您的承诺。我双膝跪地恳求您，毫无保留地坦露真相。面对如此情形，我也会做出必要的坦陈——无论可能会如何公之于大庭广众之下。不管付出什么样的代价，请解脱您自己吧。一直要等到那时候，然后，再回过头关心一下这个可怜的女人。这个女人让您肩负着她悲伤的重担，由于蒙受耻辱的阴影，让您的生活一时间变得黯淡。

请不要以为这样做付出了怎样痛苦的牺牲。这样做会让我的内心得到平静——情况就是这样的。

人生还留给了我什么呢？什么也没有，仅仅需要活着而已。我现在想到未来时，心里掠过的想法便是，自己在这个世界还可以活多少岁月。有时候，我大胆地希望，主耶稣凭着神圣的怜悯之心——同在人世间替我这样一个女人求情一样——死神把我带走之后，也会在天堂里替我的灵魂求情的。有时候，我大胆地希望，自己可以在一个更加理想的世界里见到我的母亲，见到布兰奇的母亲。她们活在世上时，心心相印，如同姐妹。她们给自己的孩子留下了爱的遗产。噢，如果我们重逢了，帮助我说出，我没有白白地承诺自己是布兰奇的姐姐！我欠她的人情债，是我目前满怀感激之情所欠的人情债。而我现在情况如何呢？成了她幸福之路上的障碍。看在上帝的分上，为了那种幸福，牺牲我吧！这是我活着剩下要做的唯一一件事情。我一次又一次表达了这个意思——我不在乎自己的任何事情了。把关于我的全部真相讲述出来吧——召唤我去做见证，您尽可以公开这样做啊！

我又等待了片刻，结束这封信之前，试图想一想还有什么东西要写。

我想不到还剩下别的什么东西要写，只是有义务要告诉您，您若想给我写信——或者您若认为我们有必要再见面，您可以如何找到我。

还有些话要说，然后我就告诉您这个。

我不可能猜测到，您收到我的信之后，您会干什么，或者别人会建议您干什么。我甚至都不知道，您可能还没有从杰弗里·德拉梅恩嘴里听说您的处境如何。情况若是如此，您若认为有必要将布兰奇当作知心人，我冒昧地建议，您应该委派某个您信得过的人代表您来和我见面——或者，您若不能这样做，那就应该当着第三个人的面和我见面。那个毫不犹豫地背叛我们两个人的男人，他若将来还能够做什么，一定会以最卑劣的手段毫不犹豫地歪曲我们。为了您，我们小心谨慎，决不能让说谎者有机会破坏您在布兰奇心目中的位置。采取行动时不要再让自己置于尴尬的处境了！不要让您未来的夫人充满爱心和慷慨大度的性格中产生不应该属于她的情感啊！

写下了这些话后，我现在可以告诉您，我离开格拉斯哥之后您如何与我取得联系了。

您会看到有张字条附在本信中，这是我在此咨询的第二位律师的姓名和住址。我们之间已经商量好了，我一旦到了下一处地方便会通过书信告知他——然后，您或者帕特里克·伦迪爵士亲自索要或者写信索要，他便会把信息告诉你们。我自己现在也还不知道，我在哪儿可以找到庇护所。任何事情都不能肯定，但是，以我目前身体虚弱的状态，我不能走远。

您纳闷我为何不等到身体更加强健了之后再离开，我只能给出一个理由，可能看起来会让人觉得奇异古怪和过度紧张。

他们告诉我，我躺在旅馆里时，就是一个濒临死亡的陌生人。其间，我的情况已经登载在了格拉斯哥多家报纸的告示栏里了。麻烦可能已经让我招致了人们可怕的怀疑。自己的地址已经公之于众后，我担心继续待在此地可能发生什么事情。因此，一等到我能够动得了，我便悄然离开。我若能够在格拉斯哥周围的乡村找到一处僻静之所好好休息，对我而言，那就足够了。您不必替我生活的来源担心。我有足够的钱，能够满足一切需求——还有，如果我的身体能够康复，我知道该如何谋生。

我没有给布兰奇去过片言只语——这件事情没有了却之前，我不敢这样做。等待着她成为您幸福快乐的夫人吧。到时候，给她一个吻，就说这是来自安妮的。

亲爱的布林克沃斯先生，试一试，宽恕我吧。我要说的话都已经说了。

您的充满了感激之情的，安妮·西尔韦斯特

9月5日

于格拉斯哥

帕特里克爵士放下信，对写这封信的女人满怀着真挚的敬意。

但凡与安妮接触过的男人，她都会或多或少对他们施加个人的影响。而这种个人影响中的某些成分似乎以这封信为媒介传递给了这位老律师。他的思绪固执地偏离了关于他侄女的处境这个严峻而又紧迫的问题，进入了涉及安妮的纯推测性的调查了解领域。是什么样的一片痴心（他问着自己）使得这样一位高尚的小姐置于杰弗里·德拉梅恩那样的人的控制之下呢？

我们的一生中，在各自的不同时间里，都会像帕特里克爵士现在这样揪心烦恼。

如果我们凭着经验知道一些事情，那我们就会知道，女人往往因一时冲动投入了不值得她们这样做的男人怀抱，而男人们则会为了不值得他们付出的女人轻率鲁莽地毁掉自己。我们中间实际上有离婚制度，这种制度存在的主要理由是，两性之间持续不断地彼此将自己置于这种反常的关系之中。不过，面对摆在我们面前的每一个新例证时，我们还是会持续不断地感到震惊，因为我们发现，其中的男女双方彼此做出选择时都不是基于理性和可以摆上桌面的理由！我们指望着人的激情会按照逻辑原则行动，而人的出错性——有了爱做其向导——会无视犯错的危险！问一问安妮·西尔韦斯特的同性中最明智的人，她们判断她们选择赋予自己情感和生命的男人时是合乎理性的，您这是在向那些明智的女人提出一个她们自己从来都没有向自己提出过的问题。不仅如此，还有更多呢。审视一番您自己的经验，而且坦率地说，当您不可更改地做出了选择时，您能够说明自己的选择是最佳的吗？当您首先向自己承认您爱他时，您能够把自己的理由写在纸上吗？而假如您有理由的话，那些理由能够经得起挑剔和审视吗？

帕特里克爵士绝望地放弃了。他侄女的利益面临危险。他明智地决定，此时此刻，自己要想着实际的需要，以此来振作自己的精神。首先，必须要派人送信去向教区长表达歉意，以便可以用晚上的时间来考虑，该建议阿诺尔德首先采取什么样的措施。

帕特里克爵士写了几行字向皮克牌友表达歉意——以家里有事情不能兑现约定为借口——随后，摇响了铃。忠实的邓肯出现了，从主人脸上的表情立刻看出发生了什么事情。

"派个人把这个送到教区长宅邸去，"帕特里克爵士说，"我今天不能到外面用餐了。我必须在家里吃排骨。"

"我担心，帕特里克爵士——如果我说了，能够得到谅解的话——您收到了不好的消息对吧？"

"可能是最坏的消息啊，邓肯。我现在不能告诉你是什么消息。在听得见铃声的地方等待着。同时，不要让任何人来打搅我。假如管家来见我，我也不见他。"

帕特里克爵士仔细认真地考虑了这件事情后决定，别无选择，只有首先给阿诺尔德和布兰奇去信，召唤他们返回英国。关于在克雷格弗尼旅馆发生在安妮·西尔韦斯特和阿诺尔德之间的每一件事情，有必要就细节问题询问阿诺尔德，此事至关重要。

与此同时，为了布兰奇，对于已经发生的事情，似乎有必要瞒着她，至少目前应该如此。帕特里克爵士以独具一格的智慧和意愿应对着这个困难。

他拟定了一封给阿诺尔德的电文，内容如下——

来信和附件均已收悉。一旦方便，立刻返回哈姆农庄。此事仍然向布兰奇保密。至于返回的理由，告诉她，已经寻找到了安妮·西尔韦斯特的行踪了，可能要等到她返回英国后，才能采取进一步的行动。

邓肯把这份电文送到了火车站后，其主人继续计算时间问题。

阿诺尔德很可能翌日即 9 月 17 日在巴登收到电报。再过三天，他和布兰奇可能可以到达哈姆农庄。在这段他可以利用的时间里，帕特里克爵士有充足的时间恢复自己的情绪，针对自己目前面临的恐慌而又紧急的情况，看看有什么最佳的应对措施。

9 月 19 日，帕特里克爵士收到了电报，被告知 20 日傍晚，他便可以见到那对年轻夫妇了。

傍晚很晚时，车道上传来了马车轮子的声音。帕特里克爵士打开了自己房间的门，听见了厅堂里传来熟悉的声音。

"对啦！"布兰奇大声喊着，看见他站立在房门口，"找到安妮了吗？"

"还没有呢，亲爱的。"

"有她的消息了吗？"

"是啊。"

"我回来得及时可以帮上忙吧？"

"太及时啦。你明天可以听到一切情况。去，卸下旅行的行装——然后尽管下楼用晚餐。"

布兰奇亲吻了他，上楼去了。叔叔看了她一眼后，心里面觉得，她婚后情况有所改善了。她婚后平静了心情，稳定了情绪。表情和态度上显露出了优雅的姿态，这些情况帕特里克爵士先前是没有看到过的。阿诺尔德的情况似乎没有那么理想。他显得焦躁不安，忧心忡忡。他心里似乎一直在纠结着自己与西尔韦斯特小姐之间的事情。他年轻的夫人刚一转过身，他便热切地轻声询问帕特里克爵士。

"我几乎不敢问您我心里想要说的话，"他开口说，"您若冲着我发火，我一定要忍受着，帕特里克爵士。但是，只是要告诉我一件事情。我们有出路吗？您考虑过这个事情了吗？"

"我今晚不能清晰而又平静地说这件事情，"帕特里克爵士说，"尽管放心好啦，我已经把一切都想好了——其余的事情就等到明天再说吧。"

阿诺尔德和布兰奇返回英国的行程期间，即将要上演的这出戏中相关的其他人把过去的困难理出了一个头绪，对未来的行动进行了考虑。9月17日至20日期间，杰弗里·德拉梅恩离开了斯旺黑文别墅，前往附近区域新的训练场所，因为跑步竞赛将会在那儿举行。同样在这个期间，纽温登上校南行途径伦敦期间，利用这个机会咨询了他的律师。会面的目的是要寻找发现一个在苏格兰写匿名信的人的行踪，因为此人胆大妄为，弄得格莱纳姆夫人很不高兴。

就这样，三三两两地，分布在遥远的距离中，他们现在开始在这座大都市的附近区域内相互靠近，因为他们很快就注定要聚首在一块儿。这是他们在这个世界上第一次也是最后一次面对面相聚。

第四十二章　找到出路

他们刚用过了早餐。布兰奇看到眼前是个明媚清闲的早晨，于是向阿诺尔德提议，到院落里散步去。

花园里洒满了阳光，新娘洋溢着美好的心情。她捕捉到了叔叔的目光正看着她，洋溢着赞美之情，于是简短地向他问候。"您不知道，"她说，"回到了哈姆农庄有多么美妙啊！"

"这么说来，我可以理解为，"帕特里克爵士接话说，"我打断了你们的蜜月旅行，现在已经得到原谅啦？"

"您何止是因为打断了我们的蜜月旅行得到了原谅啊。"布兰奇说——"我们还要感谢您呢。作为一个已婚的女人，"她接着说，那神态俨然是个结婚了二十年的女人，"我已经想过这件事情了。我已经得出了结论，到欧洲大陆去进行蜜月旅行，这是我们国家的陋习之一，需要进行改革。两个人若彼此相亲相爱（我认为没有爱情的婚姻根本算不上婚姻），他们还需要参观陌生地方寻找刺激干什么呢？对于一个新婚女人而言，看着一个作为丈夫的这样全新的人，难道不是足够刺激，足够奇特吗？对于处在阿诺尔德位置上的男人而言，世界表面最有趣的风景是什么呢？阿尔卑斯山脉吗？肯定不是！最有趣的风景是他夫人。结婚旅行的合适时间是——比如说十年或十二年后——到时候，他们开始（并非彼此厌倦了对方，那是不可能的事情）彼此有点过于习惯对方了。这时候，他们来一次瑞士之行——而且给阿尔卑斯山脉一次机会。等到了婚姻生活的秋天，来一系列的蜜月旅行——这就是我对现行状况改进的建议啊！到花园里去吧，阿诺尔德。我们来核算一下，要多长时间我们彼此才会感觉到厌倦，从而需要自然美景来陪伴我们。"

阿诺尔德看着帕特里克爵士，充满了恳求的目光。不过，关于安妮·西尔韦斯特的信那件严肃的事情，他们之间没有交换过任何意见。帕特里克爵士主动承担起责任，负责向布兰奇说明必要的理由。

"我若请求允许干涉一会儿你对阿诺尔德的专有权，"他说，"还请原谅我。关于苏格兰的产业问题，我有些话要对他说。我若答应尽快放了他，你允许他和我待着吗？"

布兰奇露出了优雅的笑容。"您想要留他多久就留多久吧，叔叔。您的帽子呢，"她补充说了一声，一边把帽子扔给她丈夫，兴致勃勃，"我拿我的帽子时，把你的也带来了。我在草坪上等你。"

她点了点头，出去了。

"让我立刻听到最坏的情况吧，帕特里克爵士，"阿诺尔德开口说，"情况严重吗？您觉得这事怪我吗？"

"我先来回答你最后一个问题吧，"帕特里克爵士说，"我觉得这事怪你吗？是这么回事——从这一点来说。你同意作为杰弗里·德拉梅恩的使者前往旅馆去见西尔韦斯特小姐时，你有了一次轻率鲁莽的行为，不可饶恕。由于你立刻让自己陷入那种十分尴尬的处境，后来，你几乎没有别的办法，只能那样做了。我不能要求你熟悉苏格兰法律。而且，作为一位体面的人士，你有义务严守托付给你的秘密，因为其中关涉一位女士的名誉。总而言之，你在这件事情当中所犯的错误就是让自己承担起了原本属于另外一个人的责任的致命错误。"

"那个人救过我的命，"阿诺尔德恳求着说——"而且，我相信，我是在给我最亲密的朋友帮忙啊。"

"至于你其他的问题，"帕特里克爵士接着说，"我认为你的处境很严峻吗？毫无疑问，我确实这么认为！只要我们不能完全确认，布兰奇是你法定的夫人，处境可严峻啦。简直难以承受呢。请注意，我坚持这样的观点，幸亏你为人诚实，保持了沉默，那个恶棍德拉梅恩想方设法欺骗了我。我把现在要告诉你的情况告诉了他——感觉按苏格兰的法律，你在克雷格弗尼旅馆说过的话和做过的事并不构成婚姻。但是，"帕特里克爵士接着说，举起一根食指提醒阿诺尔德，"你已经在西尔韦斯特小姐的信中看到了这一点，你现在也可以把它看作是我经验的结果，即关于这样的事情，没有任何个人的看法是可以依靠的。西尔韦斯特小姐在格拉斯哥咨询的两位律师中，一位律师得出的结论与我的完全对立，他断言，你和她已经结婚了。我相信，他的看法是错误的。但是，面对我们所处的环境，我们别无选择，只有大胆地面对他就这件事情提出的看法。用清楚明确的话来说就是，我们必须从直面最坏的情况开始。"

阿诺尔德扭着布兰奇刚才扔给他的旅行帽，两只手都显得很紧张。"假如要发生最坏的情况，"他问了一声，"那会发生什么情况呢？"

帕特里克爵士摇了摇头。

"这话不容易对你说清楚，"他说，"必然要牵扯到法律方面的事情。我若这样做，只会让你感到云里雾里。假如我们从社会意义上看待这件事情——我的意思是说，这件事情可能影响到你和布兰奇，还有你们未出生的孩子们呢？"

阿诺尔德比先前更加用力地扭动了一下帽子。"我从未想到孩子的事情啊。"他说，表情惊恐。

"尽管如此，"帕特里克回应着，态度冷淡，"但孩子们可能会自己出现的。你现在听好啦。你本来可能会想得到，我们摆脱目前困境的明显途径取决于你和西尔韦斯特小姐分别确认，我们现在知道的情况是千真万确的——即你们彼此丝毫没有要结为夫妻的意图。当心将任何希望建立在这种补救措施的基础之上！你若指望着这一点，那你就忽略掉了杰弗里·德拉梅恩。请记住，他关心的是要证明你和西尔韦斯特小姐有夫妻关系。可能出现新的情况——我不想浪费时间猜测，那可能会是什么情况——结果第三个人可能据此亮出克雷格弗尼旅馆的老板娘和那位侍者作为不利于你的证据——并且断定，你的表白和西尔韦斯特小姐的表白是你们两个人之间串通好了的。别感到吃惊！这样的事情先前发生过。西尔韦斯特小姐贫穷，布兰奇富有。你可能会被推入一种尴尬的处境，让人觉得你是那样的一种人：否认与一位贫穷女子的婚姻，目的是要与一位女继承人结婚。西尔韦斯特小姐大概还会有助于这个骗局，因为她有两个强烈的利益动机——一是想要成为一位有地位的男士的夫人，二是把你交给布兰奇可以挣到赏金。这种案例一位流氓恶棍可能会策划出来上诉到法庭——而且表面上看起来也显得很真实！"

"毫无疑问，法律不会允许他这样做对吧？"

"任何人只要支付了律师和时间的费用，法律可以替他证明任何情况。我们现在只谈关于这件事情的观点吧。德拉梅恩只要像这样做，便可以推进案件的进展，无须请求任何律师的帮助。他只需让报告传到布兰奇的耳朵里，报告公开声称，她不是你合法的夫人。凭着她那个脾气，你觉得她不把事情弄个水落石出，会让我们有一分钟的消停吗？或者以另外一种方式来看待这件事情。你若做得到，用这样的想法来安慰自己：这件事情目前不会给任何人带来麻烦。将来若出现了什么情况，让你们的孩子的合法性受到质疑，我们如何知道，这件事情不会冒出来呢？我们要对付一个什么事情都干得出来的人。我们面临着一种法律状况，这种状况自始至终只能说是，令人反感，毫不确定。我们还面对着两个人（毕晓普里格斯，还有因奇贝尔太太）。他们能够而且将会证明你和西尔韦斯特小姐在旅馆发生的事情。为了布兰奇，为了你们还没有出生的孩子，我们必须立刻面对这件事情——而且一劳永逸地解决掉它。我们面临的问题就是这样的：我们是否该开始与西尔韦斯特小姐联系呢？"

他们的谈话正说到了这个重要节点上，布兰奇再次出现打断了他们的交谈。她是否偶然间听见他们说的话了呢？

没有。百无一虑的"闲散者"前来寻找察看心系百事的"勤奋者"。很显然，有这么一个自然规律：这个世界上无所事事的人，一旦看见自己旁边的人不停顿地忙碌着，他们便忍受不了。布兰奇从阿诺尔德的一大堆帽子中拿出了一顶新的。"我在花园时一直想着有这么一顶帽子，"她说，态度挺严肃的，"就是这顶棕色的，高顶。你戴着这一顶比戴着白色矮顶的更好看。我是来调换的，就这样。"她给阿诺尔德换了帽子，然后继续说话，举止表现上没有显露出半点怀疑的神色。"你出去时戴着这顶棕色的，赶紧来，亲爱的。我等不及啦，叔叔——我无论如何不会打断你们。"她亲吻了帕特里克爵士的手，对着自己的丈夫微笑了一下，然后出去了。

"我们刚才说什么来着？"阿诺尔德问了一声。"这个时候被打断挺尴尬的，对吧？"

"我若还了解一点女人的性情的话，"帕特里克爵士回答，态度显得很平静，"你夫人今天上午就是会这样进进出出房间。我估计十分钟的时间里，阿诺尔德，关于白色帽子和棕色帽子这件严肃而又郑重其事的事情，她会再次改变主意的。这类微不足道的打断行为——本来是够充满魅力的——却让我心里面产生了一丝疑惑。假如我们心甘情愿地做非做不可的事情,让布兰奇加入我们的交谈,这样做难道不明智吗(我这样问自己)?让她加入进来,告诉她实情,你觉得这样如何呢?"

阿诺尔德怔了一下,脸色变了。

"这样会面临种种困难的。"他说。

"好小伙子啊!这件事情每走一步,我们都会面临种种困难啊。你夫人迟早要知道已经发生了的事情。毫无疑问,何时告诉她,这是你决定的事情,不是我决定的。我要说的就是这个。考虑一下,不等到走投无路不得不开口说出来之前,你是否可以欣然地说出来。"

阿诺尔德站起身,在房间里转了一圈,又坐下了,看着帕特里克爵士,一副完全不知所措和完全无能为力的表情。

"我不知道该怎么办呢,"阿诺尔德说,"我被这件事情完全给难住了。实际情况是,帕特里克爵士,在克雷格弗尼旅馆时,我迫不得已欺骗了布兰奇,她似乎会觉得这样做冷酷无情,不可饶恕。"

"这话听起来很别扭啊!你这是什么意思呢?"

"我会设法告诉您的。您记得您去旅馆时见到了西尔韦斯特小姐吧?那好,我由于当时秘密待在那儿,当然不得不背着您。"

"我明白了!还有,布兰奇随后去时,你也完全像背着我一样,不得不背着布兰奇对吧?"

"甚至比这还更加糟糕呢!一两天过后,布兰奇还推心置腹地把事情告诉了我。她对我说,自己去了克雷格弗尼旅馆,仿佛我对这件事情一无所知似的。帕特里克爵士,她当着我的面告诉我,有不肯露面的人不可思议地躲着她——丝毫都不怀疑我就是那个人。我也从未开口纠正她的说法!我迫不得已保持沉默,否则会出卖西尔韦斯特小姐。我若现在告诉布兰奇，她会怎么看我啊？问题就在这里呢！"

丈夫的嘴里刚刚说出布兰奇的名字，布兰奇就拿着那顶替换的白色帽子再次出现在了敞开着的落地窗边，从而证实了帕特里克爵士的预见。

"你们还没有谈完呢！"她激动地大声说，"叔叔，很不好意思，又打断你们啦——但我的心里又开始严重地纠结起阿诺尔德这些可怕的帽子来了。重新考虑了一番之后，我觉得，这顶白色低顶帽子还是更加合适一些。再调换一下吧，亲爱的。对啊！这顶棕色帽子奇丑无比。花园门口边有个乞丐。趁着我还没有心烦意乱，我要把棕色帽子给他，以这样的方式解决掉这个困难。我这是在一本正经办事情吗？我担心，自己一定显得焦躁不安吧？确实啊，我是焦躁不安呢。我真不知道，自己今天上午这是怎么啦。"

"我可以告诉你，"帕特里克爵士说，神情极端严肃，态度极端冷漠，"布兰奇，你正患着一种英国年轻女士中极为常见的疾病呢。作为一种难以治愈的疾病——其名称叫作'无事忙'。"

布兰奇躬下身子给叔叔行了个优雅的小屈膝礼。"您本来可以用更加简练的言辞告诉我，我碍事来着。"她快速转过身，把那顶不雅的棕色帽子踢到了前面露台上，再次让两位先生单独待着。

"你和夫人的处境，阿诺尔德，"帕特里克接着说，重新提起了这件他们面临的严峻的事情，"确实很艰难。"他打住了。与因奇贝尔太太描述的出现在旅馆的那个人的模糊形象相符的无辜者成百上千，那天夜晚，引用阿诺尔德作为其中之一的例子，他和布兰奇一同分析过那份模糊描述。他此时正想着那天晚上的情形呢！"说不定，"他补充说，"这个情况甚至比你认为更加艰难。你若婚前有了这个不可避免的告白，对于你而言，事情肯定会更加容易处理一些——而且，你在她的心目中也会显得更加高尚一些。一定程度上说，对于你没有这样做——还有你现在置身其中的西尔韦斯特小姐面临的更为严重的困境，我负有责任。我若没有在毫不知情的情况下催促你和布兰奇完婚，西尔韦斯特小姐那封令人钦佩的信到达后，那就会有充足的时间阻止麻烦的出现。现在总想着这件事已经无济于事啦。振作起来吧，阿诺尔德！我有义务替你指明道路，走出迷宫，不管可能遇到什么样的困难——而且，如系天意，我一定做得到的！"

他指着房间对面的一张桌子，上面摆放着书写文具。"我不喜欢刚用完早餐就走动，"他说，"我们不去图书室了，把笔和墨水替我拿过来吧。"

"您打算给西尔韦斯特小姐写信吗？"

"这正是我们面临的问题，我们还没有确定下来呢。我做出决定之前，需要了解种种事实——关于你和西尔韦斯特小姐在旅馆里发生的事情，小到最小的细节。了解这些事实的途径只有一条。我要对你进行询问，如同坐在法庭我面前的证人席上那样询问你。"

询问一直进行着，没有打断过，一直持续到事情发展中的那个点，当时，安妮把杰弗里·德拉梅恩的信揉成一团捏在手里，愤怒不已，把信扔到了房间的另一端。至此，帕特里克爵士用笔蘸了墨水，很显然打算做笔记。"这里要特别小心，"他说，"关于那封信，我想要你告诉我一切情况。"

"那封信丢失了。"阿诺尔德说。

"那封信被毕晓普里格斯偷走了，"帕特里克爵士回答，"目前正在毕晓普里格斯的手上呢。"

"哎呀，您对此比我知道的还要多呢！"阿诺尔德激动地大声说。

"我真诚地希望不是这么回事。我不知道那信里面有什么内容。你知道吗？"

"知道。至少其中一部分。"

"一部分？"

"一张信纸上写着两个人的信，"阿诺尔德说，"其中一部分是杰弗里·德拉梅恩写的——此信我是知道的。"

帕特里克爵士怔了一下。他脸上的表情舒展了，匆忙做了笔记。"接着说！"他说，神情热切，"怎么可能一张信纸上写着两个人的信呢？解释一下这个情况吧！"

阿诺尔德解释说，杰弗里由于没有信纸把自己对安妮的解释写在上面，于是便写在安妮本人给他的那封信的第四页——即有空白的那一页上面。

"你看过那信了吗？"帕特里克爵士说。

"我当时若想要看是可以看的。"

"而你没有看信吗？"

"没有。"

"为什么呢？"

"拘泥于礼节。"

连帕特里克爵士悉心练就的好脾气现在都不起作用了。"这是我生平听到的拘泥于礼节用得最不是地方的例子啊！"老绅士大声说，情绪激动，"不管啦！现在后悔无济于事啊。反正你看了德拉梅恩给西尔韦斯特小姐的回信吧？"

"对啊——我看了。"

"复述一下内容吧——过了这么一段时间，尽可能如实复述。"

"信写得很简短，"阿诺尔德说，"几乎没有什么可以复述的。根据我的记忆，杰弗里说，他父亲生病了，所以被召回伦敦去了。他告诉西尔韦斯特小姐滞留在她当时待的地方，而且向她推荐了我来担当信使。这就是我现在记得的全部内容。"

"绞尽脑汁想想吧，好小伙子！这一点很重要。他在信中提到了承诺娶西尔韦斯特小姐吗？他表达了某种歉意以便让她的情绪平静下来吗？"

阿诺尔德听到这个问题后，再次努力回忆。

"是的，"他回答，"杰弗里说了要恪守婚约，或者信守诺言，或者诸如此类的话。"

"你能肯定自己现在说的话吗？"

"我肯定。"

帕特里克爵士又记录了一笔。

"那封信署名了吗？"他记录完之后问了一声。

"署名了。"

"标明了日期吗？"

"标明了。"阿诺尔德再次给出了肯定回答后，再次努力回忆起来。"等一会，"他说，"我想起了关于那封信的另外一些细节。信上不仅标明了日期，连写信的时刻都标明了。"

"他怎么会这样做啊？"

"我建议的。信写得这么短，照着这样的情形，我都觉得不好意思传递。我告诉他写上时刻——以便向她表明，他是在万不得已急匆匆的情况下写的。他写上了火车开出的时间。而我认为这也是写信时间。"

"而你在旅馆一看到西尔韦斯特小姐，便亲手把信交给了她对吧？"

"我是这样做的。"

帕特里克爵士第三次做了笔记，把写了字的纸张从身边推开，一副极度满足的神态。

"我一直怀疑那封丢失的信是一份很重要的文字材料，"他说——"否则，毕晓普里格斯绝不可能盗窃那封信。我们必须不惜一切代价拿到信，阿诺尔德。完全如我期待的那样，我们首先要做的事情是，给那位格拉斯哥的律师写封信，寻找到西尔韦斯特小姐。"

"等一会儿！"露台上的一个声音喊着，"别忘记了，我已经从巴登回来帮助你们来了！"

帕特里克爵士和阿诺尔德两个人抬头看着。这一次，布兰奇听见他们之间最后说的话。她在桌子边帕特里克爵士的身旁坐下，一只手轻轻地搭在他肩膀上。

"您说得很正确，叔叔，"她说，"我今天上午患了'无事忙'的疾病。您打算给安妮写信吗？不要啊！让我来写吧。"

帕特里克爵士不肯放下笔。

"知道西尔韦斯特小姐住址的人，"他说，"是一位格拉斯哥的律师。我打算给那位律师写信。等到他写信来告诉我们她的住址——那时，布兰奇，便是你出力赢回你的朋友的时候。"

他把书写文具再次拿到了自己身边，把剩下要询问阿诺尔德的事情先暂时搁置下来，开始给克拉姆先生写信。

布兰奇极力恳请要出点力。"难道就没有人能够分配给我点什么工作吗？"她问了一声，"格拉斯哥挺遥远的，等待是个很乏味的工作。别坐在那儿盯着我看，阿诺尔德！你就不能提点什么建议吗？"

阿诺尔德唯有这一次展示出了出人意料的敏捷才智。

"你若想要写信，"他说，"你还欠着伦迪夫人一封信呢。你收到她的来信后已经三天了——而你还没有给她写回信。"

帕特里克停顿了下来，目光迅速从写字台上移开，抬头看了看。

"伦迪夫人？"他喃喃地说，用探询的口气说话。

"不错，"布兰奇说，"是这么回事，我欠着她一封信。当然，我应该告诉她，我们已经返回英国了。她一旦听说了原因，准会很生气的！"

布兰奇想到了会惹得伦迪夫人生气。她似乎因此振作起了精神。她拿起一张她叔叔的记录纸，立刻开始写回信。

帕特里克爵士写完了给那位律师的信——看了一眼布兰奇，目光中透出的神情并非对她眼下的行动表示赞许。他把写好的信放进了邮袋，然后一声不吭，示意阿诺尔德跟随自己进入花园。他们一同外出，让布兰奇独自一人待着给继母写信。

"我夫人做错了什么吗？"阿诺尔德问了一声，因为注意到了帕特里克爵士向布兰奇投去的目光。

"你夫人正以最快的速度张开着手指添乱呢。"

阿诺尔德怔了一下。"她必须要给伦迪夫人回信呀。"他说。

"无可置疑。"

"而她必须告诉伦迪夫人我们已经回来了。"

"我不否认这一点。"

"这么说来，她写信还有什么问题吗？"

帕特里克爵士嗅了一口嗅盐——用他的象牙色手杖指了指那些蜜蜂。秋天上午的阳光下，蜜蜂正在花圃间嗡嗡地忙碌着。

"我会告诉你问题出在哪儿的，"他说，"假如布兰奇告诉这些势不两立相互侵扰的蜜蜂中的一只，说由于出乎意料的情况，花蕾中的花蜜碰巧快没有了——你认为那只蜜蜂会心安理得地接受这个说法吗？不会啊。它会一头扎进附近的花朵，亲自看个究竟的。"

"嗯？"阿诺尔德说。

"嗯——布兰奇在早餐室的情况就是如此。她告诉伦迪夫人说，由于出乎意料的情况，结婚旅行碰巧结束了。你认为伦迪夫人是那种会心安理得地接受这个说法的人吗？才不是呢！伦迪夫人像蜜蜂一样会坚持亲自做一番调查。她若发现了真相，情况会如何——而且这件事情已经够复杂的了，天知道，她不会增添什么新的复杂性——我让你自己去想象吧。我贫乏的预见力可对此难以企及。"

阿诺尔德还没有来得及做出回答，布兰奇便从早餐室来到了他们身边。

"信我已经写好了，"她说，"这封信写起来很别扭啊——信写好了，松了一口气。"

"你写好了信，亲爱的，"帕特里克爵士说，语气平静，"可能可以松一口气，但事情并没有结束啊。"

"您这是什么意思呢？"

"我认为，布兰奇，通过返程邮班，我们便可以收到你继母的回信。"

第四十三章　消息来自格拉斯哥

写给伦迪夫人和写给克拉姆先生的信于星期一发出，他们的回信有望在星期三下午抵达哈姆农庄。

其间，关于让布兰奇知晓已经发生的事情这个棘手而又困难的问题，帕特里克爵士和阿诺尔德之间进行过不止一次私下里的商谈。智慧老练的长者提出建议，缺乏经验的青年倾听。"思考它，"帕特里克爵士说，"然后付诸行动。"而阿诺尔德思考了——但没有付诸行动。

想要责备他的人们别忘记了，他结婚才两个星期呢。毫无疑问，您若拥有夫人才短短两个星期，恐怕很难在她面前表现得像个接受审判的犯人——而是会觉得，这是上天赐予给您的一种善报，因为慷慨的命运之神把您钟爱的女人许配给了您啊！

星期三下午，他们三个人全都待在家里，等待着邮差到来。

信件送达了，其中包括（完全如帕特里克爵士预料的那样）一封伦迪夫人的来信。进一步查看后发现，那件更加受到关注的事情，即等待的来自格拉斯哥的消息——毫无消息。帕特里克爵士询问的那位律师并没有通过返程邮班写来回信。

"这是个不好的征兆吗？"布兰奇问了一声。

"这是已经发生了什么事情的征兆啊，"她叔叔回答，"克拉姆先生可能在等待着接收到什么特别的信息，而且正在等待，希望碰巧能够联系上。亲爱的，我们必须得指望着明天的邮班了。"

"现在拆开伦迪夫人的信吧，"布兰奇说，"您确定信是给您的——而不是给我的吗？"

此事没有疑问。夫人阁下的回信透着不祥之兆，信是写给夫人阁下的叔子的。"我知道这是什么意思，"布兰奇说，趁着他看信的当儿，她目光热切地看着叔叔。"您若提到了安妮的名字，您就侮辱了我继母。而我尽情地提及了安妮的名字，所以伦迪夫人感觉到我严重地冒犯了她。"

年轻人的轻率判断啊！面对家族中出现的紧急情况，一位抱着庄重态度的夫人是绝不可能感觉到受到了严重冒犯的——她只会感觉到深深的痛苦。伦迪夫人抱着一种庄重的态度。"我很清楚，"那位值得称道而又充满了基督徒情怀的女人在信中写着，"一直以来，我已故丈夫家庭中的亲属把我看成是个入侵者。但是，正值家庭中明显发生了严重的灾难之际，我竟然发现自己完全被排除在外，毫不知情。对此，我几乎没有思想准备。亲爱的帕特里克爵士，我并不想刺探什么。不过，发生了这样的事情之后——我觉得若与布兰奇通信，会与自己所在位置应该受到的尊重不够相称，于是，写信给一家之主，这纯粹是从妥当性方面考虑的。请允许我问一声——情况似乎很严峻，以至于需要把我继女和她丈夫从蜜月旅行中召回，面对如此情形——让已故托马斯·伦迪爵士的遗孀完全蒙在鼓里，您觉得这样做很妥当得体吗？请考虑一下这个情况——不是出于对我的尊重！——而是出于对您在社会上所处位置的尊重。您知道的，充满好奇不是我的性格。但是，传出了如此骇人听闻的丑闻（不管丑闻可能是什么）——亲爱的帕特里克爵士，丑闻不可能不传出——世人问到伦迪夫人有何看法，但却听说，伦迪夫人对此一无所知，世人会怎么想呢？无论您决定采取何种方式，我决不会生气。我可能会受到伤害——但是，没有关系。我履行了自己小小的职责后，人们仍然会发现我很真诚，仍然会发现我很开心。即便您把我挡在了外面，但我还是要把我最良好的祝愿送到哈姆农庄。我可不可以补充说一声——不至于被嗤之以鼻——一位孤单女人一次次地为了所有人的幸福而祈祷。"

"嗯？"布兰奇说。

帕特里克爵士折起了信，放进了自己的衣服口袋里。

"你继母给你带来了最良好的祝愿呢，亲爱的。"他回了这句话后，用最优雅的动作向侄女点了点头，走出了房间。

"让已故托马斯·伦迪爵士的遗孀蒙在鼓里，"他关上房门时，自言自语地重复了一声，"我觉得这样做很妥当得体吗？当一位夫人有点生气时，让这位夫人最后知道，我觉得非常妥当得体，我觉得绝对有必要。"他进入了图书室，把他兄嫂表明看法的信扔进了一个盒子里，上面标有"未回复信件"字样。他用这样的方式处理了信之后，哼起了自己最喜爱的苏格兰小曲——然后戴上帽子，走到外面的花园晒太阳去了。

与此同时，布兰奇不满足于帕特里克爵士的回答。她请求自己的丈夫。"这里面有事情，"她说——"而我叔叔瞒着不告诉我。"

阿诺尔德听到这话后，觉得这是她给自己再好不过的机会，他可以把迟迟没有透露的真相透露给她。他抬起眼睛看着布兰奇的脸庞。尽管面对着厄运，她当天上午看起来很有魅力。他若把藏匿在旅馆的经过告诉她，她的表情会怎么样啊？阿诺尔德仍然爱着她呢——所以，阿诺尔德三缄其口。

翌日的邮班不仅送来了等待中的克拉姆先生的来信，而且还送来了一份意料之外的格拉斯哥报纸。

这一次，布兰奇没有理由抱怨，叔叔把自己收到的信瞒着她。他看了律师的来信，兴致勃勃，情绪激动，这表明，信中的内容令他感到惊讶。然后，他把信递给阿诺尔德和他侄女。"里面带来的是坏消息，"他说，"我们必须共同来分担这个坏消息。"

克拉姆先生确认收到了帕特里克爵士询问的信函后，便开始叙述他所知道的有关西尔韦斯特小姐的一切情况——从她离开绵羊头旅馆的时间开始叙述。大概两个星期前，他收到了她的一封信，信告诉他，她在格拉斯哥附近的一座村镇找到了一处很合适的住所。克拉姆先生怀着一种对西尔韦斯特小姐的强烈关切之情，几天过后，去看望了她。他能够确认，她租住的是体面人的公寓，环境很舒适。又过了一个星期，他没有得到有关那位女士的任何消息。那个时间结束时，他收到了她的来信，信中告诉他，她看到了那个日期的一家格拉斯哥报纸上的消息。事情与她关系重大，她不得不在体力允许的情况下尽快立刻动身北行。后来的一段时间里，她对自己的行动能够更加有把握了，于是着手再次写信，让克拉姆先生知道，必要时，他可以在哪儿联系上她。与此同时，对于他的仁慈友好，她只能对他表示感谢，而且恳求他负责处理可能给她的任何信件或口信。自从收到了那封信，律师没有得到进一步的消息。他等待着早晨的邮班，希望能够得到新消息，但希望没有实现。至此，他把自己现在知道的情况全部都叙述出来了——他转寄了西尔韦斯特小姐提到的那份报纸，希望帕特里克爵士看了报纸后可能有进一步的发现。信的最后，他承诺，一旦有了什么消息，还会写信过来。

布兰奇一把抓起报纸，展开来。"我看看吧！"她说，"假如有人能够发现的话，我能够发现安妮从报纸上看到的东西！"

她神情热切，眼睛快速浏览一个又一个栏目，一个又一个版面——然后把报纸放在双膝上，做出了一个表示绝望的手势。

"什么都没有！"她激动地大声说，"就我看来，没有什么东西能够激发安妮的兴趣。没有任何东西能够激发任何人兴趣的——除了伦迪夫人。"她接着说，一边手一拂，报纸从膝上掉落了。"证明斯旺黑文别墅的事情是真实的，阿诺尔德。杰弗里·德拉梅恩打算娶格莱纳姆夫人为妻。"

"什么啊！"阿诺尔德大声说，他的心里立刻闪过这样一个念头：这是安妮看到的消息。

帕特里克爵士看了他一眼，以示警告，然后从地上捡起报纸。

"我或许可以浏览一遍报纸，布兰奇，以便确认你没有错过什么内容。"他说。

布兰奇所指的那个报道是编排在《上流社会新闻》这个通栏标题下的一则。"杰弗里·德拉梅恩阁下与美丽可爱而又多才多艺的已故马修·格莱纳姆先生的遗孀（即先前的纽温登小姐）即将联姻。"（这家格拉斯哥的报纸这样报道）。这次的婚礼有望"在今秋结束前在苏格兰隆重举行"。举行喜宴时，人们私下里议论说："斯旺黑文别墅将聚集一大群来自上流社会的宾客。"

帕特里克爵士缄口不言，把报纸递给了阿诺尔德。对任何一位熟悉安妮·西尔韦斯特经历的人而言，显而易见的是，她在自己的休养地不幸看到了上面那些文字。由此做出的推断也同样显而易见。但是，唯一清晰的目标（根据帕特里克爵士的看法）便是她北去行程的终点。这位遭到抛弃的女人恢复了仅存的力量——而且全心全意，孤注一掷，一定要实现阻止格莱纳姆夫人实现婚姻的目标。

布兰奇首先开口说话，打破了沉默的气氛。

"这看起来像是一次厄运，"她说，"持续不断的失败！持续不断的失望！难道我和安妮命中注定不能重逢了吗？"

她看着自己的叔叔。面对灾难，帕特里克爵士没有显露出平常兴高采烈的神情。

"她承诺给克拉姆先生写信的，"他说，"而克拉姆先生也承诺，一旦收到她的信，便会告知我们。这是我们面前唯一的希望。我们必须要听天由命，接受这一点。"

布兰奇心绪不宁，徘徊在暖房里的花丛中间。帕特里克爵士和阿诺尔德独处时，他没有隐瞒克拉姆先生的信给他留下的印象。

"不容否认，"他说，"事态有了严峻的转折。我的计划和打算全部都被否决掉了。不可能预料得到，倘若两个女人见了面，会出现什么麻烦。或者说，倘若德拉梅恩发现自己走投无路了，他会做出什么孤注一掷的行为。实际情况是，我坦率地承认，自己不知道下一步该怎么办。我曾经听到长老会的一位杰出人物，"他瞬间突发奇想，补充说，"声称，印刷术的发明简直就是魔鬼心智活动的一个证据。我以名誉担保，自己生平第一次感觉同意他的看法。"

他动作机械，拿起那份格拉斯哥的报纸，他刚才说话时，阿诺尔德把报纸放在了一旁。

"这是什么？"他的目光正好落在报纸的第一行文字上，瞥见了一个名字，于是激动地大声说，"又是格莱纳姆夫人！他们这是要让铁器制造商的遗孀变成一位公众人物吗？"

毫无疑问，那位寡妇的名字在那儿呢，第二次以铅字的形式出现在一封类似于漫谈的来信中。信件由一位"偶然通讯者"提供，在《北方言行》的标题下显得很醒目。作者心情愉悦，娓娓道来，海阔天空地漫聊了一通即将到来的狩猎季，来自巴黎的上流社会人士，一位旅游者的意外事故，一桩苏格兰教会的丑闻，然后继续叙述一件有趣的事情，涉及一桩（用男仆们的话来说）豪门生活圈内的婚姻。

有人写了一封匿名信企图敲诈勒索，让一位有身份有地位的夫人最近成了人们关注的对象。此事一经曝出，立刻在佩思及其附近地区引起了不小的轰动（那位作者报告说）。由于一份递交给地方行政官的申请中已经公开提及了夫人的名字，所以，指出当事夫人是格莱纳姆夫人，这样做也没有什么不妥的——报纸的另外一个栏目中提到了她即将与杰弗里·德拉梅恩阁下联姻。

看起来，格莱纳姆夫人作为客人到达她朋友在佩思附近宅邸的头一天，便收到了一封匿名信。匿名信警告她，她计划与杰弗里·德拉梅恩先生联姻，但她自己可能不清楚，其中面临着一个障碍。这位绅士先前已经郑重其事地对另外一位女士做出了承诺，而那位女士掌握着白纸黑字的证据用于支持自己的权利，阻碍他与格莱纳姆夫人的婚姻。证据包含在双方交换的两封信中，假如满足了以下两个条件，信件任由格莱纳姆夫人处理。

首先，她出一个足够慷慨的价格，足以让两封信件目前的所有者舍得脱手。其次，她采用的付钱的方式足以让对方放心，他不会面临受到法律制裁的危险。对这两个条件的回复可直接通过在当地报纸上登载告示给出——用如下地址表明："致一位黑暗中的朋友"。

这封厚颜无耻的信中具有一些行文方面的特点，拼写上面也出现了一两个错误。这表明此信极有可能出自一位低下层的苏格兰人之手。格莱纳姆夫人立刻把信给自己最亲的亲属纽温登上校看了。上校到佩思找律师咨询。经过适当的考虑后，他们决定，按照要求登出告示，设置陷阱伺机让写信人暴露身份——不用说，绝不能让那个家伙的敲诈行为得逞。

那位"黑暗中的朋友"（不管他可能是谁）聪明狡诈，事实最终证明胜过那些律师一筹。

他不仅成功地避开了一开始替他设置的陷阱，而且也避开了后来的其他陷阱。格莱纳姆夫人收到了第二封、第三封匿名信，一封比一封更加肆无忌惮，明确无误地告诉这位夫人和替她采取行动的朋友们，他们这只能是在浪费时间，而且，由于他们采取的方式，得到信件的价格提高了。因此，由于不知道还能够采取什么措施，纽温登上校公开求助于城市行政官，而且在获得城市当局批准的前提下，承诺悬赏找到那个人。由于这种办法最终也毫无效果，不言而喻，上校便与自己的英格兰律师一同做出安排，决定把这件事情交给伦敦警察局一位有经验的警官来处理。

至此，就这位报纸通讯者知道的情况而言，此事目前暂告一段落。

只需要补充说明的是，格莱纳姆夫人已经离开了佩思地区，以便避开进一步的骚扰，同时接受这个国家另一个区域的朋友的保护。可以想得到，杰弗里·德拉梅恩先生良好的声誉受到了质疑（那位通讯者用括号补充说明了，此事不用说是多么毫无根据），因此，不仅表达了愤怒之情，面对如此情形这也是很自然的事情，而且还极度懊悔，自己未能助上纽温登上校一臂之力，努力让那位写匿名信的毁谤者绳之以法。爱好体育运动的公众都很清楚，这位高贵的绅士此时正在接受严格训练，为即将在富尔汉姆举行的跑步竞赛中亮相做着准备。以他目前肩负的责任，考虑到不让他的心情受到干扰至关重要，所以，他的教练和押他注的大户都认为，必须赶紧让他迁移到富尔汉姆附近去——他在那儿可以继续进行参赛的各种训练。

"神秘的事情似乎越发扑朔迷离了。"阿诺尔德说。

"恰恰相反，"帕特里克爵士回应着说，语气很干脆，"谜团很快就要清晰了——幸亏有格拉斯哥报纸上的报道。关于那封盗窃的信，我无须劳神去与毕晓普里格斯打交道了。西尔韦斯特小姐已经去佩思了，去追回自己与杰弗里·德拉梅恩之间的信件。"

"您认为，她根据这里的描述，"阿诺尔德说，一边指着报纸，"能够确认这件事情吗？"

"毫无疑问！依我看，她不会不在此基础上向前迈出一步的。除非我完全弄错了，关于一系列匿名信的作者，她心里并不觉得是个什么秘密。"

"她怎么能够猜到这一点啊？"

"依我看，通过这种方式。不管她先前可能是怎么想的，到了此时，她必定会认为，那封失踪的信是被盗的，而不是丢失的。对啦，她能够想得到有这个盗窃行为的人只有两个——因奇贝尔太太或者毕晓普里格斯。报纸上描述了一系列匿名信行文的风格特点，声称那是一个下层苏格兰人的行文风格——换句话说，这清楚表明是毕晓普里格斯。你看到这一点了吗？很好。现在，假如她追回了失窃的东西，然后会发生什么情况呢？她有了自己的书面证据，假如她随后不去找格莱纳姆夫人，那她可能是个好女人或者坏女人。她可能无意中帮助或者无意中阻碍我们实现心中的目标——不管哪种方式，我们要采取的方式已经再次在我们面前明晰了起来。我们热切地想要与西尔韦斯特小姐取得联系，其实此事在我们收到这份格拉斯哥的报纸之前就是如此。我建议等待到星期天，指望着克拉姆先生会再次写信来。若我们到时没有收到他的来信，那我就星期一上午前往苏格兰，去碰碰运气，看看能否通过格莱纳姆夫人寻找到西尔韦斯特小姐。"

"留下我啊！"

"留下你。必须有人陪着布兰奇。你们结婚才刚刚两个星期，一定要我提醒你这一点吗？"

"您不是认为克拉姆先生会在星期一之前写信来吗？"

"若他确实写信来了，那可是天大的好事，我可是不能有这种奢望啊。"

"您因为我们的运气不佳而心里感到憋屈啊，爵士。"

"我讨厌俚语，阿诺尔德。不过，我承认，俚语准确地表达我的心境，所以，我几乎认同使用俚语了——那就破例用一次。"

"瓦片也有翻身的日子啊，"阿诺尔德坚持认为，"我不禁认为，我们的运气终于要转变了。您不介意打赌吧，帕特里克爵士？"

"运用管理马厩的说法，我如同把洗马的任务交给我的马夫一样，把押注的事情也交给他。"

他给出了这个晦涩难懂的回答后，结束了当天的交谈。

时间一个小时又一个小时地过去了，邮件准时送达——邮件带来的结果对阿诺尔德有利！帕特里克爵士本来对命运之神的恩赐态度缺乏信心。但是，他翌日收到了那位格拉斯哥律师的第二封信后，实际上对此无话可说了。

克拉姆先生在信中写着——

　　我很高兴地告知你们，我给哈姆农庄的信发出之后，便收到了随后的邮班送来的西尔韦斯特小姐的来信。她在信中言简意赅地告诉我，她已经决定，把随后的居住地确定在伦敦。采取这个措施的理由是——我上次看到她时，她是决不考虑这个措施的——她发现，自己手边的钱款快要用完了。作为谋生的手段，她已经决定从事音乐会演唱者的职业，并且安排好了，与自己利益相关的事情交由已故母亲（似乎也是从事音乐职业的）的一位老朋友去处理。那位朋友是个戏剧和音乐经纪人，长期在大都会地区从事该职业，她对那位朋友很熟悉，他是个值得信任和体面可靠的人。她把此人的姓名和地址给了我——您可以看到随信附了一张写有姓名和地址的便条——以便她在伦敦安顿下来之前，我可以写信给她。以上便是她来信的全部内容。我只需要补充说明的是，信上没有透露半点她离开格拉斯哥后干了什么事情。

帕特里克爵士拆开克拉姆先生的来信时，正好独处着。

他看过信后要做的第一件事情便是查看悬挂在厅堂里的火车时刻表。查看过火车时刻表后，他回到了图书室——给那位音乐经纪人写了一封很短的询问信——然后摇响了铃。

"西尔韦斯特小姐要来伦敦了，邓肯。我需要有个行事谨慎的人与她取得联系。你就是那个人。"

邓肯鞠了一躬。帕特里克爵士把那封信交给了他。

"你若立刻出发，可以赶上那班火车。到这个地址去，打听一下西尔韦斯特小姐。她若到达了，带去我的问候，并且说，我会很荣幸地在她觉得方便的第一时间（代表布林克沃斯先生）拜访她。抓紧时间，你便可以赶上最后一班火车返回。布林克沃斯先生和夫人驱车兜风回来了吗？"

"没有呢，帕特里克爵士。"

趁着阿诺尔德和布兰奇还没有回来，帕特里克爵士再次看了看克拉姆先生的来信。

他并不是很相信，金钱方面的动机是她南行的真正动机。他想起来了，杰弗里的教练已经让他迁移到了伦敦附近的区域，于是心里怀疑着，安妮与格莱纳姆夫人之间是否发生了严重的争吵——结果是否导致了安妮考虑要找杰弗里本人。如果情况如此，帕特里克爵士便会义无反顾地给西尔韦斯特小姐提供建议和帮助。通过坚持自己的权利来对抗格莱纳姆夫人的权利，西尔韦斯特小姐还会坚称自己是个未婚女人，从而像维护自己的利益一样维护布兰奇的利益。

"我有义务帮助布兰奇，"帕特里克爵士心里想着，"而且，只要我办得到，我应该让杰弗里·德拉梅恩受到应有的惩罚。"

几条狗在院子里狂吠了起来，说明马车返回了。帕特里克爵士到外面的院门口去迎接阿诺尔德和布兰奇，而且把这个消息告诉了他们。

行事谨慎的邓肯在先前预料的时间里准时回来了，带回了那位音乐经纪人的回信。

西尔韦斯特小姐还没有抵达伦敦，但她抵达的时间不会迟于下星期二。她已经嘱托了经纪人，要高度重视来自帕特里克·伦迪爵士的任何吩咐。他会认真对待，一旦西尔韦斯特小姐到达了，他便会把帕特里克爵士的意思转达给她。

随后，终于有了可靠的消息了！终于有了见到她的希望了！布兰奇的表情洋溢着幸福快乐。阿诺尔德打从巴登返回后第一次显得精神抖擞。

帕特里克爵士竭尽全力要受到他年轻朋友的快乐心情的感染，但是，令他自己感到惊讶的是，其实这种惊讶心情的程度并不亚于他们的快乐心情，这种竭尽全力毫无效果。随着事态决定性地向有利于他的方向发展，没有必要再毫无把握地往苏格兰跑一趟了，过不了几天便可以与安妮见面——但他整个傍晚却情绪低落。

"还是因为我们运气不佳而心里感到憋屈啊！"阿诺尔德和帕特里克爵士完成了最后一局台球，然后分开就寝时，激动地大声说，"毫无疑问，我们下星期面临的前景应该是再有希望不过了吧？"

帕特里克爵士的一只手搭在阿诺尔德的肩膀上。

"让我们一块儿怀着宽容之心，"他说着，说话的语气既随心所欲又郑重其事，"看看一位老人不光彩的愚蠢行为吧。此时此刻，我仿佛感觉到，阿诺尔德，若能度过下个星期时间，并且能够安安稳稳地到达下个星期之后，我简直愿意放弃自己在世界上所拥有的一切。"

"可是为什么呢？"

"这就是愚蠢行为呀，我也说不清楚为什么。本来有充分的理由显得比平常更加情绪高昂，但我就是感到情绪沮丧，简直莫名其妙，毫无理性，难以克服。我们可以由此得出什么结论呢？难道冥冥之中在警示我有什么不幸的事情要发生吗？抑或我脾气特征中起决定作用的功能出现了暂时的紊乱？问题就在此啊。谁能够对此做出决断呢？若是准确地理解了，人性多么不值一顾啊，阿诺尔德！把蜡烛给我吧——但愿是脾气特征中起决定作用的因素所致。"

故事背景地之八　配餐室

第四十四章　安妮赢得一次胜利

9月里某一天的傍晚（即在阿诺尔德和布兰奇旅行途中从巴登返回哈姆农庄的那段时间），一个老人——一只眼睛视线模糊，看不清东西，另一只眼睛含着泪水，露着喜色——独自一人坐在佩思的苏格兰竖琴旅馆的配餐室里，正轻轻地把糖捣碎在一个装有威士忌兑成的潘趣酒①的杯子里。迄今为止，他在本书中已经登场亮相了，作为自封的安妮·西尔韦斯特的父亲，还有斯旺黑文别墅舞会上布兰奇卑微的仆人。他此时正展望着与第三位女士建立良好的关系——以格莱纳姆夫人那位"黑暗中的朋友"的神秘身份。

斯旺黑文别墅聚会活动后的一天，毕晓普里格斯到达了佩思。他继续前往苏格兰竖琴旅馆——他在该旅馆接待的游客中很有优势，因为竖琴旅馆的旅馆老板知道，他曾经是因奇贝尔太太的得力助手，而且在本旅馆侍者领班的亲密老友名单上处于很高的位置。

毕晓普里格斯首先打听了那位名叫托马斯·彭尼奎克（也叫塔米）的侍者，结果发现他的朋友处于身心极度痛苦之中。面对使人致残的风湿病的侵袭，托马斯·彭尼奎克全力抗争，但无济于事。他黯然神伤，想到了自己的前景是，沉疴在身，只能长期困在家里，缠绵床褥——由妻子和孩子们来供养着，而自己的职位所带来的薪水就要流入首先到此的陌生人的口袋了——只要此人证明能够胜任该职位便可。

---

① 潘趣酒（punch）指一种用酒、果汁、牛奶等调和的饮料。

毕晓普里格斯听说了这件令人痛苦的事情后，便狡黠地看出，自己可以凭着托马斯·彭尼奎克慷慨忠诚的朋友身份，谋取自身的利益。

他于是主动提出承担有病的侍者领班的工作，不拿薪水——当然，条件是，旅馆老板同意他免费在旅馆食宿。老板欣然接受了这个条件，托马斯·彭尼奎克回到了自己家人的怀抱。这便是毕晓普里格斯，在佩思人生地不熟，拥有了体面的位置和侠义的行为的双重保险，可以对付人们可能对他产生的怀疑——即便他与格莱纳姆夫人的通信招致了夫人的朋友们进行依法调查！

毕晓普里格斯以这种炉火纯青的娴熟方式开启了这场战役，而同样充满智慧的先见之明贯穿着他行动的始终，令人刮目相看。

然而，他正面临着被暴露的危险，危险来自一个他预计之外的地方。安妮·西尔韦斯特到了佩思。她怀疑，毕晓普里格斯正是那个企图用她的信件换取金钱利益的人，眼下正一门心思（正如帕特里克爵士猜测的那样）澄清这种怀疑。安妮刚一到达佩思城，有人便应她的要求对他进行了一系列打探了解，期间公开提及了他的姓名和他先前在克雷格弗尼旅馆的职位——因此，很容易找到了他，人们对他公开声称的身份是托马斯·彭尼奎克的忠实朋友。安妮抵达佩思的当天，临近傍晚时，有消息传来，毕晓普里格斯在一家名叫苏格兰竖琴的旅馆当差。她下榻的那家旅馆的老板问是否需要替她送个信。她回答："不用，我亲自送信。我需要的是有个人领着前往那家旅馆。"

毕晓普里格斯独自一人待在僻静的侍者领班配餐室里，态度平静，坐在那儿让威士忌兑成的潘趣酒里的糖融化。

现在是旅馆里人们称之为"夜间活动"开始之前、傍晚弥漫着宁静气氛的时刻。毕晓普里格斯习惯于每天在这个宁静的间歇喝点，平静地思考问题。他尝了尝潘趣酒，放下杯子时露出了会心的微笑。展现在他面前的前景看起来够美好的。迄今为止，他在与律师们的先期较量中智胜一筹。现在需要做的一切便是等待，直到格莱纳姆夫人因一桩公共丑闻（由时不时出现的来自"黑暗中的朋友"的信件支撑着）产生恐惧感，因而匆忙亲手拿出钱来换回那封信件。"让它在脑袋里培育着，"他心里想着，"到时金钱会从钱包里跑出来。"

这时候，出现了一个形象邋遢的女仆，从而打断了他的思绪。女仆头上裹着一块棉布巾，手里拿着一口不干净的平底锅。

"呃，毕晓普里格斯先生，"姑娘大声喊着，"门口来了一位漂亮的年轻女士，喊着您的名字要见您呢！"

"一位女士？"毕晓普里格斯重复了一声，一副男子汉厌恶的表情，"你这个笨拙迟钝不做好事的东西，你就是以这样一副淫荡的①姿态来见一位体面负责任的男士吗？你把我看作什么啦？为了爱失去世界的马克·安东尼②吗？（他更加愚蠢！）还是像神圣的所罗门③本人一样，又或是用三位数来数自己情妇的唐璜④呢？摆弄你的锅碗瓢盆去吧——告诉那位派你来的漫游的维纳斯，去兜风去！"

女仆还没有来得及回答，便被轻轻地从门口推到了一旁。毕晓普里格斯惊得呆若木鸡，看见安妮站立在女仆的位置上。

---

① 此处作者原文使用的是"Cyprian"一词，源自古代在塞浦路斯岛（Cyprus）对希腊爱与美的女神阿芙洛狄忒（Aphrodite，相当罗马神话中的维纳斯）的崇拜，此处作形容词，指淫荡下流、行为不端的人，还有妓女等。
② 马克·安东尼（约公元前83—前30）是古罗马政治家和军事家，是恺撒大帝重要的军队指挥官和管理者之一。公元前33年，马克·安东尼与埃及女王克利奥帕特拉七世一同自杀身亡。一般读者通过莎士比亚的悲剧《安东尼与克利奥帕特拉》对他有所了解。
③ 所罗门是以色列国王（前972—前932），加强国防，发展贸易，以武力维持其统治，使犹太王朝达到鼎盛时期，以智慧著称。基督教《圣经·列王纪》第十一章上说"所罗门宠爱许多外邦女子"。
④ 唐璜是中世纪西班牙传奇中的一个专爱寻花问柳而又胆大妄为的典型浪荡子，此人既厚颜无耻，但又勇敢、机智、不信鬼神，利用自己的魅力欺骗了许多女子。唐璜的形象屡见于西方诗歌、戏剧和音乐作品中。

"您最好告诉这位仆人，我在您面前绝不是什么陌生人。"安妮说，看着那位厨房帮厨女仆，后者站立在过道上，眼睛盯着她看，表情呆滞，惊愕不已。

"我自己姐姐的孩子！"毕晓普里格斯大声说，像平常一样反应敏捷，说着谎话，"你走吧，玛吉①。这个美丽的小姑娘是我自己亲属。我相信，流言蜚语对此也没有什么好说的了。——愿上帝拯救我们和引导我们啊！"女仆关上了房门留下他们两个人后，他用另外一种语气补充说："您怎么到这儿来啦？"

"我有话要对您说呢。我身体不好，必须要先等待片刻。给我挪把椅子来吧。"

毕晓普里格斯默默遵行。他挪动椅子时，那只能够起作用的眼睛盯着安妮看，满腹狐疑。"我想要知道一件事情，"他说，"年轻小姐，您是通过什么神奇的方式寻找到这家旅馆来的？"

安妮言简意赅，直白坦率，告诉他自己如何进行调查了解，取得了什么样的结果。毕晓普里格斯脸上的疑云开始散去了。

"真见鬼！真见鬼！"他激动地大声说，恢复了他全部肆无忌惮的秉性，"我已经对另外一位小姐说过，在我们这个下层世界里，一个人如何通过自己的善良行为被人发现，这简直神奇啊。通过可怜的塔米·彭尼奎克，我做了一件好事——在这佩思，名声如雷贯耳。塞缪尔·毕晓普里格斯清楚地知道，任何陌生人只需要打听一声，便就找着他了。我恳求您理解一下，这个新的荣誉标志②不是我自己

---

① 玛吉（Maggie）是玛格丽特（Margaret）的昵称。
② 作者此处在原文中表达"新的荣誉标志"时用了"this new feather in my cap"这一短语。据载，1590年，莎士比亚的第一部剧本《亨利六世》问世，至1592年，全本三部《亨利六世》公演，轰动一时，引起大学才子派的罗伯特·格林（Robert Greene, 1558—1592）的嫉恨。他借用《亨利六世》中的台词攻击莎士比亚这个"乡野愚夫"是"用我们美丽的羽毛装点起来的一步登天的乌鸦"（an upstart crow beautified with our feathers）。

的手系上的。作为一位虔诚的加尔文教徒，我的灵魂深处丝毫都不相信什么臆造出来的所谓善行①。我在审视自己的好名声时，只是如同《诗篇》在我之前已经问过的那样问了，'外邦为什么争闹，万民为什么谋算虚妄的事②？'——您看起来有什么话要对我说，"他补充着说，突然把话转到了安妮的来意上，"有没有可能像平常人一样，您来到佩思，不为别的，就是为了这一点呢？"

他的脸上再次显露出疑惑的表情。他在安妮的心中引起了极大的厌恶感。安妮尽力掩饰这种厌恶感，并以最直率和尽可能最简单的言辞叙述了自己此行的目的。

"我来这儿要问您点事情。"她说。

"啊？啊？您要问我的可能是什么事情呢？"

"我想要问我在克雷格弗尼旅馆丢失的那封信。"

安妮如此单刀直入，令人震惊。毕晓普里格斯镇定自若，连他的这种牢固的心理基础都被动摇了。巧舌如簧的他也一时间张口结舌了。"我不明白您想要干什么。"过了一会儿，他突然意识到，自己只是已经被诱惑着露馅了，于是这样说了一句。

根据他表情态度上的变化，安妮确信，毕晓普里格斯就是自己一直在寻找的人。

"您拿了我的信，"她说，态度严肃，咬定事实不放，"而且您在不光彩地利用那些信。我不会允许您拿我的私事来做交易。您已经提出拿我的信与一位陌生人做交易。我一定要您在我离开这个房间之前把信还给我！"

---

① 作为一位自诩的约翰·加尔文学说的忠实信徒，毕晓普里格斯坚信，拯救是由上帝预先决定或特别选定的，而非善行的功效。
② 引文出自基督教《圣经·诗篇》第二章。

毕晓普里格斯再次犹豫迟疑了起来。他刚开始时怀疑，格莱纳姆夫人的律师们私下里嘱咐了安妮。他此时心里已经证实了这样怀疑。他意识到，至关重要的是，回答时要格外谨慎。

"当这种流言蜚语加到我身上时，"他心里思忖了片刻后说，"我不会浪费片刻的宝贵时间，一定要消除这种流言蜚语。年轻的小姐啊，要往我这样一个忠诚老实的人身上泼脏水，那是达不到任何目的的。您刚才冲着我说这样的话，真是羞耻啊——我在克雷格弗尼旅馆时还担当您的父亲来着。您怎么会这样说话啊？莫非我背后有哪个男人或者女人把我的名字弄错了不成？"

安妮从她旅行穿的外套口袋里拿出那份格拉斯哥的报纸，放置在他的面前，翻开到描述试图对格莱纳姆夫人实施诈骗的那一段。

"我想要知道的一切，"她说，"全都在这儿找到了。"

"但愿那一帮编辑、印刷工、造纸工、卖报人，还有诸如此类的人，统统待在托菲特①的坑里！"毕晓普里格斯心里怀着这种虔诚的愿望——内心里深切地感受着，但没有公开说出口——他戴上眼镜，看着对方向他指出的那一段。"我在此没有看见涉及我名字的文字，或者涉及您在克雷格弗尼旅馆是否可能丢失了什么东西的文字。"他看完后说，仍然坚守着自己的阵地，决心说出更加有说服力的理由。

想到要延长与他理论的时间，安妮的勇气开始衰退了。她站起身，对着他说了最后这番话。

"到了这个时候，我已经了解到了足够多的情况，"她回答，"所以知道，说服您的唯一理由是金钱。假如金钱能够省下我与您争辩

---

① 托菲特（Tophet）是耶路撒冷以南希农山谷中的神坑，古希伯来人在此举行人祭，此处喻指下地狱。

的可恨的必要性——尽管我很贫穷，但您仍然可以拿到钱。请您不要吭声。您本人关心的是我接下来要说什么话。"

她打开了自己的钱包，从里面掏出一张五英镑的钞票。

"您若真心承认事实，把信拿出来，"她接着说，"我就给您这张，作为您找到并且归还我丢失的东西的赏金。您若坚持自己目前这种支吾搪塞的态度，我便能够而且一定会让那些您从我这儿盗走的写有文字的纸在您手上变得一钱不值，成为废纸一堆。您在有我的干预的情况下已经威胁了格莱纳姆夫人。假如我去找格莱纳姆夫人呢？假如我不出这个星期便出面干预呢？假如我手上还握有德拉梅恩先生的其他信件，可以拿出来替我说话呢？到时候，格莱纳姆夫人还与您做哪一门子交易呢？——回答我这个问题吧！"

安妮苍白的脸上泛起了红晕。她进入这个房间时眼睛模糊疲惫，现在却炯炯有神地看着他，透出无比轻蔑的神情。"回答我这个问题！"她重复了一声，爆发出了旧有的能量，撩拨起了一个女人的性格中未曾扑灭的怒火和激情！

如若说毕晓普里格斯作为男人有一个优点，那个稀有的优点便是知道自己何时被打败了。如若说他有一个卓越成就，那个成就便是被打败后能够退下，带着战争的所有荣誉。

"天哪！"他激动地大声说，一副很无辜的表情，"莫非就是您自己给那个名叫杰弗里·德拉梅恩的男人写了信，而收到的是用铅笔写在那张空白纸上的一点点回复吗？天哪，我怎么知道，您来这儿就是要找那封信呢？您在那家旅馆时告诉过我您是安妮·西尔韦斯特吗？从来都没有告诉过啊！那个在旅馆毫不负责任的丈夫是杰弗里·德拉梅恩吗？就我亲眼看到的情况，杰弗里会分身成两个人啊。把您的信还给您吗？毫无疑问啊！我要是知道这是您的信了，我会怀着无比高兴的心情把信还给您的！"

他翻开自己的记录本，拿出信，动作敏捷，与这个基督教世界里最忠诚老实的人相得益彰——更加令人感到神奇的是，他完美地装出了一副对安妮手上那张五英镑钞票漠不关心的表情。

"哼！哼！"他说，"我的心里不那么清晰，自己竟然有权拿您的钱。呃，好吧！好吧！我就收下吧，假如您乐意的话，作为我在那家旅馆时给您帮了一点点小忙的纪念。您不会介意。"他补充说，突然恢复到一副公事公办的样子。"给我写上一行字——作为一种收条好吗？——关于这封信的事情，免得我将来遭人怀疑。"

安妮把钞票扔在他们附近的桌子上，一把从他手上抓过信。

"您不需要什么收条，"她回答，"将来不会有任何信件可以作为对您不利的证据啦！"

她抬起另外一只手，要把信撕碎。同一时刻，毕晓普里格斯抓住了她的两只手腕子，牢牢地固定住了她。

"等一等！"他说，"年轻小姐，您不开一张收条，不能拿信。对于您而言，情况或许是另一回事，因为您已经嫁给了另外一个男人了，不管过去杰弗里·德拉梅恩是否向您做出了承诺。但是，毫无疑问！对我而言，事情却有点重要，因为您指责我盗窃了信，而且拿它来做交易，除非您白纸黑字写着认可，否则天知道是怎么回事。给我写个简单的收条——然后，您如何处理这封信，悉听尊便。"

安妮松开了手上的信，信掉落在他们之间的地板上之后，她没有刻意阻止毕晓普里格斯，由着他再次拿着信。

"对于您而言，情况或许是另一回事，因为您已经嫁给了另外一个男人了，不管过去杰弗里·德拉梅恩是否向您做出了承诺。"安妮听到这话后看到了自己面临的状况，她先前倒是从未以这样的眼光去看这件事情。她先前在给阿诺尔德的信中表达过，即便杰弗里主动提出娶她，以作为对往昔的补偿，她宁可维持现状，也不会愿意做他的夫人。她这样做时，真真切切地表达了杰弗里在她心中激发起的厌恶感。但是，直到此刻，她从未想到过，其他人会误解这种敏感的自尊心，因为这种自尊促成了她放弃对毁掉了她的那个男人要求权利。直到现在，她才深切地意识到，她若怀着轻蔑的态度，任由着他按照自己的方式行事，把自己出卖给有足够金钱买的女人，那么，人们就会根据她的这种行为得出虚假的结论，即她已经无能为力，不能出面干预，因为她已经嫁给了另外一个男人。她脸上先前泛起的红晕消失了，脸色再次显得苍白起来。她开始意识到，自己北行的目标并没有完全实现。

"我给您写收条，"她说，"告诉我该如何写，然后再写出来。"

毕晓普里格斯口授了收条的内容。她写了出来，签上了名字。他把收条连同五英镑钞票夹到笔记本里，作为交换，把信递给了她。

"您想要把信撕掉就撕掉吧，"他说，"这样做与我毫无关系。"

一时间，她犹豫不决。她突然颤抖起来——千钧一发之际，这封信免于被销毁。此信注定要对她未来的人生产生影响。或许是这种影响给予的预先警示作用吧。她回过了神来，把身上穿着的外套裹得更紧了点，因为她仿佛感觉到了瞬间的凉意。

"不，"她说，"我要保留这封信。"

她把信折了起来，放进自己的衣服口袋里，然后转身要离开——到了门口又停下来了。

"还有一件事情，"她补充着说，"您知道格莱纳姆夫人目前的住址吗？"

"您不会真的要去找格莱纳姆夫人吧？"

"这不关您的事情。您可以由着自己的心愿决定是否回答这个问题。"

"啊，小姐！您的脾气和当初在旅馆时不一样呢。好吧！好吧！您已经给了我钱——我应该给予好的回报才是。格莱纳姆夫人私下里离开——他们说，隐名埋姓——到杰弗里·德拉梅恩的哥哥的斯旺黑文别墅去了。您可以相信这个信息——也不是那么容易弄到手的。他们认为，他们已经把这个消息向世人封闭得严严实实。真见鬼！真见鬼啊！塔米·彭尼奎克倒数第二个孩子在佩思郊外那位夫人逗留的宅邸里担任听差的。您要尽可能保守秘密，您府上用人居室里的那些耳朵可灵敏着呢！——啊！她离开，竟然连告别的话都没有说一句！"正当他演讲着关于秘密和用人居室时，她没有行任何礼数便离开了他，于是，他激动地大声这样说。"我觉得，自己这是偷鸡不着蚀把米啊，"他补充着说，一边严肃地思索着他先前一直进行着的充满希望的展望已经完全泡汤的情形。"毫无疑问啊！只要女士的手指抓过我，那就毫无希望了，我只有尽可能聪明地悄悄从她的手指缝里溜走。杰弗里结婚或者不结婚关她什么事呢？"他纳闷着，思绪转到了安妮临别时提出的那个问题上，"她若真正一门心思去找格莱纳姆夫人，哪她跑一趟的目的是什么呢？"

不管安妮跑一趟的目的可能是什么，她接下来的行动证明，她确实一门心思要做这件事情。休息了两天之后，她乘坐翌日最早一班火车离开了佩思，前往斯旺黑文别墅。

故事背景地之九　音乐室

第四十五章　朱利叶斯制造不和

斯旺黑文别墅的露台上，朱利叶斯·德拉梅恩独自一人，手里拿着小提琴，悠闲自得地来回信步。

傍晚最初的月亮出现在天空中——安妮·西尔韦斯特离开佩思的最后时刻。

几个小时前，朱利叶斯全身心投入到了自己的政治履职活动之中——这是他父亲替他做出的选择。他服从紧急需要，到附近城镇柯坎德鲁的一次公众聚会上去向选民们做演讲。这位满腔抱负的英格兰绅士踏上了通向下议院的旅途，由简朴平淡而默默无闻的隐居生活走向绚丽荣耀的公共生活。其间，他不得不经历这样一些过程：在令人厌恶的氛围中呼吸，面对一群闹哄哄的听众演讲，安抚简慢无礼的对抗情绪，回答愚蠢透顶的发问，忍受粗暴野蛮的打断，平息贪得无厌的诉求，握着肮脏不堪的手。朱利叶斯以必要的耐性初步品尝了政治上首次亮相的滋味——这是自由制度所需要的。他回到家这个更加温馨的避风港了，与出发时的情形相比，他的兴致更加淡漠，进入议会那种荣耀的地位对他不再显得那么有吸引力了。咆哮着的"人民"发出的嘈杂声（仍然回荡在他的耳畔）令他平常对声音诗篇的敏感性更加敏感了。那种声音诗篇由莫扎特的音乐构成，由钢琴和小提琴诠释。他拉响了音乐室的铃声，召唤仆人到来。趁着仆人还没有出现的片刻，他拿着自己心爱的乐器，走到室外的露台上感受傍晚空气中的凉意。仆人出现在进入音乐室的玻璃门边，回答主人的询问时，报告说，朱利叶斯·德拉梅恩夫人出门拜访朋友去了，至少一个小时后才会回来。

朱利叶斯感到很沮丧，因为要演奏莫扎特创作的最优美的小提琴曲需要与钢琴配合。而没有夫人助他一臂之力，丈夫便失声了。思忖了片刻后，朱利叶斯突然有了个主意，可以在一定程度上弥补德拉梅恩夫人不在家的缺憾。

"格莱纳姆夫人也外出了吗？"他问了一声。

"没有呢，阁下。"

"带去我的问候。格莱纳姆夫人如若没有别的什么事情要忙着，那能够帮帮忙到音乐室来找我吗？"

仆人带着他的口信离开了。朱利叶斯在露台的一条板凳上坐了下来，开始给自己的小提琴定弦调音。

格莱纳姆夫人——恰如毕晓普里格斯报告的那样，逃避她那位匿名信作者的骚扰，躲到斯旺黑文别墅避难来了——从音乐的角度来说，远不能代替德拉梅恩夫人。朱利叶斯拥有了自己的夫人，那就是拥有了少数几位钢琴演奏者中的一位。经她精妙奇特的触碰，平淡无奇且没有灵魂的钢琴便有了灵性了，充满着其自身不具有的表现力，产生出来的是音乐而非噪音。格莱纳姆夫人身上没有被赋予这种能够创造出奇迹的精妙组织能力。她受过精心细致的教育，人们尽可以相信，她能够准确地演奏——但仅此而已。朱利叶斯对音乐如痴如醉，迫于实际情况，只能聊胜于无，不再苛求了。

仆人带着答案返回了。格莱纳姆夫人十分钟后会在音乐室见德拉梅恩先生。

朱利叶斯站起身，松了口气，继续信步，时而奏出音乐小片段，时而驻足看着露台上的花朵，欣赏着美丽的鲜花，用手轻轻地触碰着鲜花。假如英帝国议会此刻看见了他，英帝国议会一定会向他声名显赫的父亲提出一个问题："阁下，这可能吗？您竟然能够培育出这样一位议会议员呢。"

朱利叶斯停顿了片刻，紧了紧小提琴上的一根弦，然后目光移开乐器，抬起头，惊讶地看见一位女士在露台上向他走近。他向着她迎了过去，发现自己完全不认识她。他心里觉得，她很有可能是上门来拜访他夫人的客人。

"我这是在荣幸地和德拉梅恩夫人的一位朋友说话吗？"他问了一声，"我夫人不在家，我很遗憾地这样说。"

"我不认识德拉梅恩夫人，"女士回答，"仆人告诉我，她已经外出了，我可以再次见到德拉梅恩先生。"

朱利叶斯点头认同——等待对方说话。

"我要恳请您原谅我冒昧闯入，"陌生人接着说，"我此行的目的是，恳请允许见一见客居在您府邸的一位夫人。"

这个非同寻常的客套请求颇令朱利叶斯感到迷惑。

"您是指格莱纳姆夫人吗？"他问了一声。

"正是啊。"

"请别觉得要获得什么必要的允许。本宅邸理当欢迎格莱纳姆夫人的朋友。"

"我不是格莱纳姆夫人的朋友。我与她完全素昧平生。"

这样一来，这位女士做出礼节性的请求倒是有点更加可以理解了——但朱利叶斯仍然一头雾水，这位女士为何希望与格莱纳姆夫人说话。朱利叶斯彬彬有礼，等待着，直到她乐意继续说下去，自己进行一番解释。看起来，不那么容易给出解释。她的眼睛向下看着地面。她痛苦纠结，犹豫迟疑。

"我的名字——我若说出来，"她接着说，没有抬起头来，"可能告诉您——"她打住了。脸色时而绯红时而苍白。她再次犹豫迟疑，设法控制着自己激动的情绪，终于控制住了。"我是安妮·西尔韦斯特。"她说，苍白的脸庞突然抬了起来，颤抖的说话声突然稳定住了。

朱利叶斯怔了一下，看着她，神情惊讶，沉默不语。

他对这个名字可谓双重熟悉。不久前，他在父亲的病榻边听见父亲亲口提及。霍尔切斯特勋爵责成他，真心诚意地责成他，记住这个名字，如若叫这个名字的女人将来来找他，一定要帮助她。还有，他最近听见了这个名字，不光彩地与他弟弟的名字联系在一起。格莱纳姆夫人收到第一封匿名信后，不仅要求杰弗里本人辩驳对他的造谣中伤，而且还私下里转寄一份信的抄件给他斯旺黑文别墅的亲属们。杰弗里的辩解并没有让朱利叶斯确信，自己的弟弟是无懈可击的。他现在看着安妮·西尔韦斯特时，心中的那种疑惑又增强了——几乎得到了证实。眼前这个女人贤淑内敛，温柔和蔼，朴素纯真，气质优雅。难道她就是杰弗里谴责为厚颜无耻、用不正当手段谋取地位的那个女人吗？说她通过愚蠢的搔首弄姿之态对他提出婚姻要求，而且她当时知道自己私下里已经和另外一个男人结了婚。眼前这个女人拥有淑女的声音，淑女的容貌，淑女的举止。难道她就是（正如杰弗里声称的那样）那个与一个匿名向格莱纳姆夫人敲诈金钱的没有文化修养的无赖联合在一块儿的女人吗？不可能啊！即便再怎么认可人不可貌相的道理，那也不可能啊！

"有人已经向我提到了您的名字，"朱利叶斯说，他的回答是停顿了片刻后给出的。他凭着一位绅士的本能感觉，没有把她的名字与他弟弟的名字联系起来。"我上次到伦敦看我父亲时，"他补充说，以这种方式得体周到地解释了他知道她的缘由，"他提到了您的名字。"

"您父亲！"她走近了一步，脸上的表情既惊讶又疑惑，"您父亲是霍尔切斯特勋爵——对吧？"

"对啊。"

"他怎么会说到我呢？"

"他当时生病了，"朱利叶斯回答，"他一直在回想着昔日生活中的事情，而我对那些事情完全不熟悉。他说，他对您父亲和母亲很熟悉。假如您什么时候需要帮助，他希望我能够替您效劳。他表达这个愿望时，话说得很真挚——他给我留下的印象是，其中弥漫着一种惋惜之情，与他的心里一直在惦记着的事情有关。"

慢慢地，沉默不语，安妮退到了露台附近的矮墙边。她一只手搭在矮墙上，支撑着身子。朱利叶斯说出有可怕含意的话，却丝毫没有意识到自己所做的事情。直到此刻，安妮·西尔韦斯特才知道，那个背叛自己的男人是另外一个人的儿子。另外那个人曾经发现了父母婚姻中的瑕疵，结果导致她母亲在她之前就遭受了背叛。披露出的真相令她感到震惊，伴随着一丝充满迷信的恐惧感带来的寒意。这是厄运的锁链在无形地缠绕着她吗？无论她可能转向什么方向，难道她都是在黑暗中前行，沿着她已故母亲走过的道路，走向指定和遗传的命运吗？当她的心中产生可怕的疑惑阴影时，转瞬即逝的事情从她眼前掠过。一时间，她再次生活在了自己的童年时代。她再次看见了自己母亲的脸庞，脸上是昔日那种苍白绝望的表情。那时候，她的夫人头衔被剥夺了，社交界向她永远关上了大门。

朱利叶斯走近了，她回过神来。

"我给您服用点什么好吗？"他问了一声，"您看起来像是生病了。但愿我没有说什么让您感到痛苦的话吧？"

这个问题并没有引起她的注意。她没有回答这个问题，而是自己提出了一个问题。

"您说了，您父亲向您说到我那时，您不知道他在想什么吗？"

"不知道。"

"您弟弟是否有可能比您知道的更多些呢？"

"肯定不会。"

她停顿了下来，再次陷入了自己的沉思中。她和杰弗里首次见面的那个难忘的日子，她听到了杰弗里的姓之后，感到很震惊，于是向他提出了一个问题，他们的双方父母过去是否彼此认识。他在其他别的方面会欺骗她，但他在这一点上没有欺骗她。他断言自己从未在家里听见有谁提起过她父亲或者母亲的名字，这时候，他的说法是真实的。

朱利叶斯的心里产生了好奇。他企图引导她说出更多情况。

"您似乎知道，我父亲说到您时，他在想什么啊，"他接着说，"我可以问一声——"

她做了一个表示恳请的动作打断了他。

"请不要问！事情过去了，结束了——对于您来说，事情可能毫无兴趣可言——与我此行毫无关系。我必须要回到，"她接着说，急匆匆地，"我叨扰您的目的上。德拉梅恩先生，您听到您家里除了您父亲还有别的成员说起过我吗？"

朱利叶斯没有预料到，她会主动提到这个令人痛苦的话题，而他本人是克制着不去触及的。他感到有点失望。相对于她已经表露的情感，他希望从她身上看到更多宽容体谅的情感。

"有必要，"他问了一声，态度冷漠，"谈论这个问题吗？"

安妮脸色再次绯红了起来。

"事情若是没有必要，"她回答，"您觉得，我可能会迫使自己在您面前提起吗？我来提醒您一下，我在此倍感痛苦。倘若我不直截了当说出来（不管我的感情要付出什么样的代价），我的处境会比现在的更加糟糕。我有些事情要对格莱纳姆夫人说，是关于她已经收到的匿名信的。然后，关于她考虑中的婚姻，我有话要对她说。您允许我这样做之前，您应该知道我是什么人。我已经承认了这一点。关于我的行为，能够说得出口的最糟糕的情况，您应该都已经听说过了。您的表情告诉了我，您已经听说了最糟糕的情况。作为一个素昧平生的人，您对我表现出了这种宽容忍让的态度之后，我不会做出卑劣的行为，让您感到惊讶。说不定，德拉梅恩先生，您现在明白，我为何不得不迫使自己提及您的弟弟。您能够允许我和格莱纳姆夫人说话吗？"

她这话说得淳朴谦逊——说话时的表情和态度显得无可奈何，毫不做作，令人感动。朱利叶斯以尊重和同情回应了她，而这种情感是他片刻前从她身上提取的。

"您给予了我充分的信任，"他说，"而大多数置身于您的处境中的人是会拒绝给予这种信任的。我反过来觉得自己有义务给予您充分的信任。我会理所当然地认为，您在这件事情上的动机是我有义务要尊重的。格莱纳姆夫人是否有意愿见面，这事要由她来说。我能够做的就是，让您自由地向她提出这事。您请便吧。"

他说话的当儿，音乐室里传来了弹奏钢琴的声音。朱利叶斯指着朝露台开着的玻璃门。

"您从那个门口进去就行，"他说，"您会发现格莱纳姆夫人一个人待着。"

安妮点了点头，离开了他。她到达通向那扇门的那一段阶梯时，停下来集中了一下自己的思想。

她脚踏在下面的台阶上等待时，心里顿时有了一种犹豫感，纠结着是否该继续向前走，进入房间。公开格莱纳姆夫人考虑的婚姻这事并没有对她产生帕特里克爵士认为的那种影响：没有给杰弗里留有爱情可供伤害，没有潜在的嫉妒感，只等待着一触即发。她佩思之行的目标已经完全实现了，因为她与杰弗里之间的信件已经掌握在她自己手上了。她改变目标，来到斯旺黑文别墅。这完全是由于她面对格莱纳姆夫人时出现了新状况。这个情况是见识粗鄙的毕晓普里格斯向她提出的。为了实现杰弗里欠着的对她的补偿，假如她不能阻止格莱纳姆夫人的婚姻，那么，她的行为只会证实杰弗里厚颜无耻的断言：她是个已婚的女人。若为了自己，关于是否要涉足这件事情，她或许仍然会犹豫迟疑。但是，布兰奇的利益如同她自己的利益。为了布兰奇，她义无反顾地踏上了前往斯旺黑文别墅的行程。

与此同时，由于她现在怀着对杰弗里的这种感觉——尽管她意识到，自己并非真正想要她将要坚持的补偿——非常重要的是，她要保持着自尊，她心里必须怀有目标，让她有理由心安理得地觉得，自己以格莱纳姆夫人情敌的身份出现。

她只需要想一想布兰奇面临的严峻形势——那就可以看清楚自己面前的目标。假如她能够心平气和地证明，她对杰弗里的婚姻要求是无可置疑的，以此来开启她们之间的交谈，那么，不必担心引起误解，她便可以以一位朋友而非敌人的口气说话，而且可以欣然地向格莱纳姆夫人做出保证，她并非是值得害怕的情敌，唯一的条件是，格莱纳姆夫人要设法让杰弗里对自己已经做的恶进行补救。"尽管嫁给他好啦，不必担心我会说出什么阻挠的话——只要他收回自己说过的话，消除自己做过的事，因为他的言辞和行为已经对阿诺尔德和布兰奇之间的婚姻带来疑问了。"假如她能够让接下来的会面取得这样的结果——那么，通过她自己的努力，便寻找到解决路径了，让阿诺尔德摆脱目前在他夫人面前的尴尬境地——因为这是她无意中让他置于其中的！

她此刻伫立在自己与格莱纳姆夫人见面的边缘上，以上就是她怀着的目的。

直到此刻，她坚信，凭着自己的能力，可以实现她心中怀着的目标。只是在当她的脚踏上台阶时，她的心中才掠过一丝疑惑，怀疑自己能否在即将到来的实验中获得成功。她第一次看到了自己理由中的薄弱环节。她本来以为，格莱纳姆夫人具有足够的公正意识和足够控制自己脾气的能力，会耐着性子倾听她说话。但是，她第一次感觉到，自己想当然的态度有多么盲目。她把自己取得成功的全部希望建立在自己对一个素昧平生的女人良好的判断基础上！假如她们刚一开始说话便证明那种判断是错误的怎么办呢？

现在停顿下来重新判断形势已经为时已晚了。朱利叶斯·德拉梅恩注意到了她犹豫迟疑的态度，于是从露台的另一端向着她走过去。没有别的办法，只有消除她自己优柔寡断的心态，并且大胆地冒这个险。"不管面临什么样的结果，我已经走得太远了，不可能就此止步了。"这种孤注一掷的决心激励了她，她打开了台阶顶端的玻璃门，走进了房间。

格莱纳姆夫人从钢琴边站起身。这两个女人——一个衣着光鲜亮丽，另一个衣着朴实无华。一个容貌美丽，如盛开着的鲜花，另一个面容憔悴，如枯萎的植物。一个拥有大量的朋友，社交圈展示在自己跟前，另一个过着遭受抛弃的生活，处在遭人指责的暗淡阴影之下——这两个女人面对面站立着，悄无声息，交换着陌生人之间那种冷淡的致意。

率先着手应对眼前无关紧要状况的是格莱纳姆夫人。她态度友好，先开口说话，结束了这个尴尬的局面——而羞涩的客人对此感觉尤其强烈。

"恐怕仆人没有告诉您吧？"她说，"德拉梅恩夫人不在家里。"

"对不起——我不是来见德拉梅恩夫人的。"

格莱纳姆夫人显得有点惊讶。不过，她仍然和先前一样亲切和蔼，接着说话。

"见德拉梅恩先生吧，或许是？"她提示着说，"我一直在此等待着他呢。"

安妮再次做出了解释。"我刚刚从德拉梅恩先生跟前来。"格莱纳姆夫人睁开眼睛，惊诧不已。安妮接着说："你若能原谅这种冒昧的闯入行为，我来这儿——"

她犹豫迟疑起来——不知道该如何说完这句话。格莱纳姆夫人此时开始产生了强烈的好奇，想看看接下来会出现什么情况。她再次出面打圆场。

"请别说对不起的话，"她说，"我觉得，我明白了，承蒙您看得起，您来这儿是要见我。您看起来很疲惫，为何不坐下来呢？"

安妮站不住了。她坐在了让给她的椅子上。格莱纳姆夫人在琴凳上坐了下来，手指悠闲地滑过钢琴键。"您在哪儿见到了德拉梅恩先生呢？"她接着说，"他是男人中最不负责任的，除了他手上拿着他的小提琴时！他很快就会进来吗？我们演奏点音乐如何？您是来和我们一块儿演奏音乐的吗？德拉梅恩先生痴迷音乐，没错吧？他为何不在场替我们做一番介绍呢？我估计您也喜欢古典风格的吧？您知道我们这是在音乐室吗？我可以问一声您贵姓吗？"

尽管格莱纳姆夫人的问题显得很琐碎，但并非毫无用途。这一大堆问题让安妮有时间坚定自己的决心，觉得有必要自己做一番解释。

"我相信，自己是在对着格莱纳姆夫人说话吧？"她开口说。

态度和蔼的寡妇微笑着，表情优雅，点了点头。

"我来到这儿，格莱纳姆夫人——征得德拉梅恩先生的允许——请求允许对您说一件您感兴趣的事情。"

格莱纳姆夫人戴了多个戒指的手指停止了在钢琴键上滑动。格莱纳姆夫人丰满的脸庞突然转向陌生人，开始显露出惊讶的表情。

"真的吗？我对很多事情感兴趣。我可以问一声这是一件什么事情吗？"

说话者的油腔滑调令安妮感到不快。假如格莱纳姆夫人的性格如表面上看起来的那样浅薄，那么，她们之间几乎没有希望建立起默契。

"我希望对您说的是,"她回答说,"关于您走访佩思附近地区时发生的事情。"

格莱纳姆夫人脸上惊讶的表情化成了一种疑惑的表情。她热情洋溢的态度消失在一种突然盖住的拘泥于礼节的面纱下。她看着安妮。"即便在最好的情况下,也从未见到过一个美人,"她心里想着,"身体现在这么糟糕,衣着像个仆人,音容笑貌却像个淑女。这是什么意思啊?"

对于上面这种疑惑,格莱纳姆夫人这样性格的人是不会默默地放在心里的。她毫无羞色,直截了当,着手解决这个问题——态度极为动人可爱,直接坦率,手法聪明灵巧,从而有了开脱的理由。

"对不起,"她说,"我不善于记人的面孔。我刚才问您贵姓时,我觉得您没有听到。我们以前见过面吗?"

"从来没有。"

"不过——我若是理解了您所指的事情——您希望对我说某件事情,事情只关系到我本人和我最亲密的朋友们。"

"您对我的意思理解得很正确,"安妮说,"我希望对您说关于几封匿名信的事情——"

"这是第三次,请您允许我问一声您贵姓?"

"您立刻就会听说的——您若首先允许我说完想要说的话。我希望,如若可能,在我说出自己的姓名之前,让您相信,我是以一个朋友的身份来到这儿的。我可以肯定,您不会后悔听到,您用不着担忧会有进一步的烦恼——"

"再次对不起,"格莱纳姆夫人说,第二次打断了对方的话,"我不知道，自己应该把一个素昧平生的人对我的事情怀有的这种兴趣归属于什么。"

这一次，她说话的语气显得更加礼貌而冷漠——显得既彬彬有礼又傲慢无礼。格莱纳姆夫人有生以来一直生活在良好的社交环境中，与那些惹得她不高兴的人打交道时，能够把种种高雅而简慢的精妙技巧运用得驾轻就熟。

安妮性格敏感，觉得受到了伤害——但是，安妮充满了耐性的勇气屈服了。她抛弃了自己企图让对方感到痛苦的简慢态度，继续往下说，语气柔和而坚定，仿佛什么事情都没有发生似的。

"那个匿名给您写信的人，"她说，"提及了一封信。那封信已经不再在他手上了。那封信已经转到了可以信赖的会尊重它的人手上。将来不至于被人用来干不齿的勾当——我保证如此。"

"您保证如此？"格莱纳姆夫人重复了一声。她突然身子朝着钢琴前倾，眼睛盯着安妮的脸，毫无掩饰地仔细打量着。她脸色通红，皱眉蹙额，暴躁的脾气开始显露出来，因为暴躁的脾气往往会与柔弱的性格混合在一块儿。"您怎么知道那个人在信中写了什么？"她问了一声，"您怎么知道那封信已经转到另外的人手上了？您是谁啊？"安妮还没有来得及做出回答，格莱纳姆夫人一跃身子站立起来，由于一个新的想法，身子像触电了似的。"除了说到一封信，那个写匿名信给我的人还说到了别的事情。他说到了一个女人，我算是把你给找出来了！"她激动地大声说，突然爆发出了一阵充满嫉妒的愤怒情绪，"你就是那个女人！"

安妮也站立起来了，仍然坚定地控制着自己的情绪。

"格莱纳姆夫人，"她说，态度平静，"我提醒——不，我恳求您——别用这样语气对我说话。您平静下来，我承诺向您保证，关于我要说出来的情况，相对您愿意相信的，您会更加感兴趣。请再容忍我一会儿。我承认，您猜对了。我承认，我就是那个被杰弗里·德拉梅恩毁了并且抛弃了的可怜女人。"

"假的！"格莱纳姆夫人大声说，"你这个卑鄙的女人！你就是用这种胡编乱造的故事来找我吗？朱利叶斯·德拉梅恩要我听这样的事情，他什么意思啊？"她发现自己与安妮同处一室，愤怒的情绪不仅冲破了种种约束，而且冲破了通常的礼貌。"我要摇铃把仆人叫来！"她说，"叫他们把你赶出宅邸。"

她试图横过房间走向壁炉架边去摇铃。安妮站立的地方离铃更近，她同一时刻走上前去。她没有吭一声，用手示意另外一个女人靠后站。出现了停顿，两个人都等待着，她们目光坚定，相互对视着——每个人的决心都充分暴露在对方的面前。又过了一会儿，格莱纳姆夫人情绪平静下来了，她后退了一步，缄口不言。

"听我说吧。"安妮说。

"听你说？"格莱纳姆夫人重复了一声，"你没有权利待在这座宅邸里。你没有权利强闯此地。离开这个房间！"

安妮终于要开始失去耐性了——至此，她一直保持着自己的耐性，坚定不移，令人钦佩。

"注意点，格莱纳姆夫人！"她说，心里仍然纠结着，"我不是个天生有耐性的女人。苦难让我的脾气变得温和了许多——但是，宽容忍让也是有限度的。你已经抵达了我的极限。我有权力说我要说的话——而且，你对我说过刚才的话后，我要把话说出来！"

"你没有权力！你这个厚颜无耻的女人，你已经结婚嫁人了。我知道那个男人的名字，阿诺尔德·布林克沃斯。"

"这是杰弗里·德拉梅恩告诉你的吗？"

"面对一个以如此亲昵的方式①称呼杰弗里·德拉梅恩先生的女人，我拒绝回答她提出的问题。"

安妮向前迈了一步。

"这是杰弗里·德拉梅恩告诉你的吗？"她重复了一声。

她的眼睛里释放出一种光芒，声音里透出一种特质，两者表明，她终于被激怒了。这一次，格莱纳姆夫人回答了她。

"他确实告诉了我。"

"他说谎。"

"他没有说谎！他知道。我相信他，但我不相信你。"

"他若告诉你，我绝非单身女人——他若告诉你，阿诺尔德·布林克沃斯娶了任何女人为妻，唯独没有娶温迪盖茨宅邸的伦迪小姐——我再说一遍，他说谎！"

"我再说一遍——我相信他，不相信你。"

"你相信我是阿诺尔德·布林克沃斯的夫人吗？"

"我对此很肯定。"

"你当着我的面告诉我这个吗？"

"我当着你的面告诉你——你可能是杰弗里·德拉梅恩的情妇，但你是阿诺尔德·布林克沃斯的夫人。"

听见这话后，安妮久久抑制住的愤怒爆发了出来——由于之前一直稳定地控制着，所以显得格外强烈。屏息静气的片刻过后，她旋风般的愤怒情绪顿时消失，不仅仅因为想到她来到斯旺黑文别墅

---

① 格莱纳姆夫人认为，安妮应该在杰弗里·德拉梅恩的名字前面加上"先生"二字。

的目的，而且还想到她忍受了杰弗里造成的不可饶恕的冤屈。此时此刻，格莱纳姆夫人看着她时，杰弗里若在场，而且主动提出要弥补他的承诺，她会同意嫁给他的——无论事后等她首先冷静下来的时刻，是否会自我毁灭。小小的刺终于刺进了伟大的性格中了。最高尚的女人毕竟也只是个女人啊！

"我不允许你嫁给杰弗里·德拉梅恩！我坚持要求他履行要娶我为妻的承诺！我这儿有他自己亲笔写下的话。他凭着良心用这个向我发誓了——他会弥补他的承诺。他的情妇，你是这样说的吗？格莱纳姆夫人，他的情妇本星期之内就是他的夫人啦！"

她用这一番疯狂的话讥讽对方——手里得意扬扬地握着那封信。

格莱纳姆夫人此刻确确实实不由得产生了疑惑，怀疑安妮真的要如她所提出的向杰弗里提出婚姻的要求。她一时间被这种怀疑吓到了，然而，她还是以一个处在走投无路困境中的女人执拗任性的态度——以一种就信服本身的意义而言并不能令人信服的决心——做出了回答。

"我不会放弃他的！"她大声说，"你手上的信是件伪造品。你没有证据。我不会，我不会，我不会放弃他的！"她一再重复着，像个生气的孩子毫无作用地重复着。

安妮一副鄙视的态度，指着自己手上拿着的信。"这儿是他承诺和写下的文字，"她说，"只要我活着，你永远都不可能成为他的夫人。"

"我将在跑步竞赛结束后的一天成为他的夫人。我这就去伦敦找他——警告他提防着你！"

"你会发现我先于你到达伦敦——手里攥着这个。你熟悉他写的字吗？"

她举起信，打开。格莱纳姆夫人飞快伸出一只手，像一只诡异急速的猫爪子，想要夺过信毁掉。尽管她动作敏捷，但安妮对手的动作更加敏捷。一时间，她们面对面，上气不接下气——一位拿着信放在身后，一位一只手仍然伸着。

同一时刻——她们之间还没有来得及再说上一句话——玻璃门打开了。朱利叶斯·德拉梅恩出现在房间里。

他对着安妮说话。

"在露台上时，我们说好了的，"他说，态度平静，"假如格莱纳姆夫人有这个愿望，您就对她说。您认为这个交谈还有必要持续下去吗？"

安妮把头垂到胸前。她心中的怒火顷刻熄灭了。

"我受到了残酷无情的挑衅，德拉梅恩先生，"她回答，"但是，我没有权力请求这个。"她抬起头看了他一会儿。眼睛里噙满了屈辱的泪水，慢慢地流淌到了脸颊上。她再次把头低下，不让他看见自己的脸颊。"我唯一能够弥补的，"她说，"就是恳求您的原谅，然后离开宅邸。"

她一声不吭，转身走向门口。朱利叶斯·德拉梅恩一声不吭，替她打开门，向她表达这个小小的礼节。她出了房间。

格莱纳姆夫人的愤怒情绪——此时闲置着——转移到了朱利叶斯身上。

"假如经过您的首肯，我被设陷见这个女人，"她说，态度傲慢，"德拉梅恩先生，那我应该效仿她，离开您的宅邸。"

"我授权了她与您见面的请求，格莱纳姆夫人。如果她滥用了我给她的许可，我由衷地对此感到遗憾。我恳请您接受我的道歉。

与此同时，我要冒昧补充一点，作为对自己行为的辩解，我认为她——现在仍然认为——是个值得怜悯同情而非指责怪罪的女人。"

"值得怜悯同情——您是这样说的吗？"格莱纳姆夫人问了一声，怀疑自己的耳朵是否听清楚了。

"值得怜悯同情，"朱利叶斯重复了一声。

"德拉梅恩先生，您可能发现，关于这个女人的情况，您弟弟告诉我们的遗忘起来很方便。我却碰巧还记得呢。"

"我也记得呢，格莱纳姆夫人。但是，凭着我对杰弗里的了解——"他犹豫迟疑着，手指紧张地滑过小提琴的琴弦。

"您不相信他吗？"格莱纳姆夫人问。

当着这位马上要成为自己弟弟夫人的女人的面，朱利叶斯不想承认，自己怀疑弟弟的说法。

"我还不至于到这个程度，"他说，"我只是觉得难以把杰弗里告诉我们的情况与西尔韦斯特小姐的表情态度和外表容貌协调一致起来——"

"她的外表容貌！"格莱纳姆夫人大声说，态度变得惊愕和厌恶，"她的外表容貌！噢，天哪！我恳求您原谅——我应该记住，人各有所爱。接着说吧——请接着说！"

"我们可以演奏一点音乐让自己平静下来吗？"朱利叶斯提议说。

"我特别要请求您接着说下去，"格莱纳姆夫人用强调的语气回答说，"您发现'不可能协调一致'——"

"我说的是'难以'。"

"噢，很好。难以把杰弗里告诉我们的情况与西尔韦斯特小姐的表情态度和外表容貌协调一致起来。您接下来要说什么？我态度粗鲁地打断您的话时，您有什么别的话要说来着。是什么呢？"

"只是这么回事，"朱利叶斯说，"帕特里克爵士容忍布林克沃斯先生娶他侄女为妻犯下重婚罪，我发现此事不那么容易理解。"

"等一等！那个可怕的女人嫁给布林克沃斯先生的婚姻是一桩秘密婚姻。当然，帕特里克爵士对此毫不知情！"

朱利叶斯承认，这种情况倒是有可能的，于是再次试图把愤怒的夫人领回钢琴旁。再一次，无济于事！尽管格莱纳姆夫人自己心里不愿承认，但关于自己恋人辩解的真实性，她的信念已经动摇了。面对安妮的言辞和行为，格莱纳姆夫人心中不由得对杰弗里叙述的事情的可信性产生了可怕的怀疑。朱利叶斯说话的语气——尽管很温和——重新激起了她最初的怀疑。她瘫坐在最近的一把椅子上，用自己的手帕擦眼睛。"您一直痛恨可怜的杰弗里，"她说，突然哭了出来，"而现在您在我面前诋毁他！"

朱利叶斯巧妙地驾驭着她，手法令人钦佩。他正要郑重其事地回答她时，突然忍住了没说。"我一直痛恨可怜的杰弗里，"他重复了一声，微笑着，"您是最不应该说这话的人，格莱纳姆夫人！我一路领着他从伦敦过来，特地把他介绍给您认识。"

"这么说来，我但愿您把他留在伦敦才好啊！"格莱纳姆夫人回应着说，突然由痛哭转变为生气，"遇到您弟弟之前，我是个幸福快乐的女人。我决不能放弃他！"她爆发了出来，再次由生气转变为痛哭。"即便他已经欺骗了我，我也不在乎。我不会让另外一个女人拥有他的！我将成为他的夫人！"她像是演戏似的猛然双膝跪下在朱利叶斯的面前。"噢，一定要帮助我查找出真相！"她说，"噢，朱利叶斯，怜悯同情我吧！我十分喜爱他！"

她的脸上显露出真正痛苦的表情，声音中透出真实的情感。这个女人的身上蕴藏着毫无仁慈之心的傲慢无礼和没心没肝的残忍无情——而这些秉性却在五分钟之前对一位落魄的姐妹毫无顾忌地倾泻而出！谁会相信这一点呢？

　　"但凡我做得到的我都会去做，"朱利叶斯说，鼓起他的勇气，"等到您平静了一些之后，我们再来谈这件事情。试着演奏一点音乐，正好让您的情绪平静下来。"他重复了一声。

　　"您想要我演奏吗？"格莱纳姆夫人问了一声，片刻的功夫，成了个温顺女人的典范。

　　朱利叶斯翻开《莫扎特小奏鸣曲》乐谱，把自己的小提琴搁到了肩膀上。

　　"我们试一试第十五号作品吧，"他说，一边把格莱纳姆夫人安顿在钢琴旁，"我们先从慢板乐章开始。假如凡人曾经创作出神圣的天籁，这个作品便是呢！"

　　他们开始演奏。演奏到第三小节时，格莱纳姆夫人省掉了一个音符——朱利叶斯的琴弓停住在琴弦上颤抖着。

　　"我无法演奏啦！"她说，"我情绪激动，我焦虑不安。我怎么才能调查出那个女人是否真的结了婚啊？我能够去问谁呢？我不能到伦敦去找杰弗里——那位教练不会允许我见他的。我不能去询问布林克沃斯先生本人——我甚至都不认识他呢。还有谁呢？好好想一想，然后告诉我吧！"

　　让她回到慢板乐章上来，可能性只有一个——这种可能性便是，突然想出一个能够让她满意并且平静下来的建议。朱利叶斯把自己的小提琴放在钢琴上，仔细认真地思索着自己面临的这个问题。

"假如杰弗里说的事情靠得住，"他说，"那是会有证人的。旅馆的老板和那位侍者能够说出实际情况。"

"下层人！"格莱纳姆夫人反对说，"我不认识的人，可能利用我的地位谋求利益并且对我简慢无礼的人。"

朱利叶斯再次思索着，提出了另外一个建议。无意之中歪打正着，他突然想到了，向格莱纳姆夫人提起的人不是别人，正是伦迪夫人本人！

"我们那位好朋友住在温迪盖茨宅邸，"他说，"伦迪夫人可能听到了有人悄声议论这件事情。家里出了如此严重的事情，我们要是登门拜访她（假如她已经听到了什么情况），可能显得有点不合时宜。不过，此事最好还是由您本人定夺。我能够做的也就是提出建议而已。温迪盖茨宅邸距离这儿不是很远——去那儿一趟可能会有所收获。您看怎么样呢？"

却那儿一趟可能会有所收获！我们不要忘了，伦迪夫人还一直蒙在鼓里——她先前给帕特里克爵士写信，字里行间明显表露出，她的自尊心受到了伤害，于是起了疑心——由于朱利叶斯·德拉梅恩的出现，她现在很有可能最先从某个点头之交的嘴里听说阿诺尔德·布林克沃斯身处两难境地这件严重的事情。他们应该记住这一点。然后，他们不妨预测一下去一趟可能得到的收获——不仅去一趟温迪盖茨，还要去一趟哈姆农庄。

"您怎么看呢？"朱利叶斯问了一声。

格莱纳姆夫人如痴如醉了。"这正是要去找的人！"她说，"如果对方不让我进入，我可以写封信，很容易——解释清楚我的目的是要表达歉意。伦迪夫人很有正义感，充满了同情心。如果她看到没有旁人——我只需要把自己的焦虑心情向她倾诉，我可以肯定，她会见我的。您会借给我一辆马车，对吧？"

朱利叶斯把自己的小提琴从钢琴上拿开。

"别觉得我很麻烦，"他说，说话的语气循循善诱，"现在到明天的这段时间里，我们没有什么事情可干。正是这种音乐啊，您若曾经进入到其强劲的节奏中的话！您不介意再尝试一次吧？"

听到了刚才这个极有价值的提示之后，格莱纳姆夫人为了证明自己的感激之情，愿意干任何事情。这第二次尝试中，水平中不溜的钢琴手的眼睛和手完美地协调起来了。《莫扎特小奏鸣曲》第十五号作品中的慢板乐章的美妙旋律被小提琴和钢琴顺畅地演奏出来了——而朱利叶斯·德拉梅恩翱翔到了音乐快乐的七重天了。

翌日，格莱纳姆夫人和德拉梅恩夫人一同前往温迪盖茨宅邸。

故事背景地之十　卧室

第四十六章　伦迪夫人履行了自己的职责

故事的场景是一间卧室——明亮的白昼光线下，可以看到一位女士躺在床上。

我们需要给对行为得体性敏感的人们提个醒——因为他们给自己规定的职责便是一直大声抱怨——这一次，他们得先等一等，然后再大声抱怨。眼前呈现的女士不是别人，正是伦迪夫人本人。结果理所当然，只要肯定了这个事实，得体性的最高要求便充分而又无可争辩地得到了满足。呈现夫人阁下躺卧着的姿势，而非站着的，这样做很有可能会给任何人带来缺乏道德好处的直接影响。假如这样说了，等于断言，德行是个体位姿势问题，当不穿常礼服或晚礼服登场亮相时，体面便不复存在了。有谁会足够大胆地这样说吗？这么说来，面对眼前的场景，谁也用不着大声抱怨啦。

伦迪夫人躺在床上。

夫人阁下收到了布兰奇的书面通知，他们突然终止了结婚旅行。于是，她提笔给帕特里克爵士写了回信——至于哈姆农庄收到信的情形，前面已经描述过了。写过回信后，伦迪夫人觉得，在帕特里克爵士的回信可能到来之前，自己应该在自己的宅邸里占据一个适宜的位置。这个充满了正义感的女人有理由相信，自己家族的成员们残酷无情，对她不信任。这时候，她会干什么呢？一个充满了正义感的女人会十分敏锐地感觉到，自己生病了。因此，伦迪夫人便感觉到自己生病了。

病情非同小可，需要请一位最高水平的医生前来诊治。他们从附近的城镇柯坎德鲁请来了一位医生。

医生乘着两匹马拉的车来了，只见他长着一颗必须有的秃顶脑袋，系着一个必不可少的白色领结。他给夫人阁下号了脉，并且态度和蔼地问了几个问题。医生内心里坚信，自己的病人什么毛病都没有，但他态度庄严地背离了自己的信念，这种事情只有大名鼎鼎的医生才能做得出来。他的每个表情都显露出了对自己的信心，说："精神紧张啊，伦迪夫人。您必须要卧床休息。我来开个处方吧。"他开具了处方，一副十足郑重其事的态度：氨水芳香剂——十五滴剂；红色薰衣草剂——十滴剂；橘皮糖浆——二液量打兰；樟脑提神剂——一盎司。他写了"Misce fiat Haustus"（混合调制成饮剂）——他补充写上了"Ter die Sumendus"（一日服用三次[①]）——他在结尾处写上了自己姓名的首字母，再次确认自己刚才写的拉丁文。这时候，他只需要鞠躬告辞，把两个几尼放进自己的衣服口袋里，以一位履行过了自己职责的医生身份，怀着一颗欣慰的职业良心，踏上返程之旅。

伦迪夫人躺在床上。夫人阁下身体看得见的部分装扮得很完美，这是专为这种场合设计的。她的头上缠绕着洁白的束发饰带。她身穿一件可爱的白色麻纱病号上衣，配有蕾丝绳边和粉红色饰带。其余的便是——床上用品。她旁边的一张桌子上放着红色薰衣草剂——颜色耀眼，味道尝起来不难受。药剂旁边放着一本祈祷用

---

① 作者在文中表达了对医生的一种讽刺。药名用英文书写，使用方式却变成了用拉丁文书写。

的书籍。祈祷书后面适度地摆放着家庭分类账目和当日厨房餐食报告（请注意，即便夫人阁下精神紧张也不能干扰夫人阁下履行职责啊）。床罩上夫人够得到的地方，放着一把扇子、一个嗅盐瓶、一条手帕。宽敞的房间半明半暗。几扇较低窗户中的一扇敞开着，让夫人阁下能够充分享受到足量的空气。床头正对面的墙壁上挂着已故托马斯爵士的肖像，肖像画正注视自己的遗孀呢。全部的椅子都适得其所。衣橱里和抽屉里的衣服没有一件敢于越雷池半步，超出自己神圣的界限。梳妆台上一件件晶莹闪亮的宝贝在昏暗的远处熠熠生辉。水壶和脸盆是上等的乳白色，看上去洁白无瑕，格外美丽。无论您朝着哪个方向看，您看到的都是一间完美无缺的卧室。然后看看床铺——您看到的是一位完美无缺的女士，这幅图画就此圆满了。

　　这是安妮出现在斯旺黑文别墅的后一天——临近黄昏。

　　伦迪夫人的贴身女仆悄无声息，打开了房门，踮着脚悄然走到床边。夫人阁下双目紧闭着，此时，又突然睁开眼睛。

　　"没有睡着，霍普金斯。难受，什么事情？"

　　霍普金斯把两张名片放在床罩上。"德拉梅恩夫人，夫人——还有格莱纳姆夫人。"

　　"毫无疑问，你告诉了她们我生病了吧？"

　　"是啊，夫人。格莱纳姆夫人打发人找我。她走进了图书室，写了字条。"霍普金斯拿出字条，规整地叠成了一个三角形。

　　"她们走了吗？"

　　"没有呢，夫人。格莱纳姆夫人告诉我说，只要您开恩看过这个后，'是'或'否'都回答一声。"

"格莱纳姆夫人毫不顾及他人啊——在这个医生坚持要求绝对休息的时候，"伦迪夫人说，"没有关系。或多或少做一次牺牲影响也不大。"

她使用了一次嗅盐瓶让自己振作起来，然后展开字条。内容如下——

亲爱的伦迪夫人，听说您困在自己的卧室里，深感痛惜！我趁此机会与德拉梅恩夫人一同登门拜访，期待着能够向您请教一个问题。我若以书面形式请教该问题，您会怀着无限仁慈的心原谅我吗？您收到了有关阿诺尔德·布林克沃斯先生的什么意外消息吗？我的意思是说，您收到了关于他的什么信件从而令您感到很惊讶吗？我有严肃的理由要询问这一点。等您一旦能够见我，我定会告知您详情。那之前，我等待一个字的回复就行。带口信下楼——是或否。一千遍地致歉——祝愿尽早康复！

伦迪夫人看到字条上面这个奇特的问题后，心里有了两种推断，二者必居其一。要么格莱纳姆夫人已经听到了有关那对新婚夫妇意外返回英国的消息，要么关于哈姆农庄表面下的实际秘密，她掌握了更加令人关注和重要的线索。字条中出现的"我有很严肃的理由要询问这一点"字样似乎更加倾向于两种推断中的后一种。尽管看起来格莱纳姆夫人不可能知道关于阿诺尔德的什么情况，因为伦迪夫人对此绝对蒙在鼓里，但是，夫人阁下充满了好奇（布兰奇神秘莫测的信已经把她的好奇心强烈地激发起来了），事不宜迟，必须见上一面，得到必要的解释，才能平息这种强烈的好奇心。

"霍普金斯，"她说，"我必须见格莱纳姆夫人。"

霍普金斯态度毕恭毕敬，惊恐地举起双手。就夫人阁下目前的身体状况而言，她竟然敢在卧室里会见客人！

"这其中涉及职责问题，霍普金斯。把镜子给我。"

霍普金斯拿出一面精致的小手镜。伦迪夫人对着镜子仔细认真地审视自己，目光一直延伸到了铺盖的边缘。无懈可击了吧，每个方面？对啊——即便挑剔者是个女人。

"领格莱纳姆夫人上这儿来吧。"

过了一两分钟，铁器制造商的遗孀翩然进入了房间——和平常一样，打扮得过分了点，对夫人阁下的仁慈之心充满了感激之情，对夫人阁下的身体状况深感焦虑，其表情显得夸张了一点。伦迪夫人对这一切尽可能忍受了足够长的时间——然后做出了一个礼貌的劝告动作，制止住了，再谈及关键问题。

"好啊，亲爱的——说说您字条上的那个问题好吗？您可能已经听说阿诺尔德·布林克沃斯和他夫人已经从巴登回来了吧？"格莱纳姆夫人睁大眼睛，惊愕不已。伦迪夫人把话说得更加明白，"您知道的，他们本来是要一路前往瑞士度蜜月的——但他们突然改变了主意，上个星期天返回英国了。"

"亲爱的伦迪夫人啊，才不是这么回事呢！莫非您除了刚才告诉我的，其他一点儿都没有听说过，关于布林克沃斯先生的情况？"

"没有。"

出现了停顿。格莱纳姆夫人态度犹豫迟疑，手里摆弄着自己的阳伞。伦迪夫人在床上身子前倾，聚精会神地看着她。

"您听说了关于他的什么情况？"她问了一声。

格莱纳姆夫人显得局促不安。"说起来很难啊。"她开口说。

"除了悬念，我什么都可以忍受，"伦迪夫人说，"告诉我最坏的情况吧。"

格莱纳姆夫人决定冒这险。"您从未听说吗？"她问了一声，"布林克沃斯先生娶伦迪小姐为妻之前，可能与另外一位小姐有了婚约。"

夫人阁下一开始惊恐地闭上了双眼，随即盲目地在床罩上摸索着嗅盐瓶。格莱纳姆夫人把嗅盐瓶递给了她——等待着看一看，自己进一步说下去之前，病人如何忍受这个消息。

"有些事情是必须要听的，"伦迪夫人评价着说，"我看到了这其中涉及一种责任行为。您让我感到有多震惊，这事情简直无法用语言来形容。谁告诉您的？"

"杰弗里·德拉梅恩先生告诉我的。"

夫人阁下再次使用了嗅盐瓶。"阿诺尔德·布林克沃斯最亲密的朋友！"她激动地大声说，"如若有人知道的话，他应该知道。这真是可怕啊。杰弗里·德拉梅恩先生为何要告诉您呢？"

"我打算嫁给他呢，"格莱纳姆夫人回答说，"亲爱的伦迪夫人，这正是我来麻烦您的理由啊。"

伦迪夫人的眼睛半睁半闭着，一副有点迷惑不解的样子。"我不理解，"她说，"看在上帝的分上，您自己解释吧。"

"您难道没有听说一系列匿名信的事情吗？"格莱纳姆夫人问了一声。

不错，伦迪夫人听说了匿名信的事情。但是，仅限于普通公众听说过的情况。"杰弗里·德拉梅恩先生装得像没有出生的婴儿一样清白无邪。没有提及背后那位女士的名字。这种假象有什么问题吗？把您的手伸过来，可怜的亲爱的——把这一切都推心置腹地告诉我吧！"

"他并非清白无邪，"格莱纳姆夫人说，"他承认有过一次愚蠢轻浮的恋爱行为——都是她做的。当然，我坚持要听到一个清楚的解释。她确实对他有要求婚姻的权力吗？一点权力都没有。我感觉到，对此，我只有他的一面之词——而我也对他表达了这个意思。他说，他可以证明这一点——他说，他知道，她已经秘密结婚了。她丈夫先前否认和抛弃了她。她已经智穷计尽，处于绝望境地，可以尝试一切。我认为，这事很值得怀疑——直到最后杰弗里点出了那个男人的名字。这就毫无疑问证明了，他与自己的夫人断绝了关系，因为我本人知道，他最近娶了另外一个女人为妻。"

伦迪夫人突然怔了一下，头从枕头上跃起——此时，是真正的情绪激动，真正的惊恐不安。

"德拉梅恩先生告诉了你那个男人的名字？"她说，上气不接下气。

"对啊。"

"我熟悉那个名字吗？"

"别问我！"

伦迪夫人的头落回到枕头上。

格莱纳姆夫人起身准备摇铃寻求帮助。她还没有来得及触到铃，夫人阁下便回过了神来。

"等一等！"她大声说，"我能够确认这一点。这事是真实的，格莱纳姆夫人！这事是真实的！打开梳妆台上那个银色盒子——您可以在里面拿到钥匙。把最上面的一封信给我拿过来。喏！看看这个。这是布兰奇写给我的。他们为何突然中止结婚旅行呢？他们为何回到帕特里克爵士的哈姆农庄呢？他们用这样可耻的托词来解释这件事情，他们为何要这样来搪塞我呢？我可以肯定，一定是发生了什么可怕的事情。我现在知道是什么事情啦！我现在知道是什么事情啦！”她再次躺下，双目紧闭，情绪激动，自言自语地重复着。

格莱纳姆夫人看了信。里面说明了新娘和新郎为何令人怀疑地突然返回，这个理由或许是个托词——还有，更加值得注意的是，安妮·西尔韦斯特的名字与这事有关联。格莱纳姆夫人也强烈地激动了起来。

“这是个证明，”她说，“布林克沃斯先生已经被发现了——那个女人已经嫁给了他——杰弗里是自由的。噢，亲爱的朋友啊，您替我把一个多么焦虑沉重的包袱从心里卸掉了啊！那个可恶的女人——”

伦迪夫人突然睁开了眼睛。

“您的意思是说，”她问了一声，“这一切的麻烦都因那个女人而起吗？”

“不错。我昨天见到了她。她强行闯入斯旺黑文别墅。她称呼他为杰弗里·德拉梅恩，声称自己是个单身女人，态度极为厚颜无耻，当着我的面提出对他有婚姻要求。她动摇了我的忠诚，伦迪夫人——她动摇了我对杰弗里的忠诚！”

“她是谁啊？”

“谁？”格莱纳姆夫人应了一声，“您连这个都不知道吗？她的名字为何在这封信中一而再再而三地重复啊！”

伦迪夫人发出了一声尖叫，声音回荡在整个房间。格莱纳姆夫人怔了一下站起身。贴身女仆惊恐万状地出现在房间门口。夫人阁下示意女仆立刻离开——然后指着格莱纳姆夫人坐过的椅子。

"坐下吧,"她说,"让我用一两分钟平静一下。我不想听任何情况了。"

房间里弥漫着沉静的气氛,一直没有打破,直到最后伦迪夫人开口说话了。她要看布兰奇的来信,仔细看过信后,她放到了一旁,陷入了片刻的沉思。

"我对布兰奇做了一件不公平的事情!"她激动地大声说,"可怜的布兰奇啊!"

"您认为她对此蒙在鼓里吗?"

"我可以肯定这一点!您忘记了,格莱纳姆夫人,这个发现会给我继女的婚姻投下疑云的。您认为,她若知道真相,她写信来这儿时,会在信中写到那个严重伤害了她的可恶女人吗?他们找个理由搪塞了她,所以她在毫不知情的情况下把这事写信告诉我了。我看清楚了这件事情,同我看着您一样真切!布林克沃斯先生和帕特里克爵士合谋让我们两个人蒙在鼓里。亲爱的孩子啊!我欠着她一个补偿啊。假如没有任何人让她睁开眼睛看清楚,那就由我来做这件事情吧。帕特里克爵士会发现,布兰奇还有我这个朋友呢!"

她的脸上诡异而突兀地露出了微笑——这是一个顽固不化、心怀恶意的女人完全被激发出的充满了危险的微笑。格莱纳姆夫人感到有点惊慌。表面之下的伦迪夫人——区别于表面之上的伦迪夫人——可不是个令人想到就开心的对象。

"请设法让您自己平静下来,"格莱纳姆夫人说,"亲爱的伦迪夫人啊,您把我给吓着啦!"

夫人阁下温柔贤淑的外表再次平静地显露了出来。实际情况是，她把隐藏着的内心自我给掩盖起来了，而那种自我刚才瞬间显露了。

"原谅我情绪激动！"她说，态度和蔼，充满耐性，这一点让她在经受考验的时刻显得格外不同凡响，"这个事情落在一个可怜的生病的女人身上，显得有点沉重——毫无半点警觉，被冷酷无情地忽略了，蒙羞受辱。别让我替您增加痛苦啊。我会振作起来的，亲爱的，我会振作起来的。面对如此可怕的灾祸——这个苦难、罪恶和欺骗的深渊——我除了自己没有任何人可以依靠。为了布兰奇，我必须弄清楚整个事情——探索调查，亲爱的，探索调查到最深处。布兰奇必须占据她值得拥有的地位。布兰奇一定会在我的保护下坚守她的种种权利。不要在乎我忍受什么样的痛苦，或者做出什么样的牺牲。可怜软弱的我可以发挥公正的作用。我一定要发挥出作用！"夫人阁下说，用扇子替自己扇风，一副充满了无限决心的样子。"我一定要发挥作用！"

"但是，伦迪夫人，您能够干什么呢？他们全部都去南方了。而至于那个可恶的女人——"

伦迪夫人用自己手上的扇子触碰了一下格莱纳姆夫人的肩膀。

"我像您一样储藏着令人意想不到的消息呢，亲爱的朋友啊。那个可恶的女人曾经受雇在本府担任布兰奇的家庭教师。等一等！这不是全部。她突然离开了我们——逃跑了——以秘密结婚为借口。我知道她去了哪儿。我可以查清楚她干了什么。我可以查出她和谁在一块儿。我可以在布林克沃斯先生背后追踪布林克沃斯先生的行动。我可以查找出真相，而无须依靠那些在这桩很不光彩的事情中受到牵连的人们，因为他们的关注点会欺骗到我。我今天就要开始处理这件事情！"她得意扬扬，啪的一声合上了扇子，头安稳地枕在枕头上，平静地欣赏着她朋友惊讶的表情。

格莱纳姆夫人一副推心置腹的姿态，身子更加靠近床边。"您如何处理好这件事情呢？"她问了一声，心情热切，"不要以为我好奇。我也很关注，想要弄明真相。别把我排除在外，求求您！"

"您明天这个时候可以返回吗？"

"可以！可以！"

"那就来吧——到时候您就知道了。"

"我能够派得上用场吗？"

"您知道哪儿可以联系上纽温登上校吗？"

"知道——他在苏塞克斯郡与一些朋友在一起。"

"您可能需要他的帮助，不过我还说不准。不要让德拉梅恩夫人久等了，亲爱的。我明天等着您。"

她们相互深情地拥抱了。伦迪夫人独自一人待着。

夫人阁下陷入了沉思，眉头紧锁，双唇紧闭。她躺着思索时，一只手支撑着脑袋，胳膊肘顶在枕头上，年龄看起来大了一两岁。她已经把自己交给了那位医生（同时也交给了红色薰衣草剂），那么，最起码要顾及前后一致性，这就要求她应该整天躺在床上。不过，最重要的是，已经提出的调查了解必须立刻展开。一方面，这是个不那么容易解决的问题。另一方面，夫人阁下也不是个很容易被击垮的人。她现在面临的问题是，该如何派人去找克雷格弗尼旅馆的老板娘，而又不会引起别人的特别怀疑或议论。不到五分钟的时间里，她回过头来想了一下温迪盖茨宅邸目前事情进展的状况，并且有了解决这个问题的办法。

她首先做的事情便是摇铃把自己的贴身女仆召唤来。

"我恐怕刚才吓着你了，霍普金斯。我的情绪状态，格莱纳姆夫人突然带来了消息，让我感到很惊讶。我现在好起来了——能够处理府上的事情。屠夫那边的账目出了点差错。把厨娘叫到这儿来。"

她拿起家庭分类账簿和厨房的报告，订正了屠夫的账目，警告了厨娘，处理了所有有待处理的家庭事务，然后再次召唤霍普金斯。格莱纳姆夫人离开之后，伦迪夫人以这种方式娴熟地避免了女仆把自己女主人说的或做的任何事情与格莱纳姆夫人登门期间经历的事情联系起来。夫人阁下感觉到，当晚睡觉之前，她可以自由地为自己决心展开的调查了解活动做好准备。

"室内的安排就这样了，"她说，"我躺在这儿无能为力期间，霍普金斯，你必须要成为我的总理。室外的那些人需要什么吗？车夫？园丁？"

"我刚才看到了园丁，夫人。他拿来了上个星期的账目。我告诉了他，他今天不能见夫人阁下。"

"处理得很正确，他有什么事情要报告吗？"

"没有，夫人。"

"毫无疑问，我想要对他——或者别的什么人说什么来着？我的备忘录，霍普金斯。在那把椅子上的篮子里。为何不把篮子放在我的床边呢？"

霍普金斯拿来了备忘录。伦迪夫人看了看备忘录（其实毫无必要），和那位医生开处方时表现出一副郑重其事的姿态一样（其实也毫无必要）。

"这儿写着呢，"她说，找到了忘记的内容，"不是园丁，而是园丁的太太。备忘录上说到她关于因奇贝尔太太的事情。霍普金斯，注意想法之间的联系。因奇贝尔太太与家禽有关联，而家禽与园丁的太太有关联，园丁的太太与园丁有关联——于是，我头脑里便想到了园丁。你明白这个道理了吗？很好啊。现在谈谈因奇贝尔太太如何？她还来过这儿吗？"

"没有呢，夫人。"

"我不能完全肯定，霍普金斯，关于家禽的事情，我拒绝考虑因奇贝尔太太给我的口信，这样做是正确的。她为何不主动提出把我手上多余的一些家禽买走呢？她是个体面的女人。对我而言，重要的是与我所有的邻居友好相处，无论是富贵的还是卑微的。她在克雷格弗尼旅馆有自己的家禽院子吗？"

"有啊，夫人。我听说了，管理得井然有序。"

"我真的是不明白——想一想，霍普金斯——我为何涉及与因奇贝尔太太进行交易的事情时会犹豫不决。我觉得，把在我的地产上宰杀的家禽卖给家禽商并不会有失我的身份。她想要买什么呢？我的一些西班牙品种的黑色家禽吗？"

"对啊，夫人。夫人阁下的西班牙黑色家禽是这个区域出了名的。没有任何人饲养这品种。而因奇贝尔太太——"

"想要饲养这品种与我平分秋色，"伦迪夫人说，"我不会显得没有风度的。一旦等我好了一点儿，我就要亲自见她，告诉她，我已经改变主意了。派个男仆给克雷格弗尼旅馆送个口信去。这样微不足道的小事我记不住——立刻派他去吧——否则我会忘掉这个事情。他要带的话是，关于家禽的事情，我愿意和因奇贝尔太太见面，她一旦觉得方便，那就过来。"

"我恐怕呀，夫人——因奇贝尔太太一直醉心于那些西班牙品种的黑色家禽——她只要脚下走得动，立刻会觉得方便过来呢。"

"情况若是如此，你一定要领着她去见园丁的太太。说她可以拿一些蛋——当然，条件是要付费。若她真的过来了，记住，要让我知道。"

霍普金斯告退了。霍普金斯的女主人的身子斜靠在舒适的枕头上，轻柔地给自己打着扇子。她的脸上再次露出了充满恶意的微笑。

"我觉得，自己应该身体好到可以见因奇贝尔太太才是，"她心里这样想着，"这样做有可能让交谈超出她的家禽院子和我的家禽院子的相关优点的话题。"

两个多小时之后，事实证明，霍普金斯对于因奇贝尔太太性格中潜在热情的估计是正确的。心急火燎的旅馆老板娘跟随着返程的男仆出现在了温迪盖茨宅邸。人类爱好的一长串清单中，相对于收集鼻烟壶、小提琴和收集名人手迹、旧邮票这些令人难以理解的狂热行为，对家禽的热情似乎有实际的好处（以蛋的形式体现）。当克雷格弗尼旅馆的女主人到来的消息及时告知温迪盖茨宅邸的女主人时，伦迪夫人生平第一次培养起了一种幽默感。在对待因奇贝尔太太和西班牙品种的家禽这两件事情上，伦迪夫人略微显得精神抖擞（毫无疑问，这是红色薰衣草剂使人兴奋的特质导致的结果）。

"真是荒唐可笑啊，霍普金斯！那个可怜女人的脑袋里一定害了家禽痴迷症啊。我病成这个样子，心里觉得并没有什么可开心的。不过，实际上，正如你说的，那个心地善良的女人只要脚下走得动，还真的跑到这儿来了——不可能阻止呀！我确实认为，自己必须见因奇贝尔太太。凭着我积极行动的习惯，像这样困在卧室里，真是很可怕啊。我既不能睡觉，又不能阅读。霍普金斯，只要能够让我不老想着自己，干什么都可以啊。若她令我受不了，很容易就能把她打发走人。叫她上楼来吧。"

因奇贝尔太太出现了，毕恭毕敬地行过屈膝礼，感到受宠若惊，因为伦迪夫人这种屈尊俯就的姿态，她得以进入其神圣的卧室内。

"坐下吧，"夫人阁下说，态度优雅，"正如你看到的，我忍受着疾病的困扰。"

"毫无疑问！不管生病还是健康，夫人阁下的音容笑貌看起来都是迷人的！"因奇贝尔太太回应着说，上流社会的人生病时穿的衣服给她留下了深刻印象。

"我的身体状况是远不适合于接待客人的，"伦迪夫人接着说。"但是，你随即来到我的宅邸时，我还是很想和你说个事情。不久前，我未能怀着友好的、与邻为伴的态度考虑你向我提出的一个建议。我请求你理解，处在我这个地位的人忘记了顾及处在你这个地位的人，对此，我感到很懊悔。面对非同寻常的状况，我不得不表达出这个意思，"夫人阁下补充说，环顾了一眼自己富丽堂皇的卧室，"既然你看得起我，出乎意料地迅速登门了。我先前很高兴给你送去了口信，因奇贝尔太太，你及时给予了响应。"

"啊，夫人啊，我不是很肯定（夫人阁下改变了主意），正如人们常说的，我若不趁热打铁，您可能还会改变主意呢。我渴望得到您的谅解，真是如此啊，如若表现得太过匆忙了。我的心里对我自己的家禽充满了自豪感——而那些'西班牙黑色品种'（人们这样称呼来着），只要夫人阁下拥有着，没有一只是属于我的，对我就是一种诱惑，真想要冲破第十条戒律①啊。"

"我无意中成了你挡不住诱惑的原因，因奇贝尔太太，我听后感到很震惊啊！有什么建议你尽管提出来吧——我会很高兴地尽可能满足的。"

"我必须响应夫人阁下屈尊提出的。我若得不到别的什么东西，那就搞点孵幼禽用的蛋吧。"

"你还有比孵幼禽的蛋更加想要得到的别的什么东西吗？"

"我想要得到，"因奇贝尔太太说，态度谦逊，"一只公鸡和两只小母鸡。"

"打开你身后桌子上的那个匣子，"伦迪夫人说，"你可以在里面拿到信纸，给我一张——还有从盛物盘拿铅笔来。"

因奇贝尔太太在一旁神情热切地看着，夫人阁下给养禽女人写了个字条，然后伸手递过去，脸上露着优雅的微笑。

"把这个字条带给园丁的太太。若你能够与她谈好价格，你可以拿到一只公鸡和两只小母鸡。"

因奇贝尔太太张开嘴——毫无疑问，把人类的感激之情表达到了极致。格莱纳姆夫人离开宅邸之后，伦迪夫人心里一直想着那个目标，至此，她一直成功地克制住了，没有表达出来。但是，因奇贝尔太太还没有来得及说上三句话，伦迪夫人便按捺不住了，一心想冲破界限直奔目标。她不顾礼数，没有让旅馆老板娘说下去，硬是让交谈转到了安妮·西尔韦斯特在克雷格弗尼旅馆的行为这个话题上。

---

① 此处典出基督教《圣经·出埃及记》第二十章，其中颁布了十诫，与此相关的内容是："不可贪恋人的房屋，也不可贪恋人的妻子、仆婢、牛驴，以及他所有的一切。"

"你的旅馆经营得如何啊，因奇贝尔太太？一年当中的这个时候，想必住店的客人多吧？"

"客满啊，夫人（感谢上帝！），从地下室到顶楼都住满了人。"

"我看啊，一段时间之前，你接待了一位我认识的客人吧？一个人——"她打住没说了，顽强克制着自己。又别无选择，只能屈服于迫切的需要，清楚地加以询问。"一位女士，"她补充说，"上月中旬，下榻在你的旅馆。"

"夫人阁下能够屈尊说出她的名字吗？"

伦迪夫人更加顽强地克制着自己。"西尔韦斯特。"她说，语气严厉。

"我的天哪！"因奇贝尔太太大声喊着，"那不可能会有第二位，坐着马车来的——手上提着个小包，有位男子比她晚了一个多小时，是那位吧？"

"我毫不怀疑，正是那位。"

"她是夫人阁下的朋友吗？"因奇贝尔太太问了一声，试探着，态度谨小慎微。

"当然不是！"伦迪夫人说，"我一时间对她产生了好奇——仅此而已。"

因奇贝尔太太看起来松了口气。"实话告诉您吧，夫人，他们之间其实并没有爱情。她自己的脾气够强势的——我看见她离开了，心里挺高兴的。"

"关于这一点，我挺能够理解的，因奇贝尔太太——我本人对她的脾气也有所了解。我可不可以将你的话理解为，她独自一人去了你的旅馆，她丈夫不久后去找了她，对吧？"

"是这么回事，夫人阁下。我不能擅自在我的旅馆给她提供住宿，直到她丈夫随后到了，替她做出担保，对吧？"

"我觉得，我一定见过她丈夫，"伦迪夫人说，"他怎么个样子呢？"

当初帕特里克爵士向因奇贝尔太太提出类似的问题时，她做出了回答。她现在还是用同样的那些话做出回答。

"啊！与她比起来，他显得年轻很多。一个挺帅气的人，夫人——中等身材，漂亮的棕色眼睛和脸颊，漆黑的头发。一个很稳重的小伙子。关于他，我不能说他任何不是——只是当天他很晚到来，而次日早晨就溜之大吉了，把夫人留在了身后，成了我身上的一个负担。"

这个回答在伦迪夫人身上产生的效果与当初在帕特里克爵士身上产生的效果一模一样。她也感觉到，这个回答过于模糊，很多年轻人都有同样的性情和肤色，所以不是很靠得住。但是，在试图探寻真相的过程中，与其叔子相比，夫人阁下具备了一个重大的优势。她怀疑上了阿诺尔德——她所处的情形，凭着她自己丰富的经验和观察力，她可能会提供线索，帮助因奇贝尔太太回忆。

"他的表情和行为上有水手的特征吗？"她问了一声，"你对他说话时，是否注意到了，他习惯于摆弄悬在怀表链上的一个小纪念品盒？"

"他是这样的，一点都不错！"因奇贝尔太太大声说，"夫人阁下对他很熟悉啊——这一点毫无疑问呢。"

"我感觉，我见过他的，"伦迪夫人说，"正如你说的，一位谦逊内敛、举止优雅的年轻人。我不和你多说了，偏离了家禽院子的话题。医生嘱咐我不能会见任何人，我已经违背了他的禁令了。我们要说的事情彼此都已经明白了对吧？很高兴见到你啊。再见吧。"

因奇贝尔太太刚一帮助她达到了目的，她便打发她走人了。

面对她现如今得到的信息，绝大多数处在她位置上的女人都会感到心满意足。但是，伦迪夫人——有个帕特里克爵士那样的男人要对付——决定，自己在冒险对哈姆农庄进行干预之前，一定要加倍地确认自己掌握的事实。她从因奇贝尔太太处得知，安妮·西尔韦斯特那位所谓的丈夫在她到达克雷格弗尼旅馆的当天与她会面，翌日便又离开了她。安妮在温迪盖茨宅邸举行草坪聚会的那天逃跑——也就是说，那天是 8 月 14 日。同一天，阿诺尔德·布林克沃斯离开了，前去察看他姑妈留给他的苏格兰地产。假如因奇贝尔太太所说的可靠，那他一定去了克雷格弗尼旅馆，而非他预定的目的地——那就一定比原定的时间推迟了一天去察看自己的庄园地产。假如这个事实能够由一位非利益相关的人证明，那么，对阿诺尔德的指控便十倍地坐实了。伦迪夫人则可以根据自己的发现采取行动，因为她心里有数，自己获得的信息是完全可靠的。

思索了片刻后，她决定给阿诺尔德的管家写一封询问函。针对她提出的不可思议的问题，她请求谅解，并给予了解释。信函中说，关于阿诺尔德到达他地产处的确切日期，家里的人有了一个小小的争论，并且友好地打了赌，以此来消除分歧。无论管家陈述的时间是 8 月 14 日还是 15 日，她都可以将这个问题尘埃落定。

伦迪夫人在信函中表达了这个意思后，便给予了必要的吩咐，嘱咐信使翌日早晨尽早把信送过去，赶当天最早的火车返回温迪盖茨宅邸。

安排了这一切之后，夫人阁下自由自在地喝了一剂红色薰衣草剂给自己振作精神，然后恰如闭上眼睛、内心平静、坚信自己已经履行了职责的人们一样睡着了。

翌日，温迪盖茨宅邸的事务一个连着一个正常进行着，具体情况如下——

邮件到了，没有帕特里克爵士的回信。伦迪夫人的叔子欠了自己很多债，现在在心理账簿上又记上了这一笔——等到结账的日子到来时，那可得加上利息支付啊。

随后，按照顺序，信使回来了，带回了那位管家的回复。

他查阅了自己的日记，结果发现，布林克沃斯先生先前写了信过来，告知他到达自己地产处的时间是 8 月 14 日——但他实际上到 15 日才到达。伦迪夫人现在有这个能够佐证因奇贝尔太太说法的发现了，于是决定再等待一天——希望帕特里克爵士能够改变主意，给她写信过来。假如没有信来，假如没有再收到布兰奇的信件，她决定翌日乘火车离开温迪盖茨宅邸，亲自前往哈姆农庄大胆尝试着干预一番。

当天出现的第三件事情是，医生来了，进行他职业上的看望。

等待他的是骇人的震惊。他发现自己的病人服过那种药剂后痊愈了！这与规律和先例都大相径庭啊。这件事情具有江湖骗子的性质啊——服用红色薰衣草剂不应该有这样效果的，但她确定是起床了，穿衣打扮着，考虑后天前往伦敦。"医生，这样做也是出于职责义务啊——不管付出什么代价，我都必须得去！"病人无法做出别的什么解释。她显然决心已定——医生没有什么事情可做了，只能打道回府，带着未受伤害的尊严，还有支付的费用。他这样做了。"我们的方法，"他私下里对伦迪夫人解释说，"毕竟没有什么，只是不同的选择罢了。比如说，我看您——正如您认为的，并没有痊愈——只是不正常的激动情绪支撑着。我只能问一声，两种伤害中哪种更加小一些——冒险让您去旅行，还是要求您待在家里让您生气。凭着您的体质，我们必须冒旅行的险。一定要注意，把马车风会吹入的那一侧的窗户关上。保持手足适度温暖，放松心情——不要忘记了，出发前，要服用第二瓶混合药剂。"他还和先前一样鞠躬告辞，还和先前一样把两个几尼放进了衣服口袋，还和先前一样，以一位履行了自己职责的医生身份，怀着一颗欣慰的职业良心，踏上返程之旅。行医是一个多么令人嫉妒的职业啊！我们为何不都去行医呢？

最后发生的一件事情便是格莱纳姆夫人的到来。

"嗯？"她开口说，神情热切，"有什么消息吗？"

夫人阁下陈述了自己的发现——原原本本地讲述了。夫人阁下宣布了自己的决定——表述的语气毫不妥协——这令格莱纳姆夫人的激动情绪达到了顶点。

"您星期六去伦敦啊？"她说，"我和您一块儿去。自从那个女人声称她要赶在我之前抵达伦敦，我一直心急火燎地想要加速自己的行程——正好有这么好的机会与您同行呢！我很容易能够安排好。我和我叔叔本打算下星期早些时候在伦敦会面，准备去看跑步竞赛。我只需要给他写封信，告诉他计划有了变化便可。——顺便说一声，说到我叔叔，自从我和您见面后，我收到了佩思那些律师的来信了。"

"更多的匿名信吗？"

"又有一封——这次是律师们收到的。我那位不知名的写信人给他们写了信，撤回提议，并且通知说，他已经离开了佩思。律师们向我建议，要叔叔停止无谓地花钱雇请伦敦的警察。我已经把他们的信件转寄给了上校。一旦我和您抵达了伦敦，他可能会在伦敦与他的律师们见面。我在这件事情当中所做的就这么多了。亲爱的伦迪夫人——我们到达行程终点后——您打算干什么去呢？"

"我的行动计划很清楚，"夫人阁下回答说，态度很冷静，"这个星期天，帕特里克爵士会在哈姆农庄收到我的信。"

"告诉他您发现的情况吗？"

"当然不！告诉他我有事情要到伦敦处理，我打算下星期一去看望他，做短暂逗留。"

"他当然必须要接待您对吧？"

"我认为，这一点没有任何疑问。他已经做出了不给我回信的事情，即便他仇视自己哥哥的遗孀，也不至于接下来把我拒之门外吧。"

"您到达了那儿后，准备怎么办呢？"

"我到达那儿后，亲爱的，我将在背叛和欺骗的氛围中呼吸。但是，为了我可怜的孩子（尽管我觉得一切掩饰装假的行为都很可恶），我必须谨慎从事。决不走漏半点口风，直到私下里见到了布兰奇。不管这样做有多么痛苦，只要我履行职责能够完全让她睁开眼睛看清真相，我是决不会退缩的。下星期一，帕特里克爵士和布林克沃斯先生除了对付一位毫无经验的年轻女人，还要对付别的什么人。我定会到达那儿的。"

伦迪夫人报告这个令人惊叹的计划后，终止了她们之间的交谈。格莱纳姆夫人起身告辞。

"我们在火车联轨站会面如何，亲爱的伦迪夫人？"

"星期六，在火车联轨站。"

故事背景地之十一　帕特里克爵士的宅邸

第四十七章　吸烟室窗口

"我不可能相信这事！我决不会相信这事！您企图让我与丈夫分离——您企图让我敌视我最亲密的朋友。这样做很不光彩，很恐怖。我对您做了什么啦？噢，我的头啊！我的头啊！您这是企图要把我逼疯吗？"

布兰奇脸色苍白，情绪疯狂，双手拧着自己的头发，双脚迅速而又漫无目标地在房间里走来走去——伦迪夫人抵达目的地后，明确告知了布兰奇这个残酷的事实。这时候，布兰奇便用上面这些话回答自己的继母。

夫人阁下坐着，镇定自若，透过窗户眺望着环绕哈姆农庄的树林和田园那一派恬静的景色。

"对于这一通情绪的爆发，我有思想准备，"她说，表情忧伤，"说出这些疯狂的话语后，你可以卸掉过于沉重地压在你心上的负担，可怜的孩子啊。我可以等待，布兰奇——我可以等待。"

布兰奇停住了脚步，面对着伦迪夫人。

"我们两个人之间从来都不喜欢对方，"她说，"我从这儿给您写了一封直言相告的信。我一直都是站在安妮一边来与您作对的。我已经直截了当地向您表明了——态度粗鲁，我可以这么说——我很高兴结了婚，离开了您。您不会这样来报复我吧？"

"噢，布兰奇，布兰奇，都想什么呢！都说的是什么话呢！我只会替你祈祷的。"

"我疯了，伦迪夫人。您忍受着疯狂的人，忍受着我。我结婚才不过两个星期。我爱他——我爱她——全心全意。请记住，关于他们您都告诉了我一些什么。记住！记住！记住！"

她说话声音很低，痛苦地喊叫着，重复着这个话。她双手再次举到头上。她再次在房间里走了起来，不断变换着方式。

伦迪夫人试了试温和劝解的效果。"为了你自己，"她说，"请不要与我疏远。面对着这样一个严峻的考验，我是你拥有的唯一的朋友。"

布兰奇回到她继母坐着的椅子边，沉默不语，态度沉静地看着她。伦迪夫人屈服于审视的目光——完完全全地忍受着。

"审视一下我的内心吧，"她说，"布兰奇！我的心在替你流血呢！"

布兰奇听到了，但没有留心。她内心痛苦，全神贯注于自己的心事。"您是个信仰宗教的女人，"她说，话说得很突然，"您可以按住您的《圣经》发誓，表明您告诉我的情况千真万确吗？"

"我的《圣经》！"伦迪夫人重复了一声，用悲伤而强调的语气，"噢，孩子啊！这个弥足珍贵的遗产难道你没有份吗？难道不也是你的《圣经》吗？"

布兰奇的脸上显露出了瞬间得意的表情。"您不敢发誓！"她说，"这对我来说已经足够了。"

她转身要离开，一副轻蔑的姿态。伦迪夫人一把抓住了她的一只手，猛然把她拉了回来。忍受磨难的圣人不见了踪影，取而代之的是那个不好惹的女人。

"这件事情必须得有个结果，"她说，"你不相信我告诉你的情况。你有足够的勇气去验证一下吗？"

布兰奇怔了一下，松开了她的手。她微微颤抖着。伦迪夫人的表情态度陡然发生变化，其中表现出十足的确信。

"如何验证呢？"她问了一声。

"你会看到的。首先，你要说实话。帕特里克爵士在哪儿呢？他真的是出门去了——如同仆人告诉我的那样？"

"没错。他与农庄的管家出去了。您让我们所有人都感到惊讶。您写信告诉我们说您乘坐下一趟火车来我们这儿。"

"下一趟火车什么时间到达呢？现在是十一点钟。"

"一点到两点之间吧。"

"帕特里克爵士要等到那个时候才会回来吗？"

"是要等到那个时候回来。"

"布林克沃斯先生在哪儿呢？"

"我丈夫吗？"

"你丈夫——你若想要这样说。他也出去了吗？"

"他在吸烟室。"

"你是指那间从这座宅邸后面加建的长房间吗？"

"不错。"

"立刻和我一块儿下楼吧。"

布兰奇向前走了一步——然后又退了回去。"您想要我干什么呢？"她问了一声，由于突然产生了不信任感才这样问的。

伦迪夫人转过身，看着她，显得不耐烦。

"你还不明白，"她说，语气严厉，"在这件事情当中，你的利益和我的利益是一体的，我是怎么告诉你的？"

"不要重复它！"

"我必须重复！我已经告诉过你，我们认为阿诺尔德·布林克沃斯在察看他姑妈留给他的庄园地产时——他却在克雷格弗尼旅馆，与安妮·西尔韦斯特在一起，对她承诺了丈夫的身份。你拒绝相信这一点——而我要证明它。你是否有兴趣关注，从而知道此人是否值得你对他盲目信任？"

布兰奇浑身颤抖着，没有回答。

"我要进入花园，透过吸烟室的窗口对布林克沃斯先生说话，"夫人阁下接着说，"你是否有这个勇气跟随我出去，待在我身后不让他看到，听听他亲口说些什么吗？我并不害怕验证这一点。你呢？"

布兰奇听到问这个问题时的语气后，激动起来了。

"若我相信他有过错，"她说，态度坚决，"我不需要什么勇气。我相信他是清白无辜的。您尽管领路吧，伦迪夫人。"

她们离开了房间——布兰奇自己在哈姆农庄的卧室——下楼到了厅堂。伦迪夫人停下了脚步，看了看挂在门口的火车时刻表。

"十一点四十五分有一趟开往伦敦的火车，"她说，"步行到火车站需要多长时间？"

"您为何问这个呢？"

"你很快就会知道的，请回答我的问题。"

"步行到火车站二十分钟。"

伦迪夫人看了看自己的表。"时间正好。"她说。

"什么时间？"

"进入花园吧。"

她给了这个回答后领着布兰奇出了门。

吸烟室从宅邸的右边墙角延伸出去，呈长方形——末端有一个凸肚窗，朝花园开着。伦迪夫人转过拐角，出现在窗口的视线之前，回过头看了看，示意布兰奇待在墙角后面。布兰奇等待着。

紧接着，布兰奇听见了透过敞开着的窗户的对话声。阿诺尔德首先说话。

"伦迪夫人！啊，我们以为您午餐时间①到了呢！"

伦迪夫人做好了回答的准备。

"我能够比预定的时间更早出城。别掐灭雪茄，不要移动，我不进去呢。"

这一问一答很快进行着，此处一片寂静，每一句话都能够听清楚。阿诺尔德接着说话。

"您看见布兰奇了吗？"

"布兰奇准备与我一同外出呢。我们准备一块儿散步去。我有很多事情要对她说来着。我们出发前，我有点事情要对你说。"

"是什么严肃的事情吗？"

"十分严肃。"

"关于我的吗？"

"关于你的。我知道，我在温迪盖茨宅邸举行草坪聚会的那个傍晚，你去了哪儿了——你去了克雷格弗尼旅馆。"

"天哪！您是如何发现——"

"我知道，你去见什么人了——安妮·西尔韦斯特。我知道，关于你和她，都说了些什么了——你们是夫妻关系。"

"嘘！别这么大声说。有人可能听见您说话呢！"

---

① 英国人一般中午两点钟左右用午餐。

"人家听见了又有什么关系呢？我是唯一一位被你们排除在秘密之外的人。你们在这儿全都知道这件事情。"

"没有这样的事情啊！布兰奇就不知道。"

"什么啊！你和帕特里克爵士都没有告诉布兰奇你此刻的处境？"

"还没有呢。帕特里克爵士把这事交给了我。我还没有办法做这件事情。请不要吭声，我恳求您！我不知道布兰奇会如何理解它。她朋友明天会到达伦敦。我想要等到帕特里克爵士把她们两个召集到一块儿再说。和我相比，她朋友告诉她会更加好一些。这是我的主意。帕特里克爵士认为这个主意很好。等一等！您不是已经准备离开了吧？"

"我若再待下去，她会到这儿来找我的。"

"还有一句话！我想要知道——"

"你会知道的，今天晚些时候。"

夫人阁下再次出现在墙壁的拐角处。

接下来说的话是悄声说的。

"你现在确认了吗，布兰奇？"

"伦迪夫人，您还有怜悯之心领着我离开这幢宅邸吗？"

"亲爱的孩子啊！否则我刚才为何会看看厅堂里的火车时刻表呢？"

第四十八章　情绪爆发

阿诺尔德独自一人留在吸烟室时，心里很不轻松。

他花了一些时间猜测伦迪夫人获取信息的来源，但毫无结果，浪费了时间。然后，他戴上帽子，朝着布兰奇在哈姆农庄散步喜欢的那段路的方向走去。他并没有绝对怀疑夫人阁下谨慎从事的作风，但他突然想到，自己最好去找夫人和她的继母。她们会面时加进一个第三者，他有可能可以避免她们的交谈转向危险的推心置腹状态。

寻找两位女士的行动毫无结果。她们并没有到他认为的那个方向去。

他回到了吸烟室，让自己平静下来，尽可能耐着性子等待事情的发生。他处于这样一种被动的状态中——心里面仍然在想着伦迪夫人——他的记忆转到了他本人与帕特里克爵士之间简短交谈的情形，因为头一天，夫人阁下告知她要来哈姆农庄后，他们便聚到了一起。帕特里克爵士立刻表明他确信，兄嫂南行，其中一定有不为人知的目的。

"我一点都不能肯定，阿诺尔德，"帕特里克爵士说，"我不给她回信，这样做是否明智。我有一种很强烈的感觉，等她明天来时，把秘密告诉她，这是最为稳妥的办法。我们置身于这种处境，已经毫无办法了。（如若我们不把掌握的秘密告诉你夫人）我们不可能阻止布兰奇给她写那么一封不祥的信——而即便我们阻止了这事，她也会通过其他途径听说你们回国的消息。至此，我并不怀疑自己的谨慎态度。我并不怀疑让她蒙在鼓里的做法所带来的便利，因为可以防止她来干预你的这件事情，等到我有时间来纠正再说。但是，由于某种不幸的巧合，她可能自己发现了真相。情况若是如此，我强烈地怀疑，她有无可能企图给布兰奇的心理施加影响。"

这些便是他当时说的话——而这些话说出后的一天，发生了什么事情呢？伦迪夫人先前发现了真相，她此时正与布兰奇一块儿待在什么地方呢。阿诺尔德再次拿起帽子，出发到另外一个方向去寻找两位女士。

如同第一次寻找行动一样，第二次也毫无结果。没有看见伦迪夫人和布兰奇的人影，也没有听见她们的说话声音。

阿诺尔德看了看自己的怀表，离帕特里克爵士可能回来的时间相距不远了。很有可能，在他寻找两位女士期间，她们经过其他路径返回宅邸了。他一个接着一个走进了一楼的那些房间。全都空无一人。他上楼了，敲了布兰奇卧室的门，没有应答。他打开房门，朝着里面看，如同楼下的所有房间一样，卧室也空无一人。但是，临近门口处，有件不起眼的东西引起了他的注意，是地毯上面的一张字条。他捡了起来，看到字条上面是自己夫人的笔迹，是写给他的。他展开字条。上面没有通常有的开场白，内容如下——

> 我知道了你和我叔叔向我隐瞒着的那个令人憎恶的秘密。我知道了你的不齿行为，她的不齿行为，还有由于你和她，我现在的处境。谴责你这样的一个人纯粹是浪费口舌。我写这个字条是要告诉你，我已经在伦敦将自己置于我继母的保护之下了。企图跟随我那是无济于事的。别人会发现，你和我举行的结婚仪式是否对你有约束力。至于我，我已经知道得够清楚了。我走了，永远不会回来，永远不会让你再看见我。
>
> 布兰奇

阿诺尔德猛然快速冲下楼，心里只怀着一个想法——该想法是立刻跟随夫人去。结果他遇见帕特里克爵士，伫立在厅堂的桌子边——客人们留下的名片和字条通常放在那桌上——手上拿着一封展开的信。帕特里克爵士立刻明白发生了什么事情，于是伸出一条胳膊搂住阿诺尔德，将他拦在了宅邸门口。

"你是个男人，"他说，语气很坚定，"要像个男人一样忍受它。"

阿诺尔德的头伏在自己仁慈的年老朋友的一边肩膀上。他突然哭了起来。

帕特里克爵士让他发泄着无法抑制的痛苦。开始的时间里，沉默就是帮助，他一声不吭。他刚才在看着的信——不用说，是伦迪夫人写的——不知不觉中掉落到了他脚边。

阿诺尔德抬起头，急忙抹掉了眼泪。

"我替自己害臊啊，"他说，"让我走吧。"

"错啦，可怜的小伙子——双倍错啦！"帕特里克爵士回应说，"这样流眼泪没有什么害臊的。你离开我也干不了任何事情。"

"我必须而且一定要见到她！"

"看看这个吧，"帕特里克爵士说，指着地上的信，"见你夫人？你夫人已经和写这些文字的那个女人在一块儿啦。看看吧。"

阿诺尔德看了那上面的文字。

亲爱的帕特里克爵士，您先前若能够看得起我，信任我，让我出面拯救布兰奇，让她摆脱布林克沃斯先生将她置于其中的境地之前，我倒是会很高兴地找您商量的。实际情况是，您已故哥哥的孩子已经在伦敦我的宅邸里接受我的保护了。倘若您要试图施展您的权威，那必须得使出浑身的力气——要是不那么用劲，我是不会屈服的。倘若布林克沃斯先生企图施展

他的权威，那他得在违警罪法庭确立自己的权利，他若办得
到——

十分忠实于您的，茉莉娅·伦迪

即便看到了这样的文字，阿诺尔德也不会动摇自己的决心。"我
才不会在乎，"他情绪激动地脱口而出，"是否会被警察拖着招摇过
市呢！我将要见到我的夫人。我将要消除她对我产生的可怕怀疑。
您已经给我看了给您的信。看看给我的吧！"

帕特里克爵士头脑清醒，看了布兰奇写下的疯狂言辞，明白了
其真实含义。

"你认为这封信应该由你夫人来负责吗？"他问了一声，"我从
其字里行间看到了她继母的影子。面对这一点，若你郑重其事地替
自己辩护，那你就把自己的身份降低到了与你不相称的地步啦！你
看不出这一点吗？你坚持自己的看法吗？那就写信吧。你无法寻找
到她——但你的信可以。不！你要离开这幢宅邸，那就和我一块儿
离开。我允许你写信，也是做出了某种让步的。我坚持要你反过来
也做出某种让步。到图书室去吧！若你把自己的利益交由我来处理，
我负责处理好你和布兰奇之间的事情。你是否信任我呢？"

阿诺尔德遵从了。他们一起进入图书室。帕特里克爵士指着写
字台。"到那儿去把自己心里想的表达出来吧，"他说，"等到我返回
时，我要看到你又是个充满了理性的人。"

他回到图书室时，信已经写好了。阿诺尔德的心情也大大地轻
松了——至少暂时如此。

"半个小时后，乘着开往伦敦的火车，"帕特里克爵士说，"我要

亲自把你的信送给布兰奇。"

"您会让我和您一块儿去吗？"

"今天不会。我会傍晚赶回来用餐。你将听到事情的全部经过。你明天将陪同我去伦敦——我若觉得有必要，还要继续待在那儿。从现在到那个时间之前，你遭受了这个打击之后，最好待在这儿平静一下。尽管相信我的保证好啦，布兰奇一定会看到你的信的。我会运用自己的权威，迫使她继母这样做（假如她继母抵制的话），不会有任何顾虑。只要女性值得尊重，我对女性的尊重是会持续的——但这种尊重不会延伸到伦迪夫人身上。男人对于女人没有什么好利用的，所以我也完全不会准备利用我兄嫂。"

他说过这句颇具特点的告别话之后，与阿诺尔德握了手，然后出发前往火车站去。

七点钟时，晚餐摆上了餐桌。七点钟时，帕特里克爵士下楼用餐，和平常一样，衣着整洁，态度平静，仿佛什么事情都没有发生过。

"她已经拿到你的信了。"他抓住阿诺尔德的一条胳膊，领着他进入餐厅时，小声说。

"她说了什么没有？"

"没有说一句话。"

"她表情如何呢？"

"如同她应该表露的那样——对自己做的事情感到很懊悔。"

开始用餐了。迫不得已，帕特里克爵士跑这么一趟的话题便搁置下来，因为当时有仆人在餐厅里——往往会在上菜的间歇，由阿诺尔德重新提起。等到汤碗撤走了之后，他又开始说话了。

"说老实话，我希望布兰奇会陪同您一块儿回来！"他说，神情够悲伤的。

"换句话说，"帕特里克爵士回应着说，"你忘记了女性天生执拗任性的性格。布兰奇已经开始意识到，自己做错了。必然的后果是什么呢？即便错了，她自然还是会坚持的。让她去吧——让你那封信发挥其作用去。我们面前的严峻形势不在于布兰奇。你可以确认这一点。"

鱼上来了，阿诺尔德只好不吭声了——直到下一次机会到来，等到下一个间歇。

"那困难是什么呢？"他问了一声。

"困难是我的困难和你的困难，"帕特里克爵士回答说，"我的困难是，假如我把我侄女看成是（正如我实际做的）已婚女性，那我就不能行使作为监护人的权威。你的困难是，你不能声称作为她丈夫的权利，一直要等到事情清晰地证明了——你和西尔韦斯特小姐没有夫妻关系。伦迪夫人完全清楚，她把布兰奇从本宅邸带走时，一定会让我们置于这种境地。她盘问了因奇贝尔太太，写了信给你的管家，求证你到达自己地产处的日期。她做了一切，计算好了一切，预见到了一切——除了我极好的脾气。她犯的唯一一个错误是，她以为可以驾驭我的脾气。不，亲爱的孩子啊！我的王牌就是我的脾气。我在我自己的手上掌握着，阿诺尔德——我在我自己手上掌握着呢！"

下一道菜上来了——话题再次中止。帕特里克爵士享用着自己的羊排，并开始讲述餐桌上由他自己进口来的某种稀有勃艮第白葡萄酒①漫长而有趣的历史。吃过羊排后，阿诺尔德决心继续刚才的

---

① 指产于法国中东部勃艮第地区的上等葡萄酒。

讨论。

"事情看起来成了个僵着的疙瘩呢。"他说。

"别用俚语。"帕特里克爵士反驳道。

"看在上帝的分上，爵士，考虑一下我焦虑的心情吧，告诉我您建议怎么办！"

"我提议明天带着你一块儿去伦敦——条件是，你向我承诺，以你的名誉担保，本星期六之前，不要企图见你夫人。"

"等到那时我就可以见她吗？"

"你若向我承诺。"

"我承诺！我承诺！"

下一道菜上来了。帕特里克爵士开始谈论山鹬的优点，从其可食用性出发。"就其本身而言，阿诺尔德——单纯地拿来烧烤，检验其自身的优点——这是一种被高估的鸟。本地区内，由于我们十分喜爱射猎山鹬，于是便十分喜爱食用山鹬。如若恰当地理解，山鹬就是一种制作沙司和块菌的食材——仅此而已。或者不——这样说对山鹬不怎么公平。我必须要补充说一句，山鹬享有一份荣耀，与那种烧制橄榄的著名法国烹饪法密切相关①。你知道这个情况吗？"

停止谈论鸟类了，停止谈论果子冻。阿诺尔德又有了一个机会——而且抓住了。

"明天去伦敦可以干什么呢？"他问了一声。

"明天，"帕特里克爵士回答，"是我们日历中的一个难忘的日子。明天是星期二——这一天，我要见到西尔韦斯特小姐。"

阿诺尔德把刚刚举到嘴边的葡萄酒杯放下了。

---

① 帕特里克爵士在此的谈论纯粹是为了掩人耳目，所以有点不着边际。

"发生了这样的事情后，"他说，"我只要听见有人提起她的名字，心里便受不了。西尔韦斯特小姐把我与我夫人给拆散了。"

"阿诺尔德，西尔韦斯特小姐可能会让你们团圆，从而做出补偿。"

"至此，她是毁掉我的那个人。"

"她可能还是你的拯救者呢。"

干酪上来了，帕特里克爵士继续谈烹饪术。

"你知道烧制橄榄的烹饪法吗，阿诺尔德？"

"不知道。"

"新一代人都知道些什么啊！他们知道如何划船，如何狩猎，如何打板球，如何赌博。当他们失去了肌肉，失去了金钱时——也就是说，当他们老了时——那会是多么可怜的一代人啊！没有关系，我反正不会活着看见他们。你在听吗，阿诺尔德？"

"是这么回事啊，爵士。"

"如何烹制橄榄：把一个橄榄放入一只云雀里，把一只云雀放入一只鹌鹑里，把一只鹌鹑放入一只鸻鸟里，把一只鸻鸟放入一只山鹑里，把一只山鹑放入一只野鸡里，把一只野鸡放入一只火鸡里。很好。首先半烤，然后仔细炖——直到全部都炖透了，一直炖到了橄榄。再说一声很好。接下来，打开山鹑，打开鸻鸟，打开鹌鹑，然后打开云雀。然后，食用橄榄。这道菜肴很昂贵，但是付出是很值得的，我们有最充分的理由享用它。六种鸟类美味的精华浓缩到了一颗橄榄上。了不起的想法啊！——再来一杯勃艮第白葡萄酒吧，阿诺尔德。"

最后，仆人们离开了他们——餐桌只留下葡萄酒和甜点。

"我已经尽可能长时间地忍受了，爵士，"阿诺尔德说，"告诉我在伦迪夫人的府上发生了什么事情，让您对我的仁慈友好再添上一笔吧。"

这是个寒冷的傍晚。房间里面烧起了柴火，火势很旺。帕特里克爵士把椅子挪到了火边。

"确切地说起来，情况是这样的，"他说，"首先，我发现伦迪夫人的府上有客人。两个我素不相识的客人，纽温登上校和他的侄女格莱纳姆夫人。伦迪夫人主动提出在另外一个房间和我见面，但两位客人主动提出回避。我谢绝了两个人的提议。我首先制止了夫人阁下！阿诺尔德，她自始至终认为我们害怕面对公众舆论。我从一开始便向她表明，我们和她一样做好了面对公众舆论的准备。'我一直都正如法国人所说的，接受既成事实，'我说，'您把事情带入了危机了，伦迪夫人。那就别去管啦。我有话要对我侄女说，您若愿意，便当着您的面说。过后，我有话要对您说——无须冒昧惊扰您的客人。'两位客人重新坐了下来（两个人自然都充满了好奇）。当着两位证人的面，夫人阁下能够做到体面地拒绝我与自己的侄女见面吗？不可能啊。我（不用说，当着伦迪夫人的面）在她后面的客厅里见到了布兰奇。我把你的信给了她，替你说了好话。我看得出，尽管她不会承认，但她挺懊悔的——这就足够了。我们回到了前面的客厅。关于我们的问题，我还没有说上五句话，令我感到震惊和欣喜的是，看起来，纽温登上校之所以出现在伦迪夫人的府上，是因为有和我到达那里的目的一样的问题——即你和西尔韦斯特小姐的问题。为了我侄女的利益，我要做的事情就是否定你与那位女士的婚姻。为了他侄女的利益，他要做的事情就是确认你与那位女士的婚姻。令两个女人怀着无法形容的厌恶感的是，我们当即表露出了友好态度，展开较量。'见到您真是很高兴啊，纽温登上校。''与您认识不胜荣幸啊，帕特里克爵士。''我觉得，我们两分钟之内便可以解决这个问题吧？''我的看法是，表达得很完美。''说出您的问题吧，上校。''很荣幸啊，这是我侄女——格莱纳姆夫人，她打算嫁给杰弗里·德拉梅恩先生。一切进展都很顺利，但是，出现了一个障碍，是一位女士。需要我直截了当地表达吗？''您的表述令人钦佩，上校，但是，令英国海军蒙受损失的是，您应该成为一位律师才是。请接着说吧。''您真友好，帕特里克爵士。我这就接着说了。德拉梅恩先生声称，背后的那个女人无权对他提出婚姻要求，同时宣布她已经嫁给了阿诺尔德·布林克沃斯先生，以此来支撑自己的断言。伦迪夫人和我侄女向我提供了她们满意的证据，证明这种断言是千真万确的。我对这个证据不满意。但愿，帕特里克爵士，我在您心中不是那种过分执拗顽固的人吧？''尊敬的阁下，您让我觉得，您精选证据的能力堪称一流啊！我接下来可不可以问一声，您打算采取什么措施呢？''我接下来要说的正是这件事情呢，帕特里克爵士！我要采取的措施是这样的：我拒绝认可我侄女与德拉梅恩先生的婚约，除非德拉梅恩先生诉诸那位女士婚姻的不同证人，用实际行动证明自己的断言。他向我提出了两位证人，但是，拒不立刻亲自行动起来处理此事，理由是，他正在为了参加跑步竞赛接受训练。我承认，这是个障碍，于是同意亲自安排，把两个证人带到伦敦来。通过这儿的邮局，我已经给在佩思的律师们写了信，要他们去探视两位证人。由于占用了证人的时间，我们主动提出给他们必要的好处，费用由德拉梅恩先生支付，这个周末把他们带过来。跑步竞赛于本星期四举行，德拉梅恩先生赛后能够处理此事，并且通过自己选定的证人，确认自己的断言。这个星期六（要征得伦迪夫人的首肯）在这个房间，您看怎么样呢，帕特里克爵士？'——这就是上校表达的内容。他的年龄和我的差不多，而衣着看上去像三十岁的人似的，不过，尽管如此，是个很讨人喜爱的人。我没有丝毫犹豫，当即接受了这个提议，我兄嫂对此哑口无言。格莱纳姆夫人和伦迪夫人面面相觑，默默无言，惊诧不已。这儿有个差别，对此，两个女人自然会严重地争吵，而两个男人则以最友好的态度解决了问题。纽温登上校表达了没有必要延长与夫人阁下的会面的意思，我向他表达深深的感激之情时，我真希望你看到了伦迪夫人的表情。'由于上校已经说了，'我对她说，态度极为热情，'我们绝对没有什么事情要讨论了。我要去赶下一趟火车——好让阿诺尔德·布林克沃斯心情轻松下来。'回到严峻的事情上，本星期六，我要带着你出现在每一个人面前——包括你夫人。我要在其他人面前装作对此满不在乎。但是，我必须得告诉你，此事绝不容易说得准——就我们眼下的处境来看——星期六询问调查的结果会是怎么个样子，一切都有赖于我明天和西尔韦斯特会面的情况。若我告诉你，阿诺尔德，你的命运掌握在她的手上，我并没有夸大其词。"

"我祈求上天，但愿永远都不要看见她！"阿诺尔德说。

"要责备理应受到责备的人啊，"帕特里克爵士回应着说，"但愿你永远不要再见到杰弗里·德拉梅恩。"

阿诺尔德低下了头。帕特里克爵士犀利的言辞又一次战胜了他。

故事背景地之十二　特鲁里街①

---

① 特鲁里街（Drury Lane）是伦敦西区的一条街道，昔日以剧场集中著称。

第四十九章　书信与法律

伦敦生活之流汇合成的多音调低语声——掠过昏暗的特鲁里街通道——一路遭受阻碍，从前室传到后室。满是尘埃的地板上乱糟糟地摆放着一堆堆旧乐谱。四周的墙壁上挂满了舞台上使用的面具和武器，还有歌者和舞者的肖像画。有个角落里放着一个空的小提琴盒，面对着另一个角落里的一具破损的罗西尼[①]半身塑像。壁炉上方贴着一幅表现卡罗琳王后[②]接受审议的复制画。那些椅子是橡木的古代雕刻真品。那张桌子同样造型精致，是色泽暗淡的现代松木制品。地板上铺着一小块粗毛地毯。天花板上留有一大块炭黑色。——以上呈现的场景是在特鲁里街一幢住宅的后客厅里，专属于从事那种稍低端的音乐和戏剧业务的人。时间是米迦勒节[③]的黄昏前。房间里有两个人一块儿坐着，他们是安妮·西尔韦斯特和帕特里克·伦迪爵士。

他们之间交谈时的开场白部分——一方讲述了佩思和斯旺黑

---

① 罗西尼（Gioacchino Antonio Rossini, 1792—1868）意大利卓越的歌剧作曲家，意大利歌剧三杰之一。一生创作有大小歌剧 38 部。其中的《塞尔维亚的理发师》被认为是 19 世纪意大利歌剧的代表性作品。
② 卡罗琳王后是英国摄政王威尔斯亲王之妻，1820 年，亲王接受加冕成为乔治四世时，卡罗琳要求当王后。乔治四世不仅与王室交恶，与发妻卡罗琳的关系更是水火不容。他事先通过国会引入颇具争议的《痛苦和刑罚草案》，企图剥夺卡罗琳的王后头衔，并宣布她与国王的婚姻永远无效，但遭到普遍反对，两者都未得逞。当时的伦敦街头到处贴着标语：
"王后永远是王后！把国王扔下河去！"公众拥簇着卡罗琳的敞篷马车，在伦敦的繁华大街上招摇过市。
③ 英国每年有四个特定日子，当天需结算租金或其他债务，3 月 25 日报喜节，6 月 24 日施洗约翰节，9 月 29 日米迦勒节，12 月 25 日圣诞节。

文别墅发生的情况，另一方讲述了导致阿诺尔德与布兰奇分离的情形——已经结束。接下来的话题得由帕特里克爵士挑起。他看了看自己的同伴，犹豫迟疑着。

"您感到身体够硬朗可以继续下去吗？"他问了一声，"您若想要休息一会儿，请言一声。"

"谢谢您，帕特里克爵士，我挺好的，热切地想要继续下去。只要用得上我，我迫不及待地想要替您效力，任何语言都无法表达我的这种迫切心情。完全有赖于您凭着您的经验告诉我该如何效力。"

"西尔韦斯特小姐，我只能不讲究礼数，询问您我想要了解的所有信息。您一路来到伦敦，有什么目的吗？这事您还没有向我提起呢。当然，我的意思是，作为阿诺尔德·布林克沃斯的代表，有任何我有权要求知道的目的吗？"

"我有一个目的，帕特里克爵士，但我未能实现。"

"我可以问一声是什么目的吗？"

"要见到杰弗里·德拉梅恩。"

帕特里克爵士怔了一下。"您企图要见他！什么时候？"

"今天上午。"

"啊，您昨天夜间才到达伦敦呢！"

"我刚刚到达，"安妮说，"行程中耽搁了许多天之后。我不得不在爱丁堡休息，然后又在约克——我担心，自己给了格莱纳姆夫人足够的时间赶在我前面见到杰弗里·德拉梅恩。"

"担心？"帕特里克爵士重复了一声，"我的理解是，您并不是郑重其事地想要与格莱纳姆夫人争夺那个恶棍。那是什么原因促使您想要去见他呢？"

"和促使我去斯旺黑文别墅的原因是一样的。"

"什么！您认为，您可以依赖德拉梅恩来改变事态吗？您认为，在涉及您的种种权利的问题上，您同意放过他，便可以以此贿赂他这样做吗？"

"您尽量耐着性子忍受我的愚蠢行为吧，帕特里克爵士！我现在一直都是独自一人来着，习惯于闷闷不乐想着事情，想着自己的种种不幸遭遇让布林克沃斯先生置身于其中的处境。我固执地——固执得毫无道理——相信，我在格莱纳姆夫人面前遭受了挫折之后，能够说服杰弗里·德拉梅恩。我对此仍然固执己见。只要他能够听我说话，我态度疯狂，扬言要到富尔汉姆去，有可能成为说服他的理由。"她痛苦地叹息了一声，没有再多说什么。

帕特里克爵士握住她的一只手。

"可以成为说服他的理由的，"他说，态度和蔼，"您的动机无可厚非。我再说一句——让您内心平静下来——即便德拉梅恩愿意听您说话，而且接受了您提出的条件，其结果也还是一样的。您认为，他只需要站出来说话，便可以改变这件事情。这种想法是不对的。事情已经完全超出了他的控制了。阿诺尔德·布林克沃斯与您在克雷格弗尼旅馆度过了那几个不幸的小时之后，就已经惹下麻烦了。"

"噢，帕特里克爵士，我若是今天上午去富尔汉姆之前知道了这个情况该有多好啊！"

她说这话时浑身颤抖着。有什么事情显然与她去见杰弗里有关，她只要想起它便会精神紧张。是什么事情呢？帕特里克爵士打定了主意，先要设法得到这个问题的答案，然后再尝试着进一步接近这次见面的主要目标。

"您已经告诉了我您去富尔汉姆的原因，"他说，"但是，我还不知道在那儿发生了事情呢。"

安妮犹豫迟疑起来。"我有必要说出那些情况来让您费脑伤神吗？"她问了一声——明显不愿意触及那个话题。

"绝对有必要，"帕特里克爵士回答说，"因为其中涉及德拉梅恩。"

安妮下定了决心，开始用下面的话叙述。

"负责处理这件事情的那个人替我找到了那个地址，"她开始说，"不过，找到那幢房子的过程中，我还是费了一些周折。只是一幢乡间别墅而已。淹没在一座大花园中，四周由高墙围着。我看到有辆马车在等待着。车夫在来回遛着他的几匹马。他领着我到了门口。一扇很高的木框门，从围墙中开出，装了格栅。我按响了门铃。一个女仆出现在这格栅边，看着我。她不允许我进入。她的女主人已经吩咐她了，要把所有陌生人拒之门外——尤其是女性陌生人。我想方设法透过格栅递些钱给她，请求找她的女主人说话。等待了一会儿后，我看到格栅后面出现了另外一张面孔——我一眼便认出了那张面孔。我认为自己很紧张，那张脸吓着我了。我说：'我觉得，我们彼此是认识的。'没有回应。门突然被打开了——您认为站在我面前的人是谁？"

"是我认识的什么人吗？"

"是啊。"

"男人，还是女人？"

"是赫斯特·德思里奇。"

"赫斯特·德思里奇！"

"是啊。衣着和平时一模一样，表情和平时一模一样——身子侧面挂着她那块石板。"

"令人震惊啊！我最后一次在什么地方看见她来着？在温迪盖茨火车站，毫无疑问——她从我兄嫂那儿离职后，前往伦敦。难道她接受了另外一个职位——没有如我告诉她的那样？"

"她住在富尔汉姆。"

"替人做事吗？"

"没有。管理自己的房产。"

"什么啊！赫斯特·德思里奇拥有一幢属于她自己的住宅？啊！啊！那她为何不像别人生活得体面富足呢？她让您进入室内了吗？"

"她站立了一阵，盯着我看，表露出她那种平常有的呆滞而又怪异的神情。温迪盖茨宅邸的仆人一直说，她心理不正常——帕特里克爵士，您若听说了发生的情况后，也会说，仆人们的看法并没有错。我先开口说话。我说：'你记得我吗？'她举起石板，然后在上面写字。'我记得您，在温迪盖茨宅邸时，完全昏厥过去了。'我完全不知道，我在图书室晕倒时，她在场。这个发现令我感到很震惊——或者说她眼睛里流露出来的可怕冰冷的目光令我感到很震惊——我不知道是哪种情况所致。刚一开始时，我无法再说下去。她再次在石板上用以下文字写了——最怪异的问题：'我当时说，是一个男人造成的。我说的是事实吗？'这个问题若是由任何别的人以平常的方式提出来，我会认为太过简慢无礼，不值得放在心上。您能够理解我的回答吗，帕特里克爵士？我现在自己都无法理解——然而，我确实回答了。她用冷漠的目光迫使我回答。我说：'是的。'"

"这些对话都是在门口边进行的吗？"

"在门口边。"

"她什么时候让您进屋的？"

"她接下来做的事情就是让我进去。她粗鲁地抓住我的一条胳膊，把我拽进了门，然后关上门。我的精神崩溃了，我的勇气消失了。她触碰我时，我浑身感到寒冷。她放下了我的胳膊。我像个孩子似的伫立着，等待着她接下来想要说什么或做什么。她的两只手垂在自己身子的两侧，长时间看着我。她发出了一声可怕的哑声——不像是愤怒，如果有什么含义的话，更像是内心满意，甚至欣喜。我应该这样说，此事可能会出现在任何别的人身上，而不可能会出现在赫斯特·德思里奇身上。您理解这个意思吗？"

"还不是很理解。我先问一下，您然后再接着说吧，一边更好地理解。你们两个人在温迪盖茨宅邸时，她向您流露出了忠诚的情感吗？"

"一丁点都没有。她似乎无法向我或者任何人释放出情感。"

"她在石板上还写了其他问题吗？"

"写了。她在先前那个问题下面写了另外一个问题。她的心里面仍然在想着我昏厥的事情，还有先前'造成我昏厥的'那个'男人'。她举起石板，展示以下文字：'告诉我他对你怎么啦？是他把您打倒的吗？'大多数人看到这些问题后都会哈哈大笑起来，而我却因此感到震惊。我告诉她：'不是'。她摇了摇头，看起来不相信我说的话。她在石板上写着：'他们挥舞着拳头揍我们时，我们不愿意承认这一点——对吧？'我说：'你错了。'她固执任性地继续书写。'那个人是谁？'——这是接下来的一个问题。我对自己有足够的控制力，没有告诉她这一点。她打开了门，指着我要求我出去。我示意了一下，恳请她等一会儿。她毫不通融，又在石板上写字——还是关于那个'男人'。这一次，问题表达得更加清楚。她显然对我出现那幢住宅有了自己的解释。她写着：'是那个人居住在这儿吗？'我看出来了，我若不给出答案，她会对我拒之门外的。我在她面前的唯一机会是，承认她猜对了。我说：'不错，我想要见他。'她一把抓住了我的胳膊，动作和先前一样粗鲁——她领着我进入了室内。"

"我开始理解她了，"帕特里克爵士说，"我记得我哥哥在世时说过，她受到了她丈夫的残酷虐待。若您正好触及了她心里的想法，即便她的头脑很混乱，想法也还是很清晰的。——她对您最后的记忆是什么呢？她记住的是一个在温迪盖茨宅邸昏厥的女人。"

"是吗？"

"她发现您当时的状况时，猜测到了，从一定程度上说，那是某个男人造成的。于是，她迫使您认可，她的猜测是正确的。对于因为心灵上遭受打击造成的昏厥，她并不能理解。她回顾自己的亲身经历，把这种状况与那个男人在身体上的施暴行为联系了起来。她从您身上看到了她自己遭受苦难和她自己面对的境况的影子。此事很奇特啊——对于研究人类性格的学者来说。而这种现象解释了本来难于理解的东西——她不顾自己对仆人的嘱咐，让您进入了室内。后来的情况呢？"

"她把我领进了一个房间，我认为那是她的卧室。她示意了一下，表示要给我沏茶。这个表示是以十分怪异的方式做出的——没有半点友好的表情。听了您刚才对我说的话之后，我觉得，自己能够在一定程度上理解她心里想着的事情了。我相信，当她看见了一个她认为像她自己当年一样受到不幸虐待的女人时，她便产生了一种冷酷的兴趣。我谢绝了喝茶，极力想要回到我到那幢住宅去想要谈论的话题上。她指着房间环顾一番，然后领着我走到一扇窗户边，又指着花园环顾一番——然后做了个手势指她自己。'我的房子，我的花园'——她表达的是这样的意思。花园里有四个男人——杰弗里·德拉梅恩是其中之一。我再一次试图告诉她，我想要对他说话。但是，不行！她心里有自己的想法来着。她示意我离开窗户口后，把我领到了壁炉边，给我看一张上面写了字的纸，用框子框着，上面有玻璃，挂在墙上。我觉得，她似乎对那份加了框的手稿怀有某种自豪感。反正，她坚持要我看。那是从一份遗嘱上面摘录下来的。"

"她就是凭着这份遗嘱继承到这幢住宅的吗？"

"不错。那是他弟弟的遗嘱。遗嘱上说，他弥留之际深感懊悔，她违背他的愿望，不听从他的忠告，结婚嫁人了。从那以后，他便与自己唯一的姐姐疏远了。他离开人世之前，作为自己真心诚意想要与姐姐重归于好的证据，作为对她遭受苦难的补偿——因为她一直忍着自己已故丈夫的折磨，他留给她一年两百英镑的收入①，另外终生使用这幢住宅和花园。我凭着记忆，以上便是那段遗嘱表达的内容。"

"归功于她哥哥，归功于她本人，"帕特里克爵士说，"如若考虑到她怪异的性格，我理解她喜欢让人看到这份遗嘱的行为。令我感到迷惑不解的是，她依靠自己的收入可以生活，却还要出租住宅。"

"这个问题我也向她本人提出过。我不得不小心谨慎，先问了房客的情况——仍然在花园里的那些男人，给自己的询问了解找到了借口。根据我对她的理解，有个人替杰弗里·德拉梅恩租下了这幢

---

① 一年两百英镑是一笔可观的收入，维多利亚时代中后期，体面人家的家庭女教师的年收入不超过五十英镑。

房子里面的房间——我估计，那是他的教练。他只是稍稍留意了一下住宅，却对花园表露出了非同寻常的兴趣。他的行为令赫斯特·德思里奇感到很惊讶。"

"这很好理解啊，西尔韦斯特小姐。您描述的那座花园正好可以用来当他训练自己雇主的场所啊——足够宽敞的空间，四周有高墙挡着，别人看不见。然后呢？"

"然后，我便提起了她为何要出租全部住宅的问题。我提出这个问题时，她的表情比先前更加严厉。她在石板上写下了以下令人失望的文字回答了我的问题——'我在世界上没有一个朋友：我不敢一个人居住。'这就是她的理由！单调乏味而又令人震惊啊，帕特里克爵士，难道不是吗？"

"单调乏味，确实如此！结果如何？您进入花园了吗？"

"进了——第二次努力之后。她似乎突然改变了主意。她亲自替我开了门。我跨过了离开她房间的那扇落地窗之后，回过头来看了看。她处在窗户前桌子旁的位置上，显然在注视着可能出现的情况。她的目光与我的相遇时，我感觉到她有什么事情（我说不准是什么事情），我因此当时心里感到忐忑不安。我接受您的看法，现在心里几乎觉得——尽管这种想法很恐怖——她期待看见我受到像她自己昔日一样的虐待。她消失在视线中，我实际上感到如释重负——尽管我知道，自己将要冒着严重的风险。随着我距离花园里的那几个男人越来越近，我听见他们中有两个在真心诚意地对着杰弗里·德拉梅恩说话。第四位是上了年纪的绅士，站得与其他人有一点点距离。我尽可能不让他们看见，等待着他们交谈完了。我无法做到不去听他们交谈。那两位设法说服杰弗里·德拉梅恩与那位上了年纪的绅士说话。他们提到，他是一位著名的医生。他们反复重申，他的意见值得遵从——"

帕特里克爵士打断了她。"他们提到了他的名字吗？"他问了一声。

"提到了。他们叫他斯皮德韦尔先生。"

"是那个人啊！这比您想象的还要更加有趣呢，西尔韦斯特小姐。上个月，我们所有人聚集在温迪盖茨宅邸时，我亲耳听到过斯皮德韦尔先生警告德拉梅恩，他的身体会垮掉的。他按照其他人的愿望做了吗？他对那位外科医生说话了吗？"

"没有啊。他粗暴地拒绝了——您记得的情况他也记得。他说：'去见那个告诉我说我的身体会垮下来的人吗？——才不呢！'他骂了一句以确认自己的态度后，转身离开了其他人。不幸的是，他朝着我站立的方向走，从而发现了我。他似乎一看见我后，便顿时情绪疯狂了起来。他——我无法重复他当时使用的语言，听了以后真是够糟糕的。我相信，帕特里克爵士，若不是那两个人跑上来抓住他，赫斯特·德思里奇准会看见她期待看到的一幕。他态度的变化十分可怕——即便对于我而言，尽管我觉得，自己清楚地知道，情绪爆发起来情况会如此——我现在想起来都会浑身颤抖。那两个控制住他的人中，有一位几乎也很粗暴残忍。他用十分难听的语言声称，德拉梅恩如若发怒，他定会输掉比赛，而我要对此负责。幸亏有斯皮德韦尔先生，否则我都不知道，自己该怎么办。他径直朝前走。'此处不是您待的也不是我待的地方。'他说，向我伸过一条胳膊，领着我返回室内。赫斯特·德思里奇在过道上遇见了我们，抬起了一只手拦住我。斯皮德韦尔先生问她想要干什么。她看着我，然后朝着花园看过去，用自己紧握着的拳头做了打击的动作。我与她交往中的头一次——但愿是我想象的——我感觉，自己看见她露出了微笑。斯皮德韦尔先生领着我出去了。'他们住在这幢住宅里挺合得来的，'他说，'那个女人像那几个男人一样，是个十足的野蛮人。'我先前看到的停在门口等待的马车是他的。他把马车叫了过来，彬彬有礼地给我在马车上提供了一个座位。我说我只会打搅他去火车站。我们交谈的当儿，赫斯特·德思里奇跟随着我们到了门口。她再次握紧拳头做了同样的动作，回头看着花园——然后又看着我，点了点头，等于在说：'他还要这样做的！'我最后离开她，心里有说不出的高兴。我希望而且相信，自己绝不可能再看见她了！"

"您听说了斯皮德韦尔先生是如何到那幢住宅处去的吗？他是自告奋勇去的呢？还是被叫去的？"

"他是被叫去的。关于我在花园里看到的那两个人，我冒昧地问过他。斯皮德韦尔先生态度极为和蔼，向我解释了我自己无法理解的一切情况。花园里那两个陌生人中一位是教练，一位是医生，教练平常都习惯于去咨询他。看起来，他们促使杰弗里·德拉梅恩离开苏格兰的真正原因是，教练感到忐忑不安，想要距离伦敦近一点，可以方便寻求医疗上的帮助。医生接受了咨询之后承认，面对自己被问到的症状，他也不知道怎么回事。当天上午，他亲自把著名的外科医生叫到了富尔汉姆。斯皮德韦尔先生克制住了，没有提起他在温迪盖茨宅邸预见到会发生的情况。他就只说了。'我先前在社交场合遇见过德拉梅恩先生，我对这种症状很感兴趣，于是便来看他了——有什么样的结果，你自己看到了。'"

"他告诉了您关于德拉梅恩身体的什么情况吗？"

"他说，他在去富尔汉姆的途中问了那位医生，病人的一些症状表明情况很麻烦。那是些什么症状，我没有听清楚。斯皮德韦尔先生只是说到了他身上一些恶化的变化，那些变化女人可能能够理解。有些时候，他会神情呆滞，心不在焉，任何情况都无法让他振作起来。另一些时候，他会毫无由来地情绪爆发。教练发现，在苏格兰几乎无法让他保持正常的日常饮食。医生只同意在富尔汉姆租一处住宅，因为他首先心里有了底，不仅那座花园很方便，而且赫斯特·德思里奇是个完全可靠的厨师。有了她的帮助，他们给他施行一套全新的日常饮食计划。但是，在落实这套饮食计划时，他们发现一个出乎预料的困难。教练把他领到新住处后，结果表明，他先前在温迪盖茨宅邸见过赫斯特·德思里奇，而且对她怀有极为强烈的偏见。他在富尔汉姆再次见到她后，似乎感到绝对的惊恐害怕。"

"惊恐害怕？为什么？"

"谁都不知道为什么。教练和医生联合起来威胁说，若他不立刻控制住自己的情绪，举止表现像个男子汉而不是像个孩子，他们就放弃为他准备参赛的责任，这才阻止了他离开那幢住宅。从那以后，他慢慢地习惯了那个住处——一方面，赫斯特·德思里奇谨小慎微，一直保持不在他面前露面，另一方面，他自己享受日常饮食上的变化，这也是赫斯特·德思里奇的厨艺给医生制定的饮食计划帮了忙。斯皮德韦尔先生提到了另外一些事情，我给忘记了。我只能复述，帕特里克爵士，他自己心里得出的结论。依我看，这种看法出自他这样具有权威的人之口，那是极端令人震惊的。假如杰弗里·德拉梅恩参加本星期四举行的跑步竞赛，他会面临失去生命的危险。"

"面临着死在运动场上的危险吗？"

"不错。"

帕特里克爵士显得若有所思。他先等待了片刻，然后才又开口说话。

"我们仔细认真地考虑您前往富尔汉姆期间发生的情况，"他说，"这样做并没有浪费时间。那人可能死亡，我由此联想到，这是个需要考虑的严重问题。为了我侄女和她丈夫的利益，我迫切地希望，自己能够预见到（如果可能的话），本星期六要进行询问调查，比赛的可怕结果可能会对这件事情产生什么样的影响。我相信，您能够在这件事情上助我一臂之力。"

"只是您要告诉我如何助力，帕特里克爵士。"

"我指望着您星期六到场。"

"当然可以。"

"目前情况下，您见到布兰奇时，您见到的是一个感情与您疏离的人——一个现在不再把您看成是朋友和姐姐（主要是受到了伦迪夫人的影响）的朋友和妹妹。这一点您完全理解吗？"

"帕特里克爵士，我并非没有思想准备听到，布兰奇对我有误解。我给布林克沃斯先生写信时，我尽可能谨慎微妙地提醒过他，他夫人可能很容易滋生嫉妒的心理。不管经受如何严峻的考验，您尽可以相信我的自我克制力。无论布兰奇可能说什么或做什么，那都无法改变我对她昔日所怀有的感激之情。只要我活着，我就会爱她。尽管您可能会对我的行为有所担心，但有了这个保证之后，您尽可以放心了——请告诉我，我如何才能为既是您关切的也是我关切的目标效力。"

"您可以以下面的方式效力，西尔韦斯特小姐。您可以告诉我，您去克雷格弗尼旅馆时，您与德拉梅恩的关系如何。"

"您可以向我提出您认为合适的任何问题，帕特里克爵士。"

"您是这个意思吗？"

"是这个意思。"

"那我就要开始提出您已经告诉过我的一些事情啦。德拉梅恩已经给您承诺了婚约——"

"一次一次反复承诺过。"

"口头？"

"承诺了。"

"书面？"

"承诺了。"

"您明白了我想要说什么了吗？"

"还没怎么明白呢。"

"我们刚一开始在这个房间里见面时，您提到了两封您在佩思从毕晓普里格斯手上夺回的信。我已经从阿诺尔德·布林克沃斯那儿得到确认，从您手上盗走的那些信纸上包含有两封信。一封是您写给德拉梅恩的——另一封是德拉梅恩写给您的。后一封信的内容，阿诺尔德还记得，但您写的那封信，他没有看。我们今天分别之前，西尔韦斯特小姐，让我看到那封信，这一点至关重要。"

安妮没有回答，双手紧握在一起放在膝上。她心神不安，目光第一次从帕特里克爵士的脸上移开。

"我若告诉您我那封信的内容，而不必给您看，"过了一会，她说，"这样做不够吗？"

"这样不够，"帕特里克爵士回应着说，态度直率坦诚，"您一开始提起有这么一封信时，我得体地——你若还记得——暗示过，想要看信。我注意到，您有意回避，说不明白我的意思。这一次，我很痛惜地要让您接受一个痛苦的考验。但是，处在这样一个严峻关头，您若打算帮助我，我便已经向您指明道路了。"

安妮从坐着的椅子上站起身，作为回答，把信交到了帕特里克爵士的手上。"请记住，自从我写了这封信，他都干了些什么，"她说，"若我承认，自己现在都羞于让您看信，请设法原谅我。"

她说过这话后走到一旁的窗户边了。帕特里克爵士展开信的当儿，她伫立在那儿，一只手紧紧按住胸口，漫不经心地朝外看着，看着伦敦房顶和烟囱构成的昏暗景致。

有必要向正确看待事件进程的人们指出的是，除了帕特里克爵士的眼睛，其他人的眼睛在此也得跟随着书信的简单阅读进程。

第一封：安妮·西尔韦斯特致杰弗里·德拉梅恩

杰弗里·德拉梅恩，我满怀希望等待着，你会从你哥哥的府上骑马过来看我——但我未能等来任何结果。你对我的行为很残忍：我无法忍受啦。想一想吧！你把这个可怜的女人逼到绝境之前——为了你自己的利益，想一想。你已经通过神圣的方式向我做出了承诺，要娶我为妻。我要求你恪守承诺。我要坚持的没有别的，只有你发誓我将要成为的——我在这段枯燥乏味的时间里等待成为的——在上帝的面前，成为你已婚的夫人。伦迪夫人 14 日要在此举行草坪聚会。我知道你已经受到了邀请。我期待着你接受她的邀请。若我见不到你，对于可能发生的事情，我不负责。我的内心再也承受不了这种悬念了。噢，杰弗里，请记住往昔吧！请忠实于——公正地对待——爱你的夫人。

安妮·西尔韦斯特

1868 年 8 月 12 日

于温迪盖茨宅邸

第二封：杰弗里·德拉梅恩致安妮·西尔韦斯特

亲爱的安妮，刚刚应召前往伦敦看望父亲。家人发电报来告知他情况不妙。待在你现在待的地方，我会给你写信的。信赖送信的人。凭着良心说，我会恪守承诺的。爱你的丈夫。

杰弗里·德拉梅恩

温迪盖茨宅邸，8 月 14 日下午 4 点，过于匆忙，火车 4 点 30 开出。

帕特里克爵士全神贯注，一口气看完了信。他看了后一封信的最后几行文字后，做了过去二十年来从未做过的事情——他一跃身子跳了起来，横过了房间，没有借助于自己的象牙色手杖。

安妮怔了一下，从窗户口转过身，看着他，默默无言，惊讶不已。他情感强烈，表情、声音、态度，全都表明了这一点。

"您写了这封信后，您在苏格兰待了多长时间？"他提出这个问题时，一边指着安妮的信，由于情绪激动，以至于开始的话说得结结巴巴。"超过了三个星期吗？"他补充说，明亮的黑眼睛盯着她的脸看。

"超过了。"

"您肯定这一点吗？"

"我肯定。"

"您可以向见到您的人指出吗？"

"很容易啊。"

他翻过信纸，指着第四页上杰弗里用铅笔写的信。

"他写了这封信后，他在苏格兰待了多长时间？也超过了三个星期吗？"

安妮思索了片刻。

"看在上帝的分上，仔细想想！"帕特里克爵士说，"您不知道，这一点有多么重要。关于这一点，您若记得不是很清楚，说出来。"

"我的记忆一时间混乱了。现在清晰了。

"他写那封信前三个星期，待在他哥哥佩思郡的府上。他前往斯旺黑文别墅之前，他在埃斯克山谷度过了三四天。"

"您能够再次肯定吗？"

"很肯定。"

"您认识哪个在埃斯克山谷看见过他的人吗？"

"我认识一位帮我送信给他的人。"

"此人很容易找到吗？"

"挺容易的。"

帕特里克爵士把信放到了一旁，激动的心情无法控制，紧紧抓住她的双手。

"听我说，"他说，"有了这封信，算计您和阿诺尔德·布林克沃斯的整个阴谋失败了。您和他在旅馆见面时——"

他打住了没说，看着她。她被他握住的双手开始颤抖起来。

"您和阿诺尔德在旅馆见面时，"他接着说，"苏格兰的法律让您成了已婚女人。他在您写的信后面写上这些文字的那天那个时刻，您便是杰弗里·德拉梅恩已婚的夫人！"

他停了下来，再次看着她。

她没有回一句话，从头到脚一动不动，与他对视。她的脸上表露出恐惧呆滞的沉默。她的双手因恐惧而变得冰凉。

帕特里克爵士缄口不言，后退了一步，成了她沮丧表情的模糊影像。已婚了——嫁给那个无赖，因为他毫不犹豫地恶语诽谤这个他已经毁掉了的女人，然后再让她无依无靠地生活在世界上。已婚了——嫁给那个背叛者，因为他毫不退缩地背叛阿诺尔德对他的信任，让阿诺尔德的家庭惨遭不幸。已婚了——嫁给那个恶棍，当天上午，若不是他的两位朋友制止住了他，他准会揍她。而帕特里克爵士根本没有想到这一点啊！他一门心思只想着布兰奇的未来，所以根本没有想到这一点，直到这张惊恐万状的脸庞看着他，仿佛在说："也想想我的未来吧！"

他回到她身边，再次抓起她一只冰冷的手。

"宽恕我，"他说，"因为我首先想到的是布兰奇。"

布兰奇的名字似乎让她振作起了精神。她的脸上恢复了生气，眼睛里再次闪烁出温柔快乐的光芒。他看出，自己可以不揣冒昧，把话说得更加直白一些。他于是接着说。

"如同您看到的一样，我看到了你所做出的巨大牺牲。我自己，我有什么权利，布兰奇有什么权利——"

她用手轻轻地按了一下帕特里克爵士，制止住了他。

"有，"她说，语气温柔，"如果布兰奇的幸福要依赖于它的话。"

故事背景地之十三　富尔汉姆

第五十章　跑步竞赛

跑步竞赛当天，有位独自漫游伦敦的外国人漫游到了富尔汉姆。

不一会儿，他进到了一大群焦躁的英国人的队伍中，所有人都涌向一个特定的地点，所有人都同样用两种流行的颜色装扮着——粉红色和黄色。他在人行道上随着人流向前移动，最后，他们一律在一个门口停了下来——给窗口的一个人支付入场费——然后涌入一片开阔的运动场地，像是一座没有精心打理的花园。

这个外国旅游者到达此地后，睁开眼睛看着面前呈现出的场景，惊叹不已。他看见成千上万的人聚集在一起，人群几乎全部都来自社会的中上阶层。他们围着一个巨大的圆场。他们身处阶梯式的木质座位区。他们高高地坐在不用马匹拉的车顶上，一行一行排列着。人群中发出激情飞扬的吼声，这种喧闹声他从未在这个岛国的人群聚会中听到过。他发现，高喊声中有持续不断的询问声，占据压倒性优势。问题开始是，"谁下赌注于——？"结尾处，人们交替喊出两个英国人的名字，外国人听得不是很清晰。他看到场内非同寻常的情景，听见场内躁动不安的喊声，前去询问一位当值的警察，并且用自己尽最大努力说得出的英语问："请问，先生，这是干什么？"

警察回答："南北对阵——体育比赛。"

这个外国人知道了情况，但心里不理解。他用手画了个弧形，指着四周聚集的人群，并问："为什么呢？"

面对一个竟然问出如此问题的人，警察不想浪费口舌。他抬起一根巨大的紫红色食指，前端露着宽大的白色指甲，郑重其事地指着张贴在外国人身后墙壁上的一张印刷的海报。

他从头至尾把海报仔细认真地看了一遍，然后咨询旁边一位彬彬有礼的非官方人士，结果证明，此人远比警察好说话。面对这种举国重要的体育运动比赛，作为一个并没有完全意识到这一点的人，他心里获得的印象可以表述如下——

北方人的代表色为红色。南方人的代表色为黄色。北方派出十四位身穿红色服装的男士，南方派出十三位身穿黄色服装的男士。红黄相遇的场面庄严隆重。庄重的仪式上，红方掷链球和板球，黄方奔跑和跳跃，从而点燃了国人对强身健体怀有的不屈不挠的激情。公共竞赛的目的就是要实现这一点。最后的结果是，身体上，以心脏和肺部的过度负担为代价，换取肌肉的极度发达；心理上，公众当时给予热烈的喝彩，翌日各家报纸上的报道加以证实，获得荣耀感。假如某人看得出给那些进行体育运动的人造成了身体上的伤害，或者展示本身给文明的影响力量带来了心理上的障碍——因为各民族真正的伟大依赖于文明的影响力量。说此人没有二头肌，简直不可理喻。崇尚肌肉的英国自顾自地发展着，根本不会理睬他。

这个外国游客进入到人群中，仔细地观察周围人们的交流。

他先前也遇到过那些人。他在剧场看见过他们，注意观察了他们的行为举止和行为习惯，充满了好奇和惊讶。比如说吧，演出的每一幕间隙，当幕落下时，他们对剧目兴趣索然，所以几乎没有什么兴致相互之间进行交流。幕启后，假如演出呼吁他们对人类更为高雅和高尚的情感给予同情，他们会把这种呼吁当成厌烦的东西来接受，或者看成是荒唐可笑的东西对其嗤之以鼻。国人对莎士比亚的公共情感——就他们表达的情况而言——从这位剧作家的身上只确认了两种责任——一是引得他们哈哈大笑，二是赶紧让演出结束。英国的一位剧场老板具有的两大功劳是，根据他颇有修养的观众稀少的掌声来判断，一是他为制作背景花费了巨资，二是雇来了许多恬不知耻的女人展示她们的胸脯和大腿。这位外国人不仅仅在剧场，而且在其他场合的其他聚会中也注意到，尽管人们努力向上流社会的英国人激发热情，但其表露出的同样是冷漠倦怠；尽管人们呼吁上流社会的英国人给予同情，但其表露出的同样是愚蠢轻蔑。上帝保佑我们不要只欣赏笑话和丑闻吧！上帝保佑我们不要只敬仰地位和金钱吧！这些就是岛国女士们和先生们的社会志向，他们在其他环境下会这样表现，在其他场合里会这样流露。这儿，一切都变了。这儿，显露的是强烈的情感，屏息静气的关切，发自内心的激情。这在别的地方是见不到的。这儿是纯粹的绅士们，平时某种艺术展示在他们面前时，他们往往会显得过于消沉，懒得说话，而现在却呼喊得嗓子沙哑了，一次又一次地爆发出由衷的欢呼喝彩声。这儿是优雅的女士们，平时只要想到要求她们思考或感受时，她们就会躲在扇子的后面，哈欠连天，而现在却由衷地开心快乐，挥舞着手帕，透过脸上的粉脂，因激动而满脸涨得通红。而这一切都是为了什么啊？都是为了奔跑和跳跃——都是为了掷链球和板球。

这个外国人看着这个场景，作为文明国家的公民，努力想要理解它。他仍然在努力着——突然，表演停下来了。

设置在跑道上的栏架彰显着当今上层阶级人士素养的理想状况（在跨栏方面）。有人移走了一些跑道上的栏架。那些承担了围场内表演职责的特许进入者环顾了一番四周，然后便逐个退场了。整个人群充满了期待，顿时鸦雀无声。很显然，即将要发生什么引人注目而又至关重要的事情。瞬间，场地外面大路上的人群中传来欢呼的叫喊声，从而打破了这种沉静。人们心情激动地相互看着，并且说："他们当中有一位到了。"接着又是一片沉静——被另外一阵欢呼声第二次打破。人们相互点头示意，表露出如释重负的神态，并且说："他们两个人都到了。"然后人群再次安静下来。所有人的眼睛都看着场地上一个特定的点，那是一座木质小亭子，敞开的窗口拉着百叶窗帘，门是关着的。

周围声势浩大的人群，一片沉静，充满期待，给这个外国人留下了深刻印象。他觉得自己置身其中，感同身受，但不知道为什么。他相信自己快要理解英国民族了。

很显然，他们正在准备一些庄严而重要的仪式。某位了不起的演说家要给民众发表演说了吗？要举行某个盛大的周年庆典了吗？要举行宗教仪式了吗？他看了看四周，再次打听情况。有两位绅士——就优雅的态度而言，他们与在场的绝大多数观众形成了良好的对比——此刻正缓慢地挤过他身边的人群。他毕恭毕敬地问，这是要举行什么样的民族盛典。对方告诉他，两个身强力壮的年轻人要绕着场地跑规定的圈数，目的就是确认两个人中谁跑得更快。

这个外国人抬起双手，仰望天空。噢，万能的上帝啊！谁会想到，您无穷无尽的不同创造中竟然会包括这样的一些人呢？怀着这样的感叹，他转身背对着跑道，离开了此地。

离开运动场的途中，他必须要使用一下自己的手帕，但发现手帕不见了。他随即摸索了一下自己的钱包。钱包也不见了。他回到自己的国家后，人们明智地询问他关于英国的问题。他给出的回答只有一个。"对于我而言，整个国家就是一个不解之谜。在关于英国的一切中，我只理解英国的小偷！"

与此同时，那两位挤过人群的绅士到达了围着场地的围栏的一道边门。

他们把写有文字的入场券递交给守门的警察后，便立刻进入了那神圣的场地。挤在一起的观众们注视着他们，目光充满了羡慕和好奇，惊叹着，他们是什么人呢。他们是马上进行的竞赛的裁判呢？还是报纸的记者？还是警察局长？他们都不属于上述这些人。他们只是外科医生斯皮德韦尔先生，还有帕特里克·伦迪爵士。

两位绅士到达了围场的中间，环顾四周。

他们站立的草地由一条宽敞平坦的跑道围绕着，跑道的表面铺着精心过筛了的灰烬和沙子——而这儿又被围栏和安顿在其后面的观众围绕着。这样形成的排列之上，高高隆起的是阶梯看台的一侧，上面是一排排挤放着的板凳，另一侧是由马车组成的一个个长排，马车的里外都是观众。黄昏时的太阳照耀着，阳光和阴影交织在浩大的人群中。不同物体的颜色柔和地交相辉映。这是个庄重辉煌的场景，这是个令人振奋的场景。

帕特里克爵士面对着自己周围一排排表情热切的面孔。他转身对着自己的外科医生朋友。

"这声势浩大的人群中，"他问，"您能不能找出这么一个人，来观看这场竞赛，但心里却满腹狐疑，不知道是什么原因促使我们前来观看的？"

斯皮德韦尔先生摇了摇头。"他们当中无人知道，也不在乎，这场较量要让参与其中的人付出什么样的代价。"

帕特里克爵士再次环顾了一番。"我几乎后悔自己前来观看比赛了，"他说，"假如那个可怜的人——"

外科医生打断了他的话。"别无谓地想着令人沮丧的一面啊，帕特里克爵士，"他接话说，"迄今为止，我形成的看法并没有什么确切的根据。我相信，自己是在合情合理地进行猜测——但是，同时，我也是在黑暗中猜测。我有可能受到表面现象的误导。德拉梅恩先生的身体内可能存在着我未曾预料到的生命力。我到来这儿的目的是学习——不是来观看一种预言应验。我知道，他的健康状况已经崩溃了。我相信，他现在冒着风险参加这场比赛。关于事态的结果，事先不要太过肯定了。事情的结果可能证明我错了呢。"

一时间，帕特里克爵士放下了这个话题。他的情绪不在状态。

他与安妮见面后确认，她已经是杰弗里的合法夫人。从那以后，他的心里会不由自主地想着这件事情，她未来唯一可能的机会就是杰弗里的死亡。尽管他想到这事时心里觉得很恐怖，但他满脑子都是这个想法——无论他走到何处，无论他干什么事情，无论他努力让自己想点别的什么事情，情况都是如此。他转过身看着那马上要在其上面进行跑步竞赛的灰白色宽跑道，心里意识到，自己心里有一种隐秘的兴趣，让他感到无以言表的厌恶。他试图继续与他朋友交谈，于是挑起其他话题，但努力毫无作用。尽管他极力回避，但他还是回到了有关这场较量的那个至关重要的话题上，因为较量马上就要有结果了。

"他们需要环绕着跑多少个圈，"他问了一声，"竞赛才会结束？"

斯皮德韦尔先生转身对着此刻正向他们走过来的一位绅士。"这儿有人过来，他可以告诉我们。"他说。

"您认识他吗？"

"他是我的一个病人。"

"他是谁？"

"除了两个跑步者，他是运动场上最重要的人物。他是那位最高权威——跑步竞赛的仲裁者。

刚才说到的这个人中等身材，一张过早出现了皱纹的脸，一头过早灰白的头发，他身上有一种军人的风度——说话干脆——举止干练。

"跑道绕一次长四百四十码，"外科医生复述了帕特里克爵士向自己提出的问题时——那人说，"说得更加明白一些，用不着您费神计算，绕一次是四分之一英里。每绕一次叫作一圈。两个人要完成竞赛，必须跑十六圈。还是用不着您费神计算，他们必须要跑四英里——这是这种类型的比赛的常规项目中距离最长的。"

"职业行步者们[①]超过这极限，对吧？"

"大大超过——在某些场合。"

"他们是长寿的一类人吗？"

"才不是呢。他们若是能够活到老年，那纯属例外啊。"

斯皮德韦尔先生看着帕特里克爵士。帕特里克爵士向仲裁提出了一个问题。

"您刚才告诉我们，"他说，"今天亮相的两个年轻人要跑他们运动生涯中最远的距离。理解这类事情的人普遍都认为，他们两个人

---

① 作者此处原文使用的是"pedestrians"一词，显得有点怪异，因为根据语境，这里明显指"跑步者"（runners）。

都适合于承受要求他们付出的努力吗？”

"您可以自己做出判断啊，阁下。那是他们中的一位。"

他指着那座亭子。顿时，声势浩大的观众中间爆发出了响亮的鼓掌声。弗利特伍德，北方的冠军，身穿红颜色的服装，走下亭子的台阶，走入运动场。

这位北方男子青春年华，轻巧自如，风度翩翩，四肢的每一个动作都显得柔顺有力，坚毅的年轻脸庞上露着灿烂的微笑。他从一开始便赢得了女性的芳心。四方八面，热切的低声议论从她们中间发出。男士们更加沉静——尤其是那些理解这件事情的男士们。那些行家们怀有的严肃疑问是，弗利特伍德是否"有点过于优秀了"。他受到了完美的训练，应该承认——但是，说不定，对于一次四英里距离的竞赛，有点训练过度了。

这位北方的英雄进入场地，后面跟随着他的朋友和下赌注者，还有他的教练。后者手里拿着一个马口铁罐。"凉水，"仲裁解释说，"他若精疲力竭了，教练便会在他经过时往他身上浇水。"

运动场的四周又响起了一阵掌声。德拉梅恩，南方的冠军，身穿黄颜色的服装，在公众面前亮相。

当他走进巨大的绿茵场中央时，观众中间巨大的嗡嗡声越来越响亮了。两个人之间形成了非同寻常的反差。此时此刻，观众面对这种反差普遍惊讶不已。杰弗里比对手高出一个头，身材更加魁梧。杰弗里从女士们面前缓步走过，头低垂着，眉头紧锁着，对劈头盖脸而来的鼓掌喝彩声充耳不闻，对一双双看着他的眼睛毫无反应，他不对任何人说话，全部心思集中在自己身上，耐心等待着。这时候，女士们一方面对弗利特伍德轻松自如的步态和充满自信的微笑感到如痴如醉，一方面对杰弗里这个南方人消沉的姿态或多或少留下了痛苦的印象。他让那些理解这件事情的男士们屏声静气，热切关注。实际情况就是这样的！等到步伐灵巧和态度轻松的弗利特伍德被逼得疲于奔命时，那便是人们熟知的要支撑着跑完竞赛最后可怕的半英里距离的"耐力"。观众纷纷轻声议论开了，暗示某种情况，认为德拉梅恩在接受训练时中出了差错。现在，所有人都可以用眼睛对他做出判断。一些观众对他的外表相貌给予了评价。人们对他这方面的评价与对他对手的评价大相径庭。观众怀疑德拉梅恩先前是否经过了充分的训练。不过，此人力量稳定，跑步时如一只慢跑的黑豹，动作舒展流畅——最重要的是，他在肌肉训练和体育运动领域的名声如雷贯耳——这一点还是起了作用的。人们对他下赌注的情况虽然偶尔出现波动，但迄今为止，情况保持稳定，对他有利。现在，观众已经见识了他的情况后，下赌注的情况仍然保持稳定，对他有利。"您若愿意，对于较短距离的竞赛，对弗利特伍德下赌注是可以的，但是，对于四英里距离的竞赛，还是对德拉梅恩下赌注为妙。"

"您认为他看见我们了吗？"帕特里克爵士小声对外科医生说。

"他谁都没有看见。"

"面对这样的距离，您能够判断出他的身体条件吗？"

"他拥有另外那个人双倍的肌肉力量。他体型和肢体硕大。关于他的身体条件，超出这一点，问我也是白问。我们距离他太远了，看不清他的脸庞。"

观众中的议论声再次开始减弱，他们再次呈现出无声的期待。一个接着一个，与这场竞赛有正式关联的人聚集在草坪上。佩里教练出现在他们中间，手上拿着马口铁水罐，迫不及待地和他的委托人低声交谈着——要在竞赛开始前最后交代他一番。受训者的医生让他们待在一起，这时候走过来对他这位声名显赫的同行表达敬意。

"从我到了富尔汉姆以来，他进展如何啊？"斯皮德韦尔先生问了一声。

"好极啦，先生！您看到他时，那是他状况最糟糕的日子。过去的二十四小时中，他简直创造了奇迹呢。"

"他会赢得这场竞赛吗？"

私下里，医生做了佩里早于他做过的事情——他已经下了杰弗里对手的赌注。公开场合，他忠实于自己支持的颜色。他朝着弗利特伍德投去轻蔑的一瞥——并且回答"是的"，没有丝毫迟疑。

正在这个时间节点上，场内的一个突然的动作打断了他们的交谈。运动员到达了他们的起跑点。竞赛要开始了。

肩并肩，两个人等待着——每个人都一只脚触着标记线。发令枪给出了开始的信号。枪响瞬间，他们跑出去了。

弗利特伍德立刻跑在前面，德拉梅恩跟随在后面，距离三到四码。他们以这样的顺序跑完了第一圈，第二圈，还有第三圈——两个人都保持着体力。场内每一个人都屏声静气地注视着他们两个人。两位教练手里都拿着马口铁水罐，绕着草坪跑来跑去，在特定地点迎接他们的人，一声不吭地密切观察他们。公务人员成群站立在一起。他们的目光跟随着跑步者一圈又一圈，聚精会神。受训者的医生仍然紧挨着他那位声名显赫的同行，主动对斯皮德韦尔先生和他的朋友做出必要的解释。

"除了两个人的风格，先生，头一英里没有什么好看的。"

"您的意思是说，他们还没有真正卖力跑吗？"

"对啊，占着上风，感受自信。很潇洒的跑步者，弗利特伍德——不知道您注意了没有，先生？稍稍保持在前面一点点，几乎不像我们的人那样，把脚跟抬得那么高。比较起来，他的动作更加好些。我承认这一点。不过，等他们经过时，您就看吧，看看哪个保持一条笔直的直线，这正是德拉梅恩吃住他的地方！那种步伐更加稳健，更加有力，更加平衡。等到赛程过半时，您便可以看出端倪来了。"关于刚一开始的三圈，医生如此这般地对两个人形成对应的风格进行了这一番解释——他怀着体谅的心情，用的语言让对跑步赛场不熟悉的人能够听得懂。

跑到第四圈时——换句话来说，完成了第一英里的赛程——跑步者的相应位置第一次有了变化。德拉梅恩突然冲到了前面。弗利特伍德见到对方超过他时露出了微笑。德拉梅恩的领先位置一直保持到了第五圈半程——这时候，弗利特伍德见到了自己教练的暗示，奋力加速。他瞬间轻松地超越了德拉梅恩，一直领先到了第六圈结束。第七圈开始时，德拉梅恩奋力加速。一段时间里，他们两个人并驾齐驱，不分前后。然后，德拉梅恩一点一点拉开距离，恢复到了领先的位置。到了赛程接近过半的这个关键时刻，高大个子运用自己的策略击败了弗利特伍德，并且超越了他。这时候，场内第一次爆发出了欢呼鼓掌声（由南方引领着）。

"现在开始，德拉梅恩看起来好像要赢了！"帕特里克爵士说。

受训者的医生忘乎所以了。没有受他周围人激动情绪的感染，他透露了实情。

"等一等！"他说，"弗利特伍德得到了嘱咐，让他超越——弗利特伍德在等待着看，他能够干什么。"

"您看吧，帕特里克爵士，聪明狡黠是男人运动中的要素之一。"斯皮德韦尔先生说，态度很平静。

第七圈结束时，弗利特伍德的表现证明医生的看法是正确的。他像离弦之箭以猛冲超越了德拉梅恩。等到第八圈结束时，他已经领先两码了。这时候，赛程已经过半。时间是，十分三十三秒。

临近第九圈结束时，步伐放缓了一点，德拉梅恩再次领先。他保持领先的位置，直到第十一圈开始。这时候，弗利特伍德在空中挥舞着一只手，做出了一个表示胜利的动作，身子跃过了德拉梅恩，同时大喊着"北方万岁！"。观众们对这一呼喊做出了回应。体力的耗费开始对两个人产生影响，观看着他们的人们激动的情绪越来越高涨。

跑到第十二圈时，弗利特伍德领先五码了。北方的支持者们爆发出了胜利的呼喊，而南方的支持者们呼喊着予以回击。下一圈时，德拉梅恩稳定沉着，减小了自己与对手之间的距离。第十五圈开始时，他们肩并肩跑着。跑了几码后，德拉梅恩再次领先，观众爆发出了欢呼喝彩声。而向前跑了几码后，弗利特伍德接近了他，超越了他，又落后，又领先，那一圈结束时，德拉梅恩再次被超越。跑步者——气喘吁吁地跑着，脸色发紫，胸部起伏——彼此交替着超越再超越的当儿，观众们的激动情绪到达了顶点。既听见欢呼声，也听见了诅咒声。倒数第二圈开始时，女士们脸色煞白，男士们咬紧着牙关。

这一圈开始时，德拉梅恩仍然领先。还没有再跑上六码，弗利特伍德表露出了跑先前一圈时的企图，猛冲着超越了自己的对手，让观众们兴奋不已——这是他第一次以最快的速度跑。现在，在场的每一个人都可以看出，德拉梅恩勉强领先了——对方技巧娴熟地诱使他用尽全部力量——这时候，只是到了这时候，他才被严重地剥夺了领先权。他再次努力，不顾一切地奋力一搏，让观众热情飞扬，情绪疯狂。人们的呼喊声震天响，场地周围帽子和手帕挥舞着。这样一个重要时刻，竞赛的结果实际上仍然未见分晓——斯皮德韦尔先生抓住了帕特里克爵士的一条胳膊。

"您准备好吧！"他轻声说，"一切都要结束啦。"

他的话刚刚说出口，德拉梅恩突然偏向跑道一边。他的教练给他身上泼水。他振作了起来，跑了一两步——再次偏向一边——身子摇晃着，抬起一条胳膊对着嘴，发出了一声沙哑的愤怒呐喊——牙齿紧咬着自己的肉，像一头猛兽——倒在跑道上，失去了知觉。

现场响起了一阵混乱嘈杂的声音。一些地方响起了惊慌的吼叫声，与另外一些地方给弗利特伍德下赌注的人——当他人轻松向前跑着，赢得了现在没有竞争对手的竞赛——发出的胜利呼喊声混杂在一起。人群不仅闯过了围栏，而且到达了跑道。闹哄哄的气氛之中，倒地的人被抬到了草地上——斯皮德韦尔先生和受训者的医生对他进行护理。外科医生一只手放在他心口这个重要时刻，弗利特伍德走过现场——由他的朋友们和警察为他强行开辟了一条通道——跑着第十六圈，也就是竞赛的最后一圈。

失败的人是因为心脏问题晕倒呢，还是因为心脏问题死亡？每个人都在等待着，目光被外科医生的手吸引着。

外科医生抬头看着，喊着要人拿水来泼到他的脸上，把白兰地酒灌到他的嘴里。他苏醒过来了——他活过了竞赛。人们把他从地上抬起来，抬到那座亭子里的当儿，场上响起了庆祝弗利特伍德胜利的欢呼喝彩声。帕特里克爵士（在斯皮德韦尔先生的请求下获得认可）是唯一被允许进入的陌生人。他登上台阶的片刻，有人触碰了一下他的胳膊。原来是纽温登上校。

"医生们保证他生命没有危险吗？"上校问了一声，"我无法让我侄女离开场地，直到她心里确认了这一点为止。"

斯皮德韦尔先生听到了这个问题，于是站立在亭子台阶顶端对这个问题给出了简略的回答。

"目前看来——是这样。"他说。

上校对他表达了谢意，然后离开了。

他们进入了亭子。他们在斯皮德韦尔先生的指导下采取了必要的恢复措施。被击垮的运动员躺在那儿：外表上，即便倒下了，还是一堆给人以力量感的无生命物质，看着令人畏惧；内在里，构成生命力的全部元素里，是个比起嗡嗡落在窗户玻璃上的苍蝇还要更加虚弱的人。慢慢地，脉搏微弱的生命回归了。太阳在落下，暮色开始降临。斯皮德韦尔先生示意佩里跟随他到亭子没有人的一角。

"半个小时或更短，他便会好起来，可以被抬回家去。他的亲友在哪儿？他有个哥哥——对吧？"

"他哥哥在苏格兰呢，先生。"

"他父亲呢？"

佩里挠了挠自己的脑袋。"根据我听说的情况，先生，他和他父亲不和。"

斯皮德韦尔先生去问帕特里克爵士。

"您知道他家里的情况吗？"

"知道得很少，但我相信那人告诉您的情况是真实的。"

"他母亲健在吗？"

"健在。"

"我要亲自给她写信。同时，有人得送他回家去。他在这儿有很多朋友。他们人呢？"

他一边说一边朝着窗户外面张望。一大群人汇集在亭子周围，等待听到最新的消息。斯皮德韦尔先生吩咐佩里到外面去，到他们中间去寻找他委托人的朋友，他看一眼便认识的。佩里犹豫迟疑着，再次挠了挠自己的脑袋。

"您还等什么呢？"外科医生问了一声，语气严厉，"您看一眼便认识他的朋友，对吧？"

"我觉得，我在外面找不到他们。"佩里说。

"为何找不到呢？"

"他们在他身上押了很大的赌注啊，先生——而他们全部都输了。"

斯皮德韦尔先生对这种找不到朋友的不负责任的理由毫不理会，坚持打发佩里到外面的人群中去寻找。教练返回来报告说："您的看法是正确的，先生。外面有一些他的朋友来着。他们想要看看他。"

"叫他们进来两三个人吧。"

三个人进来了。他们眼睁睁看着他。他们用俚语简单地表达同情之意。他们对斯皮德韦尔先生说："我们想要看看他。情况怎么样——呢？"

"他的身体出问题了。"

"训练不得法吗？"

"体育运动。"

"噢？谢谢您。再见。"

斯皮德韦尔先生的回答把他们驱赶了出去，犹如一群绵羊遇到了一条狗似的，甚至都没有来得及提出问题，问他们谁负责把他送回家去。

"我去照顾他，先生，"佩里说，"您可以相信我。"

"我也去，"受训者的医生补充说，"确保他有褥子垫着过夜。"

（唯二私下里给他的对手下赌注的"双面下赌注"者也是唯二自告奋勇送他回家的人！）

他们返回他躺着的沙发边。他充血的眼睛环顾着自己四周，昏昏沉沉，目光呆滞，在寻找着什么。目光停留在医生身上——又移开了。目光转向斯皮德韦尔先生——停住了，盯着他的脸看。外科医生弓着身子看他，并且说："干什么？"

他用很粗的声音做出回答，呼吸吃力——一次说一个字："我……会……死……吗？"

"我希望不会。"

"确……定……吗？"

"不能。"

他再次环顾了一番四周。这次，他的目光停留在教练身上。佩里走上前。

"我能够为您干点什么，阁下？"

回答如先前的一样缓慢。"我……的……外……衣……口……袋。"

"这个吗，阁下？"

"不。"

"这个吗？"

"是，赌……金……簿。"

教练摸索了他的衣服口袋，拿出一本赌金簿。

"拿这个干什么呢，阁下？"

"看……看。"

教练把赌金簿举到他面前，翻到最后两页，上面登记了内容。他显得不耐烦，摇了摇脑袋，从沙发的枕头一边摇到另一边。很显然，他还没有恢复，还不能看自己写的东西。

"我念给您听好吗，阁下？"

"好。"

教练依次念出了登记在上面的三笔内容，没有获胜。几笔账全部都确确实实地支付了。念到第四笔时，躺着的人说了声："停！"这是第一笔取决于事态进一步发展的账目。上面记录着在温迪盖茨宅邸下的赌注，当时，杰弗里给自己下了赌注（对抗外科医生的看法），他要参加明年春季的大学划船竞赛——他迫使阿诺尔德·布林克沃斯下注，赌他会输。

"嗯，阁下？这一笔怎么办？"

他努力振作起精神，一次一个字地回答。

"写……信……给……哥……哥……朱……利……叶……斯。支……付……阿……诺……尔……德……赢……了。"

他举起了一只手以便庄重地强调自己说的话。然后手放下搁到自己的一侧。他闭上了眼睛，陷入了打着鼾声的沉睡。要给他说句公道话，尽管他是个恶棍，但还是要给他说句公道话。他在生命处在危急关头的非常时刻，能够恪守自己在同伴中间仅存的一点忠诚——忠诚于赌金簿上的账目。

由于杰弗里先前已经被移至附近他租住的别墅，帕特里克爵士和斯皮德韦尔先生一同离开了竞赛场地。他们在门口遇见了阿诺尔德·布林克沃斯。他凭着自己的意愿混在人群中不露面，并且决定独自一人步行返回。他与布兰奇分开后，改变了所有的行为习惯。在他再次见到自己夫人之前的这段时间里，他只提出了两个请求——一是允许以自己独有的方式忍受，二是独自一人待着。

跑步竞赛进行当中，帕特里克爵士感到压抑而沉默不语，现在这种压抑感消失了。他们驱车回家时，帕特里克爵士向外科医生提出了一个问题。该问题从杰弗里输掉竞赛的那一刻开始便一直萦绕在他心头。

"我不是很理解，您发现德拉梅恩只是因为疲劳晕倒时，"他说，"您对他表现出了焦虑的心情。难道这不是通常意义上的晕倒吗？"

"现在，隐瞒已经毫无意义了，"斯皮德韦尔先生回答说，"他差一点点就中风瘫痪了。"

"您在温迪盖茨宅邸对他说话时，担惊受怕的就是这个吗？"

"我给他提出警告时，我从他的脸上看出了这一点。迄今为止，我的看法是正确的。但我在估计他身上储存的生命力时，看法却是不正确的。他跌倒在跑道上时，我坚信，我们将看到他的死亡。"

"这是遗传性的瘫痪吗？他父亲罹患的就是这种疾病。"

斯皮德韦尔先生微笑着。"遗传性瘫痪？"他重复了一声，"嘿，此人是个天生的健康和力量的奇才——处在人生的黄金期。遗传性瘫痪即使可能有，也只会在三十年之后才出现在他身上呀。过去的四年中，他一直在划船和跑步，这才是发生今天这个事情的唯一原因啊。"

帕特里克爵士大着胆子提出一个建议。

"毫无疑问，"他说，"以您的名声促使人们注意这个问题，您应该将此公之于众——作为对其他人的一个警示吧？"

"这样做无济于事。残酷的压力压在生命器官上，德拉梅恩绝不是倒在跑步竞赛场地的第一个人。公众对这类事故有一种快乐的健忘习惯。公众发现其他人（碰巧完成了竞赛）可以拿出来摆在我面前作为有充分理由的答案时，他们便会感到非常心满意足。"

帕特里克爵士的心里仍然一直在想着安妮·西尔韦斯特的未来。他接下来要问涉及将来杰弗里是否有望恢复健康这个严肃的问题。

"他绝不可能恢复健康了，"斯皮德韦尔先生说，"瘫痪一直悬在他头上。他可能活多长时间，我说不准。很大程度上取决于他自己。以他的身体状况，任何轻率鲁莽的行为，任何暴躁的情绪，都有可能瞬间要了他的命。"

"如果不发生什么意外，"帕特里克爵士说，"他是否可以恢复到从床上爬起来，走到外面去的程度？"

"当然可以。"

"我知道，他本星期六有一个约会。他是否有可能可以去赴约呢？"

"很有可能。"

帕特里克爵士没再说什么。安妮的表情再次呈现在他的面前，那是在他告诉她她是杰弗里的合法夫人时的表情。

故事背景地之十四　波特兰广场街①

---

① 波特兰广场街（Portland Place）是伦敦中心区域的一条街道，这个地址出现在柯林斯的多部小说中。

第五十一章　一桩苏格兰式的婚姻

10月3日，星期六——当天，他们要验证阿诺尔德对安妮·西尔韦斯特的婚姻主张。

临近下午两点钟时，布兰奇和她继母进入后者在伦敦波特兰广场街那处宅邸的客厅。

前一天傍晚以来，天气恶化了。当天一大早便开始下雨，雨仍然在下。从客厅凭窗眺望，这样萧条的季节里，阴郁萧疏的波特兰广场街呈现出最为阴沉昏暗的景观。对面昏暗单调的房舍全都一片朦胧。街道上的黑泥有几英寸深。带着细微黑色颗粒飘动的煤烟与下落的雨水交织在一起，让越来越浓的迷雾变得更加肮脏和昏暗起来。街道上行人和马车十分稀少，很长时间没有任何声响打破沉静。连那些拉手风琴的人都沉默了。街上的流浪狗被雨水淋得透湿，不再出声吠叫了。目光从伦迪夫人豪华窗的窗外景观移到其豪华房间内的景观，弥漫在外的阴郁氛围与弥漫在内的阴郁氛围十分吻合。这幢宅邸通常在本季度里是关门闭户的。女主人做短暂逗留的期间，他们认为没有必要改变室内的现状。家具用暗棕色的覆盖物掩盖了起来。枝形吊灯用巨大的袋子套着看不见了。那些钟两个月前便已经失声沉默了，上方垂挂着灭烛器。挪到了不同角落里的几张桌子——其他时候，上面摆满了装饰品——现在，上面没有别的任何东西，只摆放着笔、墨水和纸张（让人联想到要进行的活动）。宅邸里散发着霉味，寂静无声。唯有一位阴郁沮丧的女仆进出于楼层的各个卧室，恍若幽灵。唯有一位指定接待客人的男仆孤单一人坐在楼下——这是穿号衣[①]的男仆中的最后一位，在人迹罕至的仆人居室里衰弱变老。客厅里，伦迪夫人和布兰奇之间没有语言交流。各自都在等待着与即将进行的询问调查相关的人出现，各自都沉浸在自己的思绪中。她们此刻的处境恰如一场庄重而滑稽的歌舞杂剧中的场景，两位女士举行一场夜间聚会，正等着接待客人。难道她们两个人都没有看出这一点吗？或者，看出来了，但她们不愿意承认？处于类似的情境中，谁不会退缩呢？这样的时候多了去了，当我们眼含着泪水时，我们却有充分的理由哈哈大笑。只有孩子才会大胆地率性而为。人类生活中，对严肃事情的讥讽嘲笑十分不可思议地与严肃现实本身交织在一起，以至于我们在生活中一些十分重要的紧急情况下，唯有自尊维系着我们的庄重。两位女士郑重其事，一块儿等待着即将到来的考验，这是个重要的时刻。那位沉默不语的女仆悄无声息地蹑跚上楼了。那位沉默不语的男仆在楼下毫无动静地等待着。室外，街道上空无一人。室内，宅邸犹如一座坟墓。

教堂的钟敲响，报时两点。

同一时刻，询问调查相关人士中的第一位到达了。

伦迪夫人态度镇定，等待着客厅的门打开。布兰奇怔了一下，颤抖起来。是阿诺尔德吗？是安妮吗？

房门打开了——布兰奇再次让自己镇定下来。第一位到达的只是伦迪夫人的代理律师——应邀代表夫人阁下负责这次活动。法律从业人员中，有很大一个阶层的人行事绝对呆板，事业绝对平庸。

---

① 号衣，即制服。

他算得上是其中的一位。此人若从事与机械有关的职业，说不定在科学上会更加有建树。他行动了起来，改变了桌椅摆放的位置，以便到场双方有效地彼此分隔开。他还恳请伦迪夫人记住，他对苏格兰法律一无所知。他只是以朋友的身份到场的。这之后，他坐了下来，默默地注视着窗外的雨——仿佛对于这种自然界的运动，他先前从来没有机会仔细观察过。

接下来的敲门声表明又有一位到达了，属于完全不同的阶层。阴郁沮丧的男仆通报说，纽温登上校到了。

或许是为了迎合这个场合，或许是为了对抗这种天气，纽温登上校采取了另一个重返青年时代的措施。他涂脂垫肩，戴着假发，身穿礼服，表现一个身体健壮的二十五岁青年男性的抽象概念。腰身部位可能显得有点僵硬，而眼睑和下颚部位有点缺乏结实度。否则，他便成就了三十五岁这个事实的外表下二十五岁人的虚假形象——看不见后面的真实情况，已经七十岁啦！上校在纽扣眼里插着一枝花，手里握着一根时髦漂亮的小手杖——生气勃勃，面色红润，笑容可掬，芳香四溢——他的音容笑貌令这个阴郁沉闷的房间熠熠生辉。令人快乐，令人联想到这是一次悠闲自得的年轻人进行的上午走访。他看到布兰奇出现在即将发生冲突的现场，感到有点惊讶。伦迪夫人觉得自己有责任进行一番解释。"我继女出现在此，直接忤逆我的恳请和忠告。我认为，她不适合于见到的人可能会出现在此，会披露出她这个地位的年轻女人不应该听的情况。她坚持要来，纽温登上校——我没有办法，只能顺从。"

上校耸了耸肩膀，露出了他美丽的牙齿。

布兰奇太过执着于即将到来的考验，所以不想替自己辩护。对她继母说到她的情况，她仿佛没有听见。代理律师依然沉浸在下雨的有趣景致中。伦迪夫人问候了格莱纳姆夫人。上校回答时，说到他侄女忧心焦虑的情绪犹如那什么——那什么——那什么，总之，只是甩着他那头神圣的鬈发和挥舞着他那根漂亮的手杖来加以表达。德拉梅恩夫人正和她待在一块儿，直到他叔叔带回去消息。而朱利叶斯在哪儿呢？因选举方面的事情滞留在苏格兰呢？霍尔切斯特勋爵和夫人呢？霍尔切斯特勋爵和夫人对此事毫不知情。

门口又响起了敲门声。布兰奇苍白的脸庞变得更加苍白了。是阿诺尔德吗？是安妮吗？经过了比平常更长时间的延宕之后，仆人通报说——杰弗里·德拉梅恩先生和莫伊先生到了。

杰弗里在前面缓步进入室内，向两位女士无声地致意，但没有理会其他人。那位伦敦的代理律师从自己沉浸其中的下雨景致中撤出了片刻，指着替新来者和他带来的法律顾问预留的两个座位。杰弗里坐下了，没有环顾一眼房间四周。他把两条胳膊肘支在自己的双膝上，百无聊赖地用自己那根笨重的橡木手杖比画着地毯上的图案。他皱着眉头，嘴张开下悬着，表露出一副执拗冷漠的神情。由于输掉了跑步竞赛，还有伴随而来的情况，他似乎比平时更加迟钝，比平常更加沮丧——情况就是这样的。

纽温登上校欲走近对他说话，半途中停下来了，犹豫迟疑起来，考虑后决定改变主意——结果对着莫伊先生说话了。

杰弗里的法律顾问——一个苏格兰人，属于面色红润、态度爽朗和爱好交际的那种——面对对方的友好表示，热情洋溢地予以回应。作为对上校询问的回答，他报告说，两位证人（因奇贝尔太太和毕晓普里格斯）在楼下女管家的房间里候着，直到需要他们出现。

寻找到他们费了一番周折吗？一点都没有。因奇贝尔太太当然在她
自己的旅馆里。上校还询问到了一些关于毕晓普里格斯的情况，看
起来，他和旅馆老板娘之间达成一种谅解，他已经回到了旅馆先前
侍者领班的位置上。上校和莫伊先生一直保持交流，就这么开始了，
持续不断地感到轻松和活泼。中间度过了一段难挨的时间，只听见
他们的说话声，等待着接下来的敲门声响起。

敲门声终于响起了。接下来谁会进入房间来，这已经不存在任
何疑问了。伦迪夫人紧紧地抓住自己继女的一只手。她不知道，布
兰奇一开始冲动会做出什么事情来。生平第一次，布兰奇心甘情愿
地让自己的继母紧握住自己的手。

房门打开了。他们进入。

帕特里克·伦迪爵士走在前面，安妮·西尔韦斯特挽着他的胳膊。
阿诺尔德·布林克沃斯跟随在他们后面。

帕特里克爵士和安妮两个人都默默无语地向在场的人点头致意。
伦迪夫人礼节性地回应了自己叔子的致意——但面对安妮出现在房
间里，有意不加理会。布兰奇从未抬起头看。阿诺尔德向着她走过
去，伸出一只手。伦迪夫人站起身，示意他退回。"还不行啊，布林
克沃斯先生！"她说，态度极为平静，但毫无怜悯之心。阿诺尔德
站立着，丝毫不理会她，看着自己的夫人。他夫人抬头看着他，眼
睛里立刻涌出了泪水。阿诺尔德努力让自己平静下来，黝黑的肤色
变得煞白。"我不会强迫你的，"他说，态度温和——然后转身返回
那张桌子边，帕特里克爵士和安妮一块儿坐在那儿，与其他人分开
着。帕特里克爵士按了一下他的手，默默地表示认可。

帕特里克爵士和他的同伴出现在房间里之后发生的情况，唯一

不介入甚至作为旁观者的——是杰弗里。他身上唯一的变化就是摆弄自己的手杖上的变化。他没有再比画着地毯上的那些图案，而是用手杖在连续敲击着。至于其他的，他坐在那儿，脑袋沉重地垂在胸前，肌肉发达的双臂搁置在膝上——开始之前，预料到的枯燥乏味。

帕特里克爵士打破了沉默。他对着自己的兄嫂说话了。

"伦迪夫人，您希望今天在此要见到的人都悉数到场了吧？"

伦迪夫人的心里积聚起了恶意。她立刻抓住这个时机发出了首先的一击。

"我期待的人悉数到了，"她回答，"比我期待的还要多呢。"她补充说，看了一眼安妮。

这一眼没有得到回应——对方甚至都没有看到。安妮从坐在帕特里克爵士身边的那一刻开始，目光便一直停留在布兰奇身上。她的眼睛不曾动过一下——她的眼睛一刻也没有失去温柔而忧伤的神情——突然，仇恨她的那个女人开口说话了。她高尚的性格中充满美好和真诚的要素。她此刻似乎在布兰奇的身上发现了一种足以受到鼓舞的力量。当她再次看着眼前这位昔日难忘日子里的妹妹时，她疲惫沮丧的脸上再次闪烁出天生美丽的容光。室内的每一位男士（除了杰弗里）都看着她，每一位男士（除了杰弗里）都同情她。

帕特里克爵士向自己的兄嫂提出了第二个问题。

"这儿有谁代表杰弗里·德拉梅恩先生的利益吗？"他问了一声。

伦迪夫人叫帕特里克爵士去问杰弗里本人。杰弗里没有抬头看一眼，用他的一只棕色的大手示意坐在自己身边的莫伊先生。

莫伊先生（他的苏格兰律师等级，相当于英格兰的诉讼律师等级）站起身，并向帕特里克爵士鞠躬致意，表现出对在苏格兰律师界声名卓著者应有的礼节。

"我代表德拉梅恩先生，"他说，"帕特里克爵士，在接下来要进行的询问调查中将运用您的能力和经验，我真要向自己表示祝贺啊。"

帕特里克爵士回以了鞠躬一样的敬意。

"是我要向您学习啊，"他回答，"过了这么长时间，莫伊先生，我曾经知道的东西都已经忘记了。"

伦迪夫人的目光从一个人身上转移到另一个。两位律师之间表达客套，互致敬意的当儿，她毫无掩饰地表露不耐烦的情绪。"先生们，请允许我提醒你们一句，在这个房间的一端，我们的心正悬着呢，"她说，"请允许我问一声，你们打算什么时候开始呢？"

帕特里克爵士引人注目地看着莫伊先生——莫伊先生引人注目地看着帕特里克爵士。更多的客套礼数！这一次，两位博学的绅士就哪一位该允许对方先说的问题，展开一场彬彬有礼的竞争！莫伊先生态度谦逊，证明了毫不动摇的态度，帕特里克爵士给他们的行动开了头，总算结束了这场竞争。

"本人到此，"他说，"代表我的朋友阿诺尔德·布林克沃斯先生行事。我恳请把他介绍给您，莫伊先生，他是我侄女的丈夫——他已于今年9月7日在肯特郡霍利教区的圣玛格丽特教堂合法地娶了她为妻。我这里有一份结婚证书的抄件——您如果想要看。"

莫伊先生态度谦逊，婉拒看证书。

"没有必要啊，帕特里克爵士！我认可上面提到的两个人在提到的日期里举行了婚礼，但是，我认为，这不是一桩有效的婚姻。我要代表在场的我的委托人（杰弗里·德拉梅恩先生）说，阿诺尔德·布林克沃斯先生已经在今年9月7日之前结婚了——也就是说，今年8

月 14 日，在苏格兰一个名叫克雷格弗尼旅馆的地方——与此时此刻（按照我的理解）出现在我们中间的一位名叫安妮·西尔韦斯特的女士结了婚。"

帕特里克爵士介绍了安妮。"这就是那位女士，莫伊先生。"

莫伊先生鞠躬致意，提出了一个建议。"为了省去不必要的程序，帕特里克爵士，我们可以认为双方的身份问题已经明确了吗？"

帕特里克爵士赞同他博学的朋友提出的看法。伦迪夫人表露出未加掩饰的不耐烦情绪，把自己的扇子打开又合上。那位伦敦的代理律师表露了浓厚的兴趣。纽温登上校掏出了自己的手帕，用它作为屏障，在手帕的后面心满意足地打着哈欠。帕特里克爵士接着说。

"您提出了先前的婚姻，"他对自己的同行说，"那就由您开始吧。"

莫伊先生首先环顾了一番他周围的人。

"我们聚集在此，"他说，"目的是，如若我没有理解错，双重性的。首先，有一位对这次询问调查的问题特别关注，他认为很有必要，"他瞥了一眼上校——上校突然全神贯注起来，"对我的委托人关于布林克沃斯先生婚姻的断言进行验证。其次，我们所有人都同样有这样的愿望——无论可能存在什么样的意见分歧——尽可能让这次非正式的询问调查避免成为令人感到痛苦的公共事件，而那种情况往往是由于诉诸到法院引起的。"

听了这话后，伦迪夫人积聚起了恶意。她发出了第二击——打着向莫伊先生抗议的幌子。

"先生，我恳请代表我继女告知您，"她说，"面对广大公众，我们没有什么可害怕的。我们同意出席这次——您称之为的——'非正式的询问调查'，保留将这件事情带出这个房间四壁的权利。我现在不想给布林克沃斯先生机会，让他自己来澄清对他本人和这儿另外一个人的可恶怀疑。那是后面的事情。我们眼前面临的目标是——就一个女人自称能够理解的程度而言——确定我继女的权利，让她以布林克沃斯先生夫人的名义要求他做出解释。至此，假如最后的结果不能在这个具体问题上让我们感到满意，我们将毫不犹豫地上诉到法院。"她身子仰靠到椅子上，打开扇子，环顾了一番四周，那神情俨然就是一个女人履行了自己的职责后，要提请在场的人作证。

继母说话的当儿，布兰奇脸上掠过一丝痛苦的表情。伦迪夫人第二次握住她的手。布兰奇态度坚决，直截了当，把手缩了回去——帕特里克爵士特别注意到了这个动作。莫伊先生还没有来得及回答一句话，阿诺尔德突然站出来干预这个询问程序，于是成了大家关注的焦点。布兰奇看着他。她的脸上突然泛起了红晕——随即又消失了。帕特里克爵士注意到这种脸色的变化——于是比先前更加专注地观察她。阿诺尔德给自己夫人的信，有了时间助上一臂之力，显然动摇了夫人阁下对布兰奇的影响。

"伦迪夫人当着我夫人的面说出了这番话后，"阿诺尔德脱口说出，神情态度直率坦诚，充满了孩子气，"我觉得，我应该被允许代表我方说句话。我只是想要解释一下，我是在什么情况下前往克雷格弗尼旅馆的——我倒是要看看杰弗里·德拉梅恩先生是否能够否认。"

他说到后面这句话时提高了嗓门。他看着杰弗里时，眼睛里闪烁着愤怒的光芒。

莫伊先生恳请他博学的朋友出面。

"帕特里克爵士，凭着您明智的判断，"他说，"询问调查程序进到目前这个阶段，这个年轻人提出这样的建议似乎有点不合适吧。"

"对不起，"帕特里克爵士回答，"您刚才自己说了，这是一次非正式的询问调查。一个非正式的建议——凭着您明智的判断，莫伊先生——在这种情况下，并非不合适吧？"

未经努力坚持，莫伊先生原本用之不竭的谦逊之源便枯竭了。询问调查行动伊始，他听到这个回答后便感到迷惑不解。帕特里克爵士这样经验丰富的人一定很清楚，阿诺尔德一味坚称自己清白无辜，这样做其实起不到任何别的作用，只能在这个过程中无谓地拖延时间而已。不过，帕特里克爵士认可这种延宕。他是否内心里在伺机等待有偶然情况发生，那样可能有助于他把一件明知道糟糕的事情转变成一件好事情呢？

阿诺尔德得到允许，于是说话了。他陈述事实真相时，说的每一句话都明确无误。从杰弗里在草坪聚会要求他帮忙开始，到他抵达克雷格弗尼旅馆门口为止，他讲述了事情的经过，前后很连贯。说到此，帕特里克爵士出面干预，阿诺尔德停下不说了。他请求允许让杰弗里出面确认他说的话。帕特里克爵士也认可了这种不合常规的做法，令莫伊先生感到震惊。阿诺尔德态度严厉，对着杰弗里说话。

"你能够否认我所说的话的真实性吗？"他问了一声。

莫伊先生履行了自己委托人授权的义务。"您没有义务做出回答，"他说，"除非您自己想要回答。"

杰弗里慢慢地抬起自己沉重的脑袋，面对着眼前这个自己背叛了的人。

"我否认他说的每一句话。"他回答——说话的语气和态度充满了冷漠和不屑。

"到此时为止，帕特里克爵士，我们已经倾听了够多的断言与反驳吧？"莫伊先生问了一句，彬彬有礼的态度丝毫不减。

帕特里克爵士迫使阿诺尔德——费了一点周折——让自己平静下来，然后让莫伊先生的惊愕程度达到顶点。出于他自己的理由，他下定决心，在询问调查程序进行下去之前，一定要强化阿诺尔德的叙述已经在自己夫人身上明显产生的良好印象。

"我必须得完全仰仗于您的宽容大度，莫伊先生，"他说，"我甚至还没有倾听够断言和反驳。"

莫伊先生身子仰靠在自己坐着的椅子上，既显得迷惑不解，又显得无可奈何。此事存在两种可能：抑或自己同行处于智力衰减状态——抑或自己同行心里还有某种企图，只是还没有公开表明罢了。他开始琢磨着，对该谜团的正确解读应该属于后一种可能。他没有提出任何新的反驳意见，而是明智地等待着，注视着。

帕特里克爵士丝毫不觉得难为情，而是接二连三，提出了一个又一个不合常规的请求。

"我请求莫伊先生首肯，重提那桩8月14日在克雷格弗尼旅馆缔结的所谓婚姻，"他说，"阿诺尔德·布林克沃斯！当着这里在场所有人的面，你自己给出答案。你在克雷格弗尼旅馆时，说的所有话，做的所有事，你不仅仅因为心里怀着一个愿望，要让西尔韦斯特小姐尽可能少地忍受由自己处境带来的痛苦，而且还因为心里焦急，要践行杰弗里·德拉梅恩先生给你的嘱托，是不是这么回事？这是全部的真相吗？"

"这是全部的真相，帕特里克爵士。"

"你前往克雷格弗尼旅馆当天，你不是在出发前几个小时请求我同意你娶我侄女为妻吗？"

"我请求您的同意来着，帕特里克爵士，而且您也同意了。"

"从你进入旅馆那一刻开始到离开旅馆那一刻为止，你绝对没有要娶西尔韦斯特小姐的企图吗？"

"我心里连想都没有想到过要娶西尔韦斯特小姐为妻。"

"而你以一位绅士的名誉做担保说出这话吗？"

"我以一位绅士的名誉担保。"

帕特里克爵士转身对着安妮。

"西尔韦斯特小姐，8月14日，您要以一位已婚女性的身份下榻在克雷格弗尼旅馆，此事是迫不得已吗？"

安妮第一次把目光从布兰奇身上移开。她回答了帕特里克爵士的问话，态度平静，心甘情愿，语气坚定——布兰奇看着她，热切地倾听着她说话。

"我独自一人前往旅馆，帕特里克爵士。旅馆老板娘言辞直接，拒绝留我下榻在旅馆，除非她首先确认，我是个已婚女性。"

"这两位先生中哪一位是您等待着与之在旅馆会面的——阿诺尔德·布林克沃斯先生呢？还是杰弗里·德拉梅恩先生？"

"杰弗里·德拉梅恩先生。"

"阿诺尔德·布林克沃斯先生代替他到达，而且说了让旅馆老板娘放心的话，这时候，您心里明白，他仅仅是出于友好帮忙的动机，同时也是受了杰弗里·德拉梅恩先生的嘱托，为了您的利益而行事的，是这样吗？"

"我明白这一点。我尽自己的努力，提出了强烈的反对意见，不同意布林克沃斯先生为了我让他自己置于尴尬的境地。"

"您表达了反对意见，是否由于您知晓苏格兰婚姻法，并且知晓该法的独特规定可能将布林克沃斯先生置于的境地呢？"

"我对苏格兰法律一无所知。面对布林克沃斯先生对旅馆的人实施的欺骗行为，我感到有点厌恶和害怕。我担心，这样做可能导致我深爱着的一个人对我产生误解。"

"那个人是我侄女吗？"

"是的。"

"您恳求布林克沃斯先生（您知道他对我侄女的恋情），为了她，看在她的分上，让您自己来设法应付，是这样吗？"

"是这样。"

"作为一位绅士，他已经做出了承诺，面对一位女士指望着的那个与自己会面的人缺席时，要帮助和保护这位女士。他拒绝了恳求，不让您自己来设法应付，是这样吗？"

"不幸的是，正因为如此，他拒绝了。"

"自始至终，您绝对没有丝毫想要嫁给布林克沃斯先生的意思吧？"

"我的回答，帕特里克爵士，同布林克沃斯先生回答的一样。我心里连想都没有想到过要嫁给他。"

"您说这话，以一位基督徒的身份起誓吗？"

"我以一位基督徒的身份起誓。"

帕特里克爵士回头看了看布兰奇。她用双手捂着脸。她继母一直在请她让自己平静下来，但毫无效果。

接下来的沉静中，莫伊先生为了维护自己委托人的利益出面干预了。

"帕特里克爵士，我放弃代表我方提出任何问题的权利。我只是想要提醒您，提醒在场的各位，我们刚才听到的情况陈述，只是两个人所作的断言——他们处在对自己极端不利的处境，从而强烈地想要让自己摆脱这种处境。对于他们否认的这桩婚姻，我现在等待进行验证——不是由我来断言，而是诉诸有效的证人。"

与自己的代理律师进行了简短商量后，伦迪夫人支持莫伊先生的看法，措辞还更加强硬。

"帕特里克爵士，您继续下去之前，我希望您理解，如若你们还要企图伤我继女的感情，而且误导她的判断，我将领着她离开这个房间。面对这种残忍无情和有失公正的询问调查方式，我不知道该如何表达自己的感受。"

那位伦敦律师表示支持，对于自己委托人的观点，表达了他职业上的认可。"作为夫人阁下的法律顾问，"他说，"我支持夫人阁下刚才提出的抗议。"

连纽温登上校都认可大家不赞同帕特里克爵士行动的看法。"说得对啊！说得对，"律师说过之后，上校表示，"很正确，我必须要说，很正确。"

很显然，帕特里克爵士毫不理会自己的处境。他对着莫伊先生说话，仿佛什么事情都没有发生似的。

"您希望立刻让证人出场吗？"他问了一声，"我毫不反对顺从您的看法——条件是，我要得到允许，重返在这一点上被打断了的程序。"

莫伊先生思索着。对手（此时，毫无疑问）有所保留——对手并没有表明自己的意图。与坚持要求纯属形式上的所谓权利和特权比较起来，引导他表明意图显得更加重要，刻不容缓。任何情况都动摇不了莫伊先生所坚持的立场。帕特里克爵士提出的不合常规的做法对询问调查程序延误的时间越长，本案中的那些显而易见的事实——相比之下——越不可阻挡地需要由在楼下候着的两位证人讲述出来。他决定等待。

"我保留自己反对的权利，帕特里克爵士，"他回答，"请您接着说吧。"

令每一个人感到惊讶的是，帕特里克爵士直接对着布兰奇说话——引用伦迪夫人先前对他说过的话，语气和态度完全平静。

"你是很了解我的，亲爱的，"他说，"尽可以放心，我不可能会存心伤你的感情，或者误导你的判断。我有个问题要问你，你回答与否，完全随你的便。"

他还没有来得及提出问题，伦迪夫人和她的法律顾问之间发生了短暂的争论。伦敦的律师让夫人阁下平静下来后（颇费了一番周折），出面干预。就他的委托人而言，他也恳求保留提出反对意见的权利。

帕特里克爵士示意了一下，表示同意，随后继续向布兰奇提出问题。

"你已经听了阿诺尔德·布林克沃斯说的，听了西尔韦斯特小姐说的，"他接着说，"这位爱你的丈夫，这位爱你的情同姐姐的朋友，每一位都郑重其事地讲述了情况。回忆一下你昔日与他们相处的情形吧。记住他们刚才说过的话。现在告诉我——你相信他们说的是假话吗？"

布兰奇立刻做出了回答。

"我相信，叔叔，他们说的是真话啊！"

两位律师都表达了他们的反对意见。伦迪夫人再次企图说话，但再次被制止了——这一次，既受到了她自己法律顾问的制止，也受到了莫伊先生的制止。帕特里爵士接着说。

"你现在既然面对面看见了他们，听了他们讲述情况，那么，关于你丈夫的行为和你朋友的行为的正当性，你还觉得有什么怀疑的吗？"

布兰奇再次做出了回答，仍然同样毫无保留。

"我请求他们原谅我，"她说，"我相信，自己大大地错怪了他们了。"

她先看看自己丈夫——然后看看安妮。阿诺尔德企图离开自己的椅子。帕特里克爵士坚定地阻止了他。"等一等！"他低声说，"你不知道接下来会发生什么情况。"他说过这话后转身朝向安妮。爱着布兰奇的这个忠实女人内心里感受到了布兰奇的目光。安妮转开了自己的脸——她消瘦无力的双手企图挡住眼泪，但毫无效果，眼泪依然夺眶而出。

两位律师再次表达了形式上的反对意见。帕特里克爵士最后一次对着自己的侄女说话。

"你相信阿诺尔德·布林克沃斯说过的话。你相信西尔韦斯特小姐说过的话。你知道，他们两个人待在旅馆时，谁的心里面都没有想到过婚姻的事情。你知道——不管未来可能会出现什么情况——他们两个人绝对不可能承认，他们已经或者可能有夫妻关系。这对你而言已经足够了吧？这次询问调查继续进行下去之前，你握住你丈夫的手，回归到你丈夫的保护之下，把其他一切都交由我来处理——相信我的保证，基于已经发生的事情，连苏格兰的法律都无法证明克雷格弗尼旅馆那个荒谬绝伦的婚姻主张是真实有效的。你愿意这样做吗？"

伦迪夫人站起身。两位律师都站起身。阿诺尔德坐着，惊愕不已。杰弗里本人——至此，态度蛮横，面对已经出现的情况，毫不理会——突然怔了一下，抬起了头。布兰奇沉浸在已经产生的深刻印象中，现在，本询问调查程序的全部未来走向取决于她的决定。她用以下言辞做出了回答：

"但愿您不会认为我忘恩负义，叔叔。我可以肯定，阿诺尔德没有有意做什么伤害我的事情。但是，我不能回到他身边，除非我首先确认，我是他的夫人。"

伦迪夫人拥抱了自己的继女，突然洋溢着慈爱之情。"亲爱的孩子啊！"夫人阁下激动地大声说，情绪激昂，"做得对啊，我亲爱的孩子！"

帕特里克爵士的头垂到了胸前。"噢，布兰奇！布兰奇！"阿诺尔德听见他低声对着他自己说，"你若知道你把我逼到了什么地步该有多好啊！"

莫伊先生针对布兰奇的问题说话了。

"对于这位年轻女士所采取的方式，我必须也要怀着十分敬重的心情表示赞同，"他说，"相对于我们刚才听到的建议采取的妥协办法，很难想象还有比这更加危险的妥协办法了。尽管我们敬重帕特里克·伦迪爵士，但他认为，在克雷格弗尼旅馆缔结的那桩婚姻无效，这种看法是否正确，我们还有待确认。我本人则从职业的立场出发反对这种看法。据我所知，另一位苏格兰律师（格拉斯哥的）也对此持反对意见。假如这位年轻女士没有凭着给她带来荣誉的智慧和勇气行事，她可能会在今生看到有那么一天，自己的名誉被毁，自己的孩子被宣布为身份不合法。面对将来出现的情况，布林科沃斯先生或西尔韦斯特小姐——双方的任何一方——可能不得不主张他们现在极力否认的婚姻。谁能够说得准不会出现这样的情况呢？随着岁月的流逝，利益攸关的亲属们（这里指的是财产问题）可能发现自己有理由质疑在肯特郡宣称的婚姻。谁又能够说得准不会出现这样的情况呢？针对法律不够明确的地方，帕特里克爵士勇于大胆地发表自己的看法。我承认，自己羡慕令帕特里克爵士做出这种大胆行为的巨大自信心。"

他坐了下来，周围响着轻轻的附和声。他怀着狡黠期待的目光看了一眼自己遭受挫败的对手。"假如这样都还不能激怒他亮出自己的底牌，"莫伊先生心里想着，"那就毫无办法了！"

帕特里克爵士缓慢地昂起头。他脸上的表情没有愤怒，只有苦楚——他随后说话了。

"莫伊先生，我不打算在这一点与您展开争辩，"他说，态度和蔼，"我可以理解，我的行为一定显得很怪异，甚至应该受到指责，不仅在您的眼中如此，在其他人的眼中也一样。我这位年轻朋友会告诉您的。"他朝着阿诺尔德看了一眼。"您所表达的关于本案涉及未来危险的观点，也是我心里曾一度怀有的观点。我迄今所做的事情，与我自己不久前给出的建议直接相抵触。请您原谅我，我要具体介绍一下（至少目前）从我进入这个房间开始影响着我的动机。以我现在的处境，我肩负着前所未有的责任，心里充满了无法形容的痛苦。关于这次询问调查程序，我心怀内疚地提出最后一个不合常规的做法，我若恳请最后一次对此给予宽容，我可以作为站得住脚的理由提出这一点来吗？"

帕特里克爵士说这番话时，真挚动情，充满尊严。只有伦迪夫人一个人对此表示反对。

"我们已经采取了够多不合常规的做法了，"她说，态度严厉，"拿我来说吧，我反对再有更多这样的事情。"

帕特里克爵士耐心地等待莫伊先生回答。苏格兰律师和英格兰律师面面相觑——彼此心领神会。莫伊先生代表两个人做出了回答。

"帕特里克爵士，作为一位绅士，您替自己设置了限制。我们不能擅自用超出您自己限制的范围来限制您。服从于，"行事谨慎的苏格兰人补充说，"我们已经保留的反对权利。"

"您反对我对您的委托人说话吗？"帕特里克爵士问了一声。

"对杰弗里·德拉梅恩先生吗？"

"对啊。"

大家的目光全都转向杰弗里。看起来，他坐在那儿半睡不睡的样子——他那双粗大的手很不安定地悬在双膝的上方，下颚搁在他那根手杖弯曲的柄上。

帕特里克爵士说出杰弗里的名字时，莫伊先生朝着安妮看了过去，看到她的状态有了变化。她把双手从面部移开了，突然转身对着她的法律顾问。他的对手从一开始便处心积虑地掩盖自己的目的。难道她知晓那个目的的秘密吗？莫伊先生决定要验证一下这种怀疑。他做了手势，邀请帕特里克爵士继续下去。帕特里克爵士对着杰弗里说话了。

"您与这次询问调查利益攸关，"他说，"但您却尚未参与到其中来。现在参与进来吧。看看这位女士。"

杰弗里纹丝不动。

"我已经看够她啦。"他说着，语气粗鲁。

"您可能很没有脸面看她，"帕特里克爵士说，态度平静，"但您可以用更加恰当的话来承认这一点。您回忆一下8月14日的情形吧。您承诺了在克雷格弗尼旅馆秘密娶西尔韦斯特小姐为妻，您要否认这一点吗？"

"我反对这样的提问，"莫伊先生说，"我的委托人没有任何义务回答这个问题。"

杰弗里的脾气上来了——他正要对任何情况都表示怨恨——厌恨自己的法律顾问出面干预。"我想回答就会回答的。"他反驳说，态度蛮横。他昂起头看了一会儿帕特里克爵士，但下颚并没有从手杖的弯曲柄上移开。他随后再次低下头。"我确实否认这一点。"他说。

"您否认自己承诺了要娶西尔韦斯特小姐为妻吗？"

"不错。"

"我刚才要求您看着她——"

"而我已经告诉了您，我已经看够她啦。"

"看着我吧。当着我的面，当着这儿其他人的面，您否认自己庄严保证过的对这位女士的婚姻补偿吗？"

他突然昂起头。他的目光突然有一会儿只停留在帕特里克爵士身上，然后一点一点地移开，慢慢地闪烁着光芒，充满着邪恶凶狠的神情，盯着安妮的脸看。"我知道我欠她什么。"他说。

他说这话的当儿，充满了强烈恶意的语气与充满强烈仇恨的目光相辅相成。看着他的样子令人感到恐怖不已。听着他说话的声音令人感到恐怖不已。莫伊先生低声对着他说："控制自己的情绪，否则我就不管这桩案件了。"

他没有回应——甚至都没有倾听——便抬起一只手，看着自己的手，目光呆滞。他说话声音很低，自言自语些什么，连续用三根手指以自己的分类方法数着缓慢说出的内容。他再次眼睛盯着安妮看，目光同样充满了强烈仇恨，用同样充满强烈恶意的语气说话。这一次，他直接对着她说话。"要不是因为你，我应该已经娶了格莱纳姆夫人。要不是因为你，我应该已经赢得了竞赛。我知道自己亏欠你什么。"他张开着且垂悬着的双手悄然握起了拳头。他再次让脑袋耷拉到了胸前，没有再说什么了。

大家一动不动——大家一声不吭。他们怀着相同的恐惧，哑口无言。安妮再次把目光转向布兰奇。即便到了此时此刻，安妮还在用勇气支持着她。

帕特里克爵士站起身。他先前一直抑制着的情感现在明显地表露在了脸上——表露在了他说话的声音里。

"到另外一个房间去吧，"他对着安妮说，"我有话必须要立刻对您说！"

他的话引得大家惊愕不已，但他丝毫没有注意到。他毫不理会兄嫂和苏格兰律师对他表示的反对意见，而是一把抓住安妮的胳膊，打开房间一端的折门，进入另外一个房间，然后关上了门。

伦迪夫人求助于她的法律顾问。布兰奇站起身——向前走了几步——紧接着停下，气喘吁吁，看着折门。阿诺尔德挪动身子对着自己的夫人说话。上校走向莫伊先生。

"这是什么意思啊？"他问了一声。

莫伊先生情绪激动地做出了回答。

"这意思是，我没有得到适当的嘱咐。帕特里克·伦迪爵士手上掌握着一些证据，能够很严重地伤及德拉梅恩先生。迄今为止，他还不愿意拿出来——他感觉到，自己现在不得不拿出那些证据了。您如何会，"律师问了一声，态度很严肃，转身向着自己的委托人，"让我蒙在鼓里啊？"

"我对此毫不知情。"杰弗里回答，头都没有抬起来。

伦迪夫人示意布兰奇站到一边，自己走向那扇折门。莫伊先生拦住了她。

"我建议夫人阁下沉住气。此时干预无济于事。"

"我在自己的府上，先生，难道不可以出面干预吗？"

"若我没有完全弄错，夫人，在您的府上进行的询问调查程序即将要结束了。您若出面干预，必定会有损于您自己的利益。那就这么结束吧。"

伦迪夫人顺从了，回到了自己的位置。他们全都缄口不言，等待着那扇门打开。

帕特里克·伦迪爵士和安妮·西尔韦斯特单独待在那个房间里。

他从胸前的衣服口袋里掏出那张信纸，上面有安妮的信和杰弗里的回信。他握着信的手颤抖着，说话时声音颤抖着。

"凡是能够做到的我都已经做了，"他说，"为了避免迫不得已出示这个东西，凡是可以试的办法都已经试过了。"

"我充满了感激之情，对您的仁慈友好感同身受，帕特里克爵士。您现在必须要拿出这个东西来了。"

这个女人平静的态度与这个男人的情感状态形成了一种奇怪而又感人的对照。她回答他的话时，脸上毫无畏惧的表情，声音格外沉稳。他握住了她的一只手。他两度想要开口说话，但两度都因为激动说不出来。他沉默不语，把信交给了她。

她默默无语，把信从她身边推开，不知道他这是什么意思。

"把信拿回去吧，"他说，"我不能拿出来！我不敢拿出来！隔壁房间里，有了我亲眼看到的东西和亲耳听到的东西之后——上帝可以作证，我不敢要求您宣称自己是杰弗里·德拉梅恩的夫人！"

她用一个名字回答了他。

"布兰奇！"

他摇了摇头，显得不耐烦。"即便为了布兰奇的利益，那也不行啊！即便看在布兰奇的分上，那也不行啊！假如说这样做有什么风险，那就是我要准备去冒的风险。我坚持自己的看法。我相信自己的看法是正确的。那就让它诉诸法律吧！我一定要为了本案去斗争，而且一定会取得胜利。"

"您肯定会取胜吗，帕特里克爵士？"

他没有做出回答，而是硬把信塞给她。

"把信毁掉，"他低声说，"相信我的沉默。"

她从他手上接过信。

"把信毁掉，"他重复了一声，"他们可能打开折门。他们随时都可能进来，看到信在您手上。"

"我先问您点事情，帕特里克爵士，然后再毁掉信。布兰奇拒绝回到她丈夫身边，除非她确认了，她是他真正意义上的夫人。若我出示这封信，她可能今天就回到他身边了。我若声称自己就是杰弗里·德拉梅恩的夫人，我便永远洗清了人们关于布林克沃斯先生娶了我的嫌疑。您能够以别的方式肯定而又有效地洗清对他的嫌疑吗？请回答我的问题，凭着一位男士的名誉，因为有个女人绝对地信赖他！"

她正对着他的脸看。面对她的目光，他眼睛朝下看——没有给出回答。

"我已经得到回答了。"她说。

说完这话，她从他身边走过，一只手触到了门上。

他阻止了她。他动作轻柔地把她拉回到房间里时，眼睛噙满了泪水。

"我们为何要等待呢？"她问了一声。

"等待吧，"他回答说，"算是帮我个忙。"

她态度平静地在附近的一把椅子上坐了下来，一只手支撑着脑袋，思索着。

他躬身对着她，让她振作精神——她显得不耐烦，几乎生气了。当他想到隔壁房间里的那个人时，她脸上表露出来的坚毅神情令他感到害怕。

"冷静想一想，"他恳求说，"不要因为冲动偏离了方向。不要在不明智的激动情绪下采取行动。您没有受到任何约束，非要让自己做出这种可怕的牺牲不可。"

"激动！牺牲！"她重复这两个词时脸上露出了惨然微笑，"帕特里克爵士，您知道我片刻之前在想什么吗？我只是在想昔日的时光，当时我还是小姑娘时。和大多数孩子比较起来，我更早地目睹人生悲惨的一面。我母亲被残酷无情地抛弃了。这个国家里的各种苛刻的婚姻法律对她比对我更加苛刻。她悲痛欲绝地离世了。但是，有位朋友在她弥留之际安慰了她，承诺自己将成为她孩子的母亲。

我后来在与那个忠诚的女人和她年幼的女儿生活在一块儿的过程中，记不得有哪一天是不幸福快乐的——直到那一天，我们彼此永别了。她随同她丈夫去了，身后留下我和那个年幼的女儿。她对我说了临终的话。面对可怕的即将到来的死亡，她心都沉了。'我向你母亲做出过承诺，你就像是我自己的孩子。我的承诺让她心安了。安妮，我走之前，让我心安吧。未来的岁月中，不管发生什么事情——向我承诺，就像现在一样永远是布兰奇的姐姐。'回想起这样一些昔日的事情，哪还有什么不明智的举动啊，帕特里克爵士？我为布兰奇做出的哪还算是什么牺牲啊？"

她站起身，向他伸出一只手。帕特里克爵士默默无语，把那只手凑到了自己嘴唇边。

"走吧！"她说，"为了我们两个人，我们不要再拖延了。"

他把头扭到一边。这种时刻决不能让她看到，她已经完完全全让他失去了男子汉的气概了。她等待着他，一只手放在门锁上。他鼓起了勇气——迫使自己冷静地面对可怕的情境。她打开了房门，领着他返回到另外那个房间。

两个人回到自己原来的位置上时，在场没有一个人吭一声。外面街道上传来马车经过的声音，令人感到痛苦。楼下偶尔传来的关门声会令每一个人怔一下。

安妮温柔的声音打破了阴郁的沉默气氛。

"我一定要替自己辩护吗，帕特里克爵士？要不就您替我辩护？我这是最后一次请求您帮我大忙。"

"您坚持要诉诸您手上的这封信吗？"

"我下定决心要诉诸这封信。"

"任何情况都无法让您推迟二十四个小时——就您而言——结束这次询问调查吗？"

"无论您或者我，帕特里克爵士，都必须说该说的话，做该做的事，然后我们才离开这个房间。"

"把信给我吧。"

她把信给了他。莫伊先生低声对他的委托人说："您知道那是什么吗？"杰弗里摇了摇头。"您真的什么都记不得了吗？"杰弗里恶声恶气地简单回答了一声："记不得了！"

帕特里克爵士对着聚集在场的人说话。

"我要请求你们大家原谅，"他说，"刚才突然离开了房间，还迫使西尔韦斯特小姐与我一块儿离开。在场的每一个人，除了这个人。"他指着杰弗里。"我相信，会理解和原谅我，现在我迫不得已要清楚明了地和全面细致地进行一番解释。出于马上就会表明的原因，我要向我侄女做一番解释。"

布兰奇怔了一下。"向我！"她激动地大声说。

"向你。"帕特里克爵士回答。

布兰奇转身朝向阿诺尔德，因隐隐约约觉察到有什么严重的事情要发生而惊恐不安。她离开哈姆农庄后收到她丈夫的信，信中必定提到了杰弗里与安妮之间的关系，而布兰奇先前对此一无所知。会有什么事情与他们的关系相关联吗？还会有什么情况要披露，而阿诺尔德的信并没有让她有这个思想准备听吗？

帕特里克爵士接着说。

"一会儿之前，"他对布兰奇说，"我建议你回到你丈夫的保护之下——结束这件事情的任务交给我来完成。你拒绝回到他身边，除非你首先确认，你是他的夫人。幸亏有了西尔韦斯特小姐，她为了你的利益，为了你的幸福，做出了牺牲——对于这种牺牲，我坦率地告诉你，我尽了我最大的努力加以阻止——我这才能够确切地证明，阿诺尔德·布林克沃斯在肯特郡我的府上娶你为妻时是单身。"

莫伊先生凭着自己的经验意识到要发生什么事情了。他指着帕特里克爵士手上的那封信。

"您要求兑现一次婚姻承诺吗？"他问了一声。

帕特里克爵士提出了一个问题作为回应。

"您还记得伦敦民事律师公会①那次著名的裁定吗？该裁定确立了达尔林普尔上校与戈登小姐之间的婚姻关系②。"

莫伊先生得到了回答。"我明白您的意思，帕特里克爵士。"他说。停顿了片刻之后，他随即对安妮说话："还有，我由衷地，女士，敬佩您。"

他说这话时的语气热烈而真诚。在场的其他人还在等待着告知事由。他们听到这话后，热切的兴趣达到了顶点。伦迪夫人和纽温登上校心急火燎，彼此窃窃私语。阿诺尔德脸色苍白。布兰奇哭了起来。

帕特里克爵士再次转身朝向自己侄女。

"不久之前，"他说，"我曾对你说过，苏格兰婚姻法具有令人反感的不确定性。这在欧洲所有文明国家中都是独一无二的，要不

---

① 伦敦民事律师公会是昔日伦敦的一个法律组织，受理遗嘱验证、结婚证明、离婚事件等，该公会于 1858 年解散，所在地的建筑于 1867 年拆除。作者威尔基·柯林斯的挚友兼合作者查尔斯·狄更斯曾受聘在该公会担任书记员，他在自传体小说《大卫·科波菲尔》中对这段经历有非常详尽的描述。
② 此处指伦敦民事律师公会主教法庭于 1822 年 7 月 17 日受理裁定的一桩婚姻案件。

是存在这种不确定性，阿诺尔德·布林克沃斯绝不可能处于今天的这种境地——也不可能举行这种询问调查程序。请记住这样一个事实。这个事实不仅造成了已经出现的麻烦，还造成将来更加严重的灾难。"

莫伊先生做了记录。帕特里克爵士接着说。

"尽管苏格兰法律有失严谨和随意草率，然而，碰巧有那么一个案例，其中依据苏格兰法律提起的诉讼得到了英格兰法庭的确认和裁定。在苏格兰，一男一女之间有了书面的婚姻承诺，苏格兰法律便确认他们的婚姻关系。英格兰法庭开庭裁定我刚才向莫伊先生提到的那桩案件，宣布，该法有效——结果，英国上议院最高权威确认了这个裁定。因此，只要男女双方——当时住在苏格兰——有了书面的婚姻承诺，那就不再存在任何疑问了。他们毫无疑问，合乎法律，具有夫妻关系。"他转身离开自己侄女，恳求莫伊先生，"我说得对吗？"

"根据事实，说得很对啊，帕特里克爵士。不过，我承认，您对事实的评价令我感到很惊讶。我十分认同我们苏格兰的婚姻法。一个男人对一个女人做出了婚姻承诺，如果他背叛了那个女人，苏格兰的法律则会迫使他（为了维护公共道德）认可她为自己的夫人。"

"这儿在场的人，莫伊先生，现在就要在他们的面前看到苏格兰婚姻法实施过程中的这些道德优点（经过英格兰认可）。他们自己可以对这种道德（英格兰的或苏格兰的）做出判断，因为该道德先是迫使一位遭受抛弃的女性回到背叛她的那个恶棍身边，然后有效地让她忍受种种结果。"

他做出了这个回答后，转身对着安妮，在手上把信展开给她看。

"最后问一次，"他说，"您坚持要我诉诸这个吗？"

她站起身，郑重其事地点了点头。

"令我倍感痛苦的责任是，"帕特里克爵士说，"以这位女士的名义，凭着当时住在苏格兰的男女双方交换的书面婚姻承诺做保证，要宣布，她要求现在成为——而且，今年 8 月 14 日就已经是了——杰弗里·德拉梅恩先生的已婚夫人。"

帕特里克爵士说出了这一番话之后，布兰奇发出一声惊恐的大叫，其他人则沮丧地低声议论起来。

出现了片刻停顿。

然后，杰弗里缓慢站立起来，眼睛盯着向他提出了婚姻权利的夫人。

这个可怕场面的旁观者们一致转向这位做出了牺牲的女人。杰弗里先前投在她身上的目光——杰弗里先前对她说过的话——全都呈现在他们的心头。她站立着，在帕特里克爵士身边等待着——她温柔的灰色眼睛看着布兰奇的脸庞，充满了悲伤与柔情。看到这种无与伦比的勇气和屈从，大家不禁怀疑，这里发生的情况是否真实。他们不得已回过头看着那个男人，以便确认这个事实。

法律和道德战胜了他，取得了彻底的胜利。他哑口无言，战战兢兢，愤怒的情绪完全平静下来了。他着了魔的脸上明明白白地写着冷酷无情的复仇表情，眼睛盯着面前这个他毁掉了的可恨女人——盯着面前这个以夫人的身份牢牢与他拴在一起的可恨女人。

他的律师走向帕特里克爵士坐着的桌子边。帕特里克爵士把信纸交给了他。

他聚精会神，一丝不苟，看了上面的两封信。他抬起头来之前只过去了片刻，但好像过去了几个小时。"您能够证明这个笔迹吗？"他问了一声，"您能够证明居住的情况吗？"

帕特里克爵士拿起放在他手下准备着的另外一张纸。

"这儿是能够证明这笔迹和居住情况的人的名字，"他回答说，"您在楼下候着的两位证人中有一位（本来是用不上的）能够证明布林克沃斯先生到达旅馆的时间，所以能够证明，他当时询问的这位女士是杰弗里·德拉梅恩夫人。信纸反面的确认签字也涉及时间问题，属于证人的笔迹——我向您介绍他，您在方便时可以去询问他。"

"作为程序，我将去证实提到的这些情况，帕特里克爵士。同时，为了不造成不必要和无理缠讼的延误，我必须得说，我无法对婚姻的证据提出反对意见。"

他用这些话做出了回答后，怀着明显的敬意和同情，对着安妮说话。

"有了你们在苏格兰相互之间做出的书面婚姻承诺做保证，"他说，"您要求杰弗里·德拉梅恩先生成为您的丈夫吗？"

她神态沉稳地复述了他的话。

"我要求杰弗里·德拉梅恩先生成为我丈夫。"

莫伊先生询问他的委托人。杰弗里终于打破了沉默。

"已经决定了吗？"他问了一声。

"从有效性上说，已经决定了。"

他接着说，眼睛没有看着任何人，只看着安妮。

"依据苏格兰的法律，她成为我的夫人了吗？"

"依据苏格兰的法律，她成为您的夫人。"

他问了第三个也是最后一个问题。

"法律规定了她丈夫去哪儿她也去哪儿吗？"

"是这样。"

他自顾自地小声笑了起来，示意她走过房间到达他站立的地方。

她遵从了。她迈出了第一步朝着他走过去的瞬间，帕特里克爵士一把抓住了她的一只手，小声对她说："相信我好啦！"他的手轻轻地用了一下力，这个动作令她对他心领神会，然后走向杰弗里。同一时刻，布兰奇冲到了他们中间，双臂紧紧搂着安妮的脖子。

"噢，安妮！安妮！"

她情绪激动，泪流满面，哽咽得说不出话来。安妮动作轻柔，松开了搂着自己脖子的双臂——动作轻柔，托起了无能为力伏在她胸前的脑袋。

"更加幸福快乐的日子就要来了，亲爱的，"她说，"不要想着我。"

安妮亲吻了她——看着她——再次亲吻了她——然后把她送到她丈夫的怀抱。阿诺尔德没有忘记他们在克雷格弗尼旅馆互道晚安临别时她说的话。"您并没有和一个忘恩负义的女人做朋友。有一天我会证明这句话的。"他的心里充满了感激和钦佩，一个劲儿地想要首先表达心里的情感，结果却说不出话来。

她动作柔和地低了一下头，说明领会了他的意思。她随后接着说话，站立在杰弗里前面。

"我在这儿呢，"她对他说，"你希望我干什么？"

他张开了厚厚的嘴唇，露出邪恶的微笑，向她伸过一条胳膊。

"杰弗里·德拉梅恩夫人，"他说，"回家去。"

那幢孤零零的别墅四周用高墙围着，那个哑巴女人目光冷漠，行为粗鲁——整个情景仅仅在两天前安妮就已经描述给帕特里克爵士听了。这时候，别墅的画面和哑女人充满了凶兆的身影栩栩如生地呈现在帕特里克爵士的心里。"不！"他大声喊了出来，一时冲动抑制不住情绪，"这样不成啊！"

杰弗里站立着，不动声色——伸着那条胳膊等待着。她脸色苍白，意志坚定，昂起了她令人崇敬的头——鼓起了一时间动摇了的勇气——挽住了他的胳膊。

他领着她走向门口。"别让布兰奇为了我揪心难受。"他们从阿诺尔德身边经过时，她简略地对他说。再一次，他的心里充满了对她的同情，没有考虑别的。他一跃身子站立起来，挡住了杰弗里的去路。杰弗里停住了，第一次看着帕特里克爵士。

"法律规定她要跟随着丈夫走，"他说，"法律不允许你将夫妻分离。"

真实，绝对、不容置疑的真实。法律认可了她做出的牺牲，如同无可辩驳地认可了她母亲在她之前做出的牺牲。以道德的名义，让他带走她吧。为了德行，让她尽可能摆脱法律的约束吧！

她丈夫打开了门。莫伊先生一只手放在帕特里克爵士的胳膊上。伦迪夫人、纽温登上校，那位伦敦律师，全都离开了他们的座位。他们只有这一次受相同利益的影响。他们只有这一次感受到同样的悬念。阿诺尔德跟随在他们身后，挽扶着自己的夫人。难忘的片刻里，安妮回过头看了看他们所有人。然后，她和她丈夫走出了门口。他们一同走下楼。传来宅邸大门开关的声音。他们离开了。

事情了结了，以道德的名义。事情了结了，为了德行。事情了结了，在一个进步的时代里，在地球表面最完美的体制下。

故事背景地之十五　霍尔切斯特府邸

第五十二章　最后的机会

"勋爵阁下病情严重，生命垂危，夫人阁下不能会客。"

"请帮忙把这张名片递给霍尔切斯特夫人吧。为了她的次子——有件事情我必须得向夫人阁下当面禀报。"

上述两位对话者是仆人领班和帕特里克爵士。当时，距离在波特兰广场街进行的询问调查程序结束才刚刚一个小时。

仆人仍然犹豫迟疑着，手上拿着那张名片。"我若做了这事，"他说，"那会失去自己职位的。"

"你若不做这事，那才毫无疑问会失去你的职位呢，"帕特里克爵士回应说，"我明确地警告你，这事十分严重，可不是闹着玩的。"

帕特里克爵士说这话的语气起了作用了。仆人带着口信上楼去了。

帕特里克爵士在厅堂里等待着。此时此刻，他不能忍受有片刻耽搁，自己必须立刻进入某一间接待室。安妮已经牺牲了自己的幸福，事情已无法挽回。他现在唯一能够替她做的便是保护她的人身安全——因为他坚信，她处在危险之中。她在自己丈夫面前面临的危险处境——只要她活着，她便是杰弗里与格莱纳姆夫人之间一个无法撼动的障碍——那是无法补救的。但是，还是有可能避免安妮因阻碍他们父子关系的和解而不知不觉中成为杰弗里经济损失的原因。帕特里克爵士决心，为了安妮，决不放弃尝试任何可能的途径。他让阿诺尔德和布兰奇二人自行前往他本人在伦敦的宅邸，甚至都没有向参加询问调查的那些人说一句告别的话。"她的生命取决于我在霍尔切斯特府邸的作为啊！"他心里怀着这样的坚定信念离开了波特兰广场街。他心里怀着这样的坚定信念把口信送给了霍尔切斯特夫人，此刻等待着回音。

仆人再次出现在楼梯上。帕特里克爵士上前迎接他。

"一会儿过后，夫人将见您，阁下。"

楼上一个房间的门打开了，帕特里克爵士来到了杰弗里母亲的面前。他仅仅来得及注意，夫人美貌犹存，以优雅和礼貌的姿态接待她的客人。这意味着（面对目前的情形），夫人以忽略自己的状况为代价，周到体贴地顾念他的状况。

"关于我的次子，您有话要对我说，帕特里克爵士。我处在极大的艰难困苦之中。若您给我带来了坏消息，我会尽我最大的努力忍受的。我可以恳求您行行好不要让我处于悬念之中好吗？"

"夫人阁下若允许我提一个问题，"帕特里克爵士回答，"那将对我有所帮助，让我这次不请自到的行为给您带来尽可能少的痛苦。您听说过杰弗里·德拉梅恩先生和格莱纳姆夫人之间拟缔结的婚姻有什么阻碍吗？"

帕特里克爵士旁敲侧击，只是稍稍提及了一下安妮。即便如此，霍尔切斯特夫人在表情态度上还是发生了不祥的变化。

"我已经听说了您提及的那种阻碍了，"她说，"格莱纳姆夫人是我的一位挚友。她告诉了我，有个姓西尔韦斯特的女人，一个肆无忌惮的女冒险者——"

"我恳请夫人阁下原谅。您残酷无情地冤枉了一位我遇到过的最高尚的女人。"

"帕特里克爵士，恕我不能听您讲述钦佩她的理由。我重申一遍，她在我儿子面前的所作所为，那是一位肆无忌惮的女冒险者的行为。"

听到这话后，帕特里克爵士明白，自己已经毫无希望动摇她对安妮的偏见。于是决定，立刻开始告知她事实真相。

"我恳求您不要再多说了，"他回答，"夫人您这是在说您儿子的夫人呢。"

"我儿子娶了西尔韦斯特小姐为妻吗？"

"不错。"

她脸色煞白。一时间，看起来，这个打击把她给彻底击垮了。但是，做母亲的只是出现瞬间的软弱。帕特里克爵士还没有来得及重新开口说话，尊贵的夫人就表露出了义愤。她站起身要结束这次会面。

"我觉得，"她说，"您到此的使命已经结束了。"

帕特里克爵士也站起身，下定决心要履行他到达这座府邸的职责。

"我不得不再占用夫人阁下几分钟时间，"他回答说，"伴随杰弗里·德拉梅恩先生婚姻的情况非同寻常，十分重要。为了他的家族利益，我恳求允许简明扼要地叙述一下情况。"

他用简明扼要的几句话讲述了当天下午在波特兰广场街发生的事情。霍尔切斯特夫人倾听着，情绪十分沉稳，表情十分冷漠。从外部表情来看，他的话没有对她产生什么作用。

"她阻碍了我儿子娶他自己和我选择的女士，"她说，"您指望着我会出面维护这样一个女人的利益吗？"

"不幸的是，杰弗里·德拉梅恩先生的夫人无意之间妨碍了对他而言很重要的利益，他有理由对此表示怨恨。"帕特里克爵士回应着说，"我恳求夫人阁下考虑一下是否必须——考虑到您儿子将来的行为——允许他夫人处在一种对他双重危险的关系中，因为她还可能成为他父亲与他之间关系疏远的原因。"

他心怀顾虑，谨小慎微，表达出了这个意思。霍尔切斯特夫人既明白了他实际已经表达出来的意思，也明白了克制着没有表达的意思。她之前一直站立着——此时重新坐了下来。他的话终于在她身上产生明显的作用了。

"霍尔切斯特勋爵的身体处于危重关头，"她回答说，"我拒绝承担这个责任，把您刚才告诉我的情况告诉他。只要我出面干预能够起到好的效果——我都是始终如一地施加影响，支持我儿子。我能够干预的时间已经过去了。今天上午，霍尔切斯特勋爵已经更改了自己的遗嘱。我当时不在场，还不知道情况如何。即便我知道了——"

"夫人阁下很自然会拒绝，"帕特里克爵士说，"向一位陌生人告知这个消息。"

"那当然。同时，您说了上面的话之后，我觉得，我没有理由完全由自己来决定这件事情。霍尔切斯特勋爵的遗嘱执行人之一现在正好在府上。您去见见他没有什么不妥的——如若您愿意这样做。您尽可以说，我完全委托他凭着理智决定该怎么办。"

"我很高兴接受夫人阁下的提议。"

霍尔切斯特夫人摇响了自己身边的铃。

"领着帕特里克爵士去见马奇伍德。"她对仆人说。

帕特里克爵士怔了一下。他对这个姓很熟悉，这是他的一个朋友的姓。

"是赫尔贝克的马奇伍德先生吗？"他问了一声。

"是那位。"

给出了这个简单回答后，霍尔切斯特夫人打发自己的客人离开了。帕特里克爵士跟随着仆人到了过道的尽头，进入了一个小房间——那是霍尔切斯特勋爵躺着的卧室的前室。两个房间的连通门关着。有位绅士坐在窗户边的桌子旁写着什么。仆人通报了帕特里克爵士的大名后，绅士站起身，向爵士伸出一只手，表情惊讶。这就是马奇伍德先生。

帕特里克爵士首先做了一番解释，然后耐心地回到了他到达霍尔切斯特府邸的目的上。他刚一提到安妮的名字，便注意到，马奇伍德先生对他所说的情况产生了特别的兴趣。

"您碰巧也认识那位女士吗？"帕特里克爵士问了一声。

"今天上午，在这个房间，我只是知道她是一个非常奇特的行动的原因。"他一边说一边指着霍尔切斯特勋爵的卧室。

"您可以说说这是一个什么行动吗？"

"难说——即便对您这样的老朋友——除非我觉得陈述情况是我的一项职责。您接着说您要对我说的事情吧。您刚才正要告诉我，您来到本府邸的原因呢。"

帕特里克爵士没有说什么开场白，便告诉了他杰弗里娶了安妮为妻这个消息。

"结婚啦！"马奇伍德先生大声说，"您刚才说的情况确切吗？"

"我是这桩婚姻的见证人之一。"

"天哪！而霍尔切斯特勋爵的律师已经离开了本府邸呢！"

"我可以代替他吗？万一我让您觉得有理由告诉我今天上午在隔

壁这个房间发生的事情呢？”

“让我觉得有理由？您让我别无选择了。医生们在担忧中风这件事情上看法是一致的——勋爵随时都可能离世。律师缺席的情况下，我必须要自己承担起这个责任来。事实是这样的。这儿是一份霍尔切斯特勋爵遗嘱的附件①，还没有签署。”

“涉及他的次子吗？”

“涉及杰弗里·德拉梅恩，给他一种丰衣足食的人生安排，一度生效了。”

“是什么障碍阻止了他施行这一点呢？”

“您刚才向我提到的那位女士。”

“安妮·西尔韦斯特？”

“安妮·西尔韦斯特——现在是杰弗里·德拉梅恩夫人，正如您刚才告诉我的。我只能很不完整地解释一下这件事情。勋爵的记忆中，有某些事情与那位女士有关联，或者与她家庭中的某个成员有关联。我们只能推测，他做了什么事情——在自己职业生涯的早期——那个事情严格属于自己职责范围之内，但是，很显然导致了非常悲惨的结果。一些日子之前，令人遗憾，他听说了或通过格莱纳姆夫人，或通过朱利叶斯·德拉梅恩夫人，西尔韦斯特小姐出现在斯旺黑文别墅。关于这件事情，他当时未置一词。只是到了今天上午，这份给予杰弗里遗产的附件等待签字生效时，他才说出了自己对这件事情的真正情感。令我们感到震惊的是，他拒绝在附件上签字。‘寻找安妮·西尔韦斯特，’这是我们从他嘴里听到的唯一一回答，‘把她领到我的床边。你们都说我儿子是无辜的，没有伤害她。我

---

① 此处指立了遗嘱又对遗嘱内容加以更改、增补或说明的附件。

已处在弥留之际了。我有我自己庄严的理由——我需要对逝者有个交代——确认事实真相。假如安妮·西尔韦斯特本人声称，他没有伤害她，我便会对杰弗里做出安排。否则不可能。'——我们甚至提醒他，西尔韦斯特小姐人还没有找到，他便有可能离世。我们出面劝说只取得了一种结果。他希望律师起草第二份遗嘱附件——他当即便签字使之生效了。附件嘱咐遗嘱执行人了解清楚安妮·西尔韦斯特与他的次子之间实际存在的关系。若我们有理由得出结论，杰弗里严重伤害了她，我们接受嘱托，给她一份遗产——只要她到时还是单身。"

"而她的婚姻有违这个条款啊！"他激动地大声说。

"是啊。实际生效的附件现在已经毫无价值了。而另外那份附件又尚未签署，直到那位律师能够请到西尔韦斯特小姐。他离开府邸前往富尔汉姆找杰弗里去了，因为这是我们能够寻找那位女士的唯一方式。已经过去几个小时了——他还没有回来呢。"

"等待他已经无济于事了，"帕特里克爵士说，"律师前往富尔汉姆时，霍尔切斯特勋爵的儿子正在前往波特兰广场街的途中。这个情况甚至比您认为的还要严重。告诉我，在不那么紧迫的情况下，我无权问的东西。除了这份没有签署的遗嘱附件，杰弗里在遗嘱中的地位如何？"

"里面根本就没有提到他。"

"您有那份遗嘱吗？"

帕特里克爵士立刻从坐着的椅子上站起身。"不要等待那位律师啦！"他激动地重申，"这是件生死攸关的事情。霍尔切斯特夫人痛恨她儿子的婚姻——她以格莱纳姆夫人的朋友身份说话和表达感情。

您觉得，假如霍尔切斯特勋爵知道了这个情况，他也会持同样的看法吗？"

"那完全要视具体情况而定。"

"假如我告诉他——正如我私下里告诉您一样——他的儿子已经严重地伤害了西尔韦斯特小姐呢？假如我在此基础上加深一步，告诉他，他的儿子已经娶了她为妻作为补偿呢？"

"从他对这件事情表露的情感来看，我相信，他会签署这份遗嘱附件。"

"这么说来，看在上帝的分上，让我见他吧！"

"我必须要对医生说。"

"那就立刻说吧。"

马奇伍德先生手里拿着遗嘱，朝着卧室门口走去。他还没有来得及走到门边，门便从里面打开了。医生出现在门口。当马奇伍德先生试图要开口说话时，医生抬起一只手，以示警示。

"去找霍尔切斯特夫人，"他说，"一切都过去了。"

"去世了？"

"去世了。"

故事背景地之十六　盐田

第五十三章　居住地

十九世纪初，有个人名叫鲁本·林布里克，公正本分，靠做贩盐生意发了一笔可观的财，此事在乡邻们中间广为流传着。

他的居住地坐落在斯塔福德郡①的一片属于他自己所有的土地上——该地相应地被称为"盐田"。他绝对不是守财奴，但生活极为简朴，极少会客，技巧娴熟地拿自己的钱进行投资，而且一如既往地保持单身。

临近1840年时，他首先感觉到自己患上那种致命的慢性疾病。他自己所在地的医生们尽最大努力尝试了所有办法，但收效甚微。之后，他偶然遇上了住在伦敦西郊的一位医生。这位医生非常了解他的病情。他来来回回多次去看这位医生，然后决定，退出生意场，在医生住处附近找一处地方安顿下来。

他在富尔汉姆地区发现有一片可以终生持有的土地出售，于是买了下来，并且亲自指导，在上面建造了一座别墅。他用高墙把整个住宅围了起来——因为他性格奇特，忌讳别人闯入他的隐居地，或者忌讳别人看见他的生活方式、行为习惯——高墙耗费了巨资，近邻们理当把它视为一个煞风景和丑陋的目标。等到这处新住宅竣工后，他按照斯塔福德郡那处地方的名称来给它命名，因为他在那儿挣了钱，而且在自己人生最幸福的时期一直住在那儿。他的亲属

---

① 斯塔福德郡（Staffordshire）是英格兰西部的一个郡。

们无法理解，他之所以这样做，其中蕴含着一份情感。他们针对铁一般的事实，提醒他，附近地区并没有盐矿。鲁本·林布里克回答："如此一来对这个区域更糟。"——坚持叫他的属地为"盐田"。

别墅很小，看起来完全湮没在周围的大花园中。别墅分为地面层和楼层——如此而已。

一楼过道两边各有两间房。从前门进入的右侧，一间厨房，连着附属建筑。与厨房相邻的房间窗户对着花园。鲁本·林布里克健在时，这个房间用作书房，里面藏有少量图书和大量钓具。过道的左侧，也有两间房——一间为客厅，一间为餐室，两间房由一道折门将彼此联通。楼层有五间卧室——两间在过道的一侧，房间大小与楼下的餐室和客厅相对应，但彼此不相通。三间在过道的另一侧，一间更宽敞的在前面，两间更狭窄的在后面。所有房间都装修完备，陈设齐全。主人毫不吝惜花钱，也毫不吝惜工艺。一切都结实坚固——但是，楼上楼下，一切都显得很丑陋。

盐田所处的环境人迹罕至。商品蔬菜经营者的土地把它与其他房舍分隔开了。由于别墅用高墙围着，显得讳莫如深，即便最缺乏想象力的人，心目中都会觉得它犹如一座疯人院或监狱。鲁本·林布里克的亲戚们偶尔会来与他待上一阵子。他们感觉这处别墅折磨着他们的心灵，要等到回家后才会欢天喜地。鲁本·林布里克也从不强求他们违背心愿待下来。他不是个热情好客或者爱好社交的人。他屡患疾病，毫不重视人的情感交流。他身体出现好转时，会感到心急火燎，满心欢喜。"除了垂钓，我什么都不感兴趣，"他通常会说，"我发现自己的狗是理想的伴侣。我只要免受身体的痛苦，便会感到开心快乐。"

弥留之际，他把自己的钱款在亲属中间公平分配。他遗嘱中唯有一部分得到了负面评价，其中有一条指定，遗赠给他一个姐姐（当时寡居）一份财产，这个姐姐由于下嫁，而与家庭疏远了。整个家族一致认为，那个不幸的人不应受到如此眷顾和优待。她的名字叫赫斯特·德思里奇。赫斯特的亲属们发现，她拥有对盐田的终生权益，还有一年两百英镑的收入。这时候，他们看着赫斯特不顺眼了，她成了他们的眼中钉。

家族中健在的亲属们从未登过门，赫斯特实际上是孤零零独自一人生活在这个世界上。于是，尽管她有不菲的收入，但她还是决定把住宅出租出去。她当初回答安妮的询问时，对这种怪异行为进行了解释，写在石板上。她的解释符合事实。"我在世界上无亲无故：不敢独自一人居住。"这样一个荒凉寂静的环境，怀着这样一种可悲可叹的动机，她把这处别墅交给代理人处理。代理人领着其看住宅的第一位租客是教练佩里，而赫斯特的第一位房客是杰弗里·德拉梅恩。

房东太太留给自己的房间有：厨房和隔壁曾经作为她哥哥书房的那间，还有楼层的两间后室——一间供自己住，另一间供她雇来帮忙的那位女仆住。别墅其余房间全部都出租了。房间的数量超出了教练的需求，但是，赫斯特·德思里奇对自己的出租条件拒不让步，按照规定的租期，一并租下剩余的房间。佩里别无选择，要么丧失这个隐秘理想的训练场，要么做出让步。

房客只有两个人，但有三间卧室可供选择。杰弗里被安顿在朝着花园的后面那间卧室里。佩里选择了别墅另一侧的前室，紧挨着赫斯特和她的女仆的两个更狭窄的房间。这样一来，过道另一侧那间前卧室——杰弗里卧室的隔壁——便就空着了，暂时称作备用房。

至于楼下房间，运动员和他的教练在餐室里用餐，作为无谓的奢华，客厅就让其空摆设着。

一旦跑步竞赛结束了，佩里的使命也宣告结束。他的那间空卧室也成了备用房。当时，住所的租期还没有到。竞赛后的当天，杰弗里面临两种选择：或牺牲掉钱，或独自一人待着，留着两间空卧室，还有一间客厅用来接待客人们——他们来访时嘴上叼着烟斗，他们理想的待客方式是，在花园里准备一壶啤酒。

用他自己的话来说，他"身体不适"。他慵懒倦怠，不愿意面对任何变化。他决定待在盐田，直到娶了格莱纳姆夫人为妻——当时看来，此事是铁板钉钉了——之后，他不得不永远彻底改变自己的生活习惯。翌日，他从富尔汉姆前往波特兰广场街参加那次询问调查。然后，他领着强加给自己的夫人返回到了富尔汉姆她的"家"。

以上就是房客所处的住所，以上就是那个令人难忘的傍晚，安妮·西尔韦斯特作为杰弗里的夫人进入寓所时，寓所内部的安排情况。

第五十四章　夜晚

杰弗里离开了伦迪夫人宅邸后叫住了第一辆从身边经过的空马车。他打开了车门，示意安妮上车。她动作机械地遵从了他。他坐在她正对面的座位上，吩咐车夫驶向富尔汉姆。

马车出发了。夫妻二人默默无语。安妮倦怠地头靠在座背上，闭上了眼睛。询问调查程序进行期间，她自始至终努力支撑着自己，现在体力已经崩溃了。她思考的能力都已经没有了，感觉不到任何东西，不知道任何东西，不担心任何东西。她处于半晕厥半睡眠的状态，前往富尔汉姆的行程头五分钟结束之前，她失去了知觉，感受不到自己可怕的处境。

杰弗里坐在安妮的正对面，气急败坏，沉浸在自己的思绪中，突然振作起了精神。他困顿的大脑中突然冒出了一个想法。他把头伸到马车窗户外面，吩咐车夫调头折返，前往大北方铁路火车站附近的一家旅馆。

他坐回到自己座位上后，目光诡异地看着安妮。她一动不动，也没有睁开眼睛——从表面上判断，她并没有意识到已经发生的情况。他聚精会神地注视着她。她确实生病了吗？他摆脱她的时候要来到了吗？他反复思索这个问题——密切注视着她。一点一点，他心里怀有的邪恶希望慢慢消失了，取而代之的是滋生了一种邪恶的怀疑心理。假如这种生病的表象是个幌子，那又如何呢？假如她等待着让他放松警惕，伺机从他身边逃跑，那又如何呢？他再次把头伸向窗外，又吩咐了车夫一次。马车偏离了直行路线，在霍尔本①一家酒馆门口停下了，酒馆是教练佩里经营的（以假名）。

杰弗里用铅笔在自己的名片上写了一行字，由车夫送进了酒馆。等待了几分钟之后，有个年轻人出现了，触碰了一下自己的帽子。杰弗里压低着嗓子透过车窗对他说话。年轻人坐在车夫旁边的驭者座上。马车调头返回，驶向大北方铁路火车站附近的那家旅馆。

到达预定地点后，杰弗里责令年轻人紧挨马车门站立着，指着安妮——仍然紧闭双眼斜靠着，看起来，仍然过于疲乏抬不起头来，过于昏沉，无法留意发生的事情。"若她企图出来，拦住她，派人来

---

① 霍尔本（Holborn）是伦敦西区的一个地区。

找我。"临别吩咐了这一番之后，他进入了旅馆，打听莫伊先生。

莫伊先生在旅馆——他刚从波特兰广场街返回。当旅馆的人领着杰弗里到达他的起居室时，他站起身，态度冷漠地点了点头。

"您找我有什么事吗？"他问了一声。

"我心里有了个主意了，"杰弗里说，"我想要立刻对您说说。"

"我必须请求您去咨询别的什么人。请求您把我从与您有关联的一切事务中撤离出来，没有进一步的关系了。"

杰弗里看着他，神情冷漠而惊讶。

"您的意思是说，您要把我置于危难之中吗？"

"我的意思是说，我不再参与您的任何事务，"莫伊先生回答说，态度坚决，"关于未来，我已经停止担任您的法律顾问了。关于往昔，我将仔细认真，替您履行完尚未履行的手续上的职责。因奇贝尔太太和毕晓普里格斯先生今天傍晚六点钟会应约到此，他们离开之前将要拿到他们应该拿的钱。我将乘坐夜间的邮车独自返回苏格兰。帕特里克爵士提到的涉及婚姻承诺这件事情的人都在苏格兰。关于笔迹，关于居住在北方的问题，我要拿到他们提供的证据——我会以书面形式寄给您的。完成这件事情后，我便完成了所有的事情了。至于您提出的将来要采取的措施，我拒绝向您提出建议。"

思忖了片刻后，杰弗里提出了最后一个问题。

"您刚才说，毕晓普里格斯和那个女人今天傍晚六点钟会到这儿来。"

"没错。"

"那个时间之前，在哪儿可以找到他们呢？"

莫伊先生在一张纸上写了一些字，然后交给杰弗里。"在他们居住的公寓里，"他说，"这儿是地址。"

杰弗里接过地址，然后离开了房间。律师与委托人之间没有吭一声，便分别了。杰弗里返回马车边时，发现那个年轻人仍然坚定地站立在他的岗位上。

"发生了什么情况吗？"

"从您离开之后，阁下，这位女士没有动一下。"

"佩里在酒馆吗？"

"这个时间不在，阁下。"

"我需要个律师。你知道谁是佩里的律师吗？"

"知道，阁下。"

"知道在哪儿可以找到他吗？"

"知道，阁下。"

"上驭者座吧，告诉车夫驶向哪儿。"

马车顺着尤斯顿大道继续前行，然后在一条小街的一幢寓所前面停下，门口挂着一块标明职业的铜牌。年轻人下了马车，走到窗户边。

"这儿就是，阁下。"

"敲一下门，看看他是否在家。"

他在家里。杰弗里进入寓所，再次让他的特务监视着。年轻人注意到，这次这位女士动了动。她身体发颤，好像感觉寒冷——眼睛睁开了一会儿，神情疲惫，透过窗户向外看——叹息了一声，身子再次靠回到了马车的一角。

离开半个多小时后，杰弗里从寓所里出来了。他和佩里的律师见面后，压在他心头的什么东西似乎被卸掉了。他再次吩咐车夫前往富尔汉姆——打开车门进入马车——然后，看起来好像突然回想起了什么——于是，叫年轻人从驭者座上下来，吩咐他进到车厢里，坐在靠近车夫的位子上。

马车出发后，他扭过头透过马车的前窗看着安妮。"值得一试啊，"他自言自语说，"这是与她扯平的方式。这也是获得自由的方式。"

他们到达了那幢别墅。有可能，安妮通过休息后恢复了体力。有可能，此地的风光最终唤醒了她身上自我保护的本能。令杰弗里感到惊讶的是，她不需要人搀扶便下了马车。他用自己的钥匙打开木栅栏门时，她从门边退缩了，第一次看着他。

他指着入口。

"进去吧。"他说。

"以什么条件？"她问了一声，没有迈出一步。

杰弗里打发走了马车，让年轻人进入室内，等待进一步的吩咐。这一切过后，一到只剩下他们两个人时，他便回答了她，高声大气，态度粗鲁。

"以什么条件由我定。"

"要我以你的夫人的身份和你生活在一起，"她语气坚定地说，"任何条件都无法让我做到。"

他向前走了一步——张开了嘴——突然又打住了。他等待了片刻，心里仔细考虑了一下什么事情。他再次开口说话时，表现出明显的从容与克制——那样子如同一个人在重复别人说的话或说事先准备好了的话。

"我有话要当着证人的面对你说，"他说，"我不要求你，或者希望您，单独在别墅见到我。"

面对他态度上的这个变化，她怔了一下。他突然态度镇定，突然说话字斟句酌，比起先前他凶狠暴戾的态度，这个情况对她的勇气是一种更加严厉的考验。

他等待着她做出决定，仍然透过栅栏门指着。她身子微微颤抖着——再次镇定了下来——进去了。那个年轻人一直在房前的花园里等着，现在跟随在他们后面。

他一把推开过道左侧客厅的门。她进入了房间。女仆出现了。他对女仆说："去把德思里奇太太找来，你陪着她一块儿回来。"随即，他也进入了客厅。那位年轻人遵照他的吩咐跟随着他进去，房门敞开着。

赫斯特·德思里奇从厨房里出来了——女仆跟在她后面。她见到安妮后，冷漠沉静的脸上瞬时掠过一丝微弱的变化，眼睛里闪烁着一丝暗淡的光芒。她缓慢地点了点头。嘴里冒出了一声哑声，朦朦胧胧地表达了一种似乎喜悦或轻松之感。

杰弗里说话了——再次表现出明显的从容与克制，再次表现出一个人在重复别人说的话或说事先准备好了的话的样子。他指着安妮。

"这个女人是我的夫人，"他说，"当着你们三个证人的面，我要告诉她，我不会宽恕她。我把她带到了这儿——由于没有别的任何地方我放心让她待的——等待进行提起诉讼，将要捍卫我的荣誉和良好的声誉。她待在此地期间，她将住在她自己的房间里，与我分开。若我必须要告诉她什么事情，我只能在有第三者在场的情况下见她。你们都明白了我的意思吗？"

赫斯特·德思里奇点了点头。另外两位回答："明白了。"然后转身要离开。安妮站起身。杰弗里示意了一下，女仆和那个年轻人在房间里等待听他要说什么。

"我对自己的行为一无所知，"她说，对着杰弗里说话，"你凭什么告诉这里的人，你不会宽恕我。你当着我的面说出这样的话，这是一种侮辱。你说到要捍卫自己的良好声誉时，我同样不知道这是什么意思。我所明白的是，我们在这幢别墅是互不搭界的人，我拥有我自己的房间。不管你出于何种动机，针对你提议的安排，我很感激。吩咐这两个女人中的一位领着我去看我的房间吧。"

杰弗里转身对着赫斯特·德思里奇。

"领着她上楼去，"他说，"她要哪个房间，由她自己挑吧。给她提供她想要的吃的喝的。把她行李所在地的地址拿下来，这个小伙子乘火车回去取。就这样了，去吧。"

赫斯特走出了房间。安妮跟随着她上楼。她们到达了楼上的过道上时，赫斯特停住了。一时间，她的眼睛里再次闪烁着暗淡的光芒。她在石板上写下以下这些字，举起给安妮看。"我先前就知道，您会回来的。您和他之间的事情还没有了结呢。"安妮没有回话。她接着再写，她单薄、没有血色的嘴唇边掠过一丝淡然的微笑。"我知道坏丈夫的一些事情。您的丈夫还是一如既往地坏。他会折磨您的。"安妮努力制止她。"您难道没有看到我是如何受到折磨的吗？"她说，态度和蔼。赫斯特·德思里奇放下了石板——看着安妮的脸庞，聚精会神，毫无同情心——点了点头，等于在说："我现在看到了。"然后领着她进入一个空房间。

这是客厅上方那间前面的卧室。首先环顾了一番后可以看出，房间不折不扣地整洁干净，里面陈设厚重，没有品位。墙上糊着奇丑无比的墙纸，地上铺着奇丑无比的地毯，不过两者都是上等质地。

大而笨重的胡桃木床架，床帘从天花板上的一个钩子上垂下，床头床尾处在同一个水平面上，上面有笨拙的雕刻图案，给人留下的印象是，法国人设计的奇异景观被英国人实施时给糟蹋了。房间里最引人瞩目的是，对房门的防卫异乎寻常的关注。除了通常的锁和钥匙，还加了两个牢固的门闩，在内侧顶端和底部固定着。鲁本·林布里克性格中有许多怪异的方面，这算是其中之一了，因为他持续不断地诚惶诚恐，担心盗贼夜间破门入室。所有朝向外面的门和窗户的百叶窗均用了铁插销固定，而且按照新的习惯做法，加装了警铃。每一间卧室的内侧都有两个门闩。还有，更加登峰造极的是，别墅的房顶有一个小钟楼，上面装了一口够大的钟，响起来连富尔汉姆的警察局都可以听见。鲁本·林布里克健在时，钟的绳子连着他的卧室。绳子现在挂在外面过道上。

安妮环顾着自己四周，目光从一个目标移到另一个，最后停留在把这个房间与隔壁那个房间隔开的隔墙上。隔墙处没有用连通门打通。靠在墙边的只有脸盆架和两把椅子。

"隔壁房间谁睡呀？"安妮问了一声。

赫斯特·德思里奇向下指着客厅，因为她们刚才是在那儿离开杰弗里的。杰弗里睡在那个房间。

安妮领着她走出了房间，到了过道上。

"带我看另外一个房间吧。"她说。

第二个房间也是在别墅的前部。墙纸和地毯（一流的质地）更加丑陋。又是一个笨重的胡桃木床架，不过，这一次，床架的头部装了一个华盖——支撑着其床帘。赫斯特这时预料到安妮会询问，所以朝着隔壁别墅后部的房间看，指着她自己。安妮当即决定选择第二个房间。此处距离杰弗里最远。安妮在写地址时——可以在那儿取到她的行李（在音乐代理人的寓所），赫斯特等待着，然后——她将把晚餐送上楼，询问了晚餐吃点什么，而且得到了吩咐——离开了房间。

安妮独自一人待着，关牢了房门，在床上躺下了。她仍然虚弱疲惫，不能用脑子，身体上还无法意识到自己处于无助和危险的境地。她打开挂在脖子上的挂坠①——亲吻了母亲的肖像和旁边的布兰奇的肖像——然后沉睡了，没有做梦。

与此同时，杰弗里在别墅门口重复了自己最后的吩咐。

"你取到了行李之后，去找那位律师。若他今晚能够到这儿来，你就给他领路。若他来不了，你要把他的信带给我。关于这一点，你若出了什么差错——那将是你这一辈子中工作最糟糕的一天。去吧——不要错过了火车。"

年轻人跑着离开了。杰弗里等待着，看着他的背影，心里盘算着那段时间之前自己该干什么。

"至此，一切都很正常，"他自言自语，"我不与她乘坐同一辆马车。我当着几位证人的面告诉她了，不会宽恕她，还有我为何把她留在这幢别墅里。我亲自把她安排在一个房间里。而假如我必须要见她，我要叫赫斯特·德思里奇做证人一块儿见她。我要做的已经做了——接下来看律师的了。"

他信步转到后面的花园，点燃了烟斗。一会儿过后，暮色消逝了，他看见赫斯特在一楼的起居室里点起的灯光。他走到窗户边。赫斯特和那位女仆两个人在里面干着活儿。"嗯？"他问了一声，"楼

---

① 指用以珍藏亲人头发或小照片等的金或银制小盒子，通常悬挂在项链上。

上的女人如何啊？”赫斯特的石板在女仆舌头的帮助下，把关于那个女人该要告诉的一切都告诉了他。她们给她的房间送去了茶和煎蛋饼，她睡着了，只能把她叫醒。她吃了一点儿煎蛋饼，迫不及待地喝了茶。她们再次上楼去把托盘拿下来。她躺回到了床上，没有睡——只是显得表情呆滞，神情沮丧，没有开口说什么，显得非常疲惫不堪。我们给她留下了灯，由着她去了。——这就是她们报告的内容。杰弗里听了报告后，没有吭声，又装了一斗烟，继续散步。时间慢慢过去，花园里已经感觉得到凉意了。别墅周围的空旷地上传来了起风的声响。闪烁的星光最后消失了，上方什么都看不见了，只看见一片阴沉沉的夜色。天要下雨了，杰弗里进到了室内。

餐室的桌上放着一份晚报。蜡烛点燃了。他坐了下来，试着看报纸。不！报纸上毫无他关心的内容。距离拿到律师来信的时间越来越近了。看报纸无济于事。静静地坐着也无济于事。他站起身，出门走到别墅的前面——走向门口——打开栅栏门——百无聊赖地来回看着外面的大路。

但是，借着院门上方的灯光，可以看见有个人。那人越来越近了——结果发现是邮差跑最后一趟，送夜间的最后一次邮件。他走到了院门口，手里拿着一封信。

“是杰弗里·德拉梅恩阁下吗？”

“正是。”

他从邮差手里接过信，返回到了餐室。对着烛光看了信封上的字，他看出了是格莱纳姆夫人的笔迹。“写信向我祝贺新婚来啦！”他自言自语，表情痛苦——然后拆开信。

格莱纳姆夫人用以下文字表达了祝贺：

我崇拜的杰弗里，我已经听说了全部情况。我心爱的人啊！我的亲人啊！你为了世界上一个最为卑鄙可耻的女人牺牲了自己。而我却失去了你！我听说了这件事情后，我是怎么过来的呢？我义愤填膺，肝肠寸断，我是如何构思和写信的呢？噢，我的天使呀，有一个目标在支撑着我——纯洁而又美丽，值得我们两个人为之奋斗。我活着，杰弗里——我活着就是要奉献我自己的爱给你。我的英雄啊！我第一个也是最后一个爱人！我决不会嫁给任何别的男人。我无论活着还是死亡——我双膝下跪，庄严起誓——我无论活着还是死亡，都将忠实于你。我是你精神上的夫人。我可爱的杰弗里呀！她不可能离间我们两个人——我的心里忠贞不渝，永不更改，我的灵魂超凡脱俗地忠诚，她绝不可能把你夺走。我是你精神上的夫人啊！噢，用这些华丽的辞藻写信无可厚非啊！给我写回信吧，我的爱人，说你也感同身受。起誓吧，我心中的偶像，如同我起誓一样。忠诚不渝！超凡脱俗的忠诚！我永远永远都不可能成为任何别的男人的夫人。我永远永远都不会宽恕那个在我们两个人中间横插一竿子的女人。永远只爱你的，你的，内心圣坛燃烧着纯洁无瑕的激情的，你的，你的，你的，伊·格。

　　这一通言辞表达歇斯底里，毫无意义——就本身而言，荒谬至极——但对杰弗里的影响却非同小可。这封信把直接实现他自身的利益与满足他对安妮的复仇心理结合了起来。一年一万英镑自愿奉献给他——任何情况都阻止不了他伸出手来接住这份奉献，却因为这个让他落入其陷阱的女人，楼上这个把她自己一辈子与他捆绑在一块儿的女人！他无法接住这份奉献。

他把信放到了自己的衣服口袋里。"等到我收到了律师的信，"他自言自语说，"摆脱困境最便捷的途径就是那个途径。法律。"

他焦躁不安，看了看自己的怀表。他把怀表放回到衣服口袋的当儿，铃声响起来了。是那个年轻人把行李取回来了吗？不错。取回行李的同时，拿来了律师的报告了吗？没有。比这个更加理想的是——律师本人来了。

"进来！"杰弗里大声喊着，到门口迎接客人。

律师进入了餐室。烛光下呈现出一个大腹便便、膀大腰圆、目光闪亮的人——黄肤色的脸上呈现出他有黑人血统，从他的表情态度上可以看出明确无误的痕迹，即此人习惯于游走在法律职业肮脏的旁门左道上。

"我在您这儿的附近有一处自己的小寓所，"他说，"于是，我寻思着回家途中顺便亲自来一趟，德拉梅恩先生。"

"您见了那两个证人了吗？"

"我询问了他们两个人，阁下。开始，一块儿询问因奇贝尔太太和毕晓普里格斯先生。然后，分别询问因奇贝尔太太和毕晓普里格斯先生。"

"嗯？"

"嗯，阁下，结果不够理想，我很遗憾地说。"

"您什么意思呢？"

"他们两个人都拿不出我们需要的证据，德拉梅恩先生。我已经确认了这一点。"

"确认了这一点？您这不是把事情给弄得糟透了吗？您不理解这桩案件啊！"

这位黑白混血的律师微笑着。他委托人的粗鲁态度似乎只会令他觉得好玩。

"是吗？"他说，"想必您可以告诉我哪儿出错了吧！这儿只是个大概的轮廓：今年8月14日，您夫人下榻在苏格兰的一家旅馆。一位名叫阿诺尔德·布林克沃斯的先生去那儿与她会面。他介绍他自己是她的丈夫，并且与她待在一起，直到次日早晨。从这样一些事实出发，您的目标是起诉您夫人，要与其离婚。您把阿诺尔德·布林克沃斯先生作为共同被告[①]。您指认旅馆的侍者和老板娘作为证人。——至此，出了什么差错吗，阁下？"

没有出任何差错。运用可鄙的一着，让安妮在世界上蒙羞受辱，让他自己得以解脱——在此，该计划被表述得明确无误，千真万确。这就是他转身离开返回富尔汉姆的途中想要去咨询莫伊先生时想出来的计划。

"关于这桩案件，就说这么多了，"律师接着说，"现在说说我收到您的吩咐之后所做的事情。我询问了两位证人，与莫伊先生见了面（气氛不怎么融洽）。两个活动粗略的结果如下：首先发现，布林克沃斯先生冒充那位女士的丈夫，那是在遵照您的吩咐行事——这一点对您绝对不利。其次发现，那位女士和那位先生待在旅馆时，两位证人没有发现他们的行为有任何不妥之处，连无伤大雅的亲热表示都没有。除了他们两个人待在一块儿——在两个房间里——这

---

① 此处原文为"co-respondent"，法律上通常指因与夫或妻通奸，从而成为离婚诉讼中的共同被告。

一点之外，实际上拿不出任何指控他们的证据。您都无法拿得出证明有过错的证据，您如何达到证明有过错的目的呢？您要把这样的案件提起诉讼交到法庭，如同您要从这幢别墅的房顶跳过去差不多。"

他盯着自己的委托人看，等待听到对方言辞激烈的回答。令他感到舒心惬意的是，委托人没有那样对待他。这个鲁莽冲动而又刚愎自用的人心里似乎产生一种非常奇怪的印象。他态度平静地站起身，说后面的话时，表情态度很镇定。

"您放弃了这桩案件吗？"

"就目前情况来看，德拉梅恩先生，并不存在什么案件。"

"我要与她离婚，就没有任何希望了吗？"

"等一等。您夫人和布林克沃斯先生自从在那家苏格兰旅馆待在一块儿之后，他们没有在任何地方碰过面吗？"

"没有。"

"至于未来，当然，我说不准。至于往昔，您要与您夫人离婚，毫无希望。"

"谢谢您，晚安。"

"晚安，德拉梅恩先生。"

一辈子与她捆绑在一起——法律无力割断这个结。

他反复思考着这样一种结果，最后彻底弄明白了，并且牢记在心中。然后，他掏出格莱纳姆夫人的信，聚精会神地把信从头至尾又看了一遍。

任何情况都无法动摇她对他的一片忠贞。任何情况都无法诱使她嫁给另外一个男人。那儿有她——用自己的语言——把自己献给了他，等待着带着自己的钱财心甘情愿地做他的夫人。那儿也有他父亲，等待着（就他所知道的情况而言，还没有得到来自霍尔切斯特府邸的任何消息）欢迎格莱纳姆夫人做自己的儿媳，同时给格莱纳姆夫人的丈夫一笔属于他自己的收入。方方面面看起来，这都是他希望能够实现的美好前景。实现这个前景的过程中本不存在任何阻碍，只有一个女人让他掉入她设置的陷阱——就是楼上的那个女人，一辈子把她自己与他捆绑在了一起。

伸手不见五指的夜色中，他出门走进了花园。

别墅前后的花园四面相通，他绕着别墅一圈一圈走着——时而一扇窗户里射出灯光，时而灯光熄灭，回归黑暗。他没有戴帽子，风吹过，带来新鲜空气。有一阵子，他一圈一圈走着，越走越快，没有停顿。他最后停下来时，正好在别墅前面。他慢慢地抬起头，仰望着安妮房间里透出的微弱灯光。

"怎么办？"他自言自语地说，"这是问题所在。怎么办？"

他回到了室内，拉响了铃。女仆应了铃，看到他的身影时，突然退缩了一下。他红润的脸色不见了踪影，眼睛看着她，却好像并没有看见她，额头上沁出了大颗汗珠子。

"您生病了吗，阁下？"女仆问了一声。

他咒骂着告诉她闭嘴，去拿白兰地酒来。女仆返回到房间时，他背对着她伫立着，看着外面的夜色。她把酒瓶放到桌上时，他一动不动。她听见他喃喃地说话，自言自语。

先前伫立在安妮房间的窗户下面时，他心里暗暗想到的困难现在仍然萦绕在他的心头。

怎么办？这是需要解决的问题。怎么办？

他转身对着白兰地，喝了酒，寻求慰藉。

第五十五章　早晨

无谓的懊悔什么时候最刺痛人心？最黑的云朵什么时候把值得怀疑的未来变黑？生命什么时候最不值得拥有？死亡什么时候最常降临在病榻边？在可怕的早晨时光里，这时候太阳冉冉升起，光芒四射，百鸟在新一天的静谧之中鸣唱。

新一天早晨的光线下，陌生的房间里，安妮在陌生的床上醒来，环顾了一番四周。

夜间，天一直下着雨。现在清澈的秋日天空中，阳光明媚。她起了床，打开窗户。早晨清新芬芳的空气透进房间。远远近近，呈现着同样一片明媚静谧的景致。她伫立在窗户边，向外眺望。她内心再次清晰了：可以思考，可以感受，可以面对无情的早晨在她心里滋生出的最后那个问题：此事如何结束？

有什么希望吗？比如说，希望，她可以替自己做点什么。一个已婚女人可以替自己做点什么呢？她可以把自己的苦难公之于众，假如那是某种苦难——当她这样做了之后，她在孤独无援中可以求助社会的帮助。仅此而已。

她是否可以寄希望于别人会替她做点什么呢？布兰奇可能会写信给她——甚至可能过来看望她——假如她丈夫允许。仅此而已。帕特里克爵士离别时用力按了一下她的手，告诉她可以信赖他。他是朋友当中最坚定而且最真挚的。但是，他能够做什么呢？她丈夫在婚姻的许可下实施的暴行，她想一想心里都发冷。帕特里克爵士能够保护她吗？荒谬至极啊！法律和社会武装了她丈夫，让他拥有了婚姻上的权力。她若要诉诸法律和社会，它们只会给出一种答案：你是他的夫人。

她不能寄予自己任何希望，不能寄予朋友任何希望，不能寄予世界上任何地方任何希望。她不能有任何作为，只能等待着结果——诚挚地相信上帝的怜悯，诚挚地相信更加美好的世界。

她从行李箱里取出了一本很小的《祈祷与沉思》——因使用而破损了——书曾经属于她母亲。她在窗户边坐下看书。时不时地，她会抬起头，目光从书本移开——思索着。母亲的遭遇与她自己的遭遇之间的相似性已经完全重合了：两个人都嫁给了仇视自己的丈夫，两个人的丈夫都唯利是图，贪图金钱而要与别的女人联姻，两个人的丈夫唯一的需要和唯一的目标都是要摆脱自己的夫人。不可思议的是，是什么不同的方式把母女二人引入了相同的命运！这种相似性会持续到底吗？"我会死在，"她想到自己母亲弥留之际的情景时，心里不禁惊叹着，"布兰奇的怀里吗？"

时间在不知不觉中逝去。早晨别墅里的动静没有传到她的耳畔。听到女仆在房门外的说话声，她这才第一次从自己的思绪中回到了现实的状态。

"先生要您到楼下去，夫人。"

她立刻站起身，把书放到了一旁。

"这是口信的全部内容吗？"她问了一声，一边打开房门。

"是的，夫人。"

她跟随女仆下楼，想起了头天傍晚杰弗里当着仆人的面对她说的那些怪异的话。她现在知道了那些话的真正含义了吗？疑惑很快便可以澄清了。"无论是什么样的考验那就来吧，"她心里想着，"同我母亲先前承受的那样，让我也来承受考验吧。"

女仆打开了餐室的房门，餐桌上摆放着早餐。杰弗里站在窗户边。赫斯特·德思里奇等待着，站立在门边。他走了过来——态度近乎和蔼，这是她先前在他的态度上不曾见到过的——他走了过来，嘴边挂着笑容，向她伸出了一只手！

她进入餐室，做好了面对任何情况发生的思想准备，但她没有想到会面对这个。她站立着，一声不吭，看着他。

安妮进入时，赫斯特·德思里奇瞥了她一眼，然后也看着他——而且，从此刻开始，安妮在餐室待着的时间里，赫斯特·德思里奇的目光从未移向别处。

他打破了沉默——说话的声音不像是他自己的，举止态度诡异克制，这是安妮先前从未注意到的。

"你丈夫要求你时，"他说，"你愿意与你丈夫握手吗？"

她动作机械，把手放到了他的手上。他怔了一下，立刻放下了她的手。"天哪！很凉啊！"他激动地大声说。他自己的手很热，不停地晃动着。

他指着桌子上首位的椅子。

"你沏茶吗？"他问了一声。

她动作机械，把手伸向他。她动作机械，向前走了一步——然后停住了。

"你更加乐意独自一人用早餐吗？"他问了一声。

"随你便吧。"她回答，声音微弱。

"等一等。你离开之前，我有话要对你说。"

她等待着。他思索着，努力回忆——显而易见，毫无疑问，开口说话之前在回忆什么。

"我考虑了一夜，"他说，"经过一夜之后，我像换了个人似的。为了昨天说的话，我要请求你原谅。我昨天情绪异常。我昨天胡说八道了。请忘了我说过的话，请原谅我说过的话。我希望翻开新的一页——做出补偿——为我过去的所作所为做出补偿。做一个称职的丈夫，这是我未来努力的方向。当着德思里奇太太的面，我请求你给我一个机会。我不会要你勉为其难。我们已经结婚了——懊悔又有什么作用呢？正如你昨天说的，按照你提出的条件，待在这儿。我希望做出弥补。我不会强留着你。我请求你想一想。再见。"

杰弗里说了这一番非同寻常的话，如同一个迟钝的孩子说出很难的功课内容，眼睛看着地面，手指不停地捏住又松开自己马甲上的一颗纽扣。

安妮离开了餐室。到了过道上，她不得不等待，靠在墙壁上支撑着自己。他反常的礼貌态度着实可怕。他谨小慎微说出的悔恨的话，令她毛骨悚然，感觉透心地冰冷。她从未有过像现在这样的感觉——即便在他脾气暴躁和满嘴恶言时——对他充满了无法形容的恐惧。

赫斯特·德思里奇出来了，随手带上了门。她全神贯注看着安妮——然后在石板上写下以下文字，举着给她看：

"您相信他的话吗？"

安妮推开了石板，跑上楼去了。她牢牢关上了门——瘫坐在一把椅子上。

"他在设计什么阴谋对付我，"她自言自语，"是什么呢？"

她身体上有一种恶心害怕的感觉——这种感觉是全新的，过去未曾有过——她因此害怕追问这个问题。她伤心失望，感觉全身乏力。她走到敞开着的窗户边呼吸新鲜空气。

与此同时，院门口的铃响了。她满腹狐疑，担心会出现什么情况，会出现一切情况，所以突然有种感觉，不想让别人看见自己。她退回到窗帘后面，然后朝外看。

有位身穿号衣的男仆进来了。他手上拿着一封信，经过安妮的窗户下面时对那位女仆说："我从霍尔切斯特夫人那儿来，一定要立刻见到德拉梅恩先生。"

他们进了室内。中间隔了一段时间。男仆再次出现了，离开此地。中间又隔了一段时间。然后，有人敲门了。安妮犹豫迟疑着。敲门声重复着，听见了赫斯特·德思里奇在外面发出的哑语声。安妮开了房门。

赫斯特端着早餐进入。她指着在托盘上与其他东西放在一起的一封信。信是写给安妮的，是杰弗里的笔迹。信的内容如下——

我父亲昨天去世了。写下你丧服的尺寸，男仆要拿走的。你用不着亲自去伦敦。店里的人会到这儿来找你。

安妮把信纸放在膝上，没有抬头看一眼。同一时刻，赫斯特·德思里奇偷偷摸摸把石板放到了她的眼睛与信纸之间的位置——上面写着以下文字："他母亲今天会来这儿。他哥哥已经在苏格兰收到了电报。他昨晚喝醉了酒，现在又在喝了。我知道这是什么意思。小心一点，夫人，小心一点。"

安妮示意她离开房间。她出去了，拉开了门，但没有随手关上。

院门口的铃又响起来了。安妮再次走到窗口。这一次，只是那个年轻人，来接收对他今天的吩咐。他刚刚进入花园——突然邮差跟了上来，送来了一些信。片刻后，过道上传来了杰弗里的说话声，木质楼梯上传来杰弗里沉重的脚步声。安妮匆忙走过房间要去给房门落闩。她还没有来得及把门关上，杰弗里便出现在她面前。

"有你的一封信，"他说，心存顾忌，站在房间的外面，"我不想对你勉为其难——我只是想要你告诉我，信是谁写来的。"

他的态度还是谨慎地保持得像先前一样内敛克制。但是，当他看着她时，他的目光中还是暴露出他心里的怀疑。

她瞥了一眼信封上的笔迹。

"布兰奇写来的。"她回答。

他的一只脚轻轻地踏到门与门柱之间——等待着，直到她拆开并且看了布兰奇的来信。

"我可以看看信吗？"他问了一声——接着把一只手伸进门口要拿信。

若是在过去，安妮会拒绝他，但她身上的这种精神现在已经不复存在了。她把展开的信给了他。

信很短。除了简略地表达了爱意，信集中表达了写此信的目的。布兰奇在信中提出，当天下午要前来探视，她叔叔一同前来。她之所以写信提前告知，目的是要确认安妮在家里。仅此而已。很显然，此信是帕特里克爵士建议写的。

杰弗里先等待片刻思索一番之后，把信还回。

"我父亲昨天去世了，"他说，"我夫人不能在他下葬前招待客人。我不希望让你勉为其难。我只是说，葬礼举行之前，我不能让客人来这儿——除了我自己家里人。写个字条送到楼下去。那个年轻人去伦敦时会把你的字条送给你朋友的。"说完，他离开了她。

杰弗里·德拉梅恩的嘴使用人的礼仪规范，只可能是两种情形：或说话时蛮横嘲笑，或说话时别有用心。他这时要以自己父亲去世这件事情为托词，隔断他夫人与外界的联系吗？假如他允许安妮与她的朋友们取得联系，他是否有理由担心后果呢？只是没有表露出来罢了。

时间慢慢过去，赫斯特·德思里奇再次出现了。那位年轻人在等待着安妮的丧服尺寸和她给阿诺尔德·布林克沃斯夫人的字条。

安妮写了尺寸和字条。她完成之后，可怕的石板再次出现在写有文字的纸和她的眼睛之间，上面写着充满同情心的严酷警示："他锁上了院门。有门铃响起来时，我们得找他要钥匙。他给一个女人写了信，信封上面的名字是格莱纳姆夫人。他喝了更多的白兰地酒。如同我丈夫一样。您自己小心一点。"

别墅周围高高的围墙的唯一一个出口被锁上了。朋友们被禁止来见她。她独自一人遭到禁闭，她的丈夫成了监狱看守。——她在别墅里还没有待上二十四个小时，情况便发展到了这一步。接下来怎么办呢？

她动作机械，回到窗口。支撑着她的是外面世界的风光、偶尔经过的马车。

那位年轻人出现在别墅前面的花园里，出发去伦敦完成差事了。杰弗里陪着他去打开院门，年轻人走出院门时，杰弗里在后面叫住了他，"别忘记了那些书本！"

那些书本？什么书本？谁需要？这么一件微不足道的事情都会引起安妮的怀疑。随后的几个小时中，书本的事情一直萦绕在她心头。

他锁上了院门，返回了。他在安妮房间的窗户下面停了下来，呼唤她。她探出了身子。"你需要呼吸新鲜空气和锻炼时，"他说，"你可以随便到后面的花园里去。"他把院门的钥匙放进了自己的衣服口袋，返回室内。

犹豫迟疑了一阵后，她决定听从他的建议。她处于悬念之中，待在卧室的四面墙内，无法忍受。假如说杰弗里提出的动听建议下面隐藏着什么陷阱，对她来说，与其蒙在鼓里，独自一人等待着，苦思冥想，还不如勇敢地去确认一下那可能是什么样的陷阱，来得不那么恶心难受。于是她戴上帽子，下楼走进了花园。

没有出现什么不同寻常的情况。不管他待在哪儿，反正他从未露面。她来回漫步，尽可能在远离餐室窗户的那一侧走。对于一个女人而言，要逃离这个地方简直就是不可能的事情。且不说越过高高的围墙不可能，围墙的顶端还布了一层厚厚的形状不规则的碎玻璃。后围墙处有一扇很小的后门（可能是供园丁进出用的）用锁锁起来了——钥匙被取走了。附近没有房舍。花园的四面八方全部被当地菜农的蔬菜田地围着。19 世纪，大都会地区的近郊，安妮与周围的人完全断绝了联系，同躺在坟墓里差不多。

半个小时过后，别墅前面的公共大路上马车轮碾过的声音和院门口的铃声打破了寂静。安妮紧靠着别墅后面，心里打定主意，一旦有机会，一定要对上门来的客人说话，不管来者何人。

透过敞开着的窗户，她听见了餐室里的说话声——杰弗里的声音和一个女人的声音。那个女人是谁呢？肯定不是格莱纳姆夫人吧？一会儿过后，客人突然提高了嗓门。"她在哪儿呢？"那个声音说，"我想要见见她。"安妮立刻走到别墅的后门边——结果发现，面前站立着一位她完全不认识的夫人。

"你就是我儿子的夫人吗？"夫人问了一声。

"我是您儿子的囚犯。"安妮回答。

霍尔切斯特夫人苍白的脸色变得更加苍白了。很显然，安妮的回答确证了这位做母亲的心里的某种疑惑，因为做儿子的已经指出了这一点。

"你这话是什么意思？"她小声地问了一声。

杰弗里沉重的脚步走过了餐室。没有时间做出解释。安妮小声做出了回答。

"把我刚才告诉您的话告诉我的朋友吧。"

杰弗里出现在餐室门口。

"说出你的朋友中某一位的名字吧。"霍尔切斯特夫人说。

"帕特里克·伦迪爵士。"

杰弗里听到了这个回答。"帕特里克·伦迪爵士如何？"他问了一声。

"我想要见一见帕特里克·伦迪爵士，"他母亲说，"而你夫人能够告诉我哪儿可以找到他。"

安妮立刻明白了，霍尔切斯特夫人会与帕特里克爵士取得联系。她说出了他在伦敦的住址。霍尔切斯特夫人转身要离开别墅。她儿子拦住了她。

"您离开之前，我们先弄清楚是非曲直。母亲，"他接着说，他这话是对着安妮说的，"我们两个人有很大的可能性能舒舒服服地生活在一起。请证明这个事实——好吗？早餐时我是怎么告诉你的？我不是告诉了你吗，我要竭尽全力做你的好丈夫？我不是说了——当着德思里奇太太的面说的——我想要对此做出补偿？"他等待着，直到安妮做出了肯定的回答。然后，他再恳求他母亲。"嗯？您现在是怎么想的呢？"

霍尔切斯特夫人拒绝说出自己的想法。"今天傍晚，你会见到我，或者收到我的信。"她对安妮说。杰弗里试图重复他没有得到回答的问题。他母亲看着他。面对她的目光，他立刻低下了头。她神态严肃，低头看着安妮，放下面纱。她儿子一声不吭跟随着她走到院门口。

安妮回到了自己的卧室，心里仍然保持着最初那种轻松的感觉，因为她自从早晨以来就怀有这种感觉。"他母亲很惶恐，"她自言自语说，"会有变化啦。"

变化要来了——随着夜晚到来。

第五十六章　建议

临近落日时分，霍尔切斯特夫人乘坐的马车在别墅院门前停下了。

马车里有三位乘客。霍尔切斯特夫人，她的长子（现在的霍尔切斯特勋爵），还有帕特里克爵士。

"您是在马车上等待呢，帕特里克爵士？"朱利叶斯问，"还是进到室内去？”

“我等着吧。假如我能够替她派上一丁点儿用场，立刻打发人出来叫我。同时，别忘记我提议要做出的规定。那是验证您弟弟对这件事情真实想法的唯一可靠途径。”

男仆拉响了门铃，没有反应。他再次拉铃。霍尔切斯特夫人向帕特里克爵士提出了一个问题。

“若我有机会单独与我儿子的夫人说话，”她说，“您需要带什么话吗？”

帕特里克爵士拿出一张字条。

“我可以劳驾夫人阁下帮忙把这个给她吗？”霍尔切斯特夫人接过字条的当儿，女仆打开了院门。“请记住，”帕特里克爵士重申，态度认真，“假如我可以帮上她一丁点儿忙——不要计较我与德拉梅恩先生的关系。立刻派人来叫我。”

朱利叶斯和他母亲被领着进了客厅。女仆告诉他们，她的主人上楼躺下了，立刻就会来见他们。

母亲和儿子两个人都心急火燎想要说话。朱利叶斯心神不安，在房间里走着。他注意到了一个角落里的一张桌子上摆放着的书籍——四本很脏有油污的书籍，其中有一本中间夹着的一张纸条露了出来，字条上写着这样的文字：“带去佩里先生的问候。”朱利叶斯翻开那本书。它正是那部令人毛骨悚然而又很出名的英国罪案审判录，书名叫《纽盖特①记事录》。朱利叶斯把书拿给自己母亲看。

“杰弗里对文献资料的品位。”他说，露出了一丝淡然的微笑。

霍尔切斯特夫人示意他把书放回原处。

---

① 纽盖特（Newgate）是当时伦敦的一座著名监狱，于1902年拆除。

"你已经见过杰弗里的夫人了——对吧？"她问了一声。

她现在提到安妮时，语气中不再含有轻蔑的意味。当天早些时候到过这幢别墅后，她心里产生的印象把杰弗里的夫人与非同小可的家族忧虑联系了起来。（因为格莱纳姆夫人）安妮可能仍然是个令人讨厌的女人——但不再是个可以被轻视的女人。

"她去斯旺黑文别墅时，我见过她，"朱利叶斯说，"我认同帕特里克爵士的看法，感觉她是个非常有意思的人。"

"今天下午，关于杰弗里，帕特里克爵士对你说什么来着？——当时我离开了房间。"

"只是重复对您说过的话。他觉得，他们两个人待在这儿，彼此的关系够令人心寒的。他认为，我们有十分严肃的理由立刻出面加以干预。"

"帕特里克爵士自己的看法，朱利叶斯，远不止这个。"

"他并没有承认这个。我很清楚这一点。"

"他怎么可能承认呢——当着我们的面？"

房门打开，杰弗里进来了。

他们握手时，朱利叶斯盯着他看。杰弗里眼睛充血，脸色通红，说话声音沙哑——他的神情模样就是一个豪斟漫饮着的人。

"怎么啦？"他对自己的母亲说，"您怎么回来了？"

"朱利叶斯要向你提出个建议，"霍尔切斯特夫人回答，"我认可这样做，所以就陪同他来了。"

杰弗里转身对着自己的哥哥。

"像你这样的一个富人怎么会想要见我这样的一个穷鬼呢？"他问了一声。

"我想要还你公道，杰弗里——你若能够对我做出让步，助我一臂之力。关于遗嘱的事情，母亲已经告诉了你吧？"

"遗嘱中没有安排我继承半个便士。我料定是这样的。接着说吧。"

"你错了——你在遗嘱中是有安排的。附件中给你安排了可观的数额。不幸的是，父亲没有签署附件便去世了。不用说，此事我有责任来完成。我愿意替你做父亲本来要替你做的事情。作为回报，我只要求你做出一个让步。"

"那会是什么让步呢？"

"杰弗里，你与你夫人住在这儿很不开心快乐。"

"谁说是这样的？比如，我就没有这么说。"

朱利叶斯态度友好，一只手放在自己弟弟的胳膊上。

"这么严肃的一件事情，可不是闹着玩儿的啊，"他说，"从任何意义上说，你的婚姻都是一种不幸——不仅对于你而言，对你夫人也是如此。你们不可能生活在一起。我来这儿是要求你同意分开。做到了这一点——那份没有签署的遗嘱附件上的安排就是你的了。你怎么说呢？"

杰弗里一把从自己的胳膊上甩掉了哥哥的手。

"我说——不行！"他回答。

霍尔切斯特夫人第一次出面干预。

"你哥哥慷慨大度做出努力，应该得到更加友好的回答，而不是这个。"她说。

"我的回答，"杰弗里重复着说，"是——不行！"

杰弗里坐在他们两个人之间，双手紧握着拳头放在膝上——对于他们两个人说的任何话都无动于衷。

"以你的处境，"朱利叶斯说，"拒绝纯粹是疯了。我无法接受。"

"关于这件事情，怎么做随你便。我主意已定。我决不会让我夫人离开我的。她就待在这儿。"

听到回答时的粗鲁语气，霍尔切斯特夫人感到愤怒了。

"仔细听好啦！"她说，"你不仅在你哥哥面前表现得粗俗下作，忘恩负义——而且迫使你母亲心里产生怀疑。你有某种瞒着我们的动机。"

杰弗里突然表现得凶狠暴戾，要对付自己的母亲，朱利叶斯见此猛然站起身。紧接着，杰弗里眼睛看着地面，附在他身上的魔鬼又平静下来了。

"我有某种瞒着您的动机？"他重复着，脑袋垂着，说话的声音比先前更加沙哑，"假如您乐意，我愿意把自己的动机贴满伦敦街头。我很喜欢她。"

他说最后这句话时，抬起了头。霍尔切斯特夫人头扭到了一边——从她自己的儿子面前退缩。她遭受到了莫大的打击，连格莱纳姆夫人在她心里种下的根深蒂固的偏见都在这种打击面前让步了。此时此刻，她绝对同情怜悯安妮！

"可怜的人啊！"霍尔切斯特夫人说。

杰弗里听到这句话后，立刻火冒三丈。"我不想要任何人来同情怜悯我的夫人。"给出了这个回答后，他跑到了过道上，并且大喊，"安妮！下来！"

安妮用轻柔的声音回答，楼梯上传来她轻柔的脚步声。她进入了客厅。朱利叶斯迎上前去，抓起她的一只手，态度和蔼地握住那只手。"我们正在开一个小型的家庭讨论会，"他说，极力给她信心，

"和平常一样，杰弗里对这次讨论生气冒火了。"

杰弗里神情严肃，恳求他的母亲。

"看看她吧！"他说，"她忍饥挨饿了吗？她衣衫破烂了吗？她遍体鳞伤了吗？"他转身对着安妮。"他们来这儿提出让我们分离。他们两个人都相信我恨你。我并不恨你啊。我是个虔诚的基督徒。因为你，我被我父亲剥夺了遗产的继承权，我原谅了你这一点。因为你，我失去了一个每年一万英镑收入的女人，我原谅了你这一点。我不是个做事马虎的人。我说过了，我要竭尽全力做你的好丈夫。我说过了，我希望进行补偿。好啦！我是个说话算话的人。而结果呢？我受到了侮辱。我母亲来这儿了，我哥哥来这儿了——他们给我金钱，要我与你分开。让金钱见鬼去吧！我不会对任何人感恩戴德。我要自己谋生，替干涉夫妻关系的人感到羞耻！羞耻！——这就是我要说的——羞耻！"

安妮从她丈夫的母亲身上寻求解释。

"您建议让我们分离吗？"她问了一声。

"不错——条件对我儿子有极大的好处，并尽可能顾及你做出安排。你有什么反对意见吗？"

"噢，霍尔切斯特夫人！这有必要问我吗？他怎么说来着？"

"他拒绝了。"

"拒绝了！"

"不错，"杰弗里说，"我不会违背自己的承诺。我要坚持自己今天早晨说过的话。我要竭尽全力做你的好丈夫。我希望进行补偿。"他停顿了下来，然后补充说了最后的理由，"我很喜欢你。"

他对着她说这话时，他们的目光相遇了。朱利叶斯感觉到安妮的手突然紧紧地握住了他的手。柔弱而冰凉的手指不顾一切地紧握着，温柔敏感的脸庞缓慢地转向他这一边时，显露出乞求而恐惧的表情，仿佛在对他说："今晚不要让我孤苦无助地留在这儿！"

"即便你们两个人在此待到最后的审判日，"杰弗里说，"从我这儿也问不出更多什么东西来。你们已经有了我的回答了。"

说完，他在房间的一个角落里坐了下来，态度固执，等待着——表情夸张地等待着——他母亲和他哥哥离开。情况十分严峻。当晚想要与他争论这件事情，根本没有希望。邀请帕特里克爵士出面干预，只会惹得他又发一通野蛮脾气。从另一方面来说，有了发生的事情之后，如果不努力扶助帮上一把，让这样一个无依无靠的女人置于这样的处境之中，这是一种十分不人道的行为。朱利叶斯选择了剩下的唯一一条克服困难的途径——他作为一位富有同情心和一位品德高尚的男士，这条途径值得他选择。

"我们今晚不谈这件事情了，杰弗里，"他说，"但是，我依然意志坚定，尽管你说了这么多，明天还要重提这个话题。我若今夜和你一块儿待在这儿，那会省掉我一些麻烦——不然我要再从伦敦跑这儿一趟，然后再返回去处理事情。你能够替我准备一个床铺吗？"

安妮眼睛一亮，看了他一眼，以此来表达对他的谢意，因为无法用语言对他表示感谢。

"替你准备一个床铺？"杰弗里重复了一声。他正要表示拒绝时，克制住了自己。他母亲正注视着他，他的夫人正注视着他——他夫人知道，他们头顶那个房间是备用房。"好吧！"他用另外一种腔调说，眼睛看着自己母亲，"楼上有个空房间。你愿意就睡到里面吧。你会发现，我明天也还没有改变主意——但这是你该管的事情。

待在这儿吧，你若喜爱幻想。我不反对。对我而言，没有什么关系。——您放心让勋爵阁下住在我的屋檐下吗？"他补充问了一句，问题是对着自己母亲提出的。"我可能有某种动机瞒着您呢，您知道的！"他没有等待回答，转身对着安妮，"去告诉老哑女，给床上铺好被褥。说有一位最新的勋爵要住在这幢别墅里——她要送些美味可口的晚餐来！"

他猛烈地爆发出了一阵勉强的哈哈大笑声。安妮离开房间的当儿，霍尔切斯特夫人站起身。

"等你返回时，我已经离开了，"她说，"我要对你说声晚安。"

她与安妮握手——同时把帕特里克爵士的字条给了她，没有被人看见。安妮离开了客厅。霍尔切斯特夫人没有再对自己的次子说一句话，只是示意朱利叶斯伸过自己的胳膊。"你在弟弟面前表现得很高尚，"她对他说，"朱利叶斯，我唯一的慰藉和唯一的希望寄托在你的身上啊。"他们一块儿出门走到院门口。杰弗里跟随在他们身后，手里拿着钥匙。"用不着过于焦虑，"朱利叶斯小声对母亲说，"我今晚不会让他沾酒的——明天向您汇报他更好的表现。你们回家时，告诉帕特里克爵士一切情况吧。"他搀扶着霍尔切斯特夫人上了马车，然后再次进入院子，让杰弗里锁上院门。

兄弟二人默默无语，返回了别墅内。朱利叶斯在母亲面前掩饰着——但他内心里感到严重的不安。尽管他生性容易看到一切事情光明美好的一面，但他对杰弗里当晚所说的话和所做的事不会做出充满希望的解释。朱利叶斯坚信，杰弗里在与自己夫人目前的关系中采取积极主动的行动，一定有他自己不可告人的目的。杰弗里在与自己哥哥的相处的经历中，心里面对金钱方面的考虑不在首要位置，这属于第一次。

他们回到了客厅。

"你想要喝点什么呢？"杰弗里问了一声。

"什么也不喝。"

"你不喝点白兰地加水陪陪我吗？"

"不，你已经喝了够多的白兰地加水了。"

杰弗里对着镜子皱眉蹙眼地自我思忖了片刻后，突然同意朱利叶斯的看法。"我看起来是喝得多了点，"他说，"我很快就会恢复常态的。"他离开了，头上围着一条湿毛巾返回。"两个女人替你铺床时，你想要干点什么？这儿是可以随意行动的地方。我已经喜欢上陶冶自己的心智了——你知道的，我是个改过自新的人了，因为我已经结婚。你想要干什么就干什么吧。我要看书。"

他转身走向墙边桌，拿过来几本《纽盖特记事录》，递了一本给他哥哥。朱利叶斯把书放了回去。

"你用这样一部书，"他说，"无论从哪个方面来说，都不可能陶冶心智的。杰弗里，用邪恶英语记录的邪恶行为促成邪恶阅读。"

"可以陶冶我的心智。我看英语时不知道还有什么善良英语。"

杰弗里这样坦率地承认了——对此，他在中学和大学的绝大多数同伴都会认同，并非对英语教育的现状有丝毫不公正的评价——然后把椅子挪向桌子边，翻开他的罪案录中的一本。

沙发上放着晚报。朱利叶斯拿起报纸，坐在他弟弟的正对面。他惊讶地注意到，杰弗里看书时似乎有一个特定的目标。他不是从第一页开始看，而是用手指不停地翻页，开始阅读前，会在特定的位置折转书页。假如朱利叶斯仔细留意杰弗里，而非只是看着桌子对面的他，他便会发现，杰弗里略过了《纽盖特记事录》中的所有轻微罪案，只是特别留意那些杀人案件。

第五十七章　幽灵

夜越来越深了，已经接近十二点钟，突然，安妮听见了女仆在自己卧室门外的说话声，请求对她说会儿话。

"什么事？"

"楼下那位先生想要见您，夫人。"

"你是指德拉梅恩先生的哥哥吗？"

"不错。"

"德拉梅恩先生在哪儿呢？"

"在外面的花园呢，夫人。"

安妮下了楼，发现朱利叶斯独自一人在客厅里。

"对不起，打搅您了，"他说，"我担心杰弗里生病了。女仆告诉我，房东太太已经睡觉了——我不知道哪儿可以找到医生。您知道附近有哪个医生吗？"

如同朱利叶斯一样，安妮对这个区域一点也不熟悉。她提议询问那位女仆。问过女仆后得知，有一位医生居住在距离别墅十分钟路程的地方。她可以给出明确的说明，任何人都可以找到那处地方——但是，夜晚的这样一个时间，这样一个人迹罕至的地区，她不敢独自一人外出。

"他病情严重吗？"安妮问了一声。

"他情绪非常紧张烦躁，"朱利叶斯说，"无法在一个地方安安静静待一会儿。情况是从他在这儿阅读时表现出不断的焦躁不安开始的。我劝他睡觉去。他无法安静地躺一会儿——结果又下楼了，发着高烧，情绪比先前更加焦躁了。尽管我想方设法阻止他，他还是跑到外面的花园去了，试图正如他自己说的，要'跑完决赛'。我觉得情况很严重。您自己去判断一下吧。"

他领着安妮进入隔壁房间，然后打开百叶窗，指着花园。

乌云散去了，夜空清朗。皎洁的星光倾泻在杰弗里身上。他脱去了外套，只剩下衬衣和长内裤，在花园里一圈一圈跑着。很显然，他相信自己现在正参加在富尔汉姆举行的跑步竞赛。有时，随着白色人影在星光下一圈一圈转着，他们听见他替"南方"欢呼。当他经过窗户时，他噔噔击打在地上的脚步放缓了，他呼吸越来越吃力，气喘吁吁。如此情形警示着，他快要精疲力竭了。若是不出现更加糟糕的后果，他精疲力竭后会不得不返回室内。以他此刻的身体状况，若是不请来医生，谁能够说得准会出现什么结果呢？

"若您不介意我离开您，"朱利叶斯说，"我去请医生。"

安妮不可能用自己的种种害怕来对抗明显需要去请医生这件事情。他们在楼上杰弗里的外衣口袋里找到了院门的钥匙。安妮陪同他到门口，让他出去。"我怎么来感谢您啊！"她说，语气中洋溢着感激之情，"您不在，我该干什么呢！""我会想方设法，一刻都不耽搁。"他回答——然后离开了她。

她关牢了院门，进入别墅内。女仆在门口遇见她——提议叫醒赫斯特·德思里奇。

"我们不知道，主人的哥哥离开了之后，主人可能会干什么，"

女仆说，"我们只是女人，待在这别墅内，多一个人总会好些。"

"你说得对，"安妮说，"叫醒你的女主人吧。"

上楼之后，她们透过楼层过道尽头的窗口向外面的花园张望。他仍然在一圈一圈转着，但速度很缓慢，步伐放缓到了走路的速度。

安妮回到了自己的卧室，在敞开着的房门附近等待着，做好了立刻关上闩牢房门的准备——假如出现什么令她感到惊慌的情况。"我的变化多大啊！"她心里想着，"任何情况现在都会让我惊恐不安。"

这种推断合情合理——但不符合事实。她本人并没有发生变化，发生变化的是她的处境。她在伦迪夫人宅邸展开询问调查期间的处境对她心理上的勇气形成了考验，仅此而已。本质上说，女人的天性中潜藏着各种力量。女人凭着那些力量能够展现高风亮节，甘愿自我牺牲，做出种种努力。面对自己的处境，她必须做出其中的一种努力。她在这幢别墅的处境考验了她身体上的勇气。这种处境要求她不受现实身体危险意识的影响——而那种危险潜藏在黑暗中。在此，面对这种压力，女人的天性消沉了——在此，凭着爱的力量，女人的勇气无法坚如磐石——在此，要诉求的是动物的本能，缺乏的是男人的坚韧。

赫斯特·德思里奇卧室的门开了。她直接走到了安妮的卧室。

她冰凉如土的黄颜色脸庞显示出因温暖带来的淡淡红晕。一丝生气搅动了其死一般的沉静。目光冷漠的眼睛一如既往地盯着目标看，现在闪现出了淡淡的心灵之光，很不可思议。她灰白的头发其他时候会梳理得很整洁，现在在帽子下面显得很凌乱。她的一切举动都比平常要快捷。这个女人身上静止的生命力被什么东西激发出来了——那个东西在她心里发生着作用，拼命地在她脸上表露出来。

在温迪盖茨宅邸的仆人们昔日看见过这些迹象，并且知道这些情况是一种警示，不要去惹赫斯特·德思里奇。

安妮问她是否听见发生的情况了。

她点了点头。

"但愿你不介意被叫醒了啊！"

她在石板上写着："我很高兴被叫醒了。我正噩梦连连。当睡眠把我带回到生命的往昔时，叫醒我很好。您怎么啦？受到惊吓了吗？"

"对啊。"

她又在石板上写字，一只手指着花园，另一只手举着石板："受到了他的惊吓？"

"惊吓得很厉害啊。"

她第三次在石板上写字，并给安妮看，露出极为勉强的微笑："这个情况我全部都经历过了。我知道。您现在才刚刚开始呢。他会让您脸上长出皱纹，让您的头发变得灰白。终究会有那么一个时候，您希望自己死了，被埋葬了。无论如何，您会经历这一切的。看着我。"

安妮看到最后三个字时，听见楼下通向花园的门开了，然后又砰的一声关上了。她一把抓住赫斯特·德思里奇的胳膊，倾听着。过道上传来杰弗里沉重的脚步声，摇摇晃晃，声音表明他正上楼来了。他自言自语说着话，人还沉浸在他参加跑步竞赛的幻想中。"五比四押赌注给德拉梅恩。德拉梅恩赢了。替'南方'欢呼三声，然后还欢呼了一声。超长距离的跑步竞赛。也是已经晚啦！佩里！佩里在哪儿呢？"

他向前走着，在过道上左右摇晃。他的脚踩踏在通向二楼的楼梯上时，发出了嘎吱的声音。赫斯特·德思里奇挣脱了安妮，手上端着蜡烛朝前走，一把推开了杰弗里的卧室门，又回到了楼梯顶端，停步在那儿，坚如磐石，等待着他。他的脚踏上第二段楼梯时，他抬头看了看，看到了赫斯特的面部表情，在烛光的照耀下忽明忽暗，正朝下看着他。瞬间，他停住了，像在站立的地方落地生根了似的。

"鬼魂！巫婆！魔鬼！"他大声喊着，"把你的目光从我身上移开！"他一边咒骂着，一边愤怒地向她挥舞着拳头——一跃身子退回到了厅堂里——把自己关进了客厅，不让她看见。他曾经在温迪盖茨宅邸的菜园里面对哑女厨娘的目光时受到了惊吓，他现在再次感受到那种恐慌了。吓坏了——绝对被赫斯特·德思里奇吓坏了！

院门口的铃响起来了。朱利叶斯领着医生返回了。

安妮把钥匙递给女仆，叫她去开门让他们进来。赫斯特在石板上写着字，镇定自若，仿佛什么事情都没有发生："若他们需要我，我在厨房里。我不能回到我的卧室去。我卧室里充满了噩梦。"她走下了楼梯。安妮在楼层的过道上等待着，看到下面的厅堂。"您弟弟在客厅里，"她向楼下喊着，对朱利叶斯说，"若您需要房东太太，她在厨房呢。"她回到了自己卧室，等待着看看接下来会发生什么情况。

很短一段时间过后，她听见客厅的门开了，外面还有男人说话的声音。看起来，要说服杰弗里上楼遇到了困难。他坚持不懈地声称，赫斯特·德思里奇在楼上等待着他。过了片刻，他们说服了他，一路上畅通无阻。安妮听见他们上楼，然后关上了卧室门。

房门再次打开之前，又过去了更长的一段时间。医生要离开。他在过道上向朱利叶斯说了临别的一番话。"整个夜间要时不时地看看他，若他醒了，再给他服一剂安定混合剂。关于情绪不安和发烧，没有什么可紧张害怕的。不安和发烧只不过是某种隐藏心事的外部表象而已。派人去把先前给他诊治的那位医生找来。针对这种病情，知道病人的身体状况至关重要。"

朱利叶斯送走医生返回的当儿，安妮在过道上遇见了他。她立刻发现了他脸上的疲惫憔悴，还有他所有动作中的精疲力竭。

"您需要休息，"她说，"请到您的卧室去。我听见了医生对您说的话。让我和房东太太来守夜吧。"

朱利叶斯坦言，他头天夜间从苏格兰出发起就一直在旅途中。但是，他不能丢弃守望自己弟弟的责任。"我可以肯定，您身体还不够硬朗，无法替我值守，"他和蔼地说，"杰弗里对房东太太有某种没有道理的恐惧感，因此，以他目前的状态，他不能再见到她。我这就上楼到我卧室去，躺在床上休息一下。您若听见什么动静，只需要来叫我就行。"

又过去了一个小时。

安妮走到杰弗里的门口，听了听。他在床上有动静，咕哝着，自言自语。她继续走到隔壁房间的门边，朱利叶斯让门半开着。他疲惫不堪，坚持不住了。她听见里面传来男人熟睡中的平静的呼吸声。安妮返了回去，决定不去惊扰他。

到达楼梯顶端时，她犹豫迟疑起来——不知道该如何办。要她独自一人进入杰弗里的房间，她无法克服由此引起的恐惧感。但是，别人有谁可以干这件事情呢？女仆已经上床睡觉去了。朱利叶斯刚才说了不能由赫斯特·德思里奇提供帮助，其理由不容置疑。她再次在杰弗里的门口听了听。站在室外过道上的人听不见房间里面有声音。是否最好到里面看看，确认他只是又入睡了呢？她再次犹豫迟疑起来——当赫斯特·德思里奇从厨房走出来时，安妮仍然在犹豫迟疑着。

她走到楼梯顶端安妮的身边——看着她——在石板上写了一行字："害怕进去吗？让我来吧。"

卧室里悄无声息，说明他睡着了这个推断是站得住脚的。假如赫斯特到里面看看，现在也不至于碍事。安妮接受了这个提议。

"你若发现有什么问题，"安妮说，"不要惊醒他哥哥，先来找我。"

这么叮嘱了一番后，她离开了。时间临近凌晨两点钟。她和朱利叶斯一样疲惫不堪，顶不住了。等待了一会儿后，没有听见任何情况，她躺在了卧室的沙发上。假如出现什么情况，敲门声会立刻就把她惊醒。

与此同时，赫斯特·德思里奇打开了杰弗里卧室的门，进入了室内。

安妮先前听到的动静和咕哝自语是他睡梦中发出的动静和说话声。医生开出的镇静药剂暂时发挥了作用，恢复了其对大脑的镇定。杰弗里熟睡了，而且睡得很平静。

赫斯特站立在门边，看着他。她移动身子要出来——停下——突然眼睛盯着卧室里面的一个角落看。

他们在温迪盖茨宅邸菜园里相遇时，当着杰弗里的面，她面前已经出现过一种险恶的变化。现在同样的变化出现她面前。她紧闭的嘴唇下垂着张开，她慢慢睁大眼睛——目光从那个角落一点一点顺着空墙上的什么东西一直朝着床铺方向移动——在床头处停住了，正好在杰弗里面孔的上方——她凝视着，目光呆滞，闪着亮光，仿佛紧挨着那张面孔的上方出现了一道恐怖的景象。他在睡梦中微微地叹息着，叹息声虽然很微弱，但打破了控制她的魔咒。她慢慢地抬起干瘦的双手，在头的上方相互拧着，急忙横过过道往回逃，冲进自己的卧室，双膝跪在床边。

这时候，深夜里，发生了一件怪异的事情。这时候，寂静和黑暗中，暴露了一桩可怕的秘密。

哑女人在自己卧室的这个避难处——别墅其他房客睡在她的周围——掀去了神秘和可怕的伪装，因为白天的时间里，她处心积虑，用这种伪装将自己与她的人类同胞分隔开来。赫斯特·德思里奇说话了。用低沉、沙哑、沉闷的声音——用她自己疯狂冗长的祈祷语言——她祈祷着。她祈求上帝大发慈悲，把她从自身解脱出来，把她从魔鬼附身的状态中解脱出来，让她看不见东西，让死神击垮她，因此，她便永远不可能再看见那无名的恐怖怪物了！铁石心肠的女人整个身躯因啜泣而抖动，而在其他时候，任何人性的东西都无法撼动她。泪水从那冰凉如土的脸颊上流下。她的嘴里一句连着一句说出了祈祷的狂乱话语。她从头到脚一阵一阵猛烈地颤抖着。黑暗中，她从跪着的姿势猛然变成了站立。亮光！亮光！亮光！无名的恐怖怪物出现在身后杰弗里的卧室里。无名的恐怖怪物透过杰弗里那扇敞开着的卧室门看着她。她找到了火柴盒，点燃了她桌上的蜡烛——还点燃了另外两支摆放在壁炉架上当装饰品用的蜡烛——环顾了一番灯光通亮的小卧室。"啊哈！"她自言自语，抹去了脸上因痛苦沁出的冷汗，"对别人来说，这是烛光，对我来说，这是上帝之光。看不见任何东西！看不见任何东西！"她一只手举着其中的一支蜡烛，横过了过道，低着头，背对着杰弗里敞开着的卧室门，一只手伸向后面，关上了那扇门，动作敏捷而轻柔，再次撤回到自己卧室。她关牢了房门，从壁炉架上拿起一瓶墨水和一支笔。思忖了片刻之后，她在门的锁孔处挂了一块手帕，在门底部横放着一条旧的披肩，以便挡住房间里外泄的光线，不让别墅里其他人醒了后朝这边过来看到。这一切完成之后，她解开自己的上衣，手指伸进自己胸衣内侧的一个隐秘口袋里，从里面拿出了一些折叠整齐的薄纸。她把纸在桌子上摊开——除了最后一页，所有的——上面是她自己密密麻麻写的字。

第一页的顶端写着这样的文字："我的告白。待我离开人世后，把这一切放进我的棺材里埋掉。"

她翻过手稿，翻到了最后一页，这一页的大部分地方是空白的，顶端有少量几行文字，记录了她在温迪盖茨宅邸遭到伦迪夫人解雇的月份、星期和日期。这个项目用以下文字记录着——

我今天又看见它了。这是过去两个月来的第一次。菜园里，伫立在那位姓德拉梅恩的年轻绅士身后。对抗魔鬼，它会从你面前逃跑。我进行了对抗。通过祈祷，通过独自一人默想，通过阅读宗教书籍，我离开自己待的地方。我永远见不到那个年轻人了。它会伫立在谁的身后呢？而且接下来指向谁呢？上帝对我慈悲吧！耶稣对我慈悲吧！

在这些文字后面，她现在补充上了以下文字，首先仔细认真地在前面加上了日期——

我今晚又看见它了。我注意到了一个可怕的变化。它在同一个人身后出现了两次。这种情形以前从未出现过。这构成比以往任何时候都更加可怕的诱惑。今天夜晚，在床头与墙壁之间，我在此看见它出现在小德拉梅恩先生身后。头部正好在他脸部上方，手指向下指着他的喉咙。两次出现在此人身后。以前从未在活人身后出现过两次。我若第三次看见它出现在他身后——祈求上帝解救我！耶稣解救我！我不敢去想这件事情。他明天就要离开我的别墅了。那个陌生人替他的朋友租下这幢别墅，而他的朋友原来是德拉梅恩先生，我当时宁可收回这笔交易。即便在当时，我就对这件事情不满意了。有了今晚的警示之后，我心里已经断定了。他会离开。若他愿意，他可以把钱收回去。他会离开。（备忘：我这一次感觉到那种诱惑在窃窃私语，那个恐怖怪物一直在对着我哭泣，先前我是从来都没有这类感觉的。我还和先前一样，通过祈祷来对抗。我这就下楼去，独自一人通过默想来加以抵制——通过阅读宗教书籍来增强自己的力量，对抗它。上帝对我这个罪人慈悲吧！）

她这段话结束了对这个事项的记录，她把手稿放回到了胸衣的隐秘口袋里。

她下楼进入了她弟弟生前用来做书房的那间朝着花园的小房间里。她在其中点燃了一盏灯，从靠墙放着的书架上取下几本书。这些书籍是，一部《圣经》，一部《遁道宗教义》，还有一套《遁道宗圣徒传记》。赫斯特·德思里奇小心翼翼，把最后这一套书籍按照她自己规定的顺序摆放在自己周围，然后坐下，把《圣经》放在自己膝上，守着夜。

第五十八章　月光倾泻在地板上

黑夜里发生了什么事情呢？

翌日早晨，安妮醒来，看到太阳光照进她的窗户时，她心里首先想到的便是这一点。

她立刻询问了那位女仆。女仆只能根据自己的情况讲述。她上床睡觉后，没有被任何情况惊醒。她相信，主人在自己的卧室安安静静的。德思里奇太太在厨房里干自己的活儿。

安妮去了厨房。赫斯特·德思里奇此时正在干自己平常干的活儿——准备早餐。她们两个人昨晚最后见面时，安妮看到，她显得稍稍有点生气。那些迹象现在不复存在了。她冷漠的眼睛里再次流露出呆滞的目光。她所有的动作中呈现出麻木迟钝。安妮询问她夜间是否发生了什么事情，她缓慢而毫无热情地摇晃着脑袋，缓慢地用一只手做出一个手势，意思是："没有发生任何事情。"

安妮离开厨房后，看见朱利叶斯待在前面的花园里。她到了室外，走到他的跟前。

"我确信，自己应该好好谢谢您对我的关心体谅，让我休息了几个小时，"他说，"我醒来时已经是早晨五点钟了。您留下我睡觉，但愿您没有理由感到后悔吧？我去过了杰弗里的卧室——发现他醒了。他服用了第二剂混合药剂后镇定下来了，已经退烧了。他看上去更加虚弱，更加苍白——但其他方面，显得很正常。我们将直截了当回到他健康状态的问题上去。关于您在此的生活将要发生变化，我有话要对您说。"

"他同意了分开的提议吗？"

"没有。他还是一如既往地执拗任性。我已经从每一个方面把这件事情摆在他面前了。面对一种他可以终生成为独立自主的人的安排，他仍然拒绝，断然拒绝。"

"霍尔切斯特勋爵，那是他可能享受到的安排吗，假如——？"

"假如他娶了格莱纳姆夫人为妻吗？不是。考虑到与我对我母亲应尽的义务相一致，与我父亲离世后我所处的地位相一致，我绝不可能给他如格莱纳姆夫人的财富那么多。不过，他疯狂拒绝的也是一笔可观的收入啊。我会坚持不懈地促使他接受的。他必须而且将会接受。"

安妮听了最后这话后，感觉不到心里重新升起的希望了。她转到了另外一个话题上。

"您有事情要告诉我，"她说，"您刚才说有个变化。"

"确实如此。这儿的这位房东太太是十分怪异的女人。她做了一件十分怪异的事情。她已经通知了杰弗里离开这幢寓所。"

"通知离开？"安妮重复着，惊诧不已。

"不错。用一封措辞正式的信，我今天早晨刚一起床，她便把信交给我拆开。无法听到她的任何解释。可怜的哑女人只是在她的那块石板上写着：'他若愿意，可以把钱领回去。他必须要离开！'令我感到十分惊讶的是，因为此女人在他心中激起了十分强烈的厌恶感，杰弗里拒绝离开，直到租期结束。我在他们之间进行了调解，过了今天，杰弗里就离开。德思里奇太太勉为其难地同意，给他二十四个小时的时间。事情这才暂时平息了下来。"

"她可能有什么动机呢？"

"询问也是白费力气。她的心绪显然已经失去了平衡。有一件事情很清楚：杰弗里不可能继续让您滞留在此很长时间。由于即将发生的变化，您将离开这个令人感到沮丧的地方——这是取得的一个进展。很有可能出现的情况是，新的场景和新的环境可能对杰弗里产生好的影响。他的行为——本来挺不可思议的——有可能是某种潜在的神经过敏因素造成的结果，借助医生的帮助可能可以断明这一点。我不想对自己或者您掩饰，您在此地的处境属于十分悲凉的一种。但是，趁着我们尚未对未来产生绝望，让我们至少调查了解一下，就我弟弟目前的身体状况而言，针对他的行为表现，是否可以找到某种解释。我一直在考虑昨天晚上医生对我说过的话。首先要做的事情就是，针对杰弗里的病情，找到最好的医生。您怎么看呢？"

"我不敢告诉您我是怎么看的，霍尔切斯特勋爵。我会竭力——对您的善良友好做出一点小小的回报——我会竭力用您的目光来看待我的处境，而非用我的目光。您能够获得的最理想的医疗建议来自斯皮德韦尔先生。正是他首先发现您弟弟身体垮了的。"

"那正是能够帮助我们实现目标的人！我今天或者明天打发人去把他请到这儿来。还有什么别的事情我能够帮助您做的吗？我一到达伦敦就去见帕特里克爵士。您有什么口信要带给他吗？"

安妮犹豫迟疑起来。朱利叶斯全神贯注地看着她，注意到，他提到帕特里克爵士时，她的脸色发生了变化。

"我深怀感激之情，感谢他给我来了信——霍尔切斯特夫人诚挚友好地把那封信给了我。请您这样对他说好吗？"她回答，"恳求他，为了我，不要让自己面对——"她犹豫迟疑着，然后眼睛看着地面说完了这句话——"他若来这儿并且坚持要见我，不要让自己面对可能发生的事情。请您代表我这样恳请他好吗？"

"他提出要这样做吗？"

她再次犹豫迟疑起来。她上下嘴唇的一角有点紧张抽搐，情况显得比平常更加明显。"他在信中写着，他心急如焚，到了无法忍受的地步了。他下定了决心，一定见我。"她回答，语气柔和。

"我觉得，他很可能会坚持自己的决心，"朱利叶斯说，"我昨天见到帕特里克爵士时，说到您，他充满了赞美之词，敬佩之意——"

他打住了。安妮的眼睫毛上沾满了晶莹的泪珠，一只手在衣服口袋里紧张地捏拿着什么东西（很可能是帕特里克爵士的信）。"我全心全意地感谢他，"她说，说话的声音低沉而颤抖，"但是，最理想的情况是，他不要到这儿来。"

"您想要给他写信吗？"

"我觉得，我还是更加愿意由您把我的口信转达给他。"

朱利叶斯明白了，这个话题须就此打住。帕特里克爵士的信在她心里产生某种印象，这个女人凭着自己敏感的天性似乎不敢承认，即便对她自己也罢。他们转身进入别墅。到达门边时，他们大吃了一惊。赫斯特·德思里奇头戴着帽子——早晨的这个时刻，穿着打扮停当，正要外出！

"你这就要去市场吗？"安妮问了一声。

赫斯特摇了摇头。

"你什么时候回来呢？"

赫斯特在石板上写着："要等到晚上才会回来。"

没有再做任何解释，她放下自己的面纱，走向院门口。朱利叶斯送走医生后，把院门钥匙放在餐室里。赫斯特手上拿着钥匙。她打开了院门，然后又锁上了，让钥匙留在锁孔里。院门砰的一声关上的当儿，杰弗里出现在过道上。

"钥匙在哪儿呢？"他问了一声，"谁出去了？"

他哥哥回答了这个问题。他满腹狐疑，眼睛来回在朱利叶斯和安妮之间看着。"她这个时候外出干什么去？"他说，"她离开寓所是为了回避我吗？"

朱利叶斯觉得，这是个可能站得住脚的解释。杰弗里闷闷不乐，走下台阶把门锁上，然后返回到他们身边，把钥匙装进了衣服口袋里。

"我必须得小心谨慎，把院门锁牢，这个区域里到处是乞丐和流浪者。若你想要出去，"他补充说，特别指安妮，"我一定会做个尽职的好丈夫，为你效劳。"

匆匆用过早餐后，朱利叶斯离开了。"我不认可你的拒绝意见，"他对自己的弟弟说，当着安妮的面，"你还会在这儿见到我的。"杰弗里固执任性，重复着拒绝的话。"即便你今生今世每天都来这儿，"他说，"情况还是一模一样的。"

朱利叶斯离开后，院门关上了。安妮返回到了自己卧室那个僻静处。杰弗里进入了客厅，把几本《纽盖特记事录》摆放在自己前面的桌子上，继续自己昨天晚上无法进行下去的阅读。

一个小时又一个小时过去，他坚持不懈，埋头阅读，一个谋杀案接着另一个。他聚精会神的力量开始衰弱之前，他已经阅读完了一半令人毛骨悚然的罪案录。然后，他点燃了烟斗，走到外面的花园里思考起罪案录来。不管他阅读的罪案录中的种种暴行在其他方面可能有多么不相同，但总是有一个可怕的相似点的，而他对此并没有预料到，在这一点上，每桩案件都是一致的。或迟或早，肯定会找得到尸体，总是有哑巴证人，尸体上留下罪案发生时投毒的痕迹，或者施暴的印记。

他步伐缓慢地来回走着，停步在别墅前面的花园里，黑暗中抬头仰望着安妮的卧室窗口时，心里面仍然在思索着刚开始想到的问题。"怎么办？"自从律师彻底毁灭了他离婚的希望后①，这是一直摆在他面前的一个问题。这个问题仍然还在。他并没有在头脑中对问题形成答案，他一直在阅读的书中也没有答案。只要他能够找到"怎么办"，那一切事情都会对他有利。他已经让他对其充满仇恨的夫人待在楼上任由他摆布——幸好他拒绝了朱利叶斯主动提供给他的金钱。他住在这样一处与世隔绝的地方，四面八方公众无法观察到——幸好他下定了决心，一定要待在这幢别墅里，即便房东太太给出了通知要他搬离，以此对他造成了侮辱也罢。为了实现唯一的目标，他做好了一切准备，做出了一切牺牲——不过，如何才能实现这个目标，他觉得还是个不解之谜，与刚一开始时的情况如出一辙！

别的选择是什么呢？他得接受朱利叶斯的提议。换句话来说，他得放弃对安妮的报复，背离格莱纳姆夫人至今仍然一片钟情要奉献给他的美好前程。

绝不可能！他要再去看书，书还没有看完呢。书籍中那些还没有阅读的内容中，即便只有些许提示，也有可能激发他迟钝的大脑朝着正确的方向思索。能够在这幢别墅内或者外面处理掉她，而又

---

① 按照英国当时的法律，离婚是一件很困难的事情，而且《离婚法》中的相关条文对女方极不公平，男性可以在妻子有外遇的情况下提出与其离婚，而女性则必须附带一项条件，即有通奸行为的丈夫必须对她构成身体上的暴力伤害之后，她才可以提出离婚。

不至于引起任何人的怀疑，其方式方法还有待于发现啊。

　　一个男人在自己的人生境遇中可能如此残忍地推断事理吗？他可能这样惨无人道地行动吗？他此时心里无疑纠结着自己将要采取的行动！

　　暂停片刻——回顾一下他的往昔吧。

　　他当初在温迪盖茨宅邸的花园里策划着出卖阿诺尔德时，心里面有过悔恨之意吗？悔恨的感觉在他的心里并不存在。他现在的状态是他当时状态合情合理的结果。一种更加严重的诱惑正在促使着他去犯一桩更加严重的罪行。他如何抵抗得了啊？正如帕特里克爵士指出的那样，他划船时技巧娴熟，跑步时身轻如燕，其他种种体育运动中，他有着令人钦佩的能力和耐力。现在针对他自己的自私自利，自己的残忍无情，这一切能够帮助他赢得纯粹道德上的胜利吗？不可能啊！由于他在道德上和心理上完全忽略了自己，而公众对他身体的崇拜之情更是无形中强化了这种状况，他只能完全听命于自己天性中最坏的本能了——那可是自然人的天性中最邪恶的，最危险的啊。对于他同伴中的大多数人而言，这种情形不至于造成非同寻常的伤害，因为他们没有遇见非同寻常的诱惑。但对于他而言，情况却是相反的。他遇上了一种非同寻常的诱惑。他如何被发现没有做好应对诱惑的准备呢？实际上，那是根据他在接受训练时的情况来判断的，当他面临大大小小的诱惑时——他是个十足毫无防御能力的人。

　　杰弗里回到了别墅里。女仆在过道上拦住了他，问他什么时候用餐。他没有给出回答，而是愤怒地询问德思里奇太太的情况。德思里奇太太还没有回来。

现在，时间已经下午过半了，她一大清早便外出了。这个情况先前从未出现过。杰弗里的头脑中开始对她产生了种种模糊的怀疑，比另一个更加可怕的怀疑。夜间一段时间里，他处于醉酒和发烧状态，一直神思恍惚（正如朱利叶斯先前告诉他的）。如此情形之下，他泄露出了什么情况了吗？赫斯特·德思里奇是否听见了呢？她长时间回避，她给出了搬离别墅的通知，这背后是否碰巧就是这个原因呢？他下定决心——不让她看出他怀疑上了她——等到房东太太一返回别墅，他便要澄清这种疑惑。

傍晚到了。时间已经过了九点钟，院门口这才响起铃声。女仆跑来要钥匙。杰弗里起身打算亲自去门口——但他还没有离开房间便又改变了主意。假如有女仆可以去开门，而反过来由他去替她把门打开，那会引起房东太太的怀疑（假如等待着开门的人是她）。他把钥匙给了女仆，自己不露面。

＊＊＊＊＊＊

"累得要死啦！"——凭借着院门顶上的灯光，女仆看见了自己女主人，便自言自语。

"累得要死啦！"杰弗里自言自语。赫斯特上楼前往自己的卧室去取下帽子，她在过道上经过他的身边。这时候，他满腹狐疑，对着赫斯特打招呼。

"累得要死啦！"——安妮自言自语，在楼上遇见了赫斯特，从她手上拿到了一封布兰奇笔迹的信，信是她到达自己别墅门口时，邮差交给她这个别墅女主人的。

* * * * * *

赫斯特·德思里奇把信给了安妮后，便进入到自己卧室去了。

客厅里亮着烛光，杰弗里关上了客厅的门，走进餐室，里面没有灯光。他让门半开着，等到房东太太进入厨房用晚餐时，拦截住她。

赫斯特疲惫无力地把卧室门关牢，疲惫无力地点亮蜡烛，疲惫无力地把笔和墨水放在桌子上。完成了这一切后的几分钟时间里，她不得不坐下来，振作一下精神，喘口气。一会儿后，她才有力量脱掉自己的上衣。脱掉了上衣之后，从自己胸衣的隐秘口袋里掏出那份写有"我的告白"字样的手稿——和先前一样，翻到最后一页——在昨天夜里记录的那段文字下面，又写下了一段文字。

今天早晨，我给了他搬离别墅的通知，若他需要，我可以把钱退回给他。他拒绝离开。他明天必须离开——否则，我会在他头顶上烧毁这个地方的。今天一整天，我离开了别墅，回避见他。我的内心无法轻松安宁下来，我毫无睡意，合不上眼睛。只要我的力量允许，我会谦卑地背负着十字架的。

她写完这段话后，笔从她的手指间掉落了。她的脑袋耷拉到了胸前。她怔了一下振作了自己。睡眠是她恐惧的敌人，因为睡着了会做梦。

她打开了窗户的百叶窗，看着窗外的夜色。宁静的月光倾泻在花园里。清朗无底的夜空看上去令人感觉舒心和美丽。什么啊？已经渐渐消失了？云朵？黑暗？不！几乎又要睡着了。她怔了一下，再次让自己振作了精神。月光在，花园在，月光下花园，明亮一如既往。

面对让她承受不了的疲惫，不管做梦还是不做梦，再进行反抗已经无济于事了。她关上了百叶窗，返回到床边，把她的告白书放在枕头下这个她通常在夜间放置的地方。

她环顾了一番卧室——浑身颤抖起来。房间的每个角落里都充斥着昨晚那可怕记忆中的形象。她可能从噩梦的折磨中醒来，发现那个恐怖的幽灵在床边注视着她。难道就没有补救的办法了吗？难道就没有带来福祉的保护神让她在其守护下平静安宁地睡着吗？她的心头突然有了一个想法。宗教典籍——《圣经》。她若睡觉时把《圣经》摆放在枕头底下，《圣经》里充满着希望——那就有希望平静睡着了。

她已经脱下的外套和胸衣没有必要再穿上了，可以用披肩裹着。同样没有必要举着蜡烛，这个时候楼下的百叶窗并没有关上，即便关上了，黑暗中，她也能够用手摸到客厅里书架上《圣经》摆放的位置。

她从枕头下面拿出告白书。她离开这个房间到另外一个房间去时，决不放心把告白书留在这个房间里，即便一分钟都不行。她把手稿折了起来，一只手握着，这才慢慢地又下楼了。她的双膝颤抖着。她只得用那只空闲着的手抓住楼梯的扶栏。

她下楼途中，杰弗里在餐室里看到了她。他先等待看看她干什么，然后才露面和她说话。她没有进入厨房，而是突然停住了，进入了小会客厅。这又是一个值得怀疑的情况啊！夜晚这个时候，没有举着蜡烛，她想要在小客厅里干什么呢？

她走向书架——小小客厅里洒满了月色，月光下，她黑色的身影清晰可见。她摇晃着身子，一只手按住头部，从表面上看起来，由于极度疲劳而头晕目眩。她恢复了常态，从书架上取下了一本书。她拿到那本书之后，人便倚靠在墙壁上。看起来，她过于疲惫乏力了，若不休息片刻，无法上楼去。她身边就是她自己的那把扶手椅。坐在扶手椅上休息一会儿，效果要比那样倚靠在墙壁上要更加理想啊。她身子疲惫地坐在了椅子上，那本书放在膝上。一条胳膊搭在扶手椅的一边，手紧握着，手上显然握着什么东西。

她的头低到了胸前——又抬了起来——然后轻柔地靠在椅子的背垫上。睡着了吗？熟睡了。

不到一分钟后，那只搭在扶手椅一侧的手慢慢松开了。白色的东西从她的手上掉落，掉到了洒满月光的地板上。

杰弗里脱下了自己笨重的鞋子，穿着袜子悄无声息地进入到客厅。他捡起地板上的白色东西。原来是一沓薄纸，整齐地折起来了，上面密密麻麻地写满了字。

文字材料？她一旦醒来便会用手握着不让人看到。

昨天夜晚，他发烧神志不清时，是否泄露出了什么有损于自己的情况呢？她是否已经记录下了泄露的情况，准备拿出来对付他呢？杰弗里感到心虚而又疑惑，即便这种强烈的怀疑仅仅是一种可能性也罢。他像先前进入小客厅时一样悄无声息地离开了，走向亮着烛光的大客厅，决定仔细看看手上的这份手稿。

他小心翼翼地把折了起来的稿纸铺平在桌子上，翻到第一页，阅读起了下面的文字。

第五十九章　手稿

一

我的告白：待我离开人世后，把这一切放进我的棺材里埋掉。

这是我婚后生活中自己所做事情的经历。这儿——世界上没有任何人知晓，我只向我的造物主告白——是真实情况。

在最后审判日那个全部死者复活的伟大日子里，我们会像活着的时候一样从尸体上全部复活。当我应召到达法官席面前时，我将拿出手上这个东西。

噢，公正仁慈的法官啊，您知道我遭受的磨难。我信任您。

二

我是一个大家庭里最大的孩子，父母是虔诚的教徒。我们属于由始初循道会①教徒组成的会众。

我的妹妹们都先于我结婚嫁人了。我在家里待了若干年，只有我一个女儿。那段时间的后期，我母亲的身体垮了，我代替她料理家务。星期日，我们的精神导师好心的巴普蔡尔德先生，常常会在礼拜仪式之间来和我们一块儿用餐。他很认可我对家庭的管理，尤其认可我的烹饪手艺。我母亲见此情形不开心，因为实际情况是，我置于她的位置上并超过了她，她心生妒意。我在家里的不幸就此开始了。我母亲的身体每况愈下，而她脾气也越发暴躁起来。我父亲大多数时间里都远离我们，他为自己的生意而奔忙着。我必须得忍受一切。大概就是在这个时候，我开始觉得，假如我像我的妹妹们那样结婚嫁人，对我来说，情况会很好，可以在我自己家里，让好心的巴普蔡尔德先生在礼拜仪式之间来用餐。

怀着这样一种心情，我认识了一位到我们非国教徒的教堂参加礼拜仪式的年轻人。

他名叫乔尔·德思里奇。他有一副很漂亮的嗓子。我们唱赞美诗时，他与我一块儿对着同一本书唱。他的职业是糊墙纸的。我们在一块儿进行过大量严肃认真的交谈。星期日，我和他一块儿散步。他比我整整年轻了十岁，由于他只是个熟练工，然后社会地位是低于我的。我母亲发现，我们相互之间有了好感。父亲随后一次在家时，她便告诉了我父亲，还告诉了我那些已婚的妹妹和弟弟们。他们全都联合起来，阻止我和乔尔·德

---

① 始初循道会是兴起于英格兰的基督教保守派教会，成立于1811年。1829年，教会派遣传教士到美国，随后成立美国始初循道会。1932年，英格兰始初循道会并入英格兰卫理公会。美国始初循道会于1840年脱离英格兰始初循道会而成为圣洁宗教会之一。

思里奇之间的事情有进一步发展。我那段时间过得很艰难。面对事态的转折，巴普蔡尔德先生表示，他对此感到很忧伤。他介绍我参加一次布道——没有指名道姓，但我知道，那是针对谁的。说不定，若他们没有做一件事情，我倒是有可能会让步的。他们向我那位年轻男人的对手了解情况，背着他，把有关他的种种邪恶行径告诉了我。我们一块儿对着同一本赞美诗唱赞美诗，一块儿散步，对种种宗教问题有着共同的看法。有了这样的经历之后，这个情况简直就令人无法忍受。我已是可以替自己做决定的年龄了，于是嫁给了乔尔·德思里奇。

三

我所有的亲属都抛弃了我。他们中没有一位出席我的婚礼。尤其是我弟弟鲁本，他带领着其他人说，他们从那时开始，与我断绝关系。巴普蔡尔德先生深受感动。他痛哭流泪，并且说，他一定会为我祈祷。

在一位不认识的神父主持下，我在伦敦结婚了。我们在伦敦安顿了下来，前景可观。我拥有一小笔属于自己的钱财——我享有我们赫斯特姑姑留给我们女孩子的一笔钱的份额，我的名字就是随她取的。那笔钱有三百英镑。我们租了一幢小寓所住下来，我花费了将近一百英镑，用来买家具装配寓所。剩下的钱我给了丈夫存入银行，以备他开始做生意时使用。

或多或少，三个月的时间里，我们生活得挺顺——除了在一个具体问题上。我丈夫从来不提起自己开始做生意的事情。

我说到，把钱存在银行里（钱以后可能用得上），而不拿去用来做生意挣更多钱，这样似乎很可惜。这时候，他有两次生了我的气。好心的巴普蔡尔德先生当时正好在伦敦，待在那儿过星期日，于是，礼拜仪式之间，便来和我们一块儿用餐。他竭尽全力，企图修复我和我亲属们之间的关系，但他没有成功。应我的请求，他对我丈夫说到了他自己必须要勤奋努力的事情。我丈夫听不进去，我当时看见他第一次大发了脾气。好心的巴普蔡尔德先生便没有再多说什么了。面对发生的情况，他似乎显得很惊慌，于是早早便离开了。

随后不久，我丈夫出门了。我替他沏好了茶，但他没有回来。我替他准备好了晚餐——但他没有回来。时间已经过十二点钟了，我这才见到了他。他说话时没有了平常的姿态，表情没有了平常的样子。他似乎不认识我了——神情恍惚，一股脑儿地躺倒在我们床上。我跑了出去，找医生来看他。

医生拉起他对着灯光，看了看他的样子，闻了闻他呼出的气，放下他躺回到床上，转过身，盯着我看。"怎么回事，先生？"我问。"您的意思是说，您不知道？"医生说。"不知道啊，先生。"我说。"哎呀，您是什么样的一种女性啊，"医生说，"竟然不知道您看到的是一位喝醉了酒的人呢！"说完，他离开了，留下我伫立在床边，浑身上下颤抖着。

就这样，我第一次发现，自己成了一个酒鬼的妻子。

四

我忘记了介绍我丈夫的家庭情况。

我们在一块儿过日子的时候，他告诉我说，他是个孤儿——有个叔叔和姑姑在加拿大，唯一的一个弟弟定居在苏格兰。我们结婚前，他给我看过一封他弟弟写来的信。信上说的是，他很遗憾，不能前往英格兰出席我的婚礼，希望我开心，诸如此类的话。好心的巴普蔡尔德先生（痛苦之中，我偷偷地写信把发生的情况告诉了他）写了回信，告诉我等待一段时间，看看我丈夫是否还会这样做。

我没有等待很长时间。次日，还有次日，他又喝酒了。听到这个情况后，巴普蔡尔德先生嘱咐我，把我丈夫弟弟的那封信寄给他。他向我提起了我结婚之前，关于我丈夫的一些事情，而我对此拒不相信。他说，最好还是调查了解一下。

调查了解的结果是这样的：正值那个时候，那个做弟弟的秘密地置于一位医生的看护之下（应他自己的要求），以便戒掉酗酒的习惯。这个家族的人有一种对烈性酒的强烈渴望（医生这样写着）。他们有时候连着几个月不饮酒，不饮浓度超过茶的东西。然后，酒瘾突然袭来，他们便会一连数日饮啊，饮啊，饮啊，如同疯子和可怜兮兮的可怜虫。

这便是我嫁的丈夫。而且为了他，我得罪了自己所有的亲属，致使他们与我疏远。对于一个只经历了几个月顺利婚姻生活的女人而言，这无疑是悲惨的前景吧？

一年之后，存在银行里的钱花得一个子儿都不剩了，而我丈夫也失业了。他很容易找到差事——因为他不饮酒时，是个一流的熟练工——但是，酒瘾袭来时，他又总是会丢掉饭碗。我痛恨，要离开我们精致小巧的寓所，抛弃我心爱的家具。我向他提议，让我白天去找事情做，当厨娘，这样一来，他再度外出找事情做时，可以维持家庭生活的运转。当时，他没有饮酒，挺悔恨的。他同意我的提议。情况还不止于此，他提出了彻底戒酒的承诺，保证翻开新的一页。正如我心里想的那样，事情开始再次向好了。我们除了我们两个人自己，无须想着其他任何人。我没有生孩子，而且以后也不会生。我与绝大多数女人不一样，我没有把这个情况看成是不幸，而看成是福祉。依照我的处境（我很快便知道了），做个母亲只会让我多舛的命运雪上加霜。

我想要寻找的差事并非一天就可以找得到。好心的巴普蔡尔德先生给了我一份书面品行推荐书。我们的房东是个很值得信赖的人（我很遗憾地说，他是属于天主教的①）。他向一家俱乐部的管理员替我说好话。不过，还是要费时间说服人们相信，我如我声称的那样是个绝对优秀的厨师。将近两个星期的时间过去了，我这才有了自己一直在寻觅的机会。我回家了，精神抖擞，我要对丈夫报告发生的事情——结果发现家里

---

① 此处作者原文使用了"Popish church"这个说法，含有贬义，所以会有"我很遗憾地说"这个说法。

有几位被扣财物的估价人。他们正要搬走我用自己的钱买来的家具，拿去拍卖。我质问他们，未经我的允许，他们怎么敢碰我的家具？他们回答——我必须得承认，他们的态度挺谦恭礼貌的——他们是受了我丈夫的嘱咐行事的。他们在我的眼皮底下继续把家具搬到外面的大车上。我跑上楼，在楼梯的过渡平台处遇见了我丈夫。他又酗酒了。无须说我们之间出现的情况。我只需要提一下，这是他第一次举起拳头揍了我。

五

我有自己的性格，决心不再忍受了。我跑出门到了附近的治安法庭。

我不仅用自己的钱购买了家具——而且除了办其他事情，还用来租住这幢寓所，缴纳女王和议会要求的各种税赋。我现在去找治安官，看看作为对我纳税的回报，女王和议会会替我做点什么。

"您的家具作为婚后财产赠予您了吗？"我把情况告诉了治安官后，他说。

我不明白他这话是什么意思。他转身对着坐在他旁边的另外一个人。"这是一桩很难办的案件啊，"他说，"处在这种生活境地的穷人甚至都不知道婚后财产赠予契约是什么意思。还有，即便他们知道了，他们中有多少能够支付得起律师诉讼的费用呢？"说完，他转身对着我。"您的是一桩普通案件，"他说，"根据现有法律情况，我对您无能为力。"

这个情况简直无法令人置信。无论普通与否，我再次把我的事情对他讲述了一遍。

"我用我自己的钱购买了那些家具，先生，"我说，"家具是我的，通过正当途径买来的，有账单和收据可以证明这一点。他们强行把家具从我身边搬走，违背我的心愿卖掉。不要对我说，这是依据法律。这是个信奉基督教的国家。不可以这样的。"

"我的好人啊，"他说，"您是个已婚女人了。法律不允许一个已婚女人说什么东西是属于她的——除非她在嫁给丈夫之前，事先与他达成了类似协议。你们没有达成协议。您丈夫只要他愿意就有权卖掉您的家具。我替您感到遗憾。我无法阻止他。"

对此，我固执己见。"请回答我这一点，先生，"我说，"比我更加聪明的人告诉我，我们所有人都纳了税，保持女王和议会体制的运行，女王和议会反过来制定法律保护我们。我缴纳了自己应缴的种种税赋。您倒是告诉我，为何就没有任何法律反过来保护我们呢？"

"我无法解释这方面的问题，"他说，"我必须按照法律现在的样子看待它，所以，您也必须如此。——我看到您一边脸上有印记，您丈夫打您了吗？若他打了您，把他叫到这儿来。我可以因此惩处他。"

"您能怎么惩处他呢，先生？"我说。

"我可以罚他的款，"他说，"要不我可以把他送进监狱。"

"至于罚款，"我说，"他可以支付，因为可以拿卖掉我的家具得到的钱来支付。至于监狱——他待在监狱期间，我怎么办呢，我的钱都被他花光了，我所有的一切都没有了——等到他出了监狱，我又该怎么办，面对一个丈夫，我成了惩罚的对象，他回家来找自己的妻子，知道这一点？实际情况是，此事够糟糕的，先生，还有比伤在我脸上造成更严重伤害的东西。再见了。"

六

等我回到家里时，家具不见了踪影，我丈夫也不见了踪影。空空荡荡的别墅里，除了房东，没有任何人。他能够说的都说了——就我的情况而言，对我算是够仁慈友好的。他离开了之后，我把自己的箱子锁了起来，天黑之后乘坐出租马车离开，找到了一处让自己栖身的公寓。当晚，如若世界上有那么一个孤独无援、肝肠寸断的人，我便是那个人。

我谋生的机会只有一个——去干那个提供给我的差事（在一个俱乐部，干男厨师的活儿）。我怀有的希望只有一个——希望我永远不要见到我丈夫。

我去干活儿去了——而且干得很成功——挣到了我第一个季度的薪水。但是，我这样的处境，对于一个女人而言很不好，无亲无故，孤独寂寞，她引以为荣的东西被人给卖掉了，她未来的人生中，没有了任何指望。我定期到非国教徒的教堂去做礼拜，但我觉得，自己的心肠开始变硬了。我内心忧郁沮丧，充满了想法。大概就在这个时候，出现了一个变化了，我拿到了刚才提到的薪水两三天之后，我丈夫找到我了。卖家具的钱全部花光了。他在俱乐部大吵大闹，我只有把除掉必要开支之后剩下的钱都给了他，才让他平静了下来。这件丑事被报告到了委员会。他们说，假如这种情况再度发生，他们只能解雇我。两个星期后，那样的事情再度发生。不必要详述这件事情。他们都说，他们对我感到很遗憾。我失去了职位。我丈夫随我到了我居住的公寓房。翌日早晨，他砸开了我的箱子，把我的钱包拿了出来，里面装着我拥有的几个先令，被我发现了。我们吵了一架。他又揍了我——这一次，把我打翻在地。

我再次去了治安法庭，讲述了我的遭遇——这一次找的是另外一个治安官。我的唯一请求是要他们把我丈夫从我身边弄走。"我不想成为别人的累赘。除了正确的事情，我不想做任何别的事情。我甚至都没有抱怨自己遭受到了残酷的虐待。我所要求的就是，允许我能够老老实实地过日子。法律能够保护我努力做到这一点吗？"

事实上，我得到的回答是，法律是可以保护我的，只要我有钱用于请更高一级的法院允许我离开他。纵容了我丈夫公开掠夺了我仅有的财产之后——即我的家具——我处在困境中渴求得到保护时，法律却反过来对付我，伸出手来向我收钱。我在这个世界上只剩下三先令六便士了——而假如我能够挣到更多钱，前景是我丈夫过来把钱从我身边拿走——得到了法律的许可。我只有一个机会——用时间来扭转局面，再次逃离他。我以他把我打倒在地为由告发他，赢得了一个月的自由。治安官（碰巧是个年轻人，对自己的职责生疏）把他送进了监狱，而不是罚他的款。这给了我时间去那家俱乐部开具品行证明，同时，也从好心的巴普蔡尔德先生处拿到了特别证明。有了这些东西的帮助，我在私人处谋到了一个职位——这一次是在乡村地区的一个职位。

我感觉自己现在到了一处平静安宁的庇护所，置身倍受尊敬和心地善良的人们中间。他们同情我的疾苦，对待我十分宽容。事实上，经历了所有的艰难困苦后，我必须得说，我发现有一件事情很有价值。我在生活实践中发现，人们往往会更加容易对处于困境中的人产生同情心。我还发现，人们往往会助一臂之力，帮助维持管理这个国家，面对强加在他们身上的那些苛刻、残忍和不公的东西，他们也大都看得十分清楚明白。但是，一旦您要求他们不要干坐着抱怨，而是行动起来改变现状，您发现他们怎么样呢？他们像一群绵羊，无能为力——您发现他们就是这样的。

六个多月过去了，我又积攒了一小笔钱。

一天夜晚，我们正要上床睡觉了，门铃大声响了起来。男仆应了门——我听见了我丈夫的声音从厅堂里传来。他在警察局里一个他认识的男子的帮助下找到了我。他这是来要求享受自己的权利了。我把我手上的那笔小钱整个给了他，让他不要纠缠我。我好心的主人对他说来着，但无济于事。他固执任性，粗野残暴。按照我的理解，假如——不是我逃离他——事情是另外一种状况，是他逃离我，那倒是会采取什么措施来保护我的。但是，他坚持不离开他妻子。只要我能够挣到一个法寻，他就会对自己的妻子不离不弃。由于嫁给了他，我便没有权利离开他了。我便必须得随着我丈夫离开，不可能逃避得了他。我对他们说了再见。从那一天到现在，我都没有忘记他们对我的仁慈友好。

我丈夫把我带到了伦敦。

只要我的钱还没有花光，他喝酒就持续不断。等到钱花光了后，我便又开始挨打了。哪儿有补救的措施吗？没有补救的措施，但得试一试，再次逃离他。我为何没有让警察把他关起来呢？把他关起来又有什么好处呢？过不了几个星期，他又会出狱，不喝酒，悔恨不已，承诺做出补偿——然后，酒瘾袭来，他又变得同样暴躁野蛮，和以前一样，一而再再而三。面临着毫无希望的境况，我的心变得硬了起来，头脑中产生了邪恶的想法，这种情况往往是在夜晚。大概就在那个时候，我的心里开始想着："我没有办法摆脱这种境况了，只有死亡——他死亡或者我死亡。"

我有一两次天黑后到那些桥边去，看着河面。不，我不是那种以这样的方式结束自己悲惨处境的女人。您一定会愤怒不已，义愤填膺——至少我想象着如此——您一定会匆忙采取行动，比如，自寻短见。我虽遭受种种苦难，但从未有过这样的念头。面对苦难，我一直保持冷静，而非愤怒。我可以说，这对于我而言，糟糕透了，但是，您是怎么样——就得怎么样。黑人能够改变其肤色吗？或者，豹子能够改变其斑纹吗？

我再次离开了他，再次找到了理想的职位。怎么找到的无关紧要，在什么地方无关紧要。一而再再而三，我的经历一直是一样的。最好说结果吧。

不过，这一次，有一个变化。我这次找到的差事不是在私人家里。闲暇时间里，我被允许教年轻女子厨艺。这一次的情况如何，这次过了更长时间，我丈夫才找到了我，我在自己处境中过得像希望的那样舒适。我干完了自己的活儿，晚上便离开，睡在自己的寓所里。里面只有一张床，家具是我自己配的——一方面是省钱（租金只要配有家具的房间的一半），另一方面是洁净。我经历了种种困难，一直喜欢周围的环境整洁干净——整洁，有序，良好。

是啊，无须说事情是如何结束的。他又找到我了——这一次，又因为偶然在街上遇见我。

他衣衫褴褛，食不果腹。但这事现在没有关系了。他所要做的便是把手伸进我的衣服口袋，拿着他需要的东西。在英国，一位恶劣的丈夫会干出什么事情来，那是没有限制的——只要他对自己的妻子不离不弃。眼下这一次，他狡黠地看出，若他到我做事的地方捣乱，他就成为一个十足的失败者。一段时间，事情还算顺利，相安无事。我找了个借口，说工作比平常的更加艰苦，得到了允许（我真心承认，讨厌见到他），可以在我做事的地方睡觉。这样没有持续很长时间。到了一定的时候，酒瘾又向他袭来了，他跑来捣乱了。和先前的情况一样，体面的人们忍受不了。和先前的情况一样，我失去了自己的职位。

面对如此情形，换了另外一个女人，准会发疯的。我觉得，我没有被弄得发疯，也就是差那么一丁点儿的事。

夜间，我看着他时，只见他烂醉如泥，睡着了。这时候，我想到了雅亿和西西拉（见《圣经·士师记》，第四章）。上面说，"她（希百的妻雅亿）取了帐篷的楔子，手里拿着锤子，轻悄悄地到他旁边，将楔子从他鬓边钉进去，钉入地里，西西拉死了。"她做出这个举动，目的是让自己的民族摆脱西西拉。当晚，房间里若有一把锤子和一个楔子，我认为，自己将会是雅亿——不同的是，我做出这种行为是要让自己得到解脱。

随着早晨的到来，这次事情就过去了。我去找了一位律师诉说。

落入我处境中的绝大多数人会对法律感到厌烦而无法忍受。但是，我是属于那种要把杯中酒喝得精光的人。实际上，我是这样对他说的："我来咨询您面对一个疯子该怎么办。按照我的理解，发疯的人是指那些无法控制自己情绪的人。有时候，这种情形会致使他们陶醉在幻觉之中。有时候，这种情形会致使他们对旁人或对他们自己造成伤害。我丈夫对饮酒有一种强烈的渴望，他对此失去了控制。别的疯子企图伤害他们自己的生命，或者他们周围人的生命。同这些人需要被控制起来一样，他也需要被控制起来，远离烈酒。如同，对于他们而言，这是一种超出他们控制力的疯狂——对他而言，这也是一种超出他的控制力的疯狂。根据某些条件，整个国家有专门针对发疯的人的疯人院，供公众使用。假如我满足了那些条件，法律会把我从嫁给一个疯子招致的苦难中解救出来吗？只不过他的疯狂是饮酒罢了。""不行，"律师说，"英格兰的法律拒绝考虑把一位不可救药的酒鬼当作收监的合适对象。即便与这样的人形成了夫妻关系，处在完全无能为力的境况中，英格兰的法律会要他们尽可能地对付他们自己的苦难。"

我对那位绅士表达了谢意，随即离开了他。这是最后的机会了——而我失去了这个机会。

七

我头脑中曾经有过的想法现在又回来了。从此，这种想法便一直挥之不去。除了走向死亡，我没有任何摆脱的办法——他死或我死。

我的头脑中一直萦绕着这种想法，白天黑夜，教堂内外，一概如此。我频繁阅读雅亿和西西拉的故事，结果一打开《圣经》便自然翻到了那处地方。

我作为一个忠厚诚实的女人，自己国家的法律理应保护我，但在法律面前，我却无依无靠。除了诉诸法律，我身边没有任何朋友可以让我敞开心扉。我自我封闭起来了。我嫁给了这样一个人。如若把我看成是一个人，那就得说：我的人性难道不是在受到严厉的折磨吗？

我给好心的巴普蔡尔德先生写了信，信中没有叙述详情，只是告诉他，我受到了诱惑的困扰，恳请他来助我一臂之力。但他卧病在床，只能给我写信，提出忠告。受惠于忠告，人们一定会有瞬间的幸福感，盼望着他们的努力会有回报。宗教本身必须要维持一种回报，会对我们可怜的芸芸众生说：好好表现吧，你将会上天堂的。而我却毫无瞬间的幸福感。我对好心的巴普蔡尔德先生充满了感激之情（以一种麻木迟钝的方式）——事情也就到此为止了。

昔日我的精神导师说一句话便可以让我再次走上正轨，这种时候现在已经一去不复返了。我开始因自己感到害怕了。若我下次再受到乔尔·德思里奇的虐待，而还是毫无变化，那说明我心里强烈地认识到，我很有可能凭着自己的力量摆脱他的控制。

对这种情况的担心促使着我面对它，我第一次在自己的亲属面前低三下四。我写信恳请他们原谅，并且承认，他们对我丈夫的看法证明是正确的。我恳请他们与我重归于好，允许我时不时地去看望他们。我的想法是，一旦我看到故地，对故友旧知说话，再次看见那些记忆犹新的面孔，可能会软化我的心肠。我几乎羞于承认这一点——但是，若我有什么东西可以给予的，我愿意全部拿出来，以便得到许可，重新回到我母亲的厨房去，重新在星期天给他们做饭。

但是，这样的情形已经不复存在了。他们收到我的信之前不久，我母亲去世了。他们把这件事情全部归咎到了我的头上。过去一些年来，她一直疾病缠身，从一开始，医生们便说了，她的身体没有希望康复——但他们把这件事情全部归咎到了我的头上。我的一个妹妹写信来表达了这个意思，信写得很短，也就尽可能表达了这个意思而已。我父亲根本就没有给我回过信。

八

治安官和律师们，亲属和朋友们，容忍伤害，怀有耐性，怀有希望，诚实工作——这一切我都全部尝试过了，但全部都归于失败。环顾自己四周，我无论朝着哪儿看，哪儿都走投无路。

那段时间里，我丈夫找到了一点事情做。一天晚上，他回家了，大发脾气。我给他提出了警告。"为了你自己，乔尔，别折磨得我太甚，"我就撂下了这么一句话。那天是他没有饮酒的日子之一，而且，那是头一次，我的话在他身上起了作用。他目不转睛地盯着我看了一会儿。然后，他走开，坐在一个角落里，平静无声。

那是在一个星期二，星期六是他领薪水的日子，酒瘾再次向他袭来了。

随后那个星期的星期五，我正好回家很晚——当天事情很多，给一位认识我的小酒店老板做一顿给公众享用的晚餐。我发现，我丈夫不见了，我给卧室添置的家具也没有了。他再次掠夺了我的财产，拿去卖钱换酒喝。

我一声没吭，站立着，环顾着空空荡荡的房间。我当时心里是怎么想的，连我自己都不大清楚，所以，现在无法加以描述。我转身离开了公寓。我知道在哪儿可以找到我丈夫。我魔鬼附身了，一定要出门去找他。房东太太走出房间进入过道，试图拦住我。与我比较起来，她身材更加高大，体格更加强壮。但是，我像甩掉一个孩子似的甩掉了她。现在回想起这件事情，我相信，她并没有使出自己的力量来。她被我的样子吓着了。

我找到了他。我说了——是啊，我说了一个女人气急败坏、情绪失控时会说的话。我无须说事情的结果如何。他把我打倒在地。

从那以后，我的记忆深处好像有了一个黑点。另外一件事情我能够回忆得起来。过了一些日子，我的心里又回忆起了那件事情。我被打掉了三颗牙齿——但这还不是最糟糕的。我倒地时头部磕到了什么东西，我身上的某个部位（我觉得，他们是说神经）受到了伤害，结果影响了我说话。我并不是说，自己完全哑巴了——我只是说，突然之间，我说话很吃力。说一个长词很困难，仿佛回到了孩童时代。他们把我送到了医院。当医生们听说了发生的事情之后，他们全部都围着我。我似乎引起了他们的兴趣，如同一本故事书引起了其他人的兴趣一样。这件事情的结果是，我最终可能变成哑巴，或者还能开口说话——两种可能性相当。只是需要做两件事情。一件是我要摄入有营养的食物。另外一件是我要保持心情轻松愉快。

关于饮食，这事不可能确定得了。我能否获取有营养的吃喝，取决于我是否有钱购买。至于心情，这一点不存在困难。假如我丈夫再来找我，我已经打定了主意，要杀了他。

很恐怖——我心里很清楚，这种情形很恐怖。像我一样处境的任何别人最终都不会做出这样邪恶的事情来。尽管我倍受折磨，但世界上别的所有女人都不会因受折磨而屈服。

九

我已经说过了，人们（除了我丈夫和我的亲属）几乎一直都对我很友好。

我们结婚后租住的那幢公寓的房东听说了我的悲惨境遇。他把自己数处空公寓中的一处给我看守，因此每星期给我一点钱。楼层的房间里有些家具，那是上一位房客不要留下的。下一位房客如若需要，家具可以作价。仆人卧室有两间（在顶楼），两间紧挨着，里面陈设一应俱全。因此，我有了遮蔽的房顶，可以选择床铺睡觉，有钱购买食物。一切又都好起来了——但是，一切都为时过晚了。假如那幢公寓能够开口说话，那幢公寓会讲述关于我的什么故事啊！

医生们嘱咐我要训练说话。由于我独自一人，几乎没有任何人可以同我说话，只有房东偶尔过来，或者隔壁的那个仆人来说上一声，"天气真好啊，是吧？"或者，"你不觉得孤独吗？"或者诸如此类的话，因此，我购买了报纸，我自顾自地朗读报纸，以这样的方式训练自己说话。一天，我看到了一点点内容，是关于酒鬼丈夫的妻子们的。有位伦敦的验尸官主持查验死亡丈夫们的尸体（这些人属于下层人），同时有充分的理由怀疑是他们的妻子所为。上面提到的是那位验尸官谈论这个问题的报告。他说对尸体的查验证明不了这一点，证人也证明不了这一点，但是，某些案件中，他仍然觉得很有可能是，女人无法再忍受了，她有时候会拿出一条湿毛巾，等到丈夫（被酒麻醉了）陷入了沉睡后，把毛巾捂他的鼻子和嘴巴，事情就这么完结了，谁也看不出来。我放下报纸，陷入了沉思。这时候，我的内心有了预感了。我心里想着："我偶然发现了这个内容，并非一无所获啊。这就意味着，我要再见我丈夫一次。"

当时，正值午餐之后——两点钟。当天夜间，我吹灭了蜡烛，在床上躺下，听见临街门口传来敲门声。我还没有点燃蜡烛，心里便想着："他来了。"

我匆忙穿上一点衣服，点亮了蜡烛，下了楼。我对着门大声喊着："谁呀？"他的声音回应着："让我进门。"

我在过道的一把椅子上坐下来，浑身不由自主地颤抖起来。这不是因为害怕他——而是因为我内心的预感。我知道，我最终迫于无奈要动手了。尽管我极力克制，不要这样做，但我内心告诉我，我现在必须要动手了。我坐在过道的椅子上，浑身颤抖着。我在房门的这一侧，他在另一侧。

他再次敲门，再次敲，再次敲。我知道，尝试也是白费工夫——但我还是决心尝试一下。我决心不让他进门，直到我迫不得已了。我决心让他惊扰附近的人，看看附近的人们会不会站出来干涉我们。我上了楼，在门口上方楼梯旁敞开着的窗口等待着。

有位警察过来了，邻居们也出来了。他们全都要求警察把他拘留起来。那位警察双手抓住他。他只有一句话，只是指着窗户口的我，告诉他们，我是他妻子。邻居们便都进屋了。警察松开了他的手臂。倒是我的不对，而不是他的。我必须得让我丈夫进屋。我下了楼，让他进来。

当天夜里，我们之间没有发生什么情况。我一把推开了我卧室隔壁那间房间的门，然后进了自己卧室的门，把我自己锁在我的卧室里。一整天，他口袋里没有分文，游荡在街头，身子疲惫不堪了。他当晚需要的就是躺在床上睡觉。

翌日早晨，我又尝试了一次——尝试着回到我命中注定要走的道路上，因为我事先就已经知道了，这样做毫无作用。我提出把我一星期少得可怜的收入给他四分之三，钱在房东那儿定期支付给他，只要他离开我，离开这幢公寓。他当着我面哈哈大笑起来。作为我的丈夫，他若有这个愿望，可以拿走我的全部收入。至于离开这幢公寓，既然我是雇来看守公寓的，那么，公寓也是免费给他住的。房东不能拆散夫妻。

我没有再说什么。当天晚些时候，房东来了。他说，我们若是能够相安无事在一块儿过日子，他既没有权利出面干预，也不想出面干预。我们若大吵大闹的，那么，他没有办法，只能请另外的妇女来看守这幢公寓了。我没有别的地方可去，没有别的事情可做了。尽管如此，若我戴上帽子，走出去，我丈夫便会跟随在我后面出去。所有体面的人都会在他背上轻轻地拍一拍，并且说："做得对，好朋友——做得对。"

就这样，我由着他自己，同时得到别人的认可，与我在同一幢公寓生活着。

我没有对他说什么，也没有对房东说什么。我现在万念俱灰了。我知道将要到来的事情，因此，等待着最后的结局。我的身上有了一些变化，估计别人看来很明显，但我自己不怎么觉得。面对我身上出现的变化，我丈夫先是惊讶不已，然后诚惶诚恐。接下来的夜晚到来时，我听见他轻轻地锁上了自己卧室的门。这对于我而言没有什么关系。等到时机成熟了，一千把锁也不可能把要发生的事情锁在外面。

翌日，我领到了一个星期的薪水。我在走向结局的途中又向前迈进了一步。他拿到了钱便会去喝酒。这一次，他显得很狡黠，开始——换句话说，他开始喝酒，缓慢地一步一步来。房东（一个诚实忠厚的人，一门心思想要我们相安无事）给他一些零星杂活干，这儿那儿，公寓里一些小的修修补补。"我希望你，"他说，"做好这件事情，在你可怜的太太面前有一个好的转变。看在她的分上，我这是在帮助你。请你做出个样子来，表明你是值得人家帮助的。"

他还像平常一样说，他要翻开新的一页。太晚啦！这个时候已经一去不复返了。他的毁灭已是必然。我的毁灭已是必然。他现在说什么都没有关系了。作为夜间的最后一件事情，他什么时候锁上门，这都已经没有关系了。

翌日是星期日。没有出现任何情况。我去了教堂，仅仅是出于习惯而已，这样做并不会给我带来任何好处。他只喝了一点酒——表现得很狡黠，缓慢地一步一步来。但我凭着经验知道，这意味着要患很长时间的酒瘾，而且很糟糕。

星期一，公寓里开始有零星杂活儿需要做。到了这个时候，他半清醒着，可以干活儿，而且正好喝得微微醉了，能够在折磨自己的妻子中邪恶地获取快乐。他走出门，拿着自己需要的工具——然后返回，叫唤我。他说像他这样手艺精湛的工匠手下需要个熟练工。有些事情一个手艺精湛的工匠是不屑于自己亲自干的。他不打算请一个成年人或者少年小伙，那样的话，必须支付给他们工钱。他就是想要把事情做好，但用不着开支什么，他的意思是要把我培养成一位熟练工。半醉半醒中，他一直这么说着，设计着他要做的事情，一切都按照他的想法进行着，进展顺利。等到一切准备就绪，他挺直了身子，吩咐我该做什么。

我竭尽全力遵从他的吩咐。无论他说什么，无论他做什么，我知道，他都是在径直地走向我亲手制造的死亡。

整幢公寓里，耗子到处都是，房子整体上已经年久失修了。他本应该首先修缮厨房地板。但是（已经对他做出了宣判），他却从修缮一楼的两个空客厅开始。

两个客厅被一堵所谓的板条和灰泥墙分隔。耗子已经毁坏了墙壁。在一处地方，耗子咬通了，损坏了糊墙纸。在另外一处，耗子没有造成这种程度的破坏。房东吩咐说，要保住糊墙纸，因为他还有一些，可以配上去。我丈夫从糊墙纸完整的一处地方开始。在他的指导下，我搅匀——说不出是什么。用上了那个东西之后，他把墙纸从墙上松下来了一长条，但没有任何损坏。墙纸下是灰泥和板条，很多地方被耗子咬掉了。虽然严格说起来他是个职业的糊墙纸工，但他如若愿意，同样可以当抹灰工。我看见他如何切除腐烂的板条，快速去除灰泥。（还是在他的指导下）我搅匀了一种他需要的新灰泥，递给他新板条，看见他如何镶嵌上去。我也说不上这一切都是如何完成好的。

我有理由在此保持沉默，因为我心里觉得，这个理由十分恐怖。当天，我丈夫教我干每一件事情时，他都在（盲目地）向我展示杀死他的方式方法，因此，没有任何人，不管是警察局内还是警察局外，能够怀疑此事是我所为。我们正好在天黑前完成了墙上的事情。我去喝茶，他去喝杜松子酒①。

他拼命地喝酒。他整理好两间卧室——以便晚上可以睡觉，我离开了那个地方。他的放置床铺的那个地方（我先前从未特别提到这一点）——从某种意义上说——现在似乎特别引起了我的注意。

床头靠在将我的卧室与他的分隔的墙壁上。我先看着床架，随即看着墙壁，然后纳闷着，墙壁是如何构成的，然后用我的掌关节敲击墙壁。根据声音，我判断出，墙纸下面只是灰泥和板条，没有别的材料。与我们先前在楼下干活儿的那堵墙是一模一样的。我们对楼下那堵墙进行了细致的清理——在一些迫切需要修理的地方——但我们小心谨慎，不破坏墙壁另一侧那个房间里的墙纸。我心里记得，我们在进行那一部分的工作时，我丈夫如何提醒我注意。对于他说的内容，我记得清清楚楚。"一定要小心，不要把手戳到隔壁房间去了。"这就是他在楼下客厅里说的话。在楼上的卧室里，我心里复述这句

---

① 杜松子酒（geneva，也叫金酒）最先由荷兰生产，在英国大量生产后闻名于世，是世界第一大类的烈酒。杜松子酒按口味风格又可分为辣味杜松子酒、老汤姆杜松子酒和果味杜松子酒。

话——眼睛一直盯着他在里侧把自己锁在卧室里的钥匙看——直到突然明白了是怎么回事，犹如一道亮光在我心中闪烁。我看着墙壁，看着床架，看着我的两只手——我颤抖着，好像置身于冬天。

我当晚在楼上一定待了几个小时，但仿佛只过了几分钟似的。我完全没有考虑时间。我丈夫喝过酒上楼来时，发现我在他的卧室。

十

我略去其他情况不叙，有意掠过直接到达翌日早晨。

这些文字除了我本人，世界上没有任何其他人看到。不过，对于一个女人而言，还是有些事情即便给她自己看也是不能诉诸笔端的。我的话只能说到这儿。我遭受了我丈夫的许许多多侮辱中最后和最恶劣的——就在这样的时刻，我首先清楚地看到了取他性命的方法。翌日临近晌午，他外出了，轮流着去那些酒馆喝酒。我的心里已经做好了准备，等他晚上回来时，便让自己永远摆脱他。

我们昨天使用过的工具还留在客厅里。我独自一人待在公寓，可以自由自在地练习他教给我的功课。我证明了自己是个悟性很高的学生。街头的路灯还没有亮起来，我便已经做好了准备（在我的卧室和他的卧室），等到他把自己锁在卧室里准备睡觉时——我便对他动手。

那数个小时期间，我记不得自己是感到害怕还是疑惑。我坐下来吃了一点点晚餐，和平常相比，胃口好不到哪儿，也坏不到哪儿。我记得，自己身上唯一的变化是，我心里怀着一种十分奇特的渴望，渴望着有人在我身边做伴。由于没有任何朋友可供邀请，我便到了临街门口，伫立着注视来来往往的行人。

有条流浪狗四处嗅着，朝着我走来。总体上说来，我不喜欢狗和所有兽类。但我把这条狗迎进了门，给它喂了夜食。狗学会了（我认为）蹲坐着，讨要食物。反正不管怎么说，狗就是以这种方式向我讨要更多食物的。我哈哈笑了起来——尽管此事千真万确，但我现在回顾起来，似乎是不可能的事情——看着小狗蹲坐着，两只耳朵竖起来，头侧向一边，嘴里流着口水要食物，我哈哈大笑，直到眼泪从脸颊上留下来。我都怀疑自己的神志是否正常。我不知道。

小狗得到了自己想要的东西后，呜呜吠叫着要出去，继续到街头巷尾流浪。

我打开房门满足小狗的心愿时，看见我丈夫横过街道要进门来。"不要进来！"我冲着他说，"今天夜晚，和所有夜晚一样，不要进来。"他喝得太醉了，根本没有注意到我。他从我身边走过，跌跌撞撞上了楼。我跟随着，倾听着。我听见他打开了卧室的门，砰的一声关上了，然后上了锁。我等待了片刻，上了一两级楼梯，听见他在床上躺下了。又过了片刻，他熟睡了，发出了鼾声。

一切都如愿发生了。两分钟的时间里——无须做任何一件什么事情来让我对自己产生疑惑——我便可以闷死他。我进了自己的卧室，拿起事先准备好的毛巾。我已经近在咫尺——突然，我的头脑里想起了一件事情。我不能说那是什么。我只能说，我充满了恐惧，当即驱使着我跑到了公寓外面。

　　我戴上帽子，把临街门的钥匙放入了衣服口袋里。时间才九点半——或许是十点差一刻。假如说我当时心里有个清晰的想法的话，那就是想到了要逃跑，永远不要让自己再见到那幢公寓或再见到我丈夫。

　　我往街道的上方走——然后折返往下走——返回了。我这样尝试了三次，重复、重复、重复这么走——最后返回了。没有解决问题。那幢公寓把我给拴住了，同一条狗被拴在狗窝里一样。我无法离开它。为了自己的人生，我无法离开它。

　　正当我要进入室内时，一群欢快的青年男女从我身边经过。他们匆匆忙忙赶路。"快点走，"其中一个男的说，"剧场就在附近，我们正好赶上看笑剧①。"我转过身，跟随在他们身后。我从小在虔诚的氛围中长大，所以有生以来从未进过剧场。我猛然想到，实际情况是，假如我看到了什么怪异的事情，听见什么让我产生新想法的事情，我可能会突然失态起来。

　　他们进入正厅后座区，我跟随在他们身后。

　　他们说的笑剧开始了。男男女女出现在舞台上，依次上场，交谈着，然后退下去了。不一会儿，正厅后座区我周围的所有

---

① 英国维多利亚时代，剧场的演出由笑剧和主剧两部分构成，观众在两部分演出之间进场时，票价可以打折。

人都又是笑又是鼓掌。我听到他们闹哄哄的声音很生气。我不知道该如何形容自己置身其中的环境。我的眼睛不听我使唤，耳朵不听我使唤，看不见其他人看到的东西，听不见其他人听到的东西。我猜想着，在我本人与舞台上进行着的活动之间，一定存在着某种东西。表面上，戏剧表演得挺好的，但它的背后隐藏着危险和死亡。演员们谈笑着欺骗这些人——他们的心里一直在嘀咕着。而除了我，谁都不知道——但当我试图想要告诉其他人时，我的舌头却被束缚住了。我站起身跑出去了。等我到了街上时，我不由自主地迈步朝着返回公寓的方向走。我叫了一辆出租马车，告诉车夫朝着相反的方向行驶（把我送到值一个先令的距离）。车夫让我下车。我不知道到了那儿。我看到一个敞开着的门口，上方有由闪亮的字母组成的标牌。车夫说那是个跳舞场所。对我而言，跳舞和看戏一样生疏。我身上还剩一个先令，付费进入，看看跳舞的场面对我会带来什么样的影响。场地里天花板上的灯光倾泻下来，仿佛整个着了火似的。音乐哗啦啦的声音令人觉得恐怖。男男女女相互之间搂着转啊转，看起来挺疯狂的。我不知道我面前发生了什么事情。天花板上耀眼的灯光瞬间变得血红。伫立在乐师面前的那个人挥舞着一根小棒，看上去活像我们家里那部《圣经》图画中的撒旦。旋转着的男男女女转啊转，脸色煞白，像死人的脸，躯体上裹着裹尸布。我惊恐不安，尖叫了出来。有个人抓住了我一条胳膊，拉着我到了门外。黑暗给我带来了舒适感，黑暗令人舒心惬意——犹如一只冰凉的手抚摩着发烫的额头。我在黑暗中向前行走着，不知道置身何处。我内心镇定了下来，确认自已已经迷路了，等到黎明到来时，我应该距离家里数英里远了。一阵时间过后，我感到太过疲惫，无法再向前走了。我坐在一个门前的台阶上休息。我打了一会儿盹，然后清醒了。我站起身要继续行走时，正好扭头对着那幢住房的门口。上面的门牌号码与我们公寓的一模一样。我再看了看，于是看到了，我刚才坐着休息的正是我们公寓的台阶。那个门口是我们公寓的门口。

我有了这个发现后，心里的疑惑和一切纠结都全抛至脑后了。这种终归返回了公寓的现象意味着什么，已经明明白白地摆在这儿了。尽管我会极力抵制，但事情还是要进行下去。

我打开了临街的门，上了楼——听见他正酣睡着，和我先前出门时听到的情况一模一样。我在自己床上坐下来，取下帽子，心里已经很平静了，因为我知道，事情还是要进行下去。我打湿了毛巾，准备好，在卧室里转了一圈。

正值黎明时分。麻雀在附近广场树丛间鸣叫着。

我拉起百叶窗。微弱的光线似乎在用言辞对我说话："现在行动吧，赶在我明亮起来而且什么都看得见之前。"

我倾听着，祥和的寂静也捎来了一句话。"现在行动吧，相信我，一定会保守秘密的。"

我等待着，直到教堂的钟整点报时鸣响之前。钟敲响第一下时——没有触碰他卧室门的锁，没有进入他的卧室——我把毛巾捂在他的脸上。钟还没有响到最后一下，他已经停止挣扎了。教堂钟声的余音在早晨的寂静中平静下来，然后消失了。这时候——他也随之平静下来，然后死亡了。

十一

我用了四天时间，心里面反复思索了这件事情的剩余部分，星期三，星期四，星期五，星期六。那个时间之后，一切都消失了。新的岁月以奇怪的面貌出现了——因为那是新生活的岁月。

首先，昔日的生活怎么了结呢？宁静的早晨充满着恐惧，我完成了行动之后，心里有什么感受呢？

我不知道心里有何感受。我记不得了，或者说不清楚，我不知道属于哪种情况。我能够以书面的形式叙述那四天的经过——仅此而已。

星期三。临近晌午时，我报了警。先前几个小时里，我把现场收拾好了，便于人家来看。我只能寻求帮助，让人们爱怎么处理就怎么处理。邻居们来了，然后警察来了。他们敲了他卧室的门，没有反应。然后，他们破门而入，发现他死在床上。

没有任何人对我产生怀疑。我用不着担心因为人世间的公正而被暴露。我唯一无法言表的恐惧是对一种复仇天意的恐惧。我当晚睡的时间很短，做了个梦。我在梦中把事情又做了一遍。有一段时间，我心里一直在想着要向警察坦白，自首去。若我不是来自一个体面的家庭，我倒是会这样做的。一代又一代人下来，我们家族的名声毫无污点。若我承认自己做过的事情，然后因此当众上了绞刑架，那会要了我父亲的命，整个家族也会蒙羞。我祈祷着能够受到引导。临近早晨时，该怎么办，我得到了启示了。

冥冥之中，我接到了指令，翻开《圣经》，对着《圣经》发誓，从当天开始，把我有罪的自我与我那些清白无辜的人类同胞截然分开，生活在他们中间，孤独而沉默地生活着，把我说出的话语仅仅用在祈祷上。祈祷要独自一人在自己的卧室进行，不能有任何人听见我说话。我看见了幻象，发了誓。从那时候起，没有任何人听见过我说话。将来也不会有任何人听见我说，直到我离开人世。

星期四。人们还和平常一样来找我说话，但发现我已经变成哑巴了。

我过去脑袋受过伤害，说话能力因此受到了影响。相对于出现在另外一个人身上的症状，人们会觉得，我之所以会变成哑巴，更加可能是过去发生在我身上的情况引起的。他们把我送到了医院。医生们看法不一。有些医生说，发生在公寓的不幸给她造成了打击，这个打击出现在另外的打击后不久，尽管他们都知道，这事可能是导致麻烦的诱因。另外一些医生说："事故发生之后，她会说话的，从那之后，她并没有遭受什么新的伤害。这个女人是为了达到其自身的目的而假装哑巴的。"他们要争议，我悉听尊便。人们说什么我都无所谓了。我虽生活人类中间，但却与他们格格不入。我开始了我孤独而沉默的生活。

整个这段时间里，我的心里一直萦绕着一种即将要遭受惩罚的意识，挥之不去。我并不惧怕人世间的公正。复仇天意的最后裁定——这才是我一直等待着的结果。

星期五。他们展开了验尸行动。过去的多少年来，众所周知，他是个不可救药的酒鬼。人们看见他每日醉醺醺地回家，而且发现他的卧室的门是从里面用钥匙锁上了的，窗户上的栓子也插上了。公寓的顶层没有壁炉，没有发现什么东西移动或者改变过。任何人都不可能依靠人为的手段进入房间。医生报告说，他死于肺部堵塞。因此，他们根据这种伤害做出了裁定。

十二

星期六。这是我日历上永远难忘的日子，因为判决在这一天降临到了我身上。下午临近三点钟时——万里无云的天空下，艳阳高照，几百个清白无辜的人出现在我周围——我，赫斯特·德思里奇，第一次看到注定要在我的下半辈子一直出没在身边的幻象。

我昨天度过了一个可怕的夜晚。我心里感受到的同我那天夜晚前往剧场时感受到的一样。我走到室外，看看外面的空气、阳光、凉爽的绿色树丛和草地会对我产生什么影响。我发现我需要的这些东西，能够得到的最近的地方是摄政公园①。我进入

---

① 摄政公园（Regent's Park）是伦敦仅次于海德公园的第二大公园，位于伦敦西区。16世纪时，此处是英皇亨利八世的皇家狩猎森林。19世纪初，英国著名建筑师约翰·纳什在这里为摄政王设计建造乡村别墅，计划建造至少五十六幢古典式别墅，有摄政王夏日别馆，供奉英格兰的伟人祠等，希望建造一个完美的花园都市景观，但最终由于经费有限，只建造了八幢别墅，并无行官。计划虽未实现，公园却因此而得名。公园于1838年向公众开放，内中有若干园中之园，如著名的玫瑰园——玛丽皇后园等。在作者另一部代表作《白衣女人》中，主人公哈特莱特在摄政公园附近搭救了白衣女人。

了公园中心的一条安静过道，马匹和车辆不允许从那儿的过道上经过，老人可以在那儿晒太阳，孩子可以在那儿玩耍，而不至于会遇到危险。

我在一条长凳上坐下休息。我附近的孩子中间，有一个漂亮的小男孩，正在玩着一件崭新的玩具——一匹马拉着大车。我看着他忙着采撷草叶装进自己的大车时，心里第一次有了后来经常有的感觉——皮肤表面慢慢有了一种寒冷的感觉，然后怀疑附近隐藏着什么东西，我若朝着那边看，那个东西随时会悄然出现。

附近有一棵大树。我朝着大树看过去，等待着看什么隐藏着的东西从大树后面出现。

那个东西悄然出现了，在明媚的阳光下显得乌黑而幽暗。开始时，我只看见一个女人的朦胧身影。一会儿过后，身影开始变得清晰起来，从里到外变得明亮——明亮，明亮，明亮，最后，呈现在我面前的是我自身的形象——如同我站立在镜子前面的样子一模一样。那个对应的我，用我自己的眼睛看着我。我看见身影在草地上移动，看见身影停在漂亮小男孩身后，看见身影伫立着倾听，犹如黎明时分钟声报时敲响之前，我伫立着倾听。当身影听见钟声响起时，便用我自己的手向下指着小男孩。身影用我自己的声音对我说："杀了他。"

一段时间过去了。我不知道是一分钟还是一个小时。天地在我面前消失了。我什么都看不见，只看见另一个我自己，用一只手指着。我没有任何感觉，只有一种要杀死那孩子的渴望。

然后，看起来，天地又突然出现在我面前了。我看见附近的人眼睁睁盯着我看，纳闷着我是否神智正常。

我使出了浑身的力气站立起来。我使出了浑身的力气把目光从那个男孩身上移开。我使出了浑身的力气逃离那个东西，回到了街道上。我只能描述那种压倒一切的诱惑力量，它在一定程度上考验着我。它像是要从我身上夺走生命，把我拉向杀害那孩子的行动中。这一次出现的情形，后来一直都会出现。没有办法对抗它，只能那么拼命地努力——没有办法消除事后的痛苦，只能独自一人，诚心祈祷。

一种意识到惩罚降至的感觉一直萦绕在我的心头。惩罚到来了。我等待着复仇天意的最后判决。最后判决已经做出了。对着虔诚的大卫，我现在能够说：你的烈怒漫过我身，你的惊吓把我剪除①。

杰弗里阅读到这儿时，抬起头，目光第一次从手稿上移开。室外的什么声音惊扰了他，是过道上的声音吗？

他倾听着，出现了一阵沉静。他目光回到告白书，翻了一下剩余的纸张，数一数还剩多少页。

手稿介绍了作者回归家政服务的情形之后，没有更多叙述了。剩下的那些页，全部是日记片段。简短的记录全部都提到在不同的时间场合，赫斯特·德思里奇反复看见那个像自己的可怕幽灵，时而指向一个人，时而又指向另一个人。她混乱的大脑产生了邪恶的想象，从而激发了她身上杀人的疯狂意向。她反复抵制这种疯狂的意向。她为了抵制这种意向付出了努力，她固执任性，内心里下定

---

① 典出《圣经·诗篇》第八十八篇。

决心，一定要坚持某些时候停下自己手头的工作，而且向雇佣她的女主人提出一个条件，她要享有夜间独自睡一个房间的特权。杰弗里数过了记录着这些内容的页码后，转到了自己先前阅读到的地方，想继续把手稿看完。

他的目光刚落到第一行文字上时，过道上的嘈杂声——只中断了片刻——再次惊扰他。

这一次，那声音意味着什么，没有疑问了。他听见了她急促的脚步声，听见了她充满恐惧的叫声。赫斯特·德思里奇在客厅的椅子上醒过来了，而且发现，告白书不在自己的手上。

他把手稿放进自己外衣的胸前口袋里。在这样的时候，他阅读的手稿对他起了作用了。用不着继续纠结这一点了，用不着再返回去看《纽盖特记事录》了。这个问题已经得到了解决。

他站起身时，阴沉着的脸慢慢地亮堂了起来，露出了一丝可怕的微笑。只要那个女人的告白书放在他的衣服口袋里，那个女人本人便就由他掌控着。"她若想要拿回手稿，"他想，"必须得满足我的条件才能拿到。"心里怀着这样的决心，他打开了房门，在过道上迎面见到赫斯特·德思里奇。

第六十章　最终结局的征兆

翌日早晨，女仆用托盘端着早餐出现在安妮的卧室。她神秘兮兮地关上房门，报告说，这幢别墅里正发生着不可思议的事情。

"您昨天夜里什么都没有听见吗，夫人？"她问了一声，"楼下的过道上。"

"我感觉自己听见了我卧室外面窃窃私语的声音,"安妮回答,"发生了什么事情吗?"

女仆叙述的情况形成乱麻一团,安妮从中摆脱了出来。女仆叙述的情况大体上是这样的:她的女主人突然出现在过道上,神色慌张,朝着四周看,那样子像个丧失了理智的女人,把女仆给吓了一大跳。几乎就在同一时刻,德拉梅恩先生猛然打开了客厅的门。他一把抓住了德思里奇太太的一条胳膊,把她拉进客厅。房门紧闭着,两个人一块儿在客厅里待了半个多小时后,德思里奇太太出来了,面如死灰,惊恐万状,浑身颤抖着上楼去了。一段时间过后,仆人上床了,但没有睡着。这时候,她看见房门下面射进一道亮光。射进亮光的地方是那段狭窄的木质过道,过道把安妮的卧室与德思里奇太太的卧室分隔开。女仆通过这段过道进入自己在另一边的小房间。她从床上爬起来,透过锁孔看,看见德拉梅恩先生和德思里奇太太站立在一块儿,仔细查看过道两边的墙壁。德拉梅恩先生一只手撑着他夫人卧室一侧的墙壁,看着德思里奇太太。而德思里奇太太也回看着他,摇了摇头。随即,他小声地说,一只手仍然撑在那扇木质墙壁上,"这儿动不得吗?"德思里奇太太摇了摇头。他思忖了片刻,再次小声说话,"另外那个房间总该行吧?"德思里奇太太点了点头——于是,他们分开了。这就是昨晚事情发生的经过。一大清早,更加不可思议的事情发生了。德拉梅恩先生出去了,一只手上拿着一大沓密封的信件,贴了很多邮票,把他自己的信送到邮局,而不是像平常一样打发仆人送去。他刚一返回,德思里奇太太紧接着便出去了。很短一段时间过后,一个工匠运来了一捆板条,还有一些砂浆和熟石膏。工匠小心翼翼，把这些东西一块儿堆放在洗涤室的一个角落里。这一系列家庭事件中，最后一件，也是最不可思议的一件是，当天，女仆得到许可，回家去看乡下的亲友，而她先前受雇于德思里奇太太时，已经被告知，她要一直等到圣诞节过后，才能享受假期。这些就是自从昨天夜晚以来，这幢别墅里发生的怪异的事情。针对这些情况，该如何解释呢？

可不那么容易找到准确的解释啊。

事件中有一些明显表明，住宅里要做一番修缮或改造。但是，杰弗里要采取这样一些行动干什么呢？——既然都已经通知要搬离了。如上面叙述的，赫斯特·德思里奇为何表现得暴躁激动呢？这些都是无法破解的谜团。

安妮打发女仆走了，给了她一点小礼物，说了一些体己的话。若是在其他情况下，她听到别墅里这一系列令人无法理解的事情后，准会感到严重不安。但是，她现在满脑子想着的是更加紧迫揪心的事情。布兰奇在第二封来信（她昨天傍晚从赫斯特·德思里奇手上拿到的）中告诉她，帕特里克爵士坚持自己的决定，不管结果如何，他和他侄女安排好了今天要到别墅来。

安妮展开信，再次看了一遍。以下是帕特里克爵士的讲述片段——

亲爱的，我认为，你不知道，我叔叔对你充满了怎样的一种关切之情。成了你做出如此牺牲的痛苦诱因，虽说他没有像我一样责备自己——但他像我一样，为了你感到痛苦，心急如焚。我们没有谈论任何别的人。他昨天晚上说，他简直不相信，世界上还能找到与你相配的人。想想看吧，一个目光特别敏锐、能够看透一般女人缺点的人，一个谈论到女人时其言辞尤其尖锐的人，竟然会说出这样的话呢！我已经做出了承诺，一定要保守秘密，但是，我们两个人之间，我一定要告诉你一件事情。霍尔切斯特勋爵告知，他弟弟拒绝同意夫妻分离，我叔叔听说了之后几乎情绪失控了。今后几天时间里，假如你的生活中没有出现某种好的变化，帕特里克爵士则要自己想办法了——无论合法与否，他管不了那么多——一定要把你从现在置身其间的可怕处境中解救出来。阿诺尔德（我完全赞同）将要助他一臂之力。根据我们对情况的判断，你丈夫以这样那样的借口，把你给软禁起来了。帕特里克爵士已经在你的附近设置了一个观察哨。他和阿诺尔德昨晚绕着别墅转了一圈，注意到了你那个后花园的围墙处有一扇门，于是找了个锁匠帮助他们。关于这一点，你无疑可以从帕特里克爵士本人那儿得到进一步的消息。等到你见到他时，一定不要表露出你已经知道了什么情况似的！他没有告诉我这件事情，但阿诺尔德告诉了，结果当然是一样的。尽管那个畜生把你锁起来了，但是，你明天就可以见到我们了（我的意思是，你将见到我和我叔叔）。阿诺尔德不会和我们一起去。他不能保证能够控制自己的愤怒情绪（他自己是这样承认的）。鼓起勇气来吧，亲爱的！世界上有两个值得你无限珍重的人，他们下定了决心，一定不能让你牺牲掉自己的幸福。我是其中的一个。（看在上帝的分上，这一点也要保密！）帕特里克爵士是另一个。

安妮全神贯注在这封信中，心里纠结着，因为信在她心中引起了对立的情绪——当这封信令她想到自己时，她的脸上泛起了红晕，但当信提醒她帕特里克爵士和布兰奇要来时，她脸上的红晕又褪去了。女仆再次出现，带来了一个口信，安妮这才回过神来，关注起目前的事态来。斯皮德韦尔先生到别墅已经有一阵了，正在楼下等待着见她。

安妮发现，外科医生独自一人待在客厅。他对她表达了歉意，说不该这么早来打搅她。

"昨天，我无法抵达富尔汉姆，"他说，"我只能赶在家里接收病人之前来这儿，这样才能确保遵从霍尔切斯特勋爵的要求。我已经见过德拉梅恩先生了，同时请求允许，关于他的健康问题，向您说一说。"

安妮透过窗户向外看，看见杰弗里在抽着烟斗——不像平常一样待在后花园，而是在别墅前面，他可以在那儿注视院门。

"他生病了吗？"她问了一声。

"他病得很严重，"斯皮德韦尔回答，"我本来是不会劳您的神要求见面的。出于职业上的责任，您作为他的夫人，我有必要提醒您，他处于危险之中。他随时都有可能中风瘫痪。对他而言，唯一的机会是——机会微乎其微，我必须得说——改变他目前的生活方式，刻不容缓。"

"从一定意义上说，他不改变生活方式也不行，"安妮说，"他已经收到了房东太太的通知，要搬离这幢别墅。"

斯皮德韦尔先生表情显得很惊讶。

"我估计，您会发现，搬离通知已经撤回了，"他说，"我只能向您保证，我建议德拉梅恩先生换一换环境时，他明确无误地告诉我，出于他自身的原因，他决定待在这儿不搬。"

（一系列不可理解的家庭事件中，这又是另外一件！赫斯特·德思里奇——平时属于油盐不进的女人——改变了主意！）

"先不说这件事情，"外科医生接着说，"我有义务建议您采取这两个预防措施。德拉梅恩先生显然心理上很焦虑（尽管他本人拒绝承认这一点）。假如他要为自己的性命赢得机会，他必须得让自己焦虑的心情平静下来。您能够让他的心情平静吗？"

"实话告诉您，斯皮德韦尔先生，我也无能为力。"

外科医生点了点头，接着往下说。

"第二点我要提醒您的是，"他说，"阻止他喝烈性酒。他承认，前天夜间，他喝了烈性酒。以他目前的身体状况，喝酒实际上等于把他的命搭上。若他再拿起白兰地酒瓶——恕我直言，此事非同小可，不是闹着玩的——若他再拿起白兰地酒瓶，我认为，他的性命危在旦夕。您能够阻止他喝酒吗？"

安妮做出了回答，语气悲伤，直截了当。

"我对他施加不了任何影响。我们生活在这儿的前提——"

斯皮德韦尔先生很体贴地打住了她的话。

"我理解，"他说，"我回家途中会去见他哥哥。"他看了片刻安妮。"您自己的身体还没有好利索呢，"他接着说，"我能够替您做点什么吗？"

"只要我过着眼下这样的生活，斯皮德韦尔先生，恐怕连您的医术都帮不了我的忙啊。"

外科医生告辞了。安妮匆匆上楼去了，赶在杰弗里返回室内之前。要见那个毁了她一生的人——要面对他用诡异的目光看着她，目光中透着仇恨——在有人对他的生命宣判了死刑的时刻，这是一种严峻的考验。对此，她凭着自己敏锐的天性，定会惊恐不安地退却。

一个小时又一个小时过去了，上午的时间缓慢过去——而他并没有试图与她取得联系。更加不可思议的是，赫斯特·德思里奇从未露面。女仆上楼告辞，然后离开休假去了。随后不久，安妮听见了过道对面传过来的某些声音。她听见了锤子敲击的声音——然后又听见了家具移动时发出的乱糟糟的声音。很显然，神秘莫测的修缮工作已经在那间备用房内开始了。

她走到窗前。帕特里克爵士和布兰奇可能要设法见她，时间已经临近了。

她第三次看了那封信。

这一次，她看过信后有了新的考虑。帕特里克爵士秘密采取的强有力措施既意味着慰藉，也意味着忧虑吗？她处在一种法律保护无法企及的状况中，他会相信这一点吗？看起来有可能。假如她能够自由地去面见一位治安官，而且向他说明（倘若用语言能够表达），她此时心里隐约地感觉到有危险——她能够拿出什么证据来让一位陌生人相信啊！证据都是有利于她丈夫的。证人能够出面作证，他当着他们的面对她说的都是谋求和解的话。他母亲和他哥哥可以提供证据表明，他宁可牺牲掉他自己的金钱利益，也不同意与她分离。她没有任何理由请求任何人出面干预夫妻之间的关系。帕特里克爵士明白这一点了吗？布兰奇在信中描述了他和阿诺尔德·布林克沃斯正要采取的行动，这是否指向一个结论：他们对掌握在手中的法律也绝望了？她越是这样想，这事看起来越有可能。

她仍然在顺着这个思绪想着，突然，院门口的铃声响起来了。

备用房内的嘈杂声突然停下来了。

安妮朝外张望着，可以看见院墙外面马车的篷顶。帕特里克爵士和布兰奇已经到了。过了一会儿，赫斯特·德思里奇出现在花园里，走向院门口的栅栏门。安妮听见了帕特里克爵士的声音，清晰而坚定。透过敞开着的窗户，她听见了他说的每一句话。

"劳驾把我的名片递给德拉梅恩先生。说我给他带来了霍尔切斯特府邸的口信，我只能够面对面转达口信。"

赫斯特·德思里奇返回别墅。又过了一段时间，这次时间更长。这段时间结束时，杰弗里本人出现在别墅前面的花园里，手里拿着钥匙。安妮看见他打开门锁时，心跳加速，寻思着接下来会出现什么情况。

令她感到无比震惊的是，杰弗里没有丝毫犹豫，让帕特里克爵士进来了——而且，更有甚者，他还邀请布兰奇下车进入室内！

"过去了的事情就让它过去吧，"安妮听见他对帕特里克爵士说，"我只是想要做合适得体的事情。我父亲刚刚去世，这么快客人们就上门来，假如这事合适得体——那就来吧，欢迎啊。您先前提出这个建议时，我个人觉得，这样做并不合适得体。我对这一类的事情不是很熟悉，还是由您来决定吧。"

"对于一位带来了您母亲和兄长口信的客人，"帕特里克爵士回答，神情严肃，"德拉梅恩先生，无论在什么情况下，您都有义务接待他。"

"而当他由您夫人交往时间最长、关系最亲密的朋友陪同着时，"

布兰奇补充说，"他还是应该受到欢迎。"

杰弗里的目光从一个人身上转到另外一个人身上，表情冷淡而谦恭。

"我对这一类的事情不是很熟悉，"他重复着说，"我已经说过了，还是由您来决定吧。"

他们此时已经临近了安妮的卧室窗户下面了。安妮探出了身子。帕特里克爵士脱帽致意。布兰奇高兴地大喊了一声，给了个飞吻，试图进入别墅。杰弗里拦住了她——一面叫他夫人下楼来。

"不！不！"布兰奇说，"我要上楼去她的卧室。"

她第二次试图上楼。杰弗里第二次拦住了她。"不用您亲自劳神，"他说，"她会下楼来。"

安妮来到了前花园他们的身边。布兰奇扑到了她的怀里，一个劲儿地亲吻她。帕特里克爵士默默地握住她的一只手。在安妮与这个老人的交往经历中，智慧、坚定而又有主见的他一时间不知道该说什么，该做什么，这还是第一次呢。他默默地看着她，目光中透出同情与关切，等于在明白地说："当着您丈夫的面，我一定不能说话。"

杰弗里打破了沉默。

"你们进客厅去好吗？"他说，神情专注地看着他夫人和布兰奇。

杰弗里说话的声音似乎让帕特里克爵士回过了神来。他抬起头——神情恢复了常态。

"在这样美好的天气里为何要进入室内呢？"他说，"我们何不在花园转一转呢？"

布兰奇意味深长地捏了一下安妮的手。这个提议显然是有目的的。他们拐过了别墅的那个角，进到了后面的大花园——两位女士一块儿走着，手挽着手。帕特里克爵士和杰弗里跟随在她们身后。慢慢地，布兰奇加快了步伐。"我已经得到吩咐了，"她小声对安妮说，"我们不要让他听见。"

说起来容易，做起来难。杰弗里亦步亦趋跟随在她们身后。

"照顾一下我腿脚不便啊，德拉梅恩先生，"帕特里克爵士说，"不要走得这么快呀。"

用意很好。但是，杰弗里精明狡黠，令人震惊。他没有与帕特里克爵士一道落在后面，而是喊着他夫人。

"照顾一下帕特里克爵士腿脚不便啊，"他重复着，"不要走得这么快呀。"

帕特里克爵士以特有的机敏睿智应对着这种挫折。当安妮放慢步伐时，他对着杰弗里说话，有意停步在走道中间。"我来告诉您来自霍尔切斯特府邸的口信吧。"他说。两位女士仍然缓步向前走着。杰弗里被置于两难境地，需要做出抉择：或与帕特里克爵士待在一块儿，让她们走去；或跟随着她们，让帕特里克爵士留在后面。他面不改色，跟随在了两位女士身后。

帕特里克爵士把他叫了回来。"我对您说过了，我希望对您说话呢。"他语气严厉地说。

杰弗里被逼得走投无路了，于是公开显露出了自己坚定的决心，一定不能让布兰奇有机会私下里对安妮说话。他喊安妮停下来。

"我没有任何秘密瞒着我夫人的，"他说，"因此，我也期待我夫人没有任何秘密瞒着我。那就当着她的面告诉我口信吧。"

帕特里克爵士目光闪烁，冒出愤怒之光。他控制住了自己的情绪，意味深长地看了自己侄女一会儿，然后才开口对杰弗里说话。

"悉听尊便，"他说，"您哥哥要求我告诉您，他现在有了一个新的位置，履行种种责任占去了他全部时间，所以，今后几天内，无法如他提出的那样抽开身回到富尔汉姆来。霍尔切斯特夫人听说我可能要来见您，于是要我带来了她自己的一个口信。她身体不很硬朗，不能出门离开家。她希望明天在霍尔切斯特府邸见到您——由德拉梅恩夫人陪同着，她特别希望这样。

帕特里克爵士转达这两个口信时，慢慢地提高了嗓门，声音比平常的更加响亮。他说话的当儿，布兰奇——由于刚才叔叔瞥了她一眼，得到了提示，执行起对她的嘱咐来了——压低了说话声音，对安妮说。

"只要他把你控制在这里，他便不会同意夫妻分离。他在谋求更高的条件。离开他，他便必须屈服。今晚，你若能够进入花园，在你卧室的窗台上点燃一支蜡烛。如若不能，其他夜晚也都可以。走到围墙的后门口。帕特里克爵士和阿诺尔德会处理好其他事情。"

她把这些话悄悄传入安妮的耳朵里——前后挥动着自己的阳伞，看起来只是在说些无关紧要的闲聊话——可谓技巧娴熟，女人一旦应召援手展开一桩欺骗行动，她极少会舍弃这样一种娴熟的技巧，因为该骗局与她本人也利益攸关。不过，尽管她做得很机智，杰弗里还是因此产生了他无法根治的不信任感。杰弗里还没有来得及把自己的注意力从帕特里克爵士的话中转到布兰奇那边，她已经说到了最后一句话。反应更加敏捷的人会听到更多内容。杰弗里只听清楚了那句话的前半部分。

"说什么来着？"他问了一声，"关于帕特里克爵士和阿诺尔德？"

"您不感兴趣的东西，"布兰奇欣然回答，"若您想要听，我再重复一声。我告诉安妮关于我继母伦迪夫人的情况。那天在波特兰广场街发生了那件事后，她已经提出请求，未来的日子里，帕特里克爵士和阿诺尔德在她面前完全是陌生人了。就这事儿。"

"噢？"杰弗里说，眼睛密切注视着她，"就这事儿？"

"您若不相信我说的关于我继母的情况是真的，"布兰奇回应着说，"问问我叔叔好啦。她神情庄重，用刚才那样的话打发我们走了。是这样的吧，帕特里克爵士？"

这件事情确确实实。布兰奇机敏睿智，说到了与帕特里克爵士和阿诺尔德有关的情况，以此应对这个突然出现的紧急情况，因为她提到的情况事实上已经发生了。杰弗里尽管自己努力应对，但还是在一个方面被弄得哑口无言。不过，他同时面对着来自另一个方面的压力，要求对他母亲的口信做出回答。

"我必须要把您的回答告诉霍尔切斯特夫人呢，"帕特里克爵士说，"您打算怎么办啊？"

杰弗里目不转睛地盯着他看，没有给出回答。

帕特里克爵士重说了一遍口信——特别强调了关于安妮的那一部分。这么一强调之后，杰弗里的火暴脾气上来了。

"你和我母亲两个人合起来编造这条口信，为的就是要折磨我！"他脱口说出，"该死的背后动作，这就是我要说的！"

"我在等待着您的回答。"帕特里克爵士锲而不舍，镇定自若，不理睬对方刚才对他说的话。

杰弗里瞥了一眼安妮，突然恢复了自己的常态。

"给我母亲捎去我的爱，"他说，"我明天去见她——十分高兴地领着我夫人一块儿去。您听清楚了我说的话了吗？十分高兴。"他打住不说了，留意着自己的回答产生的效果。帕特里克爵士不动声色，等待着听更多的话——假如他还有更多的话要说。"对不起，我刚才生气了，"他接着说，"我受了委屈——我没有由来地受到了怀疑。我请求您作证！"他补充说，说话的声音又提高了，神情显得不安，眼睛在帕特里克爵士和安妮之间来回看着。"我把我夫人当作一位夫人来看。她的朋友来看她——她可以自由地接待自己的朋友。我母亲想要见她——而我也承诺领着她到我母亲府上去。明天两点钟吧。我哪儿就该受到指责呢？您伫立在那儿看着我，一声不吭。我哪儿就该受到指责呢？"

"人若是问心无愧，德拉梅恩先生，"帕特里克爵士说，"那么，其他人如何看他便无关紧要。我已经履行了到这儿来的职责。"

他转身向安妮告别时，表露出了因离开她而感到的忐忑不安。他脸色苍白，一只手轻柔而坚定握住她的手时颤抖着。"明天在霍尔切斯特府邸见您。"他说，一边说一边向布兰奇伸出一条胳膊。他没有再看杰弗里一眼，也没有看见后者伸出的一只手，便离开了他。一会儿过后，他们走了。

杰弗里关上并且锁住院门时，安妮在别墅的一楼等候着。他对他母亲的口信做出了回答之后，她便不想刻意回避他。他缓步返回，走到前花园中间时，朝着她站立的过道看了过去，然后却从门口前面折过去，拐过别墅一角进入后花园，不见人影了。这种推断不错，是杰弗里在刻意回避她。他对帕特里克爵士说谎了吗？到了翌日，他会找到理由拒绝领着她前往霍尔切斯特府邸吗？

她上楼去了。与此同时，赫斯特·德思里奇打开自己卧室的门出来了。她看见安妮后又把门关上了，躲在自己卧室里不露面。这种推断还是没有错。赫斯特·德思里奇也有自己的理由回避安妮。

这意味着什么呢？赫斯特和杰弗里之间有什么共同的目的呢？

安妮根本无法揣摩出其中的含义。她再次想起了布兰奇悄然对她说过的话。帕特里克爵士用行动表达了诚心，倘若对此无动于衷，那不符合女人的天性。她想到，纯粹为了她，帕特里克爵士做出了种种牺牲，将来还要遭遇种种险情。这时候，尽管她处境变得很恶劣，越来越不确定，充满着没完没了的悬念，但由于她内心充满着暖暖的自豪和感激之光，因自己的处境带来的窒息感瞬间消逝了。让这种悬念的时间缩短，这似乎既是对她自己负有的责任，也是对帕特里克爵士负有的责任。以她目前的处境，为何要等待翌日可能出现的情况呢？假如有机会，她决心要在夜晚把信号放置在窗台上。

临近黄昏时，她似乎再次听见在别墅里进行的修缮行动的声响。这一次，声响更加微弱，她心里想象着，声响不是像先前一样来自备用房间，而是来自备用房间隔壁——杰弗里的卧室。

当天晚餐的时间比平常更晚。赫斯特·德思里奇直到暮色四合时才端着托盘露面。安妮对她说话，得到的是用无声的手势做出的回答。她决心要看清这个女人的面容，便提出一个问题，要求对方写在石板上回答，同时告诉赫斯特等待着，走到壁炉架边点燃蜡烛。当她举着蜡烛转过身时，赫斯特已经不见了踪影。

夜晚到了，她拉响了铃，要求撤走托盘。她听到了室外传来陌生的脚步声，吓了一跳。她大喊了一声："谁在那儿啊？"杰弗里雇来替他跑腿的那个年轻小伙子回答了她。

"你来这儿干什么？"她隔着卧室的门问了一声。

"德拉梅恩先生派我上来的，夫人。他想要立刻和您说话来着。"

安妮发现杰弗里在餐室。表面上看起来，他希望对她说话的目的挺微不足道的。他想要知道，翌日前往霍尔切斯特府邸时，她更加乐意通过什么途径前往——乘坐火车呢？还是乘坐马车？"你若更加乐意驱车前往，"他说，"跑腿的已经来到这儿听候吩咐了，等到他回家时，他可以告诉他们，叫出租马房派辆马车来。"

"乘坐火车于我最理想。"安妮回答说。

他要求她重新考虑一下自己的决定，而非接受她给出的答案，然后放下这个话题。他请求她不要考虑省钱而牺牲掉自己的舒适时，眼睛里流露出漫不经心、心神不宁的神色。他似乎有自己的理由想要阻止她离开餐室。"坐一会儿吧，做出决定之前想一想。"他说。他迫使她在椅子上坐下之后，把头探出门外，吩咐那个小伙子上楼去，看看他的烟斗是否遗忘在卧室里了。"我想要你舒舒服服地去，作为一位夫人，理应如此。"他重复着说，心神不宁的表情比先前更加明显了。安妮还没有来得及给出回答，二楼传来小伙子的声音，一阵惊慌，他尖叫着"着火啦！"

杰弗里跑上楼去。安妮跟随在后面。小伙子在楼梯顶端迎着他们。他指着安妮卧室敞开着的门。安妮下楼见杰弗里时，把点着的蜡烛放置在安全的地方，远离床帘。她对此确认无疑。然而，床帘却熊熊燃烧起来了。

别墅的楼层是备了水的。卧室配备的水壶和水罐早些时候通常放置在规定的地方，但当晚却立在储水箱处，水壶和水罐旁边放着个空提桶。杰弗里吩咐小伙子从那些容器里取水来，一边扯下着了火的床帘，一部分搭在床上，一部分搭在床边的沙发上。小伙子一会儿提来水罐，一会儿提来水桶。杰弗里用那些容器里的水，把床铺和沙发浇得湿透了。一会儿过后，一切都过去了。别墅免于火灾。但是，床铺糟蹋了，理所当然，卧室不能住人了，至少当晚如此，说不定随后几个晚上都是如此。

杰弗里放下空水桶，转身对着安妮，指着过道对面。

"这样不会给你造成多大的不便，"他说，"你只需要把住处挪到备用房就行了。"

安妮的箱子和那个五斗柜没有受到损坏。有了那个小伙子的帮助，杰弗里把这些东西移到了过道对面的房间。完成之后，他提醒安妮今后要小心蜡烛——接着便下楼了，没有等着听安妮如何回答。小伙子跟随在他身后，然后被打发睡觉去了。

灭火时一片混乱。即便在如此状态中，赫斯特·德思里奇的行为也很不同寻常，足以引起安妮的注意。

出现火警时，她从自己卧室出来，看着燃烧着的床帘，不动声色，无所作为，退到了一角，任由大火蔓延。她伫立在那儿——从外表上看，完全不在乎大火可能会摧毁自己的别墅。大火扑灭了，他们在搬五斗柜和箱子时，她仍然一动不动地在那个角落里等待着，然后锁上了门，甚至都没有瞥一眼受损的天花板和烧坏的床架，把钥匙放进自己的衣服口袋，回到了自己的卧室。

但凡与赫斯特·德思里奇接触过的人，大多数都相信，这个女人精神失常。迄今为止，安妮并不认同其他人的这种看法。不过，看到了刚才出现的情况后，她也赞同人们普遍的看法了。等到她与赫斯特两个人单独在一块儿时，她想到了要问她一些问题，问清楚火是如何烧起来的。但她仔细一想还是决定什么也不要说，至少当晚如此。她横过了过道，走进备用房——刚到达的那天，她拒绝睡在这个房间，而现在却不得不睡在里面。

她立刻发现，房间里家具的摆设有了变化。

床铺移动了。床头——她上次看见时，是靠着别墅边墙放置的——现在却靠着把杰弗里的卧室分隔开的隔墙。很显然，这种新布置受了某种既定目标的影响。天花板上用来固定床帘的钩子（与另外那个卧室的床铺不一样，这张床铺没有华盖）已经取掉了，以便适应这种变化。几把椅子和那个脸盆架先前是靠着隔墙放的，现在必然移到了靠别墅边墙处的空位上。卧室里其他位置的物品倒是看不出有什么变化。

以安妮的处境，不能立刻从表面上看出端倪的事情，只要出现了，那都是值得怀疑的事情。床铺的位置出现了变化，这其中难道有什么动机吗？这是否是个碰巧与她有关联的动机呢？

她的心里刚刚有了这种疑惑，随即便产生了令人震惊的怀疑。迫使她睡到备用房里，这其中难道有什么不可告人的目的吗？女仆那天夜间听见杰弗里问赫斯特的问题难道指的就是这个吗？她自己的卧室火莫名其妙地烧起来，结果她不得不从里面搬出来。那火是否有可能是故意放的呢？

她的心里依次快速掠过上述三个问题后，她瘫坐在旁边的一把椅子上，头晕目眩，惊恐不安。

等待了片刻后，她恢复了镇定，能够意识到，首先显然必须要对自己的怀疑进行验证。说不定她心里激发起想象，产生了纯属虚幻的惊恐呢。尽管她知道情况是相反的，但改变床铺摆放的位置说不定有不容置疑的充分理由呢。她走出了房间，敲响了赫斯特·德思里奇卧室的门。

"我有话要对你说。"她说。

赫斯特出了房门。安妮指着备用房，在前面领着她走过去。赫斯特跟随着她。

"床铺先前是靠着这堵墙摆放的，现在放到了这堵墙边了，"她问了一声，"你们为何要改变床铺摆放的位置？"

面对这个问题，赫斯特·德思里奇不动声色，听之任之，如同她先前面对火情时不动声色、无所作为一样，写下了自己的回答。其他所有时候，面对她把石板亮给其看的人，她会镇定自若地看着对方的面容。但这回是头一次，她把石板亮给安妮看时，眼睛看着地板。石板上唯一一行字并没有提供直接的答案。文字如下——

"过去一段时间以来，我就打算要移动位置的。"

"我问，你们为何移动了床铺摆放的位置？"

她在石板上写了四个字："墙壁潮湿。"

安妮看着墙壁。墙纸上并没有显现潮湿的痕迹。她一只手在墙上抚摩了一下，无论触摸哪儿，墙壁都是干燥的。

"这不是你们的理由。"她说。

赫斯特站立着，不动声色。

"墙壁并不潮湿。"

赫斯特锲而不舍，还是用铅笔指着那四个字，依旧没有抬头看一眼——等待片刻，让安妮再看一遍——然后离开了房间。

很显然，叫她回来无济于事。安妮独自一人待着时，第一个念头就是把门关牢。她不仅上了锁，而且还上下落了闩。她试过之后发现，锁铆和闩钉都很牢固。潜藏着的危险——不管危险会从别的什么地方冒出来——不会出在门的固定装置上。

她环顾了一番房间，仔细查看了壁炉、窗户、百叶窗、衣橱里面、床铺底下的隐蔽处。任何地方都没有发现什么情况，即便世界上最胆怯的人也没有理由心怀疑虑或者惊恐不安。

尽管表面上看起来很正常，但凭着表面想象，她无法释怀。她预感到黑暗中潜藏着某种危险，危险离她越来越近。这种预感在她心里牢牢地扎根了。她坐了下来，透过当天发生的种种事情，试图追寻到线索。

她的努力毫无效果，没有追寻到任何明确的东西，任何实际的东西。更加糟糕的是，由此还滋生出了一种新的疑惑——怀疑帕特里克爵士表达的动机（通过布兰奇）是不是他心里真正怀有的动机。

他会由衷地相信杰弗里的行为并非出于比金钱目的更加恶劣的目的吗？朱利叶斯已经提出了促使他们夫妻分离的条件。帕特里克爵士谋划着让安妮离开其丈夫的控制，迫使杰弗里同意按照朱利叶斯提出的条件分离。这是帕特里克爵士的唯一目标吗？这是他心里面怀有的唯一目标呢，还是他暗暗地坚信（他对安妮的处境很清楚），她在别墅里面临着人身的危险？难道是他体贴周到地把自己的坚信隐藏起来，唯恐他可能惹得安妮自己感到诚惶诚恐吗？寂静的夜色中，她环顾了一番这个陌生的卧室——她感觉到，两种解释比较起来，后者的可能性更加大一些。

从一楼传来了关门窗的声响。这是要干什么呢？

她已经不可能向帕特里克爵士和阿诺尔德发出约定的信号了。他们指望着看见信号的窗户是那个已经被火毁掉了的房间的——即赫斯特·德思里奇已经在夜间锁起来了的那个房间。

她同样毫无希望等待巡逻的警察经过，并且向其呼救。即便她能够说服自己在丈夫的屋檐下公开表示怀疑，即便附近有人前来救援，她有什么充分的理由报警呢？她毫无理由叫任何人理直气壮地将她置于法律的保护之下。

面对床铺位置的变化，她盲目怀疑。无奈之下，她最后急中生智，试图移动床铺。她使出了浑身的力气，但未能移动笨重的床铺毫厘。

她别无选择，只能有赖于坚固的门锁和门闩了，并且通宵守夜——心里清楚，帕特里克爵士和阿诺尔德也会一直在别墅周围附近守着。她拿出自己的手工活儿和书籍，放置在卧室中间的桌子旁边的椅子上。

她周围表明有人活动的最后声响消失了。她置身于夜间悄无声息的寂静中。

第六十一章　方法途径

新的一天到来，太阳升起，公寓里的人活动起来了。备用房里面，备用房外面，什么都不曾发生。

到了离开别墅前往霍尔切斯特府邸的预定时间，赫斯特·德思里奇和杰弗里两个人单独在安妮过夜的卧室里待着。

"她打扮妥当了，在前面的花园里等着我呢，"杰弗里说，"你想要再次单独见我，有什么事情？"

赫斯特指着床铺。

"你想要把床从墙壁边移开？"

赫斯特点了点头。

他们把床铺移开隔墙几英尺远。停顿了片刻过后，杰弗里又开口说话。

"今晚一定要采取行动了，"他说，"她的朋友们可能会出面干预，女仆可能会回来。今晚一定要采取行动。"

赫斯特缓慢地点着头。

"你想要一个人留在别墅多长时间？"

她举起三个手指。

"这意思是三个小时吗？"

她点了点头。

"这个时间里可以把事情弄妥帖吗？"

她再次做出了肯定的表示。

至此，她从未抬起头与他的目光相遇过。他说话时，她是倾听的态度，迫不得已时，她做出的些许动作，表露出的都是对他了无生气的顺从，对他悄无声息的恐惧。至此，他对此沉默不语，心怀不满。他要离开房间的时刻，他打破了给自己的约束，他第一次用言辞表达了不满。

"你到底为何不看着我呢？"他问了一声。

她忽略掉了这个问题，因为她没有做出任何表示，说明她已经听到了他的问题。他愤怒地把问题复述了一遍。她在石板上写了字，举起给他看——仍然没有抬头看着他的脸。

"你知道，你会说话，"他说，"你知道，我已经发现你了。糊弄我有什么用呢？"

她锲而不舍，仍然把石板举在他面前。他看到了以下文字：

"我在您面前是哑巴，是聋子。您不要管我。"

"不要管你！"他重复了一声，"你做出了那样的事情之后，现在有所顾忌已经晚了点。你是否想拿回你的告白书呢？"

他嘴里刚一提及告白书，她便昂起了头。她毫无血色的脸颊上泛起了淡淡的红晕，死人一样的面部出现了瞬间痛苦的抽搐。这个女人的生命中最后唯一关心的就是要收回那份被拿走的手稿。能刺激她迟钝的心智微弱地做出反应的唯有这个东西——没有其他。

"记住你的协议条件，"杰弗里接着说，"我记得我的协议条件。实际情况就是这样的，你知道。我已经看过了你的告白书，发现缺了一件东西。你没有告诉我事情如何做成的。我知道你闷死了他——但我不知道是如何闷死的。我想要知道。你是哑巴，无法告诉我。你必须在这堵墙壁上做出在那幢公寓里做过的事情。你不会冒任何风险。没有任何人看见你。这个地方就你一个人待着。等到我回来之后，让我看到这堵墙壁和另外那堵墙壁一样——在你清楚的那个凌晨时分，到时你手上拿着毛巾，等待着钟声敲响第一下。让我看到这个情况发生，那么，你明天便可以收回你的告白书。"

他嘴里第二次提及告白书时，女人身上消沉的锐气瞬间又蹿了上来。她一把抓起侧面的石板，快速地在上面写字，用双手举起来，举到靠近他眼睛的地方。他看到了以下文字——

"我不会等待。我今晚就要拿到它。"

"你以为我会把你的告白书带在身上吗？"杰弗里说，"我甚至都没有把它放在别墅里呢。"

她摇晃着身子后退，第一次抬起头来看着他。

"别自己吓自己好啦，"他接着说，"手稿用我的密封缄密封着呢。手稿安全地由我的开户银行保管着。我亲自邮寄给他们的。你用不着拘泥小节，德思里奇太太。我若把它锁在别墅里，等到我一转身离开，你便可能强行弄开锁。我若把它带在身上——等到了凌晨时分，那条毛巾可能捂在我的面部呢！凭着我亲笔写的指令字条——银行一收到字条，便会把你的告白书归还给你。按照我告诉你的去做吧。你今晚便可以得到指令的。"

她用自己的围裙抹了一把脸，长长舒了一口气，如释重负。杰弗里转身朝门口走。

"我傍晚六点钟回来，"他说，"我会看到事情办妥了吧？"

她点了点头。

他提出的第一个条件对方接受了。他接着说第二个条件。

"假如有机会，"他接着说，"我上楼去我房间。我会首先拉响餐室的铃。你听见铃声后，在我前面上楼去——你要领着我看空房间里处理得如何。"

她再次做出了肯定的表示。

同一时刻，楼下过道的门打开又关上了。杰弗里立刻下了楼。很有可能，安妮忘记了什么东西，必须要防止她回到自己的卧室去。

他们在过道上相遇了。

"在花园里等得疲惫了吗？"他问了一声，话说得很突兀。

她指了指餐室。

"邮差刚才从院门外面递给了我一封你的信，"她回答，"我放在那儿的餐桌上了。"

他进入餐室。信封上面的笔迹是格莱纳姆夫人的。他没有拆开看便装进了自己的衣服口袋里，返回了安妮身边。

"赶紧！"他说，"我们怕要赶不上火车了。"

他们出发前往霍尔切斯特府邸。

第六十二章　最后结局

当天傍晚，六点钟前的几分钟，霍尔切斯特勋爵的马车把杰弗里和安妮送回了别墅。

杰弗里为了防止仆人在院门口拉响门铃，便在白天早些时候出门时把钥匙带在身上。他让安妮进入院门，然后把门关上，在安妮前面，向厨房的窗户口走去，叫了赫斯特·德思里奇。

"送些冷水到客厅，给壁炉台上的花瓶灌些水，"他说，"你越快让这些花接触到水，"他补充着说，话是对着他夫人说的，"花保持的时间越长。"

他一边说话一边指着安妮手上散发着香味的花束。花是朱利叶斯在霍尔切斯特府邸的暖房里采撷给她的。他留下安妮把花放置到花瓶里，自己上楼去了。等待了片刻后，赫斯特·德思里奇来到了他身边。

"办妥啦？"他问了一声，说话声音很轻。

赫斯特做出了肯定的表示。杰弗里脱下靴子，领着他走进备用房。他们悄无声息地把床铺挪回到隔墙边的位置——然后离开了房间。几分钟之后，安妮进入房间时，看不出有一丁点儿变化，与她中午离开时看到的情形一模一样。

她取下帽子，脱下披风，坐下来休息。

自从前天夜晚以来，整件事情朝着一个方向发展着，给她的内心造成了同一虚幻的影响。她坚信，自己没有丝毫理由便怀疑了表面现象，她让纯属想象出来的怀疑充满了内心，结果造成了没有由来的恐慌。她已经不可能再抵挡得了这种坚定的信念了。她先前坚信自己处于危险之中，于是整宿没有睡觉——结果什么也没有发生。她期待着，杰弗里承诺决不会做的事情的发生。充满信心的期待中，她等待看到，自己能够找到杰弗里把她控制在这幢别墅里的理由。然而，去霍尔切斯特府邸的时间到来时，她却发现他很愿意履行自己先前的承诺。在霍尔切斯特府邸，她言行完全自由，丝毫没有受到干涉。她先前打定了主意要告诉帕特里克爵士，她变换了卧室。因此，她详详细细地描述了火警的情况，还有随后发生的一系列事情——自始至终，杰弗里没有打岔。她私下里对布兰奇说话，也没有被打断。他们绕着暖房走时，她落在其他人的后面，而未受到责备，对帕特里克爵士说着感激的话，并且还询问了，他对杰弗里的行为所做的解释是否真的如布兰奇提示的那样。他们在一块儿谈了有十多分钟的光景。帕特里克爵士向她保证，布兰奇准确地表达了他的看法。他表达了他的坚定信念，面对她的情形，快速行事是正确的做法。在夫妻分离这件事情中，她采取积极主动的行动（在他的帮助下）对自己有好处。"只要他控制你与他生活在同一个屋檐下，"帕特里克爵士说，"他就会想着，我们会心急火燎想要把您从与他生活在一起的窒息状态中解救出来。他便会向他哥哥（以一位改过自新的丈夫的身份）提出更高的条件。把信号放置在窗台上，今晚尝试一下吧。你一旦有办法到达花园的门边，我来负责让你安全摆脱他的控制，直到他屈服，同意夫妻分离，并且在契约上签字。"他说了这番话，以此催促安妮加紧行动。他得到的回应是，她答应按照他建议的行动。她回到了客厅。面对她的不在场，杰弗里未置一词。她单独与他一块儿乘坐他哥哥的马车返回富尔汉姆。他没有提出任何问题。她凭着自己的判断力，能够根据这一切推断出什么合乎情理的结论呢？她能否领会出帕特里克爵士的心思，从而发现，他故意隐瞒自己的想法，唯恐他一旦表露了自己替她紧张的真正感觉，可能会挫败她的锐气？不，她只能接受自己周围掩盖了真相的虚假表象。她只能坚信不疑地采纳帕特里克爵士伪装出来的看法，并且根据自己观察到的事实相信，帕特里克爵士的观点是正确的。

临近黄昏，安妮开始感觉到疲惫乏力了，这是经过一个不眠之夜后的必然结果。她拉响了铃，要求沏茶来。

赫斯特·德思里奇应了铃。她没有做出通常的表示，而是站在那儿思索着，然后在自己的石板上写字。她写出的文字是："我得干所有的活儿，因为现在女仆走了。您若到客厅去喝茶，可以免得我再上楼跑一趟。"

安妮立刻动身迎合她的请求。

"你生病了吗？"她问了一声，因为尽管此刻光线暗淡，但她还是注意到，赫斯特在行为举止态度上有了些奇怪的变化。

赫斯特没有抬头看一眼，摇了摇头。

"发生了什么事情让你烦躁吗？"

还是否定的表示。

"我让你觉得不高兴了吗？"

她突然向前走了一步，突然看着安妮，打住了，发出了一声哑巴的呻吟，犹如痛苦的呻吟，然后急忙跑出了房间。

安妮得出了结论，自己无意中说了什么话或做了什么事冒犯了赫斯特·德思里奇，于是决心一旦有了合适的机会，便要重提这件事情。与此同时，她下到了一楼。透过敞开着的餐室门，她可以看见杰弗里坐在餐桌边，在写信，那个要命的白兰地酒瓶摆放在旁边。

斯皮德韦尔先生告诉了她情况之后，她有责任出面干预。于是没有丝毫迟疑，她履行了自己的职责。

"原谅我打搅你，"她说，"关于这个东西，我想你已经忘记了斯皮德韦尔先生告诫过你的话。"

她指着酒瓶。杰弗里看着酒瓶，再次低头看着自己写的信，然后不耐烦地摇了摇头。她再次劝告——再次毫无效果。他只是说："没事！"说话的声音比平常的要低一些，然后继续干自己的事情。第三次讨个没趣不值得。安妮进入了客厅。

他在写着的那封信是给格莱纳姆夫人的回信，后者在来信中告诉他，她将要离开伦敦。安妮对他说话时，他正好写完了信的最后两句话。那两句话的内容是："不久，我可能就有消息要告诉你了，那可是你未曾期待的消息呢。明天一整天，请待在你现在的地方不要离开，等待收到我的信。"

他把信封密封起来之后，喝干了杯子里的兑水白兰地，等待着，透过敞开着的房门朝外看。赫斯特·德思里奇端着托盘横过过道进入客厅时，他给出了他们实现约定的信号。他拉响了铃。赫斯特走出了客厅，随手关上了门。

"她在安安稳稳地喝茶吗？"他问了一声，一边脱掉自己的笨重的靴子，穿上替他准备好的拖鞋。

赫斯特点了点头。

他指了指楼上。"你先去，"他小声说，"别废话！别出声！"

她上了楼。他慢慢地跟在后面。尽管他只喝了一杯兑水白兰地，但他走路时步伐已经不稳定了。他一只手扶着墙壁，另一只手扶着楼梯的护栏，一路走到了楼梯顶端，停住了脚步，倾听了片刻，然后到他的房间与赫斯特会面，又轻轻地锁上了房门。

"嗯？"他说。

她伫立在房间中间，一动不动——不像是个活人——倒像是一台机器，等待着有人去发动。他发现，对她说话根本没有用，于是触碰了她一下，他做出这个动作时，心里有一种怪异的感觉，不禁怔了下，然后指了指隔墙。

经他这一触碰，她回过神来了。她行走时，步伐缓慢，面无表情——犹如行走在梦境中——领着杰弗里走向糊过纸的隔墙。她在壁脚板边跪了下来，然后取出两枚尖锐的小钉子，掀起一长条墙纸，因为墙纸在下方与灰泥脱离了。她站立在一把椅子上，把墙纸长条归位，在不显眼的位置上，用手上准备好的两枚钉子钉牢。

借着黄昏最后昏暗的光线，杰弗里看着隔墙。

映入他眼帘的是一块凹陷的空间。离地板三英尺距离，板条被锯掉了，灰泥被铲掉了，两道工序先后完成，留出了一个洞口，有足够的高度和宽度，一个成年人的双臂在洞口处随便朝着任何方向都可以自由用力。洞完全打穿过了隔墙。只有墙纸挡住了人的视线，看不见隔壁房间，或阻挡了人的手臂，触及不到隔壁房间。

赫斯特·德思里奇从椅子上下来，再三示意着要点灯。

杰弗里从盒子里面取出一根火柴。先前，他双脚走路不稳定，很是奇怪。现在，他双手也出现了同样的怪异状况，动作不稳定。他在砂纸上擦火柴，用力过重，火柴断掉了。他又试了一根，用力过轻，没有擦出火来。赫斯特从他手上拿过火柴盒。她点燃了蜡烛，举得很低，对着墙脚板。

地板上装了两个小钩子，位置在靠近墙纸掀掉的那一部分墙壁处。两段又细又结实的绳子在钩子上缠绕了一两圈。两段细绳的另外一端延伸到了变形墙体部分之外一段距离处，巧妙地盘绕在墙脚板上。细绳紧拉着的另外一端在离地板一英尺高的位置消失在了穿过墙体的两个小洞中。

赫斯特首先解开了缠绕在钩子上的细绳，然后站起身，举着蜡烛，以便看清楚墙体上的洞。此处还可以看到另外两段细绳，放置在不平滑的表面，这个位置是凹陷空间的下方边界。赫斯特提起上面的细绳，然后再掀起隔壁房间松动了的墙纸——下方的细绳先前已经把墙纸长条牢牢固定在隔墙完好的部位，细绳可以通过空洞里发挥作用，允许墙纸自如地向上移动。随着墙纸越提越高，杰弗里看见墙纸背面每隔一段距离便松散地附着的棉絮条，以便有效防止墙纸摩擦墙体发出刺耳的声音。墙纸缓慢地越提越高，最后可以拉过凹陷的空间，在不显眼处钉牢，恰如先前掀起的墙纸长条在其之前钉牢的情况。赫斯特后退，让出位子给杰弗里看过去。那是安妮的卧室，透过墙体可以看清楚！他轻柔地拉旁边的床帘。那是夜间她的头枕在上面的枕头，他的两只手可以够得着！

他看到这种极为有效且聪明绝顶的设计后突然觉得周身发冷，精神紧张了起来，支持不住了。他怔了一下，内心充满了内疚和恐惧，退了回来，环顾了一番房间。他看到一小瓶白兰地酒放置在床头桌上。他一把抓了起来，一口把酒喝干了——这才又恢复了常态。

他示意赫斯特过来。

"我们进一步行动之前，"他说，"有一件事情我想要知道。这一切如何复原呢？如果人家要检查这个房间呢？这些细绳可就露馅了。"

赫斯特打开一个小橱，从里面拿出一个广口瓶，拔出瓶塞。广口瓶里装着类似于胶水的混合物。边靠手势，边靠石板的帮助，她表达了如何将这种混合物运用在隔壁房间松弛了的墙纸条块背面：如何通过拉紧细绳，把墙纸粘牢在隔墙下端完好的墙体部分：细绳达到了这个目的之后，如何能够安全地移开；再用放置在洗涤室备用的材料填满凹陷处之后，或者在假如时间不允许的情况下，没有把凹陷处填满，如何在杰弗里的卧室重复同样的步骤。两种情形下，重新固定的墙纸会掩盖掉一切。墙体不会暴露秘密。

杰弗里心里有底了。他随即指着自己卧室的毛巾。

"取其中一条，"他说，"你亲手做演示给我看看。"

他说这话的当儿，耳边传来安妮在楼下声音，呼喊"德思里奇太太"。

没有办法做演示了，片刻之后，安妮很可能上楼到她卧室，然后发现一切。杰弗里指着隔墙。

"恢复原状，"他说，"立刻！"

很快就可以恢复原状。所需要的是让那两个墙纸条块落下回归原位——拉紧下方的两根细绳，便把墙纸的条块固定在了安妮卧室的墙壁上——然后取回杰弗里卧室这一侧固定松弛墙纸条块的钉子。片刻之后，墙壁便恢复了常态。

他们悄然走出了房间，顺着楼梯看楼下的过道。第二次呼唤无果后，安妮站起来，横过过道走向厨房，然后回来，手里提着水壶，关上了客厅的门。

赫斯特·德思里奇不动声色，等待着接下来对自己的吩咐。没有进一步的吩咐。应杰弗里的要求，这个女人对罪行充满邪恶和戏剧性的展示其实根本没有必要。方法途径全部都已经准备好了，使用方式也不言自明。万事俱备，只差机会和实施的决心，然后便可以让结局到来。杰弗里示意赫斯特·德思里奇下楼去。

"趁着她还没有再次出来，"他说，"回到厨房里去。我会待在花园里。等到她上楼进卧室睡觉时，你到后门口——到时我便知道了。"

赫斯特踏上了第一段楼梯，停住了，转过身，缓慢地顺着过道两边的墙壁从一端到另一端看，颤抖着，摇了摇头，然后慢慢地继续下楼了。

"你刚才在看什么啊？"他在她身后小声说。

她没有回答，也没有回头看——她径直地走向了厨房。

他等待了片刻，然后跟随她走。

他在走向室外花园的途中，拐进了餐室。月亮升起来了，窗口的百叶窗没有放下。很容易看清楚桌子上的白兰地酒和大水杯。他用酒兑了水，一口喝干了一大杯。"我的脑袋不对劲了，"他小声地自言自语起来，他用手帕擦了擦脸，"真见鬼，今晚可热啦！"他走向门口。门是开着的，常人能看得一清二楚。然而，他看不清到门口的路。他两次都发现自己碰到了两边的墙壁上。他第三次才走出了门口，抵达了花园。他一圈又一圈走着时，一种怪异的感觉笼罩着他。他并没有足够醉，或者接近足够醉，以至处于醉酒状态。他心里依旧像平常一样感到枯燥乏味，还算清醒，但是，他的身躯却像喝醉了。

夜深了，帕特尼教堂的钟敲响十点。

安妮再次从客厅出来了，手上举着卧室的蜡烛。

"把灯熄了！"她在厨房门口对赫斯特说，"我上楼去。"

她走进了自己的卧室。由于前天度过了一个不眠之夜，她越发感到支撑不住，疲惫乏力。她锁上了卧室的门，但这一次没有落闩子。她的心里不再感到有什么危险了，于是确定不使用门闩，因为夜间要悄无声息地离开房间时，要拔出门闩会增加困难。她解开衣裙，把头发从两边鬓角处拢起，在房间里来回踱步，疲惫困乏，想着心事。杰弗里的行为习惯很没有规律，赫斯特极少早睡。一定得过去至少两个小时——更加可能的是三个小时，然后才可以通过在窗台上放置信号的方式，安全地与帕特里克爵士取得联系。她很快便感到体力不支了。她这时候迫切需要休息，假如她在接下来三个小时中一如既往地硬撑着不休息，等到面临危险需要做出努力避开时，很有可能会因为纯粹疲惫而精神崩溃。即便现在，睡意都在向她袭来，她必须要睡觉。她不担心在需要的时候醒不过来。即便睡着了，凭着心里想着特别需要在某个规定时刻起来，安妮（像其他心智反应敏捷的人一样）凭着本能的感觉也可以在那个时刻醒来。她把点着的蜡烛放置在一个安全的位置，然后在床上躺下。不到五分钟的时间，她便睡熟了。

* * * * * *

教堂的钟敲响十点三刻。

赫斯特·德思里奇出现在后花园门口。杰弗里横过草坪，到达她跟前。过道上的灯光照在他脸上。她看到他的面部表情后猛然后退。

"出了什么问题吗？"他问了一声。

她摇了摇头，透过餐室敞开着的门指着餐桌上的白兰地酒瓶。

"我像你一样清醒着呢，你这个傻瓜，"他说，"无论出了什么问题，都不可能是醉酒问题。"

赫斯特再次看了看他。他很正常。不管他的步子走得有多么不稳定，他说话时不像是个喝醉了酒的人的口气，眼神也不像是个喝醉了酒的人的眼神。

"她到自己卧室睡觉去了吗？"

赫斯特做出了肯定的表示。

杰弗里上楼，身子左右摇晃着。他在楼梯顶端停了下来，示意赫斯特到他跟前。他继续走向自己的卧室，示意她跟随着，关上了房门。

他看着隔墙，但没有走近。赫斯特在他身后等待着。

"她睡着了吗？"他问了一声。

赫斯特走到隔墙边，贴着听了听，给出了肯定的回答。

他坐下。"我脑袋不对劲，"他说，"给我喝点水。"他喝了一点水，剩下的倒到了自己头上。赫斯特转身朝向门口要离开他。他立刻拦住了她。"我无法松开绳子。我无法掀起墙纸。你来吧。"

她神情严肃，做出了拒绝的表示，坚定不移地打开门要离开他。"你想要拿回自己的告白书吗？"他问了一声。她关上房门，不动声色，立刻顺从了，走过房间到达隔墙边。

她把隔墙两侧松弛着的墙纸条块提了起来——指着凹陷的空间——然后回到卧室的另一边。

他站起身，摇摇晃晃地从椅子旁走向床脚。依靠床的木架支撑着身子，他等待了片刻。他等待的当儿，意识到笼罩在自己身上的那种怪异的感觉有了变化。脑袋的右侧仿佛有一种冷气掠过的感觉。他再次定了定神，估算出距离——能够把双手伸过凹陷的地方，把悬挂在她床铺上方天花板处钩子上的薄床帘拉到一边；能够看到自己睡熟的夫人。

凭借着另一端放置在她卧室的蜡烛光，她的模样朦胧显现。她脸上憔悴而又疲惫的表情不见了。深深的睡眠温柔地伴随着她，昔日里那种洋溢在脸上纯洁而又甜美的表情似乎重新回来了。朦胧的烛光下，她又显露出青春年华，平静的安睡中容貌美丽。她头枕着枕头，处于面部朝上的姿势，面对这种姿势，俯视着她的这个男人完全可以任意处置她——这个男人此时正看着她，毫无怜悯之心，决心要夺她的性命。

等待了一会儿后，他向后退了。"她更加像个孩子而非女人，"他压低嗓子喃喃自语。他朝着过道对面赫斯特·德思里奇的卧室瞥了一眼。她端上楼来的蜡烛在她站立的附近燃烧着。"吹灭蜡烛。"他小声说。她一动不动。他重复了一声指令。她站立在那儿，对他说的话充耳不闻。

她在干什么呢？她目不转睛地盯着卧室一角看。

他再次转过头对着隔墙上那个凹陷处，再次看了看睡在枕头上的那种平静的脸庞。他态度从容，恢复了那种他要报复她的复仇心理。"要不是因为你，"他低声地自言自语，"我已经赢得了比赛的胜利。要不是因为你，我已经和我父亲言归于好了。要不是因为你，我可能已经娶克莱纳姆夫人为妻了。"这种感觉最为强烈的当儿，他转过了身。他反复环顾四周，拿起一条毛巾，思忖了片刻，然后又扔下。

他突然有了个新的主意。他迈出了两步便到达了自己的床边。他一把抓起了一个枕头，突然看着赫斯特。"这一次可不是个喝醉了酒的畜生，"他对她说，"而是个为了自己生命而挣扎的女人。两者比较起来，枕头更加万无一失。"她根本没有回答他的话，也根本没有朝着他看一眼。他再次走向隔墙上的那处地方，在床铺和墙壁的中间位置停了下来——停住了，回过头瞥了一眼。

赫斯特·德思里奇终于有动静了。

卧室里没有第三者，然而她盯着角落，移动着身子，仿佛顺着墙壁跟随着某个从那个角落里出来的第三者。她惊恐万状，嘴巴张开着，眼睛睁得越来越大，目光呆滞，闪着亮光，盯着空空的墙壁看。一步接着一步，悄然向前移动，离杰弗里越来越近，仍然跟随着某个虚幻的东西，那个东西也越来越近。他心里寻思着，这是什么意思啊？面对我即将要做出的行为，难道这个女人的脑袋承受不了？她会突然大声尖叫出来，惊醒他夫人吗？

他急忙走到隔墙边——趁着机会还掌握在他手上，要抓住。

他牢牢地抓住枕头。

他躬下身子把枕头放进缺口。

他把枕头悬在安妮睡着的脸庞上方。

同一时刻，他感觉到赫斯特·德思里奇从后面把手搭在他身上。这一触碰犹如触到冰一样从头到脚弥漫在他全身。他怔了一下后退了，面对着她。她的眼睛顺着他的肩膀径直盯着他身后的什么东西看——如同当初在温迪盖茨宅邸菜园里的情形一样。

他还没有来得及开口说话，他便感觉到了她眼中的闪光映照在他的眼中。这是第三次，她看见了他身后的"幽灵"。她被杀人的疯狂情绪控制着。她像一只发了疯的野兽猛烈攻击他的脖子。身体虚弱的老妇人攻击运动员啊！

他扔下了枕头，举起了可怕的右胳膊，如同拂掉一只虫子似的，从他身上拂掉她。

但是在他抬起胳膊时，他的脸上出现一种吓人的扭曲变形。仿佛有一只无形的手，从右侧的眉头和眼睑向下移，从同一侧的嘴角向下移。他的胳膊落下，无能为力了。他那条胳膊下面一侧的整个身子支撑不住了，倒在了地板上，像个中枪后毙命的人一样。

赫斯特·德思里奇猛然扑向他倒下的身子上——跪在他宽阔的胸部——十个手指紧紧掐住他的脖子。

* * * * * *

身子倒地的撞击声立刻惊醒了安妮。她猛然起床——环顾四周——看见她床头的墙壁上出现了一个窟窿，隔壁卧室的烛光闪耀着。她惊恐不安，一时间怀疑自己是否处于正常的心理状态，然后后退，等待着，倾听着，看着。除了隔壁房间闪烁的烛光，她什么也没有看见，除了很粗的喘息声，仿佛是一个人吃力的呼吸声，什么也没有听见。那个声音停止了。出现了一阵的沉静。然后，透过墙壁上的缺口，可以看见赫斯特·德思里奇的头缓慢地抬起来——抬起来，眼睛里闪烁着疯狂的光芒，看着她。

她冲向敞开着的窗户口，尖声呼救。

帕特里克爵士的声音回应了她，声音是从别墅前面的大路上传过来的。

"等等我，看在上帝的分上！"她大声喊着。

她逃出了卧室，冲向楼下。片刻过后，她打开了门，到了前花园。

她朝着院门跑时，听见了另一端传来一位陌生人的说话声。帕特里克爵士喊着她，喊声中充满着鼓励。"警察与我们在一起啦，"他说，"他夜间在花园巡逻——他有钥匙。"他说话的当儿，院门从外侧打开了。她看见了帕特里克爵士、阿诺尔德和警察。他们朝着里面走时，她踉踉跄跄地迎了上去——她只能说出"楼上！"然后便失去知觉了。帕特里克爵士扶着不让她倒下。他把她安顿到了花园的凳子上，在她身边等待着，阿诺尔德和那位警察急忙跑进别墅。

"先去哪儿呢？"阿诺尔德问了一声。

"这位女士呼救的那个房间。"警察说。

他们上了楼梯，进入了安妮的卧室。他们两个人立刻看到了隔墙上的那处缺口。他们透过缺口看过去。

杰弗里·德拉梅恩的尸体躺在地板上。赫斯特·德思里奇跪在他头边，祈祷着。

尾声　上午的登门拜访

一

　　各家报纸报道说，霍尔切斯特勋爵和夫人经过了六个多月的欧洲大陆之行后回到了他们在伦敦的府邸。

　　时值旺季。整个白天，在教会婚礼的法定时间①内，霍尔切斯特府邸的大门一直敞开着接待来客。绝大多数来客都是留下名片，然后便离开了。只有一些享有特权的客人才会下马车，进入府邸。

　　后面这一部分人中，有位身份显赫的客人比平常的时间到达得更早。此客人一门心思一定要见到府邸的男主人或女主人，而且认为自己不会遭到拒绝。客人正在与领头的仆人交涉的当儿，从一个房间走到另外一个房间的霍尔切斯特勋爵正好横过厅堂的里端。客人立刻跑向他，口里喊着："亲爱的霍尔切斯特勋爵！"朱利叶斯转过身，看见了——伦迪夫人！

　　他正好被撞见了，于是彬彬有礼地就范了。他替这位夫人阁下打开附近一个房间的门时，悄然看了看自己的怀表，心里想着："我如何才能在别的客人到达之前打发掉她啊？"

　　伦迪夫人身穿丝绸和绲了蕾丝边的衣裙，逶迤着落座在一张沙发上，以她威严的姿态，变得"充满了十足的魅力"。她态度极为亲

① 英国国教会规定，每天上午八点到下午六点之间的任何时间里都可以举行婚礼。

切，嘘寒问暖，问候了霍尔切斯特夫人，问候了霍尔切斯特老夫人，问候了朱利叶斯本人。他们都去了些什么地方？他们都有何见闻？关于那件令人震惊的事情，伦迪夫人不敢具体说起。时间和环境的变化有助于他们从那件事情的打击中恢复过来吗？朱利叶斯给出了回答，不过显得无可奈何，甚至有点心不在焉。他也态度谦和，问及了伦迪夫人的计划和行动——心里焦躁不安，意识到时间不可阻挡地逝去，意识到随着时间的逝去会出现某些可能性。关于她自己，伦迪夫人没有什么好多说的。她只是在伦敦待了几个星期时间，过着离群索居的生活。"少数一些感情真挚的朋友，与我心心相印，情趣相投。每当我一门心思想着与他们共处时，霍尔切斯特勋爵，我有时候便会放下自己在温迪盖茨宅邸需要履行的一系列适度的职责——我的生活就是以这样的方式度过的（但愿并非毫无裨益）。实际上，我没有掌握任何新闻，没有见识任何东西——除了昨天见识了极为悲惨的一幕。"她说到此停顿了下来。朱利叶斯注意到，对方等着他询问来着，因此他询问了。

伦迪夫人先犹豫迟疑了一下，然后告知，她的见闻与那件她已经触及的可悲事情相关联。她承认，自己一旦到了伦敦，便会觉得有义务要去了解一下那家疯人院的情况，而赫斯特·德思里奇要终生禁锢在那儿。伦迪夫人说，她不仅进行了一番了解，而且见到了那个不幸的女人，对她说了话，发现她并没有意识到自己可怕的处境，无法调动丝毫记忆，对自己过着的生活无怨无悔，据医疗护理说这样的生活今后很可能要持续若干年。夫人讲述了这些事实后，正要说一些这个场合得体的话，她在这方面才华超群。突然，房门开了，正在寻找丈夫的霍尔切斯特夫人进入了房间。

二

伦迪夫人又来了一次感情的迸发，兴致勃勃——霍尔切斯特夫人对此表现出了恭谦礼让，但没有热情洋溢。和朱利叶斯一样，朱利叶斯的夫人似乎也焦虑不安，意识到了时间逝去。还是和朱利叶斯一样，她心里纳闷着，伦迪夫人打算在府上待多长时间。

伦迪夫人没有表露出要离开沙发的意思。很显然，她来到霍尔切斯特府邸有什么话要说——但还没有说出来。她会说出来吗？会的。她打算通过迂回手段实现心中怀有的目标。她还要做另外一番深情的询问。她可以接着谈论霍尔切斯特勋爵和夫人旅行的话题吗？他们到达了罗马。她听说了格莱纳姆夫人的"背叛"的事情，他们能够确认这个惊人的消息吗？

霍尔切斯特夫人能够以她自己的亲身经历确认这个消息。格莱纳姆夫人宣布与世隔绝，已经投入到神圣天主教会的怀抱寻求庇护。霍尔切斯特夫人在罗马的一座女修道院看见过她。她正度过自己的候补试用期，而且下定决心要当修女。伦迪夫人作为一位虔诚的清教徒，惶恐不安地举起双手，宣布这个话题太令人感到痛苦了，不要细说，于是改变了话题，最后直奔主题了。霍尔切斯特夫人在欧洲大陆旅行过程中碰巧遇到或听说了阿诺尔德·布林克沃斯夫人吗？

"您知道的，我已经不再与自己的亲属有任何联系了，"伦迪夫人解释，"他们在我们家族经受考验的时候采取的行动方式——他们同情一个人，此人我现在都不愿意具体提及其名——弄得我们彼此疏远了。我可能会感到很痛心，亲爱的霍尔切斯特夫人，但我并不怀有任何恶意。我永远都怀着慈母之心，关注布兰奇的福祉。我听说了，她和她丈夫正在旅行中。你们遇到过他们吗？"

朱利叶斯和夫人彼此对视了一下。霍尔切斯特勋爵缄口不言。霍尔切斯特夫人做出了回答。

"伦迪夫人，我们在佛罗伦萨看到了阿诺尔德·布林克沃斯先生和夫人，后来又在那不勒斯看到了。他们一个星期前返回英格兰了，期待着一件幸福事情的到来，这件事情就是你们家族要增添成员了呢。他们现在待在伦敦。事实上，我可以告诉您，我们正等待着他们今天来用午餐呢。"

霍尔切斯特夫人做出了这番清楚明白的表述之后，看着伦迪夫人。假如这样说都不能令其加紧离开的话，那就说什么话都办不到了！

无济于事！伦迪夫人坚守着阵地。过去六个月中，她没有听到自己亲属的任何消息，现在倒是充满了好奇，想要听到更多情况。有个名字她还没提起。她克制着自己，现在要提起了。

"还有帕特里克爵士呢？"夫人阁下说，说话的声调降低了，显得和蔼而忧伤，令人联想到昔日因基督徒宽厚之心愈合了的种种伤害，"我只看过报道后的情况。你们在佛罗伦萨和那不勒斯也遇到帕特里克爵士了吗？"

朱利叶斯和夫人再次彼此对视了一下。厅堂里的时钟敲响了。朱利叶斯颤抖了一下。霍尔切斯特夫人的耐性开始支撑不住了。出现了一阵尴尬的停顿。有人必须得说点什么。如同先前一样，霍尔切斯特夫人做出了回答。

"帕特里克爵士是与自己的侄女和她丈夫一块儿出国的，伦迪夫人。帕特里克爵士和他们一块儿回国了。"

"身体硬朗吗？"夫人阁下问了一声。

"比先前显得更加年轻了。"霍尔切斯特夫人接话说。

伦迪夫人露出了揶揄的微笑。霍尔切斯特夫人注意到了这种微笑，心里断定，假如对眼前这个女人发慈悲，那简直就是发错了地方。于是，她宣布（令她丈夫感到惶恐），关于帕特里克爵士，她有消息要宣布，这个消息有可能会让他兄嫂感到惊讶。

伦迪夫人心急火燎地等着听消息。

"这事没有什么可保密的，"霍尔切斯特夫人接着说，"不过只限于几位关系密切的朋友知道。帕特里克爵士给自己的人生来了个重要的变化。"

伦迪夫人粲然的微笑突然消失了。

"帕特里克爵士不仅聪明睿智，讨人喜爱，"霍尔切斯特夫人接着说，带有点恶意，"而且他在行为习惯和处事方式上（这个您很清楚），显得比实际年龄更加年轻——风采依旧，仍然吸引女人。"

伦迪夫人猛然站起身。

"霍尔切斯特夫人，您不是要告诉我，帕特里克爵士结婚了吧？"

"正是。"

伦迪夫人跌坐回沙发上，面对降临在自己身上的双重打击，无能为力，真真切切地无能为力。她不仅被挤出了家庭女主人的位置，而且自己还不满四十岁便在社交场合上遭到淘汰，余生成了霍尔切斯特老夫人一样的女人！

"他那个年龄！"她一等到能够开口说话便激动地大声说。

"请原谅，我要提醒您，"霍尔切斯特夫人回答，"许多男人都是在帕特里克爵士这个年龄结婚的。至于他的情况，他只需要说一声，他的动机不会招致人家的嘲笑和非议。从最崇高的意义上说，他的婚姻是一次善举。此事既令那个分享他的地位和姓氏的女士脸上有光，也令他脸上有光。"

"是个年轻小姐，毫无疑问！"这是伦迪夫人接下来说的话。

"不，一个经受了非同一般的苦难折磨的女人，一个以高尚的姿态忍受悲惨命运的女人。一个配享有她现在所处的更加安宁和更加幸福的生活的女人。"

"我能够问一声她是谁吗？"

对方还没有来得及给出答案，敲门声表明，客人来了。第三次，朱利叶斯和夫人彼此对视了一下。这一次，朱利叶斯出面说话了。

"我夫人已经告诉您了，伦迪夫人，我们等待着布林克沃斯先生和夫人来用午餐。帕特里克爵士和新的伦迪夫人陪同他们来。我认为，您不适合与他们见面。假如我的这种看法有错，只能请求您谅解啦。假如我的看法正确，我要让霍尔切斯特夫人招待我们的朋友，我自己则很荣幸地把您领到另外一个房间去。"

他走向一间内室的门口，向伦迪夫人伸出一条胳膊。伦迪夫人伫立着一动不动，决心要看看取代自己的那个女人。片刻过后，厅堂入口处的门突然打开了，仆人通报说："帕特里克爵士和伦迪夫人到了，阿诺尔德·布林克沃斯先生和夫人到了。"

伦迪夫人看着那个取代自己的位置而成了家族女主人的女人，结果看到——安妮·西尔韦斯特！

图书在版编目 (CIP) 数据

夫妻关系 / (英) 威尔基·柯林斯著 . 潘华凌译
. ——桂林：漓江出版社，2021.10
（外国名作家文集 . 威尔基·柯林斯卷）
ISBN 978-7-5407-8887-2

Ⅰ . ①夫… Ⅱ . ①威…②潘… Ⅲ . ①长篇小说—英
国—近代 Ⅳ . ① I561.44

中国版本图书馆 CIP 数据核字（2020）第 106725 号

FUQI GUANXI

夫妻关系
[英]威尔基·柯林斯　著
潘华凌　译

出版人：刘迪才
策划编辑：沈东子　谢青芸
责任编辑：谢青芸
书籍设计：石绍康
责任监印：张璐

出版发行：漓江出版社有限公司
社址：广西桂林市南环路 22 号　邮编：541002
发行电话：010-65699511　0773-2583322
传真：010-85891290　0773-2582200
邮购热线：0773-2582200
电子信箱：ljcbs@163.com
微信公众号：lijiangpress
印制：北京中科印刷有限公司
　　　[北京市通州区宋庄工业区 1 号楼 101 号　邮编：101118]
开本：880 mm × 1230 mm　1/32
印张：26.75　字数：580 千字
版次：2021 年 10 月第 1 版　印次：2021 年 10 月第 1 次印刷
书号：ISBN 978-7-5407-8887-2
定价：98.00 元（全二册）